中世軍記の展望台

武久　堅　監修

和泉書院

序　言

高齢化著しい今日の社会では、七十歳も古来稀ではなくなりましたが、しかし依然として寿命は人それぞれに与えられた運命の不思議であります。第二次世界大戦の末期、一九四四年三月に、強制疎開という理不尽な体験を余儀なくされて、少年期の幕開けを迎えたわたくしの「昭和史」にとりましては、トラックのやって来たその日の心許無い状況を思い起こすにつけても、こうして心牽かれる「文学」の一端にかかわって七十歳までたどり着けたという厳粛な事実の前では、しばし黙して祈りたい感慨が湧きおこります。

そのわたくしの古稀を記念して、日ごろから敬愛してやまない同学の諸氏、池田敬子さん、佐伯真一さん、岡田三津子さん、源健一郎さん、四氏のご発案と編集によりまして、ここに『中世軍記の展望台』と銘打つ論文集を世に問うことのできるはこびとなりました。洵に有り難い記念であります。お世話下さった上記四氏と、趣旨にご賛同たまわり、ご多用の中を玉稿をお寄せ下さいました執筆者各位、六百頁に及ぶ大冊の出版をこのたびも快くお引き受け下さいました和泉書院廣橋社長はじめスタッフの方々に先ず深甚の謝辞を申し述べたいと存じます。

日本文学史の脈々たる流れの上で、中世を中心にその前後を含む数百年の間に、多彩な言語表現による語りや伝承の動態が、傑出した知識人の構想と構築力によって収束筆録されて、世に「軍記」「軍記物語」と呼ばれる数多の文学作品群が誕生いたしました。武力による権力闘争の中世を、多角的に映し出し、統合的な象りの期待される作品の性格から、いずれの場合も結果的に、その生成と流伝、登場人物とかれらを取り巻く環境、盛り込まれた思想とそれらの享受形態、どの側面においても、一筋縄では解けない複雑な謎を秘めて伝来しています。数百年を経た今も、謎は研究者にそれぞれ魅力ある難題であります。それらの難題の解明は、世に「軍記文学」と括られる領域のみを深く掘り下げて成し遂げられる課題ではなく、広く背景と隣接分野にまたがる研究視点の拡張が求められ、アプローチもまたいよいよ多岐にわたります。本書に収まる論文も、資料の博捜と慧眼をもって諸作品に立ち向かい、中世の歴史形成にかかわる広範な人間の営みと思索の時空に目を凝らした、まさに「中世軍記の展望台」と呼ばれるに相応しい成果の集積であると自負いたします。

各論文が取り組む研究の領域は、大きく三分野に広がり岐かれるかと観察致します。

第一の領域は、それらの作品が同時代そして後世の人々に伝達を意図した「固有のメッセージ」とは何であったのか、その認識把握にあると考えます。どのような事象が叙述されて、いかなる想念が語られてあるのか、一昔前まではそのエッセンスを「文学性」と捉えてきましたが、ここではより広く作品あるいは文献そのものの発信する「メッセージの核心」として認識したいと考えます。作品の内側に潜む「情意・啓示の核心」を現代のどのような言葉に置き換え再生して、世代、時代を超えて共有しうる文化的価値として認識して、後世に伝達してゆくか、ここに中世文学に携わる研究者のなすべき第一の命題があると考えます。

第二の領域として、作品の生み出された時世や環境、創出に関与した人間そのものに迫る視点があります。対象によっては作品の生まれいずる生成論であり、またそれらを著述した作者論ともなり、逆にまた文学社会学に展開し、民俗学的アプローチを呼び込み、文化史研究ともなります。享受者論を含めて、作品の内と外をつなぐ「メッセージの創生発信を担った人と環境」の解明として捉えられると考えます。

第三の課題は、言語表象の定着した姿、文献としての様態の認識であります。文献の学として、伝統的国文学はこれをその本務とし、本文批判・校訂、注解、表現の解釈に至るまで、緻密な業績が積み重ねられています。「資料の基本分野の研究」と呼ぶことができるのではないでしょうか。この資料研究こそは、時代の指向性がどのように動いても、文学研究に不可欠の古典学の出発点の課題であります。本書にも貴重な基本資料二篇の影印・翻刻を収録することができました。

「メッセージの核心」に迫るか、「創生発信の人と環境」に挑むか、「資料の基本分野の研究」から始めるか、本書の各論考も、大別して、これらのいずれかに分類が可能であります。そしてそのいずれの領域も、それぞれの作品の研究歴に応じて中世軍記の研究課題として、現在的であることは言うまでもありません。

私事に及びますが、若いころから、なぜか山歩きにこころ牽かれてきました。登山と呼べるほど本格的な趣味ではありませんが、天候に恵まれ、展望の効いた山頂に憩う短いひと時は、俗事を忘れさせ、それまでの忍耐を吹き払ってくれる何ものにも代えがたいひとときであります。学術分野の執筆領域にも、主として研究状況の把握を眼目とする「展望」というのがあります。「展望」の立脚点は、建造物の有無にかかわらず、そこは「展望台」であります。本書で「展望台」に共にたどり着くメンバーを、編集の四氏が熟考の上で揃えて下さいました。出揃ったメンバーはわたくしの直接かかわった大学を遥かに超えた、厚かましい言い方になりますが研究途上での芳醇な交流仲間であり、心底でいつも研究者としてその存在に愛着を覚え続けてきた同学の諸氏であります。諸般の事情で今回はメンバーにお加わりいただけなかった方々もいらっしゃる由ですが、一書のタイトル『中世軍記の展望台』の命名には、そうしたおひとりおひとりが、自分の足で踏み締めて登った、各自の課題としての中世文学という山の頂き、その頂きからの眺めという意図を籠めています。険しい山道を一歩一歩確かめて登り、やがて頂上にたどり着くあの爽快感を、読者の皆様にもまたそれぞれの関心に応じて、思い思いに感得していただけるものと確信いたしております。

この夏は、中世の軍記文学を愛する多くの方々と共に漸くたどり着いた、この何合目かの「展望台」で、その遥かな眺望を楽しみ、彼方に聳える山の頂きを仰いで鋭気を養い、この身に過ぎたる記念出版に遭遇し得た慶びに、あらためて深い感謝の念いを捧げたいと存じます。

二〇〇六年夏　安曇野の寓居にて

武久　堅

目次

第二部　軍記遠望

＊

第四部　平家物語の眺望

第一部　軍記展望

「剛の者」の行方

笹川祥生

一　『平家物語』諸本における理想の武人

〔1〕武士・武者・兵（つはもの）

軍記に登場する武人たちの振舞い方もいろいろである。その振舞いに対して、作者、あるいは作中の人々から、称賛されたり非難されたりする。本稿で取り上げる「剛の者」は、作者に称賛される、理想の武人の一典型である。

武人への称賛の意を込めた言葉はいろいろある。「花は桜木人は武士」（多くの辞書は『仮名手本忠臣蔵』の用例を挙げる）とくれば、「武士」という言葉そのものに思い入れがあり、「優れた存在」という評価が含まれる。『平家物語』諸本にも「武士」は沢山登場する。しかし、後世はともかく、『平家物語』の中、読み物系・語り物系それぞれの代表的本文である延慶本（北原保雄他編、平成二年、勉誠社刊。引用に当って平仮名交り文に変えた）・覚一本（大系本）を検するに、「武芸を習い、主として軍事にたずさわったもの」（『日本国語大辞典・第二版・11』平成十三年、小学館刊）という辞書的解説を超えて、称賛の意がはっきりと込められている例はない。

合戦とそれに参加する武人を描くからには、軍記作者たちにとって、理想の武人とは如何なるものであるか、無関心では過ごせない課題でなければならない。本稿では、「剛の者」の考察を中心に、その点につき考察を進める。

「武者」は類義語であるが、「武士」の用法とは、「武士」は戦場以外の場所にも出没し、「武者」は概ね戦場の場面で登場する、などいくつかの相違点がある。しかし、「武士」と同じく、単独で用いられるとき、この言葉自体に尊敬や称賛の念は含まれない（延慶本・大系本）。武士・武者の用法について、本稿では論じない。

「兵（つはもの）」は、「武士」「武者」と若干用法が違うようだ。燕の太子丹（燕丹）が秦の始皇帝の来襲を恐れて荊軻を語らった時の様子は次のとおり描かれる。

○燕丹おそれをのゝき、荊軻といふ①兵をかたらふて大臣になす。荊軻又田光先生といふ②兵をかたらふ。かの先生申しけるは、「……老いぬれば奴馬（＝駑馬）にもおとれり。いまはいかにもかなひ候まじ。③兵をこそかたらふてまいらせめ」とて、（巻五・咸陽宮）＊以下、『平家物語』については、特記なき限り日本古典文学大系本（高木市之助他校注。上巻、昭和三十四年。下巻、昭和三十五年。岩波書店刊）を用いる。文中では大系本と略記。

右用例傍線部①〜③の訳を、いくつかの注釈書について紹介する。

(1)『全訳注平家物語・五』（杉本圭三郎、講談社学術文庫、昭和五十七年刊。底本は高野本）
①武人を味方にして　②武人を仲間に加えようとした　③兵を味方に引き入れてさしあげましょう

(2)『平家物語全注釈・中』（冨倉徳次郎、昭和四十二年、角川書店刊。底本は米沢本）
①勇士を仲間にひき入れて　②勇士を仲間に引き入れる　③一人の猛者をお味方に引き入れてさしあげよう

(3)『平家物語・上』（日本古典文学大系、頭注）
①②（訳文なし）　③私が勇士を仲間に引入れてあげましょう

右用例のいずれの「兵（つはもの）」も、辞書にいう、たとえば、「戦場などで、武器を使用する人。いくさびと。兵。兵士。軍人」（『日本国語大辞典・第二版・9』「つわもの」の②）といった一般的な語釈では、どうも文脈になじまない。荊軻あるいは田光先生の、自分たち以上に「あてに出来る」人材を推薦したい、という気持ちを、いかに訳文に反映させるか、という点が訳者の工夫になり、それぞれ扱い方が異なる。(1)(2)の訳者は①②の用例について、肯定的な評価を含む、たとえば「勇ましく強い武人。勇敢な軍人。勇士。猛者」(同前の③)といった語釈が必要と考えたようである。さらに③の用例について、①②の用例と同じ語釈でないほうがよい、と判断したものであろう。(3)の訳者は①②の用例について訳文を付けない。(1)(2)の訳者に比べると、全訳ではなく、頭注であるということも関係してか、やや淡々と訳が付けられたということであろう。それでも、①②と③の間に語意のずれがあるという認識で、他の訳者と共通する点がある。いずれにせよ、右用例における「兵」は、単に「武器を持つ者」あるいは「武器を取り扱う者」といった、見ればそれと分かる職務に従事する者、を意味するだけでない。職務と深く関わることではあるが、その「兵」の優れた資質までも含み込んで用いられた例である。

「兵」が多数登場する『平家物語』の中では、右用例と同じ使われ方が目に付くとしても不思議ではない。ところが、実際には右用例をのぞいて、「兵(表記は他に「つは物」「兵物」など)」単独で、優れた資質を持つ、などという肯定的評価が含まれている例は、たとえば大系本にはない。「これを一人当千のつは物ともいふべけれ」(巻四・信連)「越後の山の太郎、相津の乗丹房などいふきこゆる兵共そこにてみなうたれぬ」(巻六・横田河原合戦)「はやりをの兵ども」(巻八・妹尾最期)などという形容が記され、はじめてその「兵」の優れた資質が読者に伝えられる。中には、「百騎ばかりある兵共国々のかり武者なれば一騎も落ちあはず」(巻九・忠度最期)と、少々頼りない「兵」もある。いくらかの例外はあるものの、「兵」自体が優れた存在だという大前提はない、といえる。「武士」とよく似た用法であるが、「つゝ井の浄妙明秀といふ一人当千の兵物ぞや」(巻四・橋合戦)という用例もある。本来武を業としないはずの僧侶についても用いられ、「武士」と全くの同義語とはいえない。

「もののふ」も、本来は、武器を携帯し軍事に関わる人々を意味する(奈良時代に多く見られる官吏の総称としての用法を除く)。ただ、辞書に「近世になると、いわゆる武士道の確立に伴い、文武について鍛練し、無欲にして忠義を尽くす、といった理想的な武士を想定していうことが普通になる」(『角川古語大辞典・第五巻』平成十一年、角川書店刊)と説明するとおり、後世では肯定的評価を伴って用いられることとなる。ただし、同辞書にも指摘するとおり、「中世には「たけし」「あらけなし」などと描写されることが多く、都人から見て情がこわく、粗暴な者という印象がつきまとう」。『平家物語』諸本の用例も、概ねこの指摘に外れることがない。次に一例。

○先帝につきまいらせておはせしが、壇の浦にて海にいらせ給ひしかば、ものゝふのあらけなきにとらはれて旧里にかへり、(巻十一・重衡被斬)

○一目も見馴れざるあらけなき者の武(=もののふ)の手にかゝりて、都へ帰り給ひしは、王昭君が夷の手に渡されて胡国へ行きけん悲みも、此には過ぎじとぞ覚えし。(延慶本・六本・十七)

後世はともかく、『平家物語』諸本では、「もののふ」が、理想的な武士を意味する言葉として用いられている、とは言い難い。

[2]　勇士

「勇士」(訓みは「ゆうし」あるいは「ようし〈ようじ〉」)も、理想的な武人の表現として、とくに疑問はない。しかし、『平家物語』、ことに語り物系諸本に用例が少ない(大系本では三例)。大系本の用例は次のとおり。

○冥には十二神将忝く医王善逝の使者として凶賊追討の勇士にあひくはゝり、(巻七・返牒)

○天竺・震旦にも日本我朝にもならびなき名将勇士といへども、運命つきぬれば力及ばず。(巻十一・鶏合壇浦合戦)

○勇士二主に仕へず。(巻十二・六代被斬)

用例が少ないだけではない。どのような行動をし、あるいはどのような資質を持てば「勇士」と認められるのか。右用例は、具体的な行為を描く場面の中で用いられていない。これらの用例だけでは、「勇士」の具体的な輪郭が明らかとならない憾みがある。

なお、延慶本や『源平盛衰記』（有朋堂文庫本。以下『盛衰記』と略記）では、少し用法が異なる。用例も語り物系に比べて多い。次に『盛衰記』の例を若干。（漢文部分は書き下し、適宜送り仮名を補った。以下同じ）

○（頼政の言葉）「〈略〉偏へに天下の為今義兵を挙ぐ。命を此の時に亡ずと雖も、名を後世に留む。是勇士の庶（ねが）ふ所、武将の幸にあらずや」（巻十五・宇治合戦附頼政最後事。延慶本略同文）

○（山内三郎・四郎兄弟、頼朝の勧誘を拒む。作者の評）逆順の分を知らず、利害の用を弁へず。只強大の敵を恐れ、忽ち真旧の主を背き、口に妄（延慶本「亡」）言を吐き、心に誠信無し。頗る勇士の法に非ず、偏へに狂人の体に似たりけり。（巻二十・佐殿大場勢汰事。延慶本略同文）

○兼平申しけるは、「勇士は食せずして飢ゑず、疵を被りて屈せず〈後略〉」

（巻三十五・粟津合戦事。延慶本該当記事なし）

○兼光死を遁れて降人と成り、大路を渡され面を曝す。其の心勇士にはあらざりけり。

（同・木曾頸被渡事。延慶本該当記事なし）

作者の期待する勇士の像は、生死を度外視して信念を貫く姿勢を持つ武士、といったところであろうか。『盛衰記』の中の「勇士」は、理想の武人を表現する言葉として定着しているように見える。右に掲げた用例は、いずれも登場人物の具体的な状況に応じての記述であり、どういう条件を満たせば勇士といえるのか、作者の考える「勇士」の輪郭は理解出来る。

もっとも、『盛衰記』中の他の用例に、「武蔵相模の勇士等、大場畠山が下知に随ひて平家の方へ参るべし（巻二十三)」「上野国の勇士、足利の一族已下皆木曾に相従ひ（巻二十六)」と、居住する地域を冠せた用例なども目立ち、この場合、理想の武人という内容がどれだけ重く意識されているのか、やや疑わしいところがある。しかし、否定的に用いられている例はない。『盛衰記』における「勇士」は、理想の武人を指す言葉として機能しているといえよう。また、すでに延慶本の段階から、そういう用法は見られる。『盛衰記』では、さらに明確な使われ方となったというべきである。

しかしながら、前に見たとおり、「勇士」の存在を重視しているとはいえない本もあり、『平家物語』諸本全体の中で、「勇士」が理想の武人像として定着しているということではない。

二　「剛の者」

[1]『平家物語』と「剛の者」

以上考察した言葉の他にも、武人を称賛する言い方はある。その中で、軍記諸作品に、時代を越えて登場するのが、「剛の者」（「甲の者」とも表記）である。『平家物語』諸本にも、よく登場する。

「剛」の語意についての解説は諸辞書それぞれであるが、「何事をも恐れず立向っていこうとする勇気をそなえているさまである意を表わす」（『時代別国語大辞典・室町時代編二』平成元年七月、三省堂刊）というあたりが妥当な理解であろうか。ことに『平家物語』諸本では、概ね「心も剛に」と記し、精神の問題であると考える。たとえば大系本の用例を見るに、「剛の者」と熟して用いられる時（十三例）以外、形容動詞五例のいずれも、次のとおり、心の問題である、と明記する。

「心もかうに、はかり事もすぐれておはせしか（重盛・巻五)」「ちからも世にすぐれてつよく、心もならびなく甲なりけり（義仲・巻六)」「力はおと（ッ）たれ共、心はかうなりければ（猪俣小平六・巻九)」「手もきゝ心もかうに（知章・巻九）」「御心もかうに、御力も人にすぐれておはしければ（日本武尊・巻十一）」

猪俣小平六は、大力でしられた盛俊に組み伏せられる。この絶体絶命の危機に、「すこしもさはがずしばらくいきをやすめ、さらぬていにもてなして」、盛俊と駆け引きをする。危機に望んで動揺せず、自分の意志を貫くべく、冷静に行動する人物こそが、『平家物語』の作者たちが求める「剛の者」であり、「あ（ツ）ぱれ」と感嘆され、「一人当千の兵」と称賛される。さらに「大力（だいぢから）」でもあれば、精神力体力とも申し分のない武人の鏡と評価されることとなる。

A又宮の御在所は、いづくにかわたらせ給ふらむ、しりまいらせ候はず。たとひしりまいらせて候とも、さぶらひほんの物の、申さじとおもひき（ツ）てん事、糺問におよ（ン）で申すべしや」とて、其の後は物も申さず。いくらもなみゐたる平家のさぶらい共、「あ（ツ）ぱれかうの物かな。あ（ツ）たらおのこをきられんずらんむざんさよ」と申しあへり。（巻四・信連）＊傍線部は角川文庫本（以下「角川本」と略記。底本は寛文十二年刊平仮名整板本）に「あつぱれ剛の者や、これらをこそ一人当千の兵ともいふべけれ」

自分の命が風前の灯火であることを知りながら、動揺の色を見せない信連に、平家の侍たちは「剛の者かな」と感動したのであった。

B「あ（ツ）ぱれ剛の者かな。是をこそ一人当千の兵ともいふべけれ。あ（ツ）たら者どもを助けて見で」とぞのたまひける。（巻八・妹尾最期）＊傍線部のうち「是を…べけれ」は角川本になし　屋代本「あはれけの者哉。今一度扶けて見で、とぞ宣ひける」百二十句本「あはれけの者かな。いま一度たすけでとぞのたまひける」国民文庫本「あつぱれ剛の者の手本かな。一人当千共是等をこそ云ふべけれ。あつたら者今しばし生けて見で、とぞ惜まれける」延慶本・盛衰記に該当記事なし。屋代本は麻原美子他編『屋代本高野本対照平家物語・一〜三』（平成二〜五年、新典社刊）による。百二十句本は水原一校注、新潮日本古典集成『平家物語・上〜下』（昭和五十四〜五十六年、新潮社刊）による。

妹尾太郎は、歩行困難となった子の小太郎の首を斬り、「敵の中へわ（ツ）ていり、さん〴〵に戦ひ、敵あまたうちと（ツ）て、つゐに打死して（ン）げり」と、壮烈な最期をとげる。義仲の言葉は、迷うことなく（おそらく合戦以前の行動も含めて）平家への忠節を貫き通した妹尾への賛辞である。ただ、注記のとおり、この部分には異同がある。「けの者」（「けな者」とも）も褒め言葉の一つといえるが、「剛の者」より、広い意味を持ち、対象者も武人とは限らない（後掲の用例Ⅰでは、延慶本が西光法師について用いる）。初期の本文には（延慶本を含めて）この部分に、もともと賛辞そのものがなかったのかも知れない。

＊「けの（な）者」は、『塵袋』に「クタリサマノモノヲホムルニケノモノト云フ心如何　日本記ニハ異ノ字ヲケトヨメリ　凡俗ニコエテツネヨリモコトナルヨシヲホムルコトハナルヘシ」（巻十・詞字、日本古典全集）とある。鎌倉末から室町初期にかけては、手放しの賛辞として用いられた言葉ではなかったらしい。

C（真名辺）五郎は生田の森にありけるが、是をみてよ（ツ）ぴいてひやうふつとゐる。河原太郎が鎧のむないたうしろへつ（ツ）とゐぬかれて、弓杖にすがり、すくむところを、弟の次郎はしりよ（ツ）て是をかたにひ（ツ）かけ、さかも木をのぼりこえんとしけるが、真名辺が二の矢に鎧の草摺のはづれをゐさせて、おなじ枕にふしにけり。真名辺が下人落ちあふて、河原兄弟が頸をとる。是を新中納言の見参に入れたりければ、「あ（ツ）ぱれ剛の者かな。是をこそ一人当千の兵ともいふべけれ。あ（ツ）たら者どもをたすけてみで」とその給ひける。（巻九・二度之懸）

兄河原太郎は胸板を射貫かれながらも、なお弓を杖として崩れ落ちまいとする。弟は傷ついた兄を、より安全な後へとは運ばず、かえって兄をかついで前進を志す。兄弟の気持ちは結果として報われなかった。しかし、敵将知盛は、並々ならぬ兄弟の意志の強さを認め、一人当千の剛の者と称えた、と作者は記すのである。

D 競はもとよりすぐれたるつよ弓せい兵、矢つぎばやの手きゝ、大ぢからの甲の物、「廿四さいたる矢でまづ廿四人は射ころされなんず。おとなせそ」とて、むかふ物こそなかりけれ。（巻四・競）

E 妹尾太郎兼康は、……倉光の三郎成氏にあづけられたり。きこゆる甲の者、大ぢから也ければ、木曾殿「あ（ツ）たらおのこをうしなふべきか」とて、きらず。（巻八・妹尾最期）＊角川本「瀬尾太郎兼康は、聞ゆる兵にてありけれども、……木曾殿、あつたら男を、左右なく斬るべきにあらず、とて（倉光）三郎成氏に預けられてぞ候ひける」屋代本「妹尾太郎兼康は、……聞ゆる甲の者なればとて、木曾惜みて切らず。加賀国住人倉光三郎成澄に預けられたりけるが」国民文庫本「妹尾の太郎兼康をば……木曾いかゞはおもはれけむ左右なうきらで、加賀国の住人倉光の三郎成澄に預けおかれたりけるが」

F 能登殿の童に菊王といふ大ぢからのかうの物あり。萌黄おどしの腹巻に、三枚甲の緒をしめて、白柄長刀のさやをはづし、三郎兵衛が頸をとらんとはしりかゝる。（巻十一・嗣信最期）＊屋代本「能登前司の童・に菊王丸とて、生年十八歳に成る童有り。萌黄威の腹巻に、甲の緒をしめ、白柄の長刀鞘をはつゐて船より飛びて下り、射落したる敵か頸を取らんと寄る処に」延慶本「能登殿の童に菊王丸とて、大力の早者にて有りけるが、……萌黄の腹巻に左右の小手指して、三枚甲の緒をしめて、太刀をぬき、船より飛び下りて、佐藤三郎兵衛が頸を取らんとて打かゝる所を」

G 飛騨の三郎左衛門景経、きこゆる大力のかうのものなれども、運やつきにけん、いた手はをうつ、敵はあまたあり、そこにてつゐにうたれにけり。（巻十一・能登殿最期）＊屋代本「加様に又指されければ、景経そこにて討たれけり」

H 安芸太郎実光とて、卅人が力も（ツ）たる大ぢからのかうの物あり。われにち（ツ）ともおとらぬ郎等一人、おとゝの次郎も普通にはすぐれたるしたゝか物なり。（巻十一・能登殿最期）＊屋代本「安芸太郎実光とて、三十人か力持たりと云ふ大力有り。弟安芸次郎も兄には劣らぬしたゝかの者也」百二十句本「大領太郎実光とて三十人が力あり。弟安芸の次郎もおとらぬしたたか者」

D〜Hには、「大力の剛の者」と、心身ともに理想の武人であるはずの人物が紹介されている例を示した。ただ、問題はある。対象とした人物を、他の本文でも、同様に「大力の剛の者」と認定しているかといえば、そうともいえない。用例Dについては、国民文庫本も平松本も「大力の剛の者」と記してはいる。しかし、該当記事がなかったり（百二十句本・延慶本）、「心も剛に謀もいみじかりけるが」（『盛衰記』）と、異なる表現となっていたりする（屋代本は欠巻）。E〜Hに登場する兼康・菊王・景経・実光についても、各本それぞれの表現となっていて、大力・剛の者のいずれかと書かれているか、あるいはそのいずれとも書かれてないかである。

また、大系本の作者が、剛の者であるとか、大力であるとか紹介するとき、なぜそういえるのか、読者にその理由を説明しない場合も少なくない。

たとえば、用例Eにおける妹尾太郎の場合はどうか。「剛の者」であることは、用例B（これが本文中では先出の記事）を念頭に置けば、受け手にも理解出来よう。しかし、大力であったことは、作者が「大ぢから也ければ」と紹介しているからそうなんだろう、としかいいようがない。注に示したとおり、語り物系諸本のうち、屋代本（百二十句本も同じ）では「甲の者」とだけ記す。国民文庫本では「いかゞはおもはれけむ」と記し、妹尾が斬られなかった理由を明記しない。読み物系諸本のうち、延慶本には妹尾の助命について、「西国へ下らむずる道指南にとて」と、実務上の理由を示す（『盛衰記』にも「西国の道しるべとて」）。そもそもその助命が、妹尾の資質への称賛に由来するものとはしない。

用例Hについて。実光の大力ぶりについては、一応の説明がある（「卅人が力もつたる」）。しかし、なぜ「剛の者」であるのか、説明はない。屋代本は大力であるとだけ記す。延慶本には、「安芸太郎光実と云ふ者あり。……大力の甲の者、三十人が力持ちたりと聞ゆる、死生不知の兵也」とある。短いが、大力・剛と記す理由は示されている。

以上の考察を総括すると、次のとおり。すなわち、『平家物語』諸本についていえば、「剛の者」が、理想の武人の一典型と認識されていることは疑いない。「大力の」と付け加えることによって、理想の武人像は一層強調される。諸本の中でも、大系本には、この表現を、常套句として多用する傾向がある。他の本では、「剛の者」と認めることに慎重な場合でも、明確にそれと位置付けることによって、その人物の印象を、作者が強調しようと考えたのではないか。覚一本が、諸本の中ではかなり後出の本文であると考えれば、表現の類型化が進んだ結果の現象といえる。これに対して、他の本文はしばしば異なる表現を用いる。異文の一端は前掲の各用例に付載した。

大系本で、最初に登場する「剛の者」は、武人とは言い難い西光法師である。

I 西光もとよりすぐれたる大剛の者なりければ、ち（ツ）とも色も変ぜず、わろびれたるけひきもなし。居なをりあざわら（ツ）て申しけるは、（巻二・西光被斬）＊百二十句本も略同文　屋代本「西光はちとも色も不変、わるびれたる景気もなし。居直りて申しけるは」（国民文庫本も略同文）延慶本「西光元よりさるけの者なりければ、少しも色も変ぜず、わるびれたる気色もなくてあざ咲ひて」『盛衰記』「西光は天性死生不知の不当人にて、入道をはたと睨み返して」

右に示したとおり、この場面における西光の描写は諸本まちまちである。大系本や百二十句本の作者が採用した「大剛の者」という表現は、清盛の権威に恐れぬ、強い意志を持つ人物として、西光の像をより鮮明に描き出す効果を持つ。しかし、読者（あるいは聴衆）は、この後直ちに、西光が「糺問はきびしかりけり、残りなうこそ申しけれ」と、最後まで「剛の者」ではあり続けられなかったことを知る。これは、ちょっとした構想の破綻ともいうべき成り行きではないか。

「剛の者」は『平家物語』諸本を合わせるとかなりの人数（自称他称を合わせて二十数人。『盛衰記』を除く）が登場する。もっとも、その内容については、やや整合を欠く点もある。例えば、長谷部信連は、殆どの諸本に、平家の侍たちが「剛の者」と称賛したことになっている。ところが、延慶本には信連のことを「長谷部信連とて天下第一の甲の者、そばひらみずの猪武者あり」と紹介する。「そばひらみずの猪武者」は、「甲の者」が理想の武人であることを、さらに補強するための賛辞とは、とても考えられない。この記述については、「剛（甲）の者」すなわち理想の武人である、という前提が、ないのであろう。同じ本の他の用例と比べるに、延慶本における「剛の者」像には、いささか振幅がある。

これらの点を考えてもなお、「剛の者」たちは、『平家物語』諸本の中で、称えられる人々として、その存在を定着させていることは間違いがない。しかし、「剛の者」の世界は、『太平記』に至って、さらに開花するのである。

［2］『保元物語』・『平治物語』と「剛の者」

（ア）『保元物語』と「剛の者」

『保元物語』並びに『平治物語』の作品としての、また現存諸本の成立時期が何時なのか、それは『平家物語』に先立つのか。かなり悩ましい問題であるが、この際は触れない。

前述のとおり、延慶本『平家物語』に、長谷部信連を「天下第一の甲の者、そばひらみずの猪武者」と紹介する記述がある。半井本『保元物語』にも、類似の表現がある。

○山田小三郎是行とて、限りもなく（文保本は「くらききりもなき」）甲の者、そばひら見ずの猪武者、方ををき（文保本は「方かをなき」）若者あり。（中）＊金刀比羅本「山田小三郎維行と云ふあらものあり」京図本「山田小三郎これゆきといふもの」古活字本「山田小三郎伊行と云ふは又なき剛の者、片皮破りの猪武者なるが」半井本は、栃木孝惟校注、新日本古典文学大系『保元物語・平治物語・承久記』（平成四年、岩波書店刊）による。金刀比羅本は、永積安明他校注、日本古典文学大系本『保元物語・平治物語』（昭和三十六年、岩波書店刊）による。文保本は、『軍記と語り物・6』（昭和四十三年、軍記物談話会刊）所収写真版による。京図本は、早川厚一他編『京都大学附属図書館蔵保元物語』（昭和五十七年、和泉書院刊）による。

この山田小三郎は結局為朝に射殺される。半井本の作者はそれにつき、「武者の余りに心の甲なるはし（痴）れたりとは、是等（を）哉申すべき」と評し、小三郎の行動に否定的である。金刀比羅本も同様。京図本と古活字本は、小三郎が為朝への挑戦を宣言した時点で、すでに、「あまりに人のかうなるも、なか〳〵おこがましく見え候」（京図本）と否定的に評価する。

金子家忠は高間三郎を討ち取り、意気揚々としているところを、須藤家季に狙われる。為朝はこれを、「ないそ、家季。あたらをのこ、いけてやれ」（文保本）と制止する。作者はこの件につき、「心の甲なるによ（ッ）て、敵にをしまれ、わにの口をのがれ、助りて出でにけり」（文保本）と評する。（京図本「敵におしまれて」。金刀比羅本「心剛に振舞抜群なるによつて」）為朝が金子の命を惜しんだ理由は、その勇ましい戦い振りにだけ有ったのではない。敵を討ち取った後、我が武功の程を高らかに告げ、諸本に多少描写の違いはあるものの、「心静かに」（半井本）振舞う様子が、その場に居合わせた人々の感動を誘い（文保本「ほめぬ人こそなかりけれ」）、為朝をして、命を助け、将来は家来にしたいものだ、といわせたのである。『保元物語』諸本の作者たちは、「剛の者」を称賛するが、意志を貫く姿勢さえあれば評価されるわけではない。金子についても、京図本は「金子十郎は高名しきはめて、すでにうたれたるべかりしが、敵におしまれて」云々と記し、「剛」であったと認定しない。『保元物語』諸本では、「剛の者」についての認識に一致しないところがあり、理想の武人像として定着し得てない。

（イ）『平治物語』と「剛の者」

『平治物語』における「剛の者」は、『保元物語』の場合とは、また登場の仕方が違う。信西を討った後の公卿僉議で、乱の主導者藤原信頼は、上席の公卿たちを尻目に上座に着席する。これを目にした藤原光頼は、遠慮なく信頼の上座に着席する。その様子を見た武士たちは、「あはれ大剛の人かな。……此の人を対象として合戦をせばや」（日下力校注、新日本古典文学大系『保元物語・平治物語・承久記』による。以下「新大系本」と略記）と光頼を称賛する。

＊金刀比羅本は「剛の人」、古活字本は「大剛の人」。金刀比羅本・古活字本ともに永積安明校注、日本古典文学大系『保元物語・平治物語』による。

また、長田忠宗父子は、一の谷合戦での奮闘ぶりを、「大剛の者に候ひける」と報告された（新大系本）。光頼と忠宗はともに作中の人たちから「剛の者（人）」と評価される。しかし、光頼は貴族であり、忠宗は後に義朝殺害の旧悪を責められ、磔にされる。共に理想の武人という設定の人物ではない。『平治物語』諸本の中で、「剛の者」が、理想の武人像を表す表現として定着しているとはいえない。

＊この他、斎藤実盛が「日本一の剛の者長井斎藤別当実盛とは我が事ぞ」（新大系本）と自称する場面がある。金刀比羅本などには、その表現がない。

〔3〕『太平記』ならびにそれ以後の軍記と「剛の者」

『平家物語』の中では、多少の振幅を残しながらも、「剛の者」は武人の理想像を表す言葉として定着していると見受けられる。『保元』・『平治』諸本の成立時期を確定させないままの推論は、少々乱暴なことかもしれない。しかし、あえてこの言葉と軍記史の流れとの接点を求めると、次のようなこととなるのではないか。つまり、『保元』・『平治』（あるいは順序が逆かもしれない）では、萌芽のような状態で姿を見せた「剛の者」が、『平家物語』に至り、武人の理想像として、印象がかなり明らかになる。『太平記』成立の段階で、「剛の者」たちは、その居場所を確かに獲得する。『太平記』における「剛の者」の描かれ方については、いずれ整理の上報告したい。本稿では、右の見通しを提示するに止める。

『太平記』以後の諸作品、いわゆる後期軍記の中では、「剛の者」の影は濃くない。『明徳記』以後の室町・戦国軍記には、皆無ではないが、用例を殆ど見かけなくなる。その中で「剛の者」の同類が多数登場する『甲陽軍鑑』の存在は異例といえる。『甲陽軍鑑』には「(大)剛の者」をはじめ、「(大)剛の兵」「(大)剛の武士」など、類語が九十例以上見える。ただ、その用法は、『太平記』とそれ以前の諸作品の、いわば古典的用法とは異なる。大きな違いは、賛辞として用いられる例も少なくないが、もはや無条件に武人の理想像を語る言葉ではなくなっていることである。次に各々一例を示す。

○能き武士は大身小身によらず、能き事あれども侈ることなし。悪しき仕合せの時もさのみめらず（アマリオチコマナイ）。是は賢にして心剛なる故此の如し。（品十二、戦国史料叢書本。昭和四十年、人物往来社刊）

○馬嫁大将の仕形は、戯けても必ず心は大略剛なる者にて、我儘なる故、我が身を忘れ、遊山・見物・月見・花見〈能・おどり、或いは〉、朝夕奇物をもてあそぶことにすぎ、……弓矢の道無心懸にて」

（品十一。〈 〉内は伝解本）

『太平記』以後、何故「剛の者」の存在が軍記作者の関心を引かなくなったのか。一つには、言葉自体が使い古されたため、という考えも有り得る。しかし、例えば『明徳記』諸本に、「剛の者」は、管見の限り見当らないけれども、古くからよく使われてきた、「勇士」の用例は十例ばかり見かける。従って、この考えでは説明しきれない。

一挙に変ったわけではないにせよ、南北朝以後、甲冑の変化に象徴されるとおり、戦いの方法の変化にも影響されているのではないだろうか。集団戦が主流となり、合戦の参加者に、一人一人の戦い振りを前後始終、場合によっては、戦いの手を休めてでも大勢が注目するという、心の余裕が次第になくなり、戦いの成果そのものに、より関心が高まってきたことも、一つの理由ではないか。軍忠状・感状の類について、「室町時代になると戦果の誇示に力点がおかれ」(『国史大辞典・4』「軍忠状」の項。執筆五味克夫。昭和五十九年、吉川弘文館刊)という指摘もある。どう戦ったかというより、戦ってどういう結果になったのか、ということに、軍記作者もより大きな関心を持つことになる。そのことが、「剛の者」の影を薄くさせた原因の一つであろう。近世になり、軍書の中に出現した時には、中味も変っていたということになる。

付記　本稿は、関西軍記物語研究会第53回例会（平成十七年四月十七日、京都府立大学）で発表した「剛の者の行方」の内容に補訂を加えたものである。

現実と物語世界
――軍記物語の場合――

日下　力

一　世の実相

平家一門の都落ちを余儀なくさせた北陸合戦の敗北は、同族の人びとに大きな衝撃をもたらした。寿永二年（一一八三）四月下旬、四万余騎の大軍で都を出立した官軍の、順調な進軍情報が一転して、大敗の報が届いたのが五月十六日、『玉葉』は、「官軍、敗績。過半、死に了んと云々」と短く記している。越中国に入ったところで、木曾義仲・源行家の連合軍に敗れたのであった。敵軍は、わずかに五千騎にも及ばぬ数だったという（六月五日条）。その後、敗走に敗走を重ねた結果なのであろう、半月後の六月四日条には、「伝へ聞く、北陸の官軍、悉く以て敗績。今暁、飛脚到来。官兵の妻子等、悲泣、極り無しと云々」と記す。また、「六波羅の気色、こと損ず」ともあり、意気消沈し、静まり返った家々から、悲しみの嗚咽が漏れ聞こえてくるさまが想像される。翌日条によれば、帰還兵のうち、甲冑を身につけていた者は、わずか四、五騎ばかり、その外は過半が死傷し、残りの者は皆、武具を捨てて山林に逃げ込み、名だたる武将すら、半袖の帷子《かたびら》姿に髪を取り乱した体たらく、従者を一人も連れてはいなかった。

これに先立つ治承三年（一一七九）十一月の清盛によるクーデターの際には、後白河院に仕えていた人物が手を切られたり、殺されて海に突き入れられたりしている（『玉葉』二十四日条）。安元三年（一一七七）の、平家転覆をねらった最初の事件たる鹿の谷事件では、備前国へ流された大納言藤原成親の死に関する情報が、都の記録に書きとどめられており、それは、「艱難の責めにより、水を飲みて気を増すと云々。実は水を飲まざるか。条々迫責により、その命、堪へずして薨去了んぬ」というものであった（『顕広王記』七月九日条）。死は、今日よりはるかに多く、目前の現実としてあったのである。

藤原定家は、六条朱雀の都大路に、首を切られた男女の二遺体が放置されていた事件を、生々しく伝えている（『明月記』嘉祿二年（一二二六）六月二十三、四日条）。両人とも頭をそった出家姿で、どうやら丸裸であったらしく、通行人が見るに忍びなかったのであろう、木の枝で女陰を覆ってあったという。もちろん、見物人が群れをなしていた。切られた二人は、公卿の従三位源雅行の息子と娘で、娘は嫁いでいたにもかかわらず、弟を慕って家を逃げ出し、それを知った父の卿が激怒、両者はともに出家したものの、なお怒りがおさまらず、侍に命じて殺害し、遺体をあえて路上に取り捨てさせたのであった。近親相姦を罰した事件であったのだろう。盗賊による殺傷事件も、数えあげれば切りのない時代であった。

諸軍記作品が誕生してくる同時代の寛喜三年（一二三一）には、都大路は餓死者が次つぎと横たわり、目をおおうばかりの惨状を呈していた。前年の夏が雪の降るほどの冷夏だったために、大飢饉に見舞われたのである。『民経記』（藤原経光の日記）にその記録をたどれば、四月六日条に、「餓死により、死人、道路に充満、哀れむべし、哀れむべし」とあり、十六日条には、日吉神社の祭礼が、社頭に死人がいたことによる触穢のため、延期されたとした上、「治承の外、頗る稀」と記す。「治承」は、治承五年（一一八一）すなわち養和元年の、『方丈記』にも書かれていて有名な大飢饉を指しており、それ以来の災害だというのである。五月に入ると、飢饉による改元が内々の会議の議題とされ、道にあふれる死骸を収容して取り除くべしとの主張もなされている（三日条）。六月には、宮中で行なわれる恒例の神今食《じんこんじき》の神事が、神祇官の北庁に餓死者が多くいて触穢の事態となり、これも延期された（二日、十一日条）。

衝撃的な記事は、大雨によって鴨川が氾濫し、川原に満ちていた死骸を洗い流したとするもので、その際、人びとは、祇園会が近づき、掃除のために洪水となったのだとうわさしあったという（六月暦記、四日条）。餓死者は、道にも川原にも、なすすべなく放置されたままだったと見える。期待された祇園の祭りも、本社が死人に穢されてついに延期、「死骸、道路に満ち、諸社・諸寺、警固を致すと雖も」、触穢を防げない状態であった（十一日条）。社寺の建物は、飢えた多くの人びとが、最後に身を寄せる場所として選ぶ対象となっていたのであろう。なお、洪水によって洗い清められたはずの鴨川の川原は、それからわずか十三日後には、「凡そ其の隙なし」と書かれるほど、再び死骸にあふれるありさまとなる（十七日条）。遺体の集積所とされていたのではあるまいか。

『明月記』にも、飢え人が倒れ伏し、道に死骸の満ちる状況が「日を逐って加増」したとも（七月二日条）、死臭が「徐《おもむ》ろに家中に及」び、「日夜を論ぜず、死人を抱きて」通り過ぎていく者は数えきれないくらいであったとも伝える（三日条）。大飢饉のもたらした現実は、かくも醜悪であった。

『民経記』の筆者が引き合いに出した治承五年の飢饉でも、似たような風景が展開されていたことであろう。後日、頼朝の信を得ることになる吉田経房は、当時、三条烏丸を通ろうとしたところ、「餓死者八人」が放置されていたのでやめたとし、「近日、死骸、殆んど道路に満つと云ふべし」と記している（『吉記』四月五日条）。清盛は、この年の閏二月四日に亡くなるが、その前日の『玉葉』には、美濃国に派遣された反乱追討軍が、食糧を全く無くして餓死に及ぼうとしているとある。翌年にまで飢餓は続き、人びとは「嬰児を道路に棄て、死骸、街衢《がいく》に満ち」、夜は強盗が横行して放火を重ね、院に仕える蔵人クラスの輩は「多く以って餓死」し、それ以下の階層の死者は数えられぬほど、「飢饉、前代を越」える苛酷さであったという（『百練抄』養和二年正月十七日条）。

こうした現実を、『平家物語』は一向に伝えようとはしていない。作者は、たとえ治承・養和の飢饉を経験していないにしても、ちょうど五十年後のそれを眼前にしていた蓋然性は高い。とすれば、『方丈記』も語る過去の惨禍を、それなりに文字化できなかったはずはなかろう。彼には、その意志がなかったものと判ぜざるをえない。勇猛果敢な合戦場面が、決して現実そのままではないのと同じように、悲惨な戦いの実態や社会状況が、忠実に写し取られているわけでもないのである。

二　現実の反映

現実と表現世界との間に、埋めがたい溝があるにしても、当然、両者は、言わば層を異にしながら、濃密に結びついている。たとえば『平治物語』で、反乱の主謀者であった藤原信頼が、鴨川の河原で処刑された場面の死体の描写は、古態本（学習院本）に次のようにある。

大の男の肥ゑ太りたるが、頸はとられて、むくろのうつぶしさまに伏したる上に、すなご蹴かけられて、析ふし村雨のふりかゝりたれば、背みぞにたまれる水、血まじりて紅《くれなひ》をながせり。目もあてられぬありさまなり。

ここでは、微細な描写が表現に現実味を与えている。「大の男の肥ゑ太りたる」という、視覚にうったえる具体的描写から始まり、首のないうつぶしの遺体、罪人ゆえに砂を足で蹴りかけられ、そぼ降る雨が砂まじりに背筋にたまり、鮮血で染まっているさまに至るまで、一つ一つの表現にリアリティがある。『平家物語』を筆頭とする軍記四作品には、血がほとんど描かれない。その意味でも注目に価する、特異な場面である。では、作者が実際に信頼の処刑現場を見て書いたのかと言えば、そうではあるまい。何しろ、作品の成立は、事件から七十年ほども経ったのちと考えられたからである。とすれば、ここのリアリティは、作者が現実に生きていた時代に目にした光景を、模した結果ではなかったかと想像されてくる。物語の表現世界は、こうしたレベルで現実社会と結びついていたはずであった。

『平家物語』の延慶本では、木曾義仲追討のために上洛する義経軍が宇治川に到着した時、布陣を目的に民家を焼き払った記述がある。義経軍は二万五千余騎、川端に臨めたのは四、五千騎で、あとの二万余騎を展開させようとして、三百余軒の民家に火を放ったとある。前もってそのことを告知したため、人びとは戦場を避けて逃亡したあと、一人も人がいないのを幸いに放火し、取り残されていた牛馬は焼け死に、更に、

老タル親ノ行歩ニモ叶ハヌ、タ、ミノ下ニカクシ、板ノ下、壺瓶ノ底ニ有リケルモ、皆、焼ケ死ニケリ。或イハ逃ゲ隠ルベキ力モ無カリケルヤサシキ女房・姫君ナンドヤ、或イハ病床ニ臥シタル浅猿《あさまし》ゲナル者、小者《こもの》共ニ至ルマデ、刹那ノ間ニ灰燼トゾナリニケル。「風吹ケバ、木ヤスカラズ」トハ、此ノ体ノ事ナルベシ。

と、つづる。戦いの被害は、常に弱者に集中するという、戦争被害者の実態を伝えようとしたものである。

そもそもこの時の義経軍は、二万五千余騎などではなかった。『玉葉』寿永三年（一一八四）正月十三日条によれば、「僅かに千余騎」。なぜ少なかったかといえば、翌十四日条に、「関東、飢饉の間」と説明されている。従って、二万余の大軍布陣のために、三百余軒を焼いたという事実は信じがたい。しかし、戦いともなれば、民家を焼却する手法は常道で、この前年にあった義仲と後白河院との法住寺合戦でも、義仲軍が「河原の在家を焼き払」っている（『玉葉』寿永二年十一月十九日条）。その際には、院の御所、法住寺殿に籠っていた人びとのうち、「女房等、多く以て裸形」で逃げ迷った（『吉記』同日条）。命を守るために、行動を束縛する重ね着した衣類は、脱ぎ捨てざるをえなかったのである。宇治川の戦場記述は、事実に反するとはいえ、戦いの実情を描き出したものであることは間違いない。

敗戦の混乱のさなか、味方どうしが殺し合うことも、間々、あることであった。一の谷の合戦で大敗北を喫した平家軍は、海上の船へと逃がれるが、あまりに大勢が混み乗ったため、船が沈んでしまう。そこで、

其の後は、「よき人をば乗すとも、雑人共をば乗すべからず」とて、太刀・長刀で薙《な》がせけり。かくする事とは知りながら、乗せじとする舟にとりつき、つかみつき、或はうでうちきられ、或はひぢうち落されて、一の谷の汀にあけになッてぞ並み臥したる。（覚一本）

と、物語は語る。これも事実か否かは二の次で、戦いの現場における非情さを示すことにこそ眼目がある。こうした場合における被害者もまた、階層的弱者であることを、文面は明らかにしつつ、かなわぬことと知ってなお、助けを求めてあがき苦しみ、切られていく人びとの姿を端的にとらえている。それは、鬼界が島に取り残される俊寛が、海中に入り、出て行く船にすがりつく場面にも通じているかに見える。

最初に紹介した北陸合戦での平家敗北の悲劇が、物語ではどのように表現されているかを改めて見てみよう。覚一本は、平家の郎等、藤原忠清・景家兄弟が、共に我が子を戦場で失い、悲痛にくれたことを特記しながら、次のように記す。

上総守忠清・飛騨守景家は、をとゝし入道相国薨ぜられける時、ともに出家したりけるが、今度、北国にて子ども皆ほろびぬと聞いて、其の思ひのつもりにや、つひになげき死にぞ死ににける。是をはじめて、おやは子におくれ、婦《め》は夫にわかれ、凡そ遠国・近国もさこそありけめ、京中には、家〻門戸を閉じて声〻に念仏申し、をめきさけぶ事おびたゝし。

『玉葉』は、「官兵の妻子等、悲泣、極り無し」と書いていたが、ここはそれと重なる。ただし、忠清と景家の死は、正しくはない。忠清は、壇の浦合戦の一か月半後、伊勢の鈴鹿山で捕らえられ、都で処刑されてさらし首となったのが事実である（『吉記』元暦二年（一一八五）五月十四日条）。出家も、一門の都落ち後のことで、主君の死を契機としたものではない（同、寿永二年七月二十九日条）。景家は、北陸合戦から逃げ帰った一人で（『玉葉』六月五日条）、息子の死を都にいて「聞い」たわけではなく、当時、すでに出家していたとも考えがたい。延慶本にさかのぼってみれば、忠清に関する記述はなく、景家についても、出家遁世したいむねを口にしたとだけある。察するに、改作される過程で、家族を見舞った不幸と親子の情に的を絞った一節が、悲劇的出来事の象徴として創作されるに至ったのであった。「なげき死」の一語には、愛する者を失った人一般の、いやしがたい懊悩が託されている。

三　女性のうらみ

物語の真価は、享受者が登場人物にどれほど共鳴できるかによって左右される。共鳴の度合いは、語られる当該人物の心の葛藤の現実味と深くかかわろう。女性の場合を見てみたい。

『保元物語』は、合戦終結後、敗者側の動静を追う。戦場を逃がれた崇徳院の、出家から仁和寺に身を寄せるまでの経緯、のどに流れ矢を受けた左大臣頼長の死と、父の前関白忠実の嘆き、と相次いで語られ、やがて、源氏一族の悲劇が連続してものがたられることになる。比叡山に登って出家した為義は、為朝の制止を振り切って、後白河天皇方についていた嫡男義朝のもとに出頭、義朝は朝廷に対して再三命乞いをするが許されず、部下の進言に従って父の首を切らせる。更に、為朝は取り逃がしたものの、五人の弟たちを次つぎと捕らえて処刑、あげく、為義晩年の思い人であった女性の生んだ十三歳から七歳までの、幼い四人の男の子をも切らせてしまう。それは、母親が夫為義と子供たちの命を助けてほしいと祈るために、源氏の氏神である石清水八幡へ参詣している留守中の出来事であった。義朝の指示を受けた武士が、父上が待っていると子供たちをだまして連れ出し、最後に事の次第を伝えて、涙ながらに首を打ち落したのである。処刑場は、都の北の郊外、船岡山であった。

母親は、石清水から帰る途中、桂川沿いの地までやって来た時、刑を執行した武士から真実を伝えられる。その時から、彼女は身も世もない悲しみに激しく突き動かされていく。「輿ノ内ヲ倒《こゝろ》ビ出デテ、天ニ仰ギ、五体ヲ地ニ投ゲテ、叫バントスレ共、音《こゑ》モ無ク、泣ケ共、涙モ無カリケリ。消エ入リ〳〵モダヘ《（え）》ケリ」（半井本）というありさま、やっと息ができるようになって出てきた言葉は、「夢カウツツカ、ヲ（お）ボツカナシ。如何セン、〳〵」という、受け入れがたい現実を前に、ただ惑乱するばかりのそれだったと語られる。そして、次なる言葉は、自らの愚かしさを自嘲するもの。

八幡へ参ルモ誰ガ為、入道殿（為義）ト四人ノ子共ノ祈リノ為也。何《いか》ニ鬼ノ笑ヒケン、船岡山ノヘ行カズシテ、何シニ八幡《やはた》ヘハ参ルゾトテ。

石清水八幡へ参詣したのは、外ならぬ夫と子供たちのため、しかし所詮、氏神など頼りにならぬものだった、私の愚行を天から鬼が見ていて、どれほど笑っていたことか、我が子の殺される船岡山へ、せめて一緒に行ってやればよいものを、何で石清水になんぞ行くのかと――。頼みにもできぬものを頼ってしまったことの後悔と慙愧の念、ひいては神への恨みが、制御しがたい狂気の情にまで高まって表白されている。そう実感させるのが、「何《いか》ニ鬼ノ笑ヒケン」の一言であろう。取り返しのつかぬ過去を振り返った時の自責、自虐、笑えぬ笑い、そうした狂おしい思いが、深く込められた言葉である。

子供たちは皆、母と一緒に行きたいとせがんだのだという。しかし、四人を連れては供人も多くなると思い、平等に捨て置いてきたのが恨めしく、一人でも二人でも連れてきていたならばと、彼女の後悔はつきない。今さら我が家へ帰る気もせず、せめて我が子のむくろなりとも見たいと、船岡山へ向かう。が、途中で思いは変わる。首実検に供されて顔もないむくろ、今は獣に食い散らされているだろうものを探し出して何になる、しかるべき寺に行って出家したいと思いはするが、そこでも物見高い目にさらされ、うわさの種になるに違いない我が身、いっその事と、その場で自ら髪を切ってしまう。

それでも気持ちは、修まらない。人は一日一夜の間に、八億四千の煩悩があると聞く、まして夫と我が子のことが忘れられぬ身、子供の年を数えて今年はいくつになるはずと思えば、切った人、切らせた人が恨めしく、世に時めいている幼い子を見れば、「我ガ子共ノ成リケン様ニ成リ行ケカシトノミ思」うに違いないことゆえ、煩悩の罪はいや増しになりゆくばかり。仏道修行を積んだところで、何になろう、ならば、この川に身を投げて命を断つのが一番と、心中を吐露する。自分と同じ不幸な境涯に他者を引きずり込みたい衝動は、今も昔も変らない心の現実。それが真正面から語られている。

お供の人たちは、今度の合戦で夫を失い、子を殺された人は多いが、身を投げた者はいないと、他の人を引き合いに出して説得する。それでも、「人ノ更《さあら》ネバ、我モ更《さあら》ジト思フベカラズ。心〻思《おもひ》〻ノ事ヲヤ」と耳を貸さず、夫と四人の子との後世再会を阿弥陀仏に念じつつ川端に立つが、人びとに力づくで阻まれ、一旦、翻意したかに見せかけ、すれ違いざま、ついに入水したのであった。他者には分からぬ個の悲しみがあることを、作者は表現したかったのであろう。

この女性は、美濃国青墓の生れであったことが知られている（『吾妻鏡』建久元年〔一一九〇〕十月二十九日条）。内記大夫平行遠の娘で、妹はその地の遊女の長、しかもあの義朝の愛人であった。つまり、親子が姉妹を妻としていたという関係である。物語で、「切ラセケル人ノ浦目《うらめ》敷《しく》」と彼女に言わせているその「切ラセケル人」とは、外ならぬ妹の夫だったことになる。彼女が自ら命を断ったのは事実であったろう。それを物語作者は、暗く激しく孤独におちいっていく心の軌跡をたどることで、描きあげたのであった。

四　男女の心のみぞ

人から止められたのにもかかわらず、死を選んだ行為は、『平家物語』で語られる平通盛の妻、小宰相に通ずる。通盛は清盛の弟の教盛の子、一の谷の戦いで討たれ、彼女は瀬戸内海に身を投じた。そのことは、『建礼門院右京大夫集』にも伝えられている。

夫の討死の知らせを聞いたのは船中、にわかには信じられず、来る日も来る日も帰りを待ち続けるが、明日は屋島へ着こうという夜、ついにあきらめ、乳母に悔いる思いをうちあける。最後の別れとなった夜のこと、あの人は、「いつよりも心ぼそげにうちなげきて、『明日《みやうにち》のいくさには、一ぢやう討たれなんずとおぼゆるはとよ』」と告白したのだという。でも、自分は、「いくさはいつもの事なれば」、そうなろうとは思いもしなかったことが、今となっては悔やまれる。それが最後と分かっていたなら、どうして来世での再会を約束しなかったであろうかと考えると、悲しくてたまらない。その時、気の強い女だと思われまいと思って、日ごろ隠していた妊娠の事実を口にしたところ、「うきよのわすれがたみ」だと言って、ことの外に喜んでくれたけれど、それもむなしい。無事に出産できるかもおぼつかなく、生まれた子を見れば見たで、夫を慕う気持ちはいや増しにこそなれ、尽きそうにはない。それゆえ、「たゞ水の底へ入らばやと思ひ定めてあるぞとよ」と、言うのであった。

乳母は涙を流し、両親も幼い子も都に残してお供をしてきた私の思いを汲んでほしいと訴えながら、今度の戦いで夫を失った北の方たちの嘆きはみな同じ、「されば、御身ひとつのこととおぼしめすべからず」と説得し、忘れ形見のお子様を育て、御主人の菩提を弔うのが何よりで、たとえ、あの世での再会を願っても、来世は種々まちまち、「ゆきあはせ給はん事も不定なれば、御身をなげてもよしなき事」、その上、後事を誰に託すおつもりなのかと、問うて泣く。小宰相は、相手に悪い身勝手なこと言ってしまったと反省し、一旦の気の迷いと弁解する。乳母の方は、それでも本心に違いないと思い、同じことならもろともにと請うが、ついうとうととしたすきに、小宰相は船端に立ち出で、月の傾く西に向かい念仏を唱え、相思相愛にして別れた仲、「必ずひとつはちすにむかへたまへ」と祈りつつ、夜の海に沈んでいった。

彼女の脳裏から離れない後悔の念は、夫との最後の夜に二人の間にできてしまった心の溝に因があった。普段と違い、肉体的な限界を感じていたからでもあろう、不安な死の予感をもらした相手の言葉に、つい冷たく反応してしまった彼女——。それは、戦争が日常化し、戦場から何事もなく帰還する夫の姿を見続けるなかで、緊張感を失い、相手の置かれている状況への想像力すら、無自覚にも欠落させていたからに外ならない。その結果、後世の契りを交さなかったことが、本人にとっての最大の悔恨。子を身ごもっていることの告白は、弱気な夫の言葉への反発心をさとられまいとする偽装であった。夫婦の間に生じた心のすれ違いは、日々、厳しい現実の前に立たざるを得ない者ゆえに働いた直感を、別次元で生活する者ゆえに理解できなかった齟齬、とも説明できようか。今日の夫婦間でも、しばしばありうること、しかしそれが、取り返しのつかぬ今生の別れ際に起きてしまったのが悲劇であった。小宰相の入水は、二人の間に残った心の溝を、一気に埋めようとする行為だったのである。

乳母の説得は、先の為義の妻に対する人びとのそれと同類であるが、更にその上に、後世再会が不確かだとする一条が加わっていた。具体的に言えば、あの世は六道四生、すなわち、地獄・餓鬼・畜生・修羅・人間・天上の六つの世界に分かれ、そこに生まれるのには、胎生・卵生・湿生・化生の四つの形があって、会いたい人に会えるかどうか、分からないのだという。その言葉を聞いてなお、小宰相は身を投げた。不確かなものに賭ける強い心情を、作者は語りたかったのであろう。『保元物語』でも改作されていく過程で、為義の妻を思いとどまらせようとする場面に、同じ文言が添加されてくる。あらゆる障壁を乗り越えて愛を復活させようとする姿には、戦乱の時代にあって余儀なく愛情を引き裂かれた人びとに共通する思いが、託されているのに違いない。

小宰相の話には、見落されがちな日付の上での配慮もなされている。夫の通盛が討死したのは寿永三年（一一八四）二月七日、彼女の入水は十三日の夜のこと、初七日に当たる。死者は冥府に至ると、秦広王や閻魔王といった十王によって、十回の裁きを受けるが、その最初が初七日であった。以後、七日ごとに四十九日まで七回、百箇日、一周忌、三回忌で十回である。裁きは、娑婆での罪科を問い、来世における生所を定めるもの。そもそも一の谷から屋島への船路が、七日もかかるはずがない。初めての裁定が下りる初七日に跡を追ったとするところに、特別な意味が込められているのであろう。延慶本では、熊谷直実に討たれた敦盛の首が、父経盛のもとに船で届けられたのも十三日としており、経盛は「七日の内」に我が子の首に接することができたのを感謝している。意図的な設定であったことは、動かしがたい。

五　戦争被害者としての女性

戦いのもたらした夫婦間の愛の亀裂、あるいは背反は、『平治物語』で、夫の源義朝を殺され、幼い三人の子を連れて都落ちする常葉《ときわ》の心理にも、描き込まれている（学習院本）。雪の中を、早朝に旅立った常葉は、二歳の、今で言えば一歳の牛若を胸に抱き、八歳と六歳の男の子は自分で歩ませていたが、やがて足がはれて血をにじませ、「さむやつめたや」と泣いて訴える。どうすることもできぬ母は、通りすがりの人が「こはいかに」と同情して声をかけてくるにつけても、「うき心ありて」、つまり何かの下心があって呼びとめたのではと、心をおののかせる。「余りの悲しさに」、人家の門の下で休み、人通りの少い時を見はからって、「なけば人にもあやしまれ」、義朝の子として切られることになるのだと、しかる。「八つ子」は母のいさめ言を聞いて泣き声をこらえるが、「六つ子」はなお泣きやめない。致し方なく常葉は、六つ子の手を取り、ただ「子共が事の悲しさ」、いとおしさゆえに、遅々とした歩みを続ける。

夕刻、たどり着いたのは伏見の里。宿を借りる当てもなく、目に入る家は、どれも敵方に見えてしまう。その時、ふと心に浮かんだのが、亡き夫への恨みつらみの情、「うかりける人の子共が母と成りて、けふはかゝる嘆きにあふ事よ」という思いであったと語られる。「うかりける人」とは、結局、私につらい思いをさせるに決っていた人の意。勝手に戦いをし、勝手に先に死んで、私には苦労ばかりを残して、という、恨みのこもった言葉である。しかし彼女は、すぐに思い返し、「おろかなる心哉。……共に契ればこそ、子共もあれ。独りのとがになしける事のはかなさよ」と反省する。時は暗闇の迫る時刻、親子四人のいる所は、生い茂ったいばらの類が道の上にせり出している下、人目には立ちにくい。物語の作り手は、緊張のゆるんだ心のすきに、一瞬、先立った夫を難詰したい思いが沸き立ってきたことを、巧みに描き込んだのであった。それは、戦いは常に生き残った側にこそ、多大な辛苦をなめさせるという現実を語っているに等しい。

建礼門院徳子の余生は、忘れられぬ過去との精神的苦闘の日々であったと、『平家物語』は伝える。出家に際し、戒師の僧に布施として差し出したのは、今わの時まで我が子の安徳帝が着ていた直衣、「いかならん世までも、御身をはなたじ」と思っていたものの、代りに提供する物とてなく、泣く泣く取り出したという（覚一本）。出家したとはいえ、安徳帝を抱いて尼姿の母時子が海に沈んでいった様は、いつの世までも「忘れがたく」、かつ、「なにしに今までながらへて、かゝるうき目を見るらんと、おぼしめしつゞけて」涙を流す毎日。大原の寂光院に入り、仏前に座れば、口から出てくるのは、我が子の冥福を祈る「天子聖霊、成等正覚、頓証菩提」という言葉。その面影が「ひしと御身にそひて」、消え去ることがありそうもない。

大原を訪れた後白河院に対しても、「いつの世にも忘れがたきは先帝の御面影、忘れんとすれども忘られず、しのばんとすれどもしのばれず。たゞ恩愛の道ほど、かなしかりける事はなし」と、心中を語る。「忘れんとすれども忘られず」の一句は、自らの生涯を六道になぞらえて語る場面でも繰り返され、上皇が帰ったのちには、また、阿弥陀仏に向かい、「先帝聖霊、一門亡魂、成等正覚、頓証菩提」と、泣きながら唱える。その仏像の脇には、「先帝の御影《みえい》」が飾られてもいた。建礼門院の晴れやらぬ心の内が、そこに象徴的に示されていよう。彼女の最期は、紫雲たなびき、音楽、空に聞こえ、まさに往生の端相に満ちたものではあったが、亡き子への慕情という、煩悩即菩提の、その煩悩を抱いたままの往生であったように見える。それが、衆庶の望む往生の形であったのだろう。

夫や息子の安否を思う女性たちの悩みは、戦争のさなかに尽きることなく、愛する者を失ったのちには、その深刻さを増す。自分の力の及ばぬ世界から不可避的にもたらされる現実は、理不尽以外の何物でもあるまい。物語は、そこを描き切っている。

軍記物語研究の場合、物語世界と現実との距離をどう捕捉するかが問われる。作品の素材となった戦乱との距離は無論、作品成立時の社会状況や戦いの実態との距離、更には、普遍的な人間存在のありようとの距離。特に文学性に関して問われるべきは、最後の課題であろう。ここに取りあげた女性たちの懊悩は、決して複雑な心理の忠実な再現ではなく、言わば刈り込まれた一つ一つの苦悩の純化を通して表現されている。その純化が、人びとの共感につながってきたのであった。ということは、純化の方向性が、正しく我々の心の現実を投影したものであったからに外なるまい。それができたのは、いや、そうならざるを得なかったのは、歴史上に実在し、動乱の時代を生きた人間を扱う軍記物語だったからであろう。このジャンルの価値は、そこらあたりにありはしないか。本稿の問題意識の根底には、こうした考えがあったことを申し添えておく。

「兵の道」・「弓箭の道」考

佐伯真一

院政期から中世の説話集や軍記物語に使用される「兵《つはもの》の道」「弓箭《きゆうせん》（弓矢《ゆみや》）の道」といった語彙について、筆者は、最近、拙著『戦場の精神史』[1]において、その用法の変遷などを論じた。だが、書物の性格上、ごく大まかな記述にとどまり、用例に即した具体的考証はできていない。そこで、改めてこれらの言葉について考証を試みたい。

一　研究史と問題の所在

「兵の道」「弓箭の道」に類する語彙についての研究史は、戦前に遡る必要がある。一時期盛んだった「武士道」論の実証的な一面を代表する橋本實[2]は、「弓箭（弓矢）の道」の用例を、中世では『平家物語』（流布本か）、『十訓抄』、『蒙古襲来絵詞』、『太平記』、『明徳記』、『鎌倉大草紙』、『応仁略記』の諸作品から九例、近世では『紳書』、『小早川式部物語』、『岩淵夜話』から三例挙げて、次のように結論している。

> 前者（中世）では道徳的意義に用ひ《ママ》られてゐるが、後者（近世）にありては技術的意義に限定されてゐる。かくして此の名称は中世より近世に至つて道徳的意義より技術的意義に内容が転化し、之に代つて道徳的意義を有つ武士道（武士の道）、士道（士の道）、武之道、勇士之道等の名称が生み出された。（（　）内は原文のまま）

この分析が当たっていないことは後述するが、こうした結論が導かれるのは、「武士道」論者には珍しく実証的に議論を組み立てた橋本も、「日本の武士には、時代によって名称を変えたとはいえ、倫理的な武士道精神が一貫して存在した」というような歴史観（いわば「武士道史観」）の影響を免れなかったものと言わざるを得ない。

その後、釜田喜三郎(3)は、『太平記』に見える「弓矢の道」「弓馬の道」等を検討し、巻二「僧徒六波羅召捕事」における「詩歌は朝廷の翫《もてあそ》ぶ所、弓馬は武家のたしなむ道」の例などについて、

> これは単に「風月の才」「詩歌」に対する「弓馬の道」に過ぎないのであり、弓矢取る者としての道徳が出来上がっていたとは思われない。

とした。右のような「武士道」論に対する批判として有効なものであったと言えよう。

戦後、「武士道史観」的な言説は、学問的な世界では消滅した(4)。だが、その消滅と共に、こうした語彙への関心自体が失せ、右記の橋本や釜田のような用例をふまえた検討も行われなくなった。そのためもあってか、これらの語彙、特に「兵の道」を倫理的な意味の言葉として捉えるような傾向が、歴史学の一部になお残存したかに見えるのは皮肉なことである。たとえば、石井紫郎(5)は、東国の私戦の世界に存在した「一定の程度合戦のルールともいえるもの」を「つはものの道」と呼んでおり、七種類の「合戦のルール」を指摘して、次のようにまとめている。

> これらすべてを当時「つはものの道」として数え上げていたか否かは不明であるが、この言葉が合戦の両当事者による遵守が一応期待される慣習を意味している以上、ここでこれらを、「つはものの道」として一括することは許されるであろう。

この把握は、『奥州後三年記』の「つはものの道、降人をなだむるは古今の例なり」の用例に基づいてはいるのだが、「ルール」を「つはものの道」と呼ぶのは、後述のように、石井が考察対象とした平安後期から鎌倉前期の多くの用例からはかなりかけ離れた用法であると言わざるを得ない。

さらに鈴木国弘[6]は、この石井の論を受けて、私戦の倫理を「つはものの道」、公戦の倫理を「もののふの道」と呼んで、鎌倉時代にも私戦の倫理（つはものの道）が生き残っているといった議論を展開する。この場合、「もののふの道」「つはものの道」は、論述用の術語として設定されているので、古典の用例と合致する必要はないわけだが、やはり、敢えてこうした語が用いられるところに、「道」を法ないし倫理と捉える傾向が表れていると思われる。このように、現在の歴史学においても、「兵の道」等の語彙を、古典の用例とはあまり関わりなく、法や倫理即ち善悪の判断に関わる概念と捉える傾向は払拭されていない。一方、文学分野の研究では、こうした問題に関する発言は、管見の限りでは先の釜田論文以来出ていない。

しかし、「兵の道」の語義については、国語辞典類では、「武人として身につけているべき技能。武芸の道」（『角川古語大辞典』）、「戦いのやり方。戦いの方法。兵法。軍学。また、武芸。武術」（『日本国語大辞典』）などとされていて、倫理的な側面は見あたらない。これは正しい把握である。また歴史学の分野でも、こうした正当な語義の理解に立脚した議論は少なくない。とりわけ、高橋昌明[7]が次のように述べているのは、正鵠を射たものと言うべきだろう。

中世の他の道と同様、「兵ノ道」にことさら精神的・倫理的なものを求めようとすることは適当ではない。「兵ノ道」は（中略）勇敢・敏捷で、腕力と判断力にすぐれた、バランス良い戦闘能力の保持に重点を置いており、それであってはじめて中世的な「道」たり得るのである。

だが、問題はそこで終わるわけではない。検討対象を「兵の道」に限定せず、用例に即して検討してゆけば、石井紫郎等の議論の批判的な継承の可能性をも含めて、新たな面が見えてくるように思われる。具体的検討に入ろう。

二　「兵の道」について

「兵の道」の例として、辞典類では『今昔物語集』等の例を挙げることが多いが、小学館『日本国語大辞典』は、初出として『日本書紀』欽明二三年七月条の「河邊臣瓊缶、元不レ暁レ兵、対挙二白旗一、空爾独進」を挙げる。傍線部「兵」を、寛文版の付訓によって「ツハモノ、ミチ」と読むわけだが、この訓がどこまでさかのぼれるものか、筆者は確証を知らない。これを別とすれば、管見の範囲で「兵の道」の古い用例として挙げられるのは、『将門記』の、武蔵国庁の紛争で武芝が源経基の営所を囲んだ場面における、「介経基未練兵道」（介経基ハ未ダ兵ノ道ニ練レズ）との例である。源経基が武士としての能力において未熟であると描いたものと解釈できよう。

「兵の道」のこのような用法は、この語を多用する作品として最も注目される『今昔物語集』にもほぼ共通する。『今昔物語集』の「兵の道」一四例を列挙してみよう。

① 巻二―二八「流離王、殺釈種語」「釈種ハ皆兵ノ道ニ極タリト云ヘドモ、戒ヲ持テル者ナレバ虫ヲソラ不害《がいせ》ズ」

② 巻五―六「般沙羅王五百卵、初知父母語」「五百ノ皇子、漸ク勢長ジテ、皆心武クシテ兵ノ道ニ足レリ」

③ 巻五―一七「天竺国王、依鼠護勝合戦語」「此ノ国王兵ノ道賢ク心武クシテ、傍ノ国ヲ罰チ取テ、国ヲ弘ゲ人ヲ随ヘテ、其ノ勢並ビ無シ」

④ 巻一〇―三「高祖、罰項羽始漢代為帝王語」「（項伯は）項羽ガ類也ト云ドモ、年来項羽ニ随テ眷属トシテ有リ。心武ク兵ノ道ニ堪タル事、世ニ並ビ無シ」

⑤ 同右「（張良の献策）彼ノ人ハ、兵ノ道、人ニ勝レタリ。亦、軍ノ員四十万人也。君ノ方ニハ十万人也。戦ヒ給ハムニ、必ズ被罰レ給ヒナムトス」

⑥ 同右「范増ハ年老テ兵ノ道極タリ」

⑦巻一一―六「玄昉僧正、亘唐伝法相語」「其ノ時ニ御手代ノ東人ト云フ人有ケリ。心極テ猛クシテ思量リ賢キ者ニテ有ケレバ、兵ノ道ニ被仕ケルニ依テ」
⑧巻一九―四「摂津守源満仲、出家セル語」「数《あまた》ノ子共有ケリ。皆兵ノ道達レリ」
⑨同右「我レハ明日ニ出家シナムトス。我レ年来兵ノ方ニ付テ、聊ニ恙無カリツ。而ルニ、兵ノ道ヲ立ム事、只今夜許也」
⑩巻二五―三「源充平良文合戦語」「此ノ二人、兵ノ道ヲ挑ケル程ニ、互ニ中悪シク成ニケリ」
⑪巻二五―七「藤原保昌朝臣、値盗人袴垂語」「露、家ノ兵ニモ不劣シテ心太ク、手聞キ、強力ニシテ、思量ノ有ル事モ微妙ナレバ、公モ此ノ人ヲ兵ノ道ニ被仕ルニ」
⑫巻二五―九「源頼信朝臣、責平忠恒語」「(頼信は)兵ノ道ニ付テ聊ニモ愚ナル事無ケレバ、公モ此レヲ止事無キ者ニセサセ給フ」
⑬巻二九―六「放免共、為強盗入人家被捕語」「郎等トモ無ク雑色トモ無ク、兵ノ道ニ達レル者共五十人許ヲ、明日ノ夕ニ窃ニ遣ラム」
⑭巻二九―二一「紀伊国晴澄、値盗人語」「今昔、紀伊ノ国ノ伊都ノ郡ニ坂上ノ晴澄ト云フ者有ケリ。兵ノ道ニ極メテ緩ミ無カリケリ」

これらの多くは、大まかに言えば武芸ないし軍事的能力をいうものである。もちろん個々の例には微妙に揺れがあり、肉体的な技能に近いものも、知謀の能力に近いものもあるが、一四例のうち①②③④⑤⑥⑧⑩⑫⑬⑭の一一例がその範囲内にあるといえよう。(8)『今昔物語集』の「兵の道」は基本的にはこのような意味であると言える。

他に、『宇治拾遺物語』に見える「兵の道」三例も、同様に解釈する事ができる。第一二八話「河内守頼信平忠恒をせむる事」の「此守殿、此国をば、これこそ始にておはするに(中略)かくしり給へるは、げに人にすぐれたる兵の道かな」、第一五五話の「宗行郎等射レ虎事」の「此国の人は、兵の道わろきにこそはあめれ」、同話の「なほ兵の道は、日の本の人にはあたるべくもあらず」である。

このように、「兵の道」の一般的な用法は、武士としての実力、戦闘に関わる能力をいうものと考えて良いだろう。著名な『徒然草』八〇段「人ごとに、我が身に疎きことをのみぞ好める。法師は兵の道を立て、夷は弓引くすべ知らず」云々も、具体的には武術の修練を指すと考えられよう。

だが、『今昔物語集』の残る三例にも注意しておくべきだろう。残りの例のうち⑦⑪は、「兵ノ道ニ被仕」という文脈、つまり「兵」という「道」において取り立てられたという用法である。そして、⑨は、多田満仲が出家前夜に「兵ノ道」を立てるのも今宵限りだと言っているわけで、ここでは「兵ノ道」とは「兵」として生きることそのものであると言えよう。このように、「兵の道」とは、広い意味では「兵」という職業、あるいは戦闘の専門家として生きることそのものを言う言葉なのではないか。ただ、「兵として生きる」ために具体的に重要なことは何かと言えば、多くの場合は武芸の技能、勇敢さ、知謀などといった、具体的な戦闘に関わる能力のことになるわけだろう。

さらに、「戦闘能力」などの意からより大きく外れる例として、『奥州後三年記』の例がある。降伏した清原武衡について、新羅三郎義光が次のように言う。

「兵のみち、降人をなだむるは古今例なり。しかるを武衡一人、あながちに頸をきらるゝ事、其意如何」

この提言は八幡太郎義家によってあっさり退けられてしまうのだが、当時の合戦において、降伏した敵の助命が習慣として存在していたことを示す例として知られている。前述のように、石井紫郎が「兵の道」＝「合戦のルール」と考えたのは、この例が根拠となっていた。そのような習慣を「兵の道」と呼ぶのは、右に見てきたこの言葉の多くの用例とは大きく異なり、これを一般化する事はできないのだが、「兵の道」がこのような用法をも含んでいることは見ておかねばなるまい。右に見たように、「兵の道」とは、根本的には「兵」（武士）として生きることそのものを指すと言っても良いはずなのであり、「兵」として生きることに関わるさまざまの事柄も、「兵の道」の語によって表され得るのである。その中に、こうした戦場における習慣も含まれていたというように考えるべきではないか。この点は、この後の武士の「道」の展開を考えてゆく上で重要である。

さらに、金刀比羅本『保元物語』中巻「白河殿攻め落す事」の批評を見ておこう。

> 武《たけく》しては今生の面目をほどこし、其忠世々にたえず、後代に名をとどめ、其功子孫に及とかや。臆しぬれば、恩禄かくるのみならず、生ては恥辱をいだき、死てはそしりをのこすといへり。能々思慮をめぐらすべきは兵のみちなるべし。

奮戦ぶりを敵の為朝にも認められた金子十郎家忠への賞賛から、武士の生き方一般に話題を広げ、武士の生き方とはどうあるべきかについて述べた地の文である。『保元物語六本対観表』[9]によれば金刀比羅本の独自本文であり、岩波旧大系『保元物語・平治物語』一一五頁頭注一六は、金刀比羅本系の特色をなす抽象的な表現とする。この例の場合、武士としての生き方に関わる教訓とも言える文脈に「兵の道」が用いられている点、そしてそれを「よくよく思慮をめぐらすべき」ものと捉えている点、この後、次第に形成されてくる武士精神とも言うべき意味での「道」の萌芽として注目すべき例であると思われる（後述）。だが、武士の「道」に関するその種の言説において、「兵の道」の語が中心を占めることはない。「弓箭の道」に話題を移そう。

三　「弓箭の道」について

「弓箭《きゆうせん》の道」と「弓矢《ゆみや》の道」の語は、『日本国語大辞典』では、前者が「武士としての道。武士のつとめ」、後者が「①弓矢に関する方面。弓を射るわざ（以下略）。②弓矢に関する道義。武芸の道。武道」、『角川古語大辞典』

では、前者が「弓矢をとる者の道。武道」、後者が「①弓で矢を射る武術。弓術。②転じて武術の道。武道」と、やや異なる意味を持つ語とされているようだが、「弓箭」を「ゆみや」と読む可能性も含めて、両者の厳密な区別は難しいように思われる。小稿では、以下、「弓箭の道」と「弓矢の道」を区別せず、「弓箭の道」の表記で代表する。

さて、『今昔物語集』には、「弓箭ノ道」も四例見られる。

①巻一九—七「丹後守保昌朝臣郎等、射テ母ノ成鹿ト出家語」「今昔、藤原ノ保昌ト云フ人有ケリ。兵ノ家ニテ非ズト云ヘドモ、心猛クシテ弓箭ノ道ニ達レリ」

②同右「多ノ射手ノ中ヲ迯ゲ遁レムト為ルニ、汝ヂ弓箭ノ道ニ極タルニ依テ、汝ガ手ヲ難遁カリナム」

③巻二五—一「平将門、発謀反被誅語」「新皇ノ云ク、『我レ弓箭ノ道ニ足レリ。今ノ世ニハ討勝ヲ以テ君トス。何ヲ憚ラムヤ』」

④巻二六—二四「山城国人、射兄、不当其箭存命語」「一段許ニテ差宛テ射ムニハ、弓箭ノ道ニ愚ナラム者ソラ、何シニカ放ム。況ヤ、此ハ極タル手聞ニテ有ケレバ…」

このうち②④は、まさに弓射そのものの能力を言う。「弓箭の道」の最も素朴な用法であろう。一方、①③は武士としての能力の意に抽象化された例である。このように具体的な意味から抽象的な意味までの幅を持つ点も、先に見た「兵ノ道」と同様と言えよう。「弓箭の道」は、本来はおそらく弓を射る能力そのものを言ったのだろうが、次第に武士の能力全般を言う言葉として、「兵の道」にとって代わるようになる。

『保元物語』の場合、金刀比羅本では先に見たように「兵の道」が一例あるが、半井本にはこれがなく、一方、上巻「新院、為義ヲ召サルル事」において、為義が息子達について述べる場面で、義朝を「弓矢ノ道、奥義ヲ極タル」、為朝を「弓箭ノ道不レ暗候ヘ」とある。しかし、いずれも少数であり、数の多少を論ずるほどのものではない。

なお、類義語として、金刀比羅本では「武道」「武勇の道」各二例、「武略の道」「合戦の道」「軍の籌道」各一例、半井本では「合戦ノ道」三例がある。『平治物語』一類本・四類本には、「兵の道」「弓箭の道」共に見られない（四類本には「武芸の道」二例がある）。

『平家物語』諸本になると、「兵の道」は、延慶本・覚一本・源平盛衰記などに見出せないのに対し、「弓箭の道」は延慶本で七例（「弓矢取道」一例を含む）、覚一本で一例、盛衰記で二例見られる。この他に「道」を用いる類義語として、延慶本では「武芸ノ道」「武勇ノ道」各一例、覚一本では「武芸の道」一例、盛衰記では、「武芸ノ道」二例、「弓馬ノ道」「武勇ノ道」「軍ノ道」各一例がある。

このように、軍記物語では、「…の道」の語が種々用いられる中で、「兵の道」はあまり使われなくなっていると言って良いだろう。これは、中世の文献全般に共通する傾向でもあるようだ。「兵の道」に代わる「…の道」の語の中で最も多いのは「弓箭の道」であり、『十訓抄』『沙石集』『蒙古襲来絵詞』各二例、流布本『太平記』八例というように、次第に多数を占めるようになってゆくのである。「兵の道」の衰退は、『今昔物語集』においては武士を表す言葉がほとんど「兵」だったのに対して、『平家物語』などでは「武士」に取って代わられていることに対応する現象であろう。(10)

『平家物語』における「弓箭の道」は、諸本に異同が多い。まず、延慶本における用例を挙げてみよう。

①第一本・卅六「山門衆徒内裏ヘ神輿振奉事」「（御輿振の衆徒に対する頼政の弁舌）但於自今以後ニ者、永ク弓矢ノ道コソ離レハテ候ハンズレ」

②第二末・十「屋牧判官兼隆ヲ夜討ニスル事」「（加藤太元員・景廉の兄弟は）弓矢ノ道、兄弟イヅレモ劣ラザリケレドモ、殊ニ景廉ハクラキリナキ甲ノ者…」

③第二末・十四「小壺坂合戦之事」「（旗色悪い自軍に対する畠山重忠の叱咤）弓矢取道、爰ニテ返合ズハ、各長ク弓

矢ヲバ小坪坂《ニテ》切スツベシ」
④第三本・七「木曾義仲成長スル事」（義仲は木曾で）成長スルホドニ武略《ノ》心武《ク》シテ、弓箭ノ道人《ニ》過ケレバ」
⑤第三末・廿八「筑後守貞能都《ヘ》帰《リ》登《ル》事」（都を落ちる平家への随行を断られた宇都宮・畠山の言葉）弓矢《ノ》道《ニ》此程心《ヲ》ヲカレ進《テ》参《リ》タラバ、何事《ノ》アラムゾ」
⑥第三末・卅二「平家福原《仁》一夜宿事」（宗盛の演説に対する郎等達の言葉）弓箭《ノ》道《ニ》携《ル》習、二心《ヲ》存《ヲ》以《テ》長生《ノ》恥《トス》」
⑦第六末・卅三「土佐守宗実死給事」（重盛の末子・宗実を経宗が養子にして）異姓他人《ニ》ナシテ弓矢《ノ》道《ヲモ》タシナマズ、只文筆ヲノミ教給《テ》」

このうち、覚一本では①のみ共通する。また、盛衰記では共通する例を全く欠く一方、これとは別の例が二例ある。一つは巻一五で足利又太郎忠綱が語る新田入道の言葉「船ナシトテ暫モ此ニヤスラフナラバ、大手軍ニ負ナンズ。去バ永ク弓矢ノ道ニ別ベシ」、もう一つは巻四三で壇ノ浦合戦に現れた斎院次官親能をからかった「ア、親能ハ右筆バカリハ取モ習タルラン、弓矢ノ道ハ不レ知者ヲ」との言葉である。

　これらの表現が諸本の間でこれほど一致しないのは、前後の文章ごと欠ける場合など、『平家物語』諸本の相違の大きさそのものによる面もあるが、「弓箭の道」に類する言葉が、不安定であるという言い方もできよう。たとえば、延慶本①の該当部が、盛衰記では「頼政今日ヨリ弓箭ヲ捨テ…」とあり、延慶本④の該当部が、覚一本では「ちからも世にすぐれてつよく、心もならびなく甲なりけり」とあるように、「道」の語がなくとも大体同様の意味を表現できるのが、この語の異同の激しさの一因だろう。『平家物語』では、これらの表現において、「道」が不可欠の語とは言えないわけである。

　内容的には、延慶本②④⑦が武芸の能力とその鍛錬に関わるが、その他はより精神的な問題に関わり、武士らしい戦闘精神（③）や主従間の心情（⑤）、さらに主従道徳（⑥）にも関わって、武士らしさを言う表現となっている。『今昔物語集』の「兵ノ道」「弓箭ノ道」がほとんど戦闘能力を意味したのに対して、延慶本『平家物語』の「弓箭ノ道」が、武士精神とでもいうべきものに関わるようになってきたと言うことはできる。しかし、延慶本の用例の中で、倫理に最も近い⑥「弓箭《ノ》道《ニ》携《ル》習、二心《ヲ》存《ヲ》以《テ》長生《ノ》恥《トス》」も、「道」の語自体が倫理を表しているわけではない。覚一本では「弓箭馬上に携るならひ、ふた心あるをも（ッ）て恥とす」と、「道」の語を欠く表現だが、文意は何ら変わらない。延慶本でも「道」自体は武士という生き方ないし職業を表すに過ぎないので、「弓箭の道」も「弓箭に携る習」も、その意味では等価であり、言い換えがきくわけである。「…の道」の表現が諸本で安定しないのも、そこに一因があろう。

覚一本「福原落」の例に見るような「弓矢取の習」「弓矢を取る習」といった表現は、諸本を通じて「弓箭の道」よりも多い。それらは、延慶本・第三末・廿八「筑後守貞能都《ヘ》帰《リ》登《ル》事」における貞能の言葉「弓矢《ヲ》取習、敵《ニ》打《ル》、事全《ク》恥《ニ》アラズ」や、第六本・三「判官与梶原逆櫓立論事」における金子十郎の言葉「誠《ニ》弓矢取者《ノ》習、一引《モ》引《ジトハ》人ゴトニ思候」のように、武士の精神に関わることも多いが、基本的にはあくまで武士の現実を表現した言葉である。つまり、「武士たる者、こういうものでなければならない」という理想の表現ではなく、「武士というのは一般にこういうものである」という認識の即自的な表現なのである。だからこそ、第三本・十二「沼賀入道与河野合戦事」における北条通経の「弓箭取習《ヒ》、生取《ル》、事《モ》常《ノ》習也」や、第二末・二十「畠山兵衛佐殿《ヘ》参《ル》事」における榛沢成清の「弓矢ヲ取習、父子両方《ニ》分《ル》事《ハ》常事也」というような言葉も出てくるわけである。武士に限らず、たとえば、延慶本の義王が仏御前の推参を「アレラ体ノ遊者ノ習」と言うのに対応する表現として、盛衰記に「道ヲ立ル者、折ヲ伺テ推参、尋常ノ事也」とあるのも同様に理解できよう。「道」や「習」は、倫理ではなく、一つの専門的な生き方や習慣を意味するわけである。

以上、『平家物語』諸本などにおいては、「兵の道」に代わって「弓箭の道」の例が増加し、それは『今昔物語集』に見られたような「弓射の能力」を意味する本来の用法から変化して、武士の精神的な側面に関わる例をも多く含むものになっているが、あくまで「武士らしさ」の表現であって、武士らしい道徳を「道」として説いたものではない。

四　武士の「道」の展開

「弓箭の道」は、『太平記』においては、倫理・道徳に関わる側面を一層強めてゆく。流布本で、「弓箭ノ道」八例がある（他に「弓馬ノ道」二例、「武勇ノ道」一例）。

①巻一〇「新田義貞謀叛事」「（脇屋義助の言葉）弓矢ノ道、死ヲ軽ジテ名ヲ重ズルヲ以テ義トセリ」
②巻一七「北国下向勢凍死事」「（斯波高経の使者の言葉）弓矢ノ道今ハ是マデニテコソ候へ。枉テ御方へ出ラレ候へ」
③巻一九「青野原軍事」「（桃井兄弟の言葉）述懐ハ私事、弓矢ノ道ハ公界ノ義、遁レヌ所也」
④巻二一「塩冶判官讒死事」「（高師直の言葉）嗚呼御辺ハ弓箭ノ道ノミナラズ、歌道ニサへ無双ノ達者也ケリ」
⑤巻三一「新田義兵を起こす事」「（石塔頼房の言葉）弓矢ノ道貳《フタゴコ》ロアルヲ以テ恥トス。人ノ事ハ不レ知、於レ某ハ将軍ニ深ク憑レ進セタル身ニテ候へバ…」
⑥巻三四「二度紀伊国軍事」「（芳賀入道禅可の言葉）東国ニ名アル武士多シトイへ共、弓矢ノ道ニ於テ指ヲサ、レヌハ只我等ガ一党也」
⑦同右…「（地の文）サレ共弓矢ノ道ナレバ、禪可最愛ノ子ニ向テ、只討死セヨト進メケル心ノ中コソ哀ナレ」
⑧巻三四「銀嵩軍の事」「（赤松氏範の言葉）今更弱キヲ見テ捨ルハ弓矢ノ道ニアラズ、無レ力処也、討死スルヨリ

外ノ事有《ル》マジ」

諸本の精査を果たしていないが、神宮徴古館本と西源院本をあらあら見た範囲では、両本が右の③を前後の段落ごと欠き、また、この他に、神宮徴古館本では巻三九「諸大名讒道朝事」に、斯波高経の孫・近江将監義高が「弓箭の道、節にあたりて死せずは今何を以てか人に面を向べき」と言う例があるが、①②④⑤⑥⑦⑧は両本とも流布本とほぼ同文である。『平家物語』に見られたような表現の揺れ（言葉の言い換え）もほとんどなく、[11]『太平記』諸本では、『平家物語』のような激しい異同はなさそうである。

　内容的には、武士らしい精神、倫理に関わる例が多い（①③⑤⑥⑦⑧）。「武士らしさ」が、次第に精神性を多く含むものになってきていると言えようか（それを武士自身が述べる形をとった例が多い点も注意すべきか）。もっとも、用例全体として多くはない中に、一方では、前掲の釜田喜三郎の指摘にあったような歌道と対比しての武芸の専門職を意味する例（④）もあり、[12]『太平記』においても「弓箭ノ道」が道徳的規範を意味する語として成立しているとは言えまい。『平家物語』について述べたような大枠は変わらないが、その中で精神的・倫理的な問題に関わる例が増えたと捉えておくべきだろう。

　しかし、武士らしさをこうした精神性や倫理において捉える傾向が強くなったことは、やはり注目すべきだろう。それは、「武士はどうあるべきか」を自覚的に対象化する思考が広がったということでもあろう。先に見た金刀比羅本『保元物語』の、「能々思慮をめぐらすべきは兵のみちなるべし」も、そうした思考を表現した、おそらくは早い時期の例として注目されるわけである。だが、そのような思考の論述が一書にまとめられるのは、『義貞軍記』（一五世紀中頃までに成立）[13]を待たねばなるまい。武士の「道」に関する自覚的な思考の表現は、軍記物語の文学としての隆盛が頂点を極め、ようやく衰えに向かおうとする頃に、それとすれ違うように頭をもたげてくると言えるのではないだろうか。

注

（1）佐伯真一『戦場の精神史―武士道という幻影―』四章1「「武士道」の誕生」（日本放送出版協会二〇〇四年五月）。
（2）橋本實『武士道の史的研究』第一章「武士道の名称及意義」（雄山閣一九三四年四月）。なお、橋本の場合、古代には「兵の道」の語はあっても道徳的な意味を持っていなかったと認めている点など、当時の狂躁的な「武士道」論者とは異なる。
（3）釜田喜三郎「民族文芸としての『太平記』の特質」（『国語と国文学』二一巻四号、一九四四年四月。『太平記研究―民族文芸の論―』新典社一九九二年一〇月再録）。
（4）但し、通俗的な書物の中ではこうした言説が生き続け、近年再び活発化していることや、諸外国の日本理解では未だに強い影響力を持っていることは、注意を要する。
（5）石井紫郎「合戦と追捕―中世法と自力救済再説（一・二）―」（『国家学会雑誌』九一巻七・八号、一一・一二号、一九七八年七月・一二月。『日本国制史研究II　日本人の国家生活』東大出版会一九八六年一一月再録）。なお、この論が戦場におけるルールの存在に関して、研究史上特筆すべき意義を有することは、前掲注（1）の拙著参照。
（6）鈴木国弘「東国武士団の「社会」と鎌倉幕府」（『日本大学文理学部人文科学研究所研究紀要』四三号、一九九二年。『日本中世の私戦世界と親族』吉川弘文館二〇〇三年七月再録）。
（7）高橋昌明『武士の成立　武士像の創出』第1章（東大出版会一九九九年一一月）。
（8）『今昔物語集』⑩（巻二五―三）の例をルールやモラルとする解釈を見かけることがあるが、「武芸や武勇を競い合っていたが」（岩波新大系脚注）との解釈がよい。
（9）武久堅監修『保元物語六本対観表』（和泉書院二〇〇四年一〇月）。
（10）近藤安紀「「武士」の認識と『平家物語』―語彙用例を中心に―」（『軍記と語り物』三九号、二〇〇三年三月）参照。
（11）但し、神宮徴古館本巻三九の例は、天正本では「弓箭の家に生まるる者…」とある。
（12）「弓馬の道」の例（巻二「詩歌ハ朝廷ノ翫処、弓馬ハ武家ノ嗜ム道ナレバ」、巻八「弓馬ノ道ヲ守ル武家ノ輩ト、風月ノオヲ事トスル朝廷ノ臣」）も、同様。

（13） 今井正之助「『義貞軍記』考―『無極鈔』の成立に関わって―」（愛知教育大学『日本文化論叢』五号、一九九七年三月）参照。なお、『義貞軍記』などに見られる武士の「道」が、二〇世紀に創作された「武士道」とは全く異なることについては、注（1）の拙著参照。

引用テキスト（必要に応じて校訂し、表記を私意に変えた場合がある）

『今昔物語集』、『宇治拾遺物語』、『徒然草』、一類本『平治物語』…岩波新大系
金刀比羅本『保元物語』、覚一本『平家物語』、流布本『太平記』…岩波旧大系
『将門記』…東洋文庫『将門記』
『奥州後三年記』…野中哲照「『奥州後三年記』の本文研究（本文篇）」（『古典遺産』四一号、一九九一年二月）
延慶本『平家物語』…『延慶本平家物語　一～六』（汲古書院一九八二年九月～八三年二月）
『源平盛衰記』…『源平盛衰記慶長古活字版　一～六』（勉誠社一九七七年一〇月～七八年八月）
神宮徴古館本『太平記』…長谷川・加美・大森・長坂『神宮徴古館本太平記』（和泉書院一九九四年二月）

付記　脱稿後、斎藤正二『「やまとだましい」の文化史』（講談社現代新書一九七二年一月。『斎藤正二著作選集6』八坂書房二〇〇一年八月再録）を読んだ。先行論文として触れるべきものであり、見落としていたことをお詫び申し上げる。

軍記の「敵」を論じるための覚え書き
――「敵」論の前提として――

田中正人

一　問題の所在

この小稿の論題に取り組む直接の契機となったのは、二〇〇一年に発表された佐伯真一氏の論考(1)であった。氏の論考とその中での言及に導かれ、先学の論文を読みすすみ考えるうちに、文学における戦争の扱われ方、いいかえれば文学の中に構築された「戦争の像」というべきものを自分なりに確認する作業が必要であると思い至った。もとより、戦争像の実相の探究それ自体は文学の範囲を越えるものである。しかし、いま、「いくさ物語」としての軍記のあり方について、論者は、「言語表現の中に仮構された戦争」という視点が、文学としての軍記を考えるための重要な鍵のひとつではないか、と考えるものである。

この場合の「仮構」とはもちろん虚構と同義ではない。だが、歴史的事実、事象としての戦争が、いったん人間の記憶と記録を経て、言語によって再構成されるとき、その再構成された戦争は、言語と、言語をあやつる人間の意識の規定を受けるものだろう。そうであるならば、人間が、戦争というものをどのようにとらえ意識してきたのか、戦争というものとどう向き合ってきたのか、という視点は、軍記研究の上でやはり看過できないもののひとつであると考える。

佐伯氏の論考では、その表題に示されているように、法制史の側の石井紫郎氏の研究などをふまえ、おもに「だまし討ち」という言葉に代表される「合戦のルール」という視点から、「いくさ」における武人たちのモラルと戦術について、戦場に於ける倫理の特殊性に言及しながら考察が加えられている。特に、氏が論考の「二、「合戦のルール」――史学の議論をめぐって――」でまとめられている史学の先行研究の要約は、文学の側からの問題点の指摘を含めて、様々な示唆に富む。

この小稿で問題としたいのは、氏があえて言及されなかったことであるが、氏がそれをめぐって議論を展開されている「公（私）戦の論理」の前提となっている、「敵」というものの認定ということである。

いうまでもないことであるが、対立する二者（時に三者以上）の矛盾を暴力で解消しようという行為を戦争ととらえるなら、戦争に必要なのは「敵」である。味方はなくとも戦争はできるかも知れないが、そもそも「敵」のいない世界に戦争はありえない。逆に言えば、戦争とは「敵」を「敵」と認識したときに初めて起こりうるものであって、「敵を倒すこと」という行為に制限を加えることこそがすなわち「合戦のルール」といえるのである。

では、「敵」とは何か。

何が「敵」とされるのか。

軍記は「敵」をどう表現しているのか。

以下簡単に、「言葉によって表現された戦争」について、『今昔物語集』および初期軍記について、考え得たことを報告したい。

ところで、「敵」という言葉の語誌であるが、すでに高橋昌明氏に「あだ」の語を含めた重要な指摘があり、[3]また近時完結した『日本国語大辞典』の第二版でも「かたき」の項で「もともと広く対となる相手をいう語だったと

思われる」とした上で

相手の種類を限定するために碁のカタキのように修飾語が添えられたり、アソビカタキ、アタカタキなど複合語も用いられた。しかし（中略）用字の面からも「讎敵」や「仇敵」の漢語とアタカタキの両義関係に基づきカタキ自体が「敵」と強く結びつくようになった[4]。

とし、また「テキ」について

対等にわたりあう相手。向かってゆくべき相手。「強敵」「論敵」（中略）また、相当する、対等である。「匹敵」[5]

とある。

本稿では、これらの先行する研究を踏まえたうえで考察を進めて行きたいが、「敵」という字を和語の「カタキ」と訓じるのか、それとも漢語の「敵」（＝「テキ」）とするのかということは考えておく必要があろう。用例を十分調査した上で結論を出すべきであるが、本稿では『将門記』に「讎」「仇」を「敵」と同義に用いたと思われる例もあることから、当面「カタキ」と訓で読んでおくのが妥当かと思われる。

二　『今昔物語集』巻二十五所収説話をめぐって
——若干の前提——

「公戦」「私戦」の区分を、石井氏は「追討の宣旨」の有無に求め[6]、佐伯氏もそれを踏襲されているが[7]、そしてそれは法制度の議論の上では正論なのであるが、ここでは、自己の侵害された利益を恢復するために私に暴力を行使する＝自力救済（のための実力行使）の例を『今昔物語集』巻二十五から三例を参照し[8]、「私戦」が、紛争の記録者たちにどのように意識されていたのかということを見てみたい。

最初に第十二の「源頼信朝臣男頼義射殺馬盗人語」を取り上げる。この場合、頼信と頼義の利益を侵害したのは「馬盗人」である。紛争の具体的な内容は馬の窃盗であるが、この人物は、地の文では終始「盗人」と呼ばれ、固有の名辞をもたない。このことが意味するところは、この人物が話の枠組みのなかで無名であり、語るに値する情報をもたないことを示唆するということ以上に、この話柄＝紛争の記録にとって窃盗という行為そのものだけが叙述の対象であり、窃盗に至った経緯はほとんど述べられない、述べる必要がないという点にあるといえるだろう。したがって、動機を大きく規定するであろう、「盗人」の人間性もまたほとんどまったく捨象されているということである。

この「盗人」が、紛争の前において、頼信、頼義父子とほとんど接点をもたない、つまりその意味では「盗人」は窃盗という行為を起すまでこの父子に対して中立の立場であったこと、にも関らず（あるいはそれだからこそ）動機が「此の馬を見て、極めて欲く思けれぱ」とだけしか説明されていないことから、頼信、頼義父子の立場からすれば、「盗人」は単に馬の窃盗事件に付随する付属物である、とも言いえる。つまり彼らの立場からしても、この紛争については、純粋に侵害された自己の利益の恢復だけが当事者として求めるものなのであり、行為の主体たる人格に対しては何の興味ももちえない、という点が特徴であるといえよう。

この紛争の叙述の場合、当事者の主観＝台詞として頼信、頼義父子が具体的に相手を呼んでいるのは一箇所だけである。すなわち、頼義が馬上の盗人を射殺した直後、頼信の言葉として

盗人ハ既ニ射落テケリ。

とあるのみで、これは地の文の評価と軌を一にする表現であるといえるのであり、紛争の解決＝利益恢復の達成に際しても、利益の侵害者に対して感情の表出はないと見るべきだろう。

この紛争はそもそも突発的、偶発的であるという事情があるにせよ、紛争の解決に際して当事者同士がほとんど

相手に対して感想を述べることがない、という点は注目すべきであると思う。この一例をもって当時の一般的な当事者の意識を全てを押し測ることはできないにせよ、この話柄の叙述の眼目は、自力救済、つまり紛争解決に暴力を行使することが、ある種の人々にとっては日常的であり、おそらくその背景を深刻に考慮するほどのものではないこと、を述べることなのであろう。そしてそのことは、自己に対する利益侵害者の人格が、頻度は別にして、ある特定の条件下では無視されうるものであったともいえるのではないか。そしてそのある条件とは、利益（この場合は所有権）の侵害が限定的であり、なおかつその救済が比較的容易であると予想されるときが該当すると考えてよいであろう。そしてそう考えるならば、この話柄において、「盗人」が「盗人」以外の名辞で呼称されないのも、記録者に対して無名であったかも知れないという点を除外しても、やはり当然であろう。彼は行為以上の言及をする必要を認めない人物であるとされているのであるから。そしてそうした人物は、たとえ記録上、具体的な人名を有していたとしても「敵」とは称されることはなかっただろうということである。自力救済の対象となる対立相手であっても、無名の、そしてしばしば事件で関わるまでは未知であったろう存在は「敵」とは称し得ないと考えられる。「敵」とは既知のものでなければならないということである。

次に第三「源充平良文合戦語」を取り上げる。この話柄の場合、紛争の原因は本文の叙述の上では「兵ノ道ヲ挑ケル程ニ、互ニ中悪シク成ニケリ」としか説明されず、さして重要視されているとはいえない。力点が置かれているのは、対立関係となったふたりがたがいに武を競う、紛争解決のための実力行使の場面のほうである。この話柄の場合

各軍ヲ調ヘテ戦ハム事ヲ営ム

とあるように、「五六百人許」の軍勢が揃えられ、それが一つの意図の下に行動するさまが示されている。集団心

理に任せて行動する暴徒の如き烏合の衆ではなく、指揮者に統率された集団がたがいに対立するという構図が登場していることは注目されてよい。これは、状況に流された結果としての暴力の行使ではなく、まず最初に目的と意思決定が先立って暴力が準備されたことを意味する。そもそもの原因が感情的対立に始まるとはいえ、その後の状況の成り行きは極めて冷静に、論理的に進むのである。

また、ここで考慮すべきは、双方がともに武をもって生業とする立場であるとする「対称性」である。例えば前にあげた頼信・頼義父子と盗人の場合には、彼らの間に関係の「対称性」が成り立つ余地はなかったといってよい。しかしこの場合はそうではない。たがいが、それぞれに同じ職能をもって生計を立てていることは最初から承知の上での自力救済行動なのである。その場合、相手との立場をどう意識するか。

相手の呼称に注目して叙述を追っていくと、彼らはたがいを名で呼びあっていることに気づく。ただし一箇所だけ「君」と呼ぶところがあるのと、二人の対決が引き分けに終わった後、良文の言葉として

而ルニ、此レ昔ヨリ伝ハリ敵ニモ非ズ

とあるのを除いては、両者とも相手を「敵」と称することはない。そしてここでは、「敵」ではないからこれ以上戦うのはよそう、としているのである。なぜか。

ここで、本話柄において対立関係の経緯が省略されていることを考える必要があると思う。いいかえれば、対立の果てに何を実現しようとするのかが極めて不明瞭だということである。文中では

各ノ手品ヲ知ラムト也

と言及があるだけで、具体的な目的が示されているわけではない。さりとて、近代的な「名誉」の概念をこの場合どれほど適用してよいかも問題である。物語の内的世界において、物語の論理、話の展開の必然性を納得させる「実利」が明らかにされていないこのいくさは、極めて抽象的な、紛争に特有の、当事者の肉声や情念を欠いたも

のといってもよい。その意味で、ここには対立する二者の「顔」がない。双方の氏名が、一種の記号と化しているわけである。それゆえ、最後の両者の和解が可能になったともいえる。「昔ヨリノ伝ハリ敵」であったなら、武を競うということ、双方が力量において互角だという結果のみで、和解が成立することが果たして可能であったろうか。

このような場合、相手を「敵」と称することはできないのであろう。「敵」であるためには、単にあるものの対立者であり、力をぶつけあう相手——例えば、スポーツの対戦相手のような——であるだけでは不足であるということである。「憎悪」という重要な要素を欠いているからである。そこに、「敵」と称されるものの属性の一端が示唆されているといえる。実質的な敵対関係と、相手を「敵」と称する意識の持ちようとは、区別されなければならないだろう。

最後に第五「平維茂罸藤原諸任語」にふれる。この話柄では、平維茂と藤原（沢胯）諸任との対立は

此ノ二人墓无キ田畠ノ事ヲ諍テ

という土地の所有に関するものが原因であったとする。財産権をめぐる争いであり、係争としては最もありふれた、そして同時に深刻で熾烈なものであったろう。財産権の侵害はすなわち物質的な不自由をともなうからである。その結果、両者は軍勢を繰り出しての合戦となるのだが、諸任の義兄（妻の兄）にあたる「大君」のことを述べたくだりに

長武者ニテ心恥カシク心俸テ有ケレバ、身ニ敵モ无ク、万人ニ被請テナム有ケル。

という表現がある。人柄がよかった「ので」、結果として「敵」となるものがいなかった、という理屈になっている。ここでの「敵」は感情的なものを含んだ、ある程度の継続性があり、かつ互いを見知った上での対立関係、と

解釈できよう。

つまり「敵対関係」には歴史の存在を必然とする、ということである。したがって相手は既知の存在である。敵対関係も人間関係のひとつに他ならないのである。

さて、この話柄は「一個独立の戦記作品としてみても、優に中世軍記物語に比肩するものがある」(9)と評せられるものであり、『今昔物語集』の中でも、『将門記』などの資料によるところが多かったと考えられる承平、天慶の乱をめぐるもの、および『陸奥話記』によったと思われる奥州合戦の説話（いずれも同じ巻第二十五に所収）を除いては、ほとんど唯一、互いに指揮統制された大員数の軍勢同士が衝突する、という「合戦」が描かれている点は注目されるべきものであろう。

ところで、「軍」（いくさ）という言葉に「軍勢」の意味と「戦闘」の意味とがあることはここで繰り返すまでもないことであるが、この話柄では「軍」は主に前者の意味で用いられている。すなわち、惟茂と諸任の間の対立がいよいよ公然化し、お互いに兵を動かそうと決意する箇所に

然レバ既ニ各ノ軍ヲ儲テ可合戦義ニ成ヌ。……惟茂ガ方ニハ兵三千人許有リ、諸任ガ方ニハ千余人有ケレバ、軍ノ員モコヨナク劣リタリ。

とあり、軍勢を「軍」、軍を動かしての武力衝突を「合戦」と称している。このほかに「戦ヒ」（あるいは動詞として「戦フ」）という表現も使われているが、「軍」は戦闘の意味では使われていない。そして、軍勢の意味の「軍」こそが、この話柄では味方のみならず敵対者（の集団）を指すものとしても使われているのである。

例えば、謀略を使って惟茂を油断させた諸任が惟茂の館を急襲するくだり、水鳥の音で諸任の軍勢の来襲を悟った惟茂は郎党に

軍ノ来タルニコソ有ヌレ

と「敵」の来たことを知らせるのであるが、これにとどまらず、この話柄では一貫して敵味方ともに単に「軍」と称されるのみである。

この話柄の中で判断する限り、「軍」という言葉にこめられているのは「集団として組織されたつはもの」ということなのであろう。ごく少数の、指揮し、されるというよりは、お互いが同志的に互助しあう関係の数人が、個人的な技能によって武装し暴力を行使するのではなく、きちんと訓練された成員により、指揮のための階梯をもった組織に編成された、規模としては数十人、あるいはそれ以上の数の人間の集まりこそが「軍」なのである。してみれば、組織対組織の戦いを話題とするならば、当然のことながら「敵の軍」という用法があってもよさそうなものではあるが、しかしこの話柄の中ではそれは存在しない。ただし、

敵ノ方ノ人ヲモ多ク射サセ

のように、集団の中の個人に注目する場合、あるいは

彼レハ勢多クシテ軍四五百人許有ケリ。此方ニハ僅ニ五六十人許ニコソ侍メレ

と、「向き」を冠した例はある。

あくまで表現のレベル、それもこの話柄に限ってのことではあるが、軍勢という集団の戦いを描く段階になっても『今昔物語集』の時点では、軍勢が、叙述の主観（を提供する人物なり、語り手なり）に対しどちらの陣営を向いているかまでしか興味がもたれていない、ということがいえるのではないだろうか。「歴史」を有する敵対関係が意識され、戦闘を行う両方の陣営に「此方」「彼」という区別はあるものの、軍勢を「敵」「味方」で区分はしていない。いわゆる「公戦」「私戦」の区分でいうなら、財産の係争に対する自力救済行動であるこの話柄の戦いは私戦であり、その状況においては、個人としてはともかく、集団としての相手を「敵」と称することはなされてない、といいえる。

以上、『今昔物語集』の三例を通じて指摘できるのは紛争＝暴力による自力救済における、当事者双方の「対称性」ということであろう。自力救済においては、双方の立場が社会的にも法的にも対等であり、係争の当事者が対称性を持っていること、これが大前提となる。それに加えて、係争が突発事ではなく、互いが既知であることを用件とする。逆に、未知という意味も含めて、非対称の関係の場合はどうなるか。一方が社会的、あるいは法的に、またそもそも法秩序が存在しないか脆弱な場合、または紛争解決のための実力＝暴力の大きさに、ある程度以上の隔たった差が存在する場合、事態はどうなるのか。次節ではそれについて考えてみることにする。

三　『将門記』の叙述
――「公戦」の「敵」――

『将門記』(10)には「敵」の語が比較的頻出する。ただ、その用法については考えるべきことがいくつかあると思うので、以下簡単にではあるがそのうちのいくつかについて見ていきたい。

本文中でもっともはやく「敵」の語が使われるのは、冒頭、承平四年二月四日に将門が、対立者の拠点である野本・石田・大串・取木などの邸宅を焼き討ちしたあと、平貞盛が京から関東へ戻り、事件で命を落とした父・国香を弔ってのち、

　貞盛、倩案内を検するに、凡そ将門は本意の敵に非ず。これ源氏の縁坐なり。

とあるところである。この箇所の「本意の敵」とは梶原正昭氏の注(11)では「本来の敵。もとから憎んでいた仇敵」とある。文脈からすると妥当な判断であるが、ここで「もとから憎んでいた」と梶原氏が解釈していることは重要であろう。

『将門記』は大きく分ければ、前半は将門と一族の私戦、後半は宣旨を受けての、将門と追討軍との公戦となる

ということができる。この箇所ではいまだ一族の間の紛争の段階の話である。土地の有力者を含む多数の死者が出る重大な事態になっているとはいえ、そして『将門記』の本文では紛争の原因がなんであるか必ずしも明白ではないとはいえ、この段階では、私人間の係争に武力が用いられた、自力救済行動がなされているに過ぎない。

その段階で、『将門記』本文では、いまだ紛争当事者同士がたがいを「敵」と呼びあうような叙述はまだなされていない。私見では、梶原氏は対立が深刻でありながら、いまだ将門に憎悪を抱けないでいる貞盛に対して、「本意の敵」の「本意」に「憎んでいた」との意味をもたせたのであろう、と推定する。ここで梶原氏が解釈しているように、対立者が「敵」たる要件に憎悪の感情を必要とするという視点は、『将門記』、ひいては軍記の対立関係の解釈にある示唆を与えるものであろう。

将門が親族らと対立を深めていく途上で、しばしば語られるのはたがいへの憎悪である。

例えば良正の場合は

　ここに良正並に因縁・伴類は兵の恥を他堺に下し、敵の名を自然に上げ、あじきなく寂雲の心を動かし、暗に疾風の影を追へり

とあり、彼が次第に将門への憎悪にとらわれていくさまの叙述に「敵」の語が分かちがたく組み込まれているのである。それは貞盛の場合も同様であった。

良正が、それまで必ずしも将門に対し強い悪感情を抱いていなかった、少なくとも、良正自身はそう考えていた貞盛を説得して、

　介、語りて云はく、聞くがごときは、我が寄人と将門らは慇懃なりてへり。これこそ兵に非ずてへれば、兵は名をもて尤も先と為す。何ぞ若干の財物を虜領せしめ、若干の親類を殺害せしめて、その敵に媚ぶべき。今すべからく与に合力せらるべし。是非を定めむすと云ふ。

と、将門への戦いへの参加を煽る個所でも明らかなように、「敵」なるものへの戦いをはじめるにあたっては、その動機に強い負の感情、すなわち憎悪や怨恨といったものが必要とされていた。そして、そういった感情に突き動かされたものこそ「敵対者」なのであった。すなわち、この直後の叙述である十月二十六日の合戦では、将門側から良正側を見てのことであるが、「件の敵」「あへて敵対」という語が使われるからである。

この段階の戦いは、繰り返すが「まだ」「私戦」である。「敵」という言葉を使うか否かは、戦いが「公戦」であるか「私戦」であるか以上に、相手に対しての動機付けの問題であると、『将門記』は主張していると考えることが可能である。

そして、源護の告状によって将門逮捕の官符が発せられ、ここにこの戦いは「公戦」となるのであるが、注意しておきたいのは、貞盛、あるいは後に貞盛の陣営に加わる藤原秀郷らの側から将門の側を呼称する際に、「賊」という言葉が用いられるようになることである。すなわち、川口村での戦いに貞盛が

私の賊は則ち雲の上の電の如し。公の従は則ち厠の底の虫の如し。

とあり、また

公の従は常よりも強く私の賊は例よりも弱し。

とあるが如くである。

『将門記』における「公戦」「私戦」の区別の基準をあげるなら、何よりこの「賊」という言葉に指を折らねばなるまい。一方で将門が「新皇」と呼ばれながら、その敵対者から彼が「賊」と称せられるのは、当時の状況推移の実態を反映した、公平さを期そうとしたともいえるバランス感覚による叙述というよりは、『将門記』における、合戦の枠組みの主張であると考えたほうが妥当だろう。つまり、これまでの「暴力による自力救済」の範囲を超えた武力の行使が行われている、という事実を明らかにせしめるための、『将門記』の叙述の立場を示したものであ

る。であればこそ、将門存命中「新皇」とある地の文での将門の呼称が、将門滅亡後は「賊」――「賊首」という用法であるが――となる。

「自力救済」とは手段はともかく、目的としては明確に「秩序（＝原状）の恢復」を目指したものであった。そこには、事件が起こる前の時点で秩序が存在することが前提となる。世界の枠組と称すべきものが、存在しなければならないのである。また、『今昔』巻二十五の三のごとく、互いの武技の優劣という、ある意味で純粋な名誉の観念を競うものではなかった。しかし、「秩序回復」の範囲を超え、紛争の出発点に存在した既存の秩序そのものを覆し、また自分自身が新しい秩序を作ろうとしたとき、それは古い秩序の側から「賊」と称せられることになる。

すなわち、紛争が既存の秩序の枠組みの変更ないし解体を要求するものとなったとき、それは「公戦」になるといえるであろうということである。ただし、では次の問題としてその秩序の枠組みをどのように規定するのか、ということが出てくる。歴史の上の展開としてではなく、書かれた戦争・仮構の戦争の叙述としてである。そうした時、考えてみるべきは「筆者」というべきものであろう。つまり、何をもって仮構の戦争を「公戦」とするかは、極論すれば記録を叙述するもの、仮構する主体の主観によるということである。当然、記録者の主観によるとするならば、叙述の判断が恣意に陥ることがあるのではないか、という反問は出よう。それに対して示されるべきものが官符である。既存の秩序への挑戦を暴力でもってなすものは、秩序の側に対して対称であることはないからだ。

つまり、『将門記』においては

「秩序の枠組みの変更」＝「公戦」＝「叛乱」

という図式が成り立つのであり、この図式がよりどころとする客観的な指標が官符である、ということである。この結論自体は前述石井氏の論考の単純な引き写しに過ぎないが、ここで唯一付け加えるとすれば、官符を、秩序の枠組みの変更＝公戦の認定の拠とするのは、なによりも『将門記』の「叙述主体」である、ということである。叙述主体と、当事者間の会話なり心情なりの描写の間にどれ程の距離を考えるべきかは議論の余地があるにせよ、『将門記』の叙述主体が「公戦」「私戦」の区別と考えていたものと、相手を叙述の上で「敵」と称するかどうかの区別は、ひとまず別の基準によっていたと考えることができよう。

ただし、ここで考慮しておくべきことがひとつある。この場合の「公戦」、すなわち「叛乱」とその鎮圧は、いわゆる対称性をもった戦いではないということである。一方のみが体制の権威と正義を担う（とされる）点において、戦いの当事者は対等の関係ではない。そして、『将門記』での「敵」の用法について注目されるのは、貞盛の若干の用例を除いては、全て将門の側が対手を称する際に使われているということである。さきにふれたように、藤原秀郷が貞盛の陣営に加わってからは、貞盛らは将門を「賊」とはっきり称するのであるが、将門は貞盛・秀郷らに対し「疲れたる敵」と称している。

ここでいえることは、

（1）「私戦」の段階では双方が互いを「敵」と称しており、またそれが可能だったこと

（2）「公戦」となった段階で叛乱者は「賊」となり、「賊」の側は引き続き「敵」を使うものの、鎮圧者（秩序＝体制）の側は「賊」の語を好むこと

のふたつであろう。

作品の成立時期を考慮するなら『将門記』は『今昔物語集』に先行するので、本稿の前半で考えてみた『今昔物語集』における「敵」なる語の性質は、この『将門記』における（1）を引き継ぎ、さらに明確化したものと考えられる。

怨恨や私権に関する紛争の段階ではたがいを称しえた「敵」なる語は、紛争が秩序の維持という段階へ踏み込み、互いの関係が対称性を失ったとき、その意味を変質させるものだといえようか。秩序に反するものの側が相手を

「敵」を称するようになるのである。そこには非対称の関係であるとはいえ、なお反乱者の側の、自らの立場への自己主張が見出せるように思われる。

ところで、『将門記』に続く初期軍記である『陸奥話記』[12]には、「敵」の用例は二例しかない。すなわち天喜五年十一月、頼義が安倍貞任追討に進発したものの、風雪の中で進軍にも難渋する中、貞任勢に襲撃され、その貞任勢の襲撃のさまを

賊類は新羈の馬を馳せ、疲足の軍に敵す

と表現するところ、いまひとつは康平五年九月五日の合戦に臨んで、清原武則が頼義に今次の合戦の勝利を予言して述べた中に

寧ろ賊に向ひて死すと雖も、敵に背けて生くることを得じ

とある箇所である。

このふたつの用例について論及することは難しい。先の例は、ある意味では客観的な立場の表明でしかないからであり、後の例は「賊」の語の対句としての用法ではないかという文章の修辞上の問題であるとも考えられ、上述してきた「敵」の観念を、それに対する反例としてであっても含みうるものかどうか疑問だからである。いささか乱暴ではあるが、もしこの見解が受け入れられるのであれば、『陸奥話記』には「敵」の語の用例が事実上存在しないことになる。

『陸奥話記』では一貫して将軍側（頼義・義家ら）は対手を「賊」と称しており、この二例は例外中の例外といえる。また将軍の対手たる安倍頼良、貞任らは「将軍」、あるいは「官軍」の語を使っており、「敵」の用例はない。叛乱者が「賊」を自称することはないとはいえ、対手を「官軍」と称することは自らを「賊」と認めたことと同義

といい得る。『陸奥話記』の場合、相手をどう称するかという問題に限れば、頼義・義家らと安倍頼良・貞任らの立場は対称ではない。しかし、秩序の側が対手を「賊」と称すると同時に、叛乱者が対手を「官軍」と称することは、「敵」の語の、理念上の消滅を意味しているといえよう。そしてそれは、「公戦」の関係、叛乱鎮圧といういくさの「枠組み」が叙述の上で完成したことを示すものであろう。叛乱者が「官軍」の語を受け入れることは、秩序の側の論理が、「仮構された戦争」の叙述の全体に貫徹することを意味するからである。

四　むすびにかえて
――この後をどう見るか――

『将門記』についての簡略に過ぎる「読み」を中心に、「私戦」の性質を定義するための助けとして『今昔物語集』のいくつかの説話にこれも簡単に言及したが、軍記というジャンルがこのあとどう展開していくのか、その中で「敵」という語を指標として軍記の叙述をどう捕えることができるのか、ということが次に論じるべき課題として残っている。

『陸奥話記』は秩序＝体制の側からの叛乱鎮圧記、すなわち「公戦」の戦記として叙述を組み立てることにより、『将門記』が持っていた「敵」という言葉とその概念を、いくさの叙述の上からいったんは消し去ったといえよう。それは、けっして『将門記』を否定しようとしてなされたものではなく、『将門記』自体が内包していた方向性のひとつを伸張させた結果と評価するべきものである。「敵」ではなく「賊」との戦いを叙する「公戦」の戦記の、それは必然の帰結であったのだろう。

しかし、『今昔物語集』に見られるように、「私戦」における「敵」の概念はその後も言葉とともに受け継がれていく。それは対称性を持った戦いにおける当事者相互の呼称である。悪意にではあっても、互いの存在を認めるところに「敵」は存在する。

では、対称性をもった「公戦」の場合はどうなるのか。そもそもそのようなものがありえるのか。そして「敵」という語とその概念は対称性をもった「公戦」のなかでどう使われるのか。そうした問題を考えることで「軍記のいくさ」＝「仮構された戦争」の枠組みを論じることを、この小論に続いて将来なしたいと考えている。

注

（1）「合戦のルールとだまし討ち」（『軍記と語り物』三七号　二〇〇一年）。
（2）『日本人の国家生活』（『日本国制史研究』II　東京大学出版会　一九八六年）。
（3）「『朝敵』という語の成立」（福井勝義・新谷尚紀編『人類にとって戦いとは』5　東洋書林　二〇〇二年）。
（4）第三巻　六九八頁。
（5）注（4）に同じ。
（6）注（2）に同じ。
（7）注（1）に同じ。
（8）以下、『今昔物語集』の引用は小峰和明校注『今昔物語集』四（『新　日本古典文学大系』三六　岩波書店　一九九四年）による。
（9）馬淵和夫・国東文麿・今野進校注・訳『今昔物語集』三（『日本古典文学全集』二三　小学館　一九七四年）四五三頁の解題。
（10）『将門記』本文は柳瀬喜代志・矢代和夫・松林靖明・信太周・犬井善壽校注・訳『将門記　陸奥話記　保元物語　平治物語』（『新編日本古典文学全集』四一　小学館　二〇〇二年）所収のものによる。
（11）『将門記』１　（『東洋文庫』二八〇　平凡社　一九七五年）五二頁。
（12）『陸奥話記』本文は注（10）所収のものによる。

付記　本稿は関西軍記物研究会第四二回例会（二〇〇一年七月）における口頭発表の前半部を文章化したものです。席上種々ご示教いただきました先生方に深謝いたしますと同時に、文章化が遅れましたことをお詫び申し上げます。

中世軍記物語と太鼓

今井正之助

はじめに

日本古代、国内での合戦に鼓が用いられたことは、『日本書紀』に用例があり（天武元年七月五日、同一三日など）、軍防令三九「軍団置鼓条」にも「各鼓二面、大角二口、少角四口置け」（日本思想大系『律令』）とあることから、たしかなことであろう。

くだって『将門記』に、将門を待ち受ける扶等の陣の様子を描くなかに「鉦」がみえ、「鉦ハ兵鼓ナリ、諺ニ云クふりつづみナリ」（平凡社東洋文庫による）と注記している。しかし、この注記は事実に反し、福田豊彦『平将門の乱』（岩波新書、一九八一年九月）は「作者は鉦を見たことがなく、鉦や鼓がすでに合戦に使われなくなった時期に、『将門記』が書かれたことを示す証拠となろう」（九四頁。傍点引用者）という。ただし、福田氏は「一〇世紀の将門時代の合戦は、律令国家が私有を厳禁していた鉦・鼓が、幢とともに私戦に使われている（九七頁。傍点同）ところに、その時代性があらわれている」とも述べている。

つづく初期軍記の『陸奥話記』は鉦鼓にふれるところがないが、同じ戦乱を描いた『前九年合戦絵詞』に、衣川関に進撃した源頼義の陣所と、某年重陽節句に頼義を奇襲する安倍貞任の陣地とに、太鼓が描かれている。ともに三人がかりで、綾藺笠の男一人が桴をもつ。いずれも甲冑は身につけていない。前者の太鼓は台に据えられており、後者は太鼓の胴の突起に棒を通し、二人の男が担いでいる（前者も含め『絵詞』の太鼓は鋲打太鼓であり、雅楽の荷《にない》大鼓とは異なる）。後者は『陸奥話記』に対応する記事はないが、『絵詞』詞書には「良〔昭〕等悦びて鼓をうち、軍呼ばひして襲ひ来たる。御方同じく鼓をうち時をつくり、寄せ向かひて合戦す」（『続日本の絵巻一七』）とあり、国府館もまた、鼓をうち、応じた。しかし、上述の絵・詞の起源がどこまで遡るものかは明確ではない。貞任陣地の太鼓は移動を前提とした様態で、小稿の課題とも深く関わるが、合戦史にどのように位置づけるか課題を残す。[1]

　このように、初期軍記の時代における太鼓には存否を含めよくわからない点が多いが、いまはこれ以上たちいる用意がない。ここでは鎌倉期以降の太鼓を主として論じたい。なお、現在「つづみ」といえば小鼓をさすが、小稿で問題にするのは、兵具としての音量からいずれも太鼓の範疇に属するものと考えられ、引用を除き、基本的には「太鼓」の表記を用いる。また、漢籍をのぞく諸資料を引用する際、振仮名の一部を本文行に繰り込み、返り点部分をひらくなど、読みやすい形にあらためた。

一　『平家物語』

1、壇浦の太鼓

小稿で問題にしたいのは、野戦において、あるいは城郭戦の場合は攻城側が太鼓を使用することがあったのか、ということである。中世の合戦における太鼓の例として、次に示す事例の＊印以下をあげることが多い[2]が、「せめ鼓」は『平家物語』の中でもここにしか現れない。しかもこれは海上の戦なのである。

　源氏は三千余艘の船なれば、せいのかずさこそおほかりけめども、処々よりゐければ、いづくに勢兵ありともおぼえず。＊大将軍九郎判官、ま(ッ)さきにすゝ(ン)でたゝかふが、楯も鎧もこらへずして、さん〴〵にゐしらまさる。平家みかた勝ぬとて、しきりにせめ鼓う(ッ)て、よろこびの時をぞつくりける。

〔覚一本巻一一「鶏合壇浦合戦」〕

傍線部、諸本（後述の源平盛衰記をのぞく）に大差ないが、四部本は「平家之を見て、矢合に勝ちぬとて、大鼓を打ちて喜びの時を作る」とし、

四国の者共は声を合はせねば、恠しみを成す処に、差し合はせて平家を射る。之を見て、平家は亦劇騒し、「新中納言は吉く言ひける物を」と、大臣殿後悔したまへども、其の甲斐無し。

と続ける。鼓につづく話題は、他に、和田義盛の遠矢（延慶本・屋代本・覚一本・中院本など）、鯨の出現と占い（長門本）、義経の八幡大菩薩祈念と奇瑞（盛衰記）などと異なるが、いずれにせよ、平家が勢いづいて攻めかかるという事態に及んではいないことに注意したい。『角川古語大辞典』「せめつづみ」の項が、「①合戦などの時、敵に攻めかかる合図に打ち鳴らす太鼓」「②合戦で攻勢にあるとき、味方を鼓舞するために連打する大鼓」「③鼓の打ち方の一。間断なく速く打つ打ち方」と語義を分けて記し、②の用例に壇浦合戦をあげるのも、ここでの鼓をとりまく状況を判断してのことであろう。③の用例は謡曲であり、②の用法が転じたものかもしれないが、壇浦合戦の事例を③の意にとって不都合はない。逃鼓・責鼓という用語は、鎌倉末期の『八幡愚童訓』（日本思想大系、一八四頁）に見られるから、『平家物語』が成立したであろう鎌倉中期に「せめつづみ」の語が成立していておかしくはないが、壇浦の鼓を〈軍用語〉としての初出例としてよいのかどうかなお検討の余地があろう。

さて、盛衰記は上記傍線部を「平家ハ勝ヌトテ阿波国住人新居紀三郎行俊、唐鼓ノ上ニ昇テ責鼓ヲ打テ訇ケリ」とする。黒田彰「源平盛衰記難語考」（『軍記物語の窓　第一集』和泉書院、一九九七年一二月）は、唐鼓とは「吉備大臣入唐絵巻などに見られる、唐船の艫の櫓に置かれた大鼓」をさすのであろうとし、『山槐記』『高倉院厳島御幸記』などにより、唐船には太鼓が積まれ、進発の合図に打たれていたことを確認したうえで、「壇浦合戦での平家

の唐船投入も、事実である蓋然性は高い」という。重要な指摘である。「唐船」の語は他本にはみえないが、壇浦に響いた鼓の音は唐船からのものと思われる。

『平家物語』の「せめ鼓（攻鼓、責鼓）」は、陸上での事例でないことはもちろん、海戦（『平家物語』の描く船軍はここのみであるが）にあっても当時の合戦の常態ではなかったであろう。

2、一谷の太鼓

覚一本巻九「樋口被討罰」に、平家の一谷の城郭を描く中に「大鼓」が登場している。

城の面の高矢倉には、一人当千ときこゆる四国鎮西の兵共、甲冑弓箭を帯して、雲霞の如くになみ居たり。矢倉のしたには、鞍置馬共十重廿重にひ(ッ)たてたり。つねに大鼓をう(ッ)て乱声す。

この部分（屋代本は欠巻）、片仮名百廿句本・中院本などには同様の表現があるが、延慶本・長門本・盛衰記・四部本は描写全体を異にし、傍線部表現も無い。合戦場面での「乱声」は他に例が無く、新潮古典集成は「本来は舞楽の初めに奏する笛・太鼓等の無拍節の曲。転じて合戦で太鼓を打ち、鬨の声をあげること」と注記している。壇浦の「せめ鼓」も鼓の用法としては、これと同質のものであろう。

なお、盛衰記巻三三「水島軍」（盛衰記独自記事）には、水島の平家の城郭に攻撃をしかけた義仲勢を、平家が水陸協働してうち破る場面があり、「城ノ内ヨリハ勝鼓ヲ打テ訇リ懸程ニ」という記述をふくむ。「勝鼓」という表現が注目されるが、これも城郭に拠る側の用例である。

3、行軍途上の太鼓

『平家物語』の鼓の用例として、壇浦の事例とともによく引かれるのが、盛衰記巻三五「義経範頼京入」にみる平等院の鼓である。この記事は他に、延慶本第五本七にあるのみ。いま延慶本を引く。

九郎御曹司、河ノ辺近ク高矢倉ヲ作ラセテ、上リ給テ、四方ヲ下知シ給ケリ。（中略）御曹司矢倉ノ上ヨリ様々ノ事ヲ下知シ給ケレドモ、カシカマシクテ人更ニ聞ズ。其時平等院ヨリ大鼓ヲ取寄テ打セラレケレバ、二万五千余騎皆シヅマリテ、御曹司ニ目ヲ懸ザル者ハ一人モナカリケリ。其時九郎御曹司大音声ヲ揚テ…

笹間良彦『武家戦陣資料事典』（第一書房、一九九二年三月。一一〇頁）は、盛衰記をあげ「軍陣に太鼓を用意していたことは想像されるが、時には右の文の如く臨時に寺社などから太鼓をとり寄せて用いた」という。しかし、これは義経の機知を示す話であり、むしろ、通常は太鼓を携行してはいなかったことを示す事例とみなすべきではなかろうか。

いまひとつ、行軍途上の事例に数えられるものに、盛衰記巻二九「礪並山合戦」がある。

源氏ハ追手・搦手様々用意シタリケル中ニ、樋口次郎兼光ハ搦手ニ廻タリケルガ、三千余騎其中ニ大鼓・法螺貝、千バカリコソ籠タリケレ。木曾ハ追手ニ寄ケルガ、牛四五百疋取集テ角ニ続松結付テ、夜ノ深ルヲゾ相待ケル。

延慶本・長門本・四部本などは「同時ニ時ヲ作ル」と記すのみ。覚一本・屋代本などは「えびらのほうだて打たゝき、時をど（ッ）とぞつくりける」とある。これも盛衰記の独自記事であることにくわえ、搦手の大鼓・法螺貝は、追手の続松を結いつけた牛と同格の、「様々用意シタリケル」ことの一環と読め、普段から携行していたものとは思われない。付言すれば、貝・鐘についても、盛衰記巻一三「熊野新宮軍」には、他本にはない記述がみられる。

那智・新宮ノ大衆、軍ニ勝テ貝鐘ヲ鳴シ、平家運傾テ源氏繁昌シ給ベキ軍始ニ、神軍サシテテ勝タリト、悦ノ時三度マデコソ造ケレ。

三弥井書店『源平盛衰記』は「貝鐘は、法螺貝と陣鐘で、号令等に用いる兵具」と注記するが、「陣鐘」「兵具」

と呼ぶのはいかがか。覚一本巻四「山門牒状」に「三井寺には貝鐘ならいて、大衆僉議す」とあるのも、「法螺貝と鉦。軍陣で合図に用いた」（岩波新大系）のように注する例があるが、「法螺貝を吹き、鐘を鳴らして。大衆を集める合図として、僉議の際に常套的に用いられる表現」（三弥井古典文庫）との説明が穏当であろう。盛衰記巻四五「重衡向南都被斬」に「東大・興福両寺ノ大衆・宿老・若輩、貝鐘鳴ラシテ、大仏殿ノ大庭ニ会合僉議有リ」という表現もあり、巻一三の事例はこうした貝鐘をたまたま合戦終了後の喜びの表現に用いたまでであろう。貝鐘が兵具としても用いられるようになるのは、戦国時代に至ってから、と目される。

二　『太平記』

『太平記』は一見、『平家物語』にくらべ、太鼓の叙述が多い印象をうける。しかし、中国を舞台とする故事をのぞき、日本の合戦に限れば、『平家物語』と大差はない。

1、備中福山合戦

筑紫に退いた足利勢が再び上洛する途次、陸路の直義勢が官軍の籠る備中福山城を攻撃する。

是迄モ城中鳴《ナリ》ヲ静メテ音モセズ。「サレバコソ（官軍は福山城を）落《オチ》タリト覚ルゾ。時ノ声ヲ挙テ敵ノ有無モ知レ」トテ、（直義勢）三千余騎ノ兵共、楯ノ板ヲ敲キ、時ヲ作ル事三声、近付テ上ントスル処ニ、城中ノ東西ノ木戸口ニ、大鼓ヲ打テ時ノ声ヲゾ合セタリケル。（古活字本巻一六「備中福山合戦事」。梵舜本もこれに同じ）

この箇所、諸本（比較対象は、神田本・西源院本・徴古館本・南都本〈欠巻部分は筑波大本による〉・天正本・毛利家本・梵舜本）に異同があり、神田本（毛利家本も）・徴古館本の直義勢は鬨の声を発していない。また、西源院本・天正本は「時ノ声ヲ揚タリケレバ、敵猶音モセズ」とするのみである。古活字本・梵舜本によれば、寄手が太鼓を用いていないことは明瞭であるが、諸本共通して「大鼓」の音は城兵のなすわざ、としていることに注意したい。

2、湊川合戦

右の前哨戦をへて、足利勢と官軍とが激突した兵庫の地で太鼓はどのように使われているのか。

> 両陣互ニ攻寄テ、先澳《オキ》ノ舟ヨリ大鼓ヲ鳴シ、時ノ声ヲ揚レバ、陸地ノ搦手五十万騎、請取テ声ヲゾ合セケル。其声三度畢レバ、官軍又五万余騎、楯ノ端ヲ鳴シ胡籙《エビラ》ヲ敲テ時ヲ作ル。（古活字本巻一六「兵庫海陸寄手事」）

この部分、足利勢（船、尊氏。陸、直義）、官軍（陸、新田・楠）の「音」に関する叙述に限れば、有意な異同があるのは神田本のみである。

> 追手の兵七千よそうあひづの大こを打つて時の声を作れば、からめての軍勢五十万ぎ請取つてゑびらを扣ひて声を合す。官軍は僅かに三万五千よき、此もたての板を扣ひて同く時の声をあぐ。

直義勢の鬨の声がいかなる音を伴っていたか、右の神田本によれば明瞭ではあるが、ともに陸上にある直義勢と官軍とに用具の差はなかったと思われ、神田本の書き分けは改編の結果とみなすべきだろう。しかし、いずれにせよ太鼓の音は船上からのものであることは、『梅松論』京大本の記述によっても裏付けられる。

> 〔兵庫合戦布陣〕将軍ノ御座船ハ錦ノ御旗ニ日ヲ出シテ（中略）御船ヲ出サル、時ハ毎度鼓ヲナラサレシ間、同時ニ数千艘帆ヲアゲテ淡路ノセト五十町ヲセバシトキシリ合テ、更ニ海ハ見エザリケリ。
>
> 〔兵庫合戦〕御座船ノ鼓ノ乱声聞エシカバ、海上ヨリ作リ始シ時ノ声、陸地ノ大勢請取テ、三度上矢ノ鏑ヒヾキシカバ、六種震動モ是ニハ過トゾ覚エシ。

これによれば、太鼓は尊氏の乗船した船に置かれており、船の進発の合図を目的としたものである（この点、黒田彰論文のあげる唐船と同様）。『太平記』の表現では船団全体が太鼓をいっせいに打ち鳴らしたともとれるが、御座船の太鼓に応じて、（太鼓以外の音・声による）鬨の声が（ごくわずかな時間差をともなって）次第にひろがり、陸地ではこれに、開戦を告げる鏑矢の音が加わった、とするのが『梅松論』であろう。音が一点から拡がりゆくさまを描き出すすぐれた表現である。足利の船団に他に太鼓がなかったとはいえないが、『太平記』の官軍の描写とあわせ考え、陸上では太鼓は使用されていなかったものと思われる。

3、異朝と本朝

湊川合戦での太鼓の表現に関して、いまひとつ注意したいのが、『太平記』『梅松論』ともに、『平家物語』壇浦合戦のようにこれを「せめ鼓」とは表現していないことである。本朝の合戦での不使用は、巻三三「新田左兵衛佐義興自害事」などでも同様であり、『太平記』は異朝の合戦にのみ「攻（責）鼓」の語を用いている（いずれも諸本に大きな異同無し）。

○馬ハ雪ニ泥《ナヅ》ンデ懸引モ自在ナラズ。サレ共越王責鼓《セメツヅミ》ヲ打テ進マレケル間、越ノ兵我先ニト轡ヲ双べ懸入ル。（巻四「備後三郎高徳事付呉越軍事」）

○呉王ノ使者未ダ帰ラザル前ニ、范蠡自ラ攻鼓《セメツヅミ》ヲ打テ兵ヲ勧メ、遂ニ呉王ヲ生捕テ軍門ノ前ニ引出ス。（同）

○（太元軍は）「…時ヲ暫モ捨ツベカラズ。攻ヨヤ兵共」ト諫メ訇ツテ、責鼓ヲ打テ楯ヲ進メケレバ、城中ニ少々残置レタル兵共、暫有テ火ノ燃出ル様ニ、家々ニ火ヲ懸テ、ヌケ穴ヨリ逃走ケル。（巻三八「太元軍事」）

『太平記』には他に、「漁陽ノ鼙鼓《ヘイク》地ヲ動カシ来リ」（巻一〇「鎌倉合戦事」）、「漁陽ヨリ急ヲ告ル鼙鼓《ヘイク》、雷ノ如クニ打ツヾケタリ」（巻三七「畠山入道々誓謀叛事付楊国忠事」）という『長恨歌』をふまえた記述があり、[3]巻四の范蠡の箇所には典拠となった『史記』越世家に「范蠡乃鼓進レ兵曰…」という類似の表現がある。ただし、「責鼓」という用語はなく、その後の事件展開にも相違がある。『太平記』は、日本の軍記物語における合戦描写の伝統的な方法によって、中国の合戦を再構成している、という増田欣の指摘（『『太平記』の比較文学的研究』第一章第二節四。角川書店、一九七六年三月）がある。しかし、異朝の合戦を単純にわが国の合戦の色に染め上げているわけではないことにも留意すべきである。そのことを端的に示すのが、巻二二「義助被参芳野事并隆資卿物語事」のあげる孫子の故事である。

　時ニ孫氏甲冑ヲ帯シ、戈ヲ取テ、「鼓ウタバ進ンデ刃ヲ交ヘヨ。金ヲウタバ退テ二陣ノ兵ニ譲レ。敵ヒカバ急ニ北ルヲ追へ。敵返サバ堪テ弱ヲ凌ゲ。命ヲ背カバ我、汝等ヲ斬ラン」ト、馬ヲ馳テゾ習ハシケル。

新編日本古典文学全集『太平記3』九五頁上欄解説も指摘するように、本話は『史記』巻六五「孫子呉子列伝」にもとづく。ただし、原拠では、孫武は女たちに太鼓の合図に従って、胸・左手・右手・背中を見るように指示した、とあるところを、『太平記』は実戦演習という設定に置き換えている。この金鼓の令は史書にも「令曰、聞二鼓声一而縦、聞二金声一而止」（『漢書』巻五四李陵伝）とみえるが、兵書に不可欠の要素であり、「凡領二三軍一、必有二金鼓之節一」（『六韜』犬韜・教戦）とあり、「鼓之則進、金之則止」（『呉子』応変）、「鼓レ之則進、重鼓則撃。金レ之則止、重金則退」（『尉繚子』勒卒令）などと説かれるところである。ちなみに『太平記』本朝の記事にあらわれる「鐘」はほとんどすべてが寺院関係の鐘であり（巻八「三月十二日合戦事」では六波羅探題が軍勢を集めるのに「地蔵堂ノ鐘」を鳴らす）、巻二二孫子の故事の表現は、『太平記』作者が中国の軍制に対する知識にもとづいて再構成したものである。『太平記』は異朝の合戦を日本風に織りなすと同時に、彼我の合戦の相違について意識的でもあったことを、この事例は物語っており、その認識は『太平記』の改訂者にも継承されている。

　之ニ依テ其兵三十万騎、心ヲ一ニシテ死ヲ軽クセリ。〈鼓ヲ打テ進ムベキ時ハス、ミ、鐘ヲ敲テ退クベキ時ハ退ン事、一歩モ大将ノ命ニ違事アルベカラズト見ヘタリ。〉其外ノ事ハ、我等ガ知ベキ処ニ非。

右は巻二〇「義貞夢想事付諸葛孔明事」の一説であるが、〈　〉内は神田本・西源院本・徴古館本・天正本・梵舜

本にはなく、南都本・前田家本・毛利本などの後出本にある記事である。(4)

小稿一の1に述べたように、責鼓という語がすでに成立しているにも関わらず、『太平記』作者がついにこれを本朝の合戦に用いることがなかったのも、巻四呉越合戦の事例のような、太鼓の音とともに兵を進めるという意味での「責鼓」が南北朝期の日本にはなかったからであろう。軍用語としての「せめつづみ」という言葉は、『八幡愚童訓』もふくめ、異朝の合戦法を意識する中で生みだされてきたものではなかろうか。

三　『十二類絵巻』『聖徳太子絵伝』

『太平記』において、日本の、陸路を進撃する軍勢に太鼓の記述がないことを指摘してきた。しかし、この問題を考えるうえで、軍記物語ではないが検討を要する資料がある。「武器・甲冑などに南北朝時代の武具の特色が示されており、内容、表現ともに『太平記』の世界を描き出すものである」（宮次男『角川　絵巻物総覧』）と評されている『十二類絵巻』(5)である。

狸軍の夜討評定場面（第四図）には狸の発言として「寄付なば、せめ鼓をうたんずるぞ」という画中詞が付されている。ただし、画面に鼓は描かれていない。狸自身の腹鼓を「せめ鼓」と称しているのであろうから、この時代に太鼓を携行して攻撃に用いた、という資料とすることはできない。狸軍の夜襲場面（第七図）、十二類の愛宕山城攻撃場面（第八図）にも太鼓はみえない。また、十二類の野陣場面（第六図）に、詞は付されていないが、「鋲打太鼓」が描かれている。しかし、これは「太鼓樽」すなわち酒樽である。『一遍聖絵』（『新版絵巻物による日本常民生活絵引』二・二一一頁）や『春日権現験記』（同四・一五九頁）などに登場するものに比して大ぶりではあるが、十二類の酒宴場面（第二図）左端のものと同じく太鼓樽に相違ない。

もう一点、『聖徳太子絵伝』（注（2）黒田論文の図版、四天王寺蔵本による）にもふれておきたい。物部守屋邸攻防の場面、稲城《いなき》の背後、守屋邸門前に身の丈をはるかに越す巨大な太鼓[6]が置かれ、腹巻を鎧うた二人の男が桴を振るっている。黒田氏はこの太鼓を「陣太鼓が戦争場面のイメージとしていかに不可欠であったかをシンボリックに示す」ものとみなし、さらに「戦争における藁の利用」についてふれ、「鎌倉末・南北朝時代の戦争において、このような藁の利用の仕方があったであろうことをも私たちは知りうるのである」という。

しかし、まず藁についていえばこれは『日本書紀』守屋討伐譚に由来する「稲城」の絵画表現であり、南北朝時代の実態の反映とはとても思えない。中世の聖徳太子伝に「諸方ヨリ多ク稲ヲ召シ集メ、山岳ノ如ク四方ニ積並タリ。仍テ稲村ガ城ト名ク。三重ニ堀ヲホリ、五重ニ木戸相構ヘ八方ニ高矢蔵ヲ結構ス」（醍醐寺本。斯道文庫編『中世聖徳太子伝集成』。他の伝本もこれに拠る）とあり、『絵伝』の描画はこうした本文に対応するものであろうが、記紀に登場する稲のみから成る「稲城」とはすでに稲の意味合いを異にする。同じく四天王寺本の場合、守屋の城郭を「大ナル榎木ヲ便リトシテ高矢蔵ヲ上タリシカバ是ヲ榎木ノ城トモ名付タリ」、舎弟勝海のそれを「四方ニハ稲ヲ高ク積ミ其上ニ矢蔵ヲ搆《カキ》タリ。是ヲ稲村ノ城ト名付タリ」と書き分け、稲は一特徴に姿をかえ、内閣文庫本にいたっては稲への言及がないのである。

また、太鼓は同じく聖徳太子伝に「即城ノ内ノ三千余騎ノ軍兵、勝鼓ヲウチ同音ニ時ヲ作ケレバ」（醍醐寺本）、「（守屋は）終夜カヾ火ヲタキ、大鼓ヲ打、螺ヲ吹キ、四方之勢ヲ集メテ、今カ〳〵ト待居タリ」「毒ノ鼓ヲ打、螺之貝ヲ吹キ、四面八方ニ一同ニ時之声ヲ合セケリ」（四天王寺本）などの表現がある。いずれも士気・戦意高揚を目的としており、太鼓により軍勢の進退をはかるものではない。『絵伝』の太鼓もこれらに呼応していよう。いずれにせよ防備する守屋側のものであるから、『太平記』の時代の有りように抵触しない。小稿の立場から『聖徳太子絵伝』の太鼓に意味を見いだすとすれば、台座に置かれ、迅速な移動を想定していない、というその様態においてである。[7]

四　室町軍記とその後

『明徳記』以降の室町軍記にも、合戦における太鼓の記述は多くはない。『応仁記』（古典文庫）「野馬台詩」に「鐘鼓喧国中」の句があり、「鼓鼙之声而已」「山々ニ大鼓ヲ搞チ、里々ニ早鐘ヲ推テ休ム時無キ体」と注解する。戦乱をさしているには違いないが、具体的な合戦描写ではない。これを除けば、応永の乱（一三九九年）を描く軍記に次のようにあるのが数少ない事例である。[8]

『大内義弘退治記』（幕府勢は）是程ノ平城（大内の堺城を）只一度ニ責落スベシトテ、同十一月廿九日ノ卯ノ時ヨリ押シ寄セ、御方三万余騎、楯ヲ鳴シ箙ヲ敲ヒテ一度ニ鬨ヲ作リケレバ、城中ノ兵五千余騎、大鼓ヲ撃チ鐘ヲ鳴シ、矢倉・掻楯ヲ扣テ鬨ヲ合ス。寄手四方ヨリ我先ニ攻メ入ラント息ヲモ継セズ、攻懸レバ…

『堺記』是程の平城只一束に責落すべしとて十一月廿九日、卯刻より押寄て味方三万余騎籙・楯の板をたゝき一度に時を作れば、城内にも五千余騎大鼓を打、矢櫓・かいだてをたゝき時の声を合す。敵味方の時の声、天地も響き山海も破かと覚たり。

右は細部の異同はあるが、音源を具体的に記すその表現において、城に進撃してきた側には「太鼓」・「鐘」を当てていないことに注意したい。その点では『平家物語』以来変わりはないのである。ただし、『大内義弘退治記』の「鐘」はどこから持ち来ったものかわからないが、僧兵ならぬ武士が鐘を城郭で使用したことの、いち早い記録として記憶にとどめておいてよい。

野戦あるいは城郭戦で攻撃側が太鼓を用いる事例があらわれるのは、戦国時代以降のことである（小稿では扱わなかったが、法螺貝の使用もほぼ同じであろう）。それがいつ、どこにはじまるのかは、よくわからない。[9]『武家名目抄第八』（『改訂増補故実叢書』）、『古事類苑』兵事部などに用例が集められているが、資料としての信頼性も考慮すれば、左の例などがその早い例のひとつに数えられよう。

○武田信玄水役の者と名付け、三百人ばかり真先にたて、彼等にはつぶてをうたせて、推大鼓を打つて人数かゝり来る。（『信長公記』三方原合戦、元亀三年一五七二。角川文庫一三八頁）

○案祥之城には、小田之三郎五郎殿移らせ給ひて御処に、（今河勢が）四方より責め寄せて、鐘・太鼓を鳴らし、四方より矢・鉄炮を放し、天地を響かせ、鯨声を上。（『三河物語』天文一八年一五四九の合戦。日本思想大系七二頁）

また、指揮道具としての進化に関して、笹間良彦『武家戦陣資料事典』は「本当に打ち方の合図が多くなったのは江戸時代からで、軍学者達の作ったものである」という。『甲陽軍鑑』（汲古書院『甲陽軍鑑大成』本文篇下、一二頁。新人物往来社『改訂甲陽軍鑑』下、九八頁）、『軍法侍用集』巻五「太鼓うちやうの事」（ぺりかん社活字本、二三三頁）、『北条五代記』巻八「北条家の軍に貝・太鼓を用る事」（改訂史籍集覧五、一八〇頁）などが知られているが、『理尽鈔』巻七34オにも、楠正成が三度の合図にそれぞれ手はずを定め置き、軍勢を指揮した、との記述がある。これらの諸作品の多くは、近世初期には成立していたとみなされており、軍学者たちの机上の創作とばかりはいえないかもしれない。

おわりに

かつて、『太平記』の合戦叙述を分析し、『平家物語』との間に、武器の使用のあり方から戦法にいたるまで大きな相違が認められることを指摘した。同時に『太平記』の時代の戦闘も、足軽集団が重要な構成要素となる戦国期以降の合戦とくらべれば、『太平記』のそれはいまだ過渡期の様相を呈している、とも付言した。(10) 小稿であつかった太鼓の問題は、その付言にかかわる。福田豊彦『平将門の乱』に「足軽が戦場を走りまわる戦国期以降、鉦・鼓は陣太鼓として復活し」た（九七頁）、という指摘がある。ただし、「鉦・鼓は中世の合戦叙述ではまずみることができない」（九四頁）とはいえず、小稿は事例をあらためて検討したものである。

虚構をまじえ、和漢の故事をふまえ、常套句をちりばめて描かれる軍記の表現を、ただちに実態に結びつけることはできない。しかし、操作の方法によっては新たな知見を見いだすことは充分に可能であろう。二3「異朝と本朝」で述べた両朝の合戦の描き分けは、『太平記』という作品の性格を考える材料であるのみならず、合戦史の資料としての評価をも定めるものである。

注

（1）『続日本の絵巻一七』底本の国立歴史民俗博物館蔵本は「鎌倉中期」の制作と目されるが、『吾妻鏡』承元四年（一二一〇）一一月二三日条に、将軍実朝が「奥州十二年合戦絵」を京都から取り寄せた記事があり、『絵詞』は「その伝統をもつ初期合戦絵巻」（『角川　絵巻物総覧』一九九五年四月、宮氏執筆）と目されている。近藤好和『源義経』（ミネルヴァ書房、二〇〇五年九月。八八頁）は、『絵詞』の武装描写には「十三世紀初頭以前に遡りうる古様な様式」が多くみられるという。ただし、太鼓についての言及はない。

（2）黒田日出男「戦争と『音』―絵画史料に『音』を聴く」（『歴史の読み方』朝日新聞社、一九九二年。初出一九八八年七月）。笹本正治『中世の音・近世の音―鐘の音の結ぶ世界―』（名著出版、一九九〇年一一月。一六〇頁）。

（3）鞞鼓は「せめつづみ。うまのりつづみ。騎兵が馬の上で鳴らすつづみ」。『太平記聞書』（青木晃。ビブリア59　一九七五年三月）「鞞鼓ト云ハ、セメツヾミ」。京都大学図書館蔵『長恨歌并琵琶行』（天文十二年清原宣賢写。武蔵野書院『長恨歌・琵琶行抄』による）は、「鞞鼓」に「イクサツヾミ。フリツヾミ」と訓を付し、「漁陽ヨリ大鼓ツヾミヲウテ、金ヲナラシテ都へ押寄ス。其勢《イキヲイ》天地ヲヒヾカシ、大地モクツガヘル如ニシテ来ル」と解している

（4）増田欣「諸葛孔明の死と新田義貞の最期」（『中世文藝比較文学論考』汲古書院　二〇〇二年。論文初出一九九三年三月）は、『太平記』の描く、仁慈に厚い良将としての孔明像は、『魏氏春秋』『晋書』などに見られる伝承に基づき

ながら、「自分の知識と詞藻を駆使して文飾を施し」、描き上げたものであり、〈 〉内などの詞章はそれをいっそう増幅したもの、と指摘している。

(5)　『室町時代物語大成7』所収、堂本家旧蔵本により、『鳥獣戯語』（福音館書店、一九九三年二月）所収、チェスター・ビーティ図書館蔵本を参照した。

(6)　四天王寺には「鼓面の直径が二・四八メートル」の雅楽の大太鼓《だだいこ》が現存している（押田良之『雅楽への招待』共同通信社、一九八四年一一月）とのこと。あるいはこれを念頭に置くか。あたかも大太鼓の太鼓部分のみを外して持ち出したかのようである。

(7)　戦国時代の合戦を描いた資料には、戦闘場面に、いくつかの形態の背負い太鼓（背負い手と打ち手との二人一組）が散見する。にしむら博物館蔵『川中島合戦図屏風』、成瀬家蔵『長篠合戦図屏風』など（中央公論社『戦国合戦絵屏風集成1』による）。

(8)　『大内義弘退治記』は神宮文庫蔵本。『堺記』は和田英道「尊経閣文庫蔵『堺記』翻刻」（跡見学園女子大学国文学科報19　一九九一年三月）による。

(9)　太鼓の使用は武田信玄にはじまるという所説（山鹿素行『武家事紀』、笹本正治『中世の音・近世の音』一六二頁所引。『竜韜品』、新人物往来社『甲州流兵法』九一頁）があるが、信玄以外の用例もあり、なお検討を要する。たとえば『国府台戦記』天文七年（一五三八）一〇月の合戦に、北条氏綱の軍兵が「懸りたいこ」とともに進撃する記事がある。また、和田英道「尊経閣文庫蔵『細川高国晴元争闘記』（原題『雑』）翻刻」（跡見学園女子大学紀要19、一九八六年三月）の紹介する、『争闘記』（享禄四年（一五三一）成立と目される）の、大永七年（一五二七）三月の記事中に「然シテ三好（元長）一鼓シテ進ム。金吾（朝倉教景）馬ヨリ下リテ力戦ス」という表現がある。

(10)　今井「合戦の機構―『源平盛衰記』と『太平記』との間―」『軍記物語の生成と表現』和泉書院、一九九五年三月。

第二部　軍記遠望

南円堂と空海
――創建説話の変遷――

橋本正俊

一

その創建に空海が関わったと伝えられる興福寺南円堂の創建説話は、数多く制作された中世の弘法大師伝に欠かさず取り上げられている。他にも縁起集や巡礼記の類のみならず、歌学書や『源平盛衰記』など多くの文学資料にも引かれている。ここにいう南円堂創建説話とは、弘仁四年（八一三）に藤原冬嗣によって南円堂が創建された時、その壇を築く人夫の中に春日明神が老翁に姿を変えて交じっていて、藤原氏を言祝ぐ和歌「補陀落の南の岸に家居して今ぞ栄えん北の藤波」を詠じたというものである（資料により和歌の読人や語句に異同があるが、本稿では創建の際に和歌が詠まれたとする説話を南円堂創建説話と称する）。

稿者はこれまでに、「補陀落の」歌に着目して、創建説話は十一世紀末頃に発生し、始めはいくつかの形が併存していたが十二世紀に入って次第に形が定まったこと、(1)また空海が南円堂鎮壇の際に埋めたとされる「鎮壇具」をめぐる伝承が、中世には東密三宝院流を中心に展開したことなどを指摘した。(2)しかし創建説話において、空海の関与がどのように描かれているのかという点については具体的な考察は行わなかった。南円堂創建説話が藤原氏や東密の権力と深く関わって享受されたことを考えれば、そこで重要な役回りを演じる空海の存在を軽視することは出来ない。本稿では、南円堂創建説話の中での空海の描かれ方を検討することで、創建説話及びそれを伝える資料の特徴を指摘したいと思う。

二

南円堂創建説話が形成され広まってゆく一方で、南円堂の公式の縁起文として知られていたのは、昌泰三年（九〇〇）に編纂された『興福寺縁起』であろう。この中の「南円堂」の項には次のような縁起が記されている。

右安二置不空羂索観音幷四大天王像一也。長岡右大臣殊発二大願一所レ奉レ造也。後閑院贈太政大臣以二弘仁四年一造二立円堂一、所レ安二置尊像一也。故記文云、伏惟、故閑院贈太政大臣大閤下搆二仁徳一以為レ宇、裁二孝忠一以為レ衣。在レ朝則周旦之輔レ君。帰レ釈則浄名之愛レ道。爰先考長岡右大臣大殿門殊発二大願一、敬以奉レ造二不空羂索観音尊像一。（中略）仍占二勝地於伽藍之中一、建二立堂宇於清浄之刹一。遂使下八柱円堂揵二玉墀一而表レ麗、八臂金容映二蓮座一而居上尊等云云。

長岡右大臣（内麻呂）が大願を起こし不空羂索観音像を造立して亡くなった後に、その子閑院贈太政大臣（冬嗣）が南円堂を建立し、観音像を安置したことが記されている。この縁起文は、『醍醐寺本諸寺縁起集』や『大鏡裏書』など時代を下っても引用されており、その影響力は大きかったと考えられる。しかしここには空海は登場せず、実際は南円堂創建に空海は関与していなかった可能性が高い。(3)

その一方で、十一世紀末に発生した南円堂創建説話を見ると、その初出資料である『大師御行状集記』（以下『行状集記』と略す）に、すでに空海の活躍が描かれている。(4)『行状集記』は東寺長者経範が寛治三年（一〇八九）に著した伝記で、それまでの弘法大師伝にはなかった南円堂創建の項目が取り上げられている。

興福寺南円堂條第八十

日記云、興福寺、元者内大臣大職冠鎌子、依奉公労賜藤原姓、叙内大臣、永以為摂録臣、依為其孫、左大臣不比等発誓願、所建立興福寺也。而漸年代押移、殆可移他氏、爰右大臣冬嗣、與大師師檀契深、可繁昌藤原氏之由被語申。此時大師、興福寺之内択殊勝所、建立南円堂、奉安置不空羂索〈古仏〉、氏人同住僧殊持念。因茲藤原氏彌繁昌、経代々為博陸丞相。件堂場築謡曰、

　不多良岐美々奈美乃岐之仁須末彼志天喜多能不知奈美伊摩曾左賀由留《（ふたらきみみなみのきしにすまひしてきたのふちなみいまそさかゆる）》〔築壇人夫歌此歌云々〕

ここでは、「日記云」として南円堂創建説話が引かれている。この「日記」が何を指すのかは不明である。『行状集記』は、「有書曰」「伝曰」などとして先行する大師伝を引用することが多くあるが、「日記曰」とするのはこの箇所のみである。したがって「日記」とは空海の業績を記したものではなく、『七大寺日記』のような寺院の記録をまとめたものではないかと思われる。さて『行状集記』と『興福寺縁起』とを比べると、まず『行状集記』では人夫が詠んだ和歌が付加されて創建説話が形成されている。この和歌については拙稿(5)で論じたのでここでは取り上げない。その他の内容を見ると、『興福寺縁起』に比べて『行状集記』では、鎌足、不比等の名前が記されているけれども、内麻呂の不空羂索観音造立のことは記されていない。そして『行状集記』では、冬嗣が「師壇契」をなした人物として「大師」空海が登場する。冬嗣が空海に、藤原氏の繁栄すべきよしを相談したところ、空海が興福寺内に勝所を選び、そこに南円堂を建立し観音像を安置したという。「興福寺之内択殊勝所」については、『興福寺縁起』に「占ニ勝地於伽藍之中ニ」とあったことに対応していて、勝地を選定したのは空海であったのだと特定していることになる。『行状集記』は『興福寺縁起』が記すような従来の縁起に対して、矛盾を来すことなく空海の活躍を描き出していて、冬嗣が進めた南円堂創建には実は空海の補佐があったということを主張しているのである。また「奉安置不空羂索」の後に小字で「古仏」とあるのも、『興福寺縁起』が記すように、本尊を造立したのは冬嗣ではないという伝承が背景にあったからだろう。

さて、『行状集記』の後に成立した弘法大師伝の南円堂創建の条を見てみると、『行状集記』の記述をそのままに引くものが多い。では、弘法大師伝以外の南円堂創建説話では空海の活躍はどのように描かれているのだろうか。『行状集記』の少し後保延六年（一一四〇）に著された大江親通『七大寺巡礼私記』（以下『巡礼私記』と略す）の引く南円堂創建説話は次の通りである。

右南円堂大略如此。抑此堂形火炎伏釜之様又勝諸寺。但中尊観音及天王等像者、長岡右大臣殊発大願所奉造也。其後閑院贈太政大臣、以弘仁四年造斯寺、安置件等像。

古老伝云、房前宰相依弘法大師教訓、為安置不空羂索像、被建立南円堂之剋、築壇人夫之中、老翁相交詠歌云、

フダラキミミナミノヲカニスミキセバキタノ藤ナミイカニサカエム

（後略）

ここでは『興福寺縁起』と同様の説（点線部）を挙げた後に、「古老伝云」として創建説話を引いている。そしてそこでは、房前が空海の「教訓」に従って、観音像を安置するために南円堂を建立したとしている。房前は冬嗣の曾祖父であり、空海誕生以前に没しているので明らかな誤伝であるが、藤氏長者が空海の教えに従って創建の作業を進めていることを確認しておきたい。

これに近い創建説話を引く資料に『興福寺流記』がある。『興福寺流記』は数段階に成立したとされている。(6) そのうち『巡礼私記』と同じ頃に撰述されたと考えられる始めの部分が引く南円堂創建説話の冒頭は「記云、房前丞相依ニ弘法大師之教訓一、不空羂索造立」となっている。『巡礼私記』と異なり、ここでは「弘法大師之教訓」により観音像を「造立」したとなっている。『興福寺流記』の誤解や誤写の可能性があるけれども、藤氏長者への空海の「教訓」が観音造立にまで及んでいるとも解釈できる。

ところで、この『巡礼私記』や『興福寺流記』が準拠した資料として、田中稔氏が紹介したのが『十五大寺日

記』である。[7] この『十五大寺日記』は逸書であるが、その逸文を引く史料として高山寺蔵『興福寺南円堂不空羂索等事』が紹介されている。

興福寺南円堂不空羂索

十五大寺日記云、金色丈六不空羂索観音坐像〔口伝云、頂上化仏地蔵菩薩云々、子細可尋之云々〕。

又云、系図云、南円堂、或人云、藤氏繁昌者此寺之験力也云々。其云由何、冬嗣大臣白弘法大師言、以何方便令我子孫繁昌哉。大師答云、寺之西南建八角宝形堂、安置於八臂不空羂索像、令恭敬者累葉相継、光花不絶歟云々。依此教示、建立当寺。以房前宰相所作之像、所令安置也。草創之剋、築壇人夫中老翁相交、謳歌云、

フダラキミミナミノヲカニスマヰセバキタノフヂナミイカニサカヱム

（後略）

田中氏はこの全文が、冒頭に名前の挙げられている『十五大寺日記』からの抄出であるとする。そして、『巡礼私記』の「古老伝云」や『興福寺流記』の「記云」は、この『十五大寺日記』の記述に基づくものであるとする。直接参照したのかどうかは不明だが、後略した部分を中心に三書の本文が類似し、また『十五大寺日記』にも房前の名が挙がっていることから（点線部）、三書の成立基盤が密接な関係にあるのは疑いないだろう。さて、『十五大寺日記』では傍線部のように冬嗣と空海のやり取りが詳しく記されている。このやりとりは、『巡礼私記』や『興福寺流記』のいう空海の「教訓」を具体的に記述したものであると言える。また空海が場所の選定と観音像の安置を指摘している点で、『行状集記』の記述が具体化されているとも言える。『十五大寺日記』の成立背景は不詳であるが、田中氏は一一二〇年から一一四〇年頃の成立と推定される。その書名から、また後略した部分に「口伝云」や「古老伝云」といった語が多く見られることから、南都に取材し諸説を収集、記録したものであると推測されよう。『行状集記』が語っていたような、南円堂創建において藤氏長者の相談に対して空海が指導するという説話が、南

都において広まりを見せていたことがうかがえる。

ところで、『十五大寺日記』から南円堂の項目のみを引用している前掲の『興福寺南円堂不空羂索等事』は、その題名の通り「不空羂索観音」にまつわる資料である。この資料は奥書から宝治二年（一二四八）、仁真なる僧の書写であることがわかる。田中氏は高山寺蔵の他の聖教から、これは興然から仁真の師定真へと伝えられた物であると指摘する。興然は『五十巻鈔』など多数の著書を編纂した真言宗の学僧である。したがって、『十五大寺日記』に記されていた空海の活躍を記す南円堂創建説話は、その活躍を略述する『巡礼私記』や『興福寺流記』とは対照的に、真言宗の僧によって貴重な記事として書写され、相伝されてきたことが注目される。真言宗の図像集では『図像抄』『覚禅抄』など、不空羂索観音の形像が常に問題にされ、そこでは必ず南円堂の不空羂索観音をめぐる秘説が展開され、創建における空海の関与が記される。(8) 彼らにとって空海が創建に関わった南円堂の不空羂索観音像は最も重要な尊像の一つであったのであり、その由来について詳説した『十五大寺日記』の記述は記録してとどめ置くべきものだったのである。(9) また、先に挙げた『行状集記』の典拠である「日記」の性格は明らかではないが、編者である経範がおそらくは発生して間もない南円堂創建説話に着目し伝記に加えたことも、真言宗がこの創建説話を重要視していたことを如実に示していると言えるだろう。

そこで、やはり真言宗において南円堂創建説話が語られていたことを具体的に示す例として注目されるのが、覚鑁の談義を記録した『覚鑁聖人伝法会談義打聞集』（一一四三年頃成立。以下『談義打聞集』と略す）である。新義真言宗の祖覚鑁の談義を綴った本書には多数の説話も含まれ、中に南円堂創建説話も引かれる（会話文には「　」を付した）。

大師帰朝之時、中納言関白万人嗚呼ツカル。夜ヒソカニ大師ノミモトニ参テ事之由ヲ申ス。大師言ク「君ノ氏寺ノ前ノノゾイタル様ニテ末悪相ノ有ルゾ」。又問フ「其ヲバ如何ニカツカマツルベキ」。答テ言ク「堂ヲ立テ給へ」。「イヅコニ」ト問フ。「未申有ン」トアリ。次夜約束シ奉テ上次次ニ置テ夜関白ト大師ト行ク。寅時許ニ着シテ所ヲトム。次ニ「地陳（鎮）シ給へ」ト被《ル》レ仰《セ》。仍テ地引始メヌ。並大師チンジ（鎮）御ス。京ヨリノ従者九人アルニ地引者十人アリ。恠シト見ル程ニ童子言、

　フダラ君南ノ丘ニ棲ヰセル北ノ藤ナミ如何ニ栄ム

ト云テ地ヲ引ク。夜ノ内ニ引成畢テ和泉ノ小津ニ還ル。京ヨリ人走テ云フ「京大事作ル。源氏七人死去」ト告グ。其ヨリ藤氏サカエタリ。寺大ナレバ氏悪シ。寺ハ只可《シ》レ小《カル》トテ南円堂ハ小也。

ここではいかにも談義で語られた説話らしく、関白と空海とのやり取りが生々しく描かれている。「関白」とは冬嗣かとも思われるが冬嗣は関白になっていない。特定の人物を指すつもりはなく漠然と藤氏長者を想定しているのかもしれない。ともかくもここでは両者の会話が詳しく説かれ、空海の指導のもと二人が協力し合って南円堂を創建する様子が語られている。また空海の指揮により「地鎮」が行われたことも記されている。空海がこの地鎮、もしくは鎮壇の儀式を行ったという説が後に重要な意味を持つことは拙稿で論じた(10)。覚鑁によってこのような創建説話が語られていることは注目されよう。

　ここまでにいくつか挙げた創建説話を引く資料は、いずれも南都の諸寺院の縁起説を集成する資料か、または真言宗の僧により著された資料である。南円堂創建説話は、縁起資料では興福寺の多くの伽藍の創建説話の一つにしか過ぎないが、真言宗では空海が藤氏長者を指導しつつ不空羂索観音を安置し鎮壇するという、特別に語り伝えるべき縁起であったのである。

　このように、高野山を始めとする真言宗内部では、空海の業績を顕彰する中で具体的に空海の南円堂創建時の活躍を描く説話が豊かに語られ、そして外部に向けて発信されていたことが推測される。ここに、南円堂創建説話に対する真言宗の理解を示す事例をもう一点取り上げておく。

醍醐三流の一つ、金剛王院流の祖聖賢が元永元年（一一一八）に著した『高野大師御広伝』は、従来の伝記にはない事蹟などを収めている。そこに次のような一節がある。

伊不奈良久捺落乃底爾落奴礼者刹利毛毘沙毛加波良佐里計里《（いふならくならくのそこにおちぬればせつりもびしゃもかはらざりけり）》
是答ル㆓真如親王ニ㆒之詠言ナリ。

興福寺南円堂鎮壇之時有ニリ㆓詠歌㆒。及ビ自余ノ詠不㆑遑アラ㆓注シ載ルニ㆒。

始めの「いふならく」歌は、真如親王が師である空海に詠んだ歌であるが、歌論書『袋草子』には空海の歌として引かれているように空海の歌としても理解されていた。ここでも同様である。そしてこれに次いで傍線部では「興福寺南円堂鎮壇の時にも詠歌があった。その他の歌はここで注する余裕は無い」としている。つまり南円堂鎮壇の時の「補陀落の」歌を空海の詠歌であると認識していることになる。この「補陀落の」歌の読人については春日明神の化身である老翁とする他に諸説はあったものの、(11) 空海が詠んだとする説は例を見ない。しかし同様の説を引くのが、やはり仁真の書写による高山寺蔵『不空羂索事』である(12)（前掲『興福寺南円堂不空羂索等事』と名称は類似するが内容は別のものである）。そこでは南円堂創建説話を引いた後「補陀落の」歌について「是ハ大師之御歌也（此不審也。可尋）」と、「不審」としながらも空海の詠歌であるとしている。中世には春日明神の詠歌として広まっていたこの歌も、真言宗の一部では空海の詠歌であるという説も伝えられていたのである。

三

前章では、十一世紀末から十二世紀の資料を中心に、南円堂創建説話の中で空海がどのように描かれているのかを見てきた。次に、創建説話における空海の占める比重が大きくなることが与えた影響として、いくつかの創建説話に引用される源氏公卿死亡説に注目してみたい。

源氏公卿死亡説とは、南円堂が創建された際に源氏の公卿数名が死亡したという説で、これは他氏の衰退とともに藤原氏の繁栄を約束する意味を持っている。早い資料では『興福寺流記』に「法宝師相伝云、供養之日、源氏公卿八人一日逝去」とあり、『談義打聞集』に「夜ノ内ニ引成畢テ和泉ノ小津ニ還ル。京ヨリ人走テ云フ「京大事作ル。源氏七人死去」ト告グ。其ヨリ藤氏サカエタリ」（前掲）とある。この説の発生は十二世紀に入ってからと考えられるので、(13)どちらの資料も早い段階でこの説を引いていることになる。『流記』が諸説を箇条書している中で挙げているのに比べ、創建説話の流れの中にこの説を取り入れて語っている『談義打聞集』の存在はやはり注目される。

さて、この源氏公卿死亡説はどのように理解されていくのか、少し時代を下って十四世紀の資料を見てみたい。『渓嵐拾葉集』の「仏像安置事」では、「一、南円堂縁起事」として創建説話が引かれていて、その中で「談二合シテ弘法大師一ニ建二南円堂一ヲ祈請之処、源氏公卿多以薨畢」と記されている。ここでは空海の「祈請」によって源氏公卿が死亡した、つまり空海が源氏の死亡を引き起こしたとも理解することができる。同様の例として『八幡愚童訓』甲本を見てみると、空海と守敏の験力争いを描いた後に「又同大師（＝空海）為二藤氏繁昌一ノ南円堂ヲ供養セラレシ時、源氏ノ公卿其日ノ内ニ六人マデ失ニケリ」とある。ここでは創建説話ではなく空海の験力を説く中で源氏公卿死亡説が引かれていて、やはり空海による「供養」が直接源氏の死亡を引き起こしたと理解しているのである。このことを明確に示しているのが、東寺の亮禅・亮尊による『白宝口抄』である。その「不空羂索法」に引かれる南円堂創建説話では「此供養日、源氏公卿七人死、是弘法大師御加持故也」とあり、「源氏公卿七人が死亡したのは、空海の加持による」と明言している。(14)これらの資料『渓嵐拾葉集』『八幡愚童訓』『白宝口抄』はいずれも鎌倉末から南北朝期にかけての成立であり、当時このような空海の験力と源氏公卿死亡説とを結び付ける理解が広まっていたことが推測される。

その点で注目されるのが、建久二年（一一九一）の南都巡礼の次第を綴った『建久御巡礼記』の興福寺条に引かれる南円堂創建説話である（久原本による）。

（前略）尊像《ハ》長岡右大臣内麻呂、藤原氏《ノ》衰《ヘ》乏《シ》カリシヲ歎《テ》、高野大師《ニ》申合《テ》此《ノ》像《ヲ》被二作一。サレドモイマダ仏殿《ヲ》作《ルニ》不及《シテ》薨《ジ》給《ヒヌ》。前閑院太政大臣冬副（ママ）、先考《ノ》志《ヲ》遂《ムガ》為《ニ》弘仁四年丁酉此堂《ヲ》立《テ、》被レ遂二供養《ヲ》一。此堂《ノ》チン壇、高野大師也。壁板《ニハ》恵果《ノ》影《ヲ》被レ書一。此南円堂供養之日《ハ》源氏六人《マデ》失《ニシヨリ》、源氏《ハ》不二向一之砌也。代々院《ノ》御幸《ニモ》源氏《ノ》公卿《ハ》参《レヌ》也。此堂《ノ》被二築壇一之時、人夫之中二春日大明神交《ラセ》御坐《シテ》聊有御詠吟一、

補陀落《ノ》南《ノ》岸二堂立《テ》、北《ノ》藤波今《ゾ》栄《ユル》

補陀落山《ハ》八角之山也。彼山《ノ》藤《ニハ》花《ノ》盛滋《ニシ》。此御堂《ハ》彼山《ノ》有様《ヲ》移被二造一也。北《ノ》藤並《トハ》、藤氏《ノ》四家《ノ》中《ニ》北家《ノ》脈可レ栄之由読《ヲセ》給、忝《シ》。（後略）

まず、前掲『興福寺流記』と同様、観音造立の段階で空海が関与していることが注目される[15]（点線部）。そして傍線部に空海が鎮壇を行ったことと、供養に日に源氏が六人死亡したことが記されている。ただしこの記述では空海の鎮壇と源氏公卿死亡に直接関係があるとは言い難い。『建久御巡礼記』の一本である大宮家蔵『御巡礼記』[16]では傍線部が「此堂《ノ》鎮壇《ハ》高野大師也。仍堂《ノ》壁板《ニハ》恵果和尚《ノ》影《ヲ》被書《タリ》。此南円堂供養《ノ》日ハ源氏六人《マデ》ウセシヨリ源氏之公卿《ハ》不向砌也。代々《ノ》院《ノ》御幸《ニモ》不供奉也」となっているのであり、「空海が鎮壇したから、壁板には師である恵果の御影が描かれている」というのが本来『建久御巡礼記』の伝えたかった内容であろう。ところが乾元二年（一三〇三）に書写された前田本『建久御巡礼記』では傍線部が次のようになっている。

此堂ノ鎮壇ハ高野大師也。此南円堂供養ノ日《ハ》源氏公卿《ノ》六人《マデ》ウセシヨリ、源氏ノ公卿ハムカハザルミギリナリ。代々ノ院ノ御幸ニモ源氏ノ公卿ハ参ゼザルナリ。

ここでは、久原本にあった「壁板《ニハ》恵果《ノ》影《ヲ》被レ書一」の一文がなく、空海の鎮壇と源氏公卿死亡が続けて理解される

書き方になっているのである。この一文の省略が意図的であったのかどうかは不明であるが、ここで『建久御巡礼記』の興福寺条に依拠したとされる『源平盛衰記』（以下『盛衰記』と略す）を見てみたい。『盛衰記』は治承四年（一一八〇）の南都焼亡を描く中で、興福寺・東大寺の諸伽藍の縁起に多大な分量を裂いている。そこに引かれる南円堂創建説話は次の通りである。

南円堂ト申ハ、八角宝形ノ伽藍也。丈六不空羂索観音ヲ安置セリ。此観音ト申ハ、長岡右大臣内麿ノ藤氏ノ変徴ヲ歎テ、弘法大師ニ誂テ造給ヘル霊像也。仏ヲバ造テ堂ヲバ立給ハデ薨給タリケルヲ、先考ノ志願ヲ遂ントテ、閑院大臣冬嗣公ノ弘仁四年酉御堂ノ壇ヲ築レシニ、春日大明神、老翁ト現ジテ匹夫ノ中ニ相交リ、土ヲ運ビ給ツヽ、一首ノ御詠アリ。

補陀落ノ南ノ岸ニ堂タテヽ北ノ藤ナミ今ゾ栄ユル

ト。補陀落山ト申ハ、観音ノ浄土ニテ八角山也。彼山ニハ藤並トキハニ有シトカ。件ノ山ヲ表シテ八角ニハ作レリ。北ノ藤並ト申ハ、淡海公ノ御子ニ南家・北家・式家・京家トテ四人ノ公達御座ケリ。何モ藤氏ナレ共、二男ニテ北家房前ノ御末ノ繁昌シ給ベキノ歌也。弘法大師ハ来テ鎮壇ノ法ヲ被ㇾ行。此堂供養ノ日、他性ノ人六人マデ失シカバ、代々ノ御幸ニモ源氏ハ不ㇾ向砌也。

『盛衰記』と『建久御巡礼記』の本文が非常に近いことは明らかである。源健一郎氏が前田本に近いテキストが『盛衰記』の依拠資料として想定できると指摘したように、[17]傍線部について見てみても「壁板《ニハ》恵果《ノ》影《ヲ》被ㇾ書二」の一文がないことから前田本に近い本に拠ったことがわかる。ところが『盛衰記』はこの傍線部のみを補陀落山や藤原北家の説明よりも後に移動させているのである。この移動が『盛衰記』の依拠した資料に既に生じていたとしても、やはり意図的に改変されたものであることは間違いない。ではなぜこのような改変を行ったのであろうか。「弘法大師」の名前は点線部でも登場しているので、特に創建における空海の関与を疑問視したわけではなさそうである。一つには「源氏が死亡した」という説話内容が衝撃的な内容であり（『建久御巡礼記』の「源氏ノ公卿六人マデウセシヨリ」を『盛衰記』は「他性ノ人六人マデ失シカバ」としている[18]、また源氏公卿死亡説を引かない創建説話もあったことから、この説に疑問を感じて後へ回す措置を採ったのかもしれない。しかしそれでも、既に定説となっていた空海の鎮壇についてまでも移動させる必要はないだろう。この移動の背景には、空海の鎮壇と源氏の死亡を一連のものと捉え、「空海が鎮壇したことで源氏公卿が死亡した」との理解があったのではないだろうか。したがって極めて閉鎖的な源氏公卿死亡説を、その直接の原因である空海の鎮壇と共に説話から外して末尾に移動させたことが推測されるのである。『盛衰記』の説話叙述の方法及び空海に対する姿勢とも関わってくる改変と考えられよう[19]。

四

様々な縁起・霊験に彩られる興福寺の伽藍の中にあって、南円堂は藤原氏の繁栄の象徴であった。その根底にあるのは、創建説話で藤原氏を言祝いだ春日明神と、藤氏長者と協力しつつ創建の指揮を執った空海の存在であった。藤氏長者は中世以降も代々南円堂とその本尊を崇敬し続けた[20]。また例えば、春日神社の神木遷座の際にしばしば南都七大寺を閉門するということが行われ、その際に南円堂の北門のみ開いて本尊不空羂索観音を北面させるという、非常に呪術的な儀式も行われていた[21]。このような南円堂の特異性は人々に広く意識されるところであり、その創建に関わる空海の活躍は、単なる高僧の験力を示す説話としては片付けられなかった。『盛衰記』の記述にもその一端が現れているのではないか。

以上、南円堂創建説話における空海の描かれ方について検討してきた。本稿では空海に注目して創建説話を概観したに過ぎない。今後南円堂のみならず南都、そして空海や不空羂索観音を取り巻く諸説も鑑みながら、様々な視点から創建説話の担っていた意義を考察する必要があるだろう。

注

（1）拙稿「興福寺南円堂創建説話の形成」（『仏教文学』25、二〇〇一・三）。

（2）拙稿「南円堂鎮壇をめぐる説話」（『京都大学国文学論叢』9、二〇〇二・一一）。

（3）空海と南円堂との関わりについては、空海の東大寺真言院建立に始まる南都における真言宗の影響や、南円堂の密教的性格があるのだろうが、具体的な様相については明らかではない。

（4）承暦三年（一〇七九）の『大和国奈良原興福寺伽藍記』は極めて簡略な興福寺諸伽藍の縁起を記すが、「南円堂」には「高野大師被二申合一造二此像一」「堂鎮壇高野大師」とあり、この段階でこのような空海の活躍を記すことは異色であり注目される。ただし本書は成立当時在位中である白河天皇を「白河院」と表記するなど資料として疑問が残る。南円堂の記述も後世の増補である可能性が高い。

（5）前掲注（1）拙稿。

（6）澁谷和貴子『興福寺流記』について（『仏教芸術』160、一九八五・五）参照。

（7）田中稔「七大寺巡礼私記と十五大寺日記」（『中世史料論考』吉川弘文館、一九九三）。

（8）『阿娑縛抄』「不空羂索」でも「東寺永厳抄云」として『図像抄』と同文を引く。不空羂索観音については、浅井和春『不空羂索・准胝観音像』（『日本の美術』一九九八・三）参照。真言宗と不空羂索観音との関係については巡礼記研究会第一回研究集会（二〇〇四・一二、於慶應義塾大学）における舩田淳一氏の発表「中世南円堂の世界」に詳しい。

（9）『興福寺南円堂不空羂索等事』は末尾に後日譚として空海の「地鎮之具」発見の記事も引用していて注目される。前掲注（2）拙稿参照。

（10）前掲注（2）拙稿参照。

（11）前掲注（1）拙稿参照。

（12）前掲注（7）田中氏論文に掲載される写真に拠る。

（13）前掲注（1）拙稿参照。
（14）『八幡愚童訓』『白宝口抄』については前掲注（1）拙稿の注で既に指摘している。
（15）『阿娑縛抄』にも「或云」として「弘法大師与二長岡大臣一相議造二此像一給」とある。時代を下って『大乗院寺社雑事記』応仁二年（一四六八）閏十月十七日条にも「弘仁年中閑院大臣建立南円堂之時、以弘法大師為鎮壇。云本尊、云御堂、悉以大師所為也。」とあるように、本尊、御堂共に全面的に空海が関与したという理解も広まっていた。
（16）内田澪子「大宮家蔵『御巡礼記』解題・翻刻―『建久御巡礼記』の一伝本―」（『巡礼記研究』1、二〇〇四・一二）。
（17）源健一郎「源平盛衰記と建久御巡礼記―巻二十四「南都合戦焼失」の興福寺関係記事を中心に―」（『日本文芸研究』44・3、一九九二・一〇）。
（18）『興福寺流記』の増補部分の南円堂創建説話には、源氏公卿死亡説の後に「先ノ東山殿御下向ノ時此堂ニ御参ハ御指越度云云」と、東山殿（足利義政か）の参詣を問題にしている。『盛衰記』よりも下るが、閉鎖的な源氏公卿死亡説の影響力がうかがえる。
（19）例えば源健一郎氏は「源平盛衰記と南都の真言宗―巻四十、法輪寺縁起の増補と「宗論」削除の理由を探る―」（『軍記と語り物』32、一九九六・三）で、『盛衰記』の「南都の真言宗的な立場」による空海関連記事の構成について指摘されている。また傍線部は移動されても削除されたわけではないことも問題である。
（20）八田達男「不空羂索観音信仰の特性について―興福寺南円堂を中心に―」（『霊験寺院と神仏習合―古代寺院の中世的展開―』岩田書院、二〇〇四）参照。
（21）春日大社の儀式等について記録された『古今最要抄』（東大史料編纂所、春日大社本謄写本）の「社頭幷興福寺閉門事」を見ると弘安四年（一二八一）、正和三年（一三一四）、応安四年（一三七一）の神木遷座の際に行われたことが知られる。

使用テキスト

注で挙げたものは除く。引用に際しては適宜句読点・濁点を施し、小字・割注は〔　〕で示した。また傍記の（・）も私に付したものである。

『興福寺縁起』『興福寺流記』…大日本仏教全書
『大師御行状集記』『高野大師御広伝』…弘法大師伝全集
『七大寺巡礼私記』…「七大寺巡礼私記」（奈良国立文化財研究所、一九八二）
『伝法会談義打聞集』…興教大師全集
『渓嵐拾葉集』『白宝口抄』…大正新脩大蔵経
『八幡愚童訓』…日本思想大系「寺社縁起集」
久原本『建久御巡礼記』…校刊美術史料・寺院篇上巻（中央公論美術出版）
前田本『建久御巡礼記』…尊経閣叢刊
『源平盛衰記』…中世の文学（三弥井書店）

付記　脱稿後、注（8）船田氏の発表が「中世の南円堂不空羂索観音に関わる信仰と言説」（「巡礼記研究」2、二〇〇五・九）としてまとめられた。参照されたい。

魔王との契約

——第六天魔王神話の文脈——

阿部泰郎

一　第六天魔王神話の語り口

中世の伊勢神宮の祢宜たちの間では、奇妙な物語が伝承されていた。[1]『太神宮参詣記』下巻[2]の冒頭には、物語を媒介する参詣者—聴き手を前にして、参宮する僧と祢宜と思しい「俗」が問答を交すはじめに、この伝承が祢宜の口を通して語られる。それは、古えからの神宮の習いである仏法の忌避、神宮の祭祀に仏教を排除して僧尼を社殿に近付けないことの根拠を問われて説かれる、伊弉諾尊が日本国を建立しようと第六天魔王に乞い請けたところ、仏法流布の地なるによって許されず、尊が、されば仏法を忌むべしと誓ったので、今も神宮では仏法を忌むのだという縁起である。僧は、ただちにそんな説は信じ難いと反論し、日本紀の国生み神話を説いて、何故に第六天魔王に国土を乞う必要があるか、その誓いは経典聖教に見えず根拠のないことだという。祢宜は、仰せはもっともだが「但シ又、或人ノ申侍リシハ」魔王とは伊舎那天であり伊弉諾尊のことであるから疑う余地はない、と抗う。僧は、この説も大日経や疏などに見えない妄説であり、そもそも魔王と対峙する伊弉諾尊が同一尊格であるというのは矛盾していよう、と批判し、そうした虚譚に由来する神宮の仏法忌避を問い直すのである。ここに展開される議論は、僧に代弁させる、あくまで日本紀や経疏など典拠に照らして伝承を荒唐と難ずる実証的な立場から、正しい根拠にもとづいた真正な認識を樹《た》てようとする志向に貫かれている。だが、むしろ注目されるのは、そこにいきなり語り出される、国土の始まりについての、神と魔王とが交渉契約を交わしたという、物語的な神話のことである。しかも仏法を忌避する筈の祢宜自らが、仏教の神である第六天魔王を、はじまりの神、世界の主として認め、その承認と譲りの許で日本が生み出されたと語るのである。そうした、今日の常識からすると驚くべき所説は、『太神宮参詣記』というテクスト自体の文脈から喚起されるものであった。

神宮の大儀である式年造営の一環として行われる外宮上棟祭に臨むべく参宮した某が、外宮の鳥居の傍らで対話する僧と俗の問答を聴聞する、という設定で始まる『太神宮参詣記』は、『大鏡』の筆法に倣う、所謂〝対話様式〟により一書を構成する。それは、参宮記という枠組の許に、立場を異にした代弁者たちの問答という弁証的方法によって、上巻に神宮の歴史とその祭神のこと、また下巻に神宮の祭祀と仏法との関係を、典拠史料を引いて説くという、仏教の立場から伊勢神宮の全体像を描き出そうと試みた意欲的なテクストである。本書が、神宮の祭主家大中臣氏の出身である醍醐寺権僧正通海の著作であること、また、その設定である弘安九年（一二八六）の直後に成立し、元寇の際の神威発揚への勧賞として、風宮号宣下を朝廷に求める神宮を挙げての運動に通海が貢献した、その所産であることは既に小島鉦作氏ら先学により明らかにされている。(3) この著作において、下巻冒頭にまず提示されて、ただちに否定されるのが〝第六天魔王神話〟である。一書全体の構成上、これを最初に否定しなくては以降の行論かつ神宮と仏教をめぐる歴史叙述を展開し得ないという、抜き差しならない文脈において提示される所説であった。しかもそれは、神宮の祢宜の側から「只申伝タル事ニテ、シルセル文ハナシトゾ、物知タル人申侍リシ」と弁明する如く、無前提に伝承されてあった神話なのである。

『太神宮参詣記』が第六天魔王神話の根拠として述べる、伊弉諾尊が密教の十二天のうち伊舎那天であるという認識は、同時代に形成されつつあった（しかし『太神宮参詣記』には殆ど影響を及ぼしていない）外宮の祢宜たちを中心とする伊勢神道（度会神道）とその周辺の神祇書の中にも、往々にして見いだされるところであった。その主唱者である度会行忠が、弘安八年（一二八五）に関白鷹司兼平の命により撰進した『伊勢二所太神宮神名秘書』(4)には、内宮天照大神宮の条に伊弉諾尊について「一名号伊舎那天也」と本文において記している。その拠となったと思しい『大元神一秘書』もこの所説を同文で記している。(5)これは、伊勢神道書の基盤となった所謂両部神道（真言神道）書の中では広く行きわたっていた所説のひとつであって、やはり『神名秘書』と密接な関係が指摘される『天地霊覚秘書』(6)でも、伊弉諾尊が伊舎那天ないし大自在天であると注や裏書に記されている。そのように神祇書のテクストに露頭した所説の水面下に、第六天魔王神話はいわば秘事口伝として伝承されていたのであろう。

通海が、祭主家の伝統と顕密仏教の正統とをふたつながら背負って叙《しる》さなくてはならなかった、仏法忌避の習いを含む神宮の由緒の真正性への志向が、第六天魔王の神話の語り方において逆説的に示されている。同時に、この伝承が神宮の祢宜たちの間で根深く語り伝えられていた状況が浮き彫りにされる。但し、そこにはひとつの決定的な作為もしくは隠弊が存在する。つまり、この神話に天照大神を登場させないことである。後述する中世の第六天魔王神話一般としてみれば、魔王に向き合い、これと誓約を交わし仏法忌避を契るのは天照大神なのである。むしろ通海はそのことを承知の上で、敢てその祖神伊弉諾尊にその役割を振り替えて、その矛盾をわざと衝《つ》いたのではなかったか。ことさら否定する為にせよ、そこにやはり天照大神を登場させることを忌避する慮りが働いたものかと推察される。

中世に語られた第六天魔王神話の典型を示すのが、無住撰『沙石集』巻一冒頭「太神宮御事」である。これは一書の始めに説き出される、日本国の開闢説としての太神宮の縁起である。加えて、「去弘長年中（一二六一〜四）、太神宮へ詣デ侍シニ、或社官ノ語シハ」と前置きされるように、やはり参宮した僧侶（この場合は無住自身）に対して神宮の祢宜が語った伝承として記される、仏法忌避の由来であることも『太神宮参詣記』と共通している。そ

の神話の部分を以下に引いておく。(7)

昔、此国未ダナカリケル時、大海ノ底ニ大日ノ印文アリケルニヨリ、太神宮御鉾指下テサグリ給ケル。其鉾ノ滴、露ノ如ク也ケル時、第六天魔王、遥ニ見テ、タヾ此滴、国ト成テ、仏法流布シ、人倫生死ヲ出べキ相アリトテ、失ハン為ニ下ダリケルヲ、太神宮、魔王ニ会給テ、ワレ三宝ノ名ヲモイハジ、我身ニモ近ヅケジ、トク帰リ上給ヘト、誘ヘ給ケレバ、帰ニケリ。其御約束ヲタガヘジトテ、僧ナド御殿近ク参ラズ、社壇ニシテハ、経ヲモアラハニハ持ズ、三宝ノ名ヲモタヾシク謂ズ、仏ヲバ立スクミ、経ヲバ染紙、僧ヲバ髪長、堂ヲバコリタキナドイヒテ、外ニハ仏法ヲ憂キ事ニシ、内ニハ深ク三宝ヲ守リ給フ事ニテ御座マス故ニ、我国ノ仏法、偏ニ太神宮ノ御守護ニヨレリ。

続けて天岩戸神話を神楽の起源説と絡めて述べ、神宮の内外両宮が両部曼荼羅であり、宮造りや物忌などの祭儀の習いが全て仏法の深義を顕すことを説いて、巻一全体の主題である神明の慈悲こそが日本における仏法の要諦であるという主張へ展開して行く。その大前提としての、この第六天魔王神話の特徴は、所謂国生み神話（ここで海に鉾を指下すのが伊弉諾尊から「太神宮」つまり天照大神に代るのが注意される）を発端として、そこに海底の大日の印文という密教のシンボルが始源のモティーフとなっていることである。それを天上から魔王が見そなわし、仏法流布の地の相と見てとってそれを滅そうと降臨する。そこに天照が向いあい、魔王と語らって仏法忌避を誓って魔王を帰したとする。その三宝不拝の内容は神宮の忌詞に代表されるが、それを外には仏法を排し、内には深く守ることだと説明して、我国の仏法は真実には太神宮の守護の許で存在するという、まさに仏教神話というべき深義が開示されることになる。

『沙石集』の「太神宮御事」の所説は、第六天魔王神話を含み込みつつ、中世に汎く流布展開した。(8)その一例が真福寺本『類聚既験抄』(9)である。伝存する「第十／神祇」帖は、南都東大寺東南院の周辺で鎌倉後期（十三世紀末）

に編まれたと思しい神祇説話集で、中に多くの春日霊験譚（『験記』と異なる所説）や特異な他に類の無い「日本紀」（日本開闢神話）および諸国一宮神名帳を含むが、最も注目すべきは、前半に『沙石集』巻一の神祇説話を、最後に「撰要集第九云」として『撰集抄』巻九「日本神国事」条を引用抄出して構成することである。その冒頭に「太神宮御事」を「天照大神事／亦云伊勢大神也」と表題を付してその全文をほぼ載せている。但し、「或記云」として出典を伏せ、『沙石集』冒頭の参宮と社官の語りという文脈が省かれていることは留意されよう。

もう一つの例は、安居院作と銘する『神道集』巻一冒頭の「神道由来事」である。[10] これも『沙石集』をふまえたことが明らかであるが、一条の冒頭ではなく、開闢神話の途中に抄入するかたちで引かれ、参宮および社官の言説であることのみならず、大日印文のモティーフも欠いている。「神道由来事」はこの後に問答体で「伊勢太神宮へ僧ノ参ザルコト」を説くが、そこではこの魔王神話は説かれず、一読して一貫した文脈を見いだし難い。しかし、『神道集』巻頭に集成された神道説は、中世神道書のなかに形を変えて汎く流布していく。たとえば室町末期には『神祇官』[11]という物語化したテクストとして寺社に流通していた。一方、安居院流唱導書の末書と推定される『金玉要集』[12]後半の諸神祇の縁起説話を収める裡にも、巻九「天照大神御事」に同じく『沙石集』のこの段を前半に引いて構成するが、やはり冒頭の参宮と社官の語りの文脈は省かれている。むしろ、注目すべきは、この『沙石集』の第六天魔王神話を発端とする伊勢神宮縁起というべき所説が、西行の生涯を物語化した『西行物語』（正保刊本系流布本。文明本などは異なり『沙石集』と共通する第六天魔王神話を含まない）に見いだされることである。物語中で諸国修行する西行はまず伊勢参宮を志し、両宮に参りつつ詠歌を以て神徳を讃えるが、その中で伊勢の縁起として説かれる文脈自体が『沙石集』と同調する。その縁起説は諸本により少なからず異なるが、正保刊本系のみが大日印文のモティーフをはじめとして『沙石集』の所説の主な要素を含むのである。その枠組こそ社官の語りではないが、「そも当社、三宝の御名を忌み、法師の御殿近く参らぬことは」と、神宮における仏法忌避の縁起を参拝する西行にあたかも訓説するかの如く配して、これに西行の諒解として、神明の本意は生死を離れ仏道に入らしむることにあるからこそ生死を忌む（が故に仏法を忌む）のであり、この理を悟り修行する人こそ実は神慮に叶うもの、と「本地の深き利益を仰ぎ、和光の近き方便を思」い知って信仰をあらたにする、という文脈を構成している。こうして西行を狂言回しとした神明の和光方便説の内実を第六天魔王神話によって構成するしくみは、『沙石集』巻一の思想主題の物語化という点でも興味深い。

ひるがえって、『太神宮参詣記』において、著者通海が参詣記という仮構を仕組んで論説しようとしたのは何故であったか。訴えようとしたのは、自らの神祇観であり、伊勢を中心とした国家観を支える神と仏の関係を明らめることであったが、それが端的に表明され認識されるのが僧侶の参宮という営みであったことによるものだろう。神道書にも説かれる行基の参宮の如き伝承上の先蹤と併せ、そこに大きく取り上げられるのは、中世初頭の東大寺再建に伴って行われた、重源の発起による東大寺衆徒の参宮の事蹟である。文治二年のこの衆徒による集団参宮と法楽の記録は『東大寺衆徒参詣伊勢大神宮記』(13)（慶俊記）として伝えられるが、通海はこれを大幅に引用して叙すことによりその画期的な神仏関係史上の意義を裏打ちする。この〝事件〟を嚆矢として、鎌倉時代には円照や叡尊など南都僧のみならず、禅や念仏の聖人たちも盛んに参宮し、その運動のなかで新たな神への認識や思惟が深められ、神道説が創り出されていく。そうした運動を、通海も『太神宮参詣記』で促えようとするのだが、そこに言及されるのは、遁世の聖人の活動ではなく、同じ真言宗の東寺長者かつ東大寺別当をつとめた勧修寺の道宝僧正らによる大神宮への告文のことであった。

道宝による著作と伝えられる仮名による真言密教の歴史叙述が『高野物語』五巻である。(14)そのなかに、第六天魔王の神話は、最も早く本格的な姿を現わす。冒頭に、一編全体の枠組として、承久乱に臨んで遁世した武士が嵯峨法輪寺へ参詣し、そこで通夜物語する諸宗の僧たちとこれに問いかける小童とが、本尊化現の老僧の説く真言教の理に伏して、その物語を聴聞するという物語の場と媒介が設定される。『太神宮参詣記』と同じ対話様式によって、一定の秩序と体系の許に宗論を経て密教の教説そして歴史が展説され、その正統性が宣揚される。その中核となるのが、真言密教の「末代濁世」「辺土小国」たる本朝に流布すべき意義が明かされる巻三である。(15) その前半は、真言教の他宗（天台・念仏・禅）に優越することを三力具足し悉地成就することに求め、その譬えとして余宗を平家に打ち克とうとして却《かえ》って滅びた三者（義朝・成親・頼政）に重ね、これに対し、頼朝が三つの功徳を備えてついに勝利したことを説き、それを真言教の三力具足に重ねて類比する。明らかに『平家物語』を想起させる闘諍合戦の勝負を寓意として宗論の結論段に適用したものであるが、これは序文で承久乱を眼前にして無常の理を悟り仏道へ導き入れる設定と、巻五で神泉苑の荒廃を述べて後鳥羽院の治世を難じ鎌倉幕府の功績を称えることに呼応しており、『六代勝事記』とも同調する鎌倉前期の歴史認識を本書が有していることを端的に示すところであった。続く巻三の後半に、冒頭、日本が小国辺土なりとも「仏法相応地」である理由を、行基の日本国図が自ずと独古の形であることを象徴としてまず提示してから、それを縁起的に説明するために、「或相伝ニ云ヘル事アリ」と前置きして語られるのが第六天魔王の神話なのである。

吾国未ダナラザリシ時、第六天ノ魔王、ミソナハシ給フ。此嶋ニ必、仏法弘ルベシ。シカラバ、我サカヒヲ出テ、無為ノ土ニイタランモノ、此国ニ多カルベシ、ト嘆給ニ、大日如来、魔王ノ心ヲ知リ給テ、若、魔王、是ヲ知リ妨ヲナシ給ナラバ、仏法弘リ難カルベシ、トテ、案ジ廻シ給テ、化シテ魔王ノ御子ニ成テ、吾国ノ主ト成テ、魔王ニ申給ヤウ。天尊、嘆給事ナカレ。吾レ、此国ノ主ト成、子孫ヲシテ未来ノ国王タラシメテ、国ニハ仏法ヲイミテ、是ヲ崇メン人ニハ禍ヰヲ与ヘ、仏法弘マラザルベシ、トノ給ニ、魔王、心ユキテ、国ヲ預テ天ニ帰リ登給ヌ。其後、大日如来、内証ノ仏菩薩・眷属タチヲ国ノ中ニ集テ並給ヘルヲ、アマツ社・国ツ社、三千七百余所ト申、是也。神代ノ間ニモ、前仏、ツネニ来化シ給。四天王寺ニハ、尺迦如来転法輪〔所〕ニ侍メリ。シナガ《(磯長)》ノ聖廟ニモ、過去七仏法輪所ト示サレタルハ、過去ノ諸仏ノ来給テ、神明ノタメニ説法シ給ケルト知ヌベシ。喩バ楞迦経ナンドノ如シ。人王ノ代ト成テ、崇神天王ノ御時、殊ニ神明ヲアガメ奉。欽明天王ノ御宇ニ、仏法初テワタリシニ、ナベ〔テノ〕神祇冥衆力ヲエテ、擁護ヲナシ給フ。故ニ、仏法、時トシテスタル事ナシ。王臣篤信ニシテ民庶邪見ナシ。然ドモ、大神宮ヲ奉ㇾ始、旨トノ神道ハ、殊ニ仏法ヲイミテ僧尼ヲキラヒ給事ハ、魔王心ニ恐テ、外聞ヲツヽシミ給心ナルベシ。

源、大日ノ化ヲ垂レ給ケル故ニ、国ヲ大日本国ト云、主ヲバ天照大神ト申也。天照ト云御名ハ、大日ト同ジ心ナルベシ。大神ト申モ、大覚ノ義ニタガハズ。此事ヲ聞給テ、天照大神ノ御名ヲ思ヘバ、イサナギ・イザナミノ尊ト申ハ、伊舎那君天・伊舎那后ト申、同事ニヤ。伊舎那ト申ハ、第六天魔王ノ御名也。此事、叶テ侍、誠ニテ侍ケリト、イト忝カナ、吾国ノ昔ノ詞ト、魔王ノ梵号ト、一ツナル事、不思儀ニコソ侍レ。

この第六天魔王神話の日本開闢説には、大日の印文のモティーフが無い。代りに委細に語られるのは、大日如来が魔王の嘆く心を知り、案を廻らして自ら魔王の御子、すなわち天照大神と化して吾国の主となり、「天尊」を語らい、約束すると、魔王は「心ユキテ」国を預け昇天した、という物語的ないきさつである。それゆえ国中の神祇は全て大日の眷属（つまり曼荼羅の諸仏菩薩・諸天）であるから、仏法を神明も王庶も擁護信仰するのであるが、大神宮はじめ神道が仏法を忌むのは、魔王の心に恐れて外聞を慎む為である、とする。ここに示され、また所説の全体を支える基本的な認識は、大日本国と言い、天照大神と言うも全て大日如来の応化であるとする密教的世界観である。最後に、その大日＝天照の祖神たる伊弉諾・伊弉冉二神も、伊舎那天・伊舎那后つまり第六天魔王の御名を体現するのだと説き、それが先の魔王と大日の因縁に「叶テ侍、誠ニテ侍ケリト、イト忝ク侍カナ、吾国ノ昔ノ詞ト、魔王ノ梵号ト一ツナル事、不思儀」の契合だと結ぶ。この一見素朴で語呂合わせのような論証——同音が同義ひいて同一尊格を証するものであるとは、中世に普遍であった名詮自性の思考原理に支えられてのもので、中世の知識層にとっては決して荒唐な理屈ではなかったろう。

この、中世真言密教の学問の一角で秘事口伝説として相伝されていた所説は、その結論に至る部分で「源、大日ノ化ヲ垂レ給ケル故ニ、国ヲ大日本国ト云、主ヲバ天照大神ト申也。天照ト云御名ハ、大日ト同ジ心ナルベシ。大神ト申モ、大覚ノ義ニタガハズ。」と、大日本国の国号も天照大神が大日如来の垂迹として日本国の主となった文証とし、天照は大日と同じ意味であり、大神も大覚（如来）の義である、と同様な音義解釈を展開する。その論は、後に天岩戸神話を説くに至り、「サレバ、大日如来ノ出世ト申ハ、我国ノ初、天照大神ニヲハシマス」という結論と呼応し、更にこれは「多ク書記ニ載タルニモアラズ、古キ人ノ口伝ニカスカニ侍ル上ニ、愚老案立ヲ加ヘ侍事也」と口伝に加えた著者独自の解釈であるという。しかるにその拠として、「小野ニ、中比明匠ニ成尊僧都ト申人ノ作レル事ノ中ニ『国ヲバ大日本国ト号也、主ヲバ天照ト奉名付、誠ニ深キ心アリ』ト云テ侍、此心ナルベシ」、と成尊の『真言付法纂要鈔』の結論部分を言及する。あらためてその『纂要鈔』の一節を見れば、「神ヲ天照尊ト号シ刹ヲ大日本国ト名ク乎。自然之理、自然ノ名ヲ立ツ、誠ニ識トシテ此之由矣（原漢文）」とあって、まさしくそうした名義解釈にもとづいて論じていることが明らかである。(16) しかも注目すべきはその前文に、「今、遍照金剛ハ（大日如来すなわち天照大神）鎮ヘニ日域ニ住シテ、金輪聖王ノ福ヲ増ス矣」と言うに番《つが》えて、「昔シ、威光菩薩〈摩利支天即大日化身也〉、常ニ日宮ニ居シテ、阿修羅王ノ難ヲ除ク」という故事を掲げていることである。この、大日の化身たる威光菩薩すなわち天照大神が阿修羅王の難を除くという一節に、第六天魔王神話の源流のひとつを探り当てられるかも知れない。

二　第六天魔王神話の地平

中世に創出された、あらたな神話というべき第六天魔王神話のひとつの始発の姿を示す、真言僧成尊の『真言付法纂要抄』は、一篇の結論において、日本国が密教流布にふさわしい〝約束の地〟であることを主張する。全体は、大日如来から八祖を経て空海に至り、その十殊勝の徳を挙げて讃えつつ、密教相承の正統を宣揚する。その成立は、諸本のうち、真福寺本等の奥書に付されてある識語に、東宮時代の後三条院の為に成尊が撰進した旨が記されている[17]ことからすれば、明らかに当代の王権に向けて発信された著作であった。後三条院が、院政という新たな政治形態と国家体制の創始者であったことは周知のところである。大江匡房により記された『後三条天皇即位記』には、その即位式に臨み、高御座に登った新帝が大日の拳印（智拳印）の如き印を結んだことが記録されている。これこそ天皇により実修された即位灌頂の初見と思しい。それは天皇が大日如来と一体なることを体現した、密教による王権の、王の身体所作による儀礼的象徴創出であった。これが即位灌頂の史料上の初出であることが顕密仏教の中枢に認識されていた消息は、天台座主慈円の『夢想記』[18]に、「帝王即位之時、結智拳印、就高御座之由、匡房卿記一筆書之」とあることで明らかに知られるところである。この後三条帝の即位灌頂の実修と院政の構想を思想的に根拠付けるテクストの一端が、おそらく『真言付法纂要鈔』であった。そうであれば、その結論部分に垣間みえる奇妙な所説も、そこに一定の意義を与える役割を果たしていたに相違ない。それは、摩利支天―日天子と仏教的に変換された天照が「日宮」にあって阿修羅王の障碍の難を破し除くという、断片的な一幕を示すものに過ぎない。そこでは天照もいまだ大日如来そのものではなく、また魔王も第六天―大自在天ないし伊舎那天ではない。しかし同時に端的な神話の核として、物語が生みだされる種子の役割を確かに果たしている。しかもそれが、真言宗の正統性を結論付ける一篇の肝要となる文脈に位置していることに注目すべきだろう。

『真言付法纂要鈔』にひとつの流れの源が見いだされた第六天魔王神話は、中世に、如何なる領野に流伝し、それはどのような文脈を生みだしたのであろうか。伊勢神宮という場や参宮という機制を暫し離れ、以下に、中世の宗教文芸を中心とした諸領域の言説から第六天魔王の存在を探り、その立ちはたらく場と神話の語られる文脈を辿ってみよう。

まず注目されるのは、中世神道ないし中世神祇書の領域である。そのうち両部神道と称される真言密教と深く結び付いた神道説は、大日本国説や神祇灌頂に伴い内外両宮を曼荼羅と観念し図像化することに象徴されるように、本地垂迹思想を基本構造とする。院政期に溯るその代表的なテクスト『天照太神儀軌』（宝志和尚口伝）の顕密寺院内部で成立流布した消息が知られるように[19]、それはむしろ密教の内部から生み出され、その一部を成した所説である。その初期の神祇書のひとつが、空海の撰に仮託された中臣祓（大祓祝詞）の注釈の形をとった『中臣祓訓解』[20]であるが、その序にあたる開闢神話のくだりに魔王が姿を現わす。

> 所以、嘗天地開闢之初、神宝日出之時、法界法身心王大日、為度無縁悪業衆生、以普門方便之智恵、入蓮花三昧之道場、発大清浄願、垂愛愍慈悲、現権化之姿、垂迹閻浮提、請府璽於魔王、施降伏神力、神光神使駅於八荒、慈悲慈檄領於十方、以降、忝大神、外顕異仏教之儀式、内為護仏法之神兵、（以下略）

世界の始まりに臨んで、大日如来が衆生済度の方便として（天照に）権化垂迹し、「府璽《しるし》を魔王に請い」受けることによって降伏の神力を発揮し、世界を摂領してから以降《のち》、外面には仏教を排す祭祀を営めども内心には仏法を守護する神として存在する、という、これも修辞的な漢文の表現の許で、始源の神話として、明らかに大日の化度方便のための変化のはたらきを叙す、簡潔ながら物語としての結構を備えている。

『中臣祓訓解』の所説が更により大規模に展開され、経典に倣って神典化した両部神道書が『麗気記』[21]である。鎌倉中期以降に成立した、延喜帝が善女龍王に訓《おし》えられたとも伝承される、神体図像を含み最大十八巻で構成されるテクスト群のうち、『仏法神道麗気記』の冒頭部分に、おそらくは『訓解』を元にした「伝へ聞く、神明垂迹の昔、閻浮下化の時、神璽を魔王に受け、以て還り亘る（原漢文）」という一文が見え、短い一節ながら同じく開闢神話の不可欠な一部を成し、また天照が魔王より受けたのは三種神器のひとつとしての神璽ということになる。中世神話の世界における重要な主題である三種神器説に連なるものであり、この点も留意しておいてよい。また、関連して注目されるのは、やはり空海に仮託された神祇書の『続別秘文』[22]である。大日如来すなわち天照太神による魔王への教化という訓説を主題および枠組として一篇を構成し（その所説の本文には理趣経を用いる）、経典の形をとって第六天魔王神話自体を聖典化したテクストである。その唯一の伝本である真福寺本は、伊勢神宮周辺に活動した西大寺流律僧の覚乗（『天照太神口決』著者）の本を伝えたものであり、そこにこの神話を担う系譜が示唆される。また、『麗気記』を含め、こうした聖典化の志向がこの神話に結び付くことは、その、始源を語ろうとする〝仏教神話〟というべき性格に由来するものであろう。

一方で、体系的な両部神道書の所説の一環として位置付けられることもある。真福寺二世信瑜が『古事記』と共に書写せしめた神祇書の『神祇秘鈔』[23]は、序を備え箇条を立てて『麗気記』とも関連する真言密教に拠る神道説を展開するが、その随所に海底大日印文や魔王と神明との葛藤のモティーフが散見され、中巻「大神宮忌僧尼等事」において第六天魔王神話が記される。これが提起される主題が大神宮の仏法忌避と僧の参宮に関る点で、鎌倉時代のテクストにおける第六天魔王神話の文脈と共通することは注意してよい。但し、本書では問答体の許で「一義云」として説かれるが、結局俗説として排される点、通海『太神宮参詣記』と同調する。また、その根拠として、「此事、日本記云、魔王乞神珠」と、『麗気記』ならぬ「日本記」を挙げることが興味ふかい。

これらの神祇書は、何れも広義の〝麗気神道〟に属すテクストとして位置付けられる。それは、『麗気記』を神典として、その伝授口決を神祇灌頂の儀式を以て行う両部神道の流派に属す。第六天魔王神話は、その体系に不可欠な始源の言説―開闢神話として定位されよう。但し、それらの所説において肝心の魔王の名義や形象は具体化されていない。麗気灌頂の儀礼体系の一環として、『日本書紀』神代巻や『麗気記』の伝授として談義を営み聞書する学問が営まれたが、その所産としての注釈書も南北朝から室町初期にかけて、了誉聖冏や良遍などによって著された。その一つに伊勢内宮荒木田氏ゆかりの真言僧春瑜の書写した『日本書紀私見聞』[24]があるが、その神代の注釈に第六天魔王神話が説かれている。『麗気記』注釈と一連のテクストであるが、その成立は南北朝に溯り、おそらく関東の天台系談義所の周辺で作られたと思しい。その物語的な第六天魔王神話の言談が東国で神道伝授の学問―注釈のなかに流通していたことが確認できるのは貴重であろう。更にこの神話は、『神祇講式』[25]という、汎く諸社の祭祀に用いられ、修験道の常用のテクストとしても流布した式文にも見いだされる。初段に海底印文説と結び付いた開闢神話の一節として読み上げられるところは、室町時代にそれが神道の秘事口伝説に止まらず、祭儀のなかで祭文などと連なり民衆的な広がりの中で享受され流布する様相を示している。室町後期には、『平家物語』の一部を成す「劒巻」や「鏡巻」にも重なるような、物語的な神代説話が多様に展開したが、その一箇の主題となったのが三種神器（神祇）[26]の事であった。その〝日本紀〟テクストの一つに真福寺本『三種神祇并神道秘密』[27]（天文十一年写）があり、そこでは第六天魔王が天照に日本国土を譲るのに魔王の押手《おして》（判）が証しとされるが、それは日本国の差図でもあり、また神璽となった。三種神器の由来を説くのを枠組として〝日本紀〟神代が物語られるうち、神璽の縁起として第六天魔王神話が導入されるのである。ちなみに、このテクストにおける第六天魔王のイメーヂは、「足シ九ツ面八ツ長《タケ》一万五千丈」であり、「手ノ指ハ一千四百候ライケル」巨大な異形であったが、天照太神と契約を交すのに、これを手形として「雲手《クモテ》輪《ハ》違《チカヘ》ニシテ墨ヲヌル、天ノ水原ト云料紙ニ押テ」奉ったと語る。日本の差図つまり中世の日本図は、この神話では魔王の押手判としてイメーヂされている。[28]

中世末期に流布した〝日本紀〟の主題としての三種神器説のうち、神璽の由来に結び付く第六天魔王神話を芸能において語るのが、幸若舞曲『百合若《ゆりわか》大臣』である。この語り物が、「神の本地を仏とは、よくも知らざる言葉かな、根本地の神こそ仏とならせ給ひつつ、衆生を化度し給ふなれ」と述べて、中世に普遍的であった本地垂迹説を転倒させた、所謂〝反本地垂迹説〟を表明していることは思想史において周知のところであるが[29]、その前後には、中世神道説に根ざした〃日本紀〃の所説が繰り返し重ねられ、その焦点として立ちはたらくのが第六天魔王である。

> そも我朝と申すは、欲界よりはまさしく魔王の国となるべきを、神《しん》みづから開き、仏法護持の国となす。大魔王、他化自在天に腰を掛け、種々の方便めぐらして、いかにもしてわが朝を魔王の国となさんと巧むによりて、すなわち天下に不思議多かりき。

そこでは、魔王に対して天照が日本国を「仏法護持の国」となすための契約が語られず、むしろこれを前提として、その誓いにもかかわらずなお魔王が日本を我物にしようと欲し、そのための障碍を巧みいだした、と語る。「このたびの不思議」とは、蒙古《むくり》の蜂起と日本への侵攻であった。元寇の記憶が物語化されたというべき、筑紫博多に船で押し寄せる蒙古の軍勢に対し、都では公卿僉議に次のような〃日本紀〃が説かれる。

> そも我朝と申すは、国は粟散辺土にて小さしとは言ひながら、神代よりも伝はれる三つの宝これあり。一つに神璽とて、第六天の魔王の押し手の判、是あり。二つに内侍所とて、天照神《あまてるかみ》の御鏡あり。三つには剱《つるぎ》宝剱とて、出雲の国簸上《ひかみ》が山の大蛇の尾よりも取りし霊剱あり。これみな天下の重宝にて…

この三種重宝を備えた神国たるにより内侍所に祈るべしと定め、営まれた臨時の御神楽に下された内侍所の御託宣は、百合若大臣に「凡夫の戦《いくさ》の大将」を命じ、異国との合戦へ出征させることになる。大臣は仏神の加護を得て首尾よく異敵を討ち滅し、その勝利から本朝版オデュッセイアーというべき百合若の流離と復活の物語が展開する。つまり第六天魔王神話を下敷かつ動機として英雄物語が展開されるのである。一篇の結び、帰還した百合若に帝は「日《ひ》の本《もと》の将軍」の称号を宣下する。そこまでを見通すなら、第六天魔王神話は、それを発端として、日本の将軍の由来の物語へと語り収められることになろう。

西国鎮西における「日本の将軍」百合若の物語は、在地の伝承として壱岐ではイチジョーと呼ばれる巫女により鬼退治の説経祭文で語られた[30]。また、汎地域的な宗教文芸としては、八幡縁起の唱導と芸能がその伝承の基盤にあったであろう。中世の各地の八幡宮で制作された縁起絵巻には、塵輪《じんりん》という鬼王が襲来し、これを討った仲哀天皇が夭死して神功皇后の三韓征討の合戦へと展開する。それらの中世八幡縁起の母体となったのが鎌倉末期に成立した『八幡愚童訓』甲本であるが、その冒頭には、神代より幾度も繰り返される異賊の来寇と神威による覆滅の年代記というべき叙述がある。八幡縁起の塵輪譚は、いわばそれを集約したものであった。『愚童訓』の異敵来襲とその降伏の事蹟は、その中心をなす蒙古による来寇の詳らかなドキュメントと八幡の神威発揚の先蹤として叙されるものであったが、それは後に『百合若』の物語において蒙古との合戦が喚び起こされる背景でもあった(31)。そうしてみれば、蒙古と変化した舞曲における第六天魔王神話は、それら異敵降伏伝承の始源として位置付けられる。

一方、東国の北辺、津軽や秋田の地にも、中世以来「日の本の将軍」の武威とその一族の系譜が永く語り継がれていた。津軽安東（安藤）氏の流れのひとつ、松前下国家に伝えられた、室町期には成立して古態を存すとされる『下国伊駒安陪姓之家譜』は、その遠祖である安日《あび》長髄（記紀神話の長髄彦をふまえた名）を第六天魔王の内臣かつ次男とする。この安日が欲界より降下して、魔王の子孫として大日本国を我が領地にしようと、神武天皇と支配権を争う。神武は日向にて天に誓い三振の霊剱を下され、それを以て生駒嵩に戦い安日を虜《イケドリ》にし、「醜蛮《エゾ》」と名を改め「東奥都遐流（津軽）卒都破魔（外ノ浜）」へ流す。安日はこれより「安東太」と名乗り、また「日下（本）将軍」の称号を下された、という(32)。魔王の眷属たる鬼王が天孫に敗れ境外に遠流され、それが蝦夷という外部の異人の起源となり、かつ国土を護る辺域の鎮将でもあるという両義的な存在を説明する神話となっているが、これが一読して第六天魔王神話を基に換骨奪胎したことは明らかである。

興味深いのは、この神話が、鎌倉末期に東国で成立した真名本『曾我物語』巻一冒頭に記される特異な神統譜と重なっていることである(33)。そこでは、日本国の創成を述べるのに記紀神話と大きく異なる地神五代の神々の系譜を挙げた後、その神の支配が一旦断絶して、安日という鬼王が七千年の間本朝を治めたという。これが神武天皇により三振の霊劒を以て降伏され「醜蛮」の祖となったと説く点は、全く『家譜』の所伝と共通する。そこには、第六天魔王の名こそ登場しないが、両者は東国版の〝日本紀〟として、鬼王安日を蝦夷の祖とすると同時に、これを治める将軍の本縁を説くものであった。『曾我物語』巻四に、頼朝が「朝敵」を追討した賞として院宣により「日本将軍」に任ぜられたと記すことに、その神話はおそらく呼応するものである。『曾我物語』の真名本が中世日本生成の壮大な物語でもあることは、そこに右のような中世神話を引き寄せずにおかない脈絡が本来的に存在したことを示唆している。そして、その神話の文脈には第六天魔王神話が潜在することを、『家譜』ははしなくも露わにしているのではないだろうか。ここにおいて、東方の境界（外の浜―卒土之浜）の地に伝承された始祖神話と、西方の境界（ちくらが沖―千位置戸）をめぐる異敵降伏の伝承とは、「日の本の将軍」と第六天魔王を介して、あざやかに相似形をなしている。

「日の本の将軍」が成り立つためには、天皇の日本国支配に叛逆する謀反人が欠かせない。その、いわゆる朝敵の系譜は、早く『平家物語』の冒頭に、滅び去った彼らの名を挙げて滅亡物語を説きおこしていく、いうならば主題提示としてあらわれた。その「朝敵」の系譜という文脈の許で第六天魔王神話が召喚されるのが、『太平記』巻十六「日本朝敵事」である。この巻は、鎮西から反攻した尊氏の圧倒的な大軍に立ち向かった正成の敗死と、建武政権がこの文字通り「西戎」の侵攻によって崩壊すること、ひきかえて尊氏が新朝廷より将軍に任命される一大転機を叙す。その纏末を述べた後に「夫、日本開闢ノ始ヲ尋レバ」と一見唐突に語り出されるのは、諾冉二神による一女三男の誕生、いわゆる国生み神話である。それは丁度、巻二十八の伊勢からの宝劒進奏事件により召されたト部兼員（日本紀の家）の所説として中世的な〝日本紀〟説[34]が物語の文脈から提起されることに共通する形である。そして、この〝日本紀〟では、天照太神が、仏の垂迹としてではなく、むしろ本地の神として、日本国の主たらんと伊勢の地に垂迹するという、「本下迹高の成道の相」を体現した独自の神道説（これは、或いは『百合若大臣』の

〝反本地垂迹説〟の元となった所説ではないだろうか。）にもとづいて、続く第六天魔王神話が次のように説かれる。

爰ニ第六天ノ魔王集テ、此国ノ仏法弘ラバ、魔障弱クシテ其力ヲ失《ウシナウ》ベシトテ、彼応化利生ヲ妨《サマタゲ》ントス。時ニ天照太神、彼ガ障碍ヲ休《ヤ》メン為ニ、我三宝ニ近付《チカヅカ》ジト云誓ヲゾナシ給ヒケル。依レ之、第六天ノ魔王忿《イカ》リヲ休メテ、五体ヨリ血ヲ出シ、尽未来際ニ至ル迄、天照太神ノ苗裔タラン人ヲ以テ此国ノ主トスベシ、若シ王命ニ違フ者有テ、国ヲ乱リ民ヲ苦メバ、十万八千ノ眷属、朝ニカケリ、夕ベニ来リテ、其罸ヲ行ヒ、其命ヲ奪フベシト、堅誓約ヲ書テ、天照太神ニ奉ル。今ノ神璽ノ異説、是也。誠ニ内外ノ宮ノ在様、自余ノ社壇ニハ事替テ、錦帳ニ本地ヲ顕ハセル鏡ヲモ不レ懸、念仏読経ノ声ヲ留テ僧尼ノ参詣ヲ許サレズ。是併《シカシナガラ》、当社ノ神約ヲ不レ違《タガヘズ》シテ、化属結縁ノ方便ヲ下ニ秘セル者ナルベシ。

開闢神話に続く天照大神の伊勢への降臨は、応化利生の為の垂迹と意義付けられるが、これを魔王が妨げようとする。そこで天照が仏法忌避を誓うと、魔王は己が血を以て天照の子孫に国の主権（王権）を認め、その命に違う者、つまり朝敵を治罰せんと誓状を書いて天照に奉った。これが神璽（の由来の一異説）だと注した後に、両者の誓約ゆえに神宮の仏法忌避と僧尼不拝の習いがあり、その外にあらわれた儀の下に（衆生に仏法へ結縁をうながす神の）方便の深意が秘められている、という太神宮縁起として首尾一貫した記述を成している。それは、『太神宮参詣記』が批判した祢宜の所伝や『沙石集』の第六天魔王神話―太神宮縁起と同様な文脈の所伝を借用したものと見倣されよう。但し、そこに語られる、天照の契約に対して（誓う側の天照が出すのでなく、これを受けて国土を譲る側が出す）第六天魔王の誓状は、身から出《いだ》した血で書かれた起請文がイメージされており、神仏に対して誓う最も神聖にして根源的な契約であるところの起請の起源として説かれている。それはまた、前述した中世神道説の展開のなかで、三種神器説の枠組の許で神璽を魔王の押手の判と説く伝承とも繋りあっている。そこには、中世末期に流通した奇妙な所説、すなわち天照大神は「虚言ヲ仰ラルヽ神」なるにより起請文中の神の交名のなかに挙げないという故実説（蘆雪本『御成敗式目』抄など）の背景として、第六天魔王神話が語られていたこと[35]とも響きあうだろう。しかし、『太平記』の文脈としてむしろ注目すべきは、第六天魔王の神話を始源として位置付け、已下に朝敵の系譜を語るところにある。続いて上代の土蜘蛛や中古の千方《ちかた》退治の歌徳説話、そして将門の鉄身説話などが引かれ、以下は名寄の形で交名を列挙し最後に北条高時で了る。そのままであれば尊氏も朝敵の列に連なるべきところ、却《かえ》って光厳上皇の院宣を賜って将軍と成り替わった。つまりこれは、皮肉にも新たな「日本将軍」草創の物語を照しだす縁起になっているのである。

『太平記』には、もうひとつ第六天魔王神話が語られる。巻十二「千種殿幷文観僧正付解脱上人事」では、建武新政権における後醍醐天皇の寵臣である千種忠顕と文観の権勢に奢った振舞を批判するが、それに付けて遁世聖人として名高い解脱上人貞慶の逸話が想起される。上人が或時に伊勢太神宮に参詣し法楽を手向け外宮にて念誦するに、俄に魔王諸天外道が参集し、阿修羅王らしき異形の鬼王が主宰し合議して解脱坊の道心を如何にもして醒《さま》し憍慢の心を着けようと諮る。そこに第六天魔王が登場して、後鳥羽院に承久乱を起こさせ天下を覆し、代りに後堀河天皇を即位させて、この王に貞慶を公請帰依せしめれば堕落必定と提案し一同して散会する、と見た。上人はこの示現を神明の御利生と感謝し、笠置に隠棲して行いすますと、そこに示現した未来記の如く世が移り、果たして請ぜられても山を出ずに遁世修業を続け、仏法弘通の跡を残した、という。遁世門の律僧から帝の帰依を得て一挙に僧正法務長者と昇進栄達し、一転して没落した文観を諷するために導入された説話である。貞慶の参宮の事は、第一節で述べた『沙石集』巻一の「太神宮御事」に続く一節で説かれており、そこでは内宮の祢宜経基の往生を夢に見たという話であるが、その前段に説かれた第六天魔王の縁起譚を貞慶参宮の事に結び付け、神明の利生による魔障の克服、遁世成就の説話に仕立て上げたのである。その発想の基盤に僧侶の参宮において第六天魔王神話が説かれる文脈が潜在していることは明らかである。それは上人参宮の叙述のなかに、『西行物語』とも共通する太神宮社頭の風儀のことに加え「垂迹ノ方便ヲキケバ、仮ニ雖レモ似レタリト忌二三宝ノ名一ヲ、内証ノ深心ヲ思ヘバ、其モ尚ホ有二化俗縁ノ理一リ」という仏法忌避の外相を神明の内証の信仰の方便とする認識を示しているところからも裏付けられる。この認識は、その因縁として第六天魔王神話が説き出される動機であり、これを『太平記』が換骨奪胎して新たな物語を巧み出したことを証す一節でもあろう。この歴史物語としての『太平記』独自の第六天魔王譚は、やがて能『第六天』として脚色され、[36]「神明」太神宮の神威を以て魔王を降伏する、鬼神物の一趣向ともなった。

『太平記』のふたつの第六天魔王神話は、さきの「日本朝敵事」の場合は、「宝劔進奏事」の兼員説や「龍馬進奏事」の慈童説話の如くに、中世神道説ないし日本紀をめぐる秘説口伝の世界に根ざすものであった。だが、それをただそのまま用いたのではなく、「神璽ノ異説」としての第六天魔王神話を利用しながら朝敵の始源と因縁を説き、さながらに当時の「朝敵」が一転して「日本将軍」の誕生を語ることにもなるという、多分に意図的なアイロニーを現出させる導入となっている。それに対して「解脱上人事」では、前節にみた僧侶や聖の参宮において説かれる第六天魔王神話の文脈に加え、中世説話における聖《ヒジリ》の参宮が発心得脱を喚びおこす伝承をふまえて、[37]その上に全くあらたな第六天魔王譚を案出したと言ってよい。その趣向には、『太平記』が勧進田楽桟敷崩れや仁和寺六本杉の段り、あるいは雲景未来記や大森彦七譚などが特徴的に示す、天狗や魔界の者たちの企みや働きを作中人物が見聞覚知して世間の行方や因果を示す、未来記としての物語作法とも呼応する。そのように『太平記』独自な物語の構想に展開する一齣となっていることが指摘されよう。ここに至って第六天魔王神話の文脈は、既に中世の歴史叙述を創りだすのに不可欠な要素と化しているのである。

三　魔王との戦い
――中世太子伝の文脈と王権神話――

中世における神話的言説のなかでも突出した異相というべき第六天魔王神話は、参宮という場や異敵という対象に限らず、中世の仏教神話のアイドルというべき、神祇と仏法と王権を媒ちする聖徳太子に関わっても語られ、そこには、これまでに見えなかった文脈が顕在化する。聖徳太子伝という領域の中世の展開において、第六天魔王とその神話は興味深い姿を見せるのである。

『日本紀』と並び、中世文化の基幹を成すテクストである太子伝は、『聖徳太子伝暦』を正典《カノン》として、その注釈と物語化の二つの方向で展開を遂げ、そのテクストは、太子絵伝による絵解きというメディアを介して、芸能の場において唱導の具となった。その所産としての中世太子伝のひとつ『正法輪蔵』(38)に、第六天魔王が登場する。その舞台は、舞曲『百合若』とも共通する異敵との合戦闘諍に連なる、守屋合戦の一齣である。(ちなみに、『百合若』の魔王―異敵合戦のくだりは、『伝暦』を元にした中世太子伝の十歳条における蝦夷を降伏する太子の神変の本文を踏まえて作られていることが、既に指摘されている(39))

日本に仏法を流布弘通する「和国の教主」としての聖徳太子は、救世観音の垂迹として、三国に転生した貴種の聖者であるが、また、天皇の仏法信仰に反対しこれを滅そうとする「仏敵」物部守屋に打ち勝つ武勲の英雄でもある。その、太子による仏法の勝利と流布の象徴が、太子十六歳の戦さの際の誓願を果たすべく難波に建立された四天王寺である。『伝暦』の十六歳用明天皇二年条は、『日本書紀』にもとづいてこの「守屋合戦」が詳しく記され、また絵伝の何れもが最も大きなスペースを占めて描くところでもある。『伝暦』を継承しそれを増幅潤色させた中世太子伝のひとつ『正法輪蔵』は、真名文体で叙述され、随処に絵指示の詞を有する唱導台本の性格を備えた特色ある伝記である。本文中に文保元年（一三一七）ないし二年（一三一八）の年代を現在として太子の時から何年と提示することから、「文保本太子伝」とも通称される。冒頭に「太子讃嘆表白」を配し、五十一歳の入滅まで各歳一帖で本伝を構成して、これに前生や関連する説話記事ないし秘事口伝を別伝として十余帖が付属する。そのような古い形態の伝本が中部北陸の真宗高田派の寺院に伝来し、一方で天台・真言・浄土・日蓮宗の諸寺院には同文ながら冊子形式で合巻されて『聖徳太子伝』と題した伝本が流布している。（『正法輪蔵』には、光久寺本の如く秘事口伝など別伝を本文に組み入れた形の古写本も伝わり、また、別伝のみを聚めた東大寺図書館本の巻一本奥書には文保三年（一三一九）に四天王寺で書写され、以降も室町中期まで四天王寺で写し継がれている識語を伝えるから(40)、その成立と伝来の場は太子絵伝の本所でもある四天王寺であったことが推察される）

『正法輪蔵』は、守屋合戦の序幕に当たる十四歳条において、守屋の破仏—すなわち前年に建立したばかりの興厳寺の破却と尼たちへの迫害を語る。その一環として、善光寺一光三尊如来の難波堀江への投棄のことも言及される。それは絵伝においても類型的な図柄として描かれ、仏法を破滅しようとする悪臣と悪党の姿を借りてイメージされる。それは、中世の〝法滅〟の光景であった。その典型—代表としての守屋が破仏に至る過程に登場するのが第六天魔王である。疫病の流行を神罰として畏れる守屋の前に、一人の「神女」が現れる。第六天魔王の変化であるこの巫女は、神憑りの狂乱を演じて物部の氏神符都明神の託宣を発し、災厄の因たる異国の仏法の排斥を命ずる。守屋はこの告げに喜んで恩賞を与えようとするが、魔王の所変なるが故に巫女は忽ち姿を消し、守屋はいよいよ信仰する。この魔王の唆《そそのか》しにより守屋は破仏の暴挙に出る。この悪逆と、ひいては合戦闘諍の果ての守屋の滅亡は、悉く魔王の惹起した企てによるという構図が、この太子伝では成り立つのである。巫女に変化した魔王の守屋の破仏への誘いは、鶴林寺本『太子伝(41)』など別系統の太子伝にも見えるところであり、中世太子伝に共通するモティーフであった。しかし、その設定を支える守屋の破仏と滅亡の背景をなす文脈として、『正法輪蔵』は、更に第六天魔王神話を語るのである。

慶應義塾図書館蔵『太子伝正法輪』(42)は、別伝のみを集成した伝本であるが、その中に十四歳条に付属すると思しい部分が含まれており、一ツ書で箇条を立てるうち「一、守屋仏法違逆ノ存知ハ……」と説き起こされる一段は、破仏に至る纏末の因縁として、第六天魔王神話が已下のように説かれている。

一、守屋佛法違逆存知《ノ》、日本国《ハ》神《ハ》始《テ》造《リ》出《シ》給《シ》国也。故号《ニス》二神国《ト》一。貴賤上下衆生《ノ》、又、神《ハ》産《ノ》育《ソタテ》給《ヌレハ》、神明氏子《ノ》也。而《ニ》我等《カ》先祖、顕《ハレ》二百王《ノ》崇《ト》廟《フ》一給天照大神《ノ》於二社頭《ニ》一、全《ク》佛法《ノ》名字《ヲ》直《ニ》不レ唱《ヘ》一、三宝《ヲ》不レ崇《メ》一故、我《レ》成《レリ》二神氏子《ト》一。然則、背《テ》二先祖《ノ》神《ノ》意《ヲ》一、佛法《ヲ》吾朝《ニ》不レ可レ立《スト》一申侍《リ》ケル也。是《レハ》天照太神等神慮《ノ》不《ヲ》知《リラケル》一故也。其故《ノハ》、日本天地開《ケ》始《テ》、貴賤男女出来時《ノ》、第六天魔王、此娑婆三千大千世界《ヲ》我為《シテ》二私領《ト》一、其中《ノ》衆生《ヲ》我《カ》為《シキ》二眷属《ト》一。而今、始《テ》日本国《ニ》弘《ナハ》二佛法《ヲ》一、一切衆生悉《ク》成佛《シナン》、結《シテ》二縁仏法《ニ》一三界外《ノノ》往生《シナム》二十方浄土《ニ》一。然則、此日本国如レ本《ヲ》成《サン》二大海《ト》一、无量与《ニトテ》二眷属《ノ》一天降給《ケル》時、天照大神行向《キテ》虚空《ニ》給、様々魔王偽《ヲテ》スカシ給《ヘリ》。抑、君《ハ》三界大王《ノ》、一切衆生為《シテ》主君《ト》居《シ》二第六他化自在天宮《ニ》一給《ヘリ》。何軽々《ソ》敷《ク》自天《ヲ》降《リ》二下界《ニ》一給哉。吾始此国造出《レテ》。君成《テ》二御代官《ト》一子孫相續《シテ》治《ム》二此国《ヲ》一。我代《テ》レ君《ヲ》一、佛法不レ弘《メ》二此国《ニ》一、永三宝《ノ》名字《ヲ》觸《レ》レ耳《ニ》一口《ニモ》不レ唱《シト》一偽《テ》誓《ヒ》御《シキ》。忝《モ》大神宮、魔王約束《ノ》不レ違《シト》一、至《テ》二末代今《ノニ》一、社頭《ニシテ》三宝名字《ヲ》直《ニ》不レ申《サル》一也。実《ニハ》大神宮、内心《ニハ》堅《ク》守《リ》二佛法《ヲ》一納《シ》二受本地法味《ヲ》一、外相《ニハ》不レ守《ル》佛法《ヲ》示《シ》二則《ヲ》一給《ヘリ》。而守屋、不レ知《シテ》二此心《ラ》一、我神明《ノ》氏子《ナリ》、背《ヒテ》二先祖神意《ノノヲ》一不レ可レ崇《スト》二佛法《ヲ》一云、住《シ》二大邪見心《ニ》一侍《リキ》。

この一節は、単に太子伝の文脈に第六天魔王神話を嵌め込んだ結果ではない。むしろ『正法輪蔵』全体に通底する、日本を「神国」とし、人民を「神明ノ氏子」と説く認識――それは君臨する王と神明の子孫として、その天照大神はじめ諸神が仏菩薩の垂迹であるとする本地垂迹思想に基く国家観に連なる(43)――を踏まえたものである。そのうえで破仏の権化たる守屋の「存知（認識）」を、神明の「外相」のみに従い、その「内心」の慮りを悟らない浅智邪見として排し、その神明の内証を明かすところが、この第六天魔王神話なのである。『正法輪蔵』の脈絡でいえば、ここに明かされる守屋の「存知」は、既に太子八歳条において仏法を崇めるべきか否かを諮《はか》る「殿上ノ清談」に、守屋が、神明の造り出し給う国なるが故に吾朝を神国、諸人を氏子とし、神明を崇めるべき旨を主張して反対した段りから発するものである。これに対し太子が一切の神明は本地の仏菩薩の垂迹なることを説き、神明と仏の差別無く、むしろ本地の仏を崇むべきを教訓する。この論争が伏線となって、守屋が破仏の挙に出た動機としての彼の誤まれる認識が神明の真意に違背するものである消息が明らかにされるのが、この別伝の一段なのである。神明―神祇を仏法の許に位置付け、その祭祀と利生と縁起を観音垂迹の太子を介して明らめ唱導することは『正法輪蔵』の全体にわたる一大主題であり、第六天魔王神話は、その因果を説くのに欠かせない言説の環のひとつであった。逆に第六天魔王神話に則してみれば、神明の意に背いて邪見を起こした守屋とは、欺かれた魔王が猶も日本国を我物にし障碍しようと守屋をその走狗としたものと解せなくもない。

　更にいえば、この神話が守屋合戦という壮大な軍《いく》さ物語というべき上位の水準に統括され、これを構成する一部を成していることに注意したい。そのとき、この『正法輪蔵』が、十六歳条の本文において、守屋合戦の纏末を一度語り了えた後で特に一段を設けて、この合戦を「無明法性ノ虚軍《ソライクサ》」であると説くことが注目される。そこでは、太子と守屋の戦いが、単純な仏法と反仏法の闘争でなく、善悪の二元論的対立を超克止揚する方便としての仮初《かりそめ》の戦いであるというのである。それはむしろ仏法の真如を顕し出す化儀として、表層の守屋の悪逆も、これを太子が破ることで真実の仏法を成就させる必須の過程として積極的に意義付けられる。それは、『正法輪蔵』本文には言及されないが、合戦の頂点、守屋がついに討たれるに及んで、秦河勝に首を斬られる直前に「如我昔所願、今者已満足」と法華経方便品の一句を唱えた、という秘伝（法空『上宮太子拾遺記』等に見える）とも恐らく呼応するものだろう。守屋も実は権者であったことが、この秘伝には端的に示されている。無明と法性の寓意《アレゴリー》は、太子伝の守屋と太子の合戦の物語を支える思惟としてのみならず、中世の宗教文芸全体に通底する主題として、注釈や物語―

縁起伝承の世界に絶えず生起していた[44]。既に早く紹介された談義本『無明法性合戦状』[45]の存在や『久能寺縁起』に見える伝承は、太子伝の守屋合戦を無明法性の虚軍とする譬喩の地平を考えるうえで実に示唆的なものである。加えて、同じ無明法性の譬喩が中世神道―日本紀注釈の世界にも用いられる。室町初期の天台僧良遍による神代巻の談義聞書『日本書紀聞書』や『神代巻私見聞』[46]に、天岩戸神話における天照大神と素盞烏尊の、或いは海幸山幸神話における火闌降尊と火々出見尊兄弟の対立と葛藤を、それぞれ無明法性の理をもって譬えてその深義を説くことが日本紀講説の眼目となっている点も、太子伝の守屋合戦と響き合うものだろう。

太子伝『正法輪蔵』の守屋合戦を無明法性の寓意《アレゴリー》文学と捉えた場合、その第六天魔王神話の導入ということに通底する文脈とは何であろうか。その宗教文学としての構造は、経典に則していえば、譬喩と因縁という関係になるだろう。一方、それを物語という想像力の次元で把えれば、合戦闘諍という軍さ語りのうながす中世の二様の思惟と表現であったといえよう。それは、同じく『正法輪蔵』十歳条で、蝦夷が大軍を以て東国から侵攻し、天皇已下百官悉く都落するのに、太子が只一騎でこれに発向し神変をもって彼等を降伏し、帰順した蝦夷達を教化して帰すという、まるで田村丸の如く〝異敵〟を降伏する〝日本大将軍〟のはたらきを現ずる中世太子伝の物語化の想像力と軌を一にしていよう。それは、既に『伝暦』の守屋合戦条において、三度の戦いを戦いを経てついに互いに神仏に誓って矢を放ち、太子の側の四天王の定慧の矢が守屋の胸を貫く、という描写に胚胎しているところでもあろう。だがなお、中世太子伝において軍さの場の立て引きを詳しく語り、互いの軍勢の交名から大将の討死の纏末まで、悉く中世の軍さ物語としての結構を備えていることは、そこに宗教的寓意や神話を呼び込む為の欠くべからざる土壌なのである。その軍さ語りと重なるように、第六天魔王神話が、魔王と交渉《ネゴシエイト》して偽りを構え、わざと誓いを立て内心を隠して欺く天照という存在を語ることは、脆計《トリック》を用いて世界の所有を我が物にするという、民話や昔話と共通する〝騙《カタ》り〟のモティーフにおいて成り立つ、伝承の論理にうながされているテクストである素姓を明らかにしている。こうした神話の語りも、中世の物語的想像力の表現の一方を担っているのである。軍さ語りとして現出した太子伝の物語に、このような第六天魔王神話の語りが結び付くことは、前節までに見てきた第六天魔王神話を語る諸テクストが、往々にして問答のかたちで論争のなかで語られたり、その焦点となって批判されたりする、神仏の葛藤と認識のせめぎあいの許で説き出される言説であることとも無関係ではなかろう。この始源の中世神話は、すぐれてアクチュアルな語りなのである。

第六天魔王神話の背景ないし地平を望む為にも、太子伝の世界は豊かな示唆に満ちている。そのとき、守屋合戦の物語の焦点となる四天王寺という霊地と、その聖なる場をしるしづける縁起テクストが注目される。太子が四天王に勝利を祈り、合戦の結果、太子の本願により四天王寺が建立されたのだが、守屋の子孫従類は悉く寺の奴婢となり、その所領は全て寺領となった。その根拠が、太子の自記に仮託された『荒陵寺縁起』(『伝暦』では「本願縁起」として引かれる)である。これを『御手印縁起』とも称すのは、この縁起が、太子の詞に擬して、寺の本縁や資財帳ばかりでなく、未来に寺や領地を侵したり寺僧や所属民を使役するものは、国王の権威を負うものでさえも災厄が降りかかる、ひいて末代に仏法を滅ぼせば国家も亡ぶという畏るべき予言を記した一種の未来記となっており、それを証すためにテクストの全面にわたって太子の「御手印」を捺すことに由来する。今も四天王寺に伝来する、太子自筆と伝えるその根本本一巻には、薄れてはいるがおよそ紙面の二十五箇処にわたり朱の手印が捺されている。この『四天王寺御手印縁起』の成立時期は定かではないが、東大寺宗性写本識語が伝える寛弘四年(一〇〇七)の金堂からの〝発見〟をさほど溯る時点ではなかろう。四天王寺と並んで高野山でも、前後して弘法大師の「御手印」を捺して高野山金剛峯寺の寺領四至を守護することを仏神に誓った縁起が、大師自記に仮託された『御遺告』と一具で制作され、御影堂宝庫に秘蔵されて伝来している。中世に至り、四天王寺の『御手印縁起』は、建武二年(一三三五)に後醍醐天皇が自ら筆を執ってこれを書写し、その奥に願文を銘記した上に自ら手を下して御手印を捺した。その朱は濃く鮮烈である（高野山の大師自記に仮託された『御手印縁起』も同年に後醍醐帝により写されている）。その後醍醐帝の願文には、太子の記した縁起が主張する、寺家（仏法）の興隆が国家（王法）の安泰であるという王法仏法相依の論理と、その反面で強調される未来記的側面、すなわち寺領伽藍を侵すものは（国王でさえ）治罰と災厄に遇うべしとの起請が強く受けとめられ、これを自らの誓願として新たな国家の復活を太子に祈る意図を明らかにしている。古代の太子と中世の王とを繋ぐこの「御手印」において、中世の仏教的国家像が、象徴的に、かつ生々しく根拠付けられる。日本における仏法始源の霊地を根拠付け、王法と仏法をふたつながら体現する本願太子の御手印とは、いわゆる押手の判、しかも朱によるそれは、血による神仏への起請―誓約という最も根源的な契約を象った、その人の霊魂のいわば形代である。血の生命力に根ざす穢れと表裏の呪的な威力が、朱に置換されて手印に籠められている。そして、この押手判こそは、後醍醐帝に限らず、中世の王がしばしば用いた重い誓約の方法なのであった(47)。たとえば後白河院は、元暦二年（一一八五）に勧進聖文覚上人に対し神護寺再興の外護を約して、『文覚四十五箇条』起請の末に院自ら誓願文を自筆で記し、その上に御手印を捺している。同じく勧進聖鑁阿の勧進に応えて、自ら発願した文治二年（一一八六）高野山大塔長日法華経の願文にも、同様な御手印を加えている。何れも仏法興隆を王が誓約する、仏に対しての起請の形式といえよう。それといささか性格を異にするのが、承久乱により隠岐に配流された後鳥羽院が崩御に臨んで、自らの遺跡の保護と祭祀を願う水無瀬宮に伝えられた置文に捺された御手印である。この置文に付属した文書には、後醍醐天皇が建武二年にこれを以て叡山にて祈祷したことが知られ、その祈願の内実が如何なるものであったか興味ふかい。また『後鳥羽院御霊託記』に伝える、水無瀬宮をめぐり院自身の遺した詞の中には、己の願が満たされぬときには「魔縁」とも化そうという深い執念がうかがわれ、御手印にはその妄念が籠められているようである。やがて水無瀬宮御影堂における顕徳院（後鳥羽院）御霊祭祀の創祀をしるしづけるこの御手印の存在から想起されるのは、溯って保元乱に敗北して讃岐に配流され、ついに許されずその地で崩御した崇徳院をめぐる五部大乗経の伝承である。『保元物語』や延慶本『平家物語』および『源平盛衰記』に物語られるのは、崇徳院が自他の菩提の為にと書写した御自筆の五部大乗経の供養を許されず、一転した恨みゆえにその奥に血をもって書きつけた願文に自ら「大魔縁」と化して世を滅そうと誓う畏るべき怨念であった。その血書経の実在と院の畏るべき怨念は吉田経房の『吉記』に記されるところであった。それは中世の王たちの御手印による誓願と共通し、より強烈な〝魔王〟の誕生を象徴する血の誓いである。その、御手印にも重なる物語伝承上の魔と化した王の象《しるし》と、前節に挙げた中世神話のなかの魔王の象《しるし》としての神璽すなわち押手判の伝承イメーヂとの重なりは、偶然のものではないだろう。(48)

中世国家の神話的基底を構成する言説体系としての仏教神話が、諸領域を横断する如くに立ちあらわれた。その過程で日本紀の換骨奪胎により創出された第六天魔王神話は、仏法と神道が背反しつつ一致する祭政の始源を、魔王と天照との取引と契約という物語の次元の上で説き明かそうとするものであった。物語が、論争や合戦という文脈の許で語り出され、そこに押手判や起請という誓約のしるしを以て始原のイメーヂとする。それは、仏法と王法をふたつながら体現する聖徳太子という中世王権の理想像と、魔王と化した廃王の運命を語る中世王権の陰画との、両義的な聖性を象る御手印を遥かな原イメーヂとして生成されたものではなかろうか。

注

（1）第六天魔王神話（説話）について、本論文が依拠し、特に注目すべき先行研究には、中世神道説研究の一環として、伊藤聡「第六天魔王説の成立―特に『中臣祓訓解』の所説を中心として」（『日本文学』44巻7号、一九九五年）また仏教神話学として第六天の神格から溯行し縁起伝承まで壮大なスケールで綜合的に考察した、彌永信美「第六天魔王と中世日本の創造神話」『国史研究』（弘前大学）104・105・106（一九九八〜九九年）があり、それらの成果に大いに学んだ。なお、本論文における〝仏教神話〟の概念は、彌永氏の著作『大黒天変相』『観音変容譚』（仏教神話学Ⅰ・Ⅱ）法蔵館、二〇〇二年。に拠るものである。

（2）『神宮参詣記大成』（大神宮叢書）所収。

（3）小島鉦作「大神宮法楽寺及び大神宮法楽会の研究―権僧正通海の事蹟を通じての考察」小島鉦作著作集第二巻『伊勢神宮史の研究』吉川弘文館、一九八五年。久保田収『中世神道の研究』神道史学会、一九五九年。黒川典雄『太神宮参詣記』（神宮資料叢刊）皇學館大学出版部、一九九四年。

（4）『伊勢神道集』（真福寺善本叢刊第二期第8巻）に収録する真福寺蔵「伊勢二所太神宮神名秘書」鎌倉時代写本。臨川書店、二〇〇五年。

（5）注（3）前掲書所収。鎌倉時代写本（牟禮仁解題）。

（6）『両部神道集』（真福寺善本叢刊第一期第8巻）所収、真福寺大須文庫蔵鎌倉時代写本。臨川書店、一九九八年。

（7）日本古典文学大系『沙石集』所収梵舜本。

（8）片岡了『沙石集』の構造』「第二部第一章　巻一の神明説話」「第三節　第六天魔王の説話」法藏館、二〇〇一年。同論文が指摘する『元亨釈書』願雑三、神仏の説において、虎関師錬は『沙石集』に拠ると思しい説話を挙げて批し、この説は「巫祝」が神を矯《いつ》はる妖巫の詞、「蕩密」の者が巫説を承けた作為とする。

（9）『中世唱導資料集』（真福寺善本叢刊第二期第4巻）所収予定、鎌倉時代写本。（『続群書類従』神祇部所収同名本は、これを底本とすると思しいが、冒頭本話を含む前半のみを収録する）臨川書店。

（10）『赤木文庫本　神道集』貴重古典籍叢刊所収、真福寺本永享五年（一四三三）書写。（赤木本は巻一を欠くため、同系統の古写本である真福寺本を以て補われている）角川書店、一九七二年。『歴史の広場』7号、二〇〇四年。鈴木善幸「第六天魔王説話の受容とその機能―『神道集』における第六天魔王説話の位置」。

（11）伊藤正義「熱田の深秘」「続・熱田の深秘―資料『神祇官』」『人文研究』31巻9号・34巻4号、一九八〇・八二年。

（12）伊藤正義監修『磯馴帖』村雨篇所収、内閣文庫蔵室町時代写本。和泉書院、二〇〇二年。

（13）『古文書集一』（真福寺善本叢刊第一期巻十巻）所収。臨川書店、二〇〇〇年。重源らの参宮が行基参宮伝承を先蹤

とし倣った営みであることは、阿部「伊勢に参る聖と王―『東大寺衆徒参詣伊勢太神宮記』をめぐりて」今谷明編『王権と神祇』思文閣出版、二〇〇二年。
(14) 馬淵和夫・田口和夫・麻原美子「高野物語巻一翻刻」『言語と文芸』8巻6号、一九六七年。醍醐寺三宝院蔵室町時代写本。『弘法大師伝全集』第十巻巻四・五（高野山親王院本）所収。一九三〇年。
(15) 阿部「『高野物語』の再発見―醍醐寺本巻三の復元」『中世文学』33号、一九八七年。『高野物語』の所説の元となったと思しい東密の第六天魔王説話については、伊藤聡「『沙石集』と中世神道説」『説話文学研究』37号、二〇〇〇年。に紹介されている。
(16) 伊藤聡「天照大神＝大日如来習合説をめぐって（上）」『人文学科論集』39号、二〇〇三年。同「大日本国説について」『日本文学』50巻7号、二〇〇一年。
(17) 真福寺蔵文暦二年（一二三五）写本『真言付法纂要鈔』奥書識語「後三条ノ院東宮ニテ仰時ノ依仰被作也。」同鎌倉時代古写本奥書識語「康平三年十月十一日、大法師成尊撰進、是小野之大僧都、後三条院撰進給処書也」。『中世先徳著作集』（真福寺善本叢刊第二期第3巻）所収。臨川書店、二〇〇六年。
(18) 赤松俊秀「慈鎮和尚夢想記について」『鎌倉仏教の研究』法蔵館、一九五七年。阿部「中世王権と中世日本紀―即位法と三種神器説をめぐりて」『日本文学』34巻5号、一九八五年。
(19) 櫛田良洪「神祇灌頂の成立」『真言密教成立過程の研究』山喜房仏書林、一九六七年。
(20) 大隅和雄校注『中世神道論』日本思想大系、岩波書店、一九七五年。所収。伊藤聡「第六天魔王説の成立―特に『中臣祓訓解』の所説を中心として」『日本文学』44巻7号、一九九五年。
(21) 注（19）前掲所収。
(22) 『両部神道集』（真福寺善本叢刊第一期第8巻）臨川書店、一九九八年。所収。
(23) 『中世日本紀集』（真福寺善本叢刊第一期巻7巻）臨川書店、一九九九年。所収。
(24) 深津睦夫他校注・解題『道祥本・春瑜本日本書紀私見聞』神宮資料叢刊十、皇學館大学出版部、二〇〇二年。
(25) 日本大蔵経『修験道章疏』第二巻所収。

(26)　劔巻には、屋代本（応永書写本）『平家物語』の一部を成すものから、長録本、田中本等諸写本が伝わるが、また『太平記』校本にも付属する形で流布する。その王家の宝劔説話の中の神璽の由来として第六天魔王神話が語られており、これは後述する神璽＝魔王の押手判の形である。本文は、黒田彰校注『劔巻』『磯馴帖』村雨篇（注（12）前掲書）所収。

(27)　注（22）前掲書所収。伊藤聡「中世神話の展開――中世後期の第六天魔王譚を巡って」『国文学解釈と鑑賞』63巻12号、一九九八年。

(28)　押手判としての魔王神話の所説については、阿部「日本紀と説話」『説話の場』（説話の講座第三巻）勉誠社、一九九三年。参照。

(29)　辻善之助『日本仏教史』ではこれを「神本仏迹説」の表現の代表的な例として挙げる。

(30)　山口麻太郎『山口麻太郎著作集』第一巻、校正出版社、一九七八年。

(31)　阿部「中世日本紀と八幡縁起」『現代思想』20巻4号、一九九二年。

(32)　入間田宣夫『中世武士の自己認識』三弥井書店、一九九八年。

(33)　山西明「真名本『曾我物語』冒頭をめぐって―鬼王安日のこと」『曾我物語生成論』笠間書院、二〇〇一年。

(34)　伊藤正義「中世日本紀の輪郭―太平記におけるト部兼員説をめぐって」『文学』40巻10号、一九七二年。

(35)　新田一郎「虚言ヲ仰ラル、神」『列島の文化史』六、日本エディタースクール出版部、一九八九年。

(36)　細川涼一「謡曲『第六天』と解脱房貞慶―貞慶の伊勢参宮説話と第六天魔王」『逸脱の中世』ＪＩＣＣ出版局、一九九三年。

(37)　『撰集抄』冒頭語の「僧賀上人事」がその典型であろう。阿部「『撰集抄』と説草「僧賀上人発心事」」『説話文学研究』16号、一九八一年。

(38)　『正法輪蔵』系聖徳太子伝（文保本系太子伝）については、阿部『聖徳太子伝集』（真福寺善本叢刊第二期第五巻）解説を参照。臨川書店、二〇〇六年。同太子伝の本伝部分は、慶應義塾大学付属斯道文庫編『中世聖徳太子伝集成』巻一・二、真名本上・下（勉誠出版、二〇〇五年）に日光輪王寺天海蔵本の影印が収録される。

(39) 岡田希雄「幸若舞の研究」日本文学講座4『物語小説篇』下、改造社、一九三四年。山本吉左右他校注『幸若舞Ⅰ』東洋文庫、平凡社、一九七九年。
(40) 阿部「『正法輪蔵』東大寺図書館本―聖徳太子伝絵解き台本についての一考察」『芸能史研究』82号、一九八三年。
(41) 伊藤正義監修『磯馴帖』村雨篇（注（12）前掲書）所収。
(42) 牧野和夫「慶應義塾大学図書館蔵『太子伝正法輪』翻刻と解題」『東横国文学』16号、一九八六年。
(43) 今堀太逸「中世の太子信仰と神祇―醍醐寺蔵『聖徳太子伝記』を読む」『本地垂迹信仰と念仏』法蔵館、一九九九年。
(44) 牧野和夫「無明法性のこと―覚書―『無明法性合戦状』の背景」『中世の説話と学問』和泉書院、一九九一年。
(45) 岩橋小弥太『京畿社寺考』雄山閣、一九二六年。
(46) 阿部「良遍『日本書紀』注釈の様相―学問の言談から〝物語〟としての〈日本紀〉へ」『国語と国文学』七一巻一一号、一九九四年。『日本書紀聞書』『神代巻私見聞』全文の翻刻は『磯馴帖』村雨篇（注（12）前掲書）所収。
(47) 荻野三七彦「古文書に現われたる血の慣習」『日本古文書学と中世文化史』吉川弘文館、一九九五年。
(48) 阿部「天狗―〝魔〟の精神史」『国文学』44巻8号、一九九九年。

三面の琵琶

――師子丸の伝承を手掛かりに――

小林加代子

一　玄象・師子丸・青山

『平家物語』巻七には、平経正が仁和寺御室より下預された琵琶青山の来歴を記した記事がある。この記事については、夙に冨倉徳次郎『平家物語全注釈』に、「ここで注意しておくべきことは、語り物系では、特に青山について詳細に書いて、その部分だけを『正節』では「青山之沙汰」という一句としているということである。それは語りもの系において、特に琵琶という音楽について述べた一節を用意しようとした操作によるものといえるのである」という指摘がある。(1)

「青山之沙汰」という章段名は、指摘された『平家正節』以外を見てみると、例えば覚一本系諸本では高野本（「青山之沙汰」、目録「経政都落付青山」）、寂光院本（「青山さた」）、竜門文庫本（「青山」）などに見られる（龍谷大学本は全体に亘って章段名が殆どない）。また、源平盛衰記も目録に「青山琵琶　流泉啄木」と記す。他の諸本では、延慶本のように「経正仁和寺五宮御所参ズル事付青山ト云琵琶ノ由来事」とする場合がある。また、章段は立てず、経正の都落ちに関する一連の記事の中に一話題として登場する場合もある。「平家都落給事」（長門本）、「経正仁和寺宮参事」（南都本）、「たじまのかみ御むろへさんにうの事」（中院本）、「経正の都落」（城方本）、「維盛都落ち」

（平仮名百二十句本）等である。

内容について見ると、青山に関する記事を持つ諸本に共通するのは、いずれも青山が霊異を起こす琵琶で、帝に代々受け継がれ、後に仁和寺に伝来したとすることであり、「希代の重宝」（源平盛衰記）、「カヽル霊物」（延慶本）と記される重要な琵琶だということである。『平家物語全注釈』に指摘される語りもの系では、例えば覚一本系諸本を挙げると「玄象にもあひおとらぬ希代の名物なりけり」として、玄象の権威を借りて、その重要性を強調する。章段名を持つ諸本があることと、内容の面、双方から、この琵琶の持つ意味を考えるにあたって、まずは、青山を特化していると思われる覚一本のあり方を確認する必要があると考える。本稿では覚一本系諸本を対象としたい。(2)

「青山之沙汰」の記事内容の特徴は次の三点であると考えられる。まず、玄象・師子丸・青山という三面の琵琶が登場し、そのうちの一面師子丸が海に沈んだとする点。次に、廉承武霊が上玄石上の秘曲を村上天皇に伝授した記事が存在する点。上玄石上記事は、覚一本では「青山之沙汰」に存在するが、延慶本・長門本・盛衰記等では妙音院太政大臣師長の尾張配流の記事に位置する。内容の面でも、廉承武霊は、秘曲三曲のうち上玄石上を伝えなかったために、魔道に沈淪しており、村上天皇に伝授して仏果菩提を証じたいと述べる。このように成仏を願うのは、諸本においては覚一本系諸本に特徴的である。(3) そして三点目は、青山の撥面ついて「夏山の峯のみどりの木の間より、有明の月の出るを撥面にかゝれたりけるゆへにこそ、青山とは付られたれ」と記し、青山の名称由来とする点である。(4)

諸本のうち章段名は持たないものの、内容の面で以上の三点の特徴を備えるものに、城方本、平仮名百二十句本等がある。また、中院本も上玄石上の記事を載せないものの、他の二点は揃っている。一方、盛衰記は、撥面図は覚一本と合致するが、師子丸と上玄石上については記さず、延慶本に近い内容である。延慶本・長門本・南都本は青山について天人との関連は記すものの、覚一本のように成仏に関わる記事を持たない。しかし、盛衰記は青山の来歴の記事の後に流泉・啄木についての記事を持ち、流泉を都卒内院の秘曲で菩提楽、啄木も天人の楽で解脱楽と記す。つまり盛衰記は、曲に関しては仏教的な意味づけをしているが、青山という琵琶そのものには仏教的な意味を持たせていない。盛衰記との相違を考慮すると、覚一本において注目すべき特徴は、青山は廉承武霊が仏果菩提を果たすのに必要な曲を授けた琵琶であるということである。では、盛衰記が記さないもう一つの記事、海に沈んだ師子丸は、どのように解釈されるだろうか。本稿は、三面の琵琶のうち、諸本に記されない師子丸を検討することによって、「青山之沙汰」全体の構成の考察への試みとしたい。

二　海に沈む師子丸

「青山之沙汰」については注釈書類をはじめ、主に素材や成立に関して先行研究がある。そのうち、師子丸が海に沈む記事に言及する先行研究を見ておきたい。渡辺達郎は、楽器が海に沈む点から、『古事談』等に見える笛「水龍（大水龍）」の説話が素材になった可能性を指摘する。更に『貞和五年春日社臨時祭次第』に、琵琶の三曲が竜神にとられると記されることから、一四世紀田楽能から覚一本への影響を示唆する。(5) 一方、磯水絵は、玄象を、貞敏が唐から持ち帰った琵琶と記す『禁秘抄』『古事談』『十訓抄』『文机談』『愚聞記』『光厳院御記』などの記事と「青山之沙汰」とを比較し、「いずれも貞敏が唐より伝来したのは「二面」としている。「三面」という伝承は見られない。『平家』は「青山」を加えて三面としているが、その点が「くふう」とみられるのである」と指摘する。そして師子丸については、『八音抄』『知国秘鈔』の記事から、二条院が玄象を模して造らせた琵琶であること、それが藤原孝定に下賜され、琵琶西流に伝来したことを論じ、「青山之沙汰」の成立に琵琶西流と仁和寺の周辺が関与した可能性を指摘する。(6)

「青山之沙汰」がどのような場で、どのような素材を用いて作られた記事かについては以上のように論じられるが、渡辺論について見ると、一四世紀田楽能から直接摂取したとのみ考えるのは難しいと思われる。田楽能からの影響を指摘する理由は、「覚一本の工夫は、編者の些細な知識に基づいてなされた体のものであり、その知識の源泉は当時の流行芸田楽能に帰するべきものと思う」と述べられるが、「編者の些細な知識」の例証がなく、根拠が不明であると思われる。また、何らかの素材をそのまま摂取するのであれば、海に沈む琵琶に師子丸の名を付す「工夫」は必要ないと思われる。覚一本は確かに応安四年の奥書を持つが、この記事がいつの時点で構成されたかはまた別の問題なのではないだろうか。また、奥書が覚一の名を記すとおり、琵琶法師との関連は措くことができない。しかし、雅楽の琵琶の家として秘曲伝授を行っていた伏見宮家の後崇光院貞成親王が記した『看聞日記』に琵琶法師がしばしば登場し、薦田治子が指摘するように、琵琶法師が琵琶や絃を与えられている記事も見られる(7)ことを考慮すると、覚一本と雅楽琵琶の場とはそれほど隔たりがあるとは思われない。磯論に示唆されるように、雅楽琵琶と琵琶法師との関連を考慮する必要があるのではないだろうか。ただ、師子丸が海に沈むと記されることによって、覚一本の記事は新たに意味を持つと思われる。では、この記事は何を意味し、どのように解釈されるのだろうか。以下に三面の琵琶に関する覚一本の記事を引く。

　彼青山と申御琵琶は、昔仁明天皇御宇、嘉祥三年の春、掃部頭貞敏渡唐の時、大唐の琵琶の博士廉妾夫にあひ、三曲を伝て帰朝せしに、玄象・師子丸・青山、三面の琵琶を相伝してわたりけるが、竜神やおしみ給ひけん、浪風あらく立ければ、師子丸をば海底にしづめ、いま二面の琵琶をわたして、吾朝の御門の御たからとす。

これは、藤原貞敏が唐から将来した琵琶は玄象・青山・師子丸の三面で、そのうち師子丸が竜神のために海に沈んだ結果、二面になったという内訳話である。渡辺達郎は「これは極めて特別な話で、『平家』では覚一本とその影響下に成立した異本のみが載せる」と指摘する(8)。なお、語り本系諸本でも、覚一本周辺本文とされる片仮名百二十句本、平松家本、竹柏園本等には青山記事自体がなく、八坂系とされる中院本や城方本にはあるなどまちまちであるが、覚一本との関連は措くことができない。他の諸本では、盛衰記が玄象と青山の二面が渡来したと記している。これは橋口晋作が指摘するように、渡来した琵琶の数としては覚一本と同じである。(9) 延慶本・南都本は、貞敏が渡唐した時に廉承武が青山と名付けたという記事はあるが、玄象の名は出てこない。長門本は唐伝来であるとする記事自体がない。

覚一本には、竜神が登場する。盛衰記は、琵琶の渡来記事においても竜神との関わりは記さない。盛衰記は秘曲に仏教的な意味を持たせるが、都卒内院の秘曲とする。琵琶についても奇瑞によって天上との関わりを記す。しかし、師子丸を海中に沈め、廉承武霊が魔道に沈淪するといった、いわば地より下に関することは記さない。この、地より下に廉承武霊や琵琶を位置する点が覚一本においては看過できない点であり、「青山之沙汰」の構成を考察する上で重要な点であると思われる。

琵琶青山への注目は、琵琶法師がいわば商売道具である琵琶を特化して記したという語り手側の論理に回収することが可能であると思われる。しかし、またこの三面の琵琶は後代関心を持たれたようでもある。これは記事の構成に、何らかの関心を引きつける要素があるからではないだろうか。それはどのようなものだったのか。次に、三面の琵琶が関心を持たれるのは何故か、海に沈んだ師子丸の受容の側面に焦点を絞り、そこから再度翻って、「青山之沙汰」の構成を見てみたい。

三　海から上がる師子丸

三面の琵琶の組み合わせは、後代『塵荊鈔』『榻鴫暁筆』、『国語国文学研究史大成9　平家物語』（三省堂、一九六〇年）所引の室町末期古写本『庭訓往来抄』などに採られ、室町時代にはある程度関心を持たれたと考えられる。特に『塵荊鈔』『榻鴫暁筆』(10) は、『平家物語』の記事に基づいて琵琶の濫觴を記している。『榻鴫暁筆』の記事を以下に引く。

十三　琵琶起

師子丸　玄上　青山　村上聖主弾琵琶

一、又琵琶、これも女媧氏始て造ると云々。帝王紀

昔承和帝の御宇に遣唐使掃部頭貞敏もろこしより、玄上、師子丸、青山とて三面の琵琶を持来せり。玄上といふは撥面の絵に、竹に虎、師子丸は牡丹に師子、青山には夏山の緑の峯より在明の月の出処を書たりとぞ申伝へたる。今の世の琵琶法師のもてる琵琶は多くは青山のうつしとぞ。但慥なる本説尋ぬべし。玄上の事を昔江中納言に人の問ければ、慥なる説を知らず。延喜の頃玄上《ハルカミノ》宰相といひたる琵琶引の琵琶やらんと答られけるとなん。是又不審事なり。[11]

この記事は、琵琶法師の持つ琵琶が青山を模したものという説を記す点で、注目される記事である。市古貞次が頭注に指摘するとおり青山の撥面は、語り本系諸本及び『源平盛衰記』に見える図様で、玄象の名称由来については「玄上の事を昔江中納言に人の問ければ」以下『古事談』に見える説と概ね同文である。玄象については、磯水絵の詳細な論があるが、[12]この先行研究を手掛かりに玄象の記録を確認していくと、神田本『江談』類聚本『江談抄』『夜鶴庭訓抄』『禁秘抄』『教訓抄』『吉野吉水院楽書』『十訓抄』『説経才学抄』『名器秘抄』等が同様に「玄上（ハルカミ）」という人物を載せる。この説は『平家物語』とは別に流布していた。そして渡来の琵琶については『平家物語』の説を採用し、『平家物語』と他の資料の説を並記して構成している。『榻鴫暁筆』においては、三面の琵琶は、『平家物語』に登場する琵琶を記したというよりは、世に存在する一般的な琵琶の淵源として記されるのである。

三面の琵琶の撥面図は、玄象については他の資料に見える説と全く異なっており、資料的な整合性を考慮したと

は言い難い。図様も、竹に虎というモチーフである。これは後述の師子丸の撥面と師子・虎の組み合わせになっており、多分に連想に負うものと思われる。撥面図は、青山を中心に、『平家物語』『源平盛衰記』の本文に基づいて構成されたと考えられよう。師子丸は、『塵荊鈔』では海に沈んだと記されるのに対して、『榻鴫暁筆』では沈んだとは特に記していない。また、撥面の絵は、師子丸の銘から連想されたと思われる図で、いわゆる唐獅子牡丹の図様である。牡丹と獅子の組み合わせが一つの文様として定着したのは一二～一三世紀の間とされ、一四～一五世紀の間に広まった文様であると指摘されている。近世には能「石橋」及び、そこから派生した石橋物などによって、流布したとされる。(13) 能「石橋」は大江定基が清涼山を訪ね、石橋の傍らで童子に出会うと、橋の向こうは文殊菩薩の浄土であって容易く渡るまじきことを述べて消え失せるという内容で、牡丹の花に戯れる獅子の舞が有名であるが、獅子と牡丹の組み合わせは、文殊菩薩と結びつけられる。師子丸という銘の背後には、文殊菩薩の乗り物の師子を連想させる状況が横たわっていたのではないだろうか。

ところで、室町末期から近世には、師子丸が海から上がってくるという伝承が見られる。まず、能「絃上」を挙げる。琵琶の奥義を極めようと入唐を志す藤原師長を、塩屋の主の老人、実は村上天皇が留めるという話であるが、その詞章に、三面の琵琶が登場する。(14) このうち、師子丸が登場するのは、最後の場面である。室町末期の写本である天理図書館蔵室町末期写百七十二冊『謡本』「けんしやう」を以下に引く。

波上由也　天人／抑是はゐんぎせいたいの御ゆつり村上のてんわうとは我事なり　モロナカ／そのせいたいのぎようかとよかもんのなみていびんのちよくしとしてもろこしより三めんのひはをわたさるゝ　天人／けんじやうせいさんしゝまるこれなり　モロナカ／せいさんはにんわしおむろの御ゆつりとして、しうがくほつしんわうの御さうてん　下天人／しゝまるはりうぐうにとゝまり下かいにあり　モロナカ／けんじやうせいさんかくのことし又きゝをよひたるひはの音の、しゝまるさこそとゆかしきそや　天／いてめしいたしひかせんとまん〳〵とあるかいしやうにむかひいかに下かいのりう神たしかにきけしゝまる持参つかまつれハヤ大コ　同キク／＼しゝまるうかふとみえしかは／＼はつたいりうめをひきつれ引つれかの御ひはをさつけたまへは、もろながたまはり引ならしはつたいりうわうもげんくわんのやく／＼あるひはなみのつゝみをうてばあるひはひわのなにしほふしゝとらてんに村上天わうもかなでたまふ、おもしろかりけるひきよくかな。
トシテ／＼しゝにはもんしゆやめさるらん／＼御かとはひきやうのくるまにぜうじはつたいりうめにひかれたまへはもろながもひばにむちをうちばしやうにびわをたづさへて／＼すまのきらくそありかたき

村上天皇は玄上の主であり、青山は仁和寺御室の相伝である。そして竜宮にあった師子丸は、村上天皇の求めに応じて竜神が海上に持参し、師長に授けられる。「しゝにはもんじゆやめさるらん」という詞章は、「師子丸」という名に、文殊菩薩の乗り物である師子の意味をかけたと考えられる。師子が文殊菩薩の乗り物であることは、現代においても容易に想像できる一般化されたイメージと思われる。室町時代では例えば『三十二番職人歌合』二番獅子舞に「師子は文珠の御のり物[15]」と見えるが、円仁『入唐求法巡礼行記』をはじめ、多くの資料に見えている。では、師子丸を文殊菩薩の乗り物と見るとき、海に入りまた上がってくることはどう捉えられるだろうか。海から上がる師子丸は、後掲のように近世にかけていくつかの例が認められる。同じ話柄の繰り返しには、共有された何かのイメージがあるのではないだろうか。例えば、「はつたいりうめ」は謡曲大観では「八代竜馬」とあり、謡本では概ねこの表記だが、「八大竜女」と表記するもの（元禄三年山本長兵衛刊本観世外百番謡本など）もある。ここでは試みに、海から上がる師子丸に、『法華経』巻五「提婆達多品」（以下「提婆品」）の竜女成仏のイメージが重ねられた可能性を想定してみたい。

近世の資料では、師子丸が海から上がるという伝承は「関清水蝉丸宮古縁起并勘文」や、国立歴史民俗博物館蔵紀州徳川家伝来楽器コレクションの一である琵琶「文殊丸」の来歴に認められる。

「関清水蟬丸宮古縁起并勘文」は、「蟬丸宮者日本国中ノ説経讃語勧進師音曲諸芸道之祖神也」と記載があるように、芸道祖神を蟬丸とする縁起の一で、末尾には元禄五年の年記がある。蟬丸の本地は妙音菩薩とされる。そのうちの「蟬丸宮御遺詠之事」は、蟬丸所持の琵琶が海から上がった師子丸であると記している。

在昔人王五十四代仁明天皇ノ御宇承和十三年夏頃、掃部頭貞敏ト申人承レ勅渡二大唐国一遇二琵琶ノ博士廉丞府ニ一、相二伝ヘテ三曲一将二来シテ玄象師子丸青山三面之比巴ヲ一而帰朝ス矣、海中暴風猛悪成故ニ以二師子丸ヲ一沈レ於二海底ニ一云々、延木御時玄象青山二面之比巴在二雅楽寮一、御門被レ召二寄之一師子丸ノ事遺リ惜ク思シ食シ、或夜美麗ノ童子参二御前ニ一申様、急キ賜ハ二勅使ヲ一於二美保崎一必得二師子丸之比巴ニ一可レ給フ、吾ハ是レ三曲守護之竜神也、言訖テ不レ見ヘ即被レ遣二御使一、果於テ二民家ニ一貯ハヘ下置リ浪打《ウチ》際ニ所ノ二拾得一之古比巴一面ヲ上、叡感尤厚ク改テ二師子丸ヲ一称二瀬見丸ト一〈後改テ用ル二蟬丸之字ヲ一也口伝〉、此ノ年蟬王有二御降誕一因テ奉ルレ称二蟬丸宮ト一云々、蟬王御閑居ノ後自二主上一被ル下シ二賜ハ之一、蟬王難クレ忘二レ恩賜之忝辱テ一、平日不レ離二御側ヲ一弾レ之[16]、（引用者注—〈　〉内割注。以下同）

醍醐天皇のもとに三曲守護の竜神の化身である美麗の童子が現れ、美保崎に師子丸が漂着すると教える。そこで使者を遣わし、波打ち際に打ち寄せられた師子丸を得たとする。銘は、瀬で見つけたことから「瀬見丸」と改称したと記される。そして、その年生誕の皇子蟬王を蟬丸宮と称し、後年この琵琶を下賜したという。

次に、「文殊丸」の来歴は、琵琶の付属文書『文殊琵琶記』に記されるものであるが、「平語之獅子丸」と、『平家物語』に登場する琵琶であることが記されている。内容は、甲州若尾家の先祖葛原親王が、失われた師子丸を探し得て、代々の家宝としたというものである。後に徳川家康が本名を憚り小狐丸と銘を与えた。文殊丸と改称されたのは紀州徳川家に伝来した後のことであるようだが、文殊丸の銘は文殊菩薩が師子に乗るためであるとする[17]。

近世の二つの資料は、いずれも芸道や家の祖が所持した琵琶となっており、海から上がってくることによって持主に権威をもたらす。師子丸は「青山之沙汰」に記されるように、海底に沈み、竜宮の所蔵となるが故に価値が生じ、海から上がってくると記されるのである。

後代の師子丸の伝承に共通する要素は、まず、沈んだものが海から上がってくる点である。近世の二つの資料については、始祖たる人物が所持しなければならないので、海から上げなければならないという事情が生じよう。しかし、海に沈んだ点に権威が生じるとするならば、そこに権威を認める基盤と言うべきものが想定されるのではないだろうか。また、師子丸の銘が、文殊菩薩の乗り物である師子を連想させる点も注目される。いずれの要素をも持ち合わせるのは、能「絃上」と「文殊丸」であるが、「関清水蟬丸宮古縁起并勘文」で、蟬丸が妙音菩薩とされる点も看過できない。例えば、前掲の『榻鴫暁筆』に「或は又二聖はもと是一躰にして、同位とも云り」とあるように、中世、妙音と文殊は一体とも見なされたと考えられるからである。しかも、『阿娑縛抄』第七一「法華法本」に「妙音提婆品文殊也」と見え、同様の見解が『渓嵐拾葉集』にも見られることからは、妙音菩薩と提婆品が文殊菩薩を介して関わりを持つと考えられる。[18] 妙音菩薩は琵琶を持つとされる。そして、師子丸は文殊菩薩を想起させうる琵琶である。そこにはやはり「提婆品」のイメージが付与されるのではないだろうか。だからこそ、海に沈んだ師子丸は『平家物語』の内側に留まらず、実在する琵琶として少なからず関心を持たれたのではないだろうか。では海に沈み、やがて上がってくると伝承されるにはどのような背景が考えられるだろうか。

四　文殊菩薩の入海教化

師子が文殊菩薩の乗りものであるというイメージは、平安時代以降、現在に至るまで広く知られていた。図像においても、日本における文殊菩薩像の作例は騎獅文殊像が最も多く、特に五台山文殊信仰を背景に流布したとされている。独尊像の他に、于闐王、善財童子、仏陀波利、大聖老人等を伴う五尊像や三尊像があり、多く海上を渡る姿に造形される。渡海文殊と呼ばれる姿である。文字資料としても『梁塵秘抄』二八〇番に「文殊は誰か迎へ来し裔然聖こそは迎へしか　迎へしかや　伴には優塡国の王や大聖老人　善財童子の仏陀波利　さて十六羅漢諸天衆」

とあることが指摘され、一二世紀から一三世紀には特に多く製作されたとされる。[19]海から上がる師子丸には、海を渡りやって来る渡海文殊の姿が想像されるのでないだろうか。

渡海文殊について注目されるのは、大島薫の論である。大島薫は、安居院澄憲の法華経釈における「提婆品」釈を検証し、文殊菩薩が海に入って龍畜を済度する姿が、于塡王を伴って記されることから、渡海文殊の姿として捉えられたことを指摘する。指摘された部分を『花文集』から引く。

此等《ノ》海際皆《モ》、如来在世《ノ》往《ヘ》、一乗流通《ノ》当初《ニハ》、大聖文殊、于塡大王《トシ》善巧方便《ノ》心《ヲ》、同《シテ》済度有情《ノ》思、張八教《ノ》網、下《シ》生死《ノ》海、済《テ》龍畜《ノ》輩、置《キ》菩薩(提)《ノ》岸□給処也。[20]

そして次のように指摘する。

ちなみに、渡海文殊の図像については、これまでのところ、何を意味するものか不明であるといわれてきた。しかし、澄憲の草した「提婆品」釈や静嘉堂文庫蔵法華経変相図によれば、「提婆達多品」に説かれた、文殊の教化を象徴するべく描かれていたことは明らかだろう。勿論、渡海文殊の図像が、当初から、こういった意図をもって描かれたものであったかは不明である。が、少なくとも、この図像がさかんに作成された、平安時代末期から鎌倉時代初期にかけて、「提婆品」の一場面を視覚化したものとして、認識されていたことは指摘されてよいだろう。[21]

そして、前掲『梁塵秘抄』二八〇番に触れ、「こういった「提婆品」理解を踏まえて謡われていたものと考える」と指摘している。注目されるのは、渡海文殊が「提婆品」を視覚化したものとする点である。この指摘は、師子丸が一旦海に沈み、上がってくるという伝承が生じた背景を考える上でも、重要だと思われる。視覚的に造形される渡海文殊像とは、師子に乗る姿が最も一般的とされるからである。そして、文殊菩薩が于塡王とともに生死の海に下り、竜畜を菩提の岸へ済度したという記事は、能「絃上」のように、竜神が師子丸を持って海から上がる姿に通じると思われるのである。

『梁塵秘抄』二九三番には、「文殊の海に入りしには　娑竭羅王波をやめ　竜女が南へ行きしかば　無垢や世界にも月澄めり」と「提婆品」の竜女成仏が謡われている。文殊が海に入ると娑竭羅王が波をやめるという記事は、二八〇番同様、渡海文殊の姿で捉えられる可能性が考えられるならば、竜神を鎮めるために師子丸が海に沈んだと記す「青山之沙汰」の記事にも通じよう。後代の資料がイメージの付会から師子丸を文殊菩薩の乗り物の獅子と捉えたというだけでなく、「青山之沙汰」自体が「提婆品」の文殊の入海教化を想起させるような構成を持っていると考えられるのではないだろうか。逆に考えれば、だからこそ後代の資料は師子丸の名から文殊菩薩を想起し、渡海文殊の図像が海波の上を歩むように、海から上がると捉えたと考えられる。「青山之沙汰」において師子丸という銘の琵琶は極めて効果的に作用していると思われるのである。

五　人中・天上・海中

以上「青山之沙汰」に師子丸が海に沈むという話柄を手掛かりに「提婆品」との関連を検討してきた。海に沈む師子丸は、騎獅文殊像の流布と安居院澄憲の法華経釈を介在させる時、『法華経』「提婆品」の文殊入海教化を想起させる。法華経釈において文殊は、海に入って竜畜を済い、岸に上がってくるのであり、師子に乗る渡海文殊の姿で捉えられたと考えられる。この文殊菩薩と師子との関わりが、後代の師子丸に関する伝承に断片的に記されたと考えられるのではないだろうか。それは、『平家物語』にとどまらない伝承のあり方を示している。しかし一方で、また、「青山之沙汰」自体にそのような想像を喚起する要素があるとも考えられるのである。

また、中世における「青山之沙汰」と法華経注釈書との関連は、師子丸が海に沈む記事との関連に留まらず、

『法華経鷲林拾葉鈔』における宝珠の在所と三面の琵琶の在所が相似することからも看取される。

一如意珠在所事。人中天上海中也。有記云。人中ノ玉ハ形大ニシテ又重不レ降レ宝。天上ノ珠ハ形少又軽。能降レ宝也。止五釈〈如レ上〉海中玉ハ仏舎利。〈如レ上〉又止一云。九重ノ淵底驪龍頷下矣[22]。

これは、如意宝珠の在所を示したものであるが、「青山之沙汰」の三面の琵琶の在所に酷似する。これを琵琶に置き換えると、人中の玄象は、天皇の御物としてその存在を保証し、仁和寺に蔵される青山は、天上の月の光を撥面に湛え、海中の師子丸は竜神に所持されていると捉えられよう。「青山之沙汰」には、法華経注釈書における「提婆品」理解との接点が多面的に見出せるのではないだろうか。

三面の琵琶の組み合わせは、後代『平家物語』の内側にとどまらず、一般的な琵琶にまつわる言説に用いられ、その存在は事実と捉えられていった。「青山之沙汰」によって世に名を知られたと考えられる青山は、『楊鴫暁筆』に、琵琶法師の琵琶の淵源と言うべき価値を与えられ、下って近世の楽書『楽家録』になると名器の扱いを受けている。青山について考える場合においても、「提婆品」という視点は有効なのではないだろうか。師子丸は、海から上がると記され、師長や蟬丸といった琵琶の名人の手に渡り、或いは『平家物語』に平家一門の先祖として記される葛原親王を同様に先祖とする若尾家の家宝となる。琵琶法師と密接に結び付いていたらしいことが記される青山と較べると、師子丸は新たな伝承を許容するものだったのかもしれない。その際にも、『平家物語』に記された三面の琵琶が、実在する琵琶として一般に受け容れられていくには、『平家物語』に記された琵琶というだけでなく、この組み合わせ自体が持つ、「提婆品」を想起させる要素が重要だと思われるのである。

注

（1）　冨倉徳次郎『平家物語全注釈』中巻（角川書店、一九六七年）

（2）『平家物語』諸本は、以下の本文を参照した。覚一本（日本古典文学大系、『龍谷大学善本叢書　平家物語』思文閣出版）、高野本（新日本古典文学大系）中院本（『平家物語（中院本）と研究』未刊国文資料刊行会）、城方本（国民文庫）、平仮名二十句本（新潮日本古典集成）、南都本（高橋伸幸『札幌大学教養部札幌女子短期大学部紀要』一二〜一七号）、延慶本（『延慶本平家物語　本文篇』勉誠社）、長門本（『岡山大学本平家物語』福武書店）、源平盛衰記（『源平盛衰記』三弥井書店）。

なお、青山の記事を持たないものを参考として以下に示す。四部合戦状本（『四部合戦状本平家物語』大安）屋代本（『屋代本高野本対照平家物語』新典社）、片仮名二十句本（『百二十句本平家物語』汲古書院）、平松家本平家物語』清文堂出版）、竹柏園本（『平家物語竹柏園本』八木書店）。また、特に語り本系諸本の分類等については山下宏明編『平家物語八坂系諸本の研究』（三弥井書店、一九九七年）参照。

（3）拙稿「書かれた秘曲―『平家物語』上玄石上記事考―」（『軍記と語り物』第四〇号、二〇〇四年三月）

（4）青山関連記事の諸本異同について、橋口晋作「『平家物語』諸本の琵琶関係記事」（『人文』第二六号、二〇〇二年八月）橋口晋作「『平家物語』当道系諸本、その他の諸本の詞章（記事）と琵琶語りなど琵琶に関連する記事から」（『語文研究』第九五号、二〇〇三年五月）参照。

（5）渡辺達郎「「青山之沙汰」成立考―十四世紀田楽能の隆昌と軍記物語の改変―」（『軍記と語り物』第三五号、一九九九年三号）

（6）磯水絵『院政期音楽説話の研究』「第二部第四章『平家物語』から―「青山」と「師子丸」〔名器考〕―」（和泉書院、二〇〇三年）

（7）薦田治子『平家の音楽―当道の伝統―』「第六章第二節平家琵琶の形態と構造」「一　平家琵琶と楽琵琶の形態」（第一書房、二〇〇三年）

（8）前掲論文（5）

（9）前掲論文（4）「「平家物語」諸本の琵琶関係記事」

（10）『塵荊鈔』『榻鴫暁筆』は、美濃部重克・榊原千鶴校注『源平盛衰記（六）』（三弥井書店、二〇〇一年）「青山琵琶流泉啄木」の頭注に指摘されている。

(11)　市古貞次校注『榻鴫暁筆』（三弥井書店、一九九二年）

(12)　前掲書注（6）第二部第二章「『今昔物語集』巻二四、第二四話より」第二「類聚本『江談抄』第三―第57、58話」、第二部付章「玄象の記録」参照。

(13)　石田佳也「日本の獅子文様」（『民族芸術』第一一号、一九九五年四月）

(14)　「絃上」に関する先行研究は、表章「観世宗家蔵永正三年本『玄上』をめぐって―〝作品研究・玄象〟序説―」（『観世』第四八巻七号、一九八一年七月）、表章「作品研究〈玄象〉」（『観世』第四八巻八号、一九八一年八月）、「特集・座談会「玄象」をめぐって」（『観世』第四八巻八号、一九八一年八月）、小林健二「歌舞劇としての能―文化の継承と創造、《玄象》の場合―」（『講座日本の伝承文学』第六巻、三弥井書店、一九九九年）、金春安明「永正三年本〈玄上〉は明和頃の書写か?」（『観世』第六九巻二号、二〇〇二年二月）等参照。

(15)　群書類従二八

(16)　室木弥太郎・阪口弘之『関蟬丸神社文書』（和泉書院、一九八七年）

(17)　『紀州徳川家伝来楽器コレクション』（国立歴史民俗博物館、二〇〇四年）所載の「文書翻刻」参照。文殊丸の命名は、付属文書『文殊琵琶記』（文化一三年〈一八一六〉一月、伊藤弘朝）に、「公復為爰其小狐之号取文珠支利駕獅子義称之為文珠以窃存旧名之意之」と見える。

(18)　名波弘彰「建礼門院説話群における龍畜成仏と灌頂をめぐって」（『中世文学』第三八号、一九九三年六月）。なお、『阿娑縛抄』は大正新修大蔵経図像九、『渓嵐拾葉集』は大正新修大蔵経七六による。

(19)　五台山文殊について、金子啓明「文殊菩薩像」（『日本の美術』第三一四号、一九九二年七月）参照。また本稿における『梁塵秘抄』の引用は、新編日本古典文学全集による。

(20)　『真福寺善本叢刊二　法華経古注釈集』（臨川書店、二〇〇〇年）

(21)　大島薫「澄憲の法華経講釈―「提婆品」釈をめぐって―」（『解釈と鑑賞』第六二巻三号、一九九七年三月）

(22)　『増補改訂日本大蔵経』第二六巻（講談社、一九七四年）。なお、「提婆品」との関連は記されないが、『宝物集』に

「仏、梅檀の煙とのぼり給ひし朝、御舎利を三つにわけて、竜宮・天上・人間にくばりし時」（新日本古典文学大系）と見え、仏舎利が竜宮・天上・人間に分蔵されたことが記される。

付記　本稿は、中世文学会平成十六年度秋季大会（平成十六年十月十七日　於　関西学院大学）での口頭発表の一部をもとにまとめたものである。席上、御教示を賜りました先生方、貴重な資料の閲覧のお許しを賜りました国立歴史民俗博物館、閲覧及び部分翻刻のお許しを賜りました天理大学附属天理図書館に心より御礼申し上げます。

『平家族伝抄』の三十番神
——祭神と配列順序をめぐって——

山中美佳

はじめに

本稿に先立って、拙稿(1)において『平家族伝抄』(2)「〈十五〉十一巻分　神璽寳劔内侍所叓」の「蟻通明神」増補部分に見る吉田神道系三十番神思想の影響についての考察を試みた。本稿は、その続稿であり、今一歩、論を確固とするためのものである。

前稿では、『族伝抄』と『神道集』(3)との本文比較により増補と認められる箇所、「蟻通明神守二神璽一由、上洛後被二奏聞、帝聞食感奉レ入三十番神内一申二江父大明神即是。」の「江父大明神」を「江文大明神」の誤写であると仮定した上で、「蟻通明神」＝「江文大明神」という編者の考え方がどこから来たのかを考察した。結果、通常なら八日目の番神に宛てるはずの「江文大明神」を、兼倶の説く「神祇正宗秘要」(4)では、二十九日目の番神とし、三十番神を「天孫降臨時供奉」の神々の順番を当てはめていることが記され、その二十九日目の神「天（意イ）思兼命」が、和歌山県伊都郡かつらぎ町の蟻通明神の祭神「八意思兼命」の別名であることから、『族伝抄』の増補記事は吉田神道系の三十番神信仰の影響が見られるとした。

本稿では、三十番神思想と信仰がどのような形で始まり、どう享受されていったか。そして、三十番神がどのように多様化し、発展していったか、つまり、三十番神の享受の流れをまず確認したい。また、江文大明神を二十九日とする番神の配列順序を持つ文献を探し、『族伝抄』に影響を与えた文献か否かという点において考察し、『族伝抄』にかかわりのある文献が何なのかを見極めたい。その上で、日本の三十番神の享受、伝播の流れの中で、『族伝抄』はどこに位置づけられるのかの考察を試みる。

一　三十番神信仰の勧請諸説と変遷

宮川了篤氏(5)によれば、三十番神信仰の根源は中国にあるという。五大の頃に五祖山の戒禅師が諸仏・諸菩薩の中から三十尊を選んで配し、三十日仏名などと称していたものが日本に伝えられ、番神とされるにいたったとあり、それを天台宗がもっとも早く取り入れたとされている。

また、園田健氏ら(6)によれば、後々には、日蓮宗系寺院において重く用いられ、各地に番神堂が多く存在したとされている。三十番神はその数においても、必ずしも三十の神ではなくなり、たとえば、兜に打つ場合には、技術的な理由から、鉢の筋に合わせて、四の倍でなくてはならず、三十二番神になったり四十神となったりもしたようである。特に絵図においては、数多くの資料が残っていると聞く。それほど発展した番神信仰も、明治には平田神道の影響で影を潜めたようである。

さて、三十番神の成り立ちについてだが、確かに思想としての受用は早くからあったとは考えられるが、三十番神として形成されるにはどのような過程を要したのであろうか。

そもそも、三十番神の勧請については諸説あり、天台宗から始まったという説、それ以前に真言宗にすでにあったという説、日蓮宗が始めたという説などがある。

真言宗を初めとする説としては、「拾遺雑集」(7)の

故ニ奉ニ為ニ鎮国安民一ノ。於ニヲ此ノ幽原一ニ建ニ立ス除災秘密ノ道場一ヲ。然レハ則チ院廓ノ十万界。本部ノ十天鎮。各方ノ結界七里ノ間。地主山王約護念シ。今新タニ勧請スル朝中ノ霊社一百二十所。四方各鎮ノ三十社。毎月日別ニ各一社。為ニテ壇主一ト助ニケ人法一ヲ為ニ鎮将一ト持ニタマヘ伽藍一敬テ白ス。

の箇所がしばしば挙げられる。確かに、三十番神的思想が窺えるが、番神名も記されず、また、「四方各鎮ノ三十社」とあることから、本稿で扱おうとする三十番神とは直接的な関わりがあるとは考えられない。

また、日蓮宗から始まったという説[8]では、日蓮からはじめたとする説と日像からだとする説に分かれるようで、日蓮から始まるとする説は、伝記伝説の類を別にすれば、たとえば「神祇正宗」[9]に見える。「神祇正宗」には、吉田神道の番神の並びとそれぞれの神について簡単の解説を述べた後、

人皇七十二代白河院延久五年癸丑。阿闍梨傳灯大法師釋良正。為如法経守護。請三十神。又日蓮宗ニ三十神ヲ申亊。人皇八十九代亀山院弘長元年二月九日ニ。法花の行者日蓮法師吉田ニ入来ス。依神領武州岡田御厨代官益行口入。去々年以来。漣々通達了。此法師立妙経時節。現當法門作書藉。名安国論。顯学無双之人云々。神代降臨三十二神名号之亊。懇望之間。舊冬兼益注之遣之。件ノ神号字訓読様。為傳授。今日来臨。此亊神道行法之秘亊也。……

とある。しかしながら、高祖日蓮が、大法師良正から神道の奥義を授けられたというこの説に対しての反論ももちろんある[10]。また、日像説の方は、日蓮時代においては天照・八幡のみの勧請であり、三十番神となったは、第三祖の日像の時の勧請によるものだとされている[11]。ただ、日像説にも諸説あり、日像の段階ではまだ完全に三十番神と

して形成されてはいなかったとしながらも、歴史学・宗教学研究においては、概ね、日蓮宗に番神思想を持ち込んだのは日像であろうと考えられているようである。

そして、天台宗を初めとする説。この説にも、二説ある。慈覚勧請説と良正勧請説である。慈覚勧請説は、たとえば元亨釈書[12]に、

蔵二夏横川如法堂一。一夕旋レ庭。俄有二異人一。自二西方一来。蔵問。誰。答曰。我是賀茂明神也。昔慈覚大師令下京畿二百余神一番護中此経上。今日我之直也。……

とあり、真言宗の説と同じく、三十番神的な思想であるが、三十番神とは書かれていない。

さらに、『門葉記』[13]を見ると、

壹道記云

一番子日。伊勢大明神
二番丑日。八幡大菩薩
三番寅日。賀茂大明神
四番卯日。松尾大明神
五番辰日。大原大明神
六番巳日。春日大明神
七番午日。平野大明神

八番未日。大比叡大明神
九番申日。小比叡大明神
十番酉日。聖眞子大明神
十一番戌日。住吉大明神
十二番亥日。阪波大明神
右慈覚大師去天長年中。奉請件大明神為如法経守護神。但依心願未及結番。而諸神御経守護之由頻被申之。
仍亥日熱田鹿島氣比三尾等大明神合番守護之矣　貞観九年亥丁正月十四日

とあり、慈覚大師の如法堂結願の時点では、三十番神ではなく、干支の十二神であったことが窺えるのである。このことに対しては、『吉田叢書』[14]の「神道大意」に「抑慈覚大師者、貞観六年正月十四日入滅矣、是後経㆓数年㆒垂迹神多加㆓此番神㆒、於中、祇園社者、貞観十八年始而勧請之、北野天神者、延喜三年八月廿五日於㆓大宰府㆒薨、覚師入寂之後経㆓四十年㆒」とあり、祇園、北野については慈覚大師入滅後のことであり、時代が合わないとしている。

もう一説の良正勧請説は、同じく『門葉記』に

三十神勧請記云　良正阿闍梨記也　阿闍梨傳燈大法師位釋良正。愼敬奉爲如法經守護。奉勧請日本國中三十善
神結番次第　三十神勧請事。重々有口決難次載

とあり、その後「十日。伊勢大明神」から始まる三十番神の三十日分の並びを記した上で「右三十善神。或依心願。或任本約。奉勧請如件。延久五年歳次癸丑正月朔朝壬戌十日辛未　阿闍梨大奉仕良正謹記」とある。

このように見ていくと、きちんとした形での、つまり後世に享受されていく形での三十番神を明確に表したのは、良正からのように見うけられる。慈覚大師の如法堂結願の時点で、干支の十二神であったものを、三十番に変容させたのは、良正であろうことは、福田晃氏の御論考[15]に詳しい。

後述するが、同じ法華経を中心とする天台宗の番神を日蓮宗は受け入れる。日蓮宗に受用された三十番神思想は、日蓮宗において信仰上重きを成し、信仰の対象となってくる。南北朝時代になると、起請文に三十番神の名が見られるようになり、室町中期には、三十番神信仰の全盛期を迎える。

そのような流れの中で、明応六年吉田神道の卜部兼倶は、朝廷より神名帳の編集を命じられ、それに関係して、妙蓮寺・本国寺・妙本寺に質疑状を出した。内容は、三十番神は良正が勧請したものであるはずだが、日蓮宗の三十番神は何の番神か、というものである。つまり、当時三十番神はすでに多様化の様相を見せており、たとえば如法経守護の三十番神、禁闕守護の三十番神、内侍所守護の三十番神、王城守護の三十番神などがあった。そのいずれの神か、という質問である。

この質疑状に対して、本国寺は、明確な返答をすることかなわず、要領の得ない返答をした。

妙蓮寺は返牒し、宗祖入洛の事実はなく、当宗の三十番神は日像が法力にて感得したものであると強く出たが、その書状に対する兼倶の質疑状に答えを窮した為、自らを卑下し、兼倶をたたえる態度に出た。

そして、法要のため多忙であることを理由に返答を先送りにした妙本寺は、答えに窮した日芳が、すでに退隠していた前住職日具に返書作成の依頼をした。その返書のなかで、日具が、日蓮が兼益から「秘曲」を伝授されたことを認めたことから、日蓮宗と吉田家は親密にかかわりを持つようになり、後には、吉田家が講義に出向くなどして、三十番神は日蓮宗において大いに発展していったとされている。ただし、この時点での日蓮宗の三十番神は内裏守護の三十番神である。それは、日具が日芳に宛てた手紙の中から読み取れる[16]。

さらに時代が下って、永禄三年には、吉田家は、三十番神の様相、つまり、男女の体・衣装等の相伝を許している(17)。これが、三十番神を、三十番神絵図や三十番神像へと発展させることになったのであろう。

二 『族伝抄』の三十番神と吉田神道の三十番神

本稿に先立つ拙稿において、『族伝抄』の三十番神が吉田神道系のものであると考察したことは先述し、そこには『族伝抄』の本文も載せてあったが、ここで再度挙げておく。傍線部以外の本文は、『神道集』の「卅七 蟻通明神事」とほぼ同内容である。

抑内侍所宝剣由来如ニシ本書一。申ニ神璽一八坂玉叓。（○申ニ此玉一天照大神乞ニ愛第六天魔王ニ）御子達為ニシテ御守一リ成ニ人王代一後、為ニ代《タリシ》々帝御《ト》守一。人王第五代帝孝照天皇御時、天朔女盗ニ取此玉一、登レリ天。般若十六善神中《ナ》秦奢大王是レ奪取為ニト我財一。其後大唐云ニ玄弉三蔵一人、奉一レ渡大般若一、渡ニ下シ天竺佛生國一。流沙河岸《ハタ》、有美女房有ニ一人一。向ニ三蔵一彼《カノ》女房、和僧有ニ何《イ》レ宿願一、是程懸ニ下ヘル難所多道キ一被レケレ向、三蔵聞レ之、大般若欲一レフ渡東土ニヘ有レ志、就レ中、付ニ般若心経一深志有リト云々。其時彼女房、申ニ此道一輙ク可ニ人行一ク非處、急返下ヘ云々。三蔵重テ被レ申、我自一レ出母胎内一以後、未一レタ犯禁戒一。何《イ》可一レ不レ渡一。屍《ワ》曝ニ流沙一、何《イ》可レ為嘆セ下処、彼女房件取ニ出八坂玉一、汝チ而ラ、貫ニ下ハ此玉緒一、自《ミ》為レシ計送ニ佛生國一ヘ言フ時、三蔵取ニ彼玉一見下ハ、形チ如ニシ蠶作ツ璽一。其色黄。玉緒穴曲ニ七坂一、為レ何ナ可レ貫不レ覚ヘ。良久、向レ天思惟シ下処、道《ロ》傍木枝、云レ蟻居レ虫、鳴ニキ蟻腰着糸《ミヤク》向玉孔一ソ。三蔵達ニシ悉曇一人ナレ、此虫聞ニ□聲一、蟻□腰□着《チヤク》々糸《イト》々向々孔穴□。蟻腰着レケ糸向ニケヨ玉穴一鳴耶心得、蟻一取、腰着レ糸入ニケレ玉穴一、无ニ左右一咹方ヘ岐通リ、其後捨レ蟻。以ニ貫玉一、奉一レル見彼女房一。其時彼女房、怖気成ニ鬼王形チ一。我是般若守護十（○六）善神王中《ナ》云ニ秦奢大王一、是汝チ此世非ニ一事一、過去七生間タ欲一レセシ渡此経一、自《ミ》惜ニク思ミ食御経一、為ニ此渡一リ、召ニ汝命一事第七度。今度當二第八度一。見二ヨ汝《チ》過去七生首一、貫二集七ツ曝レ首一ヘ懸レ下頸。而レ當時マテモ十六善神御中人首懸レ下頸御二在守護神一ノ即是。其後秦奢大王言ク叵ヨケレ有汝求法志一、今度我レ送。三蔵引二懸秦奢大王御肩一、被ヨケレ渡天竺佛生國一ヘ。大般若并《ヒ》般若心経等、被ヨ渡大唐國一ヘ。件玉与二ヘ三蔵一言ク、此玉副二ヘ大般若并ヒ般若心経一、可ヨ渡日本國一。□先立女起二ツ日本國一神國ナレ、我成レ神可ヨ守ル日本國一。其時可ヨ去蟻通明神一、失二下ヌ昇消様一。三蔵聞レ下ツ之、佐日本國可二佛法流布一処。日本人王三十代帝欽《ト》明天皇御時、自二百済國一被ヨシ渡佛僧経巻一時、副二彼玉一、被ヨ渡ヨ本朝一。帝大喜《トキ》下ツ、為二下ヘリ朝家御守一。而、此玉代ゝ帝御誕《ト》生時副二恵那等一、錦袋裏二七重一、入二紫檀箱一。各二ク神璽一申二三種神器一即是。此玉部類、豊前國宇佐宮鈴御前被ヨ収御殿内一。傴武武共持レ行クモ即此玉部類。彼秦奢大王如二ク御約束一、先立超二ツ、日本一ヘ顯レレ神、守二リ下此神璽一。其御神名申二蟻通明神一、紀伊國在田里在二鎮守一。延喜帝《ト》御時、紀貫之朝臣、紀伊国補任時、彼社前ヘ不ヨシ為セ下馬一モ通ル程、馬膁不レ働。貫之成レ恠ミ處《ロ》、彼社税語ニリ神璽事一、申二明神御誓一、貫之自レ馬下《ヲ》リ

カキクモリアヤメモシラヌヲホソラニ有トホシヲハ思フヘシヤハ

讀シ書レ紙、御殿押二ケレ御柱一。馬身振シ无二㕝故一通リ。蟻通明神守二下神璽一由、上洛後被二奏聞セ、帝聞食感シ奉ヨ下入三十番神内一申二江父大明神即是一。

（「〈十五〉十一巻分　神璽寶劔内侍所㕝」）

さて、先述の拙稿において引用したのは「神祇正宗秘要」であった。それは、江文大明神が二十九番目に配置されていたがために、祭神が件の蟻通明神と一致したためであったが、ここでもう一度、「神祇正宗秘要」に立ち返りたい。

「神祇正宗秘要」は「神祇正宗」を祖本とするものであるが、三十番神の記述に関しては特に注目すべき増補が見られる。

「神祇正宗」の本文は、

内裏三十番神。
人皇六十四代圓融院御宇勧請之也。
一日十日 伊勢大明神。右注之。
……《中略》……
廿九日八日 江文大明神。
是ハ倉稲魂命ノ化神也。
三十日九日 貴船大明神。
寶ハ船玉命ノ化神也。秘説龍神也。
已上毎月三十日ノ守護神也。
内裏為守護。三十二神。内侍所ニ勧請也

とあり、比して「神祇正宗秘要」の方は、「神祇正宗」の三十番神の配列の後に次のような記事が続く。

已上ニハ、毎月三十日守護神也、
欽以（者イ）、地神最初天照太神天上坐此界（国イ）ヲ進程吾勝尊降臨アルトノ神勅也。干時、吾勝尊辞退アリテ奉用セントアリケルニ其子饒速日尊降、天照太神勅許在スホトニ、饒速日尊、高皇産尊十種瑞宝授、天太玉命、天児屋根（无イ）命、天香語山命、天鈿女（売イ）命、天櫛玉命、天道根命、天神玉命、天椹野命、天

糠戸命、天明玉命、天村雲命、天背男命、天御蔭命、天造日女命、天世平命、天斗麻根（禰イ）命、天斗女命、天玉櫛彦命、天湯津彦命、天神魂命、天佐布魂（玉イ）命、天伊伎志邇保命、天活（生イ）玉命、天少彦（根イ）命、天事湯彦命、天乳速日命、天八坂彦命、天表春命、天（意イ）思兼命、天神児命、天下春命、天月神命、

此三十二神降臨在テ俄崩御坐程、其弟天津々火瓊々杵尊ヲ降シ申サルヨリ爾来今、内裏守護卅二神ヲ、内侍所ニ勧請為也、

「神祇正宗秘要」は「神祇正宗」の「已上毎月三十日ノ守護神也」の後に、「欽以（者イ）、地神最初天照太神……其弟天津々火瓊々杵尊ヲ降シ申サルヨリ爾来今」を増補して、「内裏守護卅二神ヲ、内侍所ニ勧請為也」という、「神祇正宗」と同じ文で結んでいる。つまり「神祇正宗秘要」が「神祇正宗」の記述を具体的にし、神名を列したがために、二十九日の江文大明神と『族伝抄』の蟻通明神とをつなげることになったと考えられるのである。

もう一つ吉田家の資料を挙げてみる。『吉田叢書』の「神道大意」には、「熱田一日　諏方二日　○貴布禰九日　□　氣多五日　鹿嶋六日　北野七日　江文八日　……《中略》……　苗鹿廿九日　吉備（マヽ）卅日」とあり、こちらは二十九日ではなく、江文大明神は、八日となっている。先述の拙稿で、「神祇正宗秘要」では、二十九日目の神が「天（意イ）思兼命」である為に、『族伝抄』における吉田神道系思想の影響について考察したのだが、吉田神道系でも三十番神の種類や時流によって変化があったことが認められる。吉田神道に、はじめから伊勢大明神を一日の番神とする配列があったわけではない。吉田家の番神がいかなる経緯でもって一日目の番神を熱田大明神から伊勢大明神に変化させていったは不明であるが、吉田家に限らず、諸宗において、また、番神の守護の種類によっても、多様であるらしい。では、「神祇正宗」「神祇正宗秘要」の他に、江文大明神を二十九日にあてている文献はあるのだ

ろうか。

三　三十番神比較

三十番神の研究は、宗教学、美学の分野では盛んなようである。宗教学においては、神道関係と、日蓮宗関係の研究で。美学においては、特に神道絵画研究として、主に具象化された三十番神、三十番神絵図や彫像の類における比較研究が盛んである。

三十番神の具象的表現の方法[18]には、「①神名文字のみのもの、②本地仏の種子を以て表現するのを主とするもの、③兜に神名を刻し又は象嵌したもの、④絹織又は刺繍したもの、⑤木彫になるもの、⑥絵画にて表現したもの」の六つがあるとされている。その中でも、特に、⑥についての研究が多い。それら諸研究の力を借りて、三十番神の配列について比較してみた。配列順序の詳細は後載の配列比較表をご参照いただきたい。

「三十番神絵図」について、「称名寺蔵金沢文庫保管三十番神絵像」「本間美術館所蔵三十番神絵像」「談山神社蔵三十番神絵像」を例にあげる。

まず「称名寺蔵金沢文庫保管三十番神絵像」について[19]。本絵図の作成時期は、鎌倉時代十四世紀初期に遡るとされ、製作されたのは、鎌倉地方の作である可能性が指摘されている。三十番神の配列順序は、一日の熱田から始まるもので、問題の江文大明神は八日である。図様は、女神で琵琶を持っている。

次に「本間美術館所蔵三十番神絵像[20]」について。

佐伯英里子氏は作成時期を推論するのは厳しいとしながらも、南北朝期十四世紀最末期までさかのぼる可能性があると指摘されている。ただし、称名寺や談山神社の絵像と比して、地方色たる個性はなく、中央の大和絵系の専門的技術を有した絵師によるものであろうとされている。この絵像の一番の特徴は梵字がそれぞれの番神にあてられていることである。番神の配列順序は、一日を熱田とし、問題の江文大明神は八日目にあてられている。女神で琵琶を持つという図様である。

そして、「談山神社蔵三十番神絵像[21]」。これは、十六世紀初期作成の可能性を持ち、南都絵所絵師の作であるといわれている。番神の配列順序は、一日を熱田とし、問題の江文は八日目にあてられている。江文大明神は「唐装の女神形。宝冠を被り、鰭袖を付した赤地に有紋の衣を着す。琵琶を弾奏する」とある。他、「山梨立正寺蔵三十番神絵像[22]」「京都本法寺蔵三十番神絵像」「富山大法寺蔵三十番神絵像」などあるが、どれも熱田を一日とし、江文を八日とする配列になっている。ただ、図様の点について「山梨立正寺蔵三十番神絵像」は他と同じく、江文大明神を女神とし琵琶を持たせているが、「京都本法寺蔵三十番神絵像」「富山大法寺蔵三十番神絵像」は男の神として描き、冠や赤袍を身につけている。

三十番神絵像は、もちろんこれだけではなく、特に日蓮宗系の物が多く現存する。しかしそれらを含めて見ても、絵像に関しての配列順序は大差なく、熱田から始まる系統のもののようであり、二十九番めを江文大明神とする資料はなかった。

ただ、絵像ではないのだが、草場晃氏[23]の御論考中に気になる記述を見た。それは、「称名寺過去帳」についてである。同氏は、三十番神の配列において、禁闕守護三十番神・法華守護三十番神・法華経守護三十番神・如法経守護三十番神・如法経（吉田家）守護三十番神・仁王経守護三十番神の別に、それぞれをタイプ別に分類された。その中で、江文大明神を二十九日とするものは、「「神祇正宗」に列記されているが、それに当る三十番神の彫刻或は絵画が見当ら」ないとし、さらに件の「称名寺過去帳」の配列はどの守護の三十番神の配列とも同じではないとお考えのようである。

しかしながら、同氏の御論考中の表にある配列順序を見てみると、全く完全ではないにしろ、「神祇正宗」の配列と同系統のものと思われるのである。

その他、宗教学・美学等の御論考をいくつか拝読していると、三十番神の配列順序は大きく五つの型に分類できる。

①一日熱田に始まり三十日吉備に終わるもの。

②一日伊勢に始まり三十日貴船で終わるもの。

③大比睿・小比睿・聖真子・客人・八王子の五神でもって、六日ずつ当番するもの。

④二十一神でもって番に当たり、初めの伊勢だけが十日間番するもの。

⑤子の日は八幡、というように十二支にあてているもの

そして、江文大明神を二十九番目とするものは、②であり、「神祇正宗」・「神祇正宗秘要」・「称名寺過去帳」なのである。

称名寺については、先にあげた佐伯英里子氏の御論考に詳しいが、簡単にまとめると、

正嘉年間に北条実時創建の御堂を基とし、その子顕時・貞顕の代に金沢北条氏の氏寺として発展した。その後、浄土宗から律宗への改宗、南都の影響があったとされる。第二代目長老の釼阿は精力的に書写活動や教線の拡大、真言教学に重点を置いて、東蜜諸流の大部分、さらに唱導では安居院流を相承。それのみに留まらず、膨大な聖教類・経典の収集書写している。また、大江広元の次男時広の流れを汲む長井家の貞秀なる人物と親しく交わり、神道に造詣が深い彼から神祇関係の典籍を貸与されたといわれている。

残念ながら、観覧の機会を未だ得ていないので、「称名寺過去帳」がいかなるものでどのような経緯を辿って作成されたかは知りえないが、釼阿のような長老のいる称名寺であるから、さまざまな文献資料が収められていたに違いない。そして、その中に、「称名寺過去帳」もあったのだろう。

さて、その「称名寺過去帳」であるが、草場氏の御論考中の表によれば、江文大明神の祀神は倉稲魂命とされている[24]。つまり、『族伝抄』の江文大明神の祭神とは合致しないのである。となれば、江文大明神を二十九日目にあてる配列順序を持つ文献はあっても、江文大明神の祭神を「天（意イ）思兼命」とする文献は、「神祇正宗秘要」のみ、ということになる。

おわりに

番神思想が中国から伝わり、慈覚が十二の番神を勧請したと考えられているが、既に中国では三十仏とあるように、三十尊が確立していたわけで、それをなぜ慈覚が十二に減らしたのかはわからない。中国から伝わったのは、守護する仏、という思想だけだったのかもしれない。いずれにせよ、慈覚の十二番神を良正が三十番神へと形成し、それが日蓮宗に伝わったという流れは、諸文献から信憑性はあると考えられる。

吉田家神道において、三十番神がいつの時代にどのような形で取り入れられたのか、というのは、実は、兼益や兼倶でさえわからぬようで、三十番神がいつ定められたのかという質問[25]に対し、兼倶は、「天照大神が降臨の際に供奉した神は三十二神あり、それを内侍所の守護として勧請したのだが、もしかすればそのことなのではないか」と答えている。ただ、同系統の三十番神であったろう思想が、吉田家においては、天孫降臨供奉の神々という個性をもった形で残っている。それが、先述のように、日蓮宗へと受け継がれ、発展した。その後、どういう経緯を持って他宗へ受用されたかはわからぬが、そのために、吉田家特有の江文大明神を二十九日とする配列順序のものが他宗でも存在するのではなかろうか。

いずれにせよ、『族伝抄』の編者、或いは増補者が、吉田神道系の、それも、江文大明神を「天（意イ）思兼命」とする三十番新思想を持っていたことは言えるだろう。或いは、「神祇正宗秘要」又はそれに準ずるものを知っていたであろうことは言えるだろう。江文大明神を二十九番神とする三十番神はあっても、江文大明神を「天（意イ）思兼命」とする三十番新思想は、広く世に出ているとは言えない。つまり、『族伝抄』の編者、或いは、この箇所を増補した人物は、吉田家を深く知りえる者か、吉田家の流れの中に身をおいていた者と考えられなくはないか。

また、日本における三十番神思想の受容の流れの中に『族伝抄』を位置づけるなら、やはり吉田神道の流れの中にあり、時代は確定できないが、「神祇正宗秘要」以降となる。

ただ、一つ気になる点を言えば、『族伝抄』の江文大明神が、「蟻通明神」であり、「秦耆大王」であり、また「流沙の女房」であることである。先にあげた「三十番神絵像」の多くは、江文大明神を女神とし、あるものは唐装で琵琶を持たせている。また、あるものは男神としている。先後関係は別にしても、これら三十番神絵像と『族伝抄』との関わりがまったくないとも思えない。こういう点を考えれば、『族伝抄』の件の増補記事は、吉田神道の流れを汲んだ後世の人物が、関係しているものかとも考えるが、憶測に過ぎない。

注

（1）「『平家族伝抄』〈十五〉十一巻分　神璽寶劔内侍所亨」の蟻通明神―増補記事に見る吉田神道系三十番神思想をめぐって―」（『日本文藝研究』第五十六巻第四号　二〇〇五年三月十日発行）

（2）『平家族伝抄』本文は、『四部合戦状本』（慶応義塾大学付属研究所斯道文庫編校　一九六七年三月発行所収）によった。

（3）『神道集』（岡見正雄、高橋喜一校注　神道大系編纂会　一九八八年二月発行）

（4）国学院大学図書館所蔵本『神祇正宗秘要』。園田健氏の御論稿の引用本文に拠った。

（5）「日蓮宗における三十番神信仰の受容」宮川了篤氏（『日本仏教学会年報』五十二号　一九八七年三月発行）

（6）「称名寺蔵三十番神像絵図㈠」草場晁氏（『金沢文庫研究』十一巻五号　一九六五年三月発行）「吉田神道と日蓮宗との交渉―法華三十番神説をめぐって―」園田健氏（『神道宗教』四十五号　一九六六年発行）「神仏分離に関する一考察―東京西郊の三十番神信仰を中心にして―」園田健氏（『神道宗教』四十二号　一九六六年三月発行）「日蓮宗における三十番神信仰の地域的展開―武蔵国・相模国について―」荒　万里子氏（『日蓮教学研究所紀要』二十五号　一九九八年三月発行）「金沢文庫保管称名寺蔵「三十番神絵像」考」佐伯英里子氏（『仏教芸術』243号　一九九九年三月発行）

（7）「拾遺雑集」（『弘法大師空海全集』第7巻　弘法大師空海全集編輯委員会編　筑摩書房　一九八四年発行所収）の「建立金剛峯寺叓初勧請鎮守啓白文」にみえる。

（8）園田健氏の注（6）の御論稿による。

（9）「神祇正宗」（『続群書類従』塙保己一編　経済雑誌社所収）

（10）園田健氏の注（6）の御論稿による。

（11）園田健氏の注（6）の御論稿による。

（12）国史大系『百錬抄・愚管抄・元亨釋書』第十四巻　経済雑誌社編　引用箇所は「巻第十　雲居寺浄蔵」

（13）『門葉記』巻第七十九（如法經二）（『大正新修大蔵経』図像十二巻　大正新修大蔵経刊行会）

（14）『吉田叢書』第一編卜部兼倶著「神道大意」第四之八（吉田神社　内外書籍　一九四〇年発行）所収

（15）「原神道集の編成―三十番神信仰をめぐって―」福田晃氏（『立命館文學』立命館大学創設八十周年記念文学部論集439～441号　一九八二年発行）

（16）宮川氏の注（5）の御論稿による。

（17）注（5）の宮川氏、注（6）の園田氏の御論稿による。

（18）注（6）の草場氏の御論稿による。

(19)「称名寺蔵三十番神像絵図二」草場晁氏（『金沢文庫研究』十一巻六号　一九六五年七月発行）
「金沢文庫保管称名寺蔵「三十番神絵像」考」佐伯英里子氏（『仏教芸術』243号　一九九九年三月発行）による。
(20)「三十番神絵像小考㈡本間美術館所蔵作品を中心に」佐伯英里子氏（『仏教芸術』276号　二〇〇四月年九月発行）による。
(21)「三十番神絵像小考㈡談山神社蔵「三十番神絵像」を中心に」佐伯英里子氏（『仏教芸術』264号　二〇〇二年九月発行）による。
(22) 注（19）に同じ。
(23) 注（6）と注（19）の草場氏の御論稿による。
(24) 倉稲魂命は、現在の江文神社の祭神である。所在地は、京都市左京区大原江文。大原郷八カ村の氏神で、創建は不明だが、もとは毘沙門堂江文寺と合祀されていた。
(25) 注（6）の園田氏の御論稿による。

【配列比較表】

	称名寺	本間	段山	立正寺	称名寺過去帳	神祇正宗	神祇正宗秘要
一日	熱田	熱田	熱田	熱田	伊勢	伊勢	伊勢
二日	諏方	諏方	諏方	諏方	八幡	八幡	八幡
三日	広田	広田	広田	広田	賀茂	賀茂	賀茂
四日	気比	気比	気比	気比	松尾	松尾	松尾
五日	氣多	氣多	氣多	氣多	大原野	大原野	大原野
六日	鹿嶋	鹿嶋	鹿嶋	□□	春日	春日	春日
七日	北野	北野	北野	北野	大比叡	平野	平野
八日	江文	江文	江文	江文	小比叡	大比睿	大比睿

九日	貴船	貴船	貴布禰	貴布禰	聖真子	小比睿	小比睿
十日	伊勢	□□	天照	伊勢	平野	聖真子	聖真子
十一日	八幡	八幡	八幡	八幡	白山	客人	客人
十二日	賀茂	賀茂	賀茂	賀茂	八王子	八王子	八王子
十三日	松尾	松尾	松尾	松尾	稲荷	稲荷	稲荷
十四日	大原（野）	大原	大原野	大原	住吉	住吉	住吉
十五日	春日	春日	春日	春日	祇園	祇園	祇園
十六日	平野	平野	平野	平野	赤山	赤山	赤山
十七日	大比叡	大比叡	大比叡	大比叡	建部	建部	建部
十八日	小比叡	比叡	小比叡	小比叡	三島	三山	三山
十九日	聖真子	聖真子	聖真子	聖真子	兵主	兵主	兵主
二十日	客人	客人	客人	客人	吉備	苗鹿	苗鹿
二十一日	八王子	吉備	八王子	八王子	苗鹿	吉備	吉備
二十二日	稲荷	稲荷	稲荷	稲荷	熱田	勢田（熱田カ）	熱田
二十三日	住吉	住吉	住吉	住吉	諏訪	諏方	諏訪
二十四日	祇園	祇園	祇園	祇園	広田	広田	広田
二十五日	赤山	赤山	赤山	赤山	気比	気比	気比
二十六日	建部	建部	建部	建部	熱田	気多	気多
二十七日	三上	三上	三上	三上	鹿嶋	鹿嶋	鹿嶋
二十八日	兵主	兵主	兵主	兵主	北野	北野	北野
二十九日	苗鹿	苗鹿	苗鹿	苗鹿	江文	江文	江文
三十日	吉備	吉備	吉備	吉備	貴船	貴船	貴船

西行晩年の秀歌の解釈について

「小倉山麓の里に木の葉散れば梢に晴るる月を見るかな」

松村洋二郎

はじめに

西行には、「小倉山」を詠んだ歌が、八首見える。その八首の中でも、晩年近くに詠んだと思われる、

小倉山麓《ふもと》の里に木の葉散れば梢に晴るる月を見るかな(1)

という歌は、西行自身、『宮河歌合』(二四番右持)に自撰し、また『新古今和歌集』巻第六冬の部に入集していることから、当時の一流歌人達にとって高く評価され、また西行自身も、秀歌と評価していた歌であるといえるだろう。

この歌の解釈としては、「小倉山の峰の紅葉の葉が麓の里に散ったので、梢のあたりに晴れる月を見ることよ。」(窪田空穂の解釈)のように、紅葉の時から麓の里にいて、それが散るのを惜しんだ後、紅葉の美しさが思いがけず月にとってかわった、その喜びの心を詠んだ歌であると理解することが通説となっている。しかし、従来の解釈では、「小倉山」(小暗山)と「晴るる」の縁語の技巧、紅葉を惜しみ、散り終わった後に見える月を愛でる、といった典型化した和歌伝統におさまる範囲で歌の心を捉え、十分な魅力が伝わってこないのではないだろうか。この歌が、三代集以来の和歌伝統を踏まえ、詠作されたことは疑うまでもない。しかし、それだけでは、西行自身が意図

した、歌の一つ一つに込めた工夫や意図を十分に汲み取れていないように思われる。

西行は、出家後まもなく、小倉山に庵を結び生活をしていたことがある。そのように、歌枕を自身の体験を通して詠み得る歌人は、たとえ題詠の歌を詠むときにも、その過去の体験や風景が、影響を残すものではないだろうか。西行自身の小倉山での感懐が、晩年近くに「冬の月」という題で詠んだこの歌の一つ一つの言葉から感じられるのである。

今西行の「小倉山」を詠んだ歌を概観して見ると、西行が「小倉山」の歌を詠むときに、重ねて使われることばがあり、そのことばを取り上げて、考察を進めてみたい。

　　躑躅山のひかりたり

A　躑躅咲く山の岩陰夕ばえて小倉はよその名のみなりけり　（山家集・春部・一六四）

B　大井川小倉の山の時鳥井堰に声の留まらましかば　（山家集・夏部・一九一）

　　小倉の麓にすみ侍りけるに、鹿のなきけるをききて

C　雄鹿なくをぐらの山のすそちかみただひとりすむ我が心かな　（山家集・秋部・四三六）

　　紅葉色深

D　限りあればいかがは色のまさるべき飽かず時雨るる小倉山かな　（山家集・秋部・四七八）

　　秋のすゑに法輪にこもりてよめる

E　小倉山麓に秋の色はあれや梢の錦風に裁たれて　（山家集・秋部・四八五）

F　我がものと秋の梢を思ふかな小倉の里に家居せしより　（山家集・秋部・四八六／西行法師歌集・七一〇）

鹿

G　小倉山麓をこむる秋霧に立ちもらさるる棹鹿の声　（西行法師歌集・二六六）

冬月

H　小倉山麓の里に木の葉散れば梢に晴るる月を見るかな　（西行法師歌集・二九二／新古今和歌集）

右の八首は、『山家集』の歌番号が早いものから並べた西行の「小倉山」の歌である。傍線を付している「麓」（小「すそ」）「こずゑ」という言葉は、複数の歌に重ねて使われており、西行が「小倉山」を詠む場合に、まず頭によぎる言葉であったのだろう。

今この八首を三つに分類してみると、A・B・Dは、『山家集』四季部に見え、題詠による歌で、西行和歌の習作的な作品と思われる。A・Bは「小倉山」に「躑躅」や「ほととぎす」を取り合わせて詠んでいるが、「小倉山」を詠む歌としては、新奇な歌であると思われる。「躑躅」と「小倉山」の取り合わせは、西行以前には見えないし、「ほととぎす」と「小倉山」の取り合わせも、西行以前に三例を数えるばかりである。続いて、C・E・Fは、詞書から西行が出家後まもなく小倉山に居た折に詠んだ歌とわかり、歌表現から、その折の直截的な感興がうかがえる。歌表現に注目すると、「梢の錦風に裁たれて」という下の句であるが、「梢の錦」ということばの用例は、西行以前に見えず、眼前に見える紅葉の梢を、西行の創作的詠法で詠んだ表現であろう。また「我がものと秋の梢を思ふかな」という表現であるが、この「秋の梢」という表現も西行以前には、『堀河集』に一例見えるだけであり、西行の独創性が見える。（西行には、「秋の梢」を詠んだ歌が二例ある。）西行が、題詠ではなく、法輪に籠もっていた折の歌に、共に「梢」ということばを用い詠作していることは興味深く、理由があったのだろう。それは、実際に小倉山に居て、紅葉を間近で見ている、ということと関係があるように思われる。また「麓」や「里」といった場所を一首に含みこむところにも、特徴がある。これは、西行が「小倉山」を詠む折、その詠歌者の場所ということを意識していることの顕れであると考えられる。さて、G・Hは、『山家集』には見えず、西行晩年頃に詠まれた題詠歌である。西行は、晩年「小倉山」の歌を詠むに際し、その昔自分が小倉山に居た折に詠んだ歌を意識しているのではないだろうか。「小倉山麓の里に木の葉散れば梢に晴るる月を見るかな」では、若き頃、小倉山に居た折に詠んだ歌と「麓」「梢」ということばが重なっている。「麓」も「梢」も西行が「小倉山」を読む上で幾度と使用しているこだわりのあることばと考えられる。この言葉は、一首の中でどのように解釈され、有機的に機能しているのであろうか。

本稿では、「小倉山」を詠むときに、西行がこだわりをもって使っていると思われる「麓」「梢」ということばを、西行側の論理にひきつけて読むことで、この歌の解釈を問い直すことを課題としたい。

一　通説化した解釈
――和歌伝統にのっとった和歌解釈――

「小倉山麓の里に木のは散れば梢に晴るる月を見るかな」（以下「小倉山」の歌）は、『新古今和歌集』に入集しているから、『新古今和歌集』の一連の注釈から現在に至るまで、その注釈の歴史は長い。今、明治以来の諸注釈の評釈を古い順に数本拾い上げてみよう。

A『新古今和歌集評釈』注釈者　窪田空穂
（『窪田空穂全集』二一巻　一九六五年　角川書店　初出は一九三二～三三年に刊行）

［釈］小倉山の峰の紅葉の葉が麓の里に散ったので、梢のあたりに晴れる月を見ることよ。

［評］小暗いという名を持った小倉山の麓に住んでいて、実境を詠んだ歌と見える。心は、「梢に晴るる」すな

わち、障りのない冬の月を見られる喜びである。（中略）紅葉の時から麓の里にいて、それを惜しんだ後、そのことが、思いがけず月にとっての喜びになったことも余情として暗示している。単純ではあるが含蓄のある歌である。

B『新古今和歌集全注解』注釈者　石田吉貞　（有精堂　一九六〇年刊行）

［釈］小倉山の麓の里に木の葉が散って来ると、山には木の葉に妨げられずに、梢に晴れた月を見ることだわい。

［評］作者は麓の里に在り、仰いで、山の梢に澄んでいる月を見ている意であろう。宮川歌合の歌である。

C『新古今和歌集全評釈』注釈者　久保田淳　（講談社　一九七七年刊行）

［釈］小倉山の麓の里まで峰の木の葉が散ると、小倉という地名とはうらはらに、すっきりした梢のあたりに晴れた月を見るなあ。

［評］西行にとって「小倉山麓の里」は親しみ深い場所であった。比較的初期ここに庵を結び、晩年にも身を寄せたようである。その実体験を反映させた作であろうことは、ほぼ疑いない。

D新日本古典文学大系『新古今和歌集』校注者　田中裕・赤瀬信吾　（岩波書店　一九九二年刊行）

［釈］ほの暗いという名の小倉山よ。麓の里に木の葉が散ると、今度は峰の木末に何の障るものもない明るい冬の月を見ることだ。

E新編日本古典文学全集『新古今和歌集』校注者　峯村文人　（小学館　一九九五年刊行）

［釈］小倉山では、麓の里に木の葉が散ってくると、峰の梢に晴れて明るい月を見ることよ。

ここに挙げた注釈書以外にも、（2）数多くあるが、大差はないので省略する。

AからEまでの注釈書を概観すればわかるが、それぞれの［釈］の大きな違いは見られない。注意すべきことは、空穂が「小倉山」の歌の「木の葉」という表現を「紅葉」であると、踏み込んで解釈していること、空穂と石田貞吉氏が、詠歌主体（月を見ている人）が麓の里にいると明言していること、ほぼ全ての注釈が「小倉山」（小暗山）と「晴るる」が縁語であることと、紅葉の葉が散り、障壁になるもの無しに月を見ることができる喜びを詠った歌として、一首の心を理解していることの四点である。以上の各点については、現在特に異議を唱えている注釈書はなく、通説化している。

　では、古注釈の段階ではこの歌がどのように理解されていただろうか。『新古今和歌集』の一連の注釈において、中世の注釈書には「小倉山」の歌が取り上げられていないので、江戸期の注釈書の『八代集抄』と『新古今増抄』の注を確認してみる。

『八代集抄《はちだいしゅう》』(3)には次のようにある。

　　をぐらやま麓の里にこのはちれば梢にはるゝ月を見るかな

　玄旨云、紅葉の散をおしみつるに、又其かへ物には、梢に晴る月をみるよし也。

北村季吟は幽斎の説を引いている。「紅葉が散ることを惜しみ、その紅葉が散ったことの替わりに梢のあたりに晴れた月を見る喜びを詠った歌」であると解釈している。また『新古今増抄』(4)では

　　小倉山麓の里にこのはちれば梢にはるゝ月を見るかな

　古抄云、紅葉々のちるをおしみつるに、又その替ものには、梢はるゝ月をみるよし也。

　増抄云、里にといふは、梢にこのはゝ里までちりくればなり。木のはのちりくるをみて、ながめたれば、こずへに月がはれたるなり。

加藤磐斎は、古抄として、幽斎と同じ説を引き、増抄としては次のように注釈している。「里に」という言葉は、（峰の）梢の木葉が里まで散ってくるからである。木の葉が散ってくるのを（麓の里において）見て、（峰を）眺めれ

ば、梢に月が晴れ渡るのである、といった具合である。磐斎の注釈から、詠歌主体が麓にいることが透けて見える。また両注釈書ともに、紅葉にとって替わって月が見える喜びの心を詠った歌として理解しており、明治期以降の解釈と同じ方向にたっている。おそらく、明治期以降の注釈は、古注にのっとった解釈をしているのであろう。以下、右の古注釈、近代以降の注釈者が以上のように表現を解釈、解析していく道筋を考えていく。

まず「小倉山（小暗山）と「晴るる」の縁語の技巧であるが、これは和歌詠作の技術として基本とされていた。清輔の『和歌初学《しょがく》抄』[5]に次のようにある。

名所　山

をぐら山　オホキガハノカタナリ　クラキニソフ

『和歌初学抄』は和歌入門書であるから、詠歌の基本技術が記されている。名所の項目に「小倉山」が見え、「クラキニソフ」とあり、縁語の技術を指摘している。

紅葉せばあかくなりなんをぐら山秋まつほどのなにこそありけれ　（拾遺集・夏・一三五・よみ人しらず）

右の『拾遺集』の歌は「明かく」と「小暗山」が縁語になっていることが確認でき、三代集の時代においてすでに詠歌作法として典型化していたと考えてよいだろう。

次に「木の葉」を「紅葉」であると認識する根拠であるが、「小倉山」は、紅葉の名所であり、この認識も和歌詠作において基本となる。例えば『五代集歌枕』[6]所収の歌

小倉山峰の紅葉し心あらば今一たびの御幸待たなん　（七・小一条太政大臣貞信公）

『和歌一字抄』に見える次の歌

落葉水紅

小倉山峰の嵐の吹くからにとなせの滝ぞ紅葉ぢしにける　（四八二・顕季）

など小倉山といえば紅葉を連想するのが和歌伝統の上で常識となっていることが窺える。
　続いて、紅葉を惜しみ、月が出ることを喜ぶといった歌の発想であるが、これもまた和歌伝統の上で典型化している。

　　月前落葉
　紅葉葉の雨とふるなる木の間よりあやしく月の影ぞ漏りくる　（八三・白河院御製）

右の歌は『和歌一字抄』に見える歌であるが、晩秋、紅葉葉が雨のように降り、木の間から隠れていた月の光があやしく漏れてくる、といった内容を詠みこんでいるし、次の重家の歌も顕著な例であろう。

　　紅葉碍《さまたグ》レ月ヲ
　紅葉葉の散らぬ限りは柞原月をばよその物とこそ見れ　（重家集・四四六・重家）

「紅葉碍《さまたグ》レ月ヲ」という題が存することが、典型化した本意があることを物語っている。寂然は次のように詠っている。

　　落葉
　紅葉葉の散るを嘆きし梢より月の漏るこそうれしかりけれ　（唯心房集・一一六・寂然）

これらの歌は、散る紅葉と漏れくる月を詠みこんでいるが、それぞれの題が「月前落葉」「紅葉碍《さまたグ》レ月ヲ」「落葉」とあるように、「落葉」の心を詠むことに主眼が置かれており、月を愛でるところに重きがあるわけではない、ということは押さえておくべきであろう。西行の「小倉山」の歌は結句を「月を見る哉」と据えており、紅葉よりも月に焦点が当たっている。
　最後にこの歌が麓の里で詠まれたと解される理由を考える。「小倉山」の歌を見る限り、詠歌者が麓にいなければならない理由は明示されていない。確かに、第二句、三句に「麓の里に木の葉散れば」とあるから、峰から木の葉の散ってくる様子を麓にて見るという具合に理解することはできる。しかし、主体を必ず麓の里に置かなければならない理由はないと思われるし、各注釈書もその理由を明示していない。私は、諸注釈者が「麓の里でこの歌を詠んだ」と理解した道筋に「麓の里」についての固定した認識が働いているのではないかと推測する。『新編国歌大観』中の「麓の里」の用例を確認してみる。

a　よしの山みねのさくらや咲きぬらん麓の里ににほふ春かぜ　（金葉集・春部・二十九・摂政左大臣）

b　よそに見る峰の紅葉や散りくると麓の里はあらしをぞ待つ　（金葉集・秋部・二五〇・神祇伯顕仲）

c　たつた山麓の里はとほけれど嵐のつてに紅葉をぞ見る　（千載集・秋下・三七三・祝部成仲）

d　峰高きあらしの山の紅葉ばは麓の里の錦とぞ見る　（堀河百首・八五二・師頼）

e　桜さく峰を嵐やわたるらん麓の里につもる白雪　（月詣集・一九九・経盛）

以上、五首は西行以前に詠まれたもので、勅撰和歌集に収載されたものを中心に挙げた。「麓の里」の用例は、西行以前のものは右の歌以外に五首程みえる。「麓の里」という表現は、多くは「峰」と対置された場所として一首に詠まれる。また、その場合詠歌主体は往々にして、麓にいるのである。五首の歌を見ると詠歌主体が、常に「麓の里」にあることが確認できる。a・eの歌では、現在推量の助動詞「らん」を用い、遠く離れた峰の桜を麓で想像している。b・cの歌では「よそに見る」や「とほけれど」と直截的に峰と麓の距離を詠んでいる。dでは嵐山の紅葉が、麓の里からは錦に見えるといった具合に、紅葉と錦の見立てを詠んでいる。この見立ては、ある程度の距離があって初めて成り立つ見立てである。

このように「麓の里」とは、峰との距離によって対象化させられる場所であり、詠歌主体の視点の位置でもある。詠歌主体の位置が麓であることが一般的な理解であるならば、古注釈を施した者もその一般性をもとに「小倉山」の歌においても「麓の里」で詠んだと認識するのは自然であるといえるだろう。

さて、大きく四つの視点から、古注釈、近代以降の解釈の支柱となっている理由を見てきた。四点すべて伝統的な和歌の詠み方に即した解釈であると思われる。「麓の里で詠んだか、否か」については異論があるが、それ以外は概ね的を射た解釈である。

しかし、西行はこの歌で何を表現したかったのであろうか。紅葉を散るを惜しみ、月がそれにとって替わったという幽斎が指摘したような典型化した心であろうか。そうではないと思う。確かに、西行は和歌伝統を意識し詠作している。つまり歌人として正当な手続きを踏まえている。しかし、それだけでは歌の魅力の半面しか捉えられていないのではないか。歌表現は西行の創作行為であるという視点を忘れてはならないだろう。歌を西行側（詠み手）の論理に引きつけることで、「小倉山」の歌に込められた真意を考えたい。

二　西行の「梢」「麓」

「小倉山」の歌の詠歌主体（月を見ている人）はどこにいるのか。この問題を考えるに際して、『新古今集美濃家苞』(7)（以下『美濃』と略す）の批判に耳を傾けることからはじめたい。本居宣長は、「小倉山」の歌を次のように評した。

をぐらやま麓の里にこのはちれば梢にはるゝ月を見るかな

此歌は、小倉山木葉ちれば、梢にはるる月を、麓の里にみる哉といふ意味なり、かやうに心得ざれば、みる哉といふことより所なし、その故は、本のつゞきのままにしては、たゞみるといへるのみこなたの上にて、其外はみなかなたのうへのみにて、こなたにつきたる詞なき故に、とゝのひわろき也、近き世の歌には、さる事いと多し、人の心つかぬ事也。（傍線は筆者による）

『美濃』は「この歌は、小倉山の木の葉が散るので、梢に晴れる月を、麓の里で見るのだ、という意味だ、このように理解し難いので、『見る哉』という結句が落着かない、その理由は、もとの歌の続き具合のままでは、ただ「見る」という言葉だけが、『こなたの上』であって、其外はみな『かなたのうへ』のみであり、こなたについている詞が無いので、一首の整いが悪いのである。」と評している。ここで問題となることは、『美濃』が使用している「こなたの上」「かなたの上」という言葉である。この言葉は、何を意味しているのであろうか。『尾張廼家苞』(8)（以下『尾張』と略す）では、

をぐらやま麓の里にこのはちれば梢にはるゝ月を見るかな

いかにも〳〵麓まで木葉のちりこし事こそきこゆれ、みる哉といふもじを、いたうもてあつかわれたれど、何の子細もなき事也。一首の意は小倉山の麓の里へ木葉がちりくれば嶺の梢は空しくなりてその梢の木葉にくもらぬ月をみると也麓の里にて嶺の梢の月をみる也　其故は本のつゞきのまゝにしてはたゞみるといへるのみこなたの上にて其外はみなかなたの上のみにてこなたにつきたる詞なき故にとゝのひわろき也以上何の事ともえ聞とらず。こなたの上とは月をみる人か、かなたの上とは何をさしていはるゝ事ならん。すべてしりがたし。近き世の歌にはさる事いと多し、人の心つかぬ事也。

（傍線は筆者による）

と述べており、「『こなたの上』は月を見る人か、かなたの上とは何を指して、言っているのかはっきりわからない」と美濃の批判を非難している。また、歌そのものも、「見る哉といふもじを、いたうもてあつかはれたれど、何の子細もなき事也」と評し、『美濃』の評価を否定し、西行歌を評価している。この『美濃』『尾張』の評を受けて、窪田空穂は『新古今和歌集評釈』で次のように述べている。

尾張のいうとおりである。美濃のいう、「こなた」「かなた」について、尾張は「何の事ともえ聞とらず、こなたの上とは、月を見る人か、かなたのうへとは何をさしていはるる事ならん、すべてしりがたし」といっている。美濃は尾張のいっているように、常に詞のかけ合いということをいっている。詞のかけ合いとは、言いか

えると詞の照応ということである。さらにいえば、全体の詞が有機的に関係しあっていることである。これを、一首の統一ということを修辞の方面からいったものである。統一の方便としてのかけ合いを、統一という方を問題とせずしていっている傾きがある。今の「このた」「かなた」も、その延長と見える。一首の整いということは、外界と、外界に対する我とが、詞の分量の上でも釣合いがとれていなければならないということらしい。一首の統一は、気分のつけるものである。詞の照応、主観語客観語の分量の釣合いということではない。これは精神を逸して、形式だけを重んじた語である。美濃のこの非難は、この作者の歌にあっては、殊に意味の少ないものである。（傍線は筆者による）

空穂は『尾張』を肯定した上で、「こなた」「かなた」を「外界」と「外界に対する我」と理解している。しかし、空穂の理解は、『美濃』の批判を正確には捉えていないのではないか。こなた・かなたとは、辞書的な意味で捉えるならば、「自分に近いところ・こちら側、自分から遠いところ・あちら側」といった主体に対する距離を意味する言葉である。『美濃家苞』では、主体が麓の里にあると理解しているわけであるから、「こなた」とは、麓側、「かなた」とは「峰側」を意味することばと理解するのが自然ではないだろうか。

つまり『美濃』は「小倉山」の歌において、「木の葉散れば」「梢に晴るる」といった峰における描写（「かなた」の描写）ばかりが目立ち、「見る哉」だけが、麓の里での、つまり「こなた」での詠嘆となり、「かやうに心得ざれば、みる哉といふことより所なし」と非難したのであろう。しかし、『美濃』の非難は、あくまで月を見る主体が麓にあって成り立つものである。宣長の批判は西行歌の読み解き難さを物語っていると思われる。つまり和歌伝統の常識においてだけで西行歌を読み解こうとすれば、『美濃』の如き批判がおこるのは当然であり、表現、構文に破綻をきたすことになるのである。宣長が「小倉山」の歌を非難することになったのは、歌表現を西行の創作行為として読み解こうとしなかったからである。つまり、「小倉山」の歌は、和歌伝統の常識だけでは読み解けないのである。

西行が「麓の里」という言葉を一首に詠み込む場合、和歌伝統の常識とは異なる文脈で用いられる。西行が「麓の里」という言葉を使った例は「小倉山」の歌を除くと二例ある。

月いづる峰の木の葉も散りはてて麓の里はうれしかるらん　（山家集・冬部［題　山家冬月］・五一八）

雪分けてと山が谷の鶯は麓の里に春やつぐらん　（山家集・雑部・［題　深山不知春］・一〇六五）

二首ともに詠歌主体が深山（峰）にあることが理解できるであろう。先に確認したように和歌伝統において麓の里で深山（峰）を想像するのが常套表現であった。西行は和歌伝統と全く逆の状況を設定して「麓の里」を使用している。このことを確認した上で、一首に戻る。「小倉山」の歌の第二句、三句の「麓の里に木の葉散れば」とは、誇張していうならば、「(峰にいて）麓の里の方へ木の葉が散っていくので」と理解するのが西行的文脈ではないかと思われる。また、西行が主体を峰に設定していることを保証する要素がある。一つは「木の葉」という言葉へのこだわりである。小倉山は紅葉の名所である。それなのにあえて紅葉といわずに「木の葉」といったことには意図があると思われる。例えば次のような歌を西行は詠んでいる。

木枯らしに峰の木の葉やたぐふらんむらごに見ゆる滝の白糸　（山家集・冬部・［題　滝上落葉］・五〇〇）

月いづる峰の木の葉も散りはてて麓の里はうれしかるらん　（山家集・冬部［題　山家冬月］・五一八）

『山家集』には「峰の木の葉」という表現が三例見える。西行以前に「峰の木の葉」を詠んだ歌は

いそふりにさわぐ浪だに高ければ峰の木の葉もけふはとまらじ　（恵慶法師集・一二四・恵慶）

右の恵慶法師の一首のみである。それに対し、「峰の紅葉」という表現は、

山守よ斧の音高く響くなり峰の紅葉はよきて切らせよ　（金葉集・秋部［題　深山紅葉］・二四九・大納言経信）

残りなく峰のもみぢも散りにけり秋よびかへせ山の山びこ　（恵慶法師集・秋・二七〇・恵慶）

のように、しばしば詠まれた表現であった。

このように「紅葉」ではなく「木の葉」とあえて典型化した表現を用いないことが、主体が深山にあることを暗に思わせる。つまり、詠歌の主体が峰にいると察知させる工夫となっているのである。

続いて「梢」という言葉に注目する。「小倉山」の歌では、梢あたりに晴れ渡る月を見る喜びを詠っているわけだが、主体が麓の里にいるとするならば、峰にある梢から晴れ渡る月を見ることは物理的に不可能であろう。また、麓にいて峰の梢から晴れ渡る月を想像する、というのも不自然であり、麓にいる意味が見出せない。「梢」という言葉を使う場合、梢と主体は至近距離にある必要がある。もしくは、至近距離であることを、意識した表現になる。でなければ、主体は梢のような微細な視点に気付くことはないだろう。例えば「梢」と「月」を一首に含む歌は次のように詠まれることがある。「梢」と「月」を一首に詠う歌は、数多くあるので、ここでは、三例にしぼって挙げる。

a　春の夜は梢にやどる月の色を花にまがへてあかずみるかな　（肥後集・五〇・肥後）

b　にはの面は月もらぬまでなりにけり梢の夏に影しげりつつ　（新古今集・夏歌・二四九・白河院）

c　大方の梢のはれて澄む月のまきの葉しげる軒のいぶせき　（月詣集・九五六・静縁法師）

aの歌は、梢に宿る月の色を花に見間違うと、月の光を花の色に見立てているが、このような見立ては主体と梢が近接していなければ成り立たない。b・cの歌でも「にはの面」や「軒のいぶせき」のように、主体と梢の距離が近いことがうかがえる。西行歌においても「梢」を用いる場合、主体と梢は至近距離であることがうかがえる。

花と見る梢の雪に月さえてたとへんかたもなき心地する　（山家集・雑部・一三六二）

天王寺へまゐりたりけるに、松にさぎのゐたりけるを、

月の光にみてよめる
にはよりはさぎるる松のこずゑにぞ雪はつもれる夏の夜の月
（山家集・雑部・一〇七六）

「小倉山」の歌は、峰の梢の木の葉が散っている。その梢から晴れ渡る月を見るには、主体を峰におかなければ成り立たないのではないか。もし、主体を麓の里に設定するならば、「月を見る哉」といった詠嘆が極めて観念的になってしまだろう。

おわりに

西行が「梢」や「麓」ということばを一首に詠み込むことは、主体の位置と大きく関わることを考察してきた。これは、西行が「小倉山」という歌枕をただ和歌伝統にのっとった心を詠むのではなく、自身の経験した風景を伝統的和歌表現に融合させる試みと考えたい。

今、この歌を私なりに解釈すると次のようになる。

小暗いという小倉山の木の葉が麓に散っていくので、峰にいて梢のあたりに晴れ渡る月を眼前に見ることである。

この歌は、紅葉にとって替わった月を愛でた歌ではない。紅葉を惜しむ気持ちなどどこにも歌われていない。ただ、小暗いといわれる小倉山でも、眼前に迫る月を見ると誠に明るい、その月を愛でるところに一首の詠嘆がある。西行を照らした月は、弓張り月だったのだろうか。峰で見る月は、麓の里で見るよりも一層近く、西行を照らし、山中一人で居る孤独を慰めただろう。西行の「小倉山」の原風景が、晩年の歌でみごとに昇華されていると思うのである。

注

（1）『新編国歌大観』所収の『宮河歌合』の底本は、中央大学図書館蔵伝飛鳥井雅綱筆本の本文である。「小倉山」の歌の第二句「麓の里に」の箇所は江戸初期写の宮内庁書陵部本では、「麓の庭に」とあり、異同が見える。しかし、『宮河歌合』において、草稿本とされる、平安末鎌倉初期の筆跡を残す藤田美術館蔵伝西行筆『宮河歌合』には、「麓の里」とあり、「麓の庭」は後の改作、もしくは誤写と思われ、「麓の里」が、信頼すべき本文であると見通しておきたい。

（2）『新古今和歌集詳解』（塩井正男・明治書院・大正一四年）、日本文学大系『新古今和歌集』（久松潜一・山崎敏夫・後藤重郎・岩波書店・昭和三三年）、新潮古典文学集成『新古今和歌集』（久保田淳・新潮社・昭和五四年）、などを参照した。

（3）『八代集抄』本文は、天和二年刊本を底本とする『新古今集古注集成　近世古注編3』（笠間書院・平成一二年）に拠った。

（4）『新古今増抄』本文は、寛文三年板本を底本とする『新古今集古注集成　近世古注編2』（笠間書院・平成一二年）に拠った。

（5）『和歌初学抄』本文は、『日本歌学大系第弐巻』（佐佐木信綱編・風間書房・昭和三一年）に拠った。

（6）『五代集歌枕』本文は、『日本歌学大系別巻一』（久曾神昇編・風間書房・昭和三四年）に拠った。

（7）『新古今集美濃家苞』本文は、『本居宣長全集第三巻』（筑摩書房・昭和四四年）に拠った。

（8）『尾張廼家苞』本文は、『新古今集古註釈大成』（日本図書センター・昭和五四年）に拠った。

付記　以下第一章から第三章に渡って和歌本文、歌番号は、特に注記がない限り、全て『新編国歌大観』に拠る。また、和歌本文は、わたくしに適宜漢字にあて換えを行った。

『忠度集』諸本の奥書識語に見える自筆本伝承と俊成対面伝承

――『平家物語』・謡曲「忠度」「俊成忠度」との関連において――

犬井善壽

一

杉山重行氏蔵『平忠度集』戊本に、次のような識語が載る。

右百余首、薩摩守平忠度の哥となむ。壽永二年、都没落の時、きつね川より立帰、此歌一巻、五条三位俊成卿のもとへもてまうでゆき、「其比撰集の㕝うけ給はれるよしのほどなれバ、是が中、集に可レ入物も侍らば」とせちにいひ置て、やがてまた（ゝ）びだゝれけるとぞ語つたへ侍る。その時の撰集『千載』に「むかしながら」の哥入て候やらん。さしも物さハがしきおりから、さまでおもひ入給けん心のほど、返々あハれにおもひ給て、なミだすゞろにおち、書寫の筆をさまたげ、いとゞあやしきミだれがきなり。(1)

（括弧内ハ稿者私案補入。句読点・濁点・返点・鉤括弧ハ稿者、以下同）

本百余首は平忠度の歌である。寿永二年（一一八三）、都落ちの折、狐川から立戻り、この歌巻を藤原俊成の許へ持参し、「勅撰集撰集の由伺っている。この中に入集を許されそうな歌があれば」と切に言い置き、再び出立した、と伝えられる。その折の勅撰『千載集』に「昔ながら」の歌が入集したということだ。こう記した後、都落ちの際にまで歌に心を留めなさる思いに、涙千行、筆もままならぬ乱れ書きである、と結ぶ。

この本は、杉山氏の書誌解題によると、寛永十四年（一六三七）の写、総歌数は一〇三首の由で、同氏蔵丁本を底本とする「主要伝本校異一覧」に示された校異を稿者の本文調査(2)に照らして見ると、異文は散見するが、欠脱歌のない完本の本の系列に近い本文を有している。

この識語に記される所は、本文の細部の書承関係の検討は後に試みるとして、周知の、『平家物語』巻第六「忠度都落」とそれを本説とする謡曲「忠度」「俊成忠度」に、

覚一本『平家物語』(3) 薩摩守忠度は、いづくよりやかへられたりけん、侍五騎、童一人、わが身共に七騎取て返し、五条三位俊成卿の宿所におはしてみ給へば、門戸をとぢて開かず。……門をあけて対面あり。「……君既に都を出させ給ひぬ。一門の運命はやつき候ぬ。撰集のあるべき由承候しかば、……是に候巻物のうちに、さりぬべきもの候はゞ、一首なり共御恩を蒙て、草の陰にてもうれしと存候はゞ、遠き御まもりでこそ候はんずれ」とて、日ごろ読をかれたる歌共のなかに、秀歌とおぼしきを百余首書あつめられたる巻物を、今はとてうッたゝれける時、是をとッてもたれたりしが、鎧のひきあはせより取いでて、俊成卿に奉る。……其後世しづまッて、千載集を撰ぜられけるに、忠度の有しあり様、いひをきしことの葉、今更おもひ出て哀也ければ、彼巻物のうちにさりぬべき歌いくらもありけれ共、勅勘の人なれば、名字をばあらはされず、故郷花といふ題にてよまれたりける一首ぞ、読人しらずと入られける。

さゞなみや志賀の都はあれにしをむかしながらの山ざくらかな

謡曲「忠度」(4) ［サシ］中にもこの忠度は文武二道を受け給ひて世上に眼高し、そもそも後白河の院の御宇に千載集を撰はる、五条の三位俊成の卿、承つてこれを撰ず。［下ゲ哥］年は寿永の秋の頃、都を出でし時なれば、［上ゲ哥］さも忙がはしかりし身の、さも忙がはしかりし身の、心の花か蘭菊の、狐川より引き返し、俊成の家に行き、歌の望みを嘆きしに。望み足りぬれば、また弓箭に携はりて、西海の波の上、……

謡曲「俊成忠度」[5] いかに俊成卿。忠度こそこれまで参りて候へ。不思議や夢現とも分かざるに。薩摩の守の御姿。現れ給ふ不思議さよ。さても千載集に。一首の歌を入れさせ給ふ。御志は嬉しけれども。読人知らずと入れられしこと。心にかゝり候。……隠れはあらじわれ人の。情の末も深見草。引くや詠歌も心ある。故郷の花といふ題にて。さゝ波や。志賀の都は荒れにしを。志賀の都は荒れにしを。昔ながらの。山桜かなと。詠みしも永き世の。ほまれをのこす詠歌かな。……

やゝあつてさゝ波や。やゝあつてさゝ波や。志賀の都はあれにしを。昔ながらの。山桜かなと。梵天感じ給ひしより。劍の責を免れて。暗やみとなりしかば。……ありつる姿は鶏籠の山。木隠れて失せにけりあと木隠れて失せにけり。

と語られた逸話である。現に存する『忠度集』を、史実を素材にするとはいえ創作文芸である物語中の、またそれを本説とする謡曲中の、忠度都落時俊成対面伝承における歌集と認識して書写することがあったのである。その伝承と認識はかなり広く行なわれていたらしく、『忠度集』諸本の奥書や識語にさまざまな言葉で記されている。本稿において、『忠度集』諸伝本の奥書識語に記されたところを検討し、『忠度集』書写における忠度都落時俊成対面伝承関与の流れを確認してみる。杉山氏の言葉を借りれば「忠度集伝来史の分析」[1]の一端、本位田菊士氏の言葉を借りれば忠度の「百首和歌由来の伝承化」[6]の資料分析の一端であるが、本稿は、一方で、『平家物語』に記された忠度都落時俊成対面伝承の物語外部における展開の一端を確認する資料分析である。

二

『忠度集』諸本の奥書識語の検討に入る前に、『忠度集』撰集に関する先覚の研究成果による位置付けを確認し、併せて、『忠度集』諸本の奥書識語の載不載等を概観しておく。

この集は、早く森本元子氏が『私家集の研究』第五章「「忠度集」に関する覚書」[7]において、「月詣集」所見の一三首が皆ながら「忠度集」の作であることは、両集の間に浅からぬ因縁のあることを示すであろう。想像が許されれば、例の寿永元年（一一八二）夏秋の間、賀茂重保の勧進に応じて、多くの歌人が自詠百首を撰び、賀茂社に奉納した中に、「忠度百首」なる家集も加えられたと見られるのではないか。

と言われ、同書の「(付) 賀茂社奉納百首家集について」において、諸集に「共通する特色」を五項目挙げ、この『忠度集』を、『月詣集』の序文に「三十六人の百首を集めて神の御宝にそなふ」とある「百首歌奉納」の「一群にはいると考えられるもの」とされた。

森本氏の「賀茂社奉納百首家集」という考えを発展させ、松野陽一氏[8]や井上宗雄氏[9]が更に厳密かつ広範に検討され、「寿永百首家集」という概念を確定して、『忠度集』をその一と認定された。それが現今学界の認めるところとなっている。『忠度集』は、平氏都落ちの前年の寿永初年（一一八二）に、『月詣集』の撰歌資料とすべく編まれ、賀茂重保に提出された、自撰の家集なのである。

尤も、『忠度集』諸本には、他の寿永百首家集の中の幾集かに見られる[10]著者自身による寿永年間の著作撰集奥書がない。その点では、この集が賀茂重保に提出された集という確証はないが。

また、諸本の中には、書写奥書や書写者識語の類を持たないものもある。管見に入った中の彰考館蔵小山田本・同館蔵部類百首本・宮内庁書陵部蔵御所本・同部蔵桂宮本・同部蔵『俊成卿述懐百首』等合綴本・東京大学国文研究室蔵本居文庫本・都立中央図書館蔵加賀文庫本・神宮文庫蔵『狐防法』本・天理図書館蔵本・同館蔵国籍類書本・佐賀大学蔵小城鍋島文庫本『平朝臣忠度集』・同大学同文庫蔵『忠度百首』・鹿児島大学蔵玉里文庫本・東洋大学蔵本・島根大学蔵桑原文庫本・茨城大学蔵菅文庫本・北海学園大学蔵北駕文庫本・陽明文庫蔵本・日本大学文理学部図書館蔵『忠度百首』・杉山重行氏蔵甲本・同氏蔵乙本・同氏蔵丙本・冷泉家時雨亭文庫蔵本・賀茂別雷社蔵三手文

庫本等である。この集の中で最古の鎌倉期写という木村弥三郎氏蔵本は巻尾を欠き、識語等の載不載は不明である。寿永百首家集としては、このように、書写奥書や書写者識語を持たないのが本来の形であろう。

幾次もの書写奥書や書写者識語を併記する伝本も多い。例示は省略に従う。拙稿「『忠度集』伝本考（上）資料編」(2)に諸本の奥書識語に記号と序列番号を与えて掲げた。御参照ありたい。本稿の検討に当っては、複数の奥書識語を持つ伝本の奥書識語には、旧稿で与えた序列番号に従い、「第一奥書」等と注記して何番目の奥書識語であるかを明示する。

なお、『忠度集』の形成の由来に関する言及がなく、専ら書写年月・書写事情・書写者名・旧蔵者名のみを示す書写奥書も多い。それらはこの集の形成伝承に関わる奥書識語を持たない伝本と同じとする。冒頭に見た杉山氏蔵戊本のごとき伝承に言及する奥書識語に検討を加えたいのである。

三

島原図書館蔵松平文庫本には四次の奥書と識語が併記されている。その第一識語は、

右、平忠度都落之時、五条三位所江持参之巻物、是也。世間無披露者也。

というもので、同文の識語が、有吉保氏蔵A本（「時」ヲ「持」。「是也」ヲ「也」）、東北大学附属図書館蔵本（「是也」ヲ「也是」トシ訂正。「者也」ヲ「者也し」）、静嘉堂文庫蔵新居守村写本（「是也」ヲ「也是」トシ訂正）、国会図書館蔵叢書料本（「忠度」ヲ「忠渡」）に載る。簡潔ながら、『忠度集』を忠度都落時俊成対面伝承に語られる巻物そのものであるとするのである。俊成を「五条三位」とするところは『平家物語』や謡曲「忠度」の詞章の投影があるかも知れない。「世間無披露」は秘蔵書とする常套の言葉である。

この識語には記載年月が示されていないが、伝本の中にこの識語に応永二十二年（一四一五）の年記を持つ奥書

を併せるものがある。杉山氏蔵丁本である(1)（但、「五条三位」ヲ「五条三品」）。

本云、平忠度都落時、五条三品之所持参巻物、是也。世間無披露者也。（一行アキ）

應永廿二年六月二日、以冷泉大納言為尹卿本書写畢。

応永二十二年の年記は『忠度集』諸本の奥書識語の内の最も早い年号である。尤も、この奥書識語は一連のものではなく、「本云」以下と「応永」以下とは別個のものと見るべきかも知れない。静嘉堂文庫蔵青木氏旧蔵本は続く第二奥書として「又云、以冷泉大納言為尹卿本書写之了」、篠山市教育委員会蔵青山会文庫本は「以冷泉大納言為尹卿書写本写之畢」、大阪大学文学部蔵含翠堂文庫本も「以冷泉大納言為尹卿本書写也」を載せるが、共に「応永云々」という年記の部分がないのであるから。さような問題は残るが、杉山氏が「江戸時代前期写」とされる杉山氏蔵丁本において「平忠度都落時云々」の識語の後方に応永二十二年という元書写奥書が写されている事実は、「平忠度都落時云々」の識語における『忠度集』を忠度都落時俊成対面時の歌巻であるとする伝承が応永二十二年以前にあったことを示して、貴重である。応永二十四年没の冷泉為尹の本があったとする青木本・青山会本や含翠堂本の奥書も、同様に、貴重である。因みに、それは嘉吉三年（一四四三）に八十一歳で没した修羅能の大成者世阿弥の活躍期である。

この松平文庫本等に載る識語は、ノートルダム清心女子大学附属図書館蔵黒川文庫本その他の伝本に見られる、延徳二年（一四九〇）の年記を有する「右中将」（中院通世カ）の奥書、

写本云、此一帖、以彼自筆、巻物也〈三字細字〉、卒写之。自愛也、冥助也。可楽、可喜。書料紙定手跡左道悲。雖然、佐予生涯。豈所楽在淺、旁可禁外見而已。

延徳二年林鐘三日　　右中将　在判　（黒川本ヲ他本デ修正シテ引ク）

と合せられることがある。この奥書は、この『忠度集』は「自筆巻物」の写であるというのである。「彼」は忠度

都落時俊成対面譚を指そう。『平家物語』には「自筆巻物」という記載はないが、「百余首書あつめられたる巻物」と忠度への敬語表現を採るのであるから、「自筆」とする詞章と同趣と見てよい。謡曲「忠度」「俊成忠度」には「自筆巻物」の言辞はない。

現存『忠度集』が「自筆巻物」を祖とするという伝承はさほど早くからのものではないようで、その延徳二年右中将奥書を少々溯る文明十六年（一四八四）記の藤原基春識語から見られる。群書類従本に載るその識語を掲げる。

右之本者、薩摩守忠度朝臣、俊成卿のもとへ遣し侍りし自筆の本を、大樹より出され、兵部卿宗綱卿に「かきてまいらすべき」よし仰らる。然るに、予、彼卿の学席に行て、後世の證本にそなへんがため、みじかき筆にまかせて写留め、よみ合侍りけるとなん。

文明十六年春三月中の三日　　羽林藤原基春

この識語も、忠度が俊成の許へ送った自筆本の写である、とする。「大樹より云々」以下、将軍家に伝わったというこの書の伝来に関する件は改めて別稿で検討するとして、文明十六年には忠度自筆本伝承が存したのである（「文明十六年」を「文明六年」とする内閣文庫蔵墨海山筆別集第八所収本があるが、「十」の誤脱であろう。それに、「十年」の誤差は本稿当面の問題の結論に大きな誤謬をもたらす程の誤差ではない）。この文明十六年藤原基春識語を載せる伝本は、河野美術館蔵本・東海大学付属図書館蔵桃園文庫本・甲賀市立水口図書館蔵本等、十余本存する。尤も、この識語は、「俊成卿のもとへ遣し侍りし」とするのみで、忠度都落時と特定しないが。

先に松平文庫本を引いた「平忠度都落之時」の識語と黒川文庫本を引いた延徳二年右中将の奥書を併せて奥書識語とするのが、大阪大学文学部蔵含翠堂文庫本『忠度集』と関西大学附属図書館蔵・川越市立中央図書館蔵の『忠度朝臣所詠百首』である。川越市立中央図書館蔵本によってその本文を示すと、

右、平忠度都落の時、五条三位俊成卿の元江持参の巻物、是也。世間無披露者也。此一帖、以彼自筆巻物也、

卒写之。自愛也、冥助也、一楽、一嬉云。料紙云、手蹟老道非一。雖然、予生涯、豈所楽在浅第一。禁外見云々。

延徳二年林鐘三日　　　　右中将

（関西大学本は、「手蹟老道非一。雖然」を欠き、「在誠第一」とする）

なお、延徳二年右中将奥書は、松平文庫本（第二奥書）・黒川文庫本（第一奥書）・国会図書館蔵叢書料本（第三奥書）・東北大学蔵小田清雄旧蔵本（第三奥書）・静嘉堂文庫蔵新居本（第三奥書）・熊本大学蔵北岡文庫本（第一奥書）・含翠堂文庫本では「此一帖」の前に「写本云」とあり、この型が併合奥書であることは明らかである。

にも載る。「自筆巻物」なるものを珍重した一五世紀末の『忠度集』書写意識を伺わせる、貴重な奥書識語である。

他にも、自筆本転写と記す、次のような別文の奥書識語が見られることを付言しておく。

◆右平忠度朝臣の詠百首和哥、彼自筆の一巻、江戸の大樹大相国秀忠公の御物たり。或人、虫はらひの折節、一字たがへずに写して、予にさづけらるゝもの也。所々文字の見あやまりなどみえたり。本のまゝ書之而也。老が身のかたみとをみよ涙さへながれそいたる水ぐきのあと

正保四暦丁亥弥生上旬、空巌梁受書之

（刈谷図書館蔵絵入版本第三識語。墨筆）

◆此百首、以自筆写之云々。借件本、加書写校合訖。　　幽斎玄旨［花押］

（北岡文庫本第二奥書）

◆右此百首、薩摩守忠則、以自筆本令書写畢。　　藤原三友　判

寛永廿二月下旬

（三康文化研究所蔵『忠則百首』第一奥書）

◆右、たゞのり自筆の本、又是をうつす。かな、大かたまへのごとし。但、不審有之。

（京都大学附属図書館蔵平松家本）

以上の通り、『忠度集』の奥書識語には自筆本の転写であると記すものが多い。それも、全てが同一文の奥書識

語ではなく、種々の書き様がある。本位田氏が『忠度集』の自筆を云々する奥書識語が「自筆本伝説が強固に存在し憧憬となっていた背景をうかがわせる」と言われたのは正鵠を射ている。淵源は『平家物語』の「書あつめられたる」という敬語表現であろう。(6)

この集の書名に関わる事柄を載せる奥書識語がある。ノートルダム清心女子大学附属図書館黒川文庫蔵になる江戸期写本の巻頭遊紙の裏の面に、朱筆で、以下のように記されている。

此集、一本に、題號を「狐川百首」としるす。俊成卿に此朝臣のまいらせ給しはこれなりけるにや。

『忠度集』の一本に「狐川百首」と題するものがある、俊成に忠度が進呈したのはこれであろうか、というのである。『忠度集』が都落時俊成対面の折の巻物であろうと推測している書写者の朱筆添書きであるが、さように推測したのは、謡曲「忠度」の聞かせ所の一つである上ゲ歌の「狐川より引き返し、俊成の家に行き」の一節を知るからであると見てよい。

『忠度集』の書名を黒川文庫本の扉に朱筆で記されるように「狐川百首」とする伝本は管見に入らないが、管見の限りでは、外題を「狐川詠草」とする本が鶴舞中央図書館蔵本（正保二年〈一六四五〉写）と大阪市立大学蔵森文庫本（宝暦三年〈一七五三〉写）と、二本ある。黒川文庫本は文政十二年（一八二九）に「鈴木尚志」が「龍城館蔵本」を校合したと第二奥書にある。この集の書名を「狐川詠草」「狐川百首」とするのは管見に入った本では江戸期以降の伝本のみなのである。

その狐川から忠度が引き返したと記す奥書識語が、冒頭に引いた杉山氏蔵戊本を始め、幾種もある。「狐川詠草」「狐川百首」の書名の根拠であろう。岡山大学蔵小野文庫本の識語は、

此百首和歌、平家都落之時、薩摩守忠則、自狐河引帰、俊成卿江持て所験之自筆之巻物、書写之畢。

という本文である。宮内庁書陵部蔵本・川越市立中央図書館蔵十二家集本（第二奥書）・仙台中央図書館蔵本・内閣

文庫蔵本・内閣文庫蔵澄清楼叢書本・東北大学蔵小田清雄旧蔵本（第五奥書）・静嘉堂文庫蔵新居本（第五奥書）も、これとほぼ同文の識語である。但し、これら数本の識語は末尾に共通の小異がある。宮内庁書陵部本の本文を以て示すと、

此和歌集者、平家都落之時、薩摩守忠度、自狐河引返、俊成卿江被献所之自筆、東武之城中有之云々。

である（「此和歌集者」ヲ小田本ト新居本ハ「古写本奥書云　此巻ハ」、他伝本ハ「此歌集者」トスル）。小野文庫本に比して「東武之城中有之云々」という伝来伝承を付すのである。

関西大学蔵岩崎美隆文庫本の識語（第一識語）は、

みぎの哥、平家みやこおちの時、さつまのかみたゞのり、きつね川よりひき返し、俊成卿へまいり、わたさるゝ自筆之うつしなり。かみのたけ、かなのつゞけやう、すこしもちがへず候ものなり。

と、小野文庫本と殆ど同文である。自筆本とは「紙の丈、仮名の続け様、少しも違へず候ふものなり」（校訂）とこの識語の執筆者が書き添えたのである。因みに、岩崎本は続く第二識語に前掲の文明十六年藤原基春識語を載せる。自筆本伝承と狐川伝承は並行していたと見える。

前述の通り、鶴舞中央図書館蔵本は『狐川詠草』を書名とする。正保二年（一六四五）の書写奥書を持ち、その奥書識語（第一奥書）には、以下のとおり、「従狐川引帰」とある。

右之詠哥者、平家都没落之時、薩摩守忠度、従狐川引帰、俊成卿之許江被持参給、自筆、江戸□将軍家御《蔵》物ニ在之而、其写云々。〈《　》括弧内、左行間書入〉

正保二年雨ノ九月下旬書畢

大阪市立大学蔵森文庫本も『狐川詠草』を書名とし、鶴舞図書館本とほぼ同じ識語を持つ。末尾の伝来識語部分に「将軍家御物置ニ在之而其写云々」という小異があるのみである。

西尾市岩瀬文庫本（第一奥書）・神宮文庫本（第一奥書）・杉山氏蔵已本にも、「従狐川引帰」とする鶴舞図書館本とほぼ同文の識語が載る。岩瀬文庫本によって示すと、

此歌、平家都落之時、薩摩守忠度、従狐川引帰、俊成卿江持之所給、自筆、江戸将軍様有之、写訖。

である。これとほぼ同文の識語を持つ神宮文庫本は末尾を「江戸将軍様御物之写本也」とし、杉山氏蔵已本は「江戸将軍様ニ在之也、写々々候」とする。小異があるのみである。

熊本大学文学部森教授研究室蔵本の識語は、

右歌、平家都落之時、薩摩守忠度、従狐河引帰、俊成卿江持参給云々。

である。この識語には「自筆」云々のない点がこれまで見た「狐川」云々と記す識語とは異なる。

架蔵甲本・佐賀県立図書館蔵本・大方保蔵B本にも、「自筆」云々はなく、「従狐川引返」とする同文の識語が載る。架蔵甲本によって示すと、以下の通りである。

此百首之謌、壽永二年、平家都落之時、薩摩守忠度朝臣、従狐川引返、俊成卿へ持参云々。

このように「狐川」を云々する識語が多いのは、謡曲「忠度」による伝承と見てよい。

なお、この識語には、「寿永二年」という忠度俊成対面の年時が示されている。本稿の冒頭に紹介した杉山氏蔵戊本にもこの年号が記されている。『平家物語』を辿ればその件は寿永二年のことであると読み取れ、謡曲「忠度」は「寿永の秋の頃」とするのであるから、この忠度俊成対面年時の提示は『平家物語』や謡曲の忠度都落時俊成対面伝承によるものと見てよかろう。たといそこに他の文献等による確認がなされたにしても、である。

同じように寿永二年の年時を示す識語が、千葉県立中央図書館蔵『百首和歌』（江戸末期写）にも載る。

右百首和謌者、壽永二年、平家都落之時、薩摩守平忠度朝臣、五条三位俊成卿之宅江被持参云云。先軸之通、令書写之者也。

これには「狐川云々」の字句がない。架蔵本等と千葉本とは識語に直接の書承関係はあるまい。

忠度が西下の途中で都へ引返した地を「狐川」とせず、その本流である「淀川尻」とする識語がある。内閣文庫蔵『忠度百首』に第三奥書として載る、朱筆による次の識語である。

此歌、平家都落之時、薩摩守忠度、淀川尻より引帰、俊成卿江持参云々。

狐川は現在の京都府八幡市八幡狐川にその名の残る淀川の支流であるから、「狐川」であれ、「淀川尻」であれ、『平家物語』等による忠度都落時俊成対面譚として矛盾はなく、いずれであっても辿り得る。但し、『平家物語』諸本の本文を見ても謡曲「忠度」「俊成忠度」の諸本の本文を見ても、忠度が「淀川尻」から都へ引返したとするものは管見に入らない。この識語に「淀川尻」と記した人物には、何等かの根拠があったのかも知れないが。

以上に見た諸本の奥書識語には、小異はあるが、『忠度集』は自筆の巻物を写したもの、或いはその転写本であり、忠度が都落の際に途中（狐川・淀川尻とする識語がある）から引返し俊成の許へ持参した本である、という伝承が共通している。寿永二年とその年号を示すものもある。これらの『忠度集』の奥書識語の要点は、自筆本伝承以外は、世阿弥作の謡曲「忠度」の「サシ」から「上ゲ歌」に全て含まれる。謡曲「忠度」の記載に「自筆巻物」の件を付け加えて成った奥書識語である。『平家物語』の記載は、直接の関連はあるまい。

四

冒頭に見た杉山氏蔵戊本の識語は「さしも物さハがしき折から」という詞章まで謡曲「忠度」と合致するが、それに加えて、『平家物語』の記載が与っている。日本大学文理学部図書館蔵江戸期写『忠度百首』の識語も、これまで見た識語と同内容を含むが、それに加えて、『平家物語』の「忠度都落」の詞章を参照執筆した跡が見られる。

此百首ハ薩广守忠度のうた也。平家一門ミやこおちの時、俊成卿のもとへ持行玉ひ、「此内に可然哥あらバ千載集に入をき玉へ」と望たまひしと也。

「と也」と結ぶのは、「此内に可然哥あらバ千載集に入をき玉へ、と望たまひし」が『平家物語』に「是に候巻物のうちに、さりぬべきもの候はゞ、一首なり共御恩を蒙て」「千載集云々」とある詞章を生かしているからである。『平家物語』を直接引いたかどうかは別として、『平家物語』の忠度都落時俊成対面譚を下敷にしていることは間違いない。

静嘉堂文庫蔵色川氏旧蔵本の識語は、『平家物語』を直接引いていると見てよい。執筆者も執筆時も明らかではないが、江戸の写で、字句の点に至るまで両者は合致するのである。即ち、

右百首者、薩摩守忠度卿都落之砌、途中より取て返し、五條三位俊成卿の許におハして、鎧の引合より巻物取出、一首成共撰集に撰入可給旨、相頼けるを、三位殿、「さゞ浪」の歌、朝敵の身の上なればとて、「よミ人しらず」とぞ入られたり。尚、其余もひそめて置けるを、定家卿之許よりこひ受、写し畢ぬ。

月　日

定家の許より請い受けて写した云々は、俊成定家父子ということによる創作であろう。

以上の日本大学文理学部図書館蔵『忠度百首』の識語と静嘉堂文庫蔵色川氏旧蔵本の識語および本稿冒頭に見た杉山氏蔵戊本の識語は、江戸期に、それぞれ別個に『平家物語』の「忠度都落」を改めて参照し直して、『忠度集』の形成由来伝承識語を増補執筆したものと見てよかろう。

以上に見たのとはいささか異なるところのある識語が幾つかある。

まず、自筆本と俊成の許へ持参した本とを別とする識語がある。本位田氏蔵本の識語は、

忠度卿至最後而所被携自筆之本、源家光公為秘蔵。以マ(ママ)写之本、令書写之畢。頗可謂証本者歟。雖然、恐有伝写之誤。然、其後俊成卿へ持参之本、禁裏文庫有之而、為伝写本、得之、再加校合者也。

文亀弐壬戌菊月　　　実尹［花押］　（本位田氏論文[6]翻刻ニヨル）

という文亀二年（一五〇二）の識語。忠度が最期まで携行した自筆本は源家光秘蔵本で、これを写し、俊成へ持参した本が禁裏の文庫にあり、これを以て校合した、というのである。

この伝承と性急に繋げるわけにはいくまいが、忠度の手元に『忠度集』が二本存した、とする識語が他にもある。寛永二十年（一六四三）写の内閣文庫蔵墨海山筆別集本（第三奥書）と享保十九年（一七三四）写の河野美術館蔵温故堂文庫旧蔵本（第一奥書）の記述である。双方の本文を掲げる。

一本跋、右百首之和歌、薩摩守忠度所詠也。忠度以自筆俊成卿江持参之本者、禁府納有之由。又一巻、忠度最後之時分迄所持之。源家光公在府庫、而為御物。近臣齋藤摂州被書寫之。亦、大橋龍慶法印再寫之。今也、以其本謄寫之者也。禁裏有之本寫ニモ、令校合者也。

寛永二十癸未仲春初三書之　　（墨海本）

右百首之《和》歌、薩摩守忠度之所詠也。即、以自筆俊成卿江忠度持参之本者、禁府ニ納之由。亦一巻、忠度最後之節マデ所持之本者、源家光公在府庫、而御（ママ）。近臣斎藤攝州被書冩之。亦、大橋龍慶法印被再冩之。今、以其本冩之。禁中ニ有之冩ニモ、令校合者也。〈《　》括弧内、右行間書入〉

享保十九年甲寅八月　　島高張　　（温故本）

忠度が俊成の許へ持参した本と「最後」の時まで所持した本とがあったとする。しかも、前者は「禁府」にあり後者は「御物」とされたという。本位田氏蔵本の識語と類似する。

江戸末期書写の東大寺図書館蔵本の識語も、二巻の詠草があったとする。即ち、

此詠艸一巻、俊成卿江忠度持参、今一巻、之引替、軍戦ニ持参而、則詠草ニ血付たるといふ。一巻は松平公方様ニ有以本為書写本。小出大守殿有以本傳写者也。両家之本に今世間否定治宣不知。

「俊成卿江忠度持参」と「軍戦ニ持参而」の二巻があったとする伝承は、江戸期書写の伝本に至るのである。因みに、賀茂社奉納本の伝承は全くない。なお、後者が巻物に「詠草ニ血付たるといふ」とする点は墨海本等とは全く異なる伝承である。この件を以て忠度が最期まで歌を携えたという伝承に真実味を出そうと企てたのであろう。

料紙に「血」が付いていたという伝承は、賀茂別雷神社三手文庫蔵今井似閑本にも載る。

此抄、□大樹公《御》所持御本者、紙血付有之由、或人物語。此本、先年焼失与聞傳之、一年七夕平向殘者惜歟。本ノマヽ。〈「本ノマヽ」マデ。全文本文ト別筆。《　》括弧内、書入〉

将軍家所持本に「紙血付有之由」を伝え聞いたというのである。将軍家所蔵本については前掲の文明十六年藤原基春の識語その他にも載るわけであるが、藤原基春の識語には「紙血付有之由」という件は繋がっていない。別の伝承と見てよかろう。

川越市立中央図書館蔵本には、巻末に、前掲の延徳二年右中将奥書に続いて、

平家物語　わかれ路《を》なにかなげかんこえて行せきもむかしのあとゝおもへば／このうたハ、忠度東国より下りし時、年ごろむつまじかりし女房の返ごとによめるとなん　同　月を見しこぞのこよひの友のミや都に我をおもひいづらん／此うたハ、たゞのり、うさにて、九月十三夜ばかりによめるとなん。
同　ゆきくれてこのしたかげを宿とせバはなやこよひのあるじならまし／此うた、忠のり六弥太とくん《ミ》で討死し玉ひし時、旅宿花といふ題にてえびらにゆ卄《ひ》つけられたるけ《と》なん。〈以上、《　》括弧内、見セ消チ、右行間訂正〉

と、『平家物語』に載る忠度の「さざ波や」以外の歌を状況を説明しつつ補っている。「忠度都落」の「さざ波や」の歌は『忠度集』に載るため、残る歌を拾ったのである。忠度都落時俊成対面伝承に引かれての追補であることは間違いない。ここにも『平家物語』の投影がある。

『忠度集』は忠度自筆の写であり、都落時俊成対面時の歌巻である、室町期書写本の奥書識語からこう記す。江戸期の伝本の中に、忠度は「狐川」から引返したと記す識語がある。全て、謡曲「忠度」に謡われるところである。『千載集』の件に触れるのは江戸期に『平家物語』を参照し直した識語である。忠度携行本と俊成献呈本とがあると記し、料紙の血云々と記す識語は、忠度が最期まで短冊を携えていたとする「忠度最期」の記載と繋がる。このように、『忠度集』の多くは、早くは謡曲「忠度」における、後には仮構を含む[11]『平家物語』や謡曲「俊成忠度」における、都落時俊成対面譚の歌巻そのものであると認識して書写されてきたのである。

五

本稿との関連で、『忠度集』諸本の本文に関して注目すべき事実が二点ある。まず、「さざ波や」の歌の本文は、

　為業哥合に故郷花を

一五　さゞ浪や志賀の都はあれにしをむかしながらの山ざくら哉（架蔵寛文版行本）

である。諸伝本のうち、管見に入った八十余の伝本の本文を見ると、詞書には、「為業」を「為業が」（黒川文庫本・関西大学本・慶応大学本・静嘉堂文庫蔵青木本・篠山市教育委員会蔵青山会本・含翠堂本校合）、「為業の」（菅文庫本・彰考館本）、「為業卿」（日本大学本）、「歌合に」を「歌合」（青山会本）、「花を」を「花」（桃園文庫本・河野美術館本・名古屋大学小林文庫本・玉里文庫本・類従本・北野天満宮本）、「花をよめる」（杉山氏蔵乙本・同氏蔵戊本・川越市立図書館本・絵入版行本・関西大学本・都立中央図書館本・静嘉堂文庫本・千葉県立中央図書館本）等の異文があるが、歌本文には、全伝本に全く異文がない。誤写誤謬も生じていない。この事実は、『忠度集』の書写者の脳裏にこの歌形で確定して入っていた、あるいは、この歌の本文は変えてはならないという意識が書写者にあったことによる、と考える他ない。そして、その基底に『平家物語』の「忠度都落」の記事や謡曲「忠度」「俊成忠度」の詞章が与ってい

ると考えて誤りを犯すことにはなるまい。

いま一つも、本稿の検討と繋がる問題として、忠度の歌を題材とする『平家物語』巻第九の「忠度最期」と『忠度集』と関連のある事柄である。『平家物語』の「忠度最期」に、

六野太うしろよりよッて薩摩守の頸をうつ。よい大将軍うッたりと思ひけれ共、名をば誰ともしらざりけるに、ゑびらにむすびつけられたるふみをといて見れば、「旅宿花」と云題にて、一首の歌をぞよまれたる。

行くれて木の下かげをやどとせば花やこよひのあるじならまし

忠度とかゝれたりけるにこそ、薩摩守とはしりてンげれ。

と記されている「行き暮れて」（校訂）の忠度詠歌は、四部合戦状本と延慶本を除く全ての本に載るが、以下に引くように、これを本説とする謡曲「忠度」のモチーフの歌とされ、謡曲「俊成忠度」にも引かれている。

謡曲「忠度」〔問答〕いかに尉殿はや日の暮れて候へば、一夜の宿をおんかし候へ　うたてやなこの花の蔭ほどのお宿の候ふべきか　げにげにこれは花の宿なれども、さりながらたれを主と定むべき　行き暮れて木の下蔭を宿とせば、花や今宵の主ならましと、詠めし人はこの苔の下痛はしや、……行き暮れて木の下蔭を宿とせば、花や今宵の主ならましと、詠めし人は薩摩の守　忠度と申しし人はこの一の谷の合戦に討たれぬ、縁りの人の植ゑ置きたるしるしの木にて候ふなり。

謡曲「忠度」〔哥〕……時雨ぞ通ふ斑紅葉の、錦の直垂は、たゞ世の常によもあらじ。いかさまこれは公達の、おん中にこそあるらめと、おん名ゆかしきところに、箙を見れば不思議やな、短冊を付けられたり、見れば旅宿の題を据ゑ　〔上ノ詠〕行き暮れて。木の下蔭を宿とせば。〔立回り〕花や今宵の、主ならまし　〔哥〕忠度と書かれたり。

謡曲「俊成忠度」西海の合戦に薩摩の守忠度をば。某が手にかけ失ひ申して候。御最期の後尻籠を見候へば。短

冊の御座候。承り候へば、忠度とは浅からぬ和歌の御値遇の由承り候ふ間。御目にかけばやと存じ。唯今持ちて参りて候。……なに〳〵旅宿の花と云ふ題にて。行き暮れて木の下蔭を宿とせば、花や今宵の主ならまし

但し、この歌は「さざ波や」の歌とは違い、『忠度集』に載らない。『平家物語』における創作かも知れない。『忠度集』では、前引の通り、川越市立図書館蔵本の末尾に他の忠度歌と共に追補され、内閣文庫蔵澄清楼叢書本の最巻末に追加されているのみである（『新編国歌大観』上条彰次氏担当「解題」[12]によると谷山茂氏蔵本にも追加されている由）。『和歌大辞典』の「忠度集」の項[13]において黒川昌亨氏が「内閣文庫本『忠度詠歌』は歌数一〇四、巻末に「旅宿／行き暮れて（以下略。稿者）」の独自歌一首を持つが本来の形ではない」とされたのは妥当である。

しかるに、唯一、江戸中期頃写のお茶の水図書館蔵成簣堂文庫本に、この「行き暮れて」の歌が、集中の一五番歌として、「さざ波や」の歌の直前に配されているのである。その本文は、

　　賀茂の哥合に花をよめる

一四　木の下を頓而住家となさじとておもひ顔にや花はちるらん

　　旅宿花

一五　行暮て木の下陰を宿とせば花や今宵のあるじならまし

　　為業哥合に故郷花を

一六　さゞ浪や志賀の都はあれにしを昔ながらの山ざくらかな（傍線、稿者）

である。成簣堂本が「行き暮れて」の歌をこの位置に載せるのは、この集本来の形ではない。本稿において検討した「さざ波や」の歌の場合と同様に『平家物語』や能「忠度」「俊成忠度」によって人口に膾炙したこの歌を、『忠度集』に載る歌と位置付けたかったからの増補である。川越市立図書館蔵本や内閣文庫蔵澄清楼叢書本等も同じ理由で巻末にこの歌を追補したのであるが、江戸時代書写ではあるが成簣堂本もしくはその本の直接の系譜の先行す

る某本は、この歌を、さらに積極的に、『忠度集』一巻中に収めたのである。『平家物語』の記事を、そして能「忠度」に謡われるところを、事実と認識した増補であると見てよい。

『忠度集』は寿永百首家集であり、賀茂重保の勧進により賀茂神社に奉納された自撰家集である。しかるに、現存するその集を忠度自筆本の写とし、仮構を含む[11]『平家物語』とそれを本説とする謡曲に語られる忠度都落時俊成対面伝承における歌巻そのものとして書写されるようになった。世阿弥の活躍した一五世紀初頭の頃から。識語に記された伝承の核は世阿弥作の謡曲「忠度」に謡われるところであるが、江戸期には、『平家物語』の記載を参照し直して従前の奥書識語に加筆することも行なわれた。この集不載で『平家物語』の「忠度最期」や謡曲に載る「行き暮れて」の歌を『忠度集』所載歌とする伝本も出現した。寿永百首家集であるこの集に、自筆本伝承が生れ、『平家物語』において忠度都落時俊成対面譚が創作され、それが二曲の謡曲の本説とされ、更に、それらを併せて『忠度集』そのものの伝承とされた。『忠度集』をめぐる形成由来伝承は、そして『平家物語』に記された忠度都落時俊成対面伝承は、このように展開したのである。『忠度集』の諸伝本に記された書写者等による奥書識語はそう伝えている。

注

（1）杉山重行氏「『平忠度集』の伝本について」（「日本大学経済学研究会　研究紀要」第四六号・平成一六年七月）所掲写真に依る。同本の書誌および同氏蔵「丁本」「己本」の奥書、ならびに杉山氏発言も、同論文による。

（2）拙稿「『忠度集』伝本考（上）資料編」（「文芸言語研究　文芸篇四四」平成一五年一〇月）、同稿「（下）検討編」（平成一六年三月）。その後、注（1）杉山氏稿によって杉山氏蔵丁・戊・己三本を、お茶の水図書館蔵成簣堂文庫本

・甲賀市立水口図書館蔵本・大阪大学文学部蔵含翠堂文庫本の諸本を検討した。

（3）覚一本『平家物語』は、日本古典文学大系『平家物語　上・下』による。『平家物語』諸異種本との比較検討の結果は、本稿に大きな誤差を生じないと見て、省略に従う。

（4）謡曲「忠度」の本文は、日本古典文学大系『謡曲集　下』所収（底本、元頼章句系小宮山元政識語本、鴻山文庫蔵本）による。

（5）謡曲「俊成忠度」の本文は、日本名著全集『謡曲三百五十番集』所収（底本、野々村戒三「解説」に「各流現行の謡本」とある）による。

（6）本位田菊士氏「架蔵写本二題」（「季刊ぐんしょ」再刊第二二号・平成五年一〇月）

（7）『私家集の研究』（昭和四一年一一月所収。「王朝文学」一〇・昭和三九年五月初出）

（8）「寿永百首について」（「和歌文学研究」三一・昭和四九年六月。『鳥帚　千載集時代和歌の研究』平成七年一一月再録）

（9）『平安後期歌人伝の研究』第六章「寿永百首家集をめぐって」（昭和五三年一〇月）

（10）『経正朝臣集』書陵部蔵本・『経盛卿家集』神作光一氏蔵本など。

（11）『平家物語』は、一連の平家都落話群を通じて、平家の各武将がそれぞれ異なったものを都に残すことを記して、一門の人々の都への思いを示す。忠度は和歌を残すという役割を担当している。そのことを把え、稿者は、「平氏の人々の都落は、作者達がかような物語の主題との関連において構えた、大きな創作であった」（拙稿「人々が都に残すもの」・『日本学研究論叢』・漢陽大学校其刊行委員会・平成六年一二月）と考える。

（12）『新編国歌大観　第三巻　私家集編』（昭和六〇年五月）の「忠度集」の「解題」。

（13）『和歌大辞典』（昭和六一年三月）の「忠度集」の項。

義朝伝承の流域
――阿野全成の末裔宥快の伝をめぐって――

清水眞澄

はじめに

文学における源義朝は、『保元物語』『平治物語』に描かれる悲劇の英雄としての性格が強い。前者では父や兄弟を失い、後者では愚かな挙兵に荷担して破れ、裏切りによって滅亡する。妻子は逃避行を続け、あるいは罪人の子として流刑に処せられた。しかし、『平家物語』での義朝に注目したのは、武久堅氏であった。(1) 武久氏は、黄瀬川で頼朝・義経兄弟が対面した場面から、頼朝が義経の中に父の義朝の面影を見たこと、そしてこれが、後三年合戦伝承での八幡太郎義家が舎弟の新羅三郎義光に父の頼義の面影を見出す場面を踏襲したものだと指摘した。一方、時代が下り子の義経が室町時代物語の中で人気を博すと、義朝を大日如来とする『天狗内裏』のような作品が登場する。その背景には、どのような生成圏が想定できるだろうか。本稿では、義朝の息男、悪禅師全成の存在とその末裔に視点を置いて、室町時代物語のモチーフを求める。

一　源義朝像の展開

源義朝（一一二三〜六〇）は、英雄だろうか。確かに河内源氏の棟梁として、保元の乱、平治の乱を戦い、物語の主役の一人である。だが、その実態は、謀略と簒奪を繰り返す時代の暴力装置であった。[2] 保元の乱と平治の乱を通じ、その身に負った朝敵という烙印や、一門の衰微の中で父為義を誅殺したこと、妻子眷属の哀話は、物語がつとに述べるところである。だがその後、義朝は物語の中にどのように立ち現れるだろうか。鎌倉時代の面影を求めて、延慶本『平家物語』を用い確認することとしたい。テキストには、延慶本『平家物語』本文編〔北原保雄・小川栄一編　勉誠社　一九九〇年六月〕を用いる。義朝に関わる記述は、主要なものだけで二四箇所ある。ここに全てを掲げることは出来ないが、抜粋して特徴を述べる。その記述の第一は、歴史的事実として平治の乱を語る箇所である。第二は、係累や主従関係を説明する場面である。第三は、藤原信頼に荷担して、父の為義を誅罰したことへの言及である。

第一末、十八「重盛父教訓之事」

陸奥判官為義ハ新院ノ御方へ参リ、子息下野守義朝ハ内裏ニ候テ合戦ス。（中略）其後大将軍為義ハ出家入道シテ、義朝ヲ憑ミ顕レ、手ヲ合テ来リシカバ、勲功ノ賞ヲ進セ上テ、父ガ命ヲ平ニ申シ、カドモ、正ク君ヲ射奉ル罪、依テ難㆓遁㆒、死罪ニ定リシヲ、人手ニカケジトテ、義朝ガ朱雀ノ大路ニ引出シテ、頸ヲ切候シヲコソ、同勅命ノ難背㆒サト申ナガラ、悪逆無道之至、口惜キ事哉トコソ、

「勅命」をその行動の原点に置きながら、義朝を頼みとした父為義を斬ったことを「悪逆無道之至、口惜キ事」としている。このように義朝は「朝敵」とされ、その咎が子に及ぶと考えられていた。

第二中、卅五「右兵衛佐謀反発ス事」

昔義朝ハ信頼ニ被語㆒テ朝敵ト成シカバ、其子共一人モ被生㆒マジカリシヲ、

第四は、これまでの叙述に対して、義朝の子らが、父の恥を雪ぐために平家追討をするとの叙述が繰り返される点である。

第二末、廿七「平家ノ人々駿河国ヨリ逃上事」

サルホドニ、兵衛佐ニハ、九郎義経奥州ヨリ来加リケレバ、佐弥力付テ、終夜昔今ノ事共ヲ語テ、互ニ涙ヲ流ス。佐宣ケルハ、「(中略)最前ニ馳来給ヘバ、故頭殿ノ生帰給ヘルカト覚テ、タノモシク覚候。(中略)何ゾ平家ヲ誅罰シテ、亡父ガ本意ヲ遂ザルベキ。」

次は、平宗盛に対して下された後白河院の宣旨の冒頭である。挙兵間もない頼朝にとって、義経は平家追討の次将であったが、そこには父義朝の姿が重なっていたとする。

第四、十七「文覚ヲ使ニテ義朝ノ首取寄事」

兵衛佐冠帯ヲタヾシクシテ庭上ニヲリ向ヒ、只今頭殿ノ入ラセ給ト思准ヘ給テ、聖ノ馬ノ口ヲ取、涙ヲ流シテゾ首ヲ請取給タリケル。梶原以下ノ大名小名立比タリ。皆袖ヲゾシボリケル。誠ニ死シテ後チ、会稽ノ恥ヲ雪メタリト覚テ哀也。

義朝が朝敵の汚名をすすぐのは、頼朝の挙兵後である。再三繰り返し、「会稽ノ恥ヲ雪メタリ」と繰り返し述べる物語の手続きによって、義朝が冒した謀反すなわち朝敵の罪、親殺しの大罪は、「恥」の一言で消え去る。そして頭《こうべ》となって大名小名、嫡男となった頼朝の出迎えを受け、義朝の血筋は輝かしいものに転換する。従って、かって平治の乱を戦い、義朝に忠義をなした者たちの名誉も回復する。

第五本、卅一「平氏頸共大路ヲ被渡事」

父義朝ガ首大路ヲ渡シテ獄門ニ被懸ニケリ。父恥ヲ雪ムガ為、君ノ仰ヲ重クスルニ依テ、命ヲ惜マズ合戦仕ルニ、

そして源氏の論理の中で、平家追討の戦いは、父義朝への「孝」であり、君である後白河院への「忠」であると転換してゆく。

第六末、十二「九郎判官都ヲ落事」

父義朝ガ会稽ノ恥ヲ雪メ、

以上を通観するに、延慶本では、頼朝のみならず弟の義経の行動の原点にも父の義朝が置かれ、物語の最後まで貫かれているのである。

二　義朝の供養と持経者頼朝

では朝敵、父殺しという大罪を負い、無念の死を遂げた義朝の供養は、実際にはどのようになされただろうか。『吾妻鏡』文治元年八月三十日条に、頼朝が父の髑髏を固瀬河（片瀬川）に自ら出向いて受け取った事が記されている。『新訂増補国史大系』所収本を基に、句読点等は読みやすさを考えて、一部を私意に改めた。

去十二日仰ニ刑官一、於ニ東獄門辺一被レ尋ニ出故左典厩首一、相ニ副正清〈号ニ鎌田二郎兵衛尉一〉首一、江判官公朝為ニ勅使一、被レ下之、今日公朝下着。仍二品為レ令レ奉レ迎之。参ニ向固瀬河辺一給。御遺骨者文学上人門弟僧等奉レ懸レ頸。二品自奉ニ請取一之還向。于レ時改ニ以前御装束〈練色水干〉一。着ニ素服一給云々。又播磨国書写山事、二品御帰依異ニ于他一。性空上人聖跡、不断法花経転読之霊場也。尤如レ旧可レ被ニ興行一之由。先度粗被仰ニ泰経朝臣之許一

畢。重可レ被二奏達一之旨、今日内々及二御沙汰一云々。

注意されるのは、『吾妻鏡』では、この後の供養について述べていることである。すなわち、播磨国書写山で不断法華経転読によって供養を行われるべきことが、高階泰経に伝えられ、さらには後白河院に奏上されたのである。

この『吾妻鏡』の記事から、『平家物語』の中で、頼朝がしばしば持経者として描かれて来たことに注意したい。ここで全てを掲出することはできないが、延慶本『平家物語』第二末、七「文学兵衛佐ニ相奉ル事」からその一端を示しておきたい。

①廿日計過テ、文学里ニ出タリツル次デ、サラヌ様ニテ兵衛佐ノ許ヘ尋来テ、佐法華経ヲ読テ被居一タル所ヘ被入一レタリケレバ、（中略）

②池殿被仰二旨アリシカバ、毎日法華経ヲ二部読奉テ、一部ヲバ池尼御前ノ御菩提ニ廻向シ奉リ、一部ヲバ父母ノ孝養ニ廻向スル外ハ、又二ツ営ム事ナシ。

①は、湯屋で流人頼朝と偶然出逢った文覚が、正式に頼朝を訪ねた場面である。この時、頼朝は『法華経』を読んでいたが、その理由は、②の叙述によって明らかになる。頼朝の助命嘆願をしてくれた池禅尼の訓戒を守って、頼朝は『法華経』の全巻読誦を一日に二回行っていた。一回はその命の恩人である池禅尼のため、もう一回は自身の両親、すなわち父義朝と、母の熱田大宮司藤原季範女のためであった。この場面で、文覚は「義朝の髑髏」を指し示して、頼朝に挙兵を迫るのだが、自身が義朝の髑髏を所持している事情を次のように述べている。

③自ラ殿ニ参合事アラバ、献ラムトテ、獄預リノ下部ヲスカシテ乞取テ、持経ト共ニ頸ニ懸テ、一目ニハ吾親ノ首ヲ貯ヘタル様ニテ、

ここでは、文覚自身が奉骨の持経者として描かれていることがわかる。そして、頼朝が日々両親を供養して読経していることを知って文覚は、「念仏読経ノ声ハ、魂魄ニ聞ヘテ、滅罪ノ道トナラレヌラム」とさめざめと泣くので

あった。そして頼朝に、日本一の大将軍となって、父の恥を雪ぐことを勧め、頼朝もまた、髑髏に祈念する。④「誠ニ我父ノ首ニテオワシマサバ、頼朝ニ冥加ヲ授ケ給ヘ。頼朝世ニアラバ、過ニシ御恥ヲモ雪メ奉リ、後生ヲモ助奉ラム」トテ、仏経ニ次テハ、花ヲ供シ香ヲ焼テ、供養ゼラル

なぜ、義朝の供養が書写山円教寺なのかは、定かではない。仲立ちとなったのは、あるいは園城寺の一身阿闍梨として、書写山を信仰した後白河院自身だったかもしれない(3)。『吾妻鏡』によれば、頼朝は法華経供養を度々行っている。その背景に、書写山があったことは、その後の東国の信仰を考える上でも重要だろう。

三　『天狗内裏』と『大日経疏』の周辺

室町時代に入ると、『義経記』に代表されるように、義経を主人公とした物語が登場してくる。室町時代物語の『浄瑠璃姫』『御曹司島渡』『天狗内裏』などである。これらの中で注目したいのは、『天狗内裏』である(4)。その梗概を、『お伽草子事典』「天狗の内裏」の項〔徳田和夫氏担当〕を基に次に述べる。

毘沙門天の申し子義経は、八幡太郎義家にあやかって十五歳で門出をしようと、大天狗の住む内裏を目指す。そこで大天狗は、義経に兵法を授け、さらには父に会いたいという願いを叶える。六道廻りをした末に十万億土に至ると、父義朝は大日如来になっていた。親子の対面を果たして、義経は平家追討の決意を語り、大日如来、すなわち父からは自分の未来を告げられる。

その「未来記」の内容は、島津久基氏の整理に従えば、次の九箇条になる。すなわち、①橋弁慶伝説、②奥州下りと関原与一伝説、③常盤御前殺害伝説、④熊坂長範伝説、⑤浄瑠璃姫伝説、⑥鬼一法眼伝説、⑦島渡伝説、⑧継信身代わり伝説、⑨梶原讒言の因縁である。これらは中世の義経伝承を網羅し、『義経記』や謡曲の主要なモチーフでもある。

さて、義朝が変じたという大日如来は、『大日経』、正式には『大毘盧遮那成仏神変加持経』に説かれる宇宙の根本仏である。真言宗の基本経典として重んじられ、その結果、読解に諸説が生じた。やがて南北朝期に一人の学僧が出て、諸書の集大成を行った。その中に、義朝の末裔に関わる伝承が見える。すでに渡辺匡一氏によって詳細な報告がなされ、以下多くを負う(5)。ここでは、直接関わる『大日経疏伝授鈔』（永徳二年（一三八二）　宥快記　大正二年（一九一三）刊『大疏秘記集』所収）から確認したい。

この『大日経疏伝授鈔』は、四十四箇条に渡って『大日経疏』を巡る伝承や口伝を記すが、その第三十五条に、「一、宥快栄智上人の写瓶と成る由来の事」として、宥快の先師栄智上人について述べた一節がある。その末尾に、宥快が栄智上人の弟子となったのは、俗縁のよしみがあったからだと述べている。その全文を次に示す（原漢文）。

抑々栄智上人の付弟と成る事、啻だ出世の法器に感ずるのみに非ず。又た俗縁の由《よしみ》有り。彼の栄智上人は義朝の子、悪禅師全成の末孫なり。彼の全成をば、阿野の禅師と云う。即ち駿河国の阿野と云う処を知行する故なり。其の後、義朝の子孫、平家の為に滅さるる刻み、阿野の禅師は奥州に流さるる。故栄智上人は彼の禅師の末孫なり。彼の栄智上人は名誉の腹悪しき人なり。彼の上人、常に語って云く、「阿野の禅師、悪人の故に、人、悪禅師と云いけり」と云々「吾が身も随分、仏法に入りて戒定慧の三学を営むと雖も、俗性失せず腹悪きなり」云々彼の阿野禅師、公家の人を聟に取り、阿野の所領を譲る。公家に阿野殿と云うは此の所の名なり。阿野と云うは三條家の余流なり。藤の大納言、実国、大政大臣実行なんと云へる是れ三條殿なり。其の子孫、分かれて阿野と云う。宥快は彼の阿野の部類の故に、俗縁の由有りとて、故上人殊に相い憑み給えり。栄智上人の写瓶と成る由来、已上此れ等なり。

宥快の師であった栄智上人宥⿰舛生《こう》（⿰舛皇とも）については、全成の子孫だというこの伝の他には多くを知り得ないが、下総国の出身と言われる。

〔関係略系図1〕

＊（　）内は『尊卑分脈』による母の伝

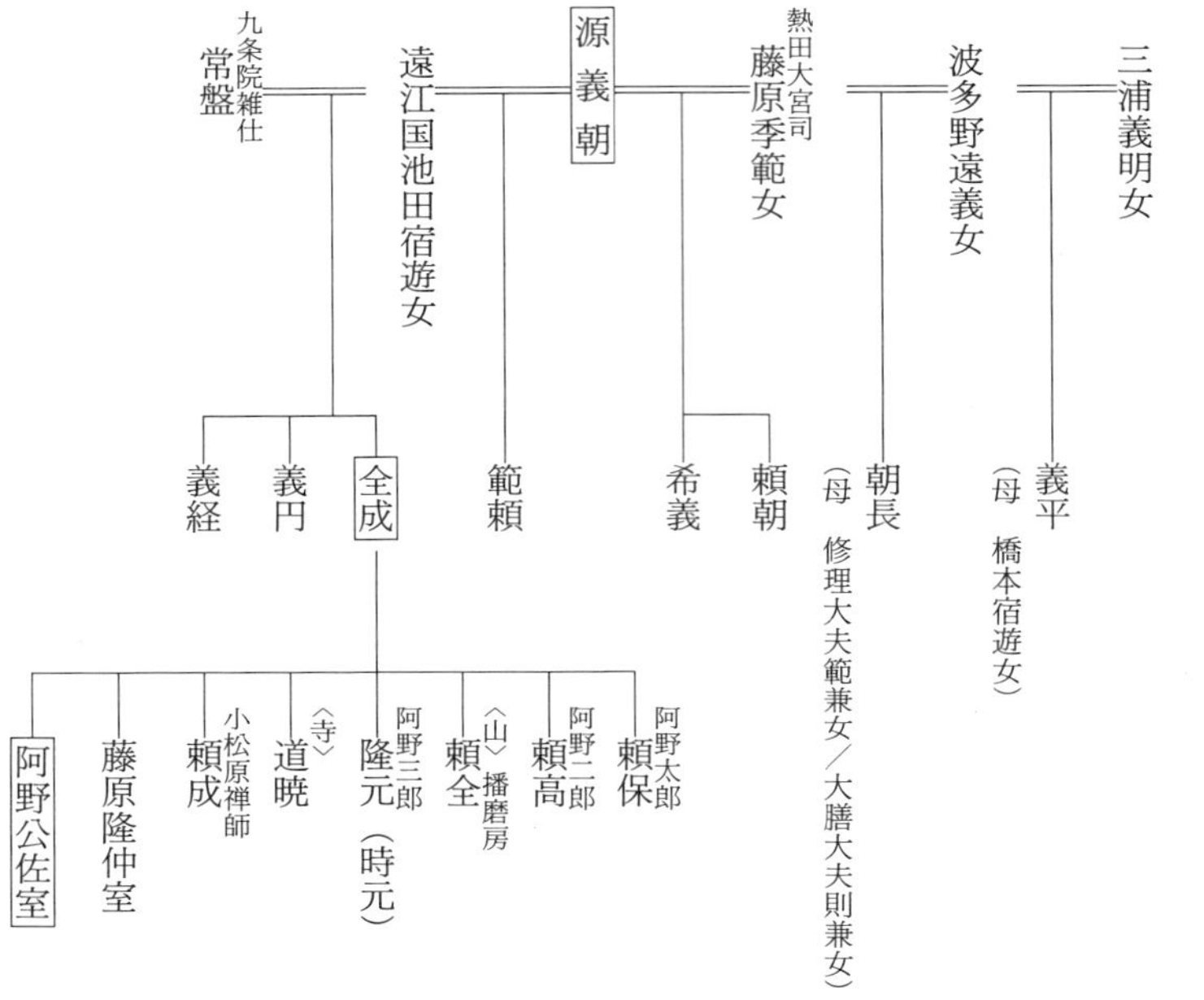

〔関係略系図2〕

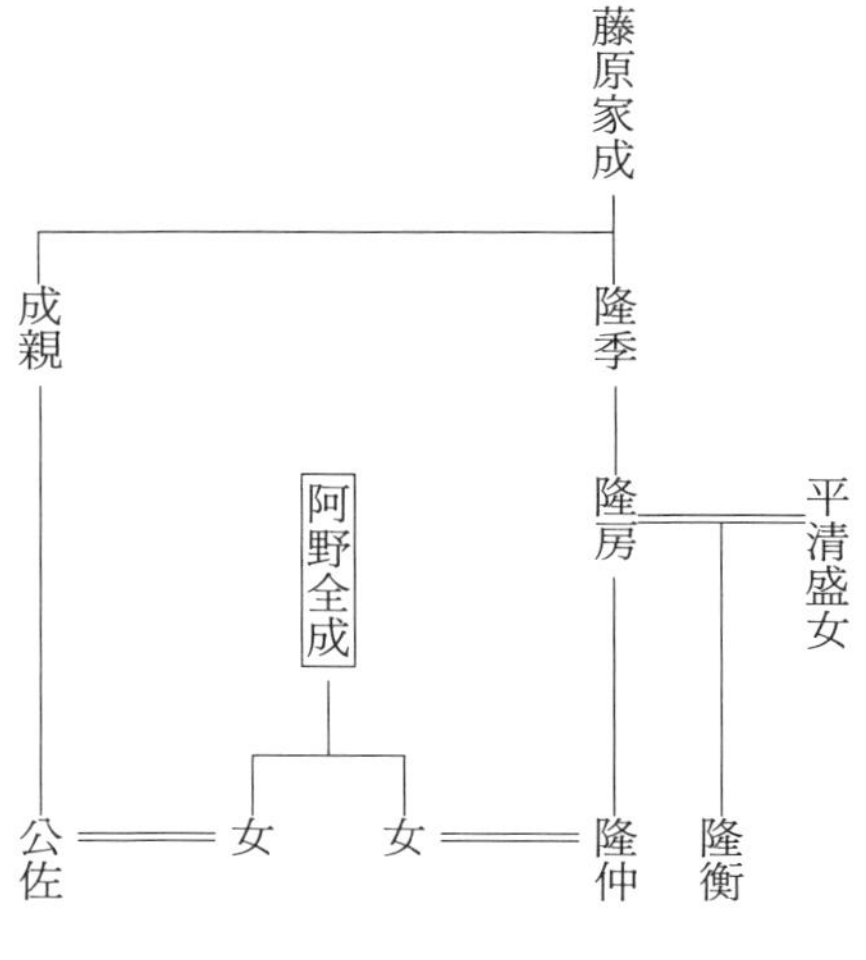

『大日経疏伝授鈔』を著した宥快（一三四五〜一四一六）の世系は次のとおりである。『大疏伝授私記』（明治時代開版　湯島霊雲寺慧曦記）及び、『日本仏教人名辞典』宥快の項（坂本正仁氏担当）を参照しつつ述べる。

宥快は、左大臣藤原冬嗣の後胤、藤原大納言実国の末孫、左少納言実光卿の子息と言う（後述）。下総国海上柿根村或人の子とする伝もあるが、経歴に齟齬がある。幼くして父母を亡くし、九歳で常陸国の佐久山浄瑠璃光寺の栄智上人宥雅に付いて学び、十七歳で出家して、宰相房と名付けられた。高野山に登ってからは、事相・教相・悉曇を修め、師匠たちの名をとって宥快としたという。一三七四年、師の信弘に認められて宝性院に住持した。翌年、『宝鏡抄』を著して、厳しく立川流邪教を排斥した。さらに、一三七五年に安祥寺興雅僧正の室に入って、嫡流を授けられた。その後、安祥寺を兼帯し、安流の中興に位置付けられている。

安祥寺は、仁明天皇の后、五条后順子の御願により恵運によって開かれた。『山科安祥寺誌』（上田進城編　安祥寺　一九二九年一月）によれば、嘉祥元年（八四八）八月のことである。以後、安流事相は脈々と受け継がれた。この流は特に太元法に優れ、後白河院の時に実厳（〜一一八五）を太元阿闍梨に任じたことから、以降安流嫡伝とされた。実厳は流の長久を願って、鞍馬山から十二所権現を勧請し、安祥寺の艮に祀ったと伝えられる。院の実厳への帰依は篤く、実厳は上野に大勝金剛院を建立して護持に当たった。また安祥寺には、白河院政期に出た小野僧正範俊から、「安流傍伝」と呼ばれる一流が興こり、宥快に至った。宥快は、これらを相承して高野山の教学を纏め上げ、その業績は「応永の大成」と称えられた。結果、中世の真言教学の中で、根来寺の頼瑜、東寺の杲宝と並び称されている。次に、宥快の出自とされる、藤原実国の一流を示す。

〔関係略系図3〕

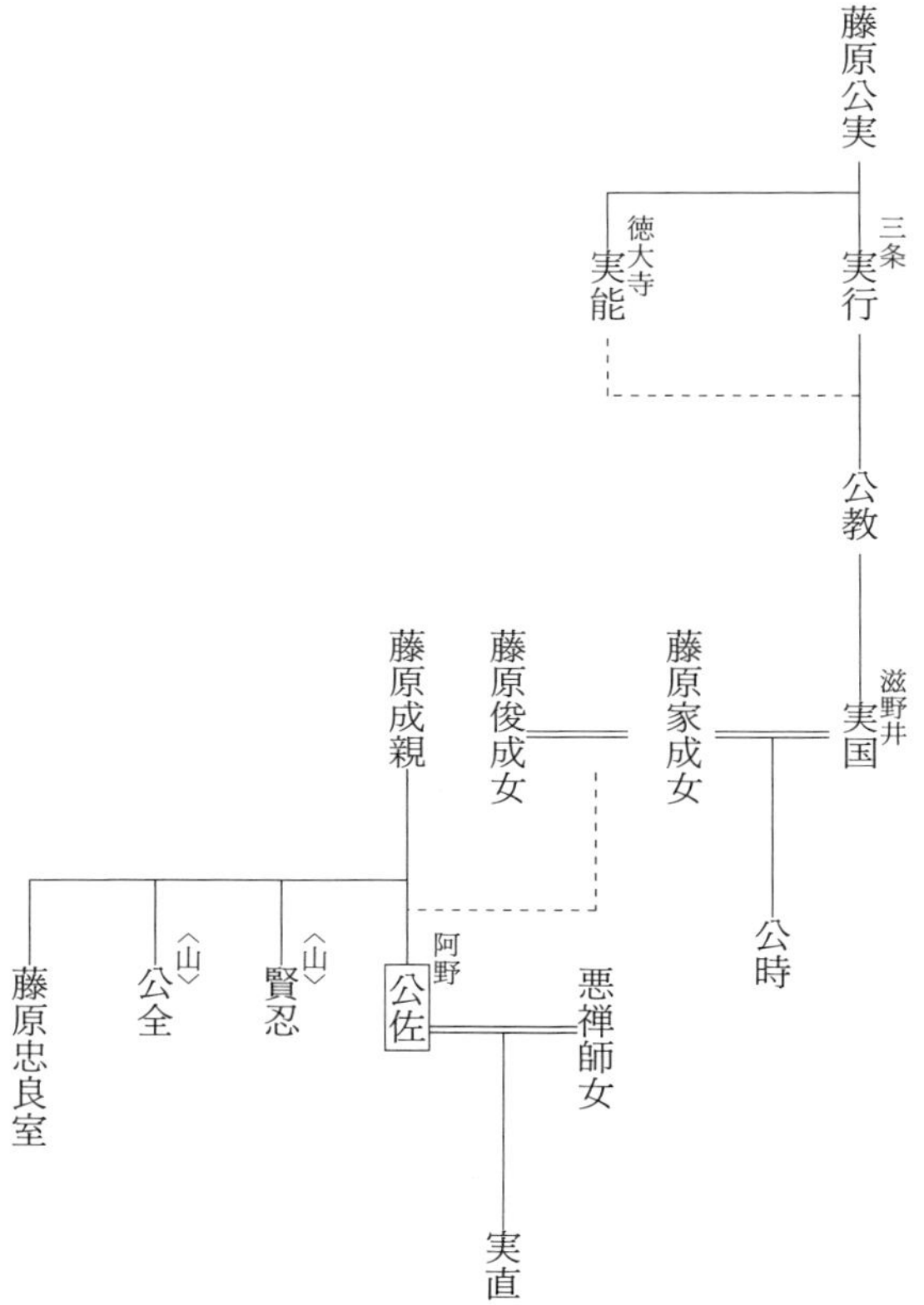

藤原実国（一一四〇〜八三）は、藤原公教の男、兄弟には実綱、実房らがいた。実国は和歌や音楽に優れ、高倉院の笛の師でもあった。二条天皇歌壇では、藤原清輔、源頼政、顕昭、俊恵らと交流し、建春門院北面歌合をはじめ、住吉社や広田社で行われた歌合にも出詠した。その事蹟は、歌人伝研究に明らかである。[6] ところが残念ながら、『尊卑分脈』にはその一門に実光に相当する人物が見えず、改変したという法名を含めても、宥快は見当たらない。

ただ、宥快は百数十巻の著作を遺し、南山教学の大成者とされる。その伝も含めて、後世への影響は大きかったと思われる。

四　阿野氏の悲劇と物語の流域

『尊卑分脈』の阿野全成（一一五三〜一二〇三）の注記は、以下のとおりである。父は源義朝、母は九条院雑仕常盤（常磐）。童名は今若丸。勇力あり。悪禅師と号す。又、愛智と号す。醍醐寺に住して隆超と改める。左注によれば、次のようになる。平治二年（一一六〇）、母の常盤の懐に抱かれて公方の追求を逃れて都を落ちた。当時、全成（今若）八歳、円成（乙若）六歳、義経（牛若）二歳であった。大和の方の貧民屋（奈良坂）に暫く宿した後、奈良で得度した。醍醐寺で修行の後、治承四年（一一八〇）十月に、下総国鷺沼で兄頼朝の挙兵に参加した（『吾妻鏡』等）。この時、頼朝は大いに感激したという。全成は、十一月には下総国長尾寺にあった。その後、駿河国阿野を賜って居住、阿野禅師と号したという。阿野は、今の沼津市西部から富士市東部にかけての地域で、北部は愛鷹山麓、南部は海岸の砂洲に至る。この後、頼朝室政子の妹を妻として時元が生まれた。またその女子は、藤原公佐を聟としたことから、全成は、阿野庄を公佐に譲ったとされる。

しかし、全成の次弟乙若こと義円（円成）は、墨俣川で叔父の行家と共に戦い、落命した。河内源氏の犠牲は続く。頼朝には同母弟であった希義が、寿永元年九月二十五日に誅殺された。希義は、頼朝と合力すると疑いを受け、平家の差し向けた武士たちに討たれたのだという。末の弟牛若こと義経も、文治五年に奥州で藤原泰衡のために、自害を遂げた。阿野全成自身、建仁三年（一二〇三）五月に、謀反の咎で時の将軍源頼家により常陸国に流罪になった。そして同年六月、下野国にて八田知家により斬首された。

〔関係略系図４〕

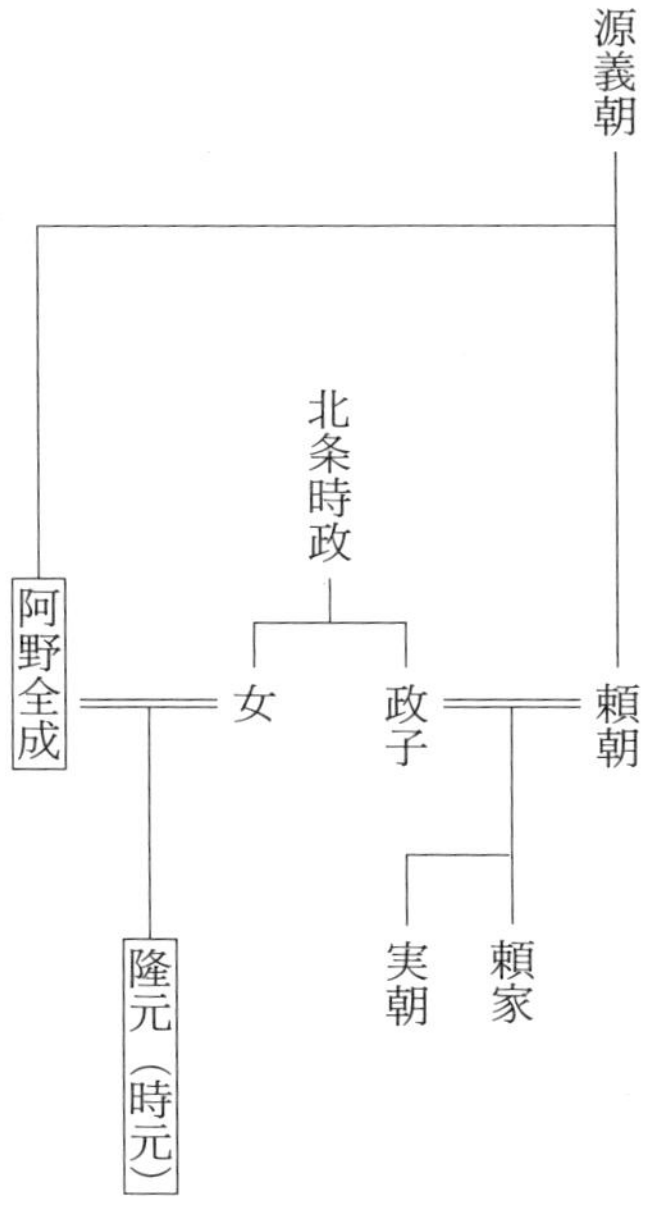

阿野氏の悲劇は、それだけに終わらなかった。承久元年（一二一九）一月、将軍源実朝は、兄頼家の遺児公暁に暗殺された。その直後の二月、時元は所領の駿河国阿野に立てこもった。宣旨を得て、東国支配を企てたという。結局時元は、北条政子の差し向けた鎌倉勢により滅亡した。だが『尊卑分脈』によれば、三男の播磨房頼全は比叡山延暦寺の悪僧であったとは言うが、父に連座して殺されたと記されており、『吾妻鏡』にもこれに対応する記事が見える。僧籍にあった者を含め阿野氏二代に渡る北条氏の断罪によって、義朝の男系男子が将軍となる可能性は全て失われたのである。

果たして父の全成にしても、子の時元にしても、本当に鎌倉将軍の座を狙ったのだろうか。この一件について、内閣文庫蔵『六代勝事記』〔弓削繁編著　和泉書院　影印叢刊40　一九八四年四月〕は、建仁三年九月の、二代鎌倉将軍頼家が幽閉された記事に関連して、阿野全成の誅殺をこう述べる。なお便宜上、句読点を私に加えた。

叔父あのゝ禅師を殺害し因果のことはりすくなくて、人のなけきけふりをむすひて

この記事は、『皇帝紀抄』や『帝王編年記』には見えない。さらに『保暦間記』や『六代勝事記』には、息男の阿野隆元の滅亡と源三位頼政の孫源頼茂の謀反が記されている。ここでは、『校本　保暦間記』〈陽明文庫蔵慶長古活字版　佐伯真一・高木浩明編著　和泉書院　重要古典籍叢刊2　一九九九年三月〉から紹介する。

爰ニ、頼朝ノ舎弟悪禅師全成ノ子息、阿野次郎隆光、将軍ノ無跡成ヲ見テ、ヒソカニ宣旨ヲ謀作シテ謀反ヲ起ス、同二月廿日、討レヌ。同二月二十三日、左馬頭頼茂朝臣〈源三位頼政孫〉、将軍ノ望アルニ依テ謀反ヲ起ス。折節、大内守護ナル間、内裏ニ立籠。時剋ヲ移サス責ラレケレハ、仁寿殿ニ籠テ自害畢。其時、代代仙洞ノ重宝失ニケリ。

では、将軍職は、彼らに望めるものだったか。『六代勝事記』の建久九年正月十三日の源頼朝の死去と息男頼家が将軍職を継承した記事には、「虎牙職をつきて、狼戻（ろうれい）をしつむ」とある。将軍職を「虎牙職」と表現しているのは、近衛大将の唐名を「虎牙将軍」というのにちなむ。結局の所、源家将軍三代の間は、源平の合戦で活躍した武将たちの粛清や、将軍の入れ替わりごとの謀反が尽きなかった。時期の重なりから言えば、頼茂は、阿野隆元と連絡関係があると見なされたのかも知れない。だが、その罪の最たる部分は、将軍職簒奪や謀反ではなく、内裏の宝物を焼失したことであった。いずれにせよ、阿野氏や源頼茂らが将軍職を望んだのではなく、彼らが謀反に問われ、誅殺される都度、そう世間は評判したのである。けれども時元の後胤は、愛智氏を名乗って南北朝時代まで続いた。また女系では、公佐の流れから、阿野廉子（一三一一～五九　後醍醐天皇妾　新待賢門院）が出た。北条氏の滅亡と足利将軍の誕生、南朝の命運は、治承・寿永の内乱以降の、阿野一族の激動の歴史と重なって想起されたろう。

では、この阿野氏にとって「家の物語」とは何だったろうか。第一に源義朝の物語であり、第二に常盤御前の物

語だったはずである。第三には、同母弟義経の物語ではなかったろうか。ここに滋野井実国・阿野公佐父子の物語が結ばれたとしたら、何が加わるだろうか。義経伝承では、笛が大きな意味を持っている。笛は、管絃の道具であると同時に、兵法書の『六韜』二十八、「五音」で説かれるように、「武具」でもあった。もう一つは、和歌である。和歌の力が、貴公子義経の魅力を描く上で不可欠であった。第四として、阿野の名を継いだ公佐の実父は、藤原成親であった。鹿ヶ谷の変以降のその運命に、関心が寄せられたに違いない。

宥雅や宥快が、伝承にどれだけ関わったのか、物語として定着したものとの間に、どれだけの距離があったかは明らかではない。しかし室町時代物語と、これら『大日経』の学流を継承する阿野氏、滋野井氏の末裔たちの伝には、共通するモチーフが見られる。まず下総国は、全成と頼朝との邂逅の場であった。その末裔である宥雅は、下総国の出身であったともいう。常陸国は、全成の流刑地であったが、宥雅が住持した浄瑠璃光寺があって、ここで宥快は『大日経』を学んだ。遡って阿野の地は、治承・寿永の内乱で名高い黄瀬川や浮島原に近接する。また黄瀬川は、頼朝と義経の邂逅の場と伝え、軍事上重要なポイントであった（「覚一本」巻第五「富士川合戦」、巻第九「生ずきの沙汰」）。加えて宥快は、安流を受け継ぐ中で、祖師実厳が生きた動乱の時代の様々な伝承に接したことだろう。大元帥法が修される時、時代は動乱の中にある。さらには、流祖実厳の験力を支えた鞍馬山信仰があった。こうして東国と中央を往還した学僧たちを軸にして、大日如来と義朝の復権が織り込まれた義経の物語が生まれた。そしてそれは、東国で古義真言宗が展開する中で、広く流布したことを考えてみたい。彼らにとって、義朝を大日如来とし、義経を仏縁に導くことは、この物語を見聞きする人々を仏縁に導き、その行いが一門に繰り返された悪しき因縁を断ち切ることとなった。こうして、義朝とその末裔たちの無念は物語の中で雪がれ、浄化されたのである。そしてその方向性と、延慶本『平家物語』の、「誠ニ死シテ後チ、会稽ノ恥ヲ雪メタリ」との叙述は同一線上にありながらも、源氏将軍という権力の内外の相違が、物語の形成に大きな差異をもたらしたと言えよう。

結び

南北朝期の時代の激動の中で、阿野全成の末裔宥雞と、藤原実国の末裔宥快が師弟の縁《えにし》を持った。その出自は、あるいは伝承の範囲に留まるのかもしれない。また真言の教学と物語の伝承は、それぞれ別個であったろう。それでも末流の人々は、義朝の子孫が大日如来の教えを受け継いだと信じ、そこに意味を見出したのではあるまいか。『平家物語』では、義朝は子の義経の中に確認されながら、義経とともに再び滅亡していった。頼朝は、これを供養したが、一方では異母弟という名の傍流を次々と粛清していった。頼朝に切り離され、弟阿野全成もその子時元も、鎌倉将軍職を望んだ謀反人と見なされ滅亡した。後世、この阿野一族のみならず、歴史の下層に置かれた人々は、その無念を「源氏の落人」としての義経に仮託した。源氏将軍が三代で滅亡した後、伝承の世界で義朝の復権が図られた背景には、権力の外側から自らの生の意味を問うた人々があった。こうした人々の思念の中にこそ、物語研究の次の展望が開けることに心したい。

注

（1）武久堅「「黄瀬川対面」の原風景」（『国語国文学誌』十七号　一九八七年十二月）↓和泉選書『平家物語の全体像』一九九六年八月

（2）元木泰雄「源義朝論」（『古代文化』第五十四巻第六号　二〇〇二年六月）　＊研究史の整理を含め、参考にした点が多い。

〈参考〉この他、源義朝及びその周辺については、研究史が厚い。本稿に関しては、特に次の諸論を参照した。

①山本幸司　講談社選書メチエ『頼朝の精神史』　一九九八年十一月

②野口実『武家の棟梁源氏はなぜ滅んだのか』　新人物往来社　一九九八年十二月

③河内祥輔『保元の乱・平治の乱』　吉川弘文館　二〇〇二年六月
④岡陽一郎「海と河内源氏」〔『古代文化』第五十四巻第六号　二〇〇二年六月〕
（3）　清水眞澄
①「能読の世界—後白河院とその近臣を中心に—」〔『青山語文』第二十七号　一九九七年三月〕
②「後白河院と読経—『平家物語』生成の一指標として—」〔『源氏から平家へ』横井孝編　新典社　一九九八年十一月〕
③「『平家物語』生成伝承と書写山—読経の信仰・音芸・鎮魂の場をめぐって—」〔『青山語文』第二十九号　一九九三年三月〕
（4）　本稿に関わる主要な論考のみを示す。
①徳田和夫「『天狗の内裏』攷—義経伝説と諸本と—」〔『国文学研究資料館紀要』一　一九七五年三月〕
②信多純一「『橋弁慶』の基底」〔『観世』五四巻七号　一九八七年七月〕
③大谷節子
・「『張良一巻書伝授譚』考—謡曲『鞍馬天狗』の背景」〔『室町藝文論攷』徳江元正編　三弥井書店　一九九一年十二月〕
・『兵法秘術一巻書』解説〔日本古典偽書叢刊　第三巻　深沢徹編　現代思潮新社　二〇〇四年三月　所収〕
（5）　渡辺匡一「仏教者たちの場—宥快法師の出自をめぐって—」〔『国文学—解釈と教材の研究』二〇〇〇年六月〕
（6）　滋野井実国とその一門を巡る文芸と人々の交流については、次の諸論に詳しく、参照されたい。
①石川泰水「藤原実国の生涯と風雅」〔『国語と国文学』第六十二巻十号　一九八五年十月〕
②井上宗雄『平安後期歌人伝の研究　増補版』　笠間書院　一九八八年
③中村文『後白河院時代歌人伝の研究』　笠間書院　二〇〇五年六月

鈴木三郎異伝の生成と展開

小林健二

『鈴木家系譜』に見られる鈴木三郎譚

いわゆる熊野九十九王子の一つに藤白王子がある。現在の和歌山県海南市に鎮座する藤白王子権現がそれで、代々の神主家は江戸時代半ばまでは鈴木氏であり、社伝によると久安六年（一一五〇）熊野八荘司の一人であった鈴木重秀が熊野の勝浦から藤白の地に移り住んだのがはじめとされる。日本で一番多い氏姓は鈴木氏であるが、その古い系図を遡ると藤白の鈴木家に到達するようで、鈴木氏のルーツといわれる所以である。

さて、その藤白鈴木家に伝来した古い手紙が天保十年（一八三九）編の『紀伊続風土記』に四通おさめられるが、その内の一通は次のようである。(1)

得便一書申送皆々江暇不申與風罷下出羽はくろ山に付扨もたかたち殿御事非番當番訴訟人門外満々君も見出度ましまます由承次亀井六郎も　御前に見出度無事成と聞及本望不過之者也

文治五年二月廿六日　　　　鈴木三郎　重家　判

文治五年（一一八九）はあたかも義経が衣川の高館で自刃をした年で、義経を慕って羽黒山に到着した鈴木三郎が皆々様に挨拶もせずに下向した非礼を述べ、高館殿（義経）の隆盛と弟亀井六郎の健在を記す文面になっている。

実は、この書簡は現在藤白神社に所蔵されている。(2) 一度散逸したものが再び神社に戻ったとのことであり、吉田昌生宮司のご高配で披見を許されたが、料紙や書体などからは到底十二世紀に遡れるものとは見えなかった。『紀州続風土記』の編者は、他に伝わった亀井六郎重清と弁慶の書状とともに「以上四通文治頃の文体とも見江かたし」と疑うように本物ではあるまい。『義経記』や幸若舞曲「高館」で知られた鈴木三郎譚を逆輸入したかたちで、鈴木家の伝承を形として残そうとした虚構の産物であると考えられよう。このような偽文書が作られたのは、彼の家が義経の郎等であった鈴木三郎重家の出身家であったことを宣伝したかったからに他なるまい。

また、鈴木家には『鈴木家系譜』なるものも伝来されている。(3) 伊弉諾・伊弉冊の尊の神代から始まり、明治に到るまでの長大な系図で、歴代の中には簡略な注記が付される項も見られ、特に重家とその伯父にあたる重善には他に見られない詳しい記事が付されていて目を引く。次に「重家」に付記される記事を引こう。そこには義経の家来として一ノ谷、八島と転戦して軍功があったことを記した後に、次のような由来が記される。他の資料との比較のため便宜段分けをして示すこととしよう。

①源頼朝公義経卿ト御中不和ト相成セ玉ヒ、義経卿奥州へ趣セラレシ時ハ、A重家老母ノ所労ニテ藤白ニ帰住ス。老母没後藤白ヲ潜出立チ、奥州エ趣カントセシニ、②伊豆国府ニテ北条時政之三男時房ニ行逢フ。時房ノ家人源藤太広澄、重家ヲ見識リ無手ト抱ク。重家抱ラレナカラ、短刀ヲ以テ広澄カ弓手ヲ突貫キ、将ニ遁レントセシニ、時房ノ郎等折リ重ツテ、重家竟ニ生捕ラレ、廼チ時房鎌倉エ頼朝公ノ御前ニ出ス。③頼朝公仰ニハ、伊豫守ハ先達テ奥州エ遁レ下リタルニ、汝何故残リ留リシソ。明白ニ述ヘヨト宣フ。重家答云フ、御不審御尤ナリ。吾君都ヲ開セ給フ節、B某老母ノ所労ニ就故郷ニ罷リ在。其後奥州ニ在マス由承リ、御先途ヲ見届ント、国府迄来リシニ、運拙クシテ北条ニ見顕サレ、竟ニ虜ト成リ、面目ナキ仕合ト落涙シケレハ、④頼朝公聞召シ、義経ハ天下ヲ乱サント企ル大逆ノ者ナルニ、汝ハ何故渠ヲ慕フヤ、心中甚奇怪ナリト宣フ。重家従容ニ答云フ、

吾君国家ヲ乱サント計リ給フトノ仰コソ心得ネ。強敵ノ平氏ヲ亡シ大功ヲ立給ヒシカ共、腰越ヨリ追返サセ給フノミナラス、所領迄モ被召放、剰ヘ昌俊法師ヲ討手ニ差登サセ給ヒ、依テ其害ヲ免ン為メ院宣ヲ申下シ給フ事、偏ニ幕府ノ御計ヒトコソ存候ヘト、恐ル、気色ナク述ケレハ、⑤頼朝公又宣フ、義経ニ大功有トハ何事ソヤ。義仲ヲ誅シ平氏ヲ亡セシハ、我多勢ヲ遣ハスニ因テ也。然ルニ己一人ノ功ナリト思ヒ、院ノ気色宜キ儘ニ、他ノ嘲リヲモ不顧シテ、我意ヲ恣ニセンコト、天下ノ人目分明ナリト宣ヘハ、重家莞爾ト打笑ヒ、君ハ天下ノ棟梁ニ渡セ給ヘハ、武ノ道ハ述フルニ及ハスト雖モ、軍ハ勢ノ多少ニヨラス、既ニ三河殿ノ勢、吾君ノ勢ト何レカ多ク、其功何レカ勝レ給フソ。又平家摂州一ノ谷讃州八嶋ニ在シ時、吾君ノ勢ト何レカ多ク有リシソ。愚意ヲ以テ観レハ、勝敗ハ将ノ器量トコソ存スレ。其上渡辺福島ニテ小智臆病ノ了簡ヲ、吾君用ヒ給ハサリシヲ恨ミ、奸曲ノ辧ヲ以テ流言セシヲ君用ヒ給シ故、羣臣其毒尾ヲ避ケ、諷諫ヲ奉ル者モ無之ト見ユ。然ラハ吾君ノ天下ヲ乱サント思召スコト、全ク他ノ讒口ヨリ出テ君ノ御心ニ候ハスト、少モ臆セス述ケレハ、⑥其後仰出サル、旨モナク、重家ヲ左原十郎義連ニ預ケラレ、渠祖父重邦ハ故六条廷尉ノ深ク不便ヲ加サセ給ヒシ者ナレハ、当家エ対シ何ンソ不忠ノ心ヲ挿ムヘキ。義経ニ一味セシ条一旦ノ事ナレハ、自今我ニ仕ヘ本領安堵スヘシト仰出サレシカハ、重家領掌シテ、暫ク鎌倉ニ時ヲ見合セ遁レ出、遂ニ奥州ヘ趣キ義経卿ニ再謁シ、高館合戦之砌義経ト呼リ、於衣川討死ニス、一旦頼マレシ約諾ヲ守リ、信義ヲ立タル事ト云フ。

鈴木三郎重家は弟の亀井六郎重清とともに源義経が頼みとする郎等の一人であった。ことに衣川高館で義経と最期をともにした人物として名高い。と言うよりも、この高館合戦の場面ではじめて脚光をあびる人物なのである。その活躍は、『義経記』巻八や幸若舞曲「高館」で知られるが、この『鈴木家系譜』で取り上げられるのは、彼の高館合戦での奮戦ぶりや最期に関わる話ではなく、その前にあたる話なのである。

右によると、鈴木三郎は老母の面倒を見るために戦線を離れて一度藤白に戻ったが、その母が死んだので義経を慕って奥州に向かう途中で北条時房とその家臣である源藤太広澄に捕まり、頼朝の前に引き出されていろいろと詰問されるもののそれを見事に論破し、かえって頼朝の感心を得ることになり、その隙をついて鎌倉を脱出し、ついに奥州で義経と再会を果たして、衣川で討ち死にしたという話が記される。これは『義経記』や幸若舞曲など巷間に流布した義経譚には見えないエピソードであり、先に紹介した手紙にしろ、この系譜に記された伝記にしろ、鈴木三郎重家を英雄に仕立てるため、鈴木氏に伝承された話によって作られたものと考えられるが、実はこれとよく似た話が『異本義経記』に見られる。

『異本義経記』に採られた鈴木重家譚

『異本義経記』は、『義経記』と名が付くものの、巷間に流布した『義経記』八巻とはまったく別のもので、成立は江戸前期頃とされる(4)。同じ義経の一代を語るにしても、その姿勢は虚構を廃して正史を重んじ、編年体の構成を意識して、記録調の文体によって記された義経伝承集成といった風の書物である。そこには『義経記』や幸若舞曲に見られない独自のエピソードが多く取り込まれていて注目されるが、その一つに「鈴木重家」の項がある。次に、叡山文庫本によって本文を引こう(5)。これも『鈴木家系譜』と比較のために段分けを施した。

②同五年三月、北条五郎時連伊豆ノ国府ニ於テ、鈴木三郎重家ヲ生捕ル。時連国府ニ至ルノ時、僕従《ホクシウ》一人連《ツレ》タル男ニ往逢《ユキアイ》、時節《オリフシ》、時政ノ家人、源藤太広澄ト云者、時連ノ供シタリ。重家ヲ能見知テ、後ヨリ抱ク。此広澄ハ山木兼澄ヲ夜討ノ時、案内シタル者也。伊豆国ニ名ヲ得タル強力也。重家抱《タカレ》ナカラ刀ヲ抜テ、広澄カ弓手ノ腕《カヒナ》ヲ縫《ヌヒ》サマニ貫《ツラヌ》ク処ヲ、時連ノ家人折合テ、終ニ虜、僕従共ニ召捕リ、鎌倉ヘ進スノ処、③重家ヲ庭上ニ召レ、頼朝公直ニ御尋有シニ、重家申テ云ク、伊予守殿都ヲヒラキ給フノ時、某ハ紀州藤代ニ候ヒテ存セス。其後モ伊予守殿御在所分明ナラス候ニヨリ、遅参申処ニ、今奥州ニマシマスノ由。因レ茲御先途ヲ見届奉ランカ為、

奥州へ赴クノ由申上ル。④鎌倉殿聞召レテ、伊予守ハ国家ヲ乱ントスル逆臣ナルニ、汝渠《カレ》ヲ慕フノ志シ奇恠ナリト仰ラル、ニ、重家承テ、伊予守為国家ヲ乱シ給ハントノ上意何事ソヤ。一切《サシモ》ノ強敵ヲ平ケ給フ大功ヲ捨給ヒテ、鎌倉ヘモ入ラレス、腰越ヨリ追上シ給フ而已《ノミ》ニ非ス。故ナク恩賞ノ地ヲ召シ放サレ、剰昌俊法師ヲ討手ニ上セ給フシニ依テ、其ノ害ヲ遁ンカ為《タメ》ニ、院宣ヲ申下シ給ヘル事、偏ニ君ノ御計略《ハカラヒ》ニテコソ侯ヘト、一寸共《チットモ》憚《ハヽカ》ル処モナク申ス。⑤頼朝公聞召レ、義経カ大功何ナルソヤ。木曾ヲ亡シ平家ヲ平ケシ事ハ、頼朝軍勢ヲ遣ス余計《ヨケイ》ニ非スヤ。其ヲ何ソ義経一人ノ功ニ備《ソナヘ》テ、院ノ御気色能儘《ヨキマヽ》、陀《タ》ノ嘲《アサケリ》ヲモ顧《カヘリミ》ス、我意ヲ行述《フルマフ》ノ条、諸人ノ噂《サミスル》処分明也。重家承リ、些頭《スコシコウヘ》ヲ動揮《ウチフツ》テ、君ハ日本国ノ侍ノ棟梁《トウリヤウ》ニテ渡ラセ給ヘハ、勇士ノ道御前ニテ申上ルニ及サル事ナカラ、軍ハ勢ノ多少ニ依ヘカラス。既ニ以テ三河守殿ノ御勢ト伊予守殿ノ御勢、何レ猛勢ニ侯ヤ。其ノ功何レカ勝レ侯ヤ。平家摂津ノ国一ノ谷、讃岐ノ八島ニ籠リシ時、伊予守殿ノ御勢ト平家ノ勢ト何レカ多勢ニ侯ヤ。是ヲ以テ愚意ニ存侯ハ、只将ノ器量ニモヤ侯ハンカ。景時カ己カ小智ヲ以テ渡邊福島ニテ大儀ヲ謀ントスルヲ、伊予守殿用ヒ給ハサル事ヲ恨ミ、僻言《ヒカコト》計支《サヽヘ》申ヲ、君御用ヒ有ニ依テ、真《マコト》ヲ存侯輩モ時ノ権《ケン》威《キ》ニ押レテ申上サル事世ノ風俗《ナラヒ》ナレハ、是非ナク侯。国家ヲ乱サントシ給フ伊予守殿ノ御所存、全ク他ノ為所《ナス》ニ非ス、君ノ御心ニコソ侯ヘト申タリシニ、御前ノ諸士、功ナル申様カナト囁言《サヽヤキ》アヘリ。⑥鎌倉殿、其後ハ仰ラル、御詞モナクシテ、奥ニ入セ給フノ後、重家ヲハ佐原十郎ニ御預ケ有テ、渠《カレ》ガ父庄司ハ六条廷尉《テイヽ》ノ不便ヲ加給フ者ナリ。何ソ当家ニ不忠ヲ存ヘキ。義経ニ属スルノ条、一旦ノ義ナレハ、御家人ニ召加ラレ本領安堵スヘシトノ仰ニテ、重家領掌申シ、暫ク鎌倉ニ徘徊シタリシカ、終ニ鎌倉ヲ忍ヒ出テ、奥州衣川ノ館ヘ参リシト云リ。

文頭の「同五年」とはもちろん文治五年のことである。このように『異本義経記』は編年体を意識するなど『鈴木家系譜』とは記述態度が異なり、鈴木三郎を捕らえる人物名を北条時連（時房の前名であるから同一人物）とするなど小異は見られるものの、両者はほぼ同内容であることが認められよう。ただし注意すべきは、『異本義経記』には『鈴木家系譜』の①にあたる部分がなく、従って傍線Ａ「重家老母ノ所労ニテ藤白ニ帰住ス、老母没後」に対応した③の傍線Ｂ「某老母ノ所労ニ就故郷ニ罷リ在」の部分もない。このように老母に関する記述が『鈴木家系譜』だけに見られるのだが、それについては後述しよう。

ところで、『鈴木家系譜』には重家とともに、その伯父にあたる重善についても詳しい記事が載せられている。この人物は『義経記』や幸若舞曲などにはまったく記載が見えない人物で、佐女牛八幡で重善が牛若と邂逅する話や、甥の重家を追って奥州に下る途次に三河国矢作宿で足を痛めそのまま矢並郷に居着いて善阿弥と名乗ったことなど、三河国に関係の深い人物として述べられる。ところが、この重善についても『異本義経記』の上巻に取り上げられており、その内容がほぼ同じであることから、両者の関係が問題となってくるのである。

この鈴木二郎重善（善阿弥）の話については、山本淳氏が幸若舞曲などで著名な鈴木重家譚の一変奏として位置づけられ、三河における伝承は熊野神人である鈴木氏の唱導を背景としながら、鈴木氏の「家伝」を再構成するかたちで作られたと論じられている。(6)お説のように『異本義経記』に所収された重善のエピソードは、三河における鈴木氏の「家伝」と深く関係すると思われ、その筋で類推すると、『異本義経記』の重家譚も藤白の『鈴木家系譜』の話を取り込んだと推測したくなるが、むしろ、『鈴木家系譜』に記される重家譚が『異本義経記』に拠っていると思われる。その根拠としては、たとえば『鈴木家系譜』の重家の父重倫に付される記事が、『古今著聞集』公事第四「後白河院御熊野詣の時紀伊国司御前に松煙を積む事」をほぼ丸取りしているように、付載される古い記事は自家の伝承ではなく、しかるべき文献資料によって記述されていることがあげられる。また、重善の記事の末尾に「義経十六歳ニテ鞍馬山ヲ忍ヒ出給フ責テハ記念トヨメル」として「かゑりこん帰りこんとわ思ゑともさためなき世に定めなけれは」の他には見られない和歌を唐突に記しているが、これは『異本義経記』の「遮那王海道下」にある歌なのである。これらから『鈴木家系譜』の重家や重善の記事が『異本義経記』に拠ったものであり、『鈴木家系譜』がしかるべき資料によって形成されている過程が窺えよう。

それでは、『異本義経記』は何に拠って重家の項を書いたのであろうか。先学の研究によって『異本義経記』が先行した資料に依拠して作成されていることは明らかであるが、(7)義経周辺の文芸世界を見渡しても今のところ確かな文献資料は見出せない。しかし、この鈴木三郎異伝が流布していた様相は芸能の世界に見ることが出来る。

番外謡曲《鈴木》の鈴木三郎譚

現在は番外曲であるが、鈴木三郎を主人公とした能に《鈴木》（鱸・語鈴木・縄鈴木・重家の異名がある）という作品がある。番外曲であるので、その構成と梗概を次にやや詳しく示そう。(8)

I　鈴木三郎（シテ）が登場し、主君の義経が頼朝に攻められるので奥州に馳せ参じることを述べる。

II　鈴木三郎は母（ツレ）の病を気遣いながら、奥州下向の意志を母に伝えるが母は引き留める。鈴木は異国にも老いた母を振り捨てて戦場に向かった勇者の話があり、本朝では奥州の佐藤次信が母を残して西国に赴き、戦死して名をあげたことを説いて許しを乞い、母も涙ながらに行くことを許す。ここで《中入》となる。

III　頼朝の家臣（ワキツレ）が鈴木三郎を捕らえたことを頼朝（ワキ）に知らせ、頼朝は前に引き出すことを命じる。

IV　頼朝（ワキ）は鈴木三郎に思い残すことがあるならば目前で述べよと迫る。鈴木は奥州に向かう途中に捕らわれたことの無念さを語り、首をはねよと訴える。頼朝は義経が土佐正尊を討ったことを責めると、鈴木は宗盛を鎌倉に護送した時に義経を腰越から返したことの非を説き、さらに討っ手として一門の者ではなく正尊を遣わしたことの頼朝の不覚を申し述べる。

Ⅴさらに頼朝は渡辺で梶原景時が逆櫨の意見をしたのを、義経が聞き入れなかったことを責めると、鈴木三郎は義経が自分の舟には逆櫨は無用と言ったことの正当性を述べ、梶原が義経を猪武者と畜類に例えたことの非を説く。頼朝は他の者からはそのような報告は聞いていないと言い返すと、鈴木はそれは皆が梶原を恐れて口に出せなかったためで、それに同心する頼朝の運も末だと、涙を流して諫言する。それを聞いた大名達は鈴木三郎を褒め称え、頼朝や周りの者も感涙を流す。

Ⅵ頼朝は鈴木三郎の縄を解くことを命じ、縛めを解かれた鈴木は烏帽子直垂の姿で御前へ召される。

Ⅶ御前に参った鈴木三郎は、頼朝から杯をいただき、舞を所望されて［男舞］を舞う。

Ⅷ頼朝はうち解けて、義経を頼みにするより自分に仕えろと勧め、鈴木三郎も領掌したふりをして、その隙をついて義経との情には替えられないと奥州へ下っていく。

以上、Ⅱ段の老いた母との別れ、Ⅳ・Ⅴ段の頼朝との対決、そしてⅦ段の勇壮な男舞を見せ場とする能で、種別としては男舞物の一つに分類されるが、『異本義経記』『鈴木家系譜』の構成と対比させると、ⅠⅡ―①、Ⅲ―②、Ⅳ―③④、Ⅴ―⑤、Ⅷ―⑥というようにプロットの展開が対応しよう。また、Ⅳ段で義経が腰越から帰された不当性と、正尊（昌俊）を討手に差し向けた頼朝の不覚を訴え、Ⅴ段で梶原との逆櫓の論での義経の言い分を説くなど、『異本義経記』『鈴木家系譜』の内容と同じであり、これらが同根にあることがわかる。

また、Ⅱ段で老母故に義経と別れていたことを語り、母を説得して奥州に向かうのは、『鈴木家系譜』の①と対応し、系譜は『異本義経記』に拠りながらも、さらに能によって話を付加させたことが窺えよう。

さて、能《鈴木》は、永禄四年（一五六一）閏三月一日に、雄高山会所元就酒宴の折、近江大夫が「鈴木」を演じたのが演能記録の初出となるが、それより前に、『言継卿記』の天文二十三年（一五五四）に、山科言継が大和宮内大輔と「すゞき」の音曲本の貸し借りをしている記事がみられることや、作者付け資料である大永四年（一五二四）成立の『能本作者註文』や永正十三年（一五一六）奥書の『自家伝抄』に記載が見えることから、十六世紀にあったことは確かな能である。さらに、室町後期成立といわれる『舞芸六輪次第』をはじめとして、江戸初期頃の演出資料が数種残っていることや、間狂言の詞章や資料が、また、江戸初期の『幸正能口伝書』に囃子に関する記事が見えることから、室町時代から江戸時代を通じて上演されていたことが窺える能なのである。

このように《鈴木》は室町後期には成立していたのであるが、能作者によってまったく創作された「作り能」とは考えられず、何らかの材料に拠ったはずである。その素材となった鈴木三郎譚の生成についてを、次の章で考えて見たい。

鈴木三郎譚の生成

鈴木三郎重家という人物は、『平家物語』の諸本中では、義経の郎等として一、二箇所、名前があがるだけで、さしたる活躍が記される者ではない。たとえば、一ノ谷の合戦に先立つ三草山の勢揃において、『源平盛衰記』では義経軍の手郎等として「鈴木三郎重家」の名が弟の「亀井六郎重清」と並んで見える。『四部合戦状本』には「鱸三郎」と見え、『百二十句本』にも名前が記されるが、その他の本には見られない。また、土佐正尊が堀河御所を夜討にする場面では、『百二十句本』で弟の亀井六郎とともに見え、『南都本』では「須々木三郎」、『中院本』では「鈴木三郎」の名前だけが見られる。『平家物語』においては、その程度の扱いなのである。さらに、『吾妻鏡』では、弟の亀井六郎の名が、文治元年五月七日の条に、義経に異心なしの起請文を京より鎌倉へ伝達する使者として出てくるのみで、鈴木の名前はまったく出てこない。

このように『平家物語』では取るに足らない存在だった鈴木の人物像は、義経と運命をともにした家来の一人として、伊勢三郎や駿河二郎などとともに、『義経記』や幸若舞曲などの物語・語り物の世界で劇的に増幅してゆく。

そのハイライトといえるのが幸若舞曲「高館」において、義経の最期に間に合うように奥州へ下り、弟の亀井六郎とともに華々しく戦い、そして雄々しく死んで行くという鈴木三郎像である。そんな鈴木三郎に人々は大いに興味を引きつけられたことであろう。そこで、紀州藤白に居た鈴木が義経の危機を知り、その最期をともにすべく奥州高館へと駆けつける動向に、独自なエピソードの添加がなされるようになったと推測される。

大方家本「高館」は天正十一年（一五八三）の奥書を有する「高館」諸本の中で現存最古写のテキストで、語り物の要素を種々残しているものである。そこに他の舞曲正本には見られない独自異文として、合戦前に鈴木・亀井の兄弟と弁慶らが大手の櫓の上で酒盛りをする挿話があり、その中で鈴木は次のように自らのことを語る。

あふ情なしとよ武蔵殿。かゝる事を申せば、奉公だてにはにたれども、今申さでいつの時申べき。たゞのぶ吉野山にて君のふせぎ矢をつかまつりし時、さとうを見つぐ人もなし。すゞきともにとゞまり、君のふせぎ矢をつかまつり、吉野山をばしのびいで、きのぢをさして落て行。きの国げんじのこわうして、又ふぢしろにをちてゆき、田辺の浦より船にのり、伊勢のとばへ落てゆく。伊賀より打手むかふぞと、みやこよりもしらすれば、又ふぢしろにおちてゆき、人目をつゝみて候いしが、君も又、ひの本のせいしやうぐんとあをがれましますと、遠近人のしらすれば、君をもおがみたてまつり、傍輩たちもこいしくて、七十にあまる母のあま、久しくなじむふうふのわかれ、十一九ツ六ツになるわかどもをふりすてゝ、七十五日にまかりつき、あけなばうち死つかまつらん、このしげいゐに、盃をなどかはたばであるべきこそ。(9)

ここでは、吉野山で義経を落とすべく忠信とともに防ぎ矢をし、伊勢から紀伊藤白に落ちていたものの、義経を慕い、朋輩達もなつかしくて、七十余歳の母や妻子と別れて高館までやって来たという、他の「高館」には見られないエピソードが語られるのである。老母との別離を語るところは、能《鈴木》の前場とも通じよう。

このように、鈴木が奥州に下るまでの途次が、享受者の興味の赴くままにいろいろと増幅して語られていったことが想像され、その中で鈴木三郎が高館にたどり着くまでのエピソードとして、旅の途次に鎌倉で梶原に捕縛され、頼朝に尋問されるがかえってやりこめて感嘆され、領土を安堵される話が付加されていったと考えられよう。そしてその話が能《鈴木》へと劇化していったと考えられるのである。

そして、このような鈴木三郎譚が生まれる契機として、『義経記』巻八の〈所領安堵の話〉が関係すると思われる。『義経記』巻第八「鈴木三郎重家高館へ参る事」には次のような義経と鈴木三郎の対話の記事がある。

鈴木三郎を召して、「抑々和殿は、鎌倉殿より御恩蒙りたると聞きつるに、いかに世になき義経がもとに程なくかかる事の出で来るこそ悲しけれ」と仰せられければ、鈴木三郎申しけるは、「鎌倉殿より紀伊の国に保郷一所賜りて候ひしが、然るべくはかからん為にてや候ひつらん。寝ても醒めても君の御事を片時も忘れ参らせず。御面影眼にすがりて余り参りたく候ひつる間、年頃の妻子をも熊野の者にて候ひしを送り候ひぬ。今は今生に思ひ置く事候はず。[10]

右の傍線部のように、義経は奥州に下ってきた鈴木に、「和殿は鎌倉の頼朝から御恩をこうむったと聞いているが」とたずね、鈴木も「頼朝から紀伊の国に所領を賜った」ことを答える。この頼朝より所領を賜ったという話から、どのような経緯があって受領することになったのかと連想され、このような『義経記』の断片的な記事から、能《鈴木》のごとき異伝へと成長していったことが考えられよう。

さらに、異伝の形成にはもう一つ重要な要因があった。すなわち、鈴木三郎異伝の生成に、頼朝が、敵対して捕縛された者を尋問するが真っ当に反論され、それに感銘して相手を認め、かえって所領を安堵するという、語り物のなかに見られる頼朝像の反映が認められるのである。[11]

例えば、幸若舞曲「十番斬」では、仇討ちの後に捕らわれた五郎時宗に対して、公の狩り場で仇討ちをしたこと、頼朝の郎等を殺したことを咎められるが、時宗は臆せず自分の存念を堂々と述べ、頼朝は感銘して「今より後は頼朝に忠臣たるべし。本領なれば、宇佐美・楠美・河津・三ヶの庄、永代安堵の状、かくのごとく、源の頼朝」と、自ら所領安堵の状を書いて讃える。しかし、時宗は兄の十郎祐時が生きていればともかくも今となっては甲斐がないと、自ら望んで死んでいく。また、幸若舞曲「景清」では、頼朝は千手観音が身代わりとなって生き仏となった景清と対面し、三十七度も自分の命を狙った景清に対して、「頼朝が代にも二万町、合わせて四万町宛て行ふ。今より後は、悪心を翻し、頼朝に仕へ候へ」と、もとの二万町にさらに二万町を添えて安堵する。また、「静」では、鶴ヶ岡八幡宮でみごとな舞を見せて義経への想いをうたった静御前に、駿河国神原八十町を与える。また、捕縛されて手の内にある者ではないが、『義経記』では、主君のために見事な討ち死にを遂げた佐藤忠信に「九郎が志をふつと忘れ、頼朝に仕へば、大国・小国は知らず、八カ国においては何れの国にても一国は」と、敵対していた者を讃え、自分に仕えれば所領を安堵したものを、と語っているのである。

このような頼朝が自分に敵対したために捕縛された者を尋問するものの、かえってその働きに感嘆し、自分の家臣になることを望み所領を安堵するというパターンは、頼朝物の中に散見されるモチーフで、その話形が鈴木三郎譚にも取り入れられて、この異伝が形成されたと考えられよう。天下人として鷹揚な態度をとる頼朝像が増幅するのと相俟って、鈴木三郎異伝のような話が語り物の世界で作り上げられていった過程が窺えるのである。

以上、鈴木三郎の異伝が生成される過程についてを考察した。この異伝は『義経記』や幸若舞曲を補う形で室町期には作られていたのであるが、断章的なものだったので物語や語り物としては残らず、能の題材として取り上げられたことからその命脈を保ち、『異本義経記』などの後世の文芸に取り上げられることとなった。今回は『異本義経記』から藤白の『鈴木家系譜』へと続く展開を見てきたが、鈴木三郎異伝は、番外謡曲の《追掛鈴木》や『狂言記』の《生捕鈴木》、または土佐浄瑠璃『義経記』巻七などへと、江戸時代の芸能世界において展開して行くの

である。その様相については、また別の機会に述べることとしよう。(12)

注

(1)『紀伊続風土記』(明治四十四年、和歌山県神職取締所) 附録巻之五古文書之部「名草郡大野荘」の項。

(2) 藤白神社に現蔵の手紙は文面に異同があるので以下に記す。「得便一書申達候/皆々ヘ暇不申與風/罷下出羽之国はく/ろ山ニ付扨茂高館殿/御事□非番當番訴/訟人門外満々/君茂見出度御由/承次亀井六郎茂御/前ニ見出度無事成ト/及聞本望不過之/者也/鈴木三郎/文治五年二月廿六日　重家/紀州藤白鈴木三郎　一見衆中」。このような文面の違いは、あるいは転写本の可能性も想像できるが、それにしても原本が十二世紀に遡ることは考えにくい。なお、神社蔵の正徳元年(一七一五)五月『諸色控　鈴木三郎』は鈴木家の文書控であるが、そこに四通の手紙のことが記されるので、江戸中期にはあったことが知られる。

(3) 奥書により、明治二十一年に秋田の能味重一氏に写し贈った系譜を、昭和三十一年に平岡利一郎・川久保得三の両氏が秋田に赴いて複写したものであることがわかる。ちなみにこの系図は『海南市史』第三巻資料編Ⅰ(昭和五十四年、海南市役所)に重家の先代にあたる重邦から室町末期までの分が翻刻されている。

(4) 志田元氏「異本義経記《下》」(『伝承文学研究』五号、昭和三十九年一月)、倉員正江氏「『義経盤石伝』と先行史書」(『国文学研究』八十九集、昭和六十一年六月)。

(5) 国文学研究資料館に所蔵される青焼き写真製本版『異本義経記』(チ四―三七七)によった。

(6)「『異本義経記』の鈴木善阿弥」(『説話・伝承学』八号、平成十二年四月)。

(7) 高橋貞一氏「異本義経記」(『佛教大學研究紀要』五十七号、昭和四十八年三月)、大城実氏「『異本義経記』本文のあり方についての検討―義経伝承を載せる中世の諸文献との関係において―」(『立教高等学校研究紀要』十九号、昭和六十三年)、山本淳氏「『異本義経記』と『太平記評判秘伝理尽鈔』」(『軍記と語り物』三十四号、平成十年三月)。

(8)《鈴木》の室町後期から江戸初期にかけての謡本は数種存するが、ここでは台本として整っている国立国会図書館蔵の江戸初期写車屋本(「鳥養休ナ(「ナ」は「右衛門」の「右」の略体)」署名と墨印本)による。

(9)「大方家本「高館」」(『幸若舞曲研究』第四巻、昭和六十一年、三弥井書店)。
(10) 日本古典文学全集三十一『義経記』(昭和四十六年、小学館) の田中本による。
(11) 佐伯真一氏「源頼朝と軍記・説話・物語」(『平家物語遡源』平成八年、若草書房)。
(12) 鈴木三郎異伝が江戸時代の芸能界において展開した諸相については、平成十三年十二月の藝能史研究會東京例会で研究発表を行った。

児童読物・教科書の中の八幡太郎義家

柴田芳成

一

戦前の児童にとって、武士や英雄の物語は身近なものであった。ところが、戦後、児童向け書籍の中から、多くの武士の姿が消えてしまった。源氏の氏神にちなむ「八幡太郎」の異称をもつ源義家も、その例外ではない。

読書体験として、いまの児童が武士と出会うのは、主として伝記作品であると思われる。現在、書店や図書館で手にすることができる伝記物に収められる明治以前の人物を確認すると、聖徳太子、源頼朝、源義経、一休、織田信長、豊臣秀吉、徳川家康あたりがレギュラーといった顔ぶれであり、シリーズによっては収められる人物に、空海、紫式部、信玄と謙信、卑弥呼らがいる。伝記物の構成自体、戦前（武士や軍人が大半を占める）から戦後（幕末の人物、外国人、科学者、作家・芸術家が高い割合で取り上げられる）へと、大きく装いを改めた。一武将としては、義経こそ残っているが、幕府開設者や戦国の英雄でなければ、もはや語られないということになるのだろうか。

本稿では、主として戦前までを対象に「天下第一武勇之士」源義家がどのように語られていたのかを概観し、戦後の児童書から消えた理由をうかがってみたい。

二

明治末から昭和初期にかけて、辞典編纂や演劇評論、児童文学の分野で活躍した楠山正雄は、「日本の国に生れた何人もが子供の時から聞いて知っているはずのごくありふれた、しかしあくまで国土の情味のゆたかな説話を、神話、伝説、童話のいろいろな方面にわたって、わたし一人の心持でとりまとめて[1]」、『日本童話宝玉集』（大正十年、以下『宝玉集』と略す）を編んだ。良質の内容を備える児童書として評価の高い作品である。そこに収められた「八幡太郎」は、次のような文章で始まる。

日本のむかしの武士で一番強かったのは源氏の武士でございます。その源氏の先祖で、一番えらい大将はといえば八幡太郎でございます。むかし源氏の武士は戦に出る時、氏神さまの八幡大神のお名を唱えるといっしょに、きっと先祖の八幡太郎を思い出して、いつも自分の向かって行く先々には、八幡太郎の霊が守っていてくれると思って、戦に励んだものでした。（第一段）

以下順に、八幡太郎の名の由来、鎧三領を射通して清原武則に弓術を示したこと（以上第一段）、前九年合戦での活躍、安倍貞任との連歌（第二段）、宗任を近侍させ心服させたこと、大江匡房に兵法を学んだこと（第三段）、後三年合戦で雁の乱れにより伏兵を察したこと、都への帰途勿来関で「吹く風を」の和歌を詠んだこと（第四段）、鳴弦によって玉体不予を安んじたこと、狐狩りに射殺すのを止めたこと、道長邸で瓜中の蛇を斬ったこと（第五段）と続き、

八幡太郎は七十近くまで長生きをして、六、七代の天子さまにお仕え申し上げました。ですからその一代の間には、りっぱな武勇の話は数知れずあって、それがみんな後の武士たちのお手本になったのでした。（第六段）

と結ばれる。それぞれの逸話の中にも、

いつも義家が、不思議な智恵と勇気と、それから神様のような弓矢の技で敵を退けて、九分九厘まで負け戦に

きまったものを、もり返して味方の勝利にしました。（第二段）

さすがの荒えびすもふるえ上がって、しまいには八幡太郎の名を聞いただけで逃げ出すようになりました。けれども、強いばかりが武士ではありません。八幡太郎が心のやさしい、神様のように情けの深い人だということは、敵すらも感じて、慕わしく思うようになりました。（第二段）

八幡太郎の名はその後ますます高くなって、しまいには鳥けだものまでその名を聞いて恐れたといわれるほどになりました。（第五段）

といった語句が挿入され、武技も心映えも秀でた人物であったと強調される。

楠山はこの後、『宝玉集』を二度にわたって改編する（昭和十三年、二十三年）が、「八幡太郎」は次の改編にあたって『宝玉集』から除かれ、他の神話や英雄の逸話とともに『日本神話英雄譚宝玉集』（全六巻）にまとめられ、その第三冊『源平武士』上（昭和十八年）に収められた。その際、分量は『宝玉集』の三倍程度になっており、内容にも変化が加えられた。全十段（一 軍神、二 九年の長いくさ、三 黄海の大吹雪、四 衣のたて、五 厨川、六 義家と宗任、七 野雁、八 鎌倉権五郎、九 勿来の関、十 弓矢のほまれ）となり、『宝玉集』で用いられた文章はほぼそのまま取り込んだ上で、『宝玉集』では簡単な記述に過ぎなかった前九年・後三年の合戦の顚末を詳細に描き出し、新たに加えたエピソード（鎌倉権五郎景正の剛勇、義光官を辞して助勢など）がある一方、削られた逸話（道長邸での一件）もある。また、『宝玉集』の「狐狩り」は宗任が登場せず、動物までも義家を畏れた例とされたが、『源平武士』（第六段）では宗任を登場させて、他の宗任関係話（『宝玉集』第三段）とまとめられた。この改編を通じて、大まかな義家逸話の雑纂集から、比較的まとまった義家一代記へと成長したといえる。

このほか、義家に関しては次のような作品がある。(2)

明治25年5月・家庭教育歴史読本（第九編）「名古曾の関」小中村義象著、博文館

明治30年2月・日本お伽噺『八幡太郎』大江小波編・筒井年峰画、博文館
明治41年12月・お伽画帖（第二二編）『八幡太郎』小波編・安信画、博文館
明治43年3月・日本お伽噺『八幡太郎義家』青葉山人編・笠井鳳齋画、島鮮堂
明治44年2月・教育絵ばなし『八幡太郎』、富里昇進堂
大正10年12月・『日本童話宝玉集』「八幡太郎」楠山正雄著、富山房
大正14年6月・英傑伝記叢書一『八幡太郎と鎮西為朝』、子供の日本社（未見）
昭和4年2月・小学生全集『日本童話集』下「ハチマンタラウ」、興文社・日本文芸春秋社（未見）
昭和5年9月・小学文庫（三年用）『八幡太郎』山川玄太郎著、玉川学園出版部
昭和9年11月・少年大日本史八『源義家』、東京絵建設社（未見）
昭和10年3月・少年史伝叢書『少年八幡太郎義家』大久保龍著、大同館書店
昭和13年5月・講談社の絵本『八幡太郎義家』菊池寛著・山川永雄絵、講談社
昭和18年2月・『八幡太郎義家』野村政夫著、天佑書房
昭和18年5月・日本神話英雄譚宝玉集『源平武士』上「八幡太郎」楠山正雄著、富山房

絵が中心の作品から高学年を対象としたと思われる文章の作品まであることから、児童の年齢にふさわしい義家の物語が用意されていたということができるだろう。そして、出版点数の多さからも、それらが好評を得て受けいれられていたことがわかる。

さて、これら児童読物の中に描かれる義家は、

むかしから、戦争の巧手な大将と、神様のやうに崇められてゐる八幡太郎義家と云ふ方は

（日本お伽噺『八幡太郎義家』・冒頭）

義家公のやうな良い大将は、強い中に優しい所が在て、今の世までも多くの人に敬ひ尊ばれてゐるのであります。めでたしめでたし。（同前書・末尾）

我ガ国人ガ神ノ如ク敬ウ八幡太郎義家ハ（中略）文武ノ道ニ秀デ忠孝ノ念ニ厚ク、天晴レ一生ヲ送ラレタカラ、其ノ当時ハ元ヨリ後ノ世ノ今日マデ斯ハ敬ヒ慕フノデアリマス（教育絵ばなし「ハシガキ」）

などと、神にも通じるような存在とされ、物語の昔だけでなく、当時においても尊崇の対象であることが繰り返し説かれる。その理由としては、義家個人のもつ英雄性への憧憬が第一であろうが、菊池寛が「『八幡太郎義家』の絵本を推奨す」と題した文章に、

日本で弓矢の総本家といへば、何といつても先づ八幡太郎義家であらう。戦争が強いばかりでなく、風流の志も深く、而も人格が高潔で情に厚いのだから、義家こそ正に武将の資格満点である。（中略）現下の時局、殊に武勇が益々尊重せられなければならぬとき、日本の子供たちが、この絵本によつて、義家の人格を知り、大いに学ぶところがあるのではなからうか。（講談社の絵本・表紙見返し）

と記したことに端的に表れている通り、日清戦争の勝利から太平洋戦争へと向かう時代の中で、次代への教育という面を有した児童読物にも、尚武思想の養成に益することが求められたという事情もあった。ただし、それと同時に、

あはれ紫のゆかりやうゝ色さめて、鎌倉山に名のり出けん、郭公の声と共に、世は白旗の靡かぬ限なきに至りしは、時運のしからしめしものとはいへ、またこの君の力にあらずや。（家庭教育歴史読本・末尾）

其後二三代目になつて、あの頼朝と云ふ大将が、驕る平家を亡ぼして、とう〳〵鎌倉に幕府をかまへ、日本六十余州をば、残らず源氏の配下にしてしまつたのも、矢張りその元因を糺せば、此の八幡太郎のお蔭であります。めでたし〳〵。（日本お伽噺『八幡太郎』・末尾）

この後源氏の子孫は次第に栄へて、後に鎌倉幕府を開いて天下に号令するやうになりました。（小学文庫・末尾）

ノチニ源頼朝ヤ義経ガ平家ヲホロボシテ鎌倉ニ幕府ヲヒラクコトガデキタノモケライタチガ義家ノゴ恩ヲワスレズニ一シャウケンメイハタライタカラデス。

（講談社の絵本・末尾）

といった文章からは、純粋な義家軍神観だけではなく、後代の歴史からの逆算的な思考が働いていることもうかがえる。

三

かつての児童を取り巻く環境において、遠い時代の武将たちに接する機会は、何も絵本ばかりではなかった。

頼光の名を聞伝へて（中略）今も其お姿は、諸君よく御存じ、ソレ紙鳶の絵に残て居りましやう。

（日本昔噺『大江山』）(3)

お正月の紙鳶の絵や、浅草の観音様の絵額で、諸君お馴染の源三位。

（日本お伽噺『源三位』）(4)

などと記されるように、彼らの絵姿はしばしば目にするものであり、児童雑誌の付録に「英雄双六」が付くこともあった。『教訓英雄歴史双六』（明治三十五年）の十五人には、牛若丸や羽柴秀吉、楠木正成らとともに、源三位頼政（鵺退治）、源義家（衣川連歌）が描かれている。(5)

しかし、人物像を含めて、何らかの知識を全国民共通のものとするにあたっては、教科書からの影響が最も大きかった。そこで次に、教科書の中に表れた義家像を確認してゆきたい。教科書制度は、明治初期の自由採択制から、開申制（明治十四年）、認可制（明治十六年）、検定制（明治十九年）と移行するが、ここでは明治三十七年から採用された国定教科書を中心に扱う。(6)

義家の名前は、修身・国語・歴史の中に見出されるが、まず、修身の場合からみてゆこう。国定第一期（四14）、第二期（四15「知識をひろめよ」）は、ともに匡房に兵法を学んだ話が採られるが、これは国定以前の『小学修身訓』（中31、明治二十五年）も同様であった。なお、第三期以降には義家の話題はみえない。

八幡太郎義家は、ある日、よそに行って、いくさの話をしてゐました。大江匡房といふがくしゃが、それをきいて、「よいむしゃであるが、をしいことには、いくさのほーを知らん。」と、ひとりごとをいひました。義家のとものものが、それをきいてゐて、義家につげました。義家は、すぐに、匡房にたのんで、いくさのほーをまなびました。その後、また、いくさがあって、義家がてきをせめにいったとき、はるかあなたの田へ、多くのがんがおりようとして、にはかに、れつをみだしてとびさりました。義家は、匡房から、をしへられたことを、おもひだし、「がんのれつがみだれるのは、ふくへいがあるためであらう。」と、いって、へいしに、さがさせました。はたして、大ぜいのてきが、かくれてゐました。

なにごとをするにも、ちしきをみがかねばなりません。タマミガカザレバ光ナシ、人マナバザレバチナシ。

（第一期・四14）

また、国語教科書では、第一期に義家の話題はないが、第二期には後三年合戦で剛臆の席を分けて将士を励ました話（三15「ミギトヒダリ」）があり、第三期（五20「八幡太郎」）、第四期（九4「八幡太郎」）、第五期（五10「武士のおもかげ」）では、いずれも狐狩りの折、宗任に背を向けて矢を戻させた話を載せる。第五期はこれに匡房に学んだ話も加わる。国定以前には、『小学読本』（四36、明治八年）、『小学中等読本』（三、明治十四年）、『〈小学中等〉新撰読本』（四、明治十七年、〈 〉は小字、以下同じ）、『尋常小学読本』（四21、明治二十年）、『帝国読本』（六18、明治二十六年）、『尋常小学読書教本』（六12、明治二十七年）、『国語読本〈高等小学校用〉』（二11、明治三十三年）に、修身の場合と同様、匡房に兵法を学んだ話が、後三年合戦で役立ったことと合わせて語られている。[7] 匡房に学ぶ話は修身とほぼ同じなので、ここでは、国定国語にのみ採用された狐狩りの話を挙げる。

八幡太郎義家が或日安倍宗任をつれて広い野原を通りますと、狐が一匹とんで出ました。義家はせ中のうつぼから、かりまたをぬいて狐をおつかけました。いころすのもかはいさうだと思つて、両耳の間をねらつて、頭の上をすれ〳〵にいました。矢は狐の鼻のさきの地面につつ立つて、狐はころりとたふれました。かけよつて見て、宗任が「矢はあたつて居りませぬのに、狐は死んで居ります。」と言ふと、義家が「びつくりしてたふれたのだ。ほつて置け、今に生きかへる。」と言ひました。さて宗任がかりまたをぬき取つて、義家にかへしますと、義家はせ中をくるりとむけて、うつぼへさゝせました。かりまたは、矢じりがつばめの尾のやうにわれた、たいそうするどい矢で、宗任はつい此の間義家にかうさんしたてきの大将なのです。「あぶないことだ。もし宗任に悪い心があつたら。」と、義家の家来どもはひや〳〵したといひます。（第三期・五20）

「教科書の伝記教材は分量の制約上、教育目標の観点から必要とされる、特定のエピソードだけがとりあげられることが多い(8)」が、修身・国語での扱われ方から、教材としての義家に期待されたのは、まず第一に、匡房に兵法を学ぶ姿であったことがわかる。この説話は、国定以前には修身と国語の両方で、国定の第一・二期は修身、第三・四期には歴史（後述）、第五期は国語というように、常に取り上げられた話材であった。そこに課された教育目標とは、「知識をひろめよ」（第二期修身）、「義家の学問にこゝろざしたる話」（『尋常小学読本』）という章段名や、「タマミガカザレバ光ナシ、人マナバザレバチナナシ」（第一期修身、第二期も同じ）との本文末評が語る、「学問の大切」である。また、国語が取り上げた「狐狩り」の一件は、「あぶないことだ。もし宗任に悪い心があつたら。」（第三期国語）と、心配する家来たちとは異なって、戦が終わり、家臣としたからにはそれが敵対した相手であったとしても受けいれる、彼の度量の広さを示す話題であり、そこからは「信頼」という徳目が導かれるだろう(9)。

ところで、同じく教育を目的とした近世の往来物をみると、「雁の乱れ」から伏兵を察したという説話は、『本朝千字文〈傍注〉』、『絵本今川状』にも引かれて、文武両備の大事を説く例となっているが、「狐狩り」の逸話が取り上げられることはない。『本朝千字文〈傍注〉』、『〈絵入〉皇朝三字経』などには、衣川柵での貞任との連歌が引かれ、「強勇の人にても古へ人は和歌の道にも達したり」（『〈絵入〉皇朝三字経』）と評される(10)。児童読物の場合も、衣川の連歌、勿来関「吹く風を」の和歌によって、義家の文雅にも通じた姿を描き出そうとしていた。この点は、教科書の描き出す義家像に欠落したイメージであるが、義家に限らず、修身・国語の教科書に登場する武士は、みな武勇や忠義の体現者であって、風流を例示することは期待されていない存在であった。

では次に、歴史教科書はどうであろうか。歴史の場合、明治初期から国定期へと叙述方法自体に変化がみられる。たとえば、自由発行の時期に行われた教科書の記事は、次のようなものである。

『史略』(明治五年)

第七十四代堀河天皇と申す、白河天皇の御子也、此時出羽国に於て武衡家衡乱を作す、源義家これを討つ

『日本略史』(明治八年)

清原武衡・家衡、乱ヲ出羽ニ作シ、金沢ノ柵ニ拠ル、源義家、攻メテコレヲ抜キ、武衡・家衡ヲ斬リ、事平ク、コレヲ後三年ノ戦ト云フ

これらは歴代天皇を見出しに立て、その在位中の記事を箇条書きにするという、いわば六国史的な記述方式であるが、これが次第にトピックスや人物でつづる日本の歴史といった様相を帯びてくる。『〈小学〉国史紀事本末』(明治十六年)では、「奥羽ノ乱」として前九年・後三年合戦の両方が述べられ、『帝国小史』(明治二十五年)では、「八幡太郎義家」の章が立てられた。そうした中で義家の事跡についても次第に説話が盛り込まれるようになる。『〈小学校用〉日本歴史』(明治二十六年)の「源義家」では、八幡太郎の名の由来に始まり、父頼義とともに前九年合戦を戦う(黄海の苦戦、貞任との連歌、宗任を身近に召し使う)、匡房に軍法を学ぶ、後三年合戦に雁の乱れから伏兵を察した、といった話題が並ぶ。歴史の流れそのものよりも、義家に寄り添った内容であることに加え、貞任との連歌の後に「昔ノ勇士ハ斯ク心ユタカニゾアリケル」といった文句が入るなど、『宝玉集』などの児童読物の世界に近似してくる。

国定第一期（一15「源義家」）の前半は、「源経基の子孫には、武士の大将として、名高き人人多かりき。」と始まり、頼信が平忠常の乱を平定したこと、頼義が前九年合戦を収めたことが記され、義家については「この戦を、世に、前九年の役といふ。この戦に、義家は年なほ、若かりしかども、武勇すぐれ、父を助けて功多かりき。」とあるだけであり、続く後三年合戦の記事は「この時、義家は陸奥守となりしかば、みづから、行きて、これを討ち、弟義光、藤原清衡とともに、三年の後に、やうやく、これを平げたり。この戦に、義家は、乱れとぶ雁のさまを見て、野に伏兵あるをさとり、その難を免れたることありき。世に、これを後三年の役といふ。ここにおいて、東北の方しづまり、源氏の名、いよいよ、武士の間に高くなれり。」となっており、「雁の乱れ」にふれてはいるが、その前段階の匡房とのやりとりや、国定以前の前九年合戦の記述で必ず語られていた衣川の連歌についても述べておらず、国定直前の教科書よりも逸話を盛り込むことは抑えられた。第二期（一15「源義家」）では、父祖と前九年合戦について述べる前半は、第一期とほとんど変わりないが、後三年合戦の記事に「此の戦に義家は剛臆の座を分ちて部下の将士を励まし」や、「朝廷は此の役を以て義家等の私の戦なりとし、其の戦功を賞し給はざりしかば、義家は己が財を分ちて部下の将士をねぎらひたり。これより義家は益々武士の間に重んぜられ、源氏の勢は一層強大となれり。」といった文言が加えられる。そして、第三期（上16「源義家」）にいたって、匡房に学んだ話や義光の助勢なども含んだ長大な物語的叙述となる。第四・第五期では、文章が文語体から口語体に改められてはいるが、内容は第三期とほとんど同じである。後三年合戦の部分を示す。

さて奥羽の地方にては、さきに清原武則、頼義に従ひて安倍氏の乱を平げ、遂に安倍氏に代りて勢を得たりしが、白河天皇の御代に至りて、其の子孫の間に争起りて、奥羽地方再びみだれたり。義家陸奥守となり、此の乱を平げんとせしが、武則の子武衡等は金沢に拠りて義家に抗せり。ある時義家これを攻めんとして進みしに、途中にてはるかに雁の列をみだせるを見て、たちまち兵法に「野に伏兵ある時は飛雁列をみだる。」といへることを思ひ出し、兵を発して其の野をさぐらしめしに、果して敵の伏兵を発見し、たゞちに之をみな殺しにせり。義家部下に語つていはく、「われ若し兵法を学ばざりせば、危き目にあふべかりしなり。」と。此の頃義家の弟新羅三郎義光兄の身を気遣ひ、官を辞してはる〳〵京都より下り来れり。義家涙をながして喜びていはく、「よくこそ来つれ、亡き父上にあふ心地す。」と。これより二人力を合はせて攻めたれども、敵もよく防ぎ戦ひて、久しく屈せざりき。よりて義家は兵士の心をはげまさんとて、毎日兵士の戦ふ様を見、剛の者と臆病者との席を分ちて、戦終りたる後、それ〳〵の席に着かしめたれば、兵士はいづれも剛の者の席に着かんと心がけて、皆勇み戦へり、鎌倉権五郎景正が、わづかに十六歳にして、武勇のほまれをあげたるも此の時のことなり。

かくて年月たち、城中兵糧乏しくなりて、其の勢やうやく衰へ、武衡等は遂に城を焼きて逃げいでたり。義家追ひうちて之を斬り、奥羽地方全く平ぎぬ。時に〈第七十三代〉堀河天皇の御代の初にして、世に之を後三年の役といふ。乱の後義家は、戦功の賞を朝廷に請ひたるに、許されざりしかば、義家はおのが財産を分ちて部下の将士に与へたり。これより義家はます〳〵武士の間に重んぜられ、源氏の勢は殊に東国にて盛になれり。

第一期から五期までを通じて、歴史教科書は「史実の有機的関係とその因果的説明を忘れた断片的物語に陥って」おり、結果として「皇国主義の宣揚に終始した[11]」。特にこの第三期には、教科書の書名が「日本歴史」から「国史」へと変わり、教材に「天の岩屋」「大国主命の国土献上」「八岐の大蛇」が加わるなど、全体に国家主義的な傾向が強まってくるといわれる。義家の場合、武士の本分として戦に従事することは当然だが、それが様々な逸話で綴られるという点は、児童読物にあったように、軍国主義的な色彩の付与といえるだろう。

なお、教科書中の人物は児童の目標たるべき理想像であるから、いずれの教科書でも、義家像にマイナスイメージを付与する話題、たとえば後半生における弟義光との争いや次男義親の不義、あるいは悪趣に堕ちる説話（『古事談』四）や女性関係の話題（『古今著聞集』九）は、決して語られることはない。

四

ここまで、明治から昭和戦前の義家像をみてきた。戦後の児童書としては、少年少女日本歴史小説全集『八幡太郎義家』（真鍋呉夫著、昭和三十三年・講談社）が確認できた。『陸奥話記』、『後三年合戦記』、『古事談』、『古今著聞集』などの古典に基づく点は戦前の諸作品と等しいが、その内容には作者の創作になる心中描写、情景描写も多く、叢書名通り、歴史小説といえる作品である。その後の児童向け作品は、管見の限り見あたらない(12)。

戦後、児童書から八幡太郎義家の姿が消えたことについては、平和を最上の価値の一つとする時代に、戦事に生きる武士という存在が不適合であったからというほか、特に理由は見つからない。

ところで、細々とではあるが、現在も児童書の中に語り続けられている中世以前の源氏武士がいる。現在刊行されている児童向け書籍には、古典作品の現代語訳シリーズが複数あり、そこでは「御伽草子」に一巻があてられ、「鉢かづき」や「ものくさ太郎」などとともに「酒呑童子」（主として渋川版に基づく）が収められていることが多い。古典の現代語訳のほかにも、「酒呑童子」を書名とする絵本があり、源頼光の活躍を描く。京の絵本『酒呑童子』（平成六年・同朋舎出版）は渋川版の現代語訳といった様子であるが、日本の物語絵本『酒呑童子』（平成十五年・ポプラ社）は、酒呑童子の髪にふくろうが住み、そのふくろうが絶えず頼光一行を警戒するほか、頼光以外の五人について「三百人力とうわさもたかい、渡辺綱。鳥や動物のことばがわかる、坂田金時。水がへいきの、藤原保昌。火をつかう、碓井貞光。うらないの名人、卜部季武。」と、それぞれに特技を設定する（保昌の力で川を渡り、貞光が鬼が城に火を放つ）といった新趣向を凝らしている。近世に「頼光物」は多いが、戦前の児童読物の中でも、「いったいこの頼政は、あの大江山の鬼を退治した頼光には五代めの孫に当たりました」（『宝玉集』「鵺」）、「〔義家の」オヂイサンハ源頼信トイッテ大江山ノ酒呑童子ヲタイヂシタ源頼光ノ弟デス」（講談社の絵本『八幡太郎義家』）[13]などと、頼光は別の人物が主人公の作品の中にも顔を出していた。古典作品の改変という問題は別として、「酒呑童子」は現代に合う姿を模索しながら、語り続けられている。

頼光と義家との差、彼らの間で決定的に違うのは、それぞれの戦った相手ということになろう。頼光の退治した酒呑童子は彼自身が何と語ろうとも、読者にとっては鬼であり、その点では「桃太郎」や「一寸法師」の場合と同じで、頼光も含めてお話の世界の住人となる。それに対して、義家の敵は、たとえ夷と称されていようとも、彼らは歌を詠み返す心をもった人間であり、その戦は日本の歴史の一部として残っている。義家も鳴弦によって天皇を悩ませる魔物を退散させたが、その説話は短くて起伏に乏しい上に、何よりも相手の正体がわからないままに終わる。それでは、酒呑童子だけでなく、土蜘蛛や茨木童子も退治した頼光一行にはかなわない。

義家は、武家中心の政治を構想して歴史に名を残したわけではなく、魔物退治のヒーローの座を勝ち得たわけでもなく、戦事を専らとする最も武士らしい武士として長く語り続けられた。そして、そのためにこそ現代での居場所をなくしたといえる。

注

（1）『日本童話宝玉集』「おぼえがき」。ただし、同書の引用は、同書を再編纂したものである講談社学術文庫『日本の英雄伝説』（昭和五十八年・講談社学術文庫）によった。楠山正雄については、瀬田貞二「楠山正雄解説」（『日本児童文学大系』11、昭和五十三年・ホルプ出版）、楠山三香男『楠山正雄の戦中・戦後日記』（平成十四年・冨山房）などを参照。

（2）児童書については、『日本児童文学大事典』（平成五年・大日本図書）、鳥越信編『はじめて学ぶ日本児童文学史』（平成十三年・ミネルヴァ書房）、同『はじめて学ぶ日本の絵本史』一～三（平成十三～十四年・ミネルヴァ書房）、勝尾金弥『黎明期の歴史児童文学』（昭和五十二年・アリス館）、同『伝記児童文学のあゆみ』（平成十一年・ミネルヴァ書房）を参照。
（3）明治二十八年・博文館。ただし、引用は同本を底本とした東洋文庫『日本昔噺』（平成十三年・平凡社）による。
（4）明治三十年・博文館。ただし、引用は臨川書店の複製版（大正十一年二十九版、昭和五十年）による。
（5）唐澤富太郎『図説明治百年の児童史』（昭和四十三年・講談社）。
（6）教科書の引用は『日本教科書大系　近代編』（昭和三十六〜三十九年・講談社）による。教科書の歴史については、唐澤富太郎「教科書の歴史教科書と日本人の形成（上）（下）『唐澤富太郎著作集』6・7、平成二年・ぎょうせい）を参照。
（7）『〈小学中等〉新撰読本』五には鎧三領を射ること、『国語読本〈高等小学校用〉』には勿来関の和歌のことも記される。
（8）中村紀久二『教科書の社会史』（平成四年・岩波新書）。
（9）この狐狩りの話題は、宗任とのやりとりを描くが、その一方で、宗任を登場させず、義家の威勢に動物さえも畏れをなしたという方向で描かれることもある。（日本お伽噺『八幡太郎』、『宝玉集』など）。また、宗任の義家への心服は、夜、命を狙って牛車の中をのぞいたものの、安心しきって眠っている姿に心打たれたからとする作品もある（小学文庫『八幡太郎』、日本神話英雄譚宝玉集『源平武士』など）。
（10）この他、『英将義家往来』（文政三年）は、義家一代の伝記といえる往来物。
（11）この段、『唐澤富太郎著作集』6「Ⅶ　第Ⅲ期国定教科書　四歴史教科書の発展」による。
（12）谷恒生『八幡太郎義家』（平成五年・河出書房新社）も確認したが、大人を対象とした歴史小説。
（13）「此の源三位といふ人は、これも諸君御存じの、大江山の鬼退治で、日本中に名を知られて居る、あの頼光の五代目の孫です」（日本昔噺『源三位』）という例もある。

付記　児童書・教科書とも、引用にあたって、ルビ・傍点などは省略し、漢字や段落分けなどは表記を改めたところがある。

第三部　軍記の景観

伝松室種盛筆『保元物語』について

──その紹介より東大国文本に及ぶ──

原水民樹

一

伝松室種盛筆『保元物語』、小稿に松室本と私称する『保元物語』の写本は、平成十五年一月慶文堂書店より購入したものである。まずは書誌を記す。表紙は香色雷文繋ぎ（押型）の後表紙（下巻は元表紙もあり）。外題は上巻にはなく、下巻元表紙中央に「保元物語」と別筆うちつけ書き、また、元表紙左に「保元物語」とのうちつけ書きの痕跡あり。内題は、上巻にのみ「保元物語　上」（端作）。二巻二冊。墨付紙数上巻六四丁、下巻六七丁。袋綴。楮紙。寸法二八・二×二一・三糎。一面一〇行。平仮名交じり。各巻第一丁表上欄右に「松室本家」と墨書、喉中央に「師／範」の墨方印（一・二糎）、更に、下巻元表紙見返しに「種盛君御筆跡／松室本家／先代之御手跡大切ニ可致事」他の書き込みがあり、「松室本／□□印」の墨長方印（三・〇×二・四糎）が押捺される。また、下巻元裏表紙に「種生修補」、見返しに「祇園詠歌／我宿の千本のさくら花咲は／うへをくひとの身もさかへなん」と墨書される。

以上が書誌の概要だが、上掲書き込みは、当該写本が松室本家に伝えられていたこと、その筆写者が種盛なる人物であること、子孫の種生が修補を加えたこと、などを伝えている。当該写本が種盛の筆であることを記す「種盛君御筆跡松室本家先代之御手跡大切ニ可致事」の書き込みについては、その筆跡が下巻元裏表紙に記された「種生修補」のそれと同筆と判断されることより、種生の筆と解される。種生は種盛の玄孫に当たる人物だが、種生が記すように当該写本が種盛の書写になるものか確かなところは分からない。ただ、種盛筆を否定する積極的な根拠もないので、とりあえずは、当該写本の筆者を種盛とする種生の記載に従う。

松室本の書写者とされる種盛は、京都市西京区にある松尾月読社の第四十八世祢宜職の松室種盛に同定されよう。月読社の由来については京都の地誌類に説明があり、今、それらの要を採ると、顕宗天皇三年、阿閇臣事代が任那において月読神の神託を得て、帰朝後、山城葛野哥荒洲田の地に月読神と高皇彦霊神を配祀し、壱岐より忍見宿禰を招いて奉仕させたことを始源とする。なお、月読社の祢宜職松室氏については、羽倉敬尚氏「洛西松尾月読宮譜代祢宜職松室氏系譜要綱并考證」（『神道史研究』第六巻三号　昭33）に詳しい。

種盛の生涯を略述すると、月読社第四十七世祢宜職重種の長子として承応二年（一六五三）九月に誕生。母は、元幕臣木村藤右衛門久家の女呂久子。幼名は熊丸、十五歳冬に元服して大蔵と称し、元禄四年（一六九一）七月より式部と称した。実名は、貞享年間に種麻《ヲ》、後に種盛と改めている（『種盛日記』元禄五年七月二十日条）。宝永元年（一七〇四）十二月二十六日に従四位下に叙せられ（同記宝永二年正月四日条）、享保十八年（一七三三）八月四日、八十一歳の生涯を終えた（『種愷日記』該日条）。種盛の後嗣で、第四十九世祢宜職を襲った種愷は、白話小説と中国語の研究で知られる稗官五大家の一人松室松峡である。松峡の事跡は、宗政五十緒氏[1]が詳しい年譜を付して明らかにしている。

また、松室本の修補者である種生（寛延三年〈一七五〇〉～文政五年〈一八二二〉）は、種盛の玄孫（実際の血筋は曾孫）で、月読社第五十三世祢宜であり、「月読宮の興隆及び松室家名顕揚に著功」のあった人物と伝えられる。羽倉氏前掲論文に拠れば、月読社は、応仁の乱後疲弊し、多くの社領地を売却した。その責に依り、重俊・重治父子は祢宜職を罷免され、替わって松尾社神主相豊の二男重清の経営するところとなる。以後、月読社は松尾社の末社待遇に甘んじることとなるが、これを独立した一社として回復させ、また、社殿造替その他月読社顕揚に力を尽くした人物が種生であったという。社運の回復に尽力した種生であれば、先祖の書き伝えた写本の湮滅することを憂えて修補を加え、「先代之御手跡大切ニ可致事」との一文を記し添えることはありうべきことと思われる。松室本の筆者を種盛とみることについては、筆跡の点からいくほどかの疑問なしとしないが、その日記に依れば、種盛は書籍に強い関心を持ち、多数の書物を筆写・校合しているので、状況的には彼を松室本の筆写者と見なすことに不都合はない。種盛と『保元物語』との係わりについては、『種盛日記』（天和二年五月二十九日条、種盛三十歳）に、「神皇正統記ヤ保元物語ニ今ノ帝都ヲ守ルヘキタメニ松尾ノ神京西ニ鎮座シカモノ神東ニ降臨アリ」と見える。当該記述は、『保元物語』上巻「将軍塚鳴動并びに彗星出づる事」（旧大系本付録古活字本の章段名に拠る）の段中の一文を指すと思われ、このことより、種盛が天和二年（一六八二）当時既に『保元物語』を見ていたことが分かる。ただし、それが松室本と係わるものだったか否かは明らかでない。

二

以下、松室本本文について検討を加える。中で京図本系統に触れる機会が多いが、該系統については、その内部を根津本系列・京図本系列・史研本系列の三系列に細分する犬井善壽氏の提説[2]に従う。各系列に属する伝本は左の如くである。小稿に言及する伝本については（　）内にその略称を示す。

○根津本系列

学習院図書館蔵斑山文庫旧蔵慶長十二年奥書本（斑本）・京都国立博物館蔵本（博本）・神宮文庫蔵賢木園文庫旧蔵本（神本）・筑波大学附属図書館蔵根津文庫旧蔵本（根本）・仁和寺蔵本（仁本）・蓬左文庫蔵平仮名交本（蓬

本）・龍谷大学図書館蔵本（龍本）

○京図本系列

京都大学附属図書館蔵本・学習院図書館蔵慶長十六年奥書本・早稲田大学図書館蔵枡型本

○史研本系列

京都大学文学部国史研究室蔵本（史本）

これら伝本の本文引用に際しては、必要と思われる場合を除き、振り仮名の類を省略する。

松室本は二巻二冊からなるが、結論を先にすれば、上下巻が各々別系統の本文を有する、いわゆる取り合わせ本と判断される。上巻は東京大学文学部国文学研究室蔵本（以下、東大国文本と略称）に、下巻は京図本系統史研本系列の史本に、それぞれ酷似している。まずは、東大国文本と酷似する上巻について述べる。東大国文本は、昭和五十四年八月、久保田淳氏(3)によりその存在を世に紹介されたが、その後、特に言及されることもなかった。しかるに、平成九年十月、早稲田大学大学院文学研究科日本文学専攻中世散文研究室生諸氏(4)により、翻刻を付して、詳細な調査報告がなされ、この結果、東大国文本は、全二巻の中、下巻を欠失した上巻のみの零本ながら、既知の系統のいずれにも属さない独自の本文を伝える孤本であることが明らかにされた。小稿に取り扱う松室本上巻はこの東大国文本に酷似する本文を伝えている。ただし、各々が固有の誤りを有することより、松室・東大国文両本は直接的な書承関係にはなく、兄弟もしくはそれに準じる関係にあると推測される。以下、両本間の異同のいくつかを示して、その径庭の具体を見る。本文は松室本に拠るが、参考のため本文末（　）内に早大翻刻冊子における所載頁を記す。

まずは、東大国文本に見られる誤りの事例を示す。

①東三条の留守少監物ふちハらの光定以下武士両三人(12)（傍線稿者、以下同）

傍線部、東大国文本「とまり守」。松室本が妥当。

②凡万物憂候事は(20)

当該部、東大国文本「をよそはんふつうく候事は」。「およそよろづものうくさふらふことは」と読むべきところで、東大国文本は、松室本の如き漢字表記を読み誤ったものと思われる。

③おさなきより兄弟しんるいをもおしのけて(31)

傍線部、東大国文本「しんるい」。松室本の如くあるべきか。

④大鏑打つかひて(39)

傍線部、東大国文本「大てき」。松室本が妥当。

⑤遠矢にい進たりけるか(44)

傍線部、東大国文本「いすゝみ」。「いまゐらせ」と読むべきところで、東大国文本は、松室本の如き漢字表記を読み誤ったものと思われる。

⑥何方へ仕るへしと申せは女房阿波の局かもとへとおほせられ近付てたゝけ共(47)

傍線部が東大国文本にはない。早大翻刻冊子は「この辺り脱文あるか。」と注記する。確かに東大国文本には明らかな飛躍があり、脱文想定については従うべきかと思う。松室本の形でもとりあえず意味は通る。

次いで、松室本における誤りの事例を示す。

①依レ之一院とたかひに御心よからすならせ給ふ(7)

傍線部、東大国文本「一院としんゐんと」。東大国文本の如くあるべきところ。

②くぶの人々をうしなひて(8)

傍線部、東大国文本「色を」。東大国文本が妥当。

③為義ハ弓矢のミやうがつきぬると存候へと申しけれハ(20)

傍線部、東大国文本「そんし候ときにいつかたへも不参とこそ存候へ」。松室本の形でも行文に支障はないが、京図本系統諸本が東大国文本とほぼ同文であることを考えれば、松室本は「存（そんし）候」の目移りに起因する欠脱を生じているか。

④大事ノ軍に三度合て一度もおほへつかまつらす(35)

傍線部、東大国文本「ふかくつかまつらす」。東大国文本が妥当。

⑤上に乗いてあふみの左右の袖をつよくふまへて(40)

傍線部、東大国文本「よろひ」。東大国文本が妥当。

⑥義朝法勝寺を為義かしゆくしよえんがく寺に火をかけ(46)

傍線部、東大国文本「をはやかす」。東大国文本が妥当。

これら諸例から明らかなように、松室・東大国文両本間に見られる異同は些細で、かつ、互いに補正し合う関係にある。このことより、両本は、直接の書承関係にはないが、現存本をさほど溯らない時点で共通祖本にたどり着く関係にあると推測される。従って、両本を合わせ見ることによって、その祖本の姿をより明確に推定できる場合がある。前に示した、東大国文本に見られる誤りの事例②⑤などがこれに該当し、これらについては、共通祖本の段階では漢字表記であったかと推定される。共通祖本の形姿を推定させる事例としては、他に左のごときも見いだされる。

①法皇御むさうおほえさせ給ひて(8)

傍線部、東大国文本「さめさせ」。松室本は意味が通らない。共通祖本には「覚させ」とあったか。

②いそきじやうをあそハして(14)

傍線部、東大国文本も同じ。早大翻刻冊子の注記するように「怠状」の誤記だろうが、共通祖本の誤りをともに引き継いだものと思われる。

③為義か宿所へやりて(19)

傍線部、東大国文本「つかハして」。共通祖本の段階では「遣て」と、漢字表記だったか。

④北面ハ春日主計(22)

傍線部、東大国文本も「春日主計《かすへ》」。早大翻刻冊子の注記するように「春日か末」の誤記と判断される。これも共通祖本からの誤りだろう。

⑤されはなんちらみなかゝけはんくわいか思をなして莫太のくんこうにほこり候へ(29)

傍線部意味不通だが、東大国文本も同文。既に共通祖本で不明だったものを、両本そのままに引き継いだと判断される。

⑥官陣是をしらすして(45)

傍線部、東大国文本「くわんちん」。「官軍」とあるべきで、共通祖本からの誤り。

以上の事例より、共通祖本そのものが既にいくほどかの誤りを犯していたことも知られる。

松室本上巻本文についてはこれに止め、続いて、松室本下巻本文の考察に移る。前にも記したが、下巻は、京図本系統の史本に酷似する本文を伝えている。史本は、京図本系統においてはその「やや特異な性格」の故に、一本を以て一系列をたてられる伝本(5)だが、松室本下巻はこの系列に属する本文を伝えている。松室本・史本の両本は微細な点まで似通う一方で、各々独自の誤りをも有しているので、この場合も、両者は直接の書承関係にはなく、兄弟もしくはそれに準じる関係にあると推測される。まずは、史本に見られる誤りの事例を示す。本文は松室本に拠り、参考のため本文末（　）内に和泉書院刊本における所載頁を示す。

①接録にてわたらせ給をさし置まいらせて末の御子左大臣どのをひきたて進せんと(58)

傍線部、史本「ハ」。史本は欠脱を生じている。

②しせつをまほりてむほんをこすへきたくみの有ける事をも(77)

傍線部、史本「ほんおうすへき」。松室本が妥当。なお当該箇所を含む部分は松室本・史本のみの増補部。

③乙若殿ハはた野にめをきつと見あはせたりけれハはた野心得たちをひきそはめて(83)

傍線部、史本なし。史本は「はた野」の目移りに起因する欠脱を生じている。

④参すハいま一ときも身にもそへてましふなおか山とかやへもつれて行たらハとうたうにも成なまし(87)

傍線部、史本「そへまして」。松室本が妥当。

⑤しらさきあをさき二つれてをきのかたへとひゆきけれは此とりとものとひゆくやうこそふしんなれ(103)

傍線部、史本なし。史本は欠脱を生じている。

⑥伯父を切平氏もあり父をころすけんしもあり(107)

傍線部、史本なし。やはり史本の欠脱である。

次いで、松室本に見られる誤りの事例を示す。

①顕玄か参て候をはしめされ候哉らん(62)

傍線部、史本「しろしめされ候やらん」。史本が妥当。

②すこし心にやくちくにこしとくかけやおそしとすゝめけれは(79)

傍線部、史本「おさな心」。松室本は「少心」を誤読したか。

③むまれなから天くのかたちになせ給そ浅猿敷(99)

各傍線部、史本「いきなから」「ならせ」。前者については、松室本は「生なから」を誤読したか。

④おんこくのくるしみの下にましますま事よ(100)

傍線部、史本「苔《コケ》」。松室本は「苔」を「苦」と誤読したか。

⑤かんどりどもまたせしとてしばらくためらひける(103)

傍線部、史本「あやまちせし」。史本が妥当。

⑥為朝にこそしかるへきに茂光方へねんくさたす成る(105)

傍線部、史本「したかふへきに」。史本が妥当。

以上、松室本・史本各々に見られる誤りのいくつかを掲げた。両者共に書写上の誤りは少なくないが、松室本のそれが誤読や字句の誤りの類にとどまるのに対し、史本では一行程度の規模の欠脱が三箇所にわたって認められる事実（①③⑤）に留目するなら、松室本の方が史本よりは相対的に純良な姿を保持していると見るべきか。とまれ、史研本系列に属する伝本が史本のみではなくなったために、該系列の実態がより明らめられやすくなった。例えば、史本には小規模な省筆のあることが指摘されているが、松室本を参看することにより、この性格は該系列が本来的に持つものではなく、松室本（の祖本）と分岐して以降、現在の史本に至る過程で生じたものであることが明らかとなる。史本に見られるそれら省筆の一端を掲げる。

①伯父平馬助を申うけて切てけり(72)

②ふところよりくろ〳〵としたるかみにちのつきたるをとり出てたてまつる(86)

③たゝわらハか心をあはせてやりたるやうにこそ思つらめ(87)

④さてハ行平の中納言のなかされて(93)

⑤しゆくうんしからしむる事をしるといへとも(95)

⑥左のてをひき出て中のゆびを二きりてけり(105)

右掲の各記述において、京図本系統諸本中、史本のみが傍線相当部を持たない（より厳密に記すと、①については、博本は長脱箇所にあたる。②については、龍本・博本・仁本「くろ〳〵としたるかみに」がない）。これら傍線相当部はなくてならぬものではない。中には不注意による欠脱も含まれようが、そのいくつかは意図的な省筆だろう。そして、京図本系統中、史本にのみ見いだされないこれら字句が松室本には存在していることより、この省筆が史研本系列本来のものではなく、松室本（の祖本）と分岐後、現在の史本に至る過程でなされたことが明らかとなる。

以上、松室本下巻部は、総体としては史本と兄弟関係もしくはそれに準じる関係にあることが確かめられたかと思う。ただし、上記の把握では説明のつかない現象も中に見いだされる。左の場合である。

仏神三宝にゐかうして（イ）やかてそこのみくつとなし給　（ロ）そこへそ入られける(87)

松室本の本文を示したが、当該部、史本は傍線部（イ）（ロ）の中、（イ）に相当する記述のみを有している。逆に、史本以外の京図本系統諸本は傍線部（ロ）に相当する記述のみを有している。松室本のみが（イ）（ロ）を併せ持つ。ただし、（イ）と（ロ）は内容としては同じ事を記しているので、いずれか一方の記述でことたりる。もとは（イ）（ロ）のいずれかが校合として傍記されていたものが、転写の段階で本行本文化したのが松室本の姿かと思われる。松室本に至る転写の過程が必ずしも単純ではなかったことを思わせる現象の一つではある。

これまでの論を整理すると、松室本は、上巻が東大国文本に、下巻が京図本系統の史本に酷似する本文を伝えていることが確認された。すなわち、松室本は総体として上下巻で系統の異なる本文を持つ取り合わせ本として把握されようか。

三

松室本についてはこれにとどめ、以下、東大国文本に係わって述べたい。東大国文本は、上巻のみの零本ながら、独自性の濃い伝本である。そして、松室本上巻が同種の本文を伝えていることより、東大国文本と松室本（上巻）

二本を以て、東大国文本系統として系統立てしえるのではないかと考える。従って、以降は東大国文本系統との仮称を用いたい。東大国文本系統の本文性格、並びに諸本体系中に占める位置については、前に記したように、早大文学研究科日本文学専攻中世散文研究室生諸氏により丁寧な考究がなされ、それら考究を踏まえ日下氏が次のようにまとめている。

まず京図本（京都大学附属図書館蔵本）を踏まえつつ、鎌倉本をも参照しているらしいこと、京図本系の中ではより善本と目される史研本（京都大学国史研究室蔵本）や根津本（筑波大学附属図書館蔵本）に近似していること、為朝の登場するあたりから独自の構成や文面が見られ、半井本に依拠する比率が高まっていくこと、等々である。金刀比羅本や流布本とのみ一致する文例も報告され、どのようにして本文が作成されたかを正確に把握するのは、なかなか難しい。それほど多くのテキストを収集できたとは考え難い点を重視すれば、それらは依拠した京図本系・半井本系の各本文に含まれていた要素と判断してよいのかも知れない。いずれにしろ、少くとも二ないし三本の『保元物語』を基として、このテキストは作成されたと目されるに至ったのである。

右の日下氏の把握を妥当なものとして稿者も支持したい。以下に早大中世散文研究室の成果の追認並びに補足を行う。

まずは本文批判の立場から述べる。冒頭から崇徳院方門堅めあたりまでの前半部は、京図本系統の中でも史本・根本により近い形の本文がほぼそのまま利用されていることが明らかにされている。京図本系統と相違する箇所もいくほどか見いだされるが、それらは東大国文本系統における改変と判断され、京図本以外の本文が混入した結果とは考えにくい。極言すれば、当該部において京図本系統以外との係わりが明白であるのは、鳥羽院熊野参詣の年次を仁平三年とする点（鎌倉本と合致。他系統は久寿二年。ただし、東大国文本系統は年次を調整していないため、それに続く年次に混乱をきたしている。鈴木彰氏指摘）のみといえるかもしれない。

引き続いて、東大国文本系統後半部の本文について述べる。当該部についても既に明らかにされているように、崇徳院方門堅めあたりから、それまでの京図本依拠の姿勢が崩れ、以降は、記事配列・本文表現ともに半井本系統を主たる基盤としながら、時に京図本系統の本文をも取り込み、更には部分的に金刀本系統や流布本系統に近似する本文をも見せるようになる。西島三千代氏の言を借りれば、「基本的に半井本との関係性が指摘できる」が、「それは相対的なものであって、実状は」「他本の本文がモザイク状に入り組んだような形態」ということか。また、記事の取捨選択や組み替え・本文改変などもかなり大胆に行われるようになる。その具体相については、早大中世散文研究室生諸氏の既述するところなので、再論は控える。

さて、京図本系統・半井本系統については、東大国文本系統との類似が広範囲に亙ることより、東大国文本系統編者がその本文を作成するに当たって、これら系統に属する写本を机辺において親しく利用したであろうことはまず疑いないところだが、流布本・金刀本・鎌倉本各系統との関係については微妙である。金刀本系統や流布本系統の場合、東大国文本系統との類似規模は字句単位か長い場合でもせいぜい一文程度にとどまる。この事実は、金刀本系統・流布本系統が、東大国文本系統の形成に直接係わったかを疑わせるもので、東大国文本系統とこれら系統との類似は、東大国文本系統が「依拠した京図本系・半井本系の各本文に含まれていた要素と判断してよいのかも知れない」との日下氏の推測の穏当さを思わせる。氏の言をより平たくいえば、東大国文本系統が主拠した京図本系統及び半井本系統の伝本には、金刀本系統や流布本系統との校異が行間に書き込まれていたか、或いは、それら伝本自体が本行本文の一部に金刀本系統本文・流布本系統本文を取り込んだものだったのではないか、ということになろうか。ただ、流布本系統に関しては、その類似が、字句や文の段階にとどまらず、一部の記事構成にまで及ぶ事実がある（渡辺匡一氏・藤巻和宏氏指摘）。また、鎌倉本の場合、東大国文本系統との明確な合致現象は、鳥羽院熊野参詣年次を仁平三年とする点のみだが、鎌倉本は東大国文本系統の後半に相当する部分の多くを欠いているので、両者を比較・対校し得る部分が限定され、その相互関係について正確な判断を下すことが難しい。このように、流布本系統・鎌倉本との関係については不明・不審が多く、特に流布本系統との関係についてはさらなる究明が必要であろう。

次には、東大国文本系統の固有性を考察したい。その際、左の三点より考える。

一、略述性

二、考証性と来歴記事の付加

三、本文改変・改作性

まず、一、略述性、について述べる。該性格は、京図本系統に依拠する前半部ではさほど目立たないが、後半部になると複数系統（少なくとも半井本系統と京図本系統）の記事を取捨・混合していることも原因してか、かなり顕著となる。半井本系統に比した場合、為朝の追撃に怯える鎌田正清を波多野義通が揶揄する場面や、大庭景能を射はずした為朝の述懐がみえないこと、また、負傷した景能と弟景親とのやりとり、藤原忠実の防戦準備に対する評言、為朝の矢についての説明などが簡略であること、などを具体例として挙げることができる。略述した場合、その周辺の行文に配慮したようで、多くの場合、目に立つ不都合は見いだされない。が、中に不手際も認められる。左はその一例である。

大庭平太同三郎山内須藤形部丞海老名源八季定波多野小八郎大夫景重これらハ八人おもてにすゝんてかく御さうしこれハ為朝かとくふんにせんとて征矢ハものにとをることあまりにねんなきにとて大てきうちつかひてはんとうにさるものゝあるときゝをよひたり此門へむかつて候ハさためて矢一はのそミあるらん(39)（傍線稿者）

為朝が大庭景能を射る場面の初端部だが、傍線部「はんとうにさるものゝあるときゝをよひたり」との為朝の言が誰に対するものか、東大国文本系統では明確でない。この点、京図本を含めた諸系統では、この前に大庭兄弟の名乗りがあるので、為朝の言が大庭の名乗りに対する応答であることが明白である。しかし、東大国文本系統は、大庭の名乗りを削ったため、傍線部が対応する記述を失い、不安定な存在となったものと思われる。

次いで、二、考証性・来歴記事の付加、について記す。まず、武士名に関して、他系統が通称のみを記すのに対し、東大国文本系統が実名をも併記する事例がいくつか見いだされる。玉井四郎助重、猪俣小平六範綱、岡部六太忠澄、庄太郎家仲、同三郎忠家、同五郎弘方、しふみ（松室本―渋見）五郎景時、等がそれである。これら東大国文本系統のみの記す実名が正確であるか否か判定の困難なものもあるが、玉井四郎助重、猪俣小平六範綱、岡部六野太忠澄、庄三郎忠家、庄五郎弘方の名は、『源平盛衰記』『吾妻鏡』などにも見いだされ、また、庄太郎家仲についても「庄太郎家長」なる近似の姓名が見られる。よって、東大国文本系統における実名表記は、その信憑性はおくとしても、まったくの創作ではなく、それなりの根拠を有したものといえる。重盛が平家相伝の名甲唐皮を着用したとの固有記載も、平治の乱において重盛が唐皮を着用したとの『平治物語』の記事から案出されたものだろうし、法勝寺と円覚寺の来歴を記す事実（宮原タケ氏指摘）も同じ次元に立つ増補と解されよう。「こかんの光ふハわうまう王らうをうちくらゐをおしとりすいのやうきハ唐たいそうにほろほされきせんせうこれおほし」(29)も東大国文本系統のみに見いだされる記述だが、光武帝・唐太宗の故事は『平家物語』等にしばしば引かれる類であり、他文献を参看・利用して、内容の増幅を図るという東大国文本系統の意図が読み取られる。

次いで、三、本文改変・改作性、について述べる。東大国文本系統には部分的な本文改変、筋立ての小規模な改変などがいくほどか見られる。この点に係わっても、平基盛の鎧下装束を「ひたゝれ」に（相沢浩通氏指摘）、為朝の装束文様を「師子にほたんのぬいもの」に（渡辺匡一氏指摘）改めている事実などが報告されており、かつ、これら改変は東大国文本系統の後出性を示す現象として捉えられている。従うべき見解かと思われる。その他、為朝の形姿に「ようかんもひれいなりとはみゆれとも」の句を付加する事実なども同質の現象として捉えられよう。

『保元物語』は、その原初より、為朝を「如何ナル行役神ナリトモ、目ヲ合スベキ様ナ」（半井本）き、また「鬼神・化物など云も、加様にこそあら」（金刀本）ん風貌を備える勇者として描き継いできた。が、東大国文本系統に至って、容貌の美という属性を新たに付与した。わずかな句の添加といえばそれまでだが、そこには、例えば中世小説に似た形象化の投影が窺われるように思う。

この他、東大国文本系統に特徴的な改変を二、三示すなら、諸本中、鎌倉本・京図本・金刀本三系統には、昇殿を許された義朝が車に鞭を綴じつける、いわゆる義朝竪鞭話が存在する。東大国文本系統も該話を採用しているが、その話柄は他系統とは異なり、昇殿を許された義朝が、乳母子の鎌田と牛車に乗り、「ちんとうをりやう三へんとを」し、出仕の真似事をするという悠長なもので、出撃直前の緊迫した状況にはそぐわない。また、半井本では、義朝配下の武士たちが為朝に怯える場面が描かれており、東大国文本系統もこの話を採用してはいるが、半井本で為朝に怯える武士たちが吐いた科白を、東大国文本は、義朝の身を案じる部下の言に転用しており、半井本という系統が有する独特の描出世界(6)を平凡な場面に置き換えてしまっているといえる。東大国文本における増補・改変には、その効果について疑問を抱かせるものが少なくない。

以上、東大国文本系統の固有性について考えた。これらを踏まえ、該系統の保元諸本体系上への位置づけについて述べる。複数系統本文の混合・考証性・来歴記事の増補、といった特徴に着目する時、類似の性格を持つ伝本として思い浮かぶのが岡崎本である。現在その所在は不明だが、『参考保元物語』に記しとどめられた校異をもとに推定し得る岡崎本の姿は、編集本的性格・検証性・史資料を用いての増補(7)という点で、東大国文本系統に似ている。編集・増補の規模は岡崎本に及ばないが、同一の志向を有するものとして東大国文本系統を認識できるのでないか。従って、該系統も、岡崎本と同様に、本文流動が一応終息した後に編纂・考証的意図をもって再生産された系統として捉えられるのではあるまいか。

稿を閉じるにあたり、一つ疑問を示したい。小稿の二において、松室本を、上巻が東大国文本、下巻が史本に酷似する本文を持つ、取り合わせ本と把握した。が、果たしてこの把握は妥当だろうか。上巻が東大国文本系統であるということは、該巻が依拠した京図本系統の伝本が根津本系列或いは史本に近いものだったことを意味している。それらのいずれと最も親密度が高いかの判断は難しいが、ごく部分的ながら、史本や斑本との間にいくほどかの類似が認められる。(8) このことより、東大国文本系統の形成に利用された京図本系統の伝本は、或いは史本・斑本により近いものだったかとの推測が可能となる。もし、右の判断が許されるなら、松室本の上巻（すなわち、東大国文本系統）・下巻共に史本に近い本文を有する、ということになる。このことと、東大国文本が上巻しか存在しない事実を併せ考える時、或いは、東大国文本系統は上巻しか作成されなかったのではないか、とも想像される。東大国文本系統編者は、あらたな異本の作成を企てたものの、その編集作業は下巻には及ばず、下巻は主拠本（すなわち、史本に酷似する本文を持つ伝本）をそのまま写し取ったのではないか。松室本の姿は、まさにそうした経緯を伝えているのではないか。そうであれば、松室本が上下巻ともに、京図本系統の本文を有している事実は取り合わせの際の単なる偶然ではないということになるが、如何なものであろう。取り合わせ本にありがちな記事の重複現象が松室本には見いだされない事実、松室本の巻立のあり方（二巻仕立てで、上巻が叡山の称揚で終わり、下巻が忠実の南都退避で始まる）が、京図本系統の史本・竜本・博本（取り合わせ本の問題を措くなら、蓬本・神本・仁本も同）と共通する事実などは、右の想像にいくほどかの力を添えるだろうか。

注

（1）『日本近世文苑の研究』（未来社　昭52）。宗政氏が松峡研究の第一史料として利用したのは、松室家に伝えられた松峡の日記である。延宝七年（一六七九）四月種盛二十七歳に始まり明治十一年（一八七八）に至る、月読社歴代祢宜職及び支流家非蔵人勤仕者の日記三百五十二冊が現在京都大学附属図書館に寄託・保管されており（羽倉敬尚氏『洛西松尾月読神社譜代祢宜職松室本家日記及家記由緒并目録』〈謄写版　昭36・八〉に収録年月の具体が記されている）、種盛については、延宝七年（一六七九）四月より元禄十三年（一七〇〇）四月に至る、二十七歳より四十八歳までの二十二年間の日記が残されている。

（2）「宝徳本系統『保元物語』本文考―四系列細分と為朝説話追加の問題―」（『和歌と中世文学』東京教育大学中世文学談話会　昭52）。

（3）「『武者の世』と『みやび』」（『国文学―解釈と教材の研究―』）。

（4）「東京大学文学部国文学研究室蔵『保元物語』―翻刻と研究―」私家版。

（5）犬井善壽氏「京都大学国史研究室蔵『保元物語』の本文―京図本系統本文考補遺―」（『軍記と語り物』6　昭43・十二）及び注（2）の論文。

（6）栃木孝惟氏「半井本保元物語に関する試論（一）（二）―笑話の考察を通じての接近―」（『日本文学』（昭37・十一、38・十一）、のちに修訂・加筆の上、『軍記物語形成史序説―転換期の歴史意識と文学―』（岩波書店　平14）に収録）参照。

（7）拙稿「岡崎本『保元物語』考」（山下宏明編『軍記物語の生成と表現』和泉書院　平7）。

（8）東大国文本系統と斑本・史本の本文が符合する事例を示す。本文は東大国文本に拠り、本文末（　）内に、早大翻刻冊子における所載頁を示す。

①おんひかりあたゝかにして（7）

傍線部、斑本・史本は東大国文本と同じ。京図本系統の他本「重して」「しげくして」「てらして」とする。

②このほと心にかゝるむさうをみることは家につたへて候月かす(20)

斑本・史本は東大国文本と同じ。傍線部、他本「見て候子細は」（根本に拠る。他本も同趣だが、京図本系列には「子細は」がない）とする。

③此しようにをきてハへつのしさひ候へからす(20)

斑本・史本は東大国文本と同じ。傍線部、他本「別の子細有へからす候」「御心やすかるへし」「御心やすかるへく候」等とする。

なお、斑本と東大国文本系統との間で注目すべきは、かなり規模の大きい欠脱が一箇所当該二本にのみ共通して認められる事実である。

同年八月十七日皇太子にたゝせ・給ふせんそ御さい位十六年のあひた（7）（・は稿者）

斑本以外の根津本系列諸本並びに史本には、・部に「給ふ嘉承二年七月九日堀川天皇かくれさせ給ひしかハ同十九日御子五歳にして位につかせ」（根本の本文による。他本同趣）との一文がある。この形を是とすべきで、東大国文本・斑本は共に根本の如き本文の一部を、「給ふ」の目移りにより欠落させたものと判じられる。この他にも、微細な字句の次元ではあるが、両本間には少なからぬ符合が見いだされる。勿論、偶合の可能性も否定できないが、こうした現象に留目する時、両者には何らかの交渉があったのではないかとの思いに駆られる。しかし、現在の斑本は「脱文が多」（犬井氏「京図本系統『保元物語』本文考（下）—二系列分類とその本文の吟味—」（『言語と文芸』昭44・三））く、全体に杜撰な本文を有している。また、東大国文本系統との間には符合も見いだされる一方相違も少なからずある。従って、少なくとも現在の斑本と東大国文本系統との間に何らかの交渉を想定することはまずできない。にもかかわらず、両者に類似部分が存在するのは、「固有の意改・加筆と思われる箇所を取り除いた後の史本は諸本中最も斑本に近い姿を有するものとなる」（拙稿「京図本系統『保元物語』本文考続貂」（『徳島大学総合科学部言語文化研究』9　平14・二））ためと考えられる。

松浦史料博物館所蔵『太平記』覚書

小秋元　段

はじめに

ここに紹介するのは松浦史料博物館に蔵される『太平記』写本である。外題を「異本太平記」とし、各冊の表紙には「子孫／永寶」「平戸藩／藏書」「樂歳／堂圖／書記」の蔵書票を貼附する。即ち、随筆『甲子夜話』の著者として有名な平戸藩主、松浦静山の収書によるものである。書写はさほど古くなく、あるいは静山の命により写されたものではないかとも思われる。しかし、その本文は巻二十二を欠巻とすることをはじめ、いたるところに古態の趣をとどめている。これまで南都本系統の一本と目されてきたが(1)、調査の結果、南都本系統ではなく、複数の系統をかなり意図的に混合した本文を有することが確認できた。本書は殆ど未研究の伝本でもあるので、ここにその概略を紹介することも強ち無意味ではないと考え、本稿を草することとした。

まずは書誌を掲げる。

松浦史料博物館蔵　太平記　附目録　巻二十二原欠、巻三十六欠　写大三十九冊（乙一六九／一九九四／一―三九）

渋引刷毛目文様表紙（二五・〇×一八・〇糎）、左肩双辺刷枠題簽に「異本太平記　一（―三十九）」と書す。「子

孫／永寶」「平戸藩／藏書」「樂歳／堂圖／書記」の蔵書票を貼附。各冊前遊紙一丁（巻十九のみ二丁）。第一冊は総目録。第一丁表を白紙とし、裏に楓橋夜泊詩を書写する。第二冊（巻一）以降、各巻頭に目録一丁。内題「太平記第一巻」とあるが、以後の巻に内題なし。漢字片仮名交、九行。字面高さ、約二〇・五糎。尾題「太平記巻第一」のごとし。尾題を有さない巻も多い。本文に朱引きを施すほか、異文を朱墨で小書。長文の異文は巻末に補写される。なお、本行・注記に懸かる虫損を臨模する箇所があることから、本書は注記を含め、底本を忠実に書写したものと推測される。

右に記したように、本書は注記・補写部分を含め、底本を比較的忠実に書写した本のようである。つまり、現存本の段階で増補改訂が行われたとは考えがたい。現存本の本文形態は親本の段階には成立していたものと見られるが、本稿では煩瑣になることを避けるため、親本の段階の本文を含め、広く松浦本と称しておく。

一　その古態性

松浦本全巻の本文は概ね古態本の形態を基底とする。特に巻二十二を欠巻とすることから、甲類本に分類できよう。甲類本には神田本・神宮徴古館本・南都本・西源院本の諸系統があるが、松浦本はこのうちどれと一致するであろうか。ここでは各系統の特色が明確にあらわれる二つの巻をとりあげ、検討を加えたい。

まず、巻二十七。諸本の異同が多いことでよく知られる一巻だが(2)、本巻の本文は神宮徴古館本に一致する。章段名をあげれば、

賀名生皇居事

執事兄弟奢侈事

廉頗藺相如事
妙吉侍者事
始皇求ニル蓬萊一ヲ事付趙高之事
直冬西国下向事
田楽桟敷破事付清水寺炎上事
左兵衛督被レ欲レ誅ニ師直一事付執事兄弟囲将軍事／直冬筑紫落事／上椙畠山死罪事

となる。諸本に異同が多いのは「田楽桟敷破事付清水寺炎上事」以降で、まず松浦本には「雲景未来記事」の一段がないことが注目される。南都本も同章段を持たないが、田楽桟敷倒壊の条や高師直が尊氏邸を囲む条などに見られる増補記事が松浦本には存在しない[3]。神田本や西源院本は神宮徴古館本と類似の詞章を持ちながら、巻末に「雲景未来記事」の一段を加えている。

なお若干補足すれば、松浦本巻二十七の本来の本文は「上椙畠山死罪事」で終わっているのだが、その後、「雲景未来記事幷天下恠異事」の一段と師直が尊氏邸を囲む記事のうち、「去程ニ洛中ヨリ只今可レ有ニ合戦一トテ、周章立テ貞和五年八月十二日宵ヨリ数万騎ノ兵、上下ヘ馳違フ」から、「其勢程无ク五万余騎、一条大路・今出川・転法輪・柳カ辻・出雲路河原ニ至ルマテ、透間モ无クソ打込タル」までの記事が補写されている。これは本来の本文に存在したものではない。松浦本は成立時に複数の本をあわせ見ていたようで、基底とした本文に対する長文の異文をこのように巻末に補写するのである。ここに引かれた本文は、「雲景未来記事」の詞章から判断して梵舜本系統のものと考えられる。

さて、松浦本の本文はすべてが神宮徴古館本系によっているわけではない。巻三十五は神宮徴古館本系とは異なり、西源院本の系統に一致する。「北野参詣人世上雑談事」のうち、諸本に異同が多い本朝の物語の構成を掲げる

と、松浦本は、

問民苦使のこと
日蔵上人のこと
北条泰時のこと
北条時頼廻国のこと
青砥左衛門尉のこと

となる。これは西源院本に一致する形態である。神宮徴古館本には時頼廻国のことのあとに北条貞時廻国の記事があり、神田本などは時頼廻国と青砥左衛門尉の二話のみという簡略な形態である。詞章の面でも、

・其上公方ノ御恩ヲ給テ奉行スル上ニ又何ノ賄賂ヲ可レ取ル一、有テ二理運一沙汰ニ勝タル公文カ引出物ヲス可キ様无シトテ一銭モ不二受用一、遙ニ遠キ田舎マテ送ラセテソ返シケル、

・又仏神領ニ点役課役ヲ懸テ神慮冥慮ニ背ム事ヲ不レ痛、又寺道場ニ要脚ヲ懸テ僧物施料ヲ貪ル事ヲ業トス、是併ラ上方様雖レ无二御存知一皈ニ責メ一人ニ一謂モ有ヌヘシ、抑角テハ世ノ治ルト云事ヤ候可キ、

・我モ尓時童子トシテ以裙ヲ魚頭ヲ打タリシ故ニ、今雖レ得ト二紫金ノ膚ヲ一頭痛背痛労ル也ト云々、

といった一節において、松浦本は傍線部のような詞章を持ち、西源院本に一致することが確認できる。神田本・神宮徴古館本にはこれらの詞章は存在しない。

このように松浦本の本文は概ね古態本の系統をもとにしていることがわかるが、その系統は一つではなく、神宮徴古館本系による巻と西源院本系による巻とに分かれる。こうした混合化は大部な作品である『太平記』にはよく見られる現象で、書写の過程で巻ごとに自ずと底本の交錯が進み、いわゆる取合本が数多く誕生した。だが、松浦本の場合、単なる取り合わせによって巻ごとに本文系統を違えるのではないようだ。松浦本が成立する机辺には複

数系統の『太平記』が存在しており、松浦本はそれらを適宜利用することによって混合化を遂げたらしいのである。以下そのことを検証してみよう。

二　本文の混合化

巻二には大方の諸本に異同はないが、西源院本が節略をともなった異なる本文を持つ。また、天正本とその影響を受けた毛利家本・米沢本には独自の異文がある。まずは松浦本の「両上人関東下向之事」のうち、円観上人詠歌の記事から波羅奈国の僧の故事にかけての詞章をとりあげる。

名取川ヲ過サセ玉トテ、上人一首ノ哥ヲ吟玉フ、

陸奥ノウキ名取川流レ来テシツミヤセマシ瀬々ノ溺《埋》木

八苦充満ノ境界ナリ、サレハニヤ此三界不自在ノ中ニシテ、大権ノ聖者モ災難ヲハ脱ル、事無ハ自然ノ理ナリ、此仮ニ於テ心有ン人ニ不自在ノ謂ヲ尋習ヘキ子細ナリ、時ノ天災ヲハ大権ノ聖者モ遁レ玉ハサルニヤ、昔天竺波羅奈国ニ戒定恵ノ三字ヲ兼備シ玉ヘル独ノ沙門ヲハシケリ、

松浦本の基底は非西源院本系（神宮徴古館本系か）であるが、傍線部が西源院本独自の詞章と一致する。西源院本以外の諸本は円観上人の和歌のあとに、「時ノ天災ヲハ大権ノ聖者モ遁レ玉ハサルニヤ」にはじまる波羅奈国の僧の故事をつづける。しかし、西源院本は波羅奈国の僧の故事を削去し、その代わりに傍線部のごとき詞章を加えて、円観上人流罪の記事の結びとしたのである。松浦本が波羅奈国の僧の故事を持ちながら傍線部の詞章をも備えるというのは、聊か不自然であるといえよう。このほか「長崎新左衛門尉意見事」のうち、阿新が佐渡に下る条が西源院本のごとき詳細な詞章によっている。だが、同段の以下の記事は西源院本にはよっていない。また、「俊基被誅事并助光事」でも非西源院本系と西源院本系の本文との混淆が認められる。章段末尾の本文を掲げる。

四十九日ト申ニ形ノ如仏事営テ、北ノ方様替コキ墨染ニ身ヲヤツシ、柴ノ扉ノ明暮ハ亡夫ノ菩提ヲ弔ケルコソ哀ナレ、北方様替テ濃墨染成玉ヘハ、助光モ同ク髻切、高野山ニ閉籠リ、偏ニ亡君ノ後生菩提ヲソ弔ヒケル、夫婦ノ契リ君臣ノ儀、無レ跡マテモ留リテ哀也シ事トモ也、

ここでは非西源院本系の本文がもとになっているが、西源院本系の詞章を傍線部のごとく割り込ませている。そのためか、点線部のように前後の詞章に重複が生じており、松浦本が十分な配慮を行わないまま諸本の本文を混ぜ合わせていることがわかる。

巻六も西源院本は節略をともなった独自の本文を持つ。また、天正本とその影響を蒙った毛利家本・梵舜本・流布本等には増補が認められる。松浦本の本文は非西源院本系（神宮徴古館本系か）をもとにするものの、一部で天正本系の混入が認められる。「東国勢上洛事」の一段にはつぎのような記事が存在する。

畿内西国ノ凶徒日ヲ追テ蜂起セシムル由、六波羅ヨリシキリニ早馬ヲ打タセテ関東へ註進アリケレハ、サラハ打手ヲ差遣ハセヨトテ、「先ツ御教書ヲソナサレケル、其詞ニ曰、
大塔宮幷楠兵衛尉正成誅伐事、所レナリ差ニシ上スル遠江左近大夫将監治時一ヲ也、引率ニシテ一族等一ヲ来月廿日以前令ニ進発一、
就ニ治時催促一ニ可レ抽ニ軍忠一ヲ之状、依レ仰執達如件、
正慶元年十一月八日　右馬権頭
相模守
トソカ、レケル、相州ノ一族ノ外、東八ケ国ノ中ニシカルヘキ大名共相催テ上セラル、」先一族大将ニハ、遠江左近大夫将監・阿曽弾正少弼・名越遠江入道、……

このうち「　」で囲んだ一節が天正本系の独自記事と一致し、鎌倉幕府の畿内への軍勢派遣の記事にさきだち、催促のための関東御教書を引く形態となっている。しかし、天正本系ではこの記事は、このあとに来る軍勢交名につ

づいて、「……都合其勢五十万七千余騎、正慶元年十一月八日、先陣ハ已ニ京都ニ着ハ、後陣ハ未タ足柄・箱根ニ支タリ、カクテ尚諸国七道ノ軍勢ニ催促之御教書ヲソ被レ成ケル、……」として引用される。これが本来の位置だったのであろうが、松浦本は軍勢交名より前に配するのが相応しいと判断して、右のような位置に増補したのだろう。こうした天正本系による増補は他巻にもしばしば見られる。松浦本の本文の成立時、天正本系が座右に備えられ、増補に用いられたことが知られるのである。そのことは松浦本の随所に、天正本系にもとづく異本注記が存在することからも推測できる。天正本系と校合を行い、あるものは本行に、またあるものは注記として本文が取り込まれていったのであろう。ちなみに巻十三「藤房卿遁世之事」のうち、「三月十一日八幡行幸ニテ諸卿路次ノ行粧ヲ事トシ玉フ」という一節の右傍には、「建武二年九月廿一日典厩ノ本ニアリ也」と注記が施されている。この年月日は天正本系の伝本と一致することから、松浦本が対校に用いた天正本系の本は「典厩ノ本」と称されるものであったことが知られる。

　このほか梵舜本系の利用も確認できる。巻七は神宮徴古館本を基底とするが、「舟上臨幸事」にはいわゆる塩冶判官の記事がある。これは梵舜本・毛利家本・宝徳本・流布本などに見られる記事で、松浦本ではここが二系統の本文を合わせ持つ形態となっている。

　主上猶モ彼レ偽ニテヤアラント思食サレケル間、義綱カ志ノ程ヲ能々伺御覧セン為ニ、彼官女ヲ義綱ニソ下サレケル、判官ハ面目身余テ覚ケル上、最愛又甚シカリケレハ、弥ヨ忠烈ノ志ヲソ顕シケル、サテハヨモイツハリアラシト思食レケレハ、「サラハ汝先出雲国《イ本コレヨリ四行余無之》ヘ越テ、同心スヘキ一族ヲ語テ御迎参レト仰下サレケル程ニ、義綱則出雲国ヘ渡テ塩冶判官ヲ語ヒケルニ、塩冶何カ思ケン、義綱ヲ召籠メテ置テ、隠岐国ヘ皈サス、主上暫クハ義綱ヲ御待アリケルカ、余ニ事ト、コオリケレハ、只運ニ任テ御出アラント思食テ○コ、マテナシ《コ、マテ無之》、」或夜ノ宵ノマキレニ三位殿ノ御局ノ事近付タリトテ、

「　」で囲んだ部分が梵舜本系による増補記事である。その直前、松浦本には傍線部のような一節があるが、これは神宮徴古館本等の諸本に一致するものであって、梵舜本等には見られない。松浦本は神宮徴古館本のごときをもとに、梵舜本系の独自記事を増補したことがわかる。また、増補記事のはじめの右傍には「イ本コレヨリ四行余無之」とあり、終わりには本行に「コ、マテナシ」、その右傍に「コ、マテ無之」との注記が見える。松浦本にはこの種の注記が増補箇所に多く残されている。このように梵舜本系が用いられている箇所として、ほかに巻八巻末の「一類悉鎌倉ニテ失ケル事コソアサマシケレ」以下の評文、巻九「五月七日合戦事付六波羅御幸行幸事」の足利方の武者たちが篠村八幡に上矢を捧げる一節、

高氏朝臣自筆ヲ執リ判ヲシテ上指ノカフラ一筋副テ宝殿ニ納ラル、舎弟直義朝臣ヲ始トシテ吉良・石堂・仁木・細河・今河・荒河・高・上杦已下相随フ軍勢モ各上矢一ツ充奉リケル間、其矢社壇ニツモリテ塚ノ如シ、

における傍線部の詞章、巻三十二の後半部などがあげられる。また、巻十二「藤房卿遁世之事」の末尾には、「私記加之、黄檗禅師出家ス、其母止之……」にはじまる大義渡の由来の記事が小書されている。これも梵舜本の同章段末尾に低一字で掲出される独自の注記と同じものである。

以上、松浦本が成立時に神宮徴古館本系・西源院本系・天正本系・梵舜本系の各系統の本文を参照できる状況にあることがわかった。各巻では基底とした本文に対して他系統の本文で校合を行い、ある場合には記事の増補を行い、またある場合には校合結果を異本注記や巻末補記のかたちで残した。こうして諸本中極めて特異な本文が形成されることになったのである。

三　各巻の本文

松浦本の性格を押さえたところで、以下各巻の本文の概要を記していきたい。

巻一。今川家本・吉川家本・米沢本等が巻末に長文の増補記事を持つほかは、諸本に大差のない巻である。松浦本は諸本の形態に一致する。

巻二。前節に記したように、神宮徴古館本系かと思われる本文に西源院本系の混入が随所に認められる巻である。また、尾題後には「異本奥書加之」として、問民苦使の記事が記されている。梵舜本も巻末に同記事を引いているから、この影響であろう。これは本来、巻三十五にあるべき記事なのだが、なぜか梵舜本ではこの位置に補写されているのである。

巻三。神宮徴古館本系・天正本系には巻末に金剛山由来の記事があるが、他の諸本には大差のない巻である。松浦本も金剛山由来の記事なく巻を終えるが、尾題後にこれを書き入れている。松浦本は成立時に神宮徴古館本系と天正本系をともに参看できたはずだから、どちらかによって補記したのだろう。ただし、記事の末尾には「石橋ノ夜ノ契モタヱヌヘシアクルワヒシキ葛木ノ神」という和歌一首を載せている。これは神宮徴古館本にも天正本にも見えないものである。この歌は『拾遺集』雑賀所収の春宮女蔵人左近のもので、『俊頼髄脳』などにも引かれている（ただし、初句は「岩橋の」）。

巻四。「笠置囚人死罪流刑事付藤房卿事八歳宮御哥事」には源具行・殿法印良忠の記事があり、甲類本諸本に一致する。ただし、西源院本にある尊良親王配流に関する独自記事はなく、「呉越軍事」にも西源院本のごとき節略は見られない。神宮徴古館本系によった巻といえようか。だが、源具行の辞世の頌のあとには、「其ノ奥ニ消懸ル露ノ命ノ終《ハテ》ハ見ツサテ吾妻ノ末ノ（左傍に「ソイ」）ヱカシキ」の一首を載せる。これは西源院本に見られる和歌で、これ以外にもこの周辺の記事に西源院本の詞章の混入が認められる。

巻六。西源院本は巻頭の一節や常盤範貞六波羅探題辞任の記事を持たないが、松浦本には存するから、神宮徴古館本系による巻と思われる。だが、既述のように、本巻には天正本系や梵舜本系による増補が認められる。また、

「赤坂合戦事付人見本間討死事平野入道降参事」のうち、人見と本間が赤坂城に攻めこむ場面にはつぎのような記事がある。

本間モ人見モ元来打死セント出立タル事ナレハ、ナシカハ一足モ引ヘキ、命ヲ限ニ戦テ「申ケルハ、武者モ武者ニコソヨレ、心計ハ坂東一ノ大強剛ノ者、宵ヨリ大勢ノ中ヲ忍ヒ出テ、於テ二此城一ニ名ヲ後代ニ揚ント思定シテ詰タル其甲斐モナク、遠矢ニテ射取事、城中ノ名ト云我等カ志ヲ無処ニセン事無二面目一、木戸ヲ開キ我ト思ハン人々出合、打物ニテ勝負セヨト恥シメケレハ、城ヨリ二ツノ城戸ヲ開キ、ワレトヲモフ者共十三人、甲ノシコロヲ傾ケ打出ル、元来人見本間思切タル事ナレハ、ナシカハ一足モシサルヘキ、蜘蛛手・十文字散々ニ切テ廻ル、十三人ノ衆ヲ八人切伏セ残ニ手負セ、我身モ本ノ矢軍ニ鎧ノスキマ数ケ所射ラレ、今ノ戦ニ手負ヒ、是モ二人ナカラ」一所ニ討レニケリ、爰マテ付随テ最後ノ十念勧メツル聖、本間カ首ヲ請テ天王寺へ持テ返リ、……

「　」で囲んだ部分が松浦本の独自記事である。ここでは城兵を前にした本間・人見の口上や二人の奮戦の様子が詳述されている。実はこうした記述は諸本には存在しないのである。松浦本が基底にした本か、参看した本に存在した可能性もあるが、現在のところ未詳とするほかない。

巻七。「二階堂出羽入道攻吉野事」のうち、村上義光父子の記事は神宮徴古館本のものと一致する。よって、神宮徴古館本系の巻と考えられる。「舟上臨幸事」で梵舜本系により塩冶判官の記事を付加していることは前述した。

巻八。「摩耶合戦事付酒部合戦事」の冒頭や赤松円心の奮戦記事は西源院本に同じで、西源院本系の巻と認められる。神宮徴古館本・南都本ではこれらの記事が異なる。巻末に梵舜本からの増補があることは前述した。

巻九。「足利殿御上洛事」のうち、足利貞氏死去に関する記事は西源院本・神田本に同じである一方、高氏が北条高時より源家白旗を賜る記事があって、神宮徴古館本等に一致する部分もある。基底となった系統を定めがたい。なお、前節に述べたように、「五月七日合戦事付六波羅御幸行幸事」には梵舜本の詞章が混入している。

巻十。「新田謀叛事」には六波羅滅亡の早馬到来の記事があり、神宮徴古館本と同じである。「大仏奥州貞直事」の合戦記事は古態本に通有の形態、「四郎左近大夫入道恵性事」の末尾には天正本・梵舜本・流布本のごとき増補はなく、「長崎次郎事」の末尾の北条一門自害の記事も簡略で、概ね古態本に一致する。

巻十一。「金剛山ノ寄手共被誅事」「佐介哥事」が巻末にあって、甲類本諸本と同じ形態である。乙類本には本段を巻の途中に置く本が多い。「金剛山ノ寄手共被誅事」には天正本系の独自記事である工藤新左衛門入道詠歌の記事が増補されている。本記事は天正本系では巻末に置かれているが、松浦本では二階堂道蘊の処刑記事のあとにある。このあと「佐介哥事」がつづき、諸本と同じ巻末記事が置かれ、次行より以下のような独自の記事がある。

建武元年甲戌三月念日　記

長崎四郎左衛門入道　佐介七郎　同小五郎
上総九郎入道　陸奥介　江馬七郎
遠江兵庫助　江馬兵庫助頼守
上総式部大夫　佐介上野式部大夫　同右馬助入道
陸奥左馬助入道　渋谷十郎相重《スケ》
　清閑寺阿弥陀峯ニ于被切了

江馬兵庫助頼守
浮フヘキ我身サエサテ山川ノアサキ深キモ定ナキ世ヤ
晴カタキケシキニナリテ物ヲモフ心ニニタル春雨ノ空

渋谷ノ十郎相重《スケ》
フルサトニ帰ラテカリノ留マリテ花モロトモニチルソカナシキ

佐介ノ安芸五郎
　ミヤコニテ听タニ遠キ古郷ヲナヲ隔行旅ソ悲シキ
　古ヘハ遠ク思ヒシ極楽ヲ今ハマコトノ仏トソミル
　都ニテチル花ヨリモアタナルハ今年ノ春ノ命也ケリ
佐介安芸入道
　古ヘハ有ルカ無カノ身ナレトモ憂《今ハ歟》レヌ我命
常陸前司時知《トモ》　佐渡前司光平　庄左衛門長家
同宮内少輔　豊嶋下野権守家泰　小田宮内権守
星野蔵人永能　中条五郎左衛門秀長
尾張　三川　遠江　三ケ国軍勢
山道打手
左馬権頭義助　武田甲斐守貞信　同伊豆前司信員
佐介越前前司捧《トシ》貞　同兵庫頭儀《ノリ》政　狩野《カノ、》介貞長
甲斐権頭守光　仁科孫三郎盛兼　小笠原信濃守貞宗
美濃　甲斐　信濃　三ケ国軍勢
　建武元年三月廿一日被討了
　　先代記録此巻ニ終《ハテ》タリ
　太平記第十一巻

以上は後醍醐天皇方に投降し、処刑された金剛山の寄手らに関わる記事である。処刑された人々の交名と辞世歌を

載せている。本巻の最終章段の内容を補足する目的で書き記されたのであろう。これに類似する記事が「近江国番場宿蓮華寺過去帳」にも見られるが、内容に出入がある。

巻十二。巻末に「神明御事」の一段を配し、そのあと尾題を据える。本段を有する伝本に天正本系の教運本（いわゆる義輝本）[4]と毛利家本・梵舜本等があるが、教運本と毛利家本はこれを「千種頭中将幷文観僧正事」のあとに置き、梵舜本は巻末の尾題のあとに置いている。松浦本の形態は梵舜本の方に近い。また、「神泉園事」には神泉園に関する長文の後日譚が存し、これも梵舜本の特徴に一致する。ただし、「大内裏造営事」「射怪鳥事」には天正本系の混入も認められ、複雑な組成の巻といえる。

巻十三。「藤房卿遁世之事」は藤房の行装記事が簡略で、神宮徴古館本等に同じである。この系統によったのだろう。同章段の末尾に梵舜本の注記が小書されることは前述した。

巻十四。西源院本は「手越軍事」の佐々木道誉降参の記事が独特で、「大渡軍事幷山崎破事」の大渡合戦の記事が簡略、巻末の「東坂本御皇居幷御願書事」の一段が存在しない。松浦本はこうした西源院本の形態には一致しない。「足利殿与新田殿嚁執事」は天正本・梵舜本・流布本と異なり簡略で、「箱根竹下軍事」に村上信貞が塩田庄を賜る記事がないことから、神田本・今川家本・吉川家本などに一致する巻といえる。

巻十五。「高駿河守引例事」までを収め、甲類本諸本に同じ区分である。「棟堅大宮司奉レ入レ将軍事」の冒頭や、「多々良浜合戦事」の一段などは神宮徴古館本に最も近い。西源院本に存する大高伊予守の記事はない。神宮徴古館本系による巻といえよう。

巻十六。西源院本の系統の巻である。「西国蜂起新田義貞進発舟坂熊山等合戦事」には熊山合戦の記事、美濃権介佐重の記事があり、「尊氏卿申下シテ持明院殿院宣上洛シ福山合戦義貞退舟坂正成兵庫下向子息遺訓事」には和田範長討死の記事がなく、兵庫下向を命じられた正成の述懐は西源院本・神宮徴古館本のごとき最も詳細な詞章をとる。「尊氏義貞兵庫湊川合戦本馬重氏射鳥事并正成討死事」のうち、本間が遠矢を射る記事は梵舜本のごときとは異なり、古態本諸本と同形態。巻末の正行の記事も西源院本の独特の詞章と共通する。松浦本は章段の立て方をはじめ総じて西源院本に一致するが、「義貞朝臣以下敗軍帰洛重山門臨幸持明院殿八幡東寺等御座正行見父首悲哀事」に第六天魔王・将門の記事がなく、同記事を有する西源院本と多少の異なりを見せている。概ね西源院本に一致しながら、第六天魔王・将門の記事がないのは米沢本も同様で、松浦本は細かい詞章面で米沢本に一致するところも多い。だが、米沢本は本間が遠矢を射る記事で梵舜本と同様の詞章を持っており、松浦本とは異なる。西源院本の祖型にあたる本文を持つ巻なのだろう。

巻十七。「江州軍事」の一段は佐々木道誉が後醍醐天皇に偽って降参したとする形態で、神宮徴古館本・神田本と等しい。

巻十八。「梟二義顕首一事」の一段は「一宮御息所事」のあとにあり、古態本と同形態。「比叡山開闢事」には西源院本にあるような増補記事はないから、神宮徴古館本系の巻といえよう。

巻十九。巻末に天正本・流布本が有する北畠顕家の討死記事はない。

巻二十。「齋藤七郎入道々猶義貞夢事」には孔明の詩が引かれており、神宮徴古館本・南都本の系統で、その後の孔明・仲達の合戦記事は南都本の詞章と一致する。南都本系統の巻といえそうだが、「結城入道堕地獄事」の末尾には南都本等に見られる長文の評語はない。

巻二十一。「塩冶判官為二師直一讒死事」は諸本に異同が多いが、松浦本は神宮徴古館本と形態が一致する。ただし、同章段で侍従が塩冶判官の北の方に向かい、師直に靡くよう説得する場面の、「二条五条ノ后ノ宮、朧月夜ノ内侍ノ尚侍、高安ノ女ニ至ルマテ」から、「異国ノ則天皇后ハ張文成ニ相馴テ、遊仙窟之其ノ中ニ情ノ色ヲ残サレキ」までの九行は、天正本系による増補である。

巻二十三・二十四。甲類本の配列に一致する。ただし、巻二十三「高土佐守被レ盗二傾城ヲ一事」の末尾には、

孔子政ヲ執シカハ、男女ノ行ニ其道ヲ異ニス、紂王嬬ヲ好シカハ、妻妾奔テ媒ヲ待ス、サレハ上ノ好ム所ニ下必ス随フ習也、今ノ世ノ淫風何ノ処ヨリ興ルソ、只君子階老ノ詩ヲ読テ転頭(左傍に「纏頭」)セスト云事无シ、

という評語がある。これは丁類本の武田本に共通する特徴である。

巻二十五。「朝儀事并年中行事事」の詞章は西源院本に一致するが、「天龍寺建立事」には西源院本にはない祇園精舎の記事がある。また、本巻には天正本系による増補が認められ、「天龍寺建立事」には「凡ソ心有人ハ」にはじまる一節や「宝堂荘厳ニ事ノ寄テ」にはじまる一節、摩訶陀国の僧の記事がある。これらは天正本系の教運本に存在するものである(天正本にはない)。また、尊氏・直義の天龍寺参詣の記事のうち、「薄馬場ヨリ随兵・帯刀・直垂著・布衣ノ役人悉ク次第ヲ守リ列ヲ引ク」より、「勅使藤中納言資明ノ卿并ニ高右衛門佐泰成陣参シテ、則法会ヲ被レ行ケリ」までの記事も天正本系によっている。

巻二十六。「自リ二伊勢一進ル二宝剱一之事」は西源院本に一致し、西源院本系の巻と認められる。「黄粱夢之事」の末尾には、天正本系の「円成カ一時ノ冨貴モ思ヘハ邯鄲ノ夢ノ如シ」以下の独自記事が細書されている。

巻二十七については第一節で述べた。

巻二十九。「桃井上洛事付将軍自福岡御上洛事」には、桃井を評価する「或人」の言を付し、神宮徴古館本のごとき形態。「小清水軍事」のうち、梶原孫六・弾正忠の合戦記事も神宮徴古館本同様、簡略な本文である。ただし、「松岡城周章事」の末尾、薬師寺遁世の記事は「取レハウシ」の歌のみあって、独自の形態である。この部分、西源院本には和歌の引用がなく、神宮徴古館本等には「とれは憂し」のほかに「高野山」の歌がある。松浦本の形態は中京大学本に同じである。

巻三十。「恵源禅門逝去事」の末尾には直義を批判する評言がなく、神宮徴古館本・西源院本等に同じ。尾題後

に七丁にわたり「将軍発向江州事」「八相山蒲生野合戦事」を補写する。これは天正本系の独自記事である。

巻三十二。本巻の本文は神宮徴古館本の系統と永和本の系統に大別され、西源院本は神宮徴古館本の系統に独自記事が加わり、梵舜本は永和本・西源院本系の混淆した本文を持つとされる。(5) 本巻の前半、「鬼丸鬼切事」には鬼丸・鬼切の後日譚がなく、神宮徴古館本等と同じである。ただし、同章段の末には約九行の空白があって、異本を参看して鬼丸・鬼切の後日譚を増補する企図があったらしい。同記事は西源院本・梵舜本・流布本に存するが、本巻後半の事例から推して、松浦本は梵舜本の系統からの増補を予定していたのであろう。「神南合戦事」以下の章段は永和本系の本文を持っており、例えば「京軍事付八幡御託宣事」には佐々木崇永・細川清氏の合戦記事がある。同記事は神宮徴古館本系には存在しない。永和本系には梵舜本が属すから、ここは梵舜本の系統が基底となっているのだろう。ただし、巻末には永和本や梵舜本にはない東寺の落首が引かれている。冒頭の「東寺没落ノ翌日」の右傍に「イ本ニ」と注記されるから、校合の結果増補されたものであることがわかる。つまり、「神南合戦事」以下は梵舜本系を基底にして、この系統が簡略な部分を神宮徴古館本系によって補ったものと思われる。

巻三十四。「宰相中将殿賜ニ将軍ノ宣旨一事」には、西源院本のごとき佐々木氏称揚の増補記事はない。

巻三十五については第一節で述べた。

巻三十六は欠巻。第一冊の総目録には巻三十六の目録が収められていることから、のちに何らかの事情により欠けたものと思われる。

巻三十七。「細川清氏楠正儀寄レ京之事」から巻をはじめる。梵舜本・流布本に同じ形態である。

巻三十八。諸本に異同のある「畠山兄弟楯ニ籠ル修禅寺ニ之事」は、畠山義深の記事がない今川家本と同系統である。松浦本はその上に誉田性意父子の記事と畠山兄弟の後日譚を、天正本系によって増補している。特に後者の記事は教運本とは異なり、天正本に一致する。しかし、天正本のごときによって畠山の末路を語っておきながら、その後、今川家本のごときにより同趣旨の記事をつなげているから、本文内容に重複を来している。「細川相模守討死之事」も今川家本に同文である。

巻三十九。「芳賀兵衛入道奉レ敵鎌倉殿ニ事」のうち、芳賀八郎のことは「サテ芳賀八郎ハ生捕レタリケレトモ、幼稚ノ上垂髪也ケレハ、戦散シテ後ニ人ヲ付テ返シケルトカヤ、ヤサシカリシ御事也」とあって、今川家本に同じである。ただし、章段後半部において八郎の詳細な後日譚を天正本系によって記載している。「神木帰坐之事」も西源院本とは異なり、神宮徴古館本や今川家本の系統の本文を持つ。巻三十九・四十の巻次区分は西源院本に同じ。

おわりに

以上、松浦本の本文について素描してきた。松浦本は神宮徴古館本や西源院本などの系統を基底にする巻が多いものの、実際にはどちらの系統によったかわからない巻や、神宮徴古館本や西源院本以外の系統を基底とするらしい巻もあって、極めて複雑な混合形態をとる伝本であることが窺えた。しかも天正本系・梵舜本系の本文をも参看し、増補に用いている。両系統の本文は異本注記にも見えることから、校合の過程で増補も同時に行われたものと考えられる。こうした本文がいつごろ成立したかは、残念ながらよくわからない。だが、本文の詳細化に並々ならぬ意欲を持った書写者による、注目すべき営みであるといえるのではなかろうか。

注

（1）長坂成行氏「龍門文庫蔵『太平記』覚書」（『青須我波良』第三二号、一九八六年）に、「大森北義・長谷川端両氏の御教示による」として本書を南都本の系統に加えている。

（2）鈴木登美恵氏「太平記の本文改訂の過程―問題点巻二十七の考察―」（『国語と国文学』一九六四年六月号）参照。

（3）南都本系の増補記事が天正本系によっていることは、小秋元段『太平記と梅松論の研究』第二部第三章「南都本『太平記』本文考」（汲古書院、二〇〇五年。初出、『駒木原国文』第九号、一九九八年）で指摘した。

（4）義輝本の名称は同書に捺される「義輝」なる黒印によるものだが、この印は「義輝」とは読めず、「教運」と読むべきである。よって、名称の再考が望ましい。なお、先般刊行した拙著『太平記・梅松論の研究』（汲古書院、二〇〇五年）三四頁、「国文学研究資料館蔵『太平記』および関連書マイクロ資料書誌解題稿」（『調査研究報告』第二六号、二〇〇六年）では「義運本」と称したが、これを訂正する。

（5）鈴木登美恵氏「太平記諸本の先後関係―永和本相当部分（巻三十二）の考察―」（『文学・語学』第四〇号、一九六六年）参照。

付記　本稿執筆にあたり、所蔵資料の閲覧に多大の便宜を与えてくださった松浦史料博物館の皆様に衷心より御礼申しあげます。

足利尊氏の変貌
――『太平記』巻十四の本文改訂をめぐって――

北村昌幸

はじめに

後醍醐天皇による倒幕計画を発端とする十四世紀の内乱は、まもなく足利幕府と南朝軍との武力衝突へと展開していった。その契機となったのは建武二年（一三三五）後半の中先代の乱である。出征の時点での足利尊氏は紛れもなく股肱の臣であり、鎌倉幕府の残党北条時行を討伐したこの功績は、実際には弟直義を救うためであったにせよ、建武政権の安定化に大きく寄与するものとして評価されたはずである。ところが、ここで事態は一変する。帰京命令に背いた尊氏はやがて朝敵と見なされ、追討される身となってしまうのである。こうして生じた尊氏と後醍醐との間の亀裂は、その後、三代将軍義満の時代まで尾を引くこととなる。足利氏の運命を決めたのは、まさしく建武二年から三年にかけての一年間であったと言えよう。

『太平記』において当該時期の出来事が描かれているのは、巻十三から巻十七に至る部分である。その中には湊川合戦をはじめとする名場面が盛り込まれているのだが、本稿では建武の内乱の初期段階に注目し、おもに巻十四の尊氏関連の叙述について考察したい。

従来、巻十四前後における尊氏の形象に関しては、反後醍醐の側面を隠蔽する志向性がある、という指摘がなされてきた。（1）実在の尊氏も軍勢催促にあたっては、自らの敵を後醍醐ではなく奸臣新田義貞と規定しており、（2）『太平記』の歴史叙述はそうした足利氏の立場を色濃く反映していると思われる。しかしながら、いかに操作しようとも、本質を完全に払拭できるはずはない。他ならぬ尊氏自身が「今度の京都のかせんに御方毎度打負ぬる事、全く戦《ヒ》のとがにあらず、倩《ラ》ことの心を案ずるに、只是尊氏ひたすら朝敵たる故也」（巻十五「薬師丸事」）と述懐してしまうのは、《足利＝朝敵》という理解が巻十四から巻十六にかけての作品世界に浸潤しているためであろう。大森北義氏は、政権掌握へと突き進む尊氏の姿を描くことと、尊氏の叛逆者的側面を隠蔽しようとすることとの不整合を、第二部前半の「構想の最大の問題」と捉えている。（3）それを乗り越える唯一の方法は、もう一つの皇統に頼ることであった。尊氏の口から引き続き、「さればいかにもして持明院どのゝ院宣を申給《ツ》て、天下を君と〳〵の御争《ヒ》になし、かせんを致さばや」という提案がなされる所以である。

巻十五で始動したこの院宣獲得計画が実現するのは、巻十六の末尾近くに至ってからである。だが実際には、もっと早い巻十四の段階から、持明院統推戴の必要性は認識されていた。足利軍が新田義貞ら率いる軍勢を撃退して入京を果たした場面「将軍入洛事付大田判官打死事」には、次のように記されている。（4）

明れば正月十一日、将軍八十万ぎにて都へ入給ふ。かねてはかせん事ゆへなくして入洛せば、持明院殿御方の院宮々の御中に、一人御位に即《ケ》奉つて、天下の政道をばぶけより計《ヒ》申べしと議を被レ定《メ》たりけるが、持明院の院・法皇・儲王・儲君一人ものこらせ給はず、皆山門へ御幸成たりける間、将軍自万機の政をし給はん事も叶《フ》まじ。天下の事いかゞすべきと案じ煩《ヒ》てぞおはしける。

右の記事によれば、持明院統擁立は入京以前から企図されていたことになる。この予定は結局狂ってしまったわけだが、そのときの尊氏の反応が「自万機の政をし給はん事も叶《フ》まじ」と記されている点は見逃せない。後醍醐天皇を比叡山へ退かせ、いったん京都を占領した尊氏は、しかし実際にはけっして天下を我が物にする僭上者ではなかったというのである。かつて寿永二年（一一八三）法住寺合戦に勝利して、「主上にやならまし、法皇にやならまし」（『平家物語』巻九）と嘯いた木曾義仲とは、まさに対極に位置している。

ところで、神田本ほか多くの伝本がこのように「案じ煩」う尊氏像を描き出しているのに対し、天正本系には右の記述が存在しない。結城親光の活躍と討死をも併せて語る当該章段は、ごく短くまとめられ、最後は「京都はかくて静まりぬ」と結ばれているのである。また、巻十四の本文全体を確認すると、尊氏形象に関する諸本間での異同は、他にも散見していることが知られる。いったい、こうした差異はどのように把捉すればよいのか。そして、それぞれの叙述は作品の〈読み〉にいかなる結果をもたらすのか。かかる問題意識をもって、以下、尊氏の京都侵攻をめぐる叙述を検討する。

一　巻十四の本文比較

まずは、巻十四の本文異同の様相を確認するところから始めたい。この問題に関してはすでに長谷川端氏によって先鞭がつけられているのだが(5)、本稿では神田本と天正本に焦点を絞ったうえで、いま一度、二系統の先後関係を検証しておく。

『太平記』の伝本には複数系統の取り合わせを経ているものが多いため、古態本文を探るにあたっては、本文比較を一巻ごとに別個に行う必要がある。このことは、すでに研究上の常識となっている。もっとも、甲類本（鈴木登美恵氏提唱の分類法による）(6)の神田本・西源院本・神宮徴古館本が一致しているとき、概ねその本文は古態を保っていると見なされてきた。この見方に一石を投じたのが小秋元段氏である。氏は巻三十六の細川清氏失脚記事の本文異同を分析したうえで、巻三十六については乙類・丙類が甲類に先行する可能性を唱えている(7)。『太平記』の諸本研究は新たな局面を迎えたといってよいだろう。本稿がことさらにこの第一節を設けた所以である。

話を巻十四に戻そう。いったい神田本と天正本の巻十四を読み比べたとき、いくつかの記事が一方には欠けていることに気づく。前者に存在していて後者に存在しないのは、

①箱根合戦において、義貞配下の「十六騎が党」が奮戦する。

②入京を果たした尊氏が持明院統擁立に失敗する。

であり、逆に後者の天正本のみに存在するのは、

③義貞が足利方に対し、源義家奉納の二引両旗の引渡しを拒否する。

④竹下合戦において、山名父子が軍功の証人になることを結城氏に求める。

⑤赤松の勲功を賞した尊氏が円心に播磨国守護職を賜る。

である。なお、神田本と天正本の両方に欠けていて、西源院本や神宮徴古館本以下多くの本に存在する記事もある。義貞の追撃を退けた村上信貞の勲功に対し、直義が信濃国塩田庄を給付するという逸話である。本稿では長谷川氏の見解に従ってこれを増補と見なし、巻十四については、神宮徴古館本等の前段階にあるものとして、神田本を採用する次第である。

さて、右に列記したもののうち①②については、本文の先後関係を知るための手がかりにするのは困難である。『難太平記』のいう功名書き入れは、新田氏配下の小豪族とは無縁だったであろうから、①を有する神田本が後出形態であるとは限らない。それに対し、④⑤については、いわゆる功名書き入れの一種と見なしてよいのではないか。また、新田と足利の確執を語る③の逸話も、両氏族間のバランスをとるために後から増補されたものである可能性が高い。というのも、神田本は新田側の遺恨の原因（義貞が三歳の千寿王に鎌倉の首長の座を奪われたこと）のみを記しているが、引き続き足利側の遺恨の原因③を併記する天正本の方が、両者の深刻な対立関係を印象づけることに成功しているからである。このバランスを崩す方向へと展開する本文改変は想定しにくい。

続いて、同一内容を扱う記事の叙述のあり方に目を転じてみよう。すると、やはり天正本系の後出性を示す箇所を多数指摘できるのである。例えば、佐々木道誉が新田義貞に降参したとする記事（「手越軍之事」）が、天正本では箱根に退却したという記事になっている。このときの降参は明らかに不名誉な過去であるから(8)、おそらく、有力守護大名となった佐々木京極家の立場を顧慮した改作者の手によって、本来の「降参」は虚構の「退却」へと書き改められたのだろう(9)。

こうした外部事情を反映した改作が見られる一方で、作品内部の問題を背景とする改訂例もある。一例を挙げるなら、関東下向の官軍交名に名を列ねている「二条少将為次」が、天正本では「二条中将為冬」に置き換えられているのである。歌人二条為世の息為冬は『梅松論』によれば尊氏の「朋友」であったらしく、尊氏は心ならずも敗死に追いやってしまった友の首級を見て、深く悲しんだと伝えられている。『太平記』は二人の友情については一切触れていないが、しかし為冬の最期を「中書王の股肱の臣」の討死として特筆する点では諸本一致している。彼は巻十四に登場するのにふさわしい、特別な存在であった。一方、二条為次はというと、ほかには巻十五「正月廿七日京かせん事」および巻十七「春宮義貞已下北国下向事」の交名に列記されるのみである。しかもこの人物は系図上で確認できない。人名の差し替えが起こったのは頷けるところである。

さらに言えば、天正本の特徴の一つとされる、史実重視という傾向に基づく改訂も行われている(10)。神田本は巻十四の内容を「建武元年」の出来事と設定しているのだが、天正本はこれを史実通りの「建武二年」に書き換えているのである。中先代の乱の勃発を一年早めることで、建武政権の短命ぶりを実際よりも誇張するという古態本の《物語としての方法》が、天正本では解体させられている(11)。

このほか、竹下合戦における脇屋義助の奮闘記事や、新田義貞勢の敗走記事、結城親光の討死記事など、巻十四には異同箇所がきわめて多い。また、本稿が比較している神田本型と天正本型のみならず、前半部と後半部で二つの型を接合させている流布本や、記事省略や独自異文の目立つ西源院本の存在にも注意が必要である。こうした諸本の現状は、巻十四が念入りな改訂を必要とするような、デリケートな内容を含む巻であったことを如実に物語っている。その筆頭に挙げられるのは、後醍醐と対峙する〈将軍／朝敵〉としての尊氏の形象であった。

二　祀り上げられる将軍
——神田本の場合——

巻十四の尊氏像について考えるためには、先に巻十三「足利殿東国下向之事」を見ておく必要があるだろう。該章段によれば、中先代の乱鎮定に向かおうとする尊氏が事前に征夷将軍職および東八箇国管轄者の地位を望んで、「若此両条勅許を蒙らずは、関東征罰の事をば可《シ》レ被レ仰ニ付於他人《ニ》一」と訴えたところ、後醍醐は「征夷将軍の事は関東静謐の忠によるべし。東八カ国管領の事は先づ子細有べからず」という決定を下したという。だが、これは史実に反する。『神皇正統記』や『保暦間記』によれば、後醍醐は尊氏にこの職を授けることを拒否したとされている。独断で出征した彼に後日与えられたのは、征東将軍の称号であった（『神皇正統記』『尊卑分脈』『武家年代記』）。『太平記』が事実を隠蔽し、征夷将軍職補任の内諾を得ていたと仮構するのは、二人の対立関係を表面化させることなく、逆に確かな信頼関係があったかのように演出する操作だったと考えられる。[12]

ところで、『武家年代記裏書』の建武二年条には、「足利源宰相家蒙征夷将軍之宣旨、同八二、進発」とある。『太平記』においてそこまでの虚構化が行われず、補任が後日の恩賞とされるに止まっているのは、「先例故実」に応じる形が取られたものだろうか。『六代勝事記』や真名本『曾我物語』、前田家本『承久記』、『梅松論』などにおいては、源頼朝は平家追討後、後白河院の叡感にあずかって将軍に任命されている。この〈朝敵追伐の褒賞として将軍に補任される〉という作られた「先例」[13]が広く受け入れられていたために、尊氏を出征以前に征夷将軍にしてしまうという虚構は抑制されたのかもしれない。

そして、後醍醐による正式な任命を記事化する機会は、その後ついに失われたままになってしまう。しかし、諸国の武士を従えて政権掌握へと動き出す尊氏は、その性格上、《武家政権の首長＝将軍》として位置づけられるべき存在だった。よって『太平記』は正式な将軍宣下を描く代わりに、巻十四の冒頭章段「足利殿与新田殿確執事付両家奏状事」に次のような叙述を組み込んで、彼を事実上の将軍に仕立て上げているのである。以下、神田本から引用する。

A―足利宰相尊氏打手の大将を承《ツ》て関東へ下し後、さがみの次郎時行度々のかせんに打負《ケ》て、関東程なくせいひつしければ、勅約の上は何の相違か有べきとて、未だ宣旨も被レ下ざるに、其門下の人は足利《ノ》征夷将軍とぞ申ける。

右の記事は尊氏に対する「門下の人」の期待をも同時に描き出している。建武政権発足以来公家の下風に立たされていた諸国の地頭たちは、「哀何なる不思議も出来て、武家四海の権をとる世間に亦成かし」（巻十二「公家御一統事付大塔宮御入洛事」[14]）と願っていたわけであるから、征夷大将軍職を約束された源氏の棟梁の台頭は、彼らにとってまさに好機到来であったろう。関東を平定した時点（巻十三の末尾）から尊氏の威勢が「自然に重く成《ツ》て」いったのも道理である。

ところが、当初尊氏自身は周囲の期待に十分に応えようとはしなかった。京都から足利討伐軍が迫っているという報せを受けたとき、恭順の姿勢を示すつもりであることを直義らに言明するのである。「簱紋月日堕地事」から引用する。

B―尊氏卿黙然として暫くは物もの給はざりけるが、やゝ有《ツ》て、「（中略）詮ずる所、旁はともかくも身の進退を計《ヒ》給へ。尊氏に於ては、君に向ひ進らせて、弓を引《キ》矢を放つ事有べからず。さりとも於《テ》二罪科《ニ》一のがるゝ所なくは、剃髪染衣の白にも成《ッ》て、君の御為に不忠を存ぜざる所を子孫の為に残すべし」と、気色を損じての給ひもはてず、後の障子をあらゝかに引たてゝ内へ入給ひければ、

『梅松論』にも同様の記事があり、そちらでは尊氏は結局「若頭殿（＝直義）命ヲ落ル、事アラバ、我又存命無益也」といって翻意したとされている。一方『太平記』の「箱根軍事」では、建長寺に籠もっていた彼は直義らの用意した偽綸旨を本物と思い込み、隠遁しても無駄だと悟ったために戦場に赴くのである。それは文字通り最後の選択であった。

C―将軍此綸旨を御らんじて、謀書とは思もより給はず、「げにもさては一門の浮沈此時にて候《ラヒ》ける。さらば力なく、尊氏も旁と諸共にこそとも角も成候《ラ》はめ」と、着給ひたりける道服をぬいで、錦の鎧直垂をぞ着し給ひける。

『太平記』の一連の叙述には、尊氏の消極性を印象づけ、なおかつ彼が周囲に無理やり（騙されて）担ぎ出されたのだと主張する志向性が窺えよう。そうした受身の立場は、先に引用したAの「其門下の人《ノ》は足利征夷将軍とぞ申ける」にも反映しているのではないか。Aは巻の最初を飾る重要な記事である。そこに、自ら進んで将軍を名乗る尊氏ではなく、周囲から将軍に祀り上げられてしまう尊氏が立ち現れるわけである。たとえ将軍と呼ばれることが彼の本意であったとしても。

三　将軍としての主体性
――天正本の場合――

巻十三の出征場面で「殊に為レ朝《ノ》家《ノ》為望深き之処也」「若此両条勅許を蒙らずは、関東征罰の事をば可《シ》レ被レ仰ニ付於他人《ニ》」といって将軍職獲得への熱い思いを訴えていた尊氏が、一転して受動的立場にまわるというのは、やは

り違和感を生じさせずにおかない。『太平記』の本文改訂の場でも、同様のことが問題視されたのだろうか、前掲記事Aは天正本において次のような本文に作り変えられている。[15]

(A)―さる程に、足利宰相尊氏卿は相模二郎時行を退治して、東国やがて静謐しぬれば、勅約の上は何の子細かあるべきとて、いまだ宣旨をも下されざるに、押して足利征夷将軍とぞ申しける。

天正本が概して後出形態を示していることはすでに論じた通りであり、この(A)の場合もそのように捉えて誤りあるまい。なぜなら、仮に(A)が本来の形であったなら、尊氏を主語としている末尾部分には尊敬語が使われて然るべきだからである。例えば、「名乗りたまふ」「称せられける」などが適当だろう。実際には、Aの「其門下の人は」を除去することで尊氏の将軍自称を成立せしめているのが、天正本(A)の傍線部なのである。しかも、「押して」という一語を加えることで、将軍として行動する意気込みをいっそう確かなものにしている。[16]

いったい天正本の巻十四は、自発的かつ積極的に行動する尊氏像を描く傾向を垣間見せているようである。前掲記事Cに相当する部分を掲出してみよう。

(C)―将軍この綸旨を御覧じて、謀書とは思ひもより給はず、「誠にさては一門の浮沈この時にて候ひける。さらば力なく、尊氏も旁とともに、弓矢の義兵をもつぱらにして、義貞と死をともにすべし」とて、たちまち道服を脱ぎ、錦の直垂をぞ食されける。

Cでは「とも角も成候《ラ》はめ」であった決意表明が、(C)では「弓矢の義兵をもつぱらにして、義貞と死をともにすべし」になっている。ここもやはり天正本型が後出であり、ただ漠然と討死自害を示唆していただけの本文から、いかにも将軍らしい「弓矢の義兵」へのこだわりや、義貞と刺し違える覚悟を盛り込んだ本文へと変化したと考えられる。また、鎧直垂に着替える行為を述べる箇所に、「たちまち」という副詞が加わっている点も見逃せない。わずか一語ではあるが、これがあることで、迷いを捨て去って果敢に戦場へと急ぐ尊氏の姿が、より力強く印象づけられるからである。

こうした天正本の傾向に照らして考えれば、本稿の最初に取り上げた「将軍入洛事付大田判官打死事」の本文異同の意味も見えてくると思われる。神田本では尊氏が持明院統を推戴できなかったことに関して、「将軍自万機の政をし給はん事も叶《フ》まじ。天下の事いかゞすべきと案じ煩《ヒ》てぞおはしける」と記されていた。これは明らかに彼の不安や混乱ぶりを伝える記事である。天正本はこの逡巡する尊氏像を受け継ぐことを好まなかったのではないか。《武家政権の首長＝将軍》として邁進する尊氏を描き出すためには、それはむしろ排除すべき要素だったのだろう。ただし、多々良浜合戦直前の場面に見られる消極的発言は、天正本にも存在する。本文改訂を律する論理のはたらきは、各場面の内実に左右されていたようだ。

さて、巻十四において尊氏が登場する記事の中には、もう一つ、改訂が施された事例が存在する。後醍醐に対する尊氏の忠誠心を鮮烈に描き出すBの記事である。神田本の尊氏が「気色を損じ」て障子を「あらゝかに」引き立てているのに対し、天正本においては、そうした激昂は鳴りをひそめているのである。

(B)―尊氏卿黙然としてしばしは物も宣給はず。ややあつて、「(中略)されば、旁は、ともかくも身の進退を計ひ給へ。尊氏に於ては、君に向ひ奉つて、弓を引き矢を放つ事あるべからず。さてもなほ罪科遁るるところなくば、剃髪染衣の白にもなつて、君の御為に不忠を存ぜざるところを、子孫のために残すべし」と、泪を拭ひて宣給ひもはてず、後の障子を引き立てて、内へぞ入り給ひける。

これまで見てきたように、天正本は武家政権を確立する首長にふさわしい人物として、尊氏像を再編しようとしている。とすれば、不戦の意志を表明するこの場面は大きな矛盾を惹起するところである。尊氏と後醍醐の緊張関係を朧化することは古態本以来の基本方針であったから[17]、天正本も尊氏側に忠誠心があったことは認めている。しかし、周囲に怒りをぶつけるほどに後醍醐に心酔していたはずの彼が、やがて信念を翻して後醍醐を追い詰めていくというのは、反転の幅が大きすぎて、物語の展開上いささか不自然な印象を与えかねない。改作者はそれを嫌ってBから(B)への改訂を行い、盲従の発露をトーンダウンさせようとしたのではないだろうか。そして、それでもなお拭いきれない違和感を持て余し、(B)の直後に「思ひの外なる事かなと、私語かぬ物ぞなかりける」という異文を書き添えたのだと思われる。(18)

ところで、こうした改訂がなされたということは、二人の紐帯を強化するという古態本のねらいが、天正本においては緩んでしまっていることを示していよう。本文改訂の場において意識されていたのは、自らの実力を恃んで立ち上がる将軍像を提示することであった。その限りにおいて、反逆の事実を隠蔽することは後景に退かざるを得ない。それどころか、天正本は後醍醐が尊氏を反逆者と見なしていたことを、古態本以上に強調している。「新田足利霍執奏状の事」には、尊氏陰謀の噂に接した後醍醐の反応が次のように描かれている。

主上逆鱗あつて、「たとひその忠功莫大なりとも、不義を重ねば、逆臣たるべき条勿論なり。すなはち追伐の宣旨を下さるべし」と御憤りありけるを、

右の傍線部は古態本には見えない。また、護良親王殺害の事実が判明した段にも、

さては尊氏・直義が返逆子細なかりけりとて、叡慮さらに穏やかならず。

という増補がある。天正本が「逆臣」「反逆」という語に神経を尖らせていたなら、傍線部を組み込んだりはしなかっただろう。二人の敵対関係を際立たせないようにするという方針は、半ば崩れていると言ってよい。もっとも、それは否定されるべきものではなく、むしろ大森北義氏のいう「構想の最大の問題」を中和する可能性を秘めているのではないだろうか。

本来『太平記』の巻十四前後においては、尊氏の叛逆者的側面を朧化しつつ、政権掌握へと突き進む姿を描き出すという、二つの作為が交錯している。結果的に人物像が統一感を欠いたものになってしまうことは避けがたいだ

ろう。天正本はそうした問題に対処すべく、二つの作為の一方を抑制して、尊氏像を《将軍にふさわしい意志的人物》に近づけようとしていると考えられる。

おわりに

『難太平記』の証言から、『太平記』巻十四の本文が尊氏存命中に存在していたことは疑いない。当時は彼と後醍醐との対立関係を朧化することが求められていたのだろう。やがて尊氏が没し、南北朝の内乱が終息したとき、その呪縛は解かれ、将軍として主体的に行動する尊氏像が生み出されることとなった。それがいつ頃のことであったかは特定し得ないが、長享三年（一四八九）の本奥書を有する梵舜本の巻十四が天正本系本文をそのまま受け継いでいるので、この年代以前であることは確かである。じつは天正本系本文については、比較的早い段階で成立していたとする見方が近年有力になりつつある。(19)

では、本稿で論じてきた本文改訂は、いかなる目的のもとで行われたのだろうか。すでに第一節で指摘したように、天正本には一部の守護大名家に配慮する傾向が窺える。巻十四の尊氏形象の場合も、将軍権力に対する政治的配慮が作用していた可能性が考えられるだろう。だが、それよりもむしろ、物語としての太平記世界を補完しようとする意図をこそ汲み取るべきではないかと思う。というのも、天正本は尊氏を主体的人物として描くと同時に、ライバルとされる義貞や脇屋義助を称揚することにも積極性を見せているからである。(20) いくさに臨む足利と新田の姿をそれぞれ加筆して、両方をいかにも武人らしく描き出すのは、建武の乱を清和源氏同士の争いと捉える『太平記』本来の叙述方法を敷衍するものに他ならない。また、二人の対立を指して、「互ひに亡ぼさんと牙を砥ぐ志顕れて、早天下の乱となりにけるこそあさましけれ」という評語を新たに加えている点も注意される。乱世批判もまた『太平記』の基本姿勢であり、天正本はそれに準じているのである。

作品が整合性ある物語へと変化していくのは、ある意味自然な流れである。天正本『太平記』はその流れの中で読み解かれる必要があるだろう。[21]ときに梵舜本を経て流布本に流れ込むことのある該本文の分析は、今後の研究において大きな課題となるに違いない。

注

（1）大森北義氏「太平記における合戦記の検討（一）――巻十四の義貞合戦記について――」（『鹿児島短期大学研究紀要』一七、一九七六年）、谷垣伊太雄氏「尊氏と義貞――『太平記』巻十四前半部について――」（『樟蔭国文学』三二、一九九五年）参照。

（2）『大日本史料』第六編之二、『足利尊氏文書の研究』（旺文社刊、一九九七年）参照。

（3）大森北義氏『『太平記』の構想と方法』（明治書院刊、一九八八年）一五五頁参照。

（4）とくに断らない場合、『太平記』の引用は神田本の影印（汲古書院刊）による。ただし、片仮名を平仮名に直したり、「[illegible]」を「して」に書きかえたりするなど、表記を私に改めたところがある。なお、神田本の特徴である切継切出は、巻十四には見られない。

（5）長谷川端氏『太平記の研究』「巻十四の本文異同とその意味」（汲古書院刊、初出は一九七三年）参照。

（6）鈴木登美恵氏「太平記諸本の分類――巻数及巻の分け方を基準として――」（『国文』一八、一九六三年）参照。

（7）小秋元段氏『太平記・梅松論の研究』「巻三十六、細川清氏失脚記事の再検討」（汲古書院刊、初出は二〇〇四年）参照。

（8）『梅松論』はこのとき新田軍に降参した者について、「名字ハ憚アルニヨテコレヲノセズ」と記している。

（9）鈴木登美恵氏「佐々木道誉をめぐる太平記の本文異同――天正本の類の増補改訂の立場について――」（『軍記と語り物』二、一九六四年）参照。なお、天正本に関しては「斯波氏や山名氏に対しても古態本とは異なる意識がうかがわれ」るとする指摘も行われている（長谷川端氏『太平記　創造と成長』、三弥井書店刊、二〇〇三年、四九頁）。

（10）鈴木登美恵氏「天正本太平記の考察」（『中世文学』一二、一九六七年）参照。

(11)　今井正之助氏「太平記改修の一痕跡――建武年間の日付の記述から――」(『長崎大学教育学部人文科学研究報告』二八、一九七九年)、同氏「『平家物語』『源平盛衰記』と『太平記』――日付操作のあり方をめぐって――」(長谷川端氏編、軍記文学研究叢書八『太平記の成立』所収、汲古書院刊、一九九八年)参照。
(12)　注(1)大森氏論文参照。
(13)　頼朝が征夷大将軍職を得たのは後白河院崩御後である。この問題については拙稿「征夷大将軍の系譜――『梅松論』における頼朝と尊氏――」(『人文論究』五五―四、二〇〇六年)参照。
(14)　神田本は巻十二を欠くので、代わりに神宮徴古館本の本文をもって示す。
(15)　引用は新編日本古典文学全集(小学館)による。
(16)　A型記事を持つ伝本のうち、今川家本や南都本などにも「押して」の語が見える。
(17)　武田昌憲氏「『太平記』足利尊氏叛逆に関する一、二の問題」(『茨城女子短期大学紀要』一七、一九九〇年)は、「後醍醐帝に対する恭順と同時に、その行為そのものが直義等に対する反発の意味もあったであろう」と論じている。
(18)　長坂成行氏は天正本の特徴として、「他本よりも著述者の意識が前面に押し出されて」いて、「著述者自らが何らかの評価・解釈を下している」点を挙げている(「天正本太平記の性格」、『奈良大学紀要』七、一九七八年)。
(19)　小秋元段氏『太平記・梅松論の研究』「南都本『太平記』本文考」(初出は一九九八年)、中西達治氏「『太平記』諸本の形成について」(『金城学院大学論集(国文学編)』四四、二〇〇二年)参照。
(20)　天正本では、義貞が朝敵追討使として節刀を下される場面に「美々しかりし有様なり」の一句が加わっているし、竹下合戦の場面には義助の人物像を膨らませるような発言が追加されている。
(21)　拙稿「『太平記』における足利直義像の改修」(『国語と国文学』七六―一二、一九九九年)も、物語世界を補完するための本文改訂について探る試みである。

『曾我物語』巻立て攷

——主要仮名伝本を中心に——

村上美登志

一

『曾我物語』には、真名本と仮名本の二種が存在している。現存本を基にした研究では、真名本(1)が鎌倉時代末期に成立(2)し、仮名本(3)は南北朝時代成立(4)ではないかと考えられている。ただ、唱導文の精査などから、真名書きよりも仮名書きの、ある程度纏まった形のものが原初にあったのではないかとも考えられて来ている(5)。

真名本の研究は近年、かなりの進展を見せているが、仮名本のそれは未だ充分とはいえないものなので、そうした仮名本論の一助として、本稿は太山寺本を中心とした、仮名本主要伝本の巻立て等についての卑見を少しばかり申し述べておきたい。

仮名本各巻の所謂目録や章段・題目名は、後から書き足すことも可能なので、当然のことながら、それ自体に重きを置く事は出来ないが、一纏まりの話や説話の有無と、巻毎の出発や各巻の括り方等の所謂「巻立て」については、その時代の要請や、編者の意図がある程度は明瞭に見て取れるところから、巻立て等の考究作業は、原初の姿を垣間見る可能性を僅かではあるが、そこに秘めていると考えるからである。

太山寺本の巻立て等についてはかつて巻第十をモデルにして触れたことがあるが(6)、限られた紙幅の中で、一例を開示しただけに過ぎないので、今回は、出来うる限りその全体像を見通しておきたいと思う。

真名本は、妙本寺本系一系統の本文しか現在のところ発見されていないので、巻立て等に異同やブレは、当然のことながら見当たらないが、仮名本は相当に複雑である。そこで、手続きとして、仮名本の巻頭から見ていくことにしよう。

二

まず、巻第一は、巻第九と同じく、真名本・仮名本両本の各諸本共に主だった諸本の全てが、「神代の始まりの事」（巻第一）、「和田の屋形へ行きし事」（巻第九）の章段・題目名で統一され、物語が始まっている。巻第一の「神代の始まりの事」は（頼朝政権を神代の時代に遡って保証する）、まさに物語のスタートなので、全諸本がこれより始まることへのそれ自体には何の不思議さも無いが、巻第九の「和田の屋形へ行きし事」が、真名本・仮名本の全諸本に共通していることは興味深い。何故なら、真名本は前にも述べたように同系列の、しかも、全て十巻本構成であるが、仮名本は、十巻本〜十二巻本並びに、彰考館文庫本や文禄本（旧吉田本で有欠本）のように、「孝養巻」を特立させているものもあって、多種多様であるからだ。

おそらく、巻第九の始まりに全諸本が同一性を持っているのは、単なる偶然などではなく、ここが原本《ウル》からの最大の山場であったからだと考えられる。すなわち、どうにも動かしようの無いほどの語りどころであり、聞かせどころであったからに他ならない。

仮名本でこの巻を見ていくと、[7]「和田の屋形へ行きし事」、「曾我への文の事」、「主従、名残惜しむ事」、「屋形〳〵にて咎められし事」、「祐経討ちたる事」、[8]「十番斬りの事」、「十郎討ち死にの事」、「五郎が斬らるゝ事」等の章段・題目名があり、これを流布本系で見ると、さらにそこに、「兄弟、屋形を替へし事」、「鬼王・道三郎、曾我へ帰りし事」、「悉達太子の事」、「兄弟、出立つ事」、「波斯匿王の事」、「祐経、屋形を替へし事」、「王藤内討ちし事」、「祐経にとどめを刺す事」等々の章段・題目名が細分化されて、表記されている。

その他の巻では、若干の異同はあるものの、十郎・五郎兄弟が曾我の里で過ごす幼少期を描いた、巻第三の「兄弟、曾我にて育ちし事」、「九月の名月の日に、一万・箱王、庭に出でて、父の事を歎きし事」、「兄弟を母の制する事」等を始めとして、十郎・五郎兄弟が由比の汀に引き出され、首を刎ねられそうになるところを、御家人達の代わる代わるの嘆願によって助命され、命拾いをした兄弟が曾我の里に喜び勇んで帰郷するところなどは、仮名本系では、ほぼ統一されているといってよい。

さらに、巻第四、五、七のスタート部分は、章段・題目名共に仮名本系諸本では一致を見せている。すなわち、巻第四では、「十郎元服の事」（短文ではあるが、敵討ちの前提として、十郎が一人前の大人になっていなければならない必要不可欠箇所）、巻第五では、「浅間野の御狩りの事」（父親が亡くなったのも狩り場の帰りであり、頼朝、祐経のいる狩り場での、狩り場を中心とした兄弟の経緯等を描く重要プロット）、巻第七では、「千草の花見し事」（兄弟が揃って敵討ちを成就するためには、母親から五郎の勘当を解いておかねばならない必要がある。そこで、母に五郎を許してもらうために、最初、十郎が母に掛け合うが、埒が明かず、やがて兄弟入り乱れて母との間で、火の出るような論戦を繰り拡げるという、手に汗を握る重要箇所）などである。

こうした一致を見せるところで興味深いのは、従来より唱導色の濃い伝本だと漠然といわれてきた、武田本甲本、彰考館文庫本、万法寺本等の巻第八が、他本の「箱根へ参りし事」（「箱根にて暇乞ひの事」）の前に、「箱根の御本地の事」（「箱根本地譚」として、三本の内で古態を有するのは、彰考館文庫本で、他の二本は別系列の略された本地譚を採っている）を有しており、この章段・題目名より巻第八をスタートさせていることである。(9) これは他の真名本・仮名本両諸本にも無く、この三本のみに見られる特筆すべきもので、これは、この各本の成立圏や説話の管理者等を、自ずと考えさせられるものである。

三

次に本章では、仮名本諸本中における、太山寺本の独自性と位置付け等を見ておきたい。

太山寺本が、真名本・仮名本全諸本とも異なる巻立て構成を見せるのは、巻第二である。真名本系では、仮名本全諸本の巻第一にある、「河津三郎が討たれし事」を以て巻第二をスタートさせている。一方、太山寺本を除く他の仮名本諸本では、「大見・八幡を討つ事」から巻第二をスタートさせている。

すなわち、仮名本諸本は、河津三郎祐重（真名本は、「助通」と表記し、各系図類には、「祐道」、「祐泰」、「助宗」などとあって揺れがある）暗殺後に、十郎・五郎兄弟の弟である御房（四男）は、九郎祐清（真名本には「助長」とある）に引き取られ、兄弟の母は、曾我太郎祐信と娶され、兄弟達も一緒に引き取られるところで巻第一を了え、巻第二は、伊東入道祐親が祐清に命じて、祐経が放った刺客の大見小藤太と八幡三郎の両名を討たせる場面から始まるが、太山寺本はここまでを全て巻第一の内に収めて、「頼朝、伊東が館へ御在せし事」を以て、ここから巻第二をスタートさせるのである。

祐重暗殺と、その後の母と三兄弟の身の振り方、暗殺の実行犯討伐までを、まさに、曾我の物語の発端とする形で、その全てを巻第一に括り収め、巻第二は、所謂「頼朝蜂起譚」に絞り込んで行こうとする、真名本のそれとも違った太山寺本独自の編纂意識と手法を見せている。これは、非常に際立った巻立ての手際の良さだと認めざるを得ないところである。

続いて巻第十を見てみよう。真名本と同じく、原初から十巻本であった太山寺本は[10]、「五郎が斬らるゝ事」で巻第九を了え、真名本と同じように、「鬼王・道三郎、形見付けし事」から巻第十をスタートさせている。これは、

「孝養巻」を特立させる彰考館文庫本を除く、他の全ての仮名本諸本とは異なるものである。
次に、十巻本構成を採らない流布本系十二巻本をモデルにして、十巻から十二巻本構成諸本の巻末部分の括り方を見てみよう。

また、誤解の無いように確認しておくが、流布本系十二巻本は、左表に掲示したように、巻第十一と十二を単純に付加しているのでは無く、太山寺本の巻第九にある（以下の章段・題目名は、流布本系のものをあてているので、太山寺本のものとは異なっている。しかも太山寺本には、「五郎が斬らるゝ事」の一つの章段・題目名の中に、流布本系の以下の四題目の内容を全て含んでいる）、「五郎、御前へ召し出だされ、聞こし召し問はるゝ事」、「犬房が事」、「五郎が斬らるゝ事」、「伊豆次郎が流されし事」の四つの章段・題目を巻第十に繰り下げ、太山寺本では巻第十途中の「三浦与一が出家の事」で流布本系は巻第十を締め括り、「虎が曾我へ来たりし事」から巻第十一を立て、そこに、「鬼の子取らるゝ事」、「菅丞相の事」、「兄弟、神に斎はるゝ事」を挿入し、さらに、「貧女が一燈の事」を増幅させている。

そして、太山寺本巻第十最終章段・題目の、「虎、出家の事」から流布本系は巻第十二を起こし、虎を始め、手越の少将や兄弟の母と二宮の姉達の後日譚等の、「虎、箱根にて暇乞ひして行き別れし事」、「井出の屋形の跡見し事」、「手越の少将に逢ひし事」、「少将、出家の事」、「虎と少将、法然に逢ひ奉りし事」、「虎、大磯にとり籠りし事」、「母と二宮の姉、大磯へ尋ね行きし事」、「虎、出で逢ひて呼び入れし事」、「少将、法門の事」、「母と二宮、行き別れし事」、「十郎・五郎を虎、夢に見し事」、「虎・少将、成佛の事」等々の十二[12]もの章段・題目を新たに立てる形で一巻を成しているのである。

また、仮名本諸本の中で、特異な巻立てを有する巻第十二零本の『聖藩文庫本』には、流布本系にもない、「頼朝、御遠行の事」、「重忠、鶴个岡に籠る事」、「重安（保）、由比浜にて軍の事」等の三つの章段・題目が新たに立てられており、(13)巻立て等の複雑さが知られる。

各諸本後半部分の巻立て構成が、これによって明らかになったように、仮名本は十巻本構成から十二巻本構成を志向して、巻立て等を変動させていることが分かる。それは、彰考館文庫本や文禄本にある「孝養巻」が、『平家物語』の「剣巻」や、「灌頂巻」を意識したものであることからも、そうした動きが、『平家物語』十二巻本構成の流れを汲むものであることを、如実に窺い知ることが出来るのである。

〈仮名本『曾我物語』巻第九・十・十一・十二の巻立て編成略図〉

	題目（流布本系）	太山寺本	流布本系
①	五郎、御前へ召し出だされ聞こし召し問はるゝ事	巻第九 ○	巻第十 ○
②	犬房が事	○	○
③	五郎が斬らるゝ事	○	○
④	伊豆次郎が流されし事	○	○
⑤	鬼王・道三郎が曾我へ帰りし事	第十 ○	○
⑥	同じく彼の者ども遁世の事	○	○
⑦	曾我にて追善の事	○	○
⑧	禅師法師が自害の事	○	○
⑨	同じく鎌倉へ召されて斬られし事	○	○
⑩	京の小次郎が死する事	○	○
⑪	三浦与一が出家の事	○	○
⑫	虎が曾我へ来たりし事	○	○
⑬	曾我の母・二宮の姉、虎に見参の事	○	○

		巻		
⑭	母、数多の子どもに後れ、歎きし事	○	○	巻第十一
⑮	母と虎が箱根へ登りし事	○	○	巻第十一
⑯	鬼の子取らるゝ事	×	○	巻第十一
⑰	箱根にて佛事の事	○	○	巻第十一
⑱	別当、説法の事	○	○	巻第十一
⑲	箱王住みし所、見し事	○	○	巻第十一
⑳	(貧女が一燈の事)	○	○	巻第十一
㉑	菅丞相の事	×	○	巻第十一
㉒	兄弟、神に斎はるゝ事	×	○	巻第十一
㉓	(虎、出家の事)	○	○	巻第十二
㉔	虎、箱根にて暇乞ひして行き別れし事	×	○	巻第十二
㉕	井出の屋形の跡見し事	×	○	巻第十二
㉖	手越の少将に逢ひし事	×	○	巻第十二
㉗	少将、出家の事	×	○	巻第十二
㉘	虎と少将と法然に逢ひ奉りし事	×	○	巻第十二
㉙	虎、大磯にとり籠りし事	×	○	巻第十二
㉚	母と二宮の姉、大磯へ尋ね行きし事	×	○	巻第十二
㉛	虎、出で逢ひて呼び入れし事	×	○	巻第十二
㉜	少将、法門の事	×	○	巻第十二
㉝	母と二宮、行き別れし事	×	○	巻第十二
㉞	十郎・五郎を虎、夢に見し事	×	○	巻第十二
㉟	虎・少将、成佛の事	×	○	巻第十二

〈注〉

Ⅰ　○×→話の有無（太山寺本と流布本系とでは、題目が異なるので、その内容の話を含んでいるかどうかということ）。

Ⅱ　□→流布本系の追加挿入部位。

Ⅲ　（　）→流布本系の増幅部位

四

縷々、諸本の巻立て構成等を見てきたが、最後にその大団円に眼を転じてみたい。何故なら、物語（中世小説）の書き出しと終章は、近現代・古典を問わず、作者・編者が全精力を傾けて制作する箇所であるとされ、その作品の行き方（作域）や評価を定める基準とも成りうるものであるからだ。

その諸本の大団円は、次の如くである。

① 真名本（妙本寺本）[14]

その後虎は、いよいよ弥陀本願を憑みて年月を送りける程に、ある晩傾《ゆふくれ》に御堂の大門に立ち出でて、昔の事どもを思い連《つづ》けて涙を流す折節、庭の桜の木立ち斜めに小枝が下がりたるを十郎が躰と見なして、走り寄り取り付かむとすれども、ただ徒らの木の枝なれば低様《うつぶさま》に倒れにけり。その時より病ひ付きて、少病少悩にして、生年六十四歳と申すに大往生をぞ遂げにける。そもそも、建久四年癸丑九月上旬に筥根の御山にて出家して後、十九歳の冬の頃より六十四歳の今に至るまで四十余年の勤行、その勤め終に空しからずして、耳目を驚かす程の往生を遂げにけり。およそ、その平生の霊徳、臨終の奇瑞、連綿として羅縷に遑あらず。その後、十二人の尼公達、次第を追ふて一人も空しからず往生を遂げにけり。末代なりといへども、女人往生の手本ここにあり。まことに貴かりし事どもなり。

② 仮名本（太山寺本[15]）

虎も山彦山にて助成（祐）に別れし事思ひ出でて、また今更の心地して、詮方無くぞ覚えける。「それ有為転変の世の習ひ、有情より非情に及び、上界より下界に至るまで、花は嶺に、鳥は古巣に帰へり、松柏の青き色も、終には残る習ひなく、芭蕉の破れ易きも、夢の中の楽しみ、歎きても詮なく、悲しみても叶ふべからず。逢ふは別れの始め、生は死の基なり。はやはや憂き世の中を遁れ出して、一筋に佛の道を願はんにはしかじ」とて、濃き墨染めに袖を替へ、十郎が菩提を弔いける。昔も今も、かかる優しき女あらじとぞ申し伝へ侍る也。

③ 流布本（十行古活字本[16]）

かかりし程に二人の尼、業行つもり七旬の齢たけ、五月の末つ方、少病少悩にして、西に向かひ肩を並べ膝を組み、端座合掌して、念佛百返唱へて一心不乱にして、音楽雲に聞こえ異香薫じて、聖衆来迎し給ひて、眠るがごとく往生の素懐を遂げにけり。高きも賤しきも老少不定の習ひ、誰か無常を遁るべき。富宝も終に夢の中の楽しみなり。ことに女人は、罪深き事なれば、念佛に過ぎたる事あるべからず。かやうの物語を見聞かん人々は、狂言綺語の縁により、あらき（イあしき）心を翻し、実の道に赴き、菩提を求むる便りとなすべし。其の心も無からん人は、かゝる事を聞きても何にかはせん。よくよく耳に留め心に染めて、なき世の苦しみを遁れ、西方浄土に生まるべし。

見てのように、①の鎌倉時代後期成立と目される真名本は、十郎との「昔の事どもを思い続けて涙を流す」日々を送る虎女の「女人往生」にその力点が絞られており、それは世間の「耳目を驚かす程の往生」であり、その平生の霊徳、奇瑞の類は枚挙に遑なく、その後に続いた十二人もの尼公達も、「一人も空しからず往生を遂げ」たとする「女人往生の手本」を強調して物語を閉じる。

また、この部分は、ゴツゴツした硬い文章イメージを持つ真名本が見せている、数少ないロマンティシズムの表出部分である印象を受ける。

②の南北朝期成立と目される仮名本の太山寺本は、十郎との山彦山での別れを胸に秘めつつ、「一筋に佛の道を願」って、「十郎が菩提を弔」うという「優しき女」は、古今広しといえども見当たらないとして、理想とすべき虎女を最大級に賛嘆する形で締め括られている。

太山寺本は、その識語から、明石枝吉城城主・明石四郎左衛門尉長行（近衛家庶流）の妻女である、善室昌慶禅定尼（近衛家門葉）の愛読書であったことが判明している。(17) これは、当代における戦国武将の妻女としての、教養ある女性の嫁入り道具的な必読書の一つであったのかも知れない。

最後に③の室町時代後期成立と考えられる流布本は、虎と少将が「七旬の齢たけ」て往生の素懐を遂げた後、それに続けて、「かやうの物語を見聞かん人々は、狂言綺語の縁により」云々と括られるもので、ほとんど御伽草子の世界に近いものになっている。

そして、こうした流布本系の本文は、物語全体を見渡すと、随所に仮名本最古態の太山寺本本文等とは違って、真名本本文へと近づいて行く傾向が顕著に見てとれる（例えば、中世後期に未曾有の流行をみた法華経信仰のうねりなどの反映等々）。

かくして、この三者の行き方は、その時代時代の要請を顕現しているのであろうが、確認してきたようにそれは、微妙かつ決定的なものであることが理解されよう。

五

現存本では、最も古態を残す真名本の妙本寺本と仮名本の太山寺本に、流布本を絡めた三本の巻立て等を手掛かりに、他の仮名本諸本との比較検討を通して、『曾我物語』の原初の形を想定し、諸本の流れやその行き方等も考えてみた。

仮名本には、作品論を始めとして大きな課題や問題が少なからず残されている。本稿がその足がかりの一つにでもなれば幸甚である。また、十巻本から（十一）、十二、十三巻本への変遷、さらに万法寺本のように十巻本構成への回帰等については、いずれ稿を改めて論じてみたい。

注

（1）真名本の主要伝本には、妙本寺本の他、その流れを汲む本門寺本とその転写本等があり、さらに大永本（残欠本）、栄堯本（残欠本）等がある。また、その亜流に大石寺本がある。

（2）真名本の鎌倉期成立を採る主だった論考には、佐成謙太郎「曾我物語の著作年代」『芸文』十巻六・七号、山岸徳平「仇討文学としての曾我物語」『日本文学聯講』第二期・中世、同『真名本曾我物語』「解説」（勉誠社）、角川源義「妙本寺本曾我物語攷」『妙本寺本曾我物語』「解説」、山西明「真名本『曾我物語』と安達氏」『和歌と中世文学』、福田晃「『曾我物語』覚え書き」『立命館文学』四〇三〜四〇五号、青木晃等編『真名本曾我物語』「解説」（平凡社）等々がある。

（3）仮名本の主要伝本には、太山寺本の他、武田本甲本、同乙本、彰考館文庫本、万法寺本、穂久邇文庫本（穂久邇文庫本・龍門文庫本は共に、巻第十二に相当するものがなく、比較的分量の多い巻第五を二つに分かって、十一巻本を十二巻本構成に仕立てている）、南葵文庫本、東大本、王堂本、円成寺本（有欠本の為、参考本）、文禄本（有欠本）、十行古活字本、十一行古活字本、流布本等がある。
（4）村上美登志「太山寺本『曾我物語』〈今の慈恩寺是なり〉攷―仮名本の成立時期をめぐって―」『論究日本文学』第五十四号、平成五年三月（後に、村上学『義経記・曾我物語』国書刊行会、平成五年五月並びに、村上美登志『中世文学の諸相とその時代』和泉書院、平成八年十二月所収）等参照。
（5）村上学『曾我物語の基礎的研究―本文研究を中心として―』（風間書房、昭和五十九年二月）を始めとする、氏の一連のお仕事により、明らかにされてきた。至近のものでは、「曾我物語の諸本」（村上美登志編『曾我物語の作品宇宙』至文堂、平成十五年一月）がある。
（6）村上美登志「『曾我物語』と傍系説話―婆羅門説話をめぐる―」京都大学『国語国文』六十四巻七号（平成七年七月、後に注（4）同書『中世文学の諸相とその時代』に所収）、「『曾我物語』と女性―大磯の虎とその形象をめぐって―」『曾我物語・義経記の世界』（汲古書院、平成九年十二月、後に『中世文学の諸相とその時代II』和泉書院、平成十八年三月所収）、和泉古典叢書『太山寺本曾我物語』「解説」（和泉書院、平成十一年三月）等。
（7）村上美登志、注（6）同書『太山寺本曾我物語』。
（8）岩波日本古典文学大系『曾我物語』（岩波書店、昭和四十一年一月）。
（9）村上美登志、注（6）同稿・同書「『曾我物語』と傍系説話―婆羅門説話をめぐる―」（『中世文学の諸相とその時代』所収）参照。
（10）太山寺本と同じく、十巻本構成をとる仮名本に、『万法寺本』があるが、内容的には古くなく、十二巻本を十巻本構成に再度仕立て直した可能性が考えられる。
さらに厳密にいえば、『万法寺本』は、流布本系の巻第十二部分を欠き、巻第十一部分を巻第十に取り込む形で、現在の十巻本構成になっている。いずれにせよ、十巻本――（十一巻本）――十二巻本――十三巻本、或いは、十二巻本――（十一巻本）――十巻本への回帰の可能性や、その変遷を考える上で、もう少し注目されてよい伝本の一つであろう。
（11）ここは、彰考館文庫本が垣間見せる古態の残存部分といえる箇所である。彰考館文庫本は、太山寺本と流布本系諸本の巻立てとは異なり、巻第十は、太山寺本と同じく、「鬼王・道三郎が曾我へ帰へりし事」（章段・題目名は変わるが、内容はほぼ同じ）からスタートさせており、仮名本諸本が巻第十一を立てる「虎が曾我へ行きし事」に「孝養巻」（すなわち、諸本の巻第十一に相当する）を立て、諸本が巻第十二を立てる「虎出家の事」で巻第十一を立て、巻第十二は、「母と二宮、行き別れし事」からスタートさせている十三巻本構成と取れないこともない独自の巻立て構成となっている。

(12) 巻第十二に、さらに佛教の基数である「十二」を意識した、十二の章段・題目を揃えてあるのは、後述する真名本にある、往生する女人の数を十二としていることとも関わり、俗的な唱導性が見てとれ、興味深い。

(13) 黒田彰「聖藩文庫蔵曾我物語巻十二零本再論」、注（5）同書『曾我物語の作品宇宙』所収論文。

(14) 本文の引用は、注（2）同書の『真名本曾我物語』（平凡社）により、適宜、句読点、ルビ、振り漢字等を私に当てた。他の引用文も同様である。

(15) 本文の引用は、注（6）同書の『太山寺本曾我物語』によった。

(16) 本文の引用は、注（8）同書の『曾我物語』によった。

(17) 村上美登志「太山寺本『曾我物語』とその時代―太山寺本奉納者明石長行と亡妻昌慶禅定尼をめぐって―」『中世文学』第三十九号、平成六年六月（後に注（4）同書『中世文学の諸相とその時代』に所収）参照。

付記　武久堅先生の古稀をお祝いする記念論文集の執筆依頼を受け、よい機会をいただいたことに感謝している。今回の執筆論文の内容は、これまで必要に応じて部分的に表明してきた、『曾我物語』の巻立て等に関する考えを一纏まりのものとして書かせていただくことにした。本文研究は、村上学氏の精力的かつ優れたお仕事がすでにあり、蛇足になることも恐れたが、氏とは異なる見解部分もあるので、敢えて筆を執らせていただいた。

　また、余談になるが、独法化後、国立大学は大変である。本務校の国立高専もご多分に洩れず、大変動を起こしつつある。近年、国立高専を高校、短大等と間違える人は少なくなってきたが、各国立高専の五年、五年半、七年、七年半の学年立ては、次年度を目標に、全国の五十五の国立高専が七年と七年半の学年立てに統一されようとしている。

そして、その先にあるものとして、所謂高校部分を切り離した四年、四年半、それに大学院を付した六年や九年立て等のものまでが囁かれている。もちろん、零になる可能性もあるのだが、まさに、巻立て論さながらの学年立ての複雑さであり、そのための準備や、さらにはジャビー認定、認証評価、新カリキュラム編成、五ヵ年中期計画・長期計画等々や何やらで、以前の豊かな研究時間は次第に取れなくなってきている。これもやはり時代の趨勢であり、要請でもあるのだろうか。

源家重代の太刀と曾我兄弟・源頼朝
――『曾我物語』のなかの「鬚切」「友切」――

鈴木　彰

はじめに

太山寺本以下の仮名本系『曾我物語』には、「鬚切」「友切」という二振りの源家重代の太刀が描き込まれている。真名本段階では記されていないそれらの存在を記すことで、『曾我物語』はいかに変質し、いかなる姿へと再生を遂げたのであろうか。本稿ではまず、仮名本の最古態とされる太山寺本を通してこうした問題を掘り下げ、その上で、源家重代の太刀に関する認識のありようを焦点として物語を享受する環境へと視野を広げ、同本のごとき叙述の質を検討していくこととしたい。

仮名本『曾我物語』にみえる刀剣関係説話の性格については、「剣巻」との関係を軸として、既に複数の発言があり(1)、近年でも、池田敬子氏に仮名本『曾我物語』論を見すえた問題提起がある(2)。それらを受けた本稿が、真名本に比べると歩みの遅い仮名本論の進展や中世社会における刀剣文化の具体相の解明に寄与し、それらを統合したところに進められるべき、軍記物語をはじめとする物語の再生を焦点とした議論をいささかなりとも深化させる契機となれば幸いである(3)。

一　曾我兄弟と伊東家重代の太刀
――真名本から仮名本へ――

真名本から太山寺本段階に至り、諸家の重代の太刀への関心が高まりをみせる。(4) そうした中、伊東家重代の太刀を持つ曾我兄弟の姿が現れてくることに、まずは注目したい。

箱根に入った箱王は、十四歳となった年の正月十五日、頼朝に随行して箱根を訪れた工藤祐経の姿をはじめて認識する。祐経を狙って近づく彼の姿は次のように記されている。

(1)……近く寄りて見知らん」とて、赤地の錦にて柄鞘巻きたる重代の守り刀、脇に隠し、大衆の中を抜け出でて、工藤左衛門が後ろの程へぞ狙ひ寄る。（巻第四「君、箱根へ御参りの事」）

この「守り刀」について、真名本は「赤地の錦にて柄・鞘裏みたる守刀をば腋の下へ押し遶し」と記しており（巻第四）、重代の品とはしていない。そしてこの後、箱王が祐経に呼び出されて対座した際、祐経は「左の手にて箱王が刀を押さへ、右にて髪掻き撫でて……」と、片手でその刀を押さえることで箱王の意図を制しつつ、同情の言葉をかけるという印象的な場面へと展開する。祐経はここで、「あれこそ御前達の一門、今伊東の主」と紹介されており（真名本も類同）、そうした祐経を箱王が初めて狙った場で所持していた「守り刀」に、彼ら兄弟の家譜を象徴的に帯びる「重代」という由緒が付加されることで、伊東一門内部の対立という様相がより明確に浮かび上がることとなっている。

太山寺本は巻第六「大磯にて盃論の事」において、それぞれに重代の太刀を所持することで、伊東家を背負う兄弟の姿を描き出す。兄・十郎が大磯で虎のもとに滞在中、「海道一の遊君」という虎の名声を聞いて和田義盛以下が訪ねてきた。しかし、虎がなかなかその座敷に現れないのを、義盛は十郎が制しているのだと考え、争いに及びそうになる（いわゆる「盃論」）。そこで覚悟を決めた十郎の姿は次のようにある。

(II)……烏帽子押し直し、直垂の露結びて、肩に掛け、伊東の家に伝わる赤銅作の太刀、鍔元二三寸寛げ、小膝押し立て、…（中略）…伊東の手並みの程見せんと、今やくと待ちかけたり。（巻第六「大磯にて盃論の事」）

十郎が伊東家重代の太刀を所持し（傍線部）、伊東家を背負った者としての自己認識を口にしていること（波線部）に注目したい。「伊東の手並み」とは、それに相応しい由緒ある太刀を所持すればこそのものであることは言うまでもない。

一方、このとき曾我の里にいて、父のために法華経を読誦していた弟・五郎は、胸騒ぎを感じ、十郎が「事を為出だし給ふにや」と考えて、すぐさま大磯へと馬を馳せていく。

(III)……帳台に走り入り、腹巻取つて打ち掛け、伊東の重せし四尺六寸の赤銅作の太刀、十文字に結び下げ、鞍置くべき暇なくて、膚背馬に乗り、廿余町の間を、たゞ一馬場に駆け通し……（同前）

傍線部のように、五郎もまた伊東家重代の太刀を所持していたとされる（ただし、寸法からみても、先の「守り刀」とは別物）。やがて五郎は虎の住まいに到着、そこへ忍び入って、障子を隔てて兄の後ろに控え、中の様子を窺う。兄に寄り添う五郎の心中思惟と姿は、次のように、明らかに彼が手にするその太刀に焦点を合わせて語られている。

(IV)事出で来なば、障子踏み破り、一の太刀にては義盛、二の太刀には朝比奈が首打ち落とし、その外の人々、いか程もあれ、一人も逃すまじきものをと思ひて、四尺六寸の太刀を杖に突き、立つゝ居つ、忍びかけたる有様は、兜跋毘沙門の悪魔を降伏し給ふも、かくやとぞ覚えし。（同前）

この後、義盛の子朝比奈三郎義秀がその姿を発見するが、そのきっかけは、「夕日輝きて、太刀影が障子に映りて見えければ」とある。そして義秀との力比べの後に座敷へ招き入れられ、人々の間を進む五郎の姿がこう描写されていく。

(V)……「御免を蒙らむ」と云ひて、座敷に出でけるが、持ちたる太刀と草摺にて、近座の人々の首の周り、側顔打ち殴り、差し越ゑ〳〵、向かい座に居たる義盛の下の畳に直りけり。其の時の振舞い、座敷に余りてぞ見えし。（同前）

「草摺引き」として著名な力比べの場面から続くがゆえに、もぎ取られた草摺に視線が集まりがちだが、一連の文脈の中では、むしろその「持ちたる太刀」の存在感をこそ無視できないのである。当該場面は真名本では大きく設定を異にしており、こうした騒動もなく、兄に影の如く寄り添う五郎の姿に義盛が感服したことが記されるにとどまる（巻第五）。

祐経を討つに至る兄弟の行動が伊東一門の内紛という一面を持つことは真名本でも同様である。ただし、そこからの諸本展開の過程で、重代の太刀の象徴性が表現手法として用いられ、兄弟は伊東家を背負う存在としていっそう明確化されているのである。

二　「赤銅作の太刀」を振るう十郎

続いて、富士の狩場に向かう曾我兄弟が箱根の別当から授けられた刀剣の属性と、それを踏まえて織りなされた、真名本にはなかった太山寺本の脈絡に注目してみたい。

兄弟が箱根に立ち寄って別当と対面した際、十郎には「木曾義仲の重代の宝」三つのうちのひとつで「微塵」と呼ばれる「鞘巻一腰」が与えられ、五郎には源頼光の時代に作らせて「てうか」と号されて以来、「虫喰」（頼信）→「毒蛇」（頼義）→「姫切」（義家）→「友切」（為義）とその名を変えつつ相伝され、以後義朝を経て義経に伝わり、彼の手で箱根に奉納されたという由緒をもつ「兵庫鎖の太刀」が授けられる（巻第八「同じく兄弟に太刀・刀出だす事」）。既に指摘があるとおり、(5) こうした由緒は真名本には見えないもので、そこでは「黒鞘巻の小刀」と「兵庫鎖の太刀」が兄と弟に与えられ、後者について、「この太刀は、一年九郎大夫の判官殿の木曾追罰のために上洛し給ひし時、祈禱のために権現に進せて通り給ひし太刀なり」という由緒が添えられているにすぎない。諸本展開の過程で、兄弟に与えられた刀剣に重代の太刀としての由緒が付加されたと考えてよかろう。こうした名称由来話によって、それぞれの刀剣は必然的に個々の歴史を象徴的に帯びた存在となっている。ここではまず後者に関して、「されば、源氏の重代にもなるべかりしを、保元の合戦に為義斬られ給ひて……」という表現がみえ、傍線部から、この「友切」[6]は「源氏の重代」となるのが相応しいとする価値観が読み取れることを受けとめておきたい。この点は、後述する事柄と深く関わる。

さて、この後、太山寺本は兄弟の最後の装束を次のように紹介している。

(A)十郎がその日の装束には、白き帷巾の腋深く闕きたるに、…（中略）…黒鞘巻の赤銅作の太刀をぞ持ちたりける。五郎がその日の（脱文か）袷の小袖の腋深く闕かせて、…（中略）…平紋の烏帽子懸に赤木柄の刺刀を差し、源氏重代の友切抜きて肩に掛け、松明振り立てゝ、進みてこそは出でたりけれ。（巻第九「屋形にて咎められし事」）

後の場面に、十郎の持ち物として「黒鞘巻の刀、赤銅作の太刀」（巻第九「五郎が斬らるゝ事」）とあることに[7]照らせば、傍点部は本来同様の表現であったとみられる。以下、兄弟が所持した右の各二点の刀剣が、太山寺本が描く仇討ち場面の中でいかに機能していくかを検討していくが、本節では、兄・十郎の持つ刀剣の扱いを取りあげることとしたい。

「黒鞘巻（の刀）」は、言うまでもなく箱根の別当から授かったものである。ただし、これは戦闘の場ではほとんど用いられておらず、[8]斬られた十郎の首実検の場に持参されたことが記されるにとどまる（巻第九「五郎が斬らるゝ事」）。義仲重代というその由緒は機能していないに等しい。十郎の形象に関わって注目すべきはむしろ「赤銅作の太刀」のほうで、これは盃論の段（第一節参照）に言う「伊東の家に伝わる赤銅作の太刀」と同一物とみてよかろう。彼の振る舞いは、以下こちらに重きをおいて語られていく。

特に、太山寺本は十郎が討たれる直前で「太刀、鍔元より打ち折りぬ」としている点は、真名本との差異という観点からも見逃せまい。この折れ太刀は、次いで首実検の場にも供されて、真名本とは異なるひとつの脈絡を形成していく。すなわち、この一件は、捕らえられた五郎と頼朝配下の武士たちとの、太刀をめぐる論争話（真名本なし）へと通じていくのである。

当該話は、頼朝の尋問を受けた五郎の前で十郎の首実検がなされた後、侍たちがその折れ太刀を品評することばを交わす中、先に十郎に追われて逃亡した新開荒次郎が、それを「悪き太刀」と評したことをうけて、五郎が激しく反論する様子を見どころとしている。

(B)（五郎）眼をくわつと見出だして、荒次郎をはたと睨み、「和殿は何処を見て、その太刀をばゐせ太刀とは申すぞ。たゞ今申して用なき事なれども、男の悪き太刀持ちたるは恥辱なり。それこそ、や、殿、よく聞き給へ。平家に聞こえし新中納言の御太刀よ。八嶋の合戦の時、いかゞし給ひけん、船中に取り忘れ給ひしを、曾我太郎取りて、判官へ参らせたりけるを、「神妙に参らせたり。さりながら、御分、命に替へて取りたる太刀なり。汝にとらする」とて、給はるなり。奥州丸とはこの太刀なり。元服の時、曾我殿の賜び給へるなり。それにあはせて、敵思ふまゝに討ちぬ。斬り留むる者、兄弟して四五十人もあるらん。手負うする者、二三百人にも余るらん。か様に堪えたる太刀をゐせ太刀と申さるゝか」と云ふ。……（巻第九「五郎が斬らるゝ事」）

話題はこの後、「ゐせ太刀」と評したその太刀に怯えて逃げ出したことを五郎につかれて、新開が恥をかき、そのおこがましさが指摘されて結ばれる。十郎の振る舞いを意義づける一連の文脈との関係では、傍線部で、彼の継父曾我太郎祐信のかつての名誉を象徴するというこの太刀の由緒が明かされることが重要である。兄弟の母が再嫁した曾我祐信は、「伊東にも親しき者」（巻第一「女房、曾我へ移りし事」）と紹介されるとおり、伊東一門に属する人物として扱われている。(9) 当該記事は、太山寺本でこの太刀が「伊東の家に伝わる赤銅作の太刀」とされていたことを改めて想起させ、それと響き合いながら、十郎が伊東一門を背負う太刀で奮戦したことへの再認識を促すものと言えよう。

兄弟は共に二点ずつの刀剣を所持して敵討ちに臨んだ。十郎について、太山寺本では、所持する二刀剣それぞれに重代の太刀たる由緒が付加されていたが、特に伊東一門を背負うという側面を重んじる形で十郎像が浮き彫りにされていた。そこには、重代の太刀に伴う象徴性を利用した改作の手法が看取できよう。(10) それでは、対する五郎はどう扱われているのか。次節で考察を加えていこう。

三　五郎の「友切」と頼朝の「鬚切」
―『曾我物語』の再生―

あらかじめ言えば、太山寺本における五郎の活躍は伊東家重代の太刀ではなく、源家の「友切」との関係で語られていく。再び、敵討ち当日の兄弟の装束描写（第二節引用Ⓐ）に視線を戻してみると、五郎はそこで、先述した「伊東の重せし四尺六寸の赤銅作の太刀」を所持してはいない。そこで彼が持つのは「赤木柄の刺刀」（傍線部）と「源氏重代の友切」（波線部）。前者は、かつて箱根で祐経と初めて対面した折に与えられた「赤木柄の胴金入れたる刀一腰」（巻第四「君、箱根へ御参りの事」）のこと。この点は真名本も同様の設定で、五郎が後にこれで祐経にとどめを刺すことと呼応している。ただし、太山寺本はその場面で、「我、幼少より敵を見んと、箱根の権現に祈り申し、御前にて祐経を見初むるのみならず、一腰の刀を得たり。たゞ今止めを刺す刀是なり。権現の御恵み」（巻第九「祐経討ちたる事」）という五郎の心中思惟を記し添え、その刀を介した因縁をいっそう明確化していることを指摘しておこう。

一方、後者の太刀は、真名本で言う「筥根の別当の許より得たりける兵庫鎖の太刀」に他ならないが、太山寺本では「源氏重代の友切」という由緒にこそ焦点が合わされている。しかも、「源氏重代の友切抜きて肩に掛け」という描写は、この太刀の存在感に彩られた五郎の姿を視覚的に想起させもする。そして太山寺本は、これ以後、五郎が「友切」をふるう姿とその切れ味のよさを押し出していくのである。たとえば、祐経を斬りつける描写は、「五郎も、「得たりや、あふ」と罵り、腰の上手を差し上げて、胴中を畳・板敷まで斬り、下持ちまでも打ち入れたり。理かなや、源氏重代の剣なり。斬る所、連なるはなかりけり」（巻第九「祐経を討ちたる事」）とある。傍線部の表現は真名本には見えない。

また、太山寺本は五郎が捕縛された後、次のような頼朝の言動を描き込んでいる。

(a)事終りて後、頼朝仰せられけるは、「…（中略）…先祖重代の友切、箱根の御山にありと伝へ聞く。いかにもして出ださばやと思ひしを、神物なる上、力及ばずありつるに、是ひとへに、正八幡大菩薩の出だし給ふ御はかり事と覚えたり。か様の事なくは、いかでか二度頼朝が手に渡るべき」とて、自ら御戴きありて、錦の袋に入れさせ、帳台深く納め給ふ。それよりして、御重宝のその一にして、今にあるとぞ承る。

（巻第九「五郎が斬らるゝ事」）

同本では「友切」を操る五郎の姿の描出が強く志向されているが、右の記事に至って、そうした五郎の姿は、最終的に「友切」が頼朝の所有に帰したことを語る文脈へと回収されている。この点を確認するとき、改めて注目されるのが、同本では「鬚切」を帯びた頼朝の姿が描き出されていることである。

(b)君、此の由聞こし召して、絲毛の御腹巻、御重代の鬚切抜きて、出でさせ給ひけるを、相模国住人大友左近将監が子に一法師丸とて、生年十三歳になりけるが、…（中略）…と固く止め申しければ、げにもと思し召し、止まり給ひけり。それならずは、端近に出でさせ給ひて、五郎が目に見えさせ給ひなば、危うくぞ覚えける。

（巻第九「五郎が斬らるゝ事」）

頼朝のいる御所近くまで接近してきた五郎が捕らえられたことを聞き、頼朝は傍線部のように「御重代の鬚切」を抜いて進み出ようとする。ここまでに見渡してきた文脈を踏まえれば、頼朝と五郎との対決の可能性とはすなわち、「髭切」と「友切」という二振りの源家重代の太刀が直接斬り結ぶ可能性と言い換えられる。二人の対決という一種の危機的状況は、両者が操る太刀の属性を背負い、真名本にはなかった源家の歴史的象徴物同士の衝突という趣向を帯びることとなっているのである。右の波線部の表現が醸し出す危機感が内在する、こうした色合いを受け止める必要があろう。それを踏まえればこそ、捕縛後に頼朝の尋問に答える五郎の、「（捕まっていなければ、）恐れながら、御佩刀の鉄をも見申し、時宗が鎖太刀の刃の程をも試さんと存ぜしものを」（「同前」）という言葉の響きもいっそう鮮やかに際だってくるのである。

真名本からの改作のねらいは、ひとつに、事件経過の最高潮とも言える場面に、新たな意味合いを組み込み、当該場面を再生させることにあったと考えられる。所持する重代の太刀の素姓によって、兄弟の作中での属性を描き分けていたが、それは同時に頼朝の危機という関心事を際だたせるために機能してもいる。そこには、極めて自覚的な改作への志向を読みとって然るべきであろう。

ところで、これに加えて注目したいのは、太山寺本がこうした一連の脈絡を、頼朝のもとに二振りの源家重代の太刀が集まったという形で語り収めていることである（引用(a)）。そうした語りかたの質を次に問うておきたい。それは、「友切」を手にした頼朝の発言に見えた「か様の事なくは、いかでか二度頼朝が手に渡るべき」という、一見すると矛盾するかに思われる表現の質とも関わる問題である。

四　源家重代の太刀の伝来と頼朝
――「鬚切」「友切」の行方――

先に取りあげた十郎の折れ太刀をめぐる論争話の冒頭では、侍たちが十郎の太刀を「善きぞ、悪しきぞ」と沙汰し合う様子が描かれている。中世社会においては、そうした刀剣の目利きや由緒に関する知識が大きな存在感を有しており、諸家の重代の太刀はその家の歴史や権威を象徴する特別な品とみなされていた。そしてそうした状況は軍記物語諸作品が再生していく動きにも投影していた。こうした事柄について、私は中世刀剣伝書（以下、伝書と略称）に関する一連の検討を通じて論じてきた。(11)ときの社会に浸透していた価値観と切り離しては、物語の創出や改作という営為の質を把握することはできない。『曾我物語』もまた同様で、太山寺本段階に至る過程で、さまざまな由緒と特別な名称をもつ刀剣の存在が随所に描き込まれていく要因のひとつとして、伝書群に収載されたごとき知識・理解が流通する環境との共通基盤の存在が想定されて然るべきであろう。

その点を踏まえて、二振りの源家重代の太刀が頼朝のもとに伝来するという理解の質を検討していきたい。そうした形の理解を内在する物語として、私たちはただちに「剣巻」の存在を想起しうるが、それは同書のみを特徴づける物語構造ではない。

『鍛冶名字考』（以下、『名字考』と略称）は享徳元年（一四五二）十月二日付けの奥書を持ち、国別に当時著名な鍛冶の名（銘）とその作刀に関する説を集成しており、「銘尽」に分類される刀剣書である。(12)同書は、伯耆国の鍛冶「実次」作の太刀として、源頼義から義家へと伝えられ、奥州合戦で安倍貞任の首を鬢と共に斬った「ヒゲキリ」について、その後の相伝過程を次のように語る説を収めている。展開に即して、仮に【A】～【D】に分けて示しておく。

(イ)……【A】又奥州舞草《マウ》行重作太刀相ソヘテ二振御ヒザウニ思食ケリ。彼ノ実次ハ行重ヨリ寸法一寸バカリ短シ。行重ハ寸法長間、ナヲスグレテ御ヒザウアリ。アル日、義家二フリノ□□立ナラベテ置給タリケリ。カレドモサヤツカヨリヌ□□テ、カラリ〱トヲトスルヲ見玉へ、(バ脱か)行重実次□キツサキ一寸バカリキラレ、同ジ長ニナリニケリ。其ノ時、ヒゲキリヲ友キリト名付給フ。【B】又、行重ヲバサヤツカニサシヲキ給テ、後ニヌキテ見玉へバ、元ヨリナヲイツクシク、寸法モモトノゴトクニ生《ヲイ》ノビタリ。其時彼ノ行重ヲ若草ト名付給フ。義家イヨ〱二フリノ太刀御ヒザウ也。【C】子息六条ノ判官為義コレヲ伝玉テ、其ノ子下野《ツケ》ノ守義朝コレヲ伝。【D】友切《キリ》ヲバ頼朝是ヲ伝、子息実友伝之。其後相模《サガミ》ノ守義時伝テ、合戦ノ時セウマウニヤキケルヲ、陸奥《ムツノ》守時頼此太刀ヲ行次ニヤカセテ有リケルヲ、相模ノ守貞時出家シテ西明寺禅門崇演許渡《ワタシ》進タリケルヲ、法華堂ニ彼ヲ納《ヲサメ》タリ。

……

（実次・「伯耆国住鍛冶等」）

多様な観点から興味深い説だが、[13] ここでは次の二点に注目しておきたい。すなわち、この太刀は奥州舞草の鍛冶行重作の太刀と共に秘蔵されたとする二箇所の波線部から、源家重代の太刀は二振りで一組とみる理解が読み取れることと、それらのうちのひとつ「友切」（元「ヒゲキリ」）が頼朝に伝えられたとされていることである。

【A】に言う「奥州舞草《マウ》行重作太刀」に関する説は、同書中に次のようにある。

(ロ)……此作ノ太刀一フリ、新ヒゲキリトナヅケテ、源氏ニコレヲモツ。後ニ実次ガ作ヒゲキ（リ）ト云太刀ニキツサキヲ切ヲラレテ、後ニモトノゴトクヲイヒタリケレバ、ソレヨリ若草トナヅケテ、義家持之。子息六条判官為吉コレヲ伝へ、子息下野守伝之。義朝伝之。其後義経《ヨシツネ》箱根《ハコネ》ノ御山ニコメラル。別当曾我《ソガ》ノ五郎ニコレヲヒク。此太刀ニテカタキノスケツネヲ切ケリ。其後、此太刀ヲ頼朝ニメサレテ、嫡子頼家ノ御舎弟実朝ニセツガイセラレテ後、頼家ノ子息悪房《アクバウ》丸コレヲ伝へ、父ノカタキ叔《ヲヂ》実朝ノ此太刀ニテキラレ給ケリ。

（行重・「奥州住」）

傍線部が先の【A】と対応する。明らかに不可分な関係にある両説を整理すれば、源家にはかつて実次作の「ヒゲキリ」と行重作の「新ヒゲキリ」が一組として伝えられており、それぞれが「友切」と「若草」に改名されて義朝まで相伝され、まず前者が頼朝の手に渡り、後者は義経によって箱根に奉納されたが、やがて別当から曾我五郎に下賜され、最終的に頼朝のもとで両刀は再び一具となったということになろう。

まずは、十五世紀半ばまでには、本来一具としてあるべき二振りの源家重代の太刀が頼朝のもとに集まってくるという体系化された理解が、こうした伝書の内容などを通して社会に流布していたことを指摘しておこう。また、改名を重ねるその名称に「剣巻」や『曾我物語』所収説との差異が認められるが、そのことは却って、固有の名称に関する異説が多く派生し得たことに比して、右のごとき概念枠は強く作用し続けたことを示唆している。

問題は、こうした理解の伝播と『曾我物語』の改作との関係である。それを考える際、前節引用(a)にみえた頼朝の、「か様の事なくは、いかでか二度頼朝が手に渡るべき」という発言は示唆的である。周知のとおり、頼朝はこのとき初めて「友切」を手にしたことになる。したがって、ここに「二度」とあるのは確かに文脈上相応しくない。(14)では、こうした記述はなぜ成り立ち得たのであろうか。(15)

その背景には、いったんは源家から離れていた重代の太刀が頼朝のもとに戻り、二振りで一具となるという理解が、ある程度社会的な認知を得ており、それが物語の改作に作用したと考えるのが、最も自然ではなかろうか。その場合、頼朝の当該発言は、源家を離れていた重代の太刀が再び頼朝に象徴される源家に戻ってきたことを述べていることになる。太山寺本では、五郎に与えられた「友切」は本来「源家の重代」となるのが相応しいものだという価値観が読み取れたこと（第二節）も、こうした判断の妥当性を支えてくれよう。

既に述べたように、真名本からの改作は、当時の社会に浸透していた重代の太刀に関する価値観の波を被りながら進んでいったと思しい。その時期を見極めることは今後の課題となるが、ここでは太山寺本が内在する源家重代の太刀をめぐる理解は、「剣巻」に限らず、十五世紀前半以前には流布していた伝書所収説のごときものと、少なくとも質を同じくしていることを指摘しておきたい。なお、『異制庭訓往来』六月返状が本朝の名刀を列挙する部分に、「本朝《ニハ》 草薙《クサナギ》村雲《ラモ》、源氏《ノ》之鬚切《ヒゲキリ》、平家《ノ》小烏《ガラス》・抜丸《ヌケマル》、與五将軍《ノ》母子《ハハコ》丸等……」とある。延文三年（一三五八）〜応安五年（一三七二）の成立とされる同書が、平家については「小烏・抜丸」の二振りをあげるのに対して、源家については「鬚切」しかあげていないのは、あるいはこの時期にはまだ源家重代を二振りとする理解が一般的ではなかったことを示唆しているのかもしれない。(16) あるいは太山寺本祖本の成立期を絞り込む糸口のひとつとなろうかと思い、ここにつけ加えておく。(17)

ところで、右の『名字考』所収説はともに頼朝以後の伝来過程をも記しており、ここに頼朝に話題を収斂させる「剣巻」との決定的な差異が認められる。(18) 十五世紀中葉、二振りの源家重代の太刀の相伝話が、頼朝に至る源家の歴史語りという枠に収まることなく展開していたこともまた見通されるのである。それは、前節までに読み解いてきたような『曾我物語』の脈絡を異化するものでもある。書物化された物語と共通する内容を持ちながらも、それに拘束されることない姿で伝書所収説は受け継がれていた。伝書は物語に従属するものではなく、物語は他を排するほどの決定的な権威を有したものでもなかった。『曾我物語』の諸本展開は、こうした理解をもやりとりする環境と接しながら進んでいったのである。

おわりに

以上、本稿では太山寺本を通して、真名本にはなかった重代の太刀に関する叙述のふくらみに注目し、その根幹的位置にあると思しき源家重代の太刀「鬚切」「友切」をめぐる脈絡を読み解き、兄弟個々の人物形象や二人の描き分けかたとの関わり、頼朝と五郎の対決に添えられた新趣向の内実を指摘し、またそうした改作を導いた背景にある事情について、中世刀剣伝書所収説を窓として展望してきた。紙幅の関係上、ここでは詳説し得ないが、本稿で指摘した物語の脈絡は、基本軸を維持しつつ後出の仮名本群に受け継がれていく。源家重代の太刀をめぐる脈絡は、真名本とは質を異にする、仮名本を特徴づける要素のひとつに他ならない。ただし、そこにはやはり、物語を享受し、改作する環境に流通する価値観の作用が想定された。物語再生に関わる動きは、多くの同時代言説を平面的に幅広く見渡す中で、それらの均衡の中に見定めていかねばなるまい。

なお、この後に続く仮名本の諸本展開に伴って、重代の太刀に関する記事はさらに派生・変容していく。そうした状況を織りなす個々の由来説や名称は、典拠論・依拠資料論という観点からみたとき、いかなる性質・素姓をもつものなのかという検討課題が残されている。また、実は『名字考』の中には、この他にも曾我兄弟の事績に関わる説が見え、他の伝書群や物語等を視野に収めることで、その伝播の状況をさらに広く見渡す必要もある。それらは順を追って、本稿を踏まえた続稿において取り組んでいくこととしたい。

注

（1）角川源義氏「妙本寺本曾我物語攷」（貴重古典籍叢刊3『妙本寺本曾我物語』収　一九六九・三　角川書店）、稲葉二柄氏「『曾我物語』と「源家宝剣物語」」（「中世文学研究」2　一九七六・七）等。
（2）池田敬子氏「仮名本の世界」（村上美登志氏編解釈と鑑賞別冊『曾我物語の作品宇宙』収　二〇〇三・一　至文堂）
（3）こうした問題設定は、鈴木彰『平家物語の展開と中世社会』（二〇〇六・二　汲古書院）で整理した課題の具体化を意図したものである。
（4）曾我兄弟に関するものの他には、巻第九末尾に畠山家重代の「かうひら」が現れる。
（5）特に注（2）稲葉論参照。同論は、本稿とは異なる観点から、それぞれの太刀に付加された由緒の意味づけを読む。
（6）為義の後、義朝による鞍馬奉納、その後の義経による箱根奉納を経て、現段階では源家の者の手にはない。
（7）真名本当該部は「赤銅作の太刀の寸延びたるに、箱根の別当の許より得たりける黒鞘巻をぞ差たりける」（巻第九）

とあり、十行古活字本は「黒鞘巻・赤銅づくりの太刀」とある。

(8)　巻第九「十郎討ち死にの事」で、太刀を打ち折った後、「やがて腰の刀を抜きて合はせけれども」と記されるのが、唯一の場面。

(9)　真名本では、「入道がためには姉の子にて候へば甥なり。鹿野前大介殿の御孫子なれば、御ためにもまた従父なり」（巻第二）と紹介されている。

(10)　ただし、そうした側面だけを強く打ち出すのではなく、たとえばその話題が最終的に「三思一言」なる言葉に照らして新開荒次郎のおこがましさを評して語り収められているように、重層的な意味を担わせていることに注意したい。こうした点も、太山寺本段階に至って帯びるようになる表現面の特質と言えよう。

(11)　注（3）拙著第三部第一編各章、および鈴木彰a「源家重代の太刀「鬚切」について――その多様性と軍記物語再生の様相――」（『日本文学』52―7　二〇〇三・七）、同b「『鍛冶名字考』所載の保元・平治の乱関連説について――中世刀剣伝書にみる『保元物語』『平治物語』の位相――」（『古典遺産』54　二〇〇四・九）等参照。

(12)　同書の性格については、注（3）拙著第三部第一編および注（11）拙稿b参照。

(13)　その一部は、注（11）拙稿aで取りあげた。

(14)　注（1）稲葉論はこの点を仮名本の齟齬とみて、「頼朝が過去に「友切」を所持していたとする何らかの記事をふまえているのかもしれない」としている。

(15)　これは後出の仮名本にも受け継がれる。そこで疑問視されなかったこともまた、以下に述べるような判断を側面から支持する要素と言えよう。

(16)　太山寺本祖本の成立期については、村上美登志氏「太山寺本『曾我物語』〈今の慈恩寺是なり〉攷――仮名本の成立時期をめぐって――」（『論究日本文学』54　一九九一・五　↓同著『中世文学の諸相とその時代』〈一九九六・十二　和泉書院〉再録）が、十四世紀後半の、応安三年（一三七〇）からあまり年を隔てない頃に見定める説を提示している。なお、同論は同本の一表現が纏う時代色を解明したもので、本稿で読み解いたような脈絡が編み込まれた時点については、厳密には不明とせざるを得ない。

（17）なお、『名字考』は伯耆国鍛冶「有縄（綱）」に関して、「……助経ヲ此太刀ニテウチ、其後大勢トキリアイテ、目ヌキヨリウチヲリタリケルヲ、頼朝メサレテ、ナカゴヲウチツガセテ御ヒザウアリケリ」という説を載せる。傍線部のように十郎の太刀が折れたとするのは、仮名本系『曾我物語』との関係を示唆する。『名字考』と『曾我物語』の関係は、本稿で論じる事柄を踏まえてさらに多面的に分析されるべきものであることをここで述べておく。また、先の想定が妥当であれば、『名字考』の奥書との関係から、仮名本（の当該場面）の成立下限は十五世紀前半となる可能性が開ける。なお、当該説の略した部分にも曾我関係記事がある。その性格は別稿で論じることとしたい。

（18）いわゆる長禄本末尾にある足利・新田への鬚切・薄緑の相伝記事とは質を異にする。

使用本文

『曾我物語』太山寺本……和泉古典叢書
真名本……平凡社東洋文庫
十行古活字本……岩波旧大系本
『鍛冶名字考』……天理大学善本叢書『古道集』所収影印
『異制庭訓往来』……『日本教科書大系　往来編　古往来（四）』
「剣巻」長禄本……国文学研究資料館紙焼写真

『義経記』における女性像の変容

西村知子

はじめに

『義経記』は、写本の段階から古活字本・整版本へと改訂を行いながら展開し、さらにそれまでになかった異伝・異説を組み込んだ『異本義経記』や『義経記評判』へと変容していく。それらの改訂・増補は多く登場人物に関して行われ、それぞれの人物像を増幅し変容しながら、新しい世界を構築するのである。本稿では、『義経記』における義経をめぐる女性たちに関わる記述について、古活字本・整版本での改訂の内容、さらには『異本義経記』・『義経記評判』での増補記述の方向性を検討するとともに、その意図・意義を考察する。また、それらの女性像の変容により『義経記』がどのような時代性を持ち得たのか、その享受の様相を探るものである。

一　静について

まず、義経をめぐる女性の代表である義経の愛妾静について検討してみる。

巻六「静若宮八幡宮へ参詣の事」の終盤、鶴岡八幡宮において頼朝の御前で舞うことになった静は義経を慕う気持ちを歌い、それに頼朝はいったんは気分を害するが、政子のとりなしと静の歌い直しによって、頼朝の機嫌が直る。その直前部に諸本において脱落等による文意不分明なところがあるものの、古活字本では静の舞に対する引出物の記述から都へ帰り往生を遂げる後日譚にはかなり大幅な省略・改訂等がみられ、これは古活字本段階での意図的な改訂の結果と思われる。

写本の段階において判官物語系第一系列（橘本）では、静の舞に対する二位殿政子等からの引き出物の記述から静母子が都に戻るまでを、以下のように述べる（便宜上、ＡＢＣＤに分ける）。

（Ａ）二ゐ殿より御ひきて物、ひろふたにをき給はりけり。かまくら殿よりかいすりたるなかもち三えたたまはり、うつのみや三えた、を山のさゑもん三えた、（中略）こそての山をそついたりける。さはらの十郎うけたまはりてしるしたりけれは、なかもち六十四えたとそしるし申ける。（Ｂ）しつかこれをみて、「われろくをとらんためにもまひたらはこそ、はうくわんとのゝいのりのためにこそまひたれ」、なかもちをは一えたものこさす、わかみやのしゆりのためにまいらせけり。こそて、ひたゝれも一もちらさす、わかきみのけうやうのために大みたうへまいらする。やかて、ほりのとうしかやかたへかえり、（Ｃ）あくれはかまくら殿にいとま申けれは、心あるさふらひとも、ほりのとうしかやかたゑゆき、さま〳〵になくさめけり。かまくら殿より百物百をそたまはりける。やかて、ちかいゑうけ給りて、五十よきのせいにてみやこまてをくりけり。しつか、わかきみのなけきふかゝりけれは、みちすからからせんそうくやうをしてそのほりける。（Ｄ）きたしら川のしゆくしよにかへりてあれとも、物をもはか〳〵しく見いれす、うかりし事のわすれかたけれは、とひくる人も物うしとて、たゝおもひ入てそありける。はゝのせんしもなくさめかねて、いとゝ思るふかゝりける。

これが第一系列の流れをくむ古活字本では、

（Ａ）二位とのより御引出物いろ〳〵たまはりしを、（Ｂ）判官との御いのりのためにわかみやの別当に参りて、ほりの藤次の女はうもろともに、うちつれてそかへりける。（Ｃ）あくれは都にとてのほり、（Ｄ）きたしら川のしゆくしよにかへりてあれとも、物をもはか〱しくみいれす、うかりし事のわすれかたけれは、とひくる人もものうしとて、たゝおもひいりてそありける。はゝのせんしもなくさめかねて、いとゝおもひふかゝりけり。

とあって、Dの部分のみほぼ同文で、AからCの部分は大幅に省略される。AやCの頼朝や鎌倉の侍たちの引出物や心遣いは省略され、またBでの義経への祈りや失った若君への孝養のために引出物を寄進したこと、Cの道すがらの若君の供養といったものは記述されない。古活字本では、それらを簡略化することで、頼朝の御前で夫義経を慕う歌を堂々と歌い上げた静の印象を残したまま、都での後日譚へと一息にまとめられる。

その、都へ戻った静の後日譚では、橘本が、

あけくれは、ちふつたうにひきこもり、きやうをよみ、ほとけのみなをとなへてありけるか、かかるうき世になからへてもなにゝかせんとやおもひけん、はゝにもしらせす、かみをきりてそらせけり。てんりうしのふもとにくさのいほりをむすひ、せんしともにおこなひすましてそありける。せんし心のうち（脱文カ／田中本「禅師の心の内思ひやるこそ無慚なれ。能は日本一、容貌は王城に聞こえたり。心情けは人にも勝れたり。」）にきこえたり。心なさけは人にすくれたり。おしかるへきとしそかし。十九にてさまをかえ、つきのとしの秋のくれには、しうんたなひき、をんかくそらにきこえて、わうしやうのそくわいをとけにけり。せんしもほとなくともにわうしやうしけるとや。

とあり、古活字本では、

あけくれ、ちふつたうにひきこもり、きやうをよみ、ほとけのみなをとなへて有けるか、かゝるうき世になからへてもなにかせんとやおもひけん、はゝにもしらせす、かみをきりてそりこほし、てんりうしのふもとにくさのいほりをむすひ、せんしもろともに行すましてそ有ける。すかた心人にすくれたり。おしかるへき年そか

し。十九にてさまをかへ、つきの年のあきのくれには、思ひやむねにつもりけん。ねんふつ申、わうしやうをとけにける。きく人てい女のこゝろさしをかんしけるとそきこえける。

となっており、それぞれこの部分で「静若宮八幡宮へ参詣の事」の章段および巻六が結ばれる。この部分の前半はほぼ同文、傍線部においてともに静の往生を述べながら、波線部では橘本がさらに禅師の往生を述べ締めくくるのに対し、古活字本では静を貞女として採りあげる。静が往生の素懐を遂げたことに一定の評価を与えながらも、義経に対する「貞女の志」を末尾に記すことでこちらに比重が置かれるのである。

こういった静のあり方は、『異本義経記』にもみることができる。鎌倉へ送られた静が、宴席で景時の息子三郎景茂に酔ってからまれ、それを手厳しく拒絶するとともに、

汝カ親景時、逆櫓ト哉ラン臆病ヲ云出シ、其事ヲ隠ンカ為ニ吾君ヲ讒シ奉リシ事、世人普知ル処也。今又汝カヽル不礼ノ挙動《フルマイ》、人ノ作業ニ非ス。吾汝ヲ謀寄テ主君ノ仇ヲ報セン事最安ケレトモ、同座ニ母有。後ノ報ヲ思フ。女心ノ口借サヨ。（下巻十七丁表）

と景時・景茂を強烈に詰るのである。戯れかかる景茂に対して、静は景時の讒言を非難し、さらに、けなげにも「吾汝ヲ謀寄テ主君ノ仇ヲ報セン」と義経の無念を代わって晴らそうとする心情を述べるのである。ここでも静は、義経の愛妾として義経に志を貫く「貞女」としての側面が強調されるのである。

二　常盤について

平治の乱で父義朝を失った牛若とその二人の兄の運命を担ったのが、母常盤である。九条院雑仕であった常盤は、義朝との間に今若・乙若・牛若の三兄弟を産む。義朝敗死の後、大和宇陀へと逃亡するが、常盤の母が六波羅に糾問されるにおよび、三人の子とともに出頭し、清盛と対面。その美貌ゆえに清盛の寵愛を受けることとひきかえに、

子らとともに許される。この常盤が清盛に従ったことをめぐって本文が展開するのである。

たとえば、古活字本から整版本への移行の段階で、常盤についての記述が増補される。平治の乱後、六波羅に出頭した常盤親子と清盛の対面の場面である。古活字本では、

きよもりつねはときはかもとへふみをつかはされけれ共、とつてたにもみす。され共こともをたすけんかために、つるにはしたかひ給ひけり。さてこそときは三人のこともをは、ところ〳〵にてせいしんさせ給ひけり。

とあるところを、整版本では、

清盛つねはときはがもとへふみをつかはされけれ共、とりてだに見ず。され共ふみの数もかさなりければ、貞女両夫にまみえずといふことばにもはつれ、又世の人のそしりをもおもはれけれ共、たゞ三人の子共をたすけむために、なれぬふすまの下にゐまくらをならべ給ひけり。さてこそときはゝ三人の子共をは、所〳〵にて成人させ給ひけり。

とあって、傍線部のように増補・改訂される。注目されるのは、傍線部前半の清盛にしたがわざるをえない常盤の心情についての増補である。子供たちの命とひきかえに自分に従うよう迫る清盛への、常盤の倫理的抵抗感が具体的に述べられるようになる。清盛に靡くことを決意する常盤の煩悶が具体的に述べられ、これにより、子供たちのために夫の敵に従わざるをえない美貌の常盤の不幸が、いっそう深められる。

その常盤の煩悶の理由である夫の敵に従うことを倫理的に問題とするのは、たとえば幸若舞曲においても見ることができる。『靡常盤』で常盤に清盛に従うよう勧める盛国の「清盛になひき給へ。御身か名はくたす共するも久しき事ならすや。」という言葉や、『常葉問答』での清盛に靡いた後の「子共の見る目も、恥しや。夫の敵に靡くこそ、類少なき次第なれ。」という常盤自身の言葉など、清盛に靡くことは子らにも恥ずべき自分の評判を落とす行為であるという見方が述べられ、夫の敵に従うことを問題とする。これが整版本では、清盛に従うことは「貞女」

の道にはずれ、「世の人のそしり」を受けるものであるとして、我が身とひきかえに牛若たち兄弟の命を守った母としてよりも、敗将義朝の妻としての身の処し方が問題とされているのである。

さらに常盤の行動に対する評価の厳しさは後代ほど強くなり、元禄十六年（一七〇三）刊の『義経記評判』の「評」では、

子どもにまよひて、夫の道をわすれ貞節をうしなひ、清もりの心にしたかひ給ふ事、浅ましき心ていなるべし。もちろんかたきの手に入て、夫のあたを報ずることもあるべきか。なれども、ときはに於ては其志みへず。しかも後に清もりになれそめて女子を生ずと也。

とあって、ここでも清盛に従うことは、「夫の道をわすれ貞節をうしな」うことで、「浅ましき心てい」として厳しい評価が与えられる。そして常盤の行動は、波線部のように「子どもにまよひて」のことであるとする。写本・古活字本の段階では、常盤の行動は三人の子の命を助けるためのもので、その母のおかげで三人とも成人したことを述べ、その中の一人である牛若の物語へと展開していく。ところが、『義経記評判』で常盤の行動は「子どもにまよひて」したこととして批判されるように、次第に常盤は義朝の妻としての側面が強調されるようになり、「貞女」・「貞節」といった方向から常盤の行動を評価するようになるのである。

三　「貞女」として

常盤・静以外にも女性については注目されていたようで、古活字本から整版本へ移行する過程において、静の母磯禅師や継信・忠信兄弟の母など、その母としての人物像が強調されている。

巻六「静鎌倉へ下る事」では、鎌倉に召喚された身重の静と、静に同行してきた磯禅師とが頼朝と対面し、磯禅師は頼朝に娘の静が義経の妾となった申し開きをする。それを聞いた人々の賞賛のことばが、古活字本では、

（磯禅師）いまかゝるへしと、かねてはゆめにもいかてかしり候へき」と申ければ、人々是をきゝて、「くわんがく院のすゝめは、もうきうをさへするといしう申たるものかな」とそほめられける。

とあるところを、整版本では、

今かゝるべしとかねては夢にもいかでかしり候べき」とて、さめ〳〵となきければ、御前の人々これを聞て、「かまくら殿の御前をもはゞからず、こしかたより今までのしづかゝ身の上を、おめずおくせず申たり〳〵」とて、をの〳〵ほめ給ひけり。

となっており、傍線部について、古活字本では、人々は「勧学院の雀」にたとえて禅師の返答のみごとさを賞賛しているが、整版本では「かまくら殿の御前をもはゞからず」に娘の身上を「おめずおくせず」堂々と返答する禅師の心意気を評価するものである。整版本では続く頼朝とのやりとりも整理され、日本一の白拍子静の母親として娘になりかわり弁明する禅師の姿が強調される。

また、巻八「継信兄弟御弔の事」においても、剛胆な継信・忠信兄弟の母尼公が強調されている。この章段の末尾で、継信・忠信兄弟の遺児に亡き父たちに劣るまじと叱咤激励する尼公についての記述である。古活字本では、

をの〳〵これをきゝて、「きやうたいのかうなりしもたうりかな。たゝいまにこうの申やう、きとくなり」とそかんしける。

として、尼公の遺児たちへの言葉を「奇特」なことと評価しているが、整版本では、

をの〳〵是を聞て、「兄弟がかうなりしも道理かな。たゞ今尼公の申やう、さしもたけき人かな」とをの〳〵かんじ申ける。

として、佐藤兄弟の剛胆さの理由を勇猛さという尼公の資質に求めている。

こういった常盤や静といった義経をめぐる女性たち、さらにはその周囲の女性たちについての評価は、古活字

本・整版本それぞれの前段階での『義経記』では述べられることのなかったものであり、新しい時代の感覚を意識し、新たな価値観を受けて改訂され増補されたものと思われる。特に女性の貞節・倫理観について、常盤や静といった登場人物の行動を例として評価をしており、これらは女性への教訓・教化の具体例として取り上げられているといえる。その問われる貞節・倫理観は当時の女性に求められた一般的・普遍的な倫理性や人間性に基づくものであり、それぞれの状況で思い迷う常盤や静の姿は、自分たちの姿を重ね合わせ感情移入することのできるものであったと思われる。

常盤や静に仮託して批判される「貞女」という観念、貞女像が強調されるのは近世初期以後で、儒教道徳に基づいた女訓書が世にあふれ出た近世前期という時期が注目されているが、(1)おりしも『義経記』が版本として展開し、さらに変容していく時期と重なるものである。このような常盤・静の場合の女性の貞節、また磯禅師・尼公といった母としての姿の強調など、女性の生き方への言及の方向性は、女性の享受を視野に入れた改訂といえるであろう。

女性への教訓・教化という点からみると、榊原千鶴氏が、儒教的な思想を背景として、「母性」・「家政能力」を強調され「家」の存続のために貢献する女性像を、女訓書が『太平記』や『平家物語』といった軍記物語から取り込んでおり、

軍記物語と女訓書の近接は、そうした武士的世界に求められる女性の生き方を、より広い層へと浸透させる可能性をもたらすものではなかったか。

と論じられるように、(2)戦を描く軍記物語に登場する女性たちは、その生き方が評価される対象として好ましいものであった。そして『義経記』において運命に翻弄された常盤や静もまた、その身の処し方を相対化し再評価されているのである。また榊原氏は『女訓抄』においては、女性教育としての時代・社会の意向がはたらく女性像が規定され、女性が夫に従うことで保たれる現実社会の秩序を説くものであると指摘される。(3)これは常盤や静について付

与される「貞女」という方向からの解釈と重なるものであり、そういった女訓書の世界の影響(4)を、逆に『義経記』が受けて改訂・変容が行われたものと考えられよう。望まれる女性像と同じく、古活字本の改訂では主君義経と郎等たちという主従のあるべき姿が強調されるように(5)、『義経記』の特質のひとつとして、その時代や享受者に即して、他と交流しながら微妙に姿を変え存続していく柔軟性を挙げることができるのではないだろうか。そしてさらには、『異本義経記』・『義経記評判』などへと変容し派生する力を『義経記』は内包していたといえるのではないだろうか。

おわりに
——牛王について——

『異本義経記』とその別名同書といえる『義経知緒記』においては、『義経記』には登場しない女性たちをも取り込んで、異伝・異説の世界の中で活躍させる。その一人として、武将として歴史上の舞台に登場する前の青年期の義経と関わりを持つのが、鎌田政家（正清）の娘牛王（午王）である。『異本義経記』・『義経知緒記』では、新平判官資行の妻であった牛王が、資行と別れ実家に戻っていたところ、そこに匿われていた義経を父の敵として討ちにきた一行を、平家方の討手と思い奮戦するが捕らえられ殺されてしまうという筋立てになっている。この牛王最期の部分を、『異本義経記』とほぼ同文ではあるが増補のある『義経知緒記』から挙げてみる。

犬王カ母方ノ叔父鮫《サメ》嶌平次ト云者、如何聞タルニヤ、犬王丸カ後見シテ夜更ニ鎌田カ後家ノ門ヲ敲《タヽキ》、「平相国殿ヨリノ御使ナルソ、爰ヲ明ヨ」ト呼《ヨハヽリ》タリ。其比牛王ハ義経ニ思ハレシカ、比由ヲ聞テ平家ヨリ御曹司ノ討手ニ来ルト心得、小長刀ヲ取テ待掛シニ、内ハ暗《クラ》シ、鮫嶌ヲ初シテ踉蹡《タメライキタ》リシニ、猶モ構待《スマウテ》タランニハ左右無《ナク》ハ取レ間敷ニ、女心ノ如淡《ハカナサ》ハ、小長刀ヲ打振テ奔《ハシリ》出タリシ程ニ、不才虜《アヘナク》タリ。禁《イマシメテ》肆大宮ヲ下リニ五条ノ辺迄連行ケルカ、路ニテ刺殺捨タルトニヤ。（中略）母ハ啼泣《ナクく》六波羅密寺ノ僧ヲ頼ミテ、死骸ヲ彼寺ノ内ニ葬、仏事作善ヲ懇ニ経営シト云リ。牛王ハ鎌田政家カ乙ノ娘ニテ今年廿一也。（中略）牛王何比《イツノコロ》ヨリカ義経通ヒ給ヒシニ、タ、モナキ身トナリシカ、近キ比流産シテ、其比ハ労テ居タリト云リ。

六波羅蜜寺ノ内ニ東向ノ祠有。弁財天也。俗語ニ牛王女ヲ鎮社也ト云伝。（上巻三十一丁裏〜三十二丁裏）

『異本義経記』と比べて『義経知緒記』では傍線部の記述が増補され、牛王と義経が相愛の仲で義経の子を流産の後、実家に身を寄せていたときの出来事として義経と牛王の関係が具体的に深められている。

これと同様に、恋仲である義経をかばって六波羅方の拷問にも義経の行方を白状せずに責め殺されるとするのが、古浄瑠璃『牛王の姫』や、それを出典とする仮名草子女訓物『名女情比』（延宝九年〈一六八一〉刊）第三「牛王姫牛若君にあふ事」である。これらは牛王が義経をかばうという点は同様であるが他は一致せず、牛王が平家方の討手と奮戦し討ち死する姿は描かれない。そのため、『異本義経記』・『義経知緒記』と古浄瑠璃等との直接的な関係を述べることはできないが、それぞれの末尾には、古浄瑠璃『牛王の姫』では「あのやう成主に孝有者　末の世までの見せしめ」、『名女情比』では「誠にたぐひなき心中、上代にも末代にも。いかでかためし有べきぞや」とあって、牛王が命を投げ捨てて義経を守ったことに高い評価を与えており、このようなけなげな牛王の姿がさらに増幅された結果か『異本義経記』・『義経知緒記』では、牛王自ら小長刀を持ち奮戦し義経を守ろうとするのである。また、『異本義経記』・『義経知緒記』の一段下げ注記事では、六波羅蜜寺の弁財天に牛王をまつるとあり、さらに『異本義経記』では、

六波羅密寺ノ内ニ東向ノ小祠アリ。弁財天ナリ。俗語ニ午王女ヲ鎮《マツ》リシ社ナリト云伝フ。土ノ小高キ上ニ松一本アリ。其下ニ社アリ。（上巻三十二丁裏〜三十三丁表）

と傍線部が付け加えられ、小高い土の上に松の木があり、その下に社があるとする。先に挙げた評価の続きに、古

浄瑠璃では「清水の滝の上に宮を立　牛王の宮とぞ斎はれけり」として清水にまつられるとして一致しないが、『名女情比』では「今六はら堂のまへの。松の古木は。此姫をせめける松なり。その木のもとに、ちいさきやしろのありけるハ、此心中をかんじつゝ。姫をまつりしやしろなりとかや、申侍るなり」とあって、六波羅堂の前の松の木のもとの小さい社が述べられ、『異本義経記』との関連性がみられる。このような『異本義経記』と『名女情比』との近接は、『義経記』と女訓的世界との交差を示唆するものといえるのではないだろうか。しかしながら、『名女情比』が遊女をも対象とする異例の女訓書として、道徳的な教訓よりも日本古来の女性の純愛の諸相をとりあつめてみたもの[6]であるとする点も踏まえるならば、『名女情比』の牛王像はまさしく義経に純愛を捧げたものであり、それに対して『異本義経記』での戦う牛王の姿は先の「貞女」としての観念により近く、『名女情比』よりも教訓性の残ったものといえる。

　この六波羅蜜寺の弁財天について、『異本義経記』の「土ノ小高キ上ニ」という記述と類似するのが、地誌『山州名跡志』（正徳元年〈一七一一〉刊）の記事である。六波羅蜜寺の項に、

　弁財天社　在二堂北土堆上一諺云。此所ハ牛若丸ノ愛女牛王姫ヲ祭ルト

とあって、『異本義経記』同様の牛王を祀る弁財天社が「土堆ノ上ニ在リ」という記述をみることができる。『山州名跡志』には、たとえば、

　常盤第　此所今宮東ヲ到二紫竹一。左方人家ノ地ナリ。常盤ハ義経ノ母。初九条院雑司ニテ無双ノ美女也。此人紫野ニ居住ノ事載二双紙物語一。此館ニシテ義経ヲ誕ズト云

というような常盤についての記事もある。この「紫竹」については『異本義経記』にも、

　太夫判官伊予守従五位下義経。母九条院官婢常盤。平治元己卯年洛北紫竹ニテ生ル。　（上巻二丁表）

の記述があり、こういった『義経記』にも載らない義経の幼い頃の異伝に興味が広がっていく様子がうかがえる。

このような具体的な場所の提示など、現実世界にあてはめることで享受者は、登場人物たちにより近しい現実感をともなう印象を持つことになる。それは常盤などの遠い過去の世界の登場人物が、享受者が自身を投影し仮託することのできる卑近な存在へと変化しつつあることを示唆しているのではないだろうか。

注

（1）母利司朗氏「〈貞女〉考」（説話と説話文学の会編『説話論集　第十三集　中国と日本の説話Ⅰ』清文堂　2003）。

（2）榊原千鶴氏「女性が学ぶということ―女訓から考える軍記物語―」（「日本文学」594　51―12　2002/12）。

（3）榊原千鶴氏「創造される女訓の世界―『女訓抄』を手掛かりとして―」（「南山大学日本文化学科論集」5　2005）。

（4）榊原氏は穂久邇文庫本『女訓抄』について、上流階級の女性を対象とした天理本と比較して、「知識のための知識といった啓蒙的性格、読むためのものという意味での「よみもの」的性格が顕著であり、広く一般を対象とした作品と言える。」（「穂久邇文庫本『女訓抄』解説」〈美濃部重克氏・榊原千鶴氏編著『伝承文学資料集成第十七輯　女訓抄』三弥井書店　2003〉）と述べられ、『女訓抄』の社会的な享受の拡がりを指摘される。

（5）西村「『義経記』版本における改訂―古活字本・整版本への展開―」（「同志社国文学」62　2005/3）。

（6）青山忠一氏『仮名草子女訓文芸の研究』（桜楓社　1982）。

使用テキスト　私に旧字体等は通行字体にし、句読点等を付した。

判官物語系第一系列橘本…『橘健二氏蔵　判官物語』古典研究会　1966

判官物語系第二系列田中本…梶原正昭氏校注・訳『新編日本古典文学全集　義経記』小学館　2000

古活字本…刈谷市立刈谷図書館蔵十二行古（小）活字無挿絵本〈国文学研究資料館蔵マイクロフィルムによる〉

整版本…桑名市立文化美術館蔵寛永十年（一六三三）刊整版無挿絵本〈国文学研究資料館蔵マイクロフィルムによる〉

『異本義経記』…静嘉堂文庫蔵（松井簡治氏旧蔵）片仮名本

『義経知緒記』：国会図書館蔵本
『義経記評判』：大阪府立図書館蔵享保四年（一七一九）刊『義経記大全』
幸若舞曲『靡常盤』：笹野堅氏編『幸若舞曲集　本文』第一書房　1943（再版　臨川書店　1974）
幸若舞曲『常葉問答』：麻原美子氏・北原保雄氏校注『新日本古典文学大系　舞の本』岩波書店　1994
古浄瑠璃『牛王の姫』：信多純一氏・阪口弘之氏校注『新日本古典文学大系　古浄瑠璃　説経集』岩波書店　1999
『名女情比』：朝倉治彦氏編著『未刊国文資料　未刊仮名草子集（一）』未刊国文資料刊行会　1960
『山州名跡志』：新修京都叢書刊行会編『新修京都叢書　第十六巻』臨川書店　1969

悪党の後裔
——『弁慶物語』論のために——

小林美和

はじめに

日本の歴史の中で、弁慶はもっとも有名な人物の一人であろう。そして、その主、義経とともに、これほど国民に親しまれた人物は、他にそんなに多くないのではないかと思われる。その弁慶については、こんな逸話がある。

慈照院殿（足利義政）は、書画骨董にたしなみがあり、諸国からさまざまな古筆や古道具の類が寄せられた。その中に、武蔵坊弁慶の手跡というものが、あちこちから二〇通ほど集ってきたが、それらはいずれも「馬一疋御貸し候へ」、「砂金少し預け給へ」、「絹一反、粮米一俵貸し給へ」という類の借状すなわち借用書であった。その場にいた人々は、これを見て、残っている書状だけでもこれほどあるのに、実際にはどれほど大量の借状を書いたのであろうかと、笑い合った。そして、同時に、それは、弁慶がその日暮らしの生活をしていた結果で、かえって、蓄財などには関心を持たない無欲さを示すものだということになった。弁慶に寄せる人々の共感を示す説話である。

また、その後で、世上に弁慶を「いぶせく絵に描き来」たったのは、大いに誤りで、これらの筆跡のなかには、弁慶が美僧であったことを記す書状がいくつもあるとしている。

これは、天文二一年（一五五二）成立とされる『塵塚物語』（「武蔵房弁慶借状之事」）の一節である。真偽のほどはともかく、この時代の人々が弁慶という人物に対して抱いていた親近感のほどを窺わせるに足る逸話である。それと同時に、弁慶借状という書状の氾濫は、弁慶に物を借りるという性癖があったという伝承が巷間流布していた証左でもあろう。『弁慶物語』における、三条小鍛冶、五条吉内左衛門、七条三郎左衛門吉次、さらには、渡辺源馬之丞に対する弁慶の行為は、相当強引ではあるが、後日その対価を支払う形となっており、弁慶借状との関連を考えさせるところである。

また、同じく『塵塚物語』巻六には、公方酒宴後の「利口」の近習者の話として、義経が「古今第一の頓知連哲の人」であったという逸話を記している。すなわち、義経が吉野に落ち延びた時、土地の童が大勢遊んでいる中で、一〇歳ばかりの童と、三、四歳ばかりの童が互いに叔父叔父と呼び合っているのを聞いて、瞬時にその謎を解いたというものである。この説話では、義経の「当意即妙の利根」を称賛しているが、同時に、

その身の奢侈悪粧の事はかつて見えざりけるにや、人のいさめをも承引せられず、身の工夫もうすかりけるとみえて、終には、身を東奥の夷にたぐへて骸を衣川の砂子に埋まる事、口惜しき事なり。

（「源九郎義経頓知之事」(1)）

と、義経の立場に即して、その処世の拙さを論評している。

このように、義経や弁慶は、中世末期の人々にとって、きわめて身近な存在であり、彼等にとっては、源平争乱からすでに数百年が経過しているという実感はほとんどなかったのであろう。過去の英雄のふるまいについて、つい昨日の出来事のように論評できるということ、それは、近代以降の時間とは、違う時間がそこに流れていたということを感じさせずにはおかない。

この小稿では、中世末期における、人々の、このような認識、実感を踏まえつつ、中世における弁慶物語の形成、そして、おそらくは中世末期から近世にかけての時代思潮をたっぷりと吸収して成立したと思われる物語草子『弁

慶物語』について、考えてみようというものである。

一　弁慶像の原型

弁慶が歴史上実在した人物であることは、『吾妻鏡』などに、その名が見えるところからも、ほぼ確かなことと思われる。『吾妻鏡』文治元年一一月三日条には、義経の西国落ちに付き随った人物として、佐藤四郎兵衛尉忠信、伊勢三郎義盛、片岡八郎弘経らとともに、「弁慶法師」の名が見える。また、その三日後の六日条では、大物浦での難破を記し、その後、義経に従った者は、源有綱、堀弥太郎、弁慶、静のわずか四人に過ぎないと記している。大物浦遭難後について、延慶本『平家物語』では、義経はわずか三〇人余りの手勢を引き連れて、吉野山に籠ったとし、その後、静御前の山中彷徨譚が語られている。静の吉野山彷徨は、『吾妻鏡』（文治元年一一月一七日条）にも、詳細な記述が見られ、相当古くから流布していた説話と考えられる。

さて、『平家物語』では、弁慶の活躍する場面はあまりみられず、その実像については謎の部分が多いとされ、専ら後世の伝奇・伝説的要素が指摘されてきた。もとより、それは事実に相違ないが、しかし、その一方で、『平家物語』にも、後の『義経記』や『弁慶物語』に結晶する弁慶像の原型ともいうべきものがみられる点に、ここでは注目しておきたい。すなわち、『義経記』や『弁慶物語』にみられる弁慶像は、今日室町文芸的要素の具現化として語られることが多いが、しかし、その原型的なものは、すでに鎌倉期に、ある程度その姿を覗かせていると考えられる。

たとえば、現存『平家物語』諸本のなかで、古態を残すとされる延慶本では、土佐房昌俊への使者として登場する。すなわち、頼朝の命を受けた義経暗殺の刺客、土佐房昌俊を義経のもとに連行すべく、弁慶は、「只今事ニ合フベキ躰ニ出デ立チ」て、昌俊の宿所に乗り込む。その様子は、褐衣ノ直垂ニ黒糸威ノ大腹巻ニ、首丁頭巾シテ、一尺三寸ノ大刀指シ誇ラカシテ、三尺計ナル大長刀持タセテ罷リケリ。旧山法師ニテ荒強者ナリケレバ、別ノ子細モナク、ヤガテ居タリケル所ハ押入ル。折節、昌俊、家子郎等共アマタ前ニ置キテ酒盛シケリ。左右無ク行ヒタリケレドモ、所モナク郎等共有リケレバ、「イズクニカ居ルベキ。郎等共ノ座ニハヰルベカラズ」ト思ヒテ、「昌俊ハ鎌倉殿ノ侍也。我ハ判官殿ノ侍也。」昌俊ガ上ニ居カヽリテ申シケルハ、「イ、《ママ》カ、和僧ハ召サレズトモ参ルベキニ、召ノ有ルヲ背キテ参ラヌハ、存ズル旨ノアレバコソ参ラザルラメ。其ノ左右聞キニ来レリ」ト、睨ミ詰メテ申シケレバ、酒盛モ打チ醒マシテ、家子郎等モ青醒メタリ。昌俊モ中者ナリケレドモ、マサル甲ノ者ニ合ヒヌレバ、ヌメ〳〵トナリテ…。

（六末「土佐房昌俊判官ノ許ヘ寄ル事」）(2)

と記されている。ここには、後代、弁慶のトレードマークとなる黒ずくめの装束や、「旧山法師ニテ荒強者」という出自、特徴が明瞭に記されている。そして、昌俊宿所での、さすがの強者昌俊をも圧倒する「甲ノ者」弁慶の迫力と傍若無人ぶりがリアルに描かれているといえる。さらに、昌俊を「睨ミ詰メ」、詰問し、瞬時にして昌俊を萎えさせてしまう弁慶の姿からは、後年の『義経記』で描かれる、「睨む」即その眼光をして他を恐れさせる弁慶の原像ともいうべきものが窺われる。さらに、昌俊酒宴の場に踏み込み、一座を威圧するその姿は、『弁慶物語』において、有徳人、渡辺の源馬之丞の館に踏み込む弁慶の姿を彷彿とさせるものがある。

延慶本からもう一つ例を上げたい。四国に上陸し、屋島に向かう義経軍は、途次、金仙寺という堂で、在地住民が観音講を行う場面に遭遇する。突然あらわれた軍隊に恐れ慄いた住民は、みな山谷に逃げ隠れてしまう。一同、住民が用意していた饗宴の酒食を平らげた後、義経の命令によって、弁慶が観音講式を読むことになる。

武蔵房「承リヌ」トテ、黒革綴ノ大荒目ノ鎧ニ小具足シテ、黒ツバノ矢負ヒ、太刀帯キナガラ、甲ヲ脱ヒデ仏前ヘ寄ツテミレバ、煤ケタル巻物一巻アリ。観音講式也。弁慶大ナル音ヲ上ゲテ、堂響ク計高声ニ読タリ。読

> ミ終リテ後、「吉読ミタリ。読ミスマヒタリ。但シ、講師ノ御房ノ姿コソ怖シケレ」トテ、判官咲レケレバ、人々モハト笑ヒケリ。

弁慶は、ここでも黒ずくめの装束で、堂を響かす大声で観音講式を読み上げる。住民が逃げ残した酒食をむさぼる義経一行の行為そのものが、すでに野武士的であるが、その上、義経は、その場の座興として弁慶に観音講式読誦を命じたのである。ここで注意したいのは、講式を読み上げる弁慶の姿を、義経が「怖シケレ」と評していることである。後の『義経記』は、義経をはじめとして、「恐ろしき」者たちの群像が繰り広げる世界といってよいが、延慶本のこの箇所の弁慶にも、ある一つの明確なイメージが付与されているように思われる。こうした弁慶のイメージは、たとえば、『源平盛衰記』が描く、

> 装束ニハ褐衣ノ直垂ニ黒革威ノ鎧ニ、同毛甲ニ三尺五寸ノ黒漆ノ太刀帯キテ、黒羽ノ征矢負ヒテ、塗籠ノ弓ニ好ム長刀取具テ、馬ヨリ下リ、軍将ノ前ニアリ。元来色黒ク、長高キ法師也。身ノ色ヨリ上ノ装束マエデ、牛驚ク程ニ有リケレバ、焼野ノ鴉ニ似タリケリ。　（巻三六「鷲尾一谷案内者」(3)）

という弁慶像に通底するものであろう。そして、その肉体も、装束も真っ黒な「焼野ノ鴉」のごとき巨躯は、室町期以降の絵巻に登場する弁慶像につながるものであろう。また、義経の命によって、一谷の案内者を探すこの場面での弁慶には、口舌の徒としての面影が見え、自ら「武蔵房弁慶トテ古山法師ノ怖シキ者」と名乗っている点にも、後世の弁慶像との脈絡を感じさせるものがある。

さらに、同じく『源平盛衰記』巻三六「義経向三草山」では、平家軍夜襲のため、義経軍が三草山を山越えしようとする場面で、弁慶が登場する。漆黒の闇の中の山越えは難渋し、義経は弁慶を召す。

> 弁慶前ニ進ミ出デアタリ。「例ノ大続明、用意セバヤ」ト宣フ。軍兵等ハ其ノ意ヲ得ザリケレドモ、弁慶ハ、「用意仕リテ候」トテ、大勢ニ先立テ道ノ辺ノ家々ニ、追継々火ヲ指シケリ。火焰天ニ耀キテ地ヲ照ラシケ

レバ、山中三里ハ此ノ光ニテ、スルリト越ケリ。誠ニ大続松トハ、今コソ人々心エケレ。

義経が「例ノ大続明」を準備しようといったが、弁慶の他は、誰もその意味を理解しなかった。しかし、弁慶は心得ていて、大松明を準備し、道筋にある家々を次々と焼き払い、その明かりで、一行はやすやすと山越えができたというのである。この際、「例ノ」即いつものものとあることに注意すべきであろう。引用本文の頭注(4)が指摘するように、義経は、京都侵入に際して、戦略上の必要から、宇治の在家を焼き払っている。その様子は、

手々ニ続明ヲ指上ゲテ、宇治ノ在家ヲ焼キ払ヒ、行歩叶ハヌ老者、少キ者共、サリ共ト、忍ビ居タリケレ共、猛火ニ焼ケ死ス。適遁レ出デタレドモ、馬、人ニ踏ミ殺サル。マシテ、牛馬ノ類ハ、助カル者モナケレバ、其ノ員ヲ知ラズ焼ケ死ニケリ。

という悲惨なものであった。人家に火を懸け、ことごとくこれを灰燼に帰し、人命までも奪うという手口は、苛烈というしかない。そして、この説話は、延慶本にも見られることに注意しておきたい。

話を戻せば、三草山の山越えに際して、火付けという方法が、義経と弁慶との間でのみ諒解されたとしていることは興味深い。これに関連して想起されるのは、『義経記』に描かれる義経と弁慶の焼討ち行為である。奥州下りの途次、下総国下河辺庄に旧知の陵兵衛を訪ねた義経は、命の恩人清盛の死を待って、決起をすべきだとの陵の言に腹を立て、

その夜の夜半に陵が家に火をかけて、残る所なく焼き払ひ、掻消すやうにぞ失せ給ひける。(5)

と、その夜半に陵の豪邸を焼き尽くし、「かき消やうに」姿をくらましてしまう。また、弁慶についても、書写山法師とのいざこざから、書写山全山を焼き尽くし、これもまた義経同様、「掻き消す様に失せにけり」ということになる。ここに見られる火付け、遁走という行動パターンは、義経、弁慶の両者に共通している。その意味で、両者はその資質において、似通っているといえる。浅見和彦氏(6)の表現を借りれば、「無情で苛虐きわまりない」こう

した行為、そして、その行為の基盤となる精神が、延慶本や『源平盛衰記』の義経、弁慶にも見られることに注目したい。

このように、主として室町時代以降の伝承像としての側面が強調されてきた感のある弁慶像の原型ともいうべきものが、前代の軍記物にも、その姿をとどめていることに、ここでは注意をしておきたい。それらは、弁慶を物語の主役に押し立てるといったほどのものではないが、すでに、一つの明瞭なイメージを備えていた人物像を前提としている感がある。すなわち、『義経記』や『弁慶物語』において鮮明な像を結ぶ弁慶像は、相当早くから、具体的な姿形を持っていたのではないかと推測される。

また、もう一度、延慶本に戻れば、断片的ではあるが、一谷合戦において、弁慶の奮戦を語り、

武蔵房弁慶モ敵七騎打チ取リテ、名ヲ後代ニ留メケリ。（第五本「薩摩守忠度被討給事」）

としているのも、背後に弁慶の功名譚が存在したことを推測させる。

しかし、一方、同じ『平家物語』であっても、語り本系となると、弁慶に対してはきわめて冷淡である。たとえば、前述の土佐房昌俊の場面について、覚一本をみると、弁慶が昌俊連行の使者であった事実のみを記し、具体的な描写は全くない。また、上記『源平盛衰記』の当該場面でも、弁慶が一人の老翁を連行してきた事実を記すだけである。そして、弁慶の行為が語られるのは、この二箇所のみで、他は義経軍の一員として、その名が記されているにすぎない。これらのことは、覚一本等語り本編者がこうした逸話を知らなかったというよりは、意図的に省略したことを窺わせて、興味深い。

二　弁慶像の展開

伏見宮貞成親王の『看聞日記』永享六年（一四三四）一一月六日条に、内裏からの要請によって、『史漢物語』

六巻と、『武蔵坊弁慶物語』二巻を献上したとある。その内容については不明であるが、室町中期に、武蔵坊弁慶を主人公とした二巻仕立ての物語が存在したことは確実である。さて、この『武蔵坊弁慶物語』に比定すべき作品として、藤井隆氏(7)によって紹介されたのが、穂久邇文庫蔵『武蔵坊弁慶物語絵巻』である。氏によれば、本作は、成立時期は、その書画風、料紙等から見て、室町中期を下るものではなく、現存の弁慶関係の諸作品中最古の伝本ということになる。

さらに、藤井氏は、この『武蔵坊弁慶物語絵巻』（以下『絵巻』）について、御伽草子『弁慶物語』との比較から、次のような点を指摘された。

①『絵巻』の前半と、『弁慶物語』の巻頭から全体の約三分の一までの部分の筋と文章は、一致する点が多い。

②『絵巻』の後半と、『弁慶物語』の残りの三分の二の部分は、ほとんど内容が一致しない。すなわち、『弁慶物語』における諸国修行、書写山炎上、京洛における義経・弁慶の狼藉等は、『絵巻』には全く見られず、かわりに、巻末に義経奥州下りと衣川の最期が描かれる。

③『絵巻』と『弁慶物語』の先後関係については、『絵巻』の成立が古い。その理由としては、『絵巻』が室町中期を下らない古絵巻であるに対して、『弁慶物語』の現存伝本は、室町期まで遡らないこと、さらに、前者が『義経記』の影響を受けていないのに対し、後者には、その影響が見られる等のことが上げられる。

④『弁慶物語』は、『絵巻』の後半部分が何らかの原因によって失われた伝本が存し、これに『義経記』を中心として、当時流布した橋弁慶伝説などを取り入れて補作したものである。

この小稿は、藤井氏の仮説の検証を目的とするものではないが、藤井説は、弁慶を主人公とする物語の歴史とその変遷を考える上で、きわめて示唆的である。それは、現存の『弁慶物語』が、ある段階で、先行の弁慶物語に大きく改作の手を加えた結果成ったものであることを推測させるからである。すなわち、弁慶を主人公とする物語の変遷の中で、一つの転機を画すものと考えられるからである。

この点を考えるためには、『武蔵坊弁慶物語絵巻』と『弁慶物語』の相違、ことに藤井氏のいわれる「補作」の部分の内容の検討が必要となるであろう。

『絵巻』には存在せず、『弁慶物語』に存在する、主なモチーフは、
①越前平泉寺で、二人の老僧を、大石で討ち潰す。
②磨書写山で、住僧と闘諍の末、全山を焼き払う。
③義経と弁慶、北野社で決闘する。
④弁慶、法性寺辺で義経と出会う。
⑤義経と弁慶、清水寺で出会い、五条橋で決闘する。
⑥弁慶、旧師、西塔慶俊を救出し、窮地を脱する。
というものである（五条橋での決闘は、『絵巻』にもあるが、内容がかなり違う）。①から⑤が中巻、⑥が下巻ということになる。ここで、注目すべきは、これらの場面が、たとえば、
一二度前を通りしが、第三度目に脇に挟みたる八尺棒をつ取り直し、ちやうど打つ。御曹司は御覧じて、弾に慣れたる鳥の風情、騒ぐ気色もなく、御佩刀をするりと抜きかゝり、はつしと合はせ、弓杖三杖ばかり跳ね越え…。(8)
というような、弁慶および義経が繰り広げる活劇の場面だということであろう。『絵巻』でもすでに諍いを好む弁慶を描いているが、具体的な活劇の場面は、さして多いとはいえない。それに比して、藤井氏のいわれるところの改作部分に関しては、そのほとんどが、弁慶と義経の二人が兵法の秘術のかぎりを尽くす超人的な活劇場面といってよい。このことは、弁慶の物語が増補、改作されるにあたって、何が眼目とされたか、さらには、何が時代の

人々の好尚に即するものであるかを物語っていると思われる。そして、そのことは、弁慶物語の一つの展開の有り様を示すものと思われる。

『弁慶物語』における改作的要素は、おそらく中世末期から近世初頭にかけての、転換期の時代的様相と符合する面が多いと考えられるが、ことに⑥の弁慶による慶俊救出劇には、そうした気分が横溢していると思われる。

三　徒　者《いたずらもの》の世界

たとえば、別稿(9)で示したように、元和七年（一六二一）の奥書を持つ元和写本は、このテキスト成立の時代のあり方と密接な関係を有すると考えられる。

去程に、男の中には、源九郎義経、法師の中には、西塔の武蔵房弁慶とぞ、左右の翅に申しける。御曹司、此由聞こし召し、日本に義経にまさりて武者あらじと思ふ所に弁慶と云う者有て、左右の翅にいわるゝ事こそ安からね。あわれ、武蔵房と云者を切り捨て、義経一番とは云はればや。(10)

ここに描かれているのは、無頼の世界で京都一の覇を競う男伊達、徒者のそれであり、歴史上の義経や弁慶とはほとんど無縁のものといってよい。笹川祥生氏(11)によれば、こうした無頼の輩即溢れ者が土地との結びつきを失って、大都会に寄生する無頼の都を意味するようになったのは、地方住民が全国統一の潮流に呑みこまれてしまった織豊末期のことだという。

諸方牢々の溢れものども、京都に徘徊し、爰やかしこに隠れ住せしめ、徒党いたし、茨組と号して喧嘩を専とし、夜は夜討ち・強盗を業として、往還の輩をなやまし、世間物騒なる事限りなし。(12)

戦国末期、京都所司代として京都の市政を預かった前田玄以の命により、楢村長教が編纂したという『室町殿日記』（ここで引用した『室町殿物語』は、その抄出本。本文はほぼ同。）が記す、京都を跳梁跋扈する無頼の徒の姿は、そのまま右の、弁慶や義経のそれに重なるものである。諍い即喧嘩を一生の本分とする弁慶は、「髪を剃りたれども衣は着ず、又甲冑をばよろいいたれども武士にあらず、法師にもあらず、世法、仏法ともに捨てたる不当の者」というように、既成の秩序社会のいずれからも逸脱した人外の存在である。そして、こうした無頼の輩の姿を、弁慶や義経といった歴史上の著名人に投影して、その活躍に喝采を浴びせるというところに、転換期を生きた人々の精神を読み取ってもよいのかもしれない。

　爰に南北近辺の有徳なる者どもの子ども、さるべき剛の者などを語らひて、或いは四五十人、或いは百人、百五拾人などうちつれて、様々の道具をかづかせ、堺大小路・天満を初めとして、方々賑はひ殊なる、人立ち多きかたを選って、異形・異類の出で立ちにて、「喧嘩買はう〳〵」と、五人・三人づつ触れて廻りける。

（『室町殿物語』巻九「喧嘩を好む徒党の事」）

と、記されるように、これら徒者の横行は、決して闇の世界だけではなく、彼等は白昼堂々と、往来を練り歩いていたのである。世人は、彼等の存在に目を側めながらも、一方、その動向に、関心の眼差しを向けていた。

　さて、与えられた紙幅も尽きてきたので、最後に弁慶の慶俊救助譚と、その背景について考えておきたい。『弁慶物語』下巻では、清盛が比叡山時代の師慶俊を捕縛したことを知った弁慶は、それが罠であることを知りつつも、その救出に向かおうとするが、一方で、それを阻止しようとする義経との板ばさみに苦しみつつも、結局慶俊救出に行くことになる。

　後にとゞまれるは三世の主、先に急ぐは三世の師匠也。いづれをおろかになけれども、一字千金の御恩に報ぜんがために、放逸邪険の弁慶も、師匠の命に代わらんとて、鰐の口を知りながら六波羅へこそ急ぎけれ。[13]

　すでに見たように、ここで語られる弁慶の心情表現は、一見仏教的な言辞に纏われているものの、その内実は、「放逸邪険」即無頼漢弁慶の心を流れる義理人情の血の表現となっている。義理と人情の板ばさみに苦しみつつも、自ら死地へと赴く弁慶の姿は、この時代を生きた徒者即かぶき者たちの男伊達の世界であろう。

今、大鳥一兵衛と云ふ若き者有り。士農工商の家にもたづさはらず、当世異様を好む若党を伴ひ、男のけなげたて（健気立）、たのもし事のみ語り、常にあやうき事を好んで、町人にもつかず、侍にも非ず、へんふくの人なり。若き者共、是を聞きて、「一兵衛と云ふ者は、人の頼みによりては、命の用にも立つべしといふ世にたのもしき人にこそあれ」と云て、招かざるに来り、期せざるに集り、筒樽を持ち寄りて知人となる。「此の一兵衛知らざる人をば男の内へ入れるべからず」と、居る跡をば埃を払ひてなをり、同座すれば立ち退く。

（『慶長見聞集』巻六「大鳥一兵衛組の事」）(14)

慶長一九年（一六一四）成立の、『慶長見聞集』には、この時代を生きた徒者中の大立者ともいうべき大鳥一兵衛の逸話が記されている。ここに見られるように、一兵衛は、既成社会のいずれの秩序からも逸脱した人外の人物であり、そのあり方は、『弁慶物語』の弁慶のそれと酷似する点がある。因みに、「男のけなげだて」の「けなげだて」の語について、時代別国語大辞典室町時代篇では、「自分に勇気や腕力のあるような様子を、他の人に誇示すること」としている。

さて、右の引用説話では、続いて次のような出来事を記している。

北河権兵衛という者が使用人の若党を手打ちにしたところ、石井猪助という者が権兵衛を刺し殺した。この者を捕縛して尋問したところ、猪助は、権兵衛には遺恨はないが、手打ちにされた若党とは、「互ひに命のように立つべし」とかねて約束していて、その約束を果たしたまでだという。このような「いたづら者」は火炙りの刑に処すべきだとなったところ、猪助は、あたりを睨んで、「侍と侍が云ひ合はせ、一命を捨つるほどの義理だてを、いたづら者とは僻事なり」といい放ち、実は大鳥一兵衛を盟主と仰いで、「盃を取り交」わした「いたづら者」は千人、二千人いて、自分もその一味だといった。これを聞いた江戸奉行所は、大鳥一兵衛を捕縛したが、その体格は、余の男に一嵩増して、足の筋骨、荒々と逞しうして、仁王を作り損じたる形態なり。

というものであった。種々の拷問で同類の在り処を吐かせようとしたが、一兵衛は一向に動ぜず、かえって拷問の刑吏に、かつて虚無僧と互いの秘蔵の刀を賭けて勝負事に勝利したという烏滸話を披露する始末であった。しかし、さしもの一兵衛も、駿河という拷問の責め手には、音を上げ、白状するから用紙がほしいという。用紙を差し出すと、一兵衛は、それに日本の大名の名を書き連ねた…。

戦国から江戸期への転換期に、こうした「いたづらもの」（徒者）が、江戸や京都にあふれており、彼等は徒党を組んで、体制を脅かす不穏の輩であったが、その一方で、仲間内では「一命を捨つる程の義理立て」をし合っていたことは、この時代の世相を考える上で参考になる。仲間の若党を手打ちにした主人を直ちに刺し殺した石井猪助は、自らの命を賭して盟約を守ったのであり、大鳥一兵衛もまた、命を賭けて仲間の在り処を白状することを拒んだということになる。ここにこの時代の無頼の輩を突き動かした一種の美学を看取することは可能であろう。時代が転換する混迷の中にあって、また混迷の時代であればこそ、彼等は、一種抽象的な「義理立て」の美学に陶酔したものと考えられる。

『弁慶物語』に描かれる弁慶も、まぎれもない徒者の一人と考えてよいであろう。彼もまた、この時代の徒者同様、既成のいずれの秩序にも頼らないが故に、自らの心情に忠実に、おのれの信じたものに命を賭していく。なお、大鳥一兵衛の偽の白状の場面は、『弁慶物語』において、慶俊の身替りに捕縛された弁慶が、義経の居場所を糾問された時、「御曹司は日本国」と答えたという場面に通じるものがある。

なお、大鳥一兵衛いついては、同じく『慶長見聞集』に、弁慶のそれと酷似した異常出生譚や、これも弁慶に筒共通する口舌の徒としての姿が顕著であるが、これらについては、また稿を改めることとする。

おわりに

以上、小稿では、歴史的な実体が明瞭ではない弁慶について、説話伝承、人物造型、さらには時代背景的側面から考えてみた。その結果、従来ほとんど活躍の場面がないとされてきた『平家物語』において、すでに室町期以降の弁慶像の原型ともいうべきものが認められること。また、室町中期を下らない成立とされる穂久邇文庫蔵『武蔵房弁慶物語絵巻』と『弁慶物語』との相違を、弁慶物語の一つの転機と想定し、後者の改作部分に、中世末期から近世初期にかけての転換期の時代相の影響を考えてみた。そして、ことに『弁慶物語』下巻の慶俊救出譚における弁慶像に、大鳥一兵衛等、この時代を生きた徒者の世界の投影を読み取り、それに寄せる当時の人々の精神性について言及しようとした。

注

（1）『塵塚物語』の引用は、『改定史籍集覧』により、読みやすくするため、適宜表記を改めた。
（2）延慶本の引用は、勉誠社翻刻本により、表記を適宜改めた。
（3）『源平盛衰記』の引用は、三弥井書店「中世の文学」シリーズのテキストによる。
（4）美濃部重克、榊原千鶴校注。
（5）引用は、小学館日本古典全集所収の田中本による。
（6）浅見和彦「都市人の夢と遊楽―『義経記』と『一寸法師』」（『国文学』1994年1月号）
（7）藤井隆『未刊御伽草子集と研究』二（未刊国文資料）。
（8）引用は、チェスター・ビーティー本（岩波新日本古典文学大系）による。
（9）小林美和「物語の作者環境―『義経記』と『弁慶物語』」（『伝承文化の展望』三弥井書店刊所収）。

（10）元和本の引用は『室町時代物語大成』巻一二による。
（11）笹川祥生「戦国軍記の地方性」（『軍記と語り物』11号）。
（12）『室町殿物語』の引用は平凡社東洋文庫版による。
（13）注（9）の拙稿参照。
（14）『慶長見聞集』の引用は、改定史籍集覧所収のものによる。

細川政元の一側面
――細川氏関係軍記と古記録を中心に――

瀬戸祐規

はじめに

管領細川政元は、政治的・文芸的等様々な側面を有する人物であるが、その一側面に怪異性[1]がある。政元の怪異性を示すものとして、従来『足利季世記[2]』巻二「政元生害事」の次の一節が用いられてきた。

京管領細川右京大夫政元ハ、四十歳ノ比マテ女人禁制ニテ、魔法飯綱ノ法アタコノ法ヲ行ヒ、サナカラ出家ノ如ク山伏ノ如シ。或時ハ経ヲヨミ多羅尼ヲヘンシケレハ、見ル人身ノ毛モヨタチケル。

この一節を端緒として、政元が修験道に凝っていたことを始め、怪異ともいうべき性格の持ち主であったことが、歴史・文芸・信仰・民俗といった様々な観点から論じられてきた。

末柄豊氏は「細川政元と修験道―司箭院興仙を中心に―[3]」において、政元の修験道に焦点を当て、政元の修験道に深く関わる山伏司箭院興仙について論じた。米原正義氏は「細川氏の文芸―管領家政元・高国、典厩家政国を中心として―[4]」において、政元の文芸について論じる中で愛宕法楽に注目し、政元の常軌を逸した態度を愛宕信仰と結び付くものであると考えた。小林計一郎氏は「飯縄修験の変遷[5]」において、戦国武将の飯縄信仰の一例として取り上げた。

先行の研究では、この一節のみを取り上げること、またこれを端緒として他の資料についても検討することで、政元の修験道への傾倒や怪異性が指摘されてきた。しかし、政元について記すのは『足利季世記』だけではない。政元の三人の養子、澄之・澄元・高国による細川京兆家の家督争いを描く一連の軍記、細川氏関係軍記にも政元に関する記述がみられ、個々の作品において多少なりとも相違が認められるのである。

細川氏関係軍記には、『九郎澄之物語』『九郎殿物語』『二川物語』『細川両家記』という一連の影響関係を有するものと、『細川政元記』『松若物語』（『瓦林正頼記』とも）『不問物語』という前者とは別の影響関係を有するものとがあり、鶴崎裕雄氏・和田英道氏等によって個々の作品や作品間の影響関係について論じられてきた(6)。

政元の怪異性を示すものとして先学によって用いられてきた『足利季世記』は、『細川両家記』の影響を受けて成立した作品であり、『九郎澄之物語』から『細川両家記』へという一連の影響関係の延長線上に位置するものである。『足利季世記』のこの一節は、細川氏関係軍記における政元像の変遷の結果であって、すべての作品が政元の怪異性を示しているわけではない。米原氏は『細川両家記』を取り上げ(7)、「常はまほうをおこなひて」と『足利季世記』と同様の記述がみられることも指摘しているが、それは政元の怪異性を示す資料の一つとしての扱いであり、細川氏関係軍記における政元像の変遷という意味合いのものではなかった。

これまで軍記における政元の怪異性は断片的にしか取り扱われてこなかったが、小論においては細川氏関係軍記における政元の怪異性に注目し、従来用いられてきた『足利季世記』の記述はどのような経緯を踏まえた結果であるのかについて考察を行っていく。その際上記の作品の他、『細川両家記』の影響を受けて成立し、また『細川両家記』とともに『足利季世記』の成立に影響を与えたとされる『公方両将記』(8)も考察の対象とする。

またこれに先立って、細川氏関係軍記以外の古記録を中心とした史料にみられる政元の怪異性について、先に挙げた先学の研究を踏まえつつまとめておきたい。

一　古記録等にみる政元の怪異性

政元の怪異性を示すものの一つに修験道への傾倒が挙げられるが、そのことは九条尚経の日記『後慈眼院殿御記』[9]明応三年（一四九四）九月二十四日条に次のようにあることから知られる。

又在数朝臣談、（中略）抑細川右京大夫、近日従安芸国所上洛之命山伏司箭、於鞍馬寺令修兵法、世人行天狗之法云々、不審之処、在数朝臣去十六日為通夜、与東福寺辺之僧令同導参当寺之砌、右京兆同詣、則与彼朝臣宿坊同在処也、仍少時令看経、夜深而後京兆及司箭等飲酒之間、相語彼坊主、臨兵法之道場之処、其本尊不可説也、如短冊之以小札一行書字了、其字云、張良化現大天魔源義経神、如此十一ヶ字也、従見之彼朝臣及僧等驚避了、不可説々々々、

九条家家僕の唐橋在数の談によれば、政元は近日安芸国より上洛した司箭という山伏を師として、鞍馬寺において兵法を修法したといい、そのことは世人によって天狗の法を行ったのだと噂されていた。さらに、鞍馬寺において政元と司箭と同宿した際には、彼らは「張良化現大天魔源義経神」という十一字が書かれた短冊を本尊として修行していたという。

末柄氏はこの史料に注目し、政元が司箭院興仙を師として修験道に傾倒していたこと、さらに興仙とその息源次郎の存在と、修験道との関わりが窺える延徳三年（一四九一）三月の政元の越後下向とをみることで、政元にとって修験道は単なる自らの趣味だけではなく、有力内衆によって領導されていた細川京兆家の動向に対する政元独自の活動を支えるものの一つでもあったことを指摘する。[10]

修験道が政元の京兆家における活動を支えるものであったという一面はさておき、政元は鞍馬寺のように修験道・天狗と関わりを持つ愛宕にも関心を持っており、米原氏が指摘するように、政元の和歌の傾向は明応の政変以

後法楽歌が多くなり、中でも愛宕法楽が目立つようになる。[11] その例として、永正元年（一五〇四）七月二十八日の愛宕法楽千首勧進（『後法興院記』『宣胤卿記』『二水記』）、同二年（一五〇五）十二月二十七日の愛宕法楽勧進（『再昌草』）、同三年（一五〇六）六月二十三日の愛宕法楽百首続歌（『実隆公記』『宣胤卿記』）、同四年（一五〇七）二月十日の愛宕法楽歌会（『宣胤卿記』『後法成寺関白記』）等が挙げられ、これらから政元の愛宕信仰のさまが窺える。

また、愛宕法楽以外においても政元の愛宕信仰が窺える。五山禅僧である景徐周麟の『翰林葫蘆集』[12] 第十四「大心院殿小祥忌陞座」には、

公之皇考龍安寺殿、初無二賢嗣一、皇妣祈二之於愛宕岩一、無レ何産レ公、（中略）公及レ壮、傾二心於彼神一、神之霊、景従響応、異甚多矣、

とあり、政元の出生には愛宕が関わっており、それ故に政元が愛宕権現に心を傾けたとする。米原氏は、この記述に政元が愛宕信仰に走った理由を求め、先に記した愛宕法楽が行われてきたのも故なしとする。[13] 景徐は「異甚多矣」と記すが、先の天狗の法を始めとしてさまざまな奇行を行う政元の姿が窺える。

その一つ、政元は延徳三年正月冷泉為広に鳥類八百首を書写呈上させており、これについて井上宗雄氏は「怪奇趣味、或は山岳信仰と無関係ではなかっただろう」と評している。[14]

また米原氏の指摘によると、『蔭涼軒日録』長享二年（一四八八）七月七日条に、

有レ人云、細川殿私第南庭水上浮者有レ之、見レ之則人之頸也、其色白、近レ之則不レ見、遠レ之則忽見、実妖怪也、可レ系二家之安危一乎云々、又云近来風狂之相有レ之云々、

とあって、政元の行動は常軌を逸していたという。[15]

『後法興院記』[16] 文亀三年（一五〇三）八月十七日条には、後に虚説であったと聞くも、「近日京兆式狂乱之体云々」と記されており、それほどに政元の行動は奇怪なものとして人々の目に映っていたのであろう。

また、森田恭二氏は政元がたびたび政務を放棄して、閉居したり、本国へ下向しようとしたり、他国へ渡ろうとしていることに注目し、将軍義澄との確執も含めつつ、「多分に政元自身の性格によっているると見える節もある」として、政務放棄の理由の一つとして、「永正三年六月の遁世希望、同年七月の関東下向希望、永正四年の若狭下向、などは、彼の傾倒した修験道のための巡礼や修行という動機があったと思われる」と指摘しており[17]、政元の修験道への傾倒や怪異性は彼一個人の問題に留まるところではなかったのである。

その他政元の怪異性を示すものではないが、興味深い記述が『二水記』文亀四年正月十日条にみえる[18]。

晴、今日悉参賀武家云々、（巳刻云々、）予依不具不参賀、未刻武家□[参]内、輿、（下形、直垂、）従一条於置石（綾小路門前、）下輿、先参会
衆、（次第不同、）勧修寺・中□[山]・正親町中納言・甘露寺中納言・上冷泉・右衛門督・賢房朝臣・（万里）言綱（山科）等也、先伝奏直沓、
月卿雲客悉平伏、（衣冠、）騎馬五騎、右京大夫政元（細川）○（武家参内）巳後参、（申刻）（自正親町、）先於長橋（為直廬、）改衣冠、（冬袍、）絵[衣]文藤宰相、次祇候常御所、
主上御引直衣・御垂纓、三献云々、其後右京大夫（折烏帽子、上下、）常御所於縁拝□[龍]顔而戴天盃、先例稀者歟、（但有例、其沙汰也、）珍事
也、（政元祖父聴昇殿云々、其者依忠節事也云々、）只武家追詔云々、前代未聞歟、又於長橋七献有之、事外譏[機]嫌云々、右京大夫中間迄祇候ス、珍事也、入夜
退出、細川為御礼万疋進上、（但折紙許歟、）

注目すべきは政元が天皇に拝謁して天盃を賜っていることである。政元の祖父持之の例が記されているが、このようなことは通常では考えられないことであって、如何に彼が特異な存在であったかを窺い知ることができる。

二　細川氏関係軍記にみる政元の怪異性

このように古記録等から、修験道に傾倒し愛宕を信仰し、奇行とも思われる行動をとる政元の姿を窺い知ることができた。それでは先に挙げた『足利季世記』にみられる政元の怪異性はどのような過程を経た結果としての記述なのであろうか。諸作品にみられる政元の記述に注目することで、細川氏関係軍記が政元の怪異性をどのように描

こうとしているのか考察を行っていく。

政元についての記述がみられるのは主に次の五箇所においてである。①政元が継嗣を持つことのなかった理由を記した箇所。②延徳三年（一四九一）、九条政基の息（のち澄之）を養子と定めた箇所。③文亀三年（一五〇三）、一門の阿波守護細川成之の孫澄元を養子と定めた箇所。④永正元年（一五〇四）九月の家臣薬師寺元一の政元に対する謀叛の動機を記した箇所。⑤永正四年（一五〇七）六月の政元殺害事件の箇所。以下、①から⑤について『九郎澄之物語』から順にみる。

『九郎澄之物語』は①について、「いかなることにや、をんなにちかつくことなき人にてましく〱けるにより、子といふ事そなかりける」と記すだけで、永正四年という関係軍記中最も早い時期に成立した本書には『細川両家記』や『足利季世記』にみられる魔法を行う政元の姿は全く窺えないのである。②で「我かしそんにたゝつねの人の子はおもひもよらぬこと也」として政元の主導で澄之を養子と定めるが、③では、「まさもと心におほすやう、わかすへの世を一もんにゆつらはやとそおほしける」と先の養子決定に何ら疑問を抱くこともなく、政元の主導により澄元も養子となることを記している。④については、謀叛自体が記されないため、記述はない。⑤については、「いかなるしゆつくわひのきともやつもりけん、まさもとをころし申さむ」と記すだけで、政元の怪異性に起因するものであるかは判断できない。わずかに「ころは永正四年六月廿三日のことなれは、つねにあたこをしんしまいらせし人なれは」と愛宕を信仰する姿が窺えるのみである。

『九郎殿物語』について『九郎澄之物語』と大きく異なる点を挙げると、②において政元は「我雖四十余ト、子一人モ不持。老少不定ノ世ナレハ明日モ不知命ナレハ、養子ヲ仕テ継世ヲハヤト思フハ如何ニ」と述べるだけで、薬師寺元一が養子決定を主導していることである。これにより『九郎澄之物語』のように澄之・澄元とも政元が主導して養子を定めるという、細川家の分裂を招いた張本人としての政元は描かれなくなるのである。その他、⑤には「都之貴賤懼畏レシ政元ヲ不知読人、奉討申也」と記されており、九条政基が澄之を政元の養子とする際にも、「政元ハ都ヲ守ル人ナレハ、不及力給」とあって、威圧的な政元の姿を描こうとしている。

『二川物語』は『九郎殿物語』の影響を受けつつも、②では再び政元の主導によって養子が定められたとする。これにより、『九郎澄之物語』と同様の展開となるのであるが、本書は②と③のそれぞれに「政元いかゝおほしめしけん」という一文が付されている点において異なりをみせる。『九郎澄之物語』では何も記されなかったのに対し、細川家の分裂を招きかねない政元のこのような不可思議な行動を指摘している点に、本書の段階に至って政元の怪異性が描かれ始めたことを窺い知ることができる。これに加え、本書に至って薬師寺元一の謀叛が描かれ、④の記述もみられるようになる。そこには、

　政元と申は、人倫にはなれたる人にて、都のたいはう・国〳〵のおきてをはさしをきて、あるときは、ゐんきやうにおもむき、又あるときは、津々うら〳〵のふなあそひ、そのすきには、まほうをきやうし給ふ事、御当家のもつけなり。

とあり、「まほうをきやう」ずるなどと記すことから、ここにも本書が政元の怪異性を描き始めたことを指摘できる。

『二川物語』の影響を受けて成立した『細川両家記』は政元の怪異性をさらに全面に押し出そうとする。『足利季世記』と並んで政元の怪異性を示すものとして用いられる記述が①にみられる。

　細川右京大夫政元後号大心院《員》と申は都の管領もち給ひ、天下の覚えかくれなし。しかれ共細川のながれふたつになるべき故やらん、四十のゐんにおよぶ迄夫婦のかたらひなき間、御子ひとりもましまさず。常はまほうをおこなひて近国他国をうごかし、又或時は津々浦々の御船遊びばかり也。

『二川物語』が細川家の分裂を招きかねない政元の行動を指摘するに留めたのに対し、ここでは「細川のながれ

ふたつになるべき故やらん」と政元の魔法などの奇怪な行動が細川家の分裂を招いたと明確に示そうとする。

④においても「政元余物くるはしくおはします間、御内とざまの人々、此分にてはいかゞせんとかなしみあへる」と政元の奇怪なさまが記されている。⑤では「魔のわざにてや候らん。政元四十二歳のとき、永正四年十[丁]卯六月廿三日の夜、御月待の御行水有し所を」と記されており、『九郎澄之物語』において「いかなるしゆつくわひのきともやつもりけん」と記されていたことから考えると、如何に本書が政元の怪異性を押し出しているかを窺い知ることができる。

『公方両将記』は『細川両家記』と同様に細川家の分裂の原因を政元に求めるが、それは政元の怪異性だけによるものではないことが次の一節より窺える。

当管領右京太夫政元ノ世ニ至テ、其子孫二流ニ分レ、是モ兄弟世ヲ争テ互ニ挑合給フ。其濫觴ヲ尋ルニ、政元ノ挙動先祖ニ替ル事ノミ有リ、

（下巻「細河家乱根事」）

「政元ノ挙動先祖ニ替ル」とあるが、このことは①の記述において明らかとなる。

是只勝元忠義ヲ守リ、先祖ヲ崇ミ給フ故也。然ルニ政元其子トシテ亡父ノ志ヲ破リ、畠山政長ヲ討ノミニアラズ、公方ノ御敵ト成テ将軍ノ位ヲ替奉ル事、主君へ不忠、先祖へ不孝、是ニハ過ジト見ヘケレバ、天下ノ人望ニ背テ滅亡近キニアルベシト皆人申沙汰シケルガ、果シテ違フ事無リキ。サレバ政元ハ世ノ人ニ替リ給ヒ、行年四十歳ノ頃マデ女人ヲ禁制シ、魔法飯綱ノ法、愛岩[宕]ノ法ヲ行テ経ヲ誦、多羅尼ヲ咒シ、サナガラ出家山伏ノ如クニテ、見ル人聞人皆身ノ毛ヲヨダツ計也、サレバ男子モ女子モナク、家督ヲ継ベキ様ナケレバ、

（下巻「細河家乱根事」）

父細川勝元が将軍義政の上意を重んじながら、畠山政長を贔屓にしてきた忠のある智恵深いものであったのに対し、政元はその畠山政長を討つのみならず、将軍義材の敵となって自ら新たに将軍を据えるという、主君に対する

不忠、先祖に対する不孝を行ったものであるとする。本書において、政元は不忠不孝であり、細川家の滅亡を導くものとして描かれる。その一方で『細川両家記』において描かれた政元の怪異性も引き継がれ、その怪異性はさらに際立ったものとなっている。

①において描かれた二つの政元の姿は、以後も記され、②では、

> 公家武家トモニオシナベテ九条殿ヲ崇敬ス。政元当時公方家ノ権ヲ執テ驕ヲ極シ余リニヤ、アラヌ心出来テ、九条殿ノ御末子ヲ己ガ養子ニシ奉リ、元服ノ時ハ、忝モ新将軍家御加冠アリ、是ヲ細河九郎澄元［之］ト名乗セラル。（中略）今澄元［之］ハマサシク相国ノ御子ナルニ、将軍ノ執事政元ガ家督トナラセ給フ事、末世トハ云ナガラ、浅マシカリシ事ドモ也、　（下巻「細河家乱根事」）

と、「公方家ノ権ヲ執テ驕ヲ極」めた不忠の政元の九条家子息を養子とする驕りともいえる行動に対し、本書は「浅マシカリシ事」であると批判を行っている。

③においても澄之・澄元の二人を養子とした政元の行動に対し、次のような批判を行い不忠不孝の政元を描く。

> 政元ハカヽル同姓ノ近親ヲ養子トシ、又九条殿ノ御末子ヲ養フ儀、一家ヲ二流ニシテ、後日ノ殃ヲ招ク事ハ、是只事ニ非ズ、平生不忠不孝ナレバ天罰ヲ蒙リ、一家此時滅亡セン其前表トゾ見ヘニケル、
> （下巻「細河家乱根事」）

一方の政元の怪異性については、④において、

> 近年政元ハ魔法ヲ行テ空上へ飛上リ、空中ニ立ナドシテ不思議ヲ顕シ、後々ニハウツツナキ事ヲ宣テ、時々狂乱ノ如クナレバ、如何様今ノ分ニテハ、末々当家亡ベシト覚ヘケリ、（下巻「薬師寺与一滅亡事附両畠山和睦事」）

と、①においても記されていた魔法によって政元が空中に立つという験を現していたことが記され、その異様な姿をより具体的に窺い知ることができる。⑤によれば、政元にとって魔法は「イツモノ魔法」（下巻「天下妖怪事附政

元滅亡事」）であったのである。

『足利季世記』は先に述べたように『細川両家記』と『公方両将記』の影響を受けて成立したものであるが、政元の怪異性について記された箇所をみるに、『公方両将記』の影響が大きく、概ね同様の本文となっている。しかし②について、

公家武家モテナシ奉リ、政基公ノ御末子ヲ政元ノ養子トナシ、御元服アリテ公方様ノ御加冠アリ。一字ヲ被参テ細川源九郎澄之ト名ノリタマフ。此人ハヤンコトナキ公達ナレハ、諸大名公家衆マテ皆シタカヒ奉リケレハ、細川殿御家繁昌トミヘシ。（巻二「政元生害事」）

と、本書においては『公方両将記』にみられた不忠不孝の政元の姿とそれに対する批判は払拭されており、細川家の繁昌が記されている。他の箇所においても同様に『公方両将記』が付加した不忠不孝の政元の姿がみられないことから、ここに政元の怪異性のみを描こうとする本書の姿勢が窺われる。

これまで『足利季世記』の記述を端緒として、それと一連の影響関係にある細川氏関係軍記と『公方両将記』とについてみてきたが、次に『足利季世記』とは影響関係にない『細川政元記』を始めとする一連の細川氏関係軍記について触れておく。

『細川政元記』は⑤において、「明日はあたこの御縁日とて、御しやうしんの御ため御行水あり」と政元の愛宕信仰について記すのみであるが、本書にはこれまでの諸作品とは異なる興味深い点がある。それは『二川物語』等が記した政元の遠方への下向に注目し詳細に記していることであり、本書においては永正四年（一五〇七）三月の若狭下向が記されている。

『松若物語』には政元の怪異性も遠方への下向も記されないが、『細川政元記』と本書の影響を受けて成立した『不問物語』には、先の若狭下向に加え、延徳三年（一四九一）三月の越後下向の記述がみられる。

このように『細川政元記』を始めとする一連の影響関係にある諸作品には、『足利季世記』等が描く魔法を代表とする政元の怪異性を窺うことはできない。だが、本文自体をみる上では修験道・回国修行との関係は窺えないものの、政元の遠方への下向に注目している点にその特徴を見出すことができる。

むすび

小論では、細川政元の一側面である怪異性について古記録と細川氏関係軍記を中心にみてきた。

古記録等には確かに修験道に傾倒し、愛宕信仰に走り、その他にも様々な奇行とも称せられる行動をする政元の姿がみられ、また当時の人々が政元のこのような行動を奇怪なものとして捉えていたことが窺い知れた。

従来、政元の怪異性を示すものとして用いられてきた『足利季世記』の記述は、細川氏関係軍記における政元像の変遷の結果によるものであった。政元の愛宕信仰は既に『九郎澄之物語』に窺えたが、政元の怪異性が描かれ始めたのは『二川物語』からであり、『細川両家記』に至ってその怪異性が全面に押し出されるようになった。『足利季世記』にみられる記述に至ったのは、『公方両将記』の段階であり、そこでは不忠不孝の政元の姿と政元に対する批判が付加されていたが、これらは『足利季世記』成立に際して払拭された。

以上、小論では細川政元の怪異性に注目してきたが、細川氏関係軍記はそれぞれ永正期(一五〇四~一五二一)から天正期(一五七三~一五九二)にかけて成立した作品群であり、戦国軍記の範囲全体に亘るものである。関係軍記における特色やその変遷についてみることは、戦国軍記の特色を考える一助となり得るものであろう。

注

(1) 他の表現として、『大阪府史』第四巻 中世編II(一九八一年、今谷明氏担当執筆分)の「政元は若年から修験道の呪術にとりつかれ、政治家としては異常なふるまいが多かったが」、鶴崎裕雄氏「公家の日記―身分をこえた文化の伝播―」（峰岸純夫編『古文書の語る日本史』5　戦国・織豊、筑摩書房、一九八九年、第十章第二節）の「異常性」、森田恭二氏『戦国期歴代細川氏の研究』（和泉書院、一九九四年）第一章第二節の小見出し「細川政元の異常性」、鶴崎氏「戦国武将と和歌詠草―史料としての歌集の魅力―」（『文学』第六巻第三号、岩波書店、二〇〇五年五月）の「政元自身、奇怪な物騒な男であるが、周辺も負けず劣らず恐ろしい輩が集まる。」等がある。

（2）『改定史籍集覧』第十三冊。以下引用は本書による。

（3）末柄豊氏「細川政元と修験道―司箭院興仙を中心に―」（『遙かなる中世』12、一九九二年一二月）。

（4）米原正義氏「細川氏の文芸―管領家政元・高国、典厩家政国を中心として―」（『國學院雑誌』80、一九七九年三月）。

（5）小林計一郎氏「飯縄修験の変遷」（山岳宗教史研究叢書9『富士・御嶽と中部霊山』名著出版、一九七八年）。

（6）鶴崎裕雄氏「尊経閣文庫本「不問物語」について」（『帝塚山学院短期大学研究年報』20、一九七二年一二月。のち、同氏『戦国の権力と寄合の文芸』和泉書院、一九八八年に再録）、同氏「水戸彰考館蔵「二川物語・細川政元記」記載の赤沢沢蔵軒宗益のこと」（『長野』49、長野郷土史研究会、一九七三年五月）、同氏「翻刻・解題「二川物語」」（『室町ごころ 中世文学資料集』角川書店、一九七八年）、和田英道氏「前田育徳会尊経閣文庫蔵『九郎澄之物語』・『九郎殿物語』翻刻」（『跡見学園女子大学国文学科報』10、一九八二年三月）、同氏「細川氏関係軍記考（一）書誌篇―永正期を中心とする―」（『跡見学園女子大学国文学科報』11、一九八三年三月）、同氏「尊経閣文庫蔵『不問物語』翻刻」（『跡見学園女子大学紀要』16、一九八三年三月）、同氏「永正期を中心とする細川氏関係軍記考（二）―諸作品の相関関係考―」（『跡見学園女子大学国文学科報』12、一九八四年三月）、同氏「前田育徳会尊経閣文庫蔵『細川政元記』・『松若物語』翻刻」（『跡見学園女子大学紀要』18、一九八五年三月）、『戦国軍記事典　群雄割拠篇』（和泉書院、一九九七年）各項目解説、拙稿「細川氏関係軍記における『九郎殿物語』のあり方」（『軍記と語り物』42、二〇〇六年三月）等。『九郎澄之物語』『九郎殿物語』『二川物語』『細川政元記』の引用はこれらの翻刻による。なお、『細川両家記』の引用は、『群書類従』第二〇輯所収本による。

（7）前掲注（4）参照。
（8）引用は『続々群書類従』第四、所収本による。
（9）『図書寮叢刊・九条家歴世記録』第二巻（明治書院、一九九〇年）、所収。
（10）前掲注（3）参照。なお、延徳三年の越後下向の目的について論じたものとして、矢田俊文氏「延徳三年細川政元の越後下向と越後守護上杉氏の饗宴の場」（『環日本海地域比較史研究』2、新潟大学環日本海地域比較史研究会、一九九三年四月。のち、同氏『日本中世戦国期権力構造の研究』塙書房、一九九八年に再録）、前掲注（1）鶴崎裕雄氏「戦国武将と和歌詠草―史料としての歌集の魅力―」がある。
（11）前掲注（4）参照。
（12）『五山文学全集』第四巻（上村観光編、一九三六年）、所収。
（13）前掲注（4）参照。
（14）井上宗雄氏『改訂新版中世歌壇史の研究　室町後期』（明治書院、一九八七年）、九一頁。
（15）前掲注（4）参照。
（16）増補続史料大成『後法興院記』（臨川書店、一九七八年）。
（17）前掲注（1）森田恭二氏『戦国期歴代細川氏の研究』。
（18）引用は大日本古記録『二水記』一（岩波書店、一九八九年）による。この史料については、鶴崎裕雄氏の御教示を得た。深謝申し上げます。また、既に前掲注（1）鶴崎氏「公家の日記―身分をこえた文化の伝播―」において指摘がなされており、詳しくはそちらを御参照頂きたい。なお、中世公家日記研究会（柴田真一、鶴崎裕雄、湯川敏治）「翻刻　二水記」（『帝塚山学院短期大学研究年報』32、一九八四年）は補注として『元長卿記』同日条も指摘している。

第四部　平家物語の眺望

『平家物語』の生成と承久の乱
――『徒然草』第二二六段の解釈をめぐって――

弓削　繁

一　兼好の『平家物語』享受

『太平記』巻二十一の「塩冶判官讒死事」は、暦応四年（一三四一）三月の塩冶判官高貞の敗死について、その原因を高貞の妻に横恋慕した高武蔵守師直の讒言によるものと語る。そして、その横恋慕のきっかけとなるのが真一と覚一による頼政・菖蒲説話の「つれ平家」の語りであり、しかもここには師直の艶書を代筆する兼好が登場する(1)。この記事は晩年の兼好の交遊と生活の様子を窺わせる点でも、また南北朝期の『平家物語』のテキストの展開や平曲享受の実態を知る上でも頗る興味深い(2)。

この日の語りの場には、本文に「平家ハテ、後、居残タル若党・遁世者共」云々とあるとおり「若党・遁世者共」が含まれていたが、兼好も「能書ノ遁世者」と記されていることからすれば、このような貴顕の許で平曲に接する機会が屢々あったものであろう(3)。『徒然草』第二三二段に、

またある人の許にて、琵琶法師の物がたりをきかんとて、琵琶を召しよせたるに、柱のひとつおちたりしかば、「作りてつけよ」と云ふに、ある男の中に、悪しからずと見ゆるが、「古きひさくの柄ありや」などいふを見れば、爪をおふしたり。琵琶など弾くにこそ。めくら法師の琵琶、その沙汰にも及ばぬことなり。道に心得たる

由にやと、かたはらいたかりき。「ひさくの柄はひもの木とかやいひて、よからぬ物に」とぞ、ある人仰せられし。

とあるのも、「ある人」に「仰せられし」という敬意表現が用いられていることから推して、同様の場の出来事とみてよい。兼好が『平家』及び平曲になみなみならぬ関心を寄せていたことは『徒然草』の他の諸段からも窺い知ることができる。

御産のとき甑落す事は、定まれる事にはあらず。御胞衣とゞこほる時のまじなひなり。とゞこほらせ給はねば、この事なし。

下ざまより事おこりて、させる本説なし。大原の里の甑を召すなり。古き宝蔵の絵に、賤しき人の子産みたる所に、甑落したるを書きたり。

まずこの第六一段の記述は、恐らく『平家物語』が言仁親王（後の安徳天皇）の誕生時の「勝事」の一つとして、

后御産の時、御殿の棟より、甑をまろばかす事あり。皇子御誕生には南へ落し、皇女誕生には北へ落すを、是は北へ落したりければ、「こはいかに」とさはがれて、取あげて落しなをしたりけれ共、あしき御事に人々申あへり。（巻三「公卿揃」）

と語るところを意識して、意図的に独自の考証を通して通説批判を行ったものと思われる。同様の例は白拍子舞の起源を説く第二二五段（第三節で述べる）や次の第二一四段にもみられる。

想夫恋といふ楽は、女、男を恋ふる故の名にはあらず。本は相府蓮、文字のかよへるなり。晋の王倹、大臣として、家に蓮をうゑて愛せし時の楽なり。これより大臣を蓮府といふ。

廻忽も廻鶻なり。廻鶻国とて、夷の、こはき国あり。その夷、漢に伏して後に来りて、己が国の楽を奏せしなり。

想夫恋のことは、嵯峨に身を隠した小督が高倉院を慕って琴を弾く場面、「楽はなんぞと聞きければ、夫をおもふてこふとよむ想夫恋といふ楽也。さればこそ、君の御事思ひ出まいらせて、楽こそおほけれ、此楽をひき給けるやさしさよ。」（巻六「小督」）とあるところと対応するし、廻忽のことは、巻十「千手」の重衡が琵琶で「廻骨」を弾く場面（但し現存の語り系諸本には見えない）を踏まえた批判的解説の趣である。また第一四六段の、

明雲座主、相者に逢ひ給ひて、「己、若兵仗の難やある」と尋ね給ひければ、相人、「誠にその相おはします」と申す。「いかなる相ぞ」と尋ね給ひければ、「傷害の恐れおはしますまじき御身にて、仮にもかくおぼし寄りて尋ね給ふ、これ既に、その危ぶみの兆なり」と申しけり。はたして矢に当りて失せ給ひにけり。

という記事は、巻八「法住寺合戦」の明雲討死の事実を付随説話でもって補足的に説明する機能を果たす（現に、『源平盛衰記』巻三十四には相人を信西とするほぼ同内容の説話が存する）。この他にも第一六〇段に、

門に額懸くるを、「打つ」といふはよからぬにや。勘解由小路二品禅門は、「額懸くる」とのたまひき。…「護摩焚く」といふも、わろし。「修する」、「護摩する」など云ふなり。

とあるのは、『平家』巻一「額打論」および巻八「名虎」（「乳和して護摩にたき」とある）の表現を想起させるし、「医師忠守」が「唐瓶子」として揶揄される第一〇三段や、「凡そ鐘の声は黄鐘調なるべし。これ無常の調子、祇園精舎の無常院の声なり」とある第二二〇段にも『平家』の影を認めるべきかも知れない。

このように、兼好は確かに平曲を享受し、『徒然草』の中に『平家』を対象化した多くの言説を留めているわけで、問題の第二二六段はそのような兼好の『平家』・平曲への関心の必然の所産であったといってよかろう。

二　『徒然草』第二二六段の解釈

さて、『徒然草』の第二二六段は整然と記述された内容豊かな成立説として、兼好の博識への信頼や現存の『物

語』との整合性から、山田孝雄氏（『平家物語考』）以来多くの支持を得てきたところである。しかし、この記事の解釈については、信濃前司行長・生仏という固有名詞に目が奪われるあまり、なお重要な問題が取り残されてきたのではあるまいか。すなわち、ここでは

　後鳥羽院の御時、信濃前司行長、稽古の誉ありけるが、楽府の御論議の番にめされて、七徳の舞をふたつ忘れたりければ、五徳の冠者と異名をつきにけるを、心うき事にして、学問をすてて遁世したりけるを、

という冒頭部分に注意してみたい。

まず、「楽府の御論議」については、『玉葉』建久元年（一一九〇）十月二十一日条に

　入レ夜親経参上、於二朝餉一有二御読事一〈楽府〉。

とあって、後鳥羽院は若い頃から『楽府』に親しんでいたようであり、実際に院御所で論議が行われたことも確認される。(4)

・人曰、於二院御所一此間有二楽府論議一云々。（『玉蘂』承元四年［一二一〇］二月二十二日条）
・於二高陽院殿一有二楽府問答五番一。（『一代要記』承元四年三月十五日条）

ただしかし、ここは従来言われてきたように事実に基づく記述なのであろうか。(5)「七徳の舞をふたつ忘れ」たために「五徳の冠者と異名をつ」けられたというのは、事実とみるにはあまりに通俗的な説明に過ぎはしまいか。そもそも「七徳舞」は、はじめは「秦王破陣楽」といっていたものを唐の太宗が即位後に、雅楽の列にのぼせて「七徳舞」と名付けたものであり、『新楽府』の「七徳舞」は題序に「美二撥レ乱陳二王業一也」とあるとおり、太宗が乱を治めてこの詩を作り、王業の艱難さを陳べ記したのを褒め讃えた詩であって、太宗の舞曲、白詩のいずれにも『春秋左氏伝』宣公十二年にいう武の七徳（「夫武、禁レ暴、戢レ兵、保レ大、定レ功、安レ民、和レ衆、豊レ財者也」）がそのまま歌われているわけではないのである。『新楽府』は、早く信救が『新楽府略意』を著し、源光行が『新楽府和

歌』（散佚）を著しているように（他に編者未詳の『新楽府注』が属目される）、中世初頭から享受に相当の高まりが見られるわけで、(6)「七徳舞」自体も『玉蘂』建暦二年（一二一二）三月十一日条に「今日有二作文一。賦二楽府七徳舞一。」とあって、詩題として用いられたことが知られるのである。このような『新楽府』享受の拡がりを押さえるなら、稽古の誉のある行長が『新楽府』五十編の巻頭に位置する「七徳舞」に関する「常識」をうっかり失念したなどというのは、（「いろはのい」から躓いたと強調する）話としてならともかく、現実的には考え難い。

やはりこれは仮構された説話であり、そこには行長なる人物の遁世の原因を語ることとは別の意味あいが込められているように思われる。『新楽府』の「七徳舞」をみると、そこには太宗の理想の政治が、

功成理定何神速　　功成り理定まること何ぞ神速なる
速在推心置人腹　　速なるは心を推して人の腹に置くに在り
亡卒遺骸散帛収　　亡卒の遺骸をば帛を散じて収め
飢人売子分金贖　　飢人の売子をば金を分ちて贖ふ
魏徴夢見天子泣　　魏徴夢に見えて天子泣き
張謹哀聞辰日哭　　張謹の哀聞えて辰日に哭す
怨女三千放出宮　　怨女三千放ちて宮を出だし
死囚四百来帰獄　　死囚四百来りて獄に帰る
剪鬚焼薬賜功臣　　鬚を剪り薬に焼きて功臣に賜ひ
李勣嗚咽思殺身　　李勣嗚咽して身を殺さんことを思ふ
含血吮瘡撫戦士　　血を含み瘡を吮うて戦士を撫し
思摩奮呼乞効死　　思摩奮呼して死を効さんことを乞ふ

則知不独善戦善乗時　　則ち知る独り善く戦ひ善く時に乗ずるのみならず
以心感人人心自帰…　　心を以て人を感ぜしめ人心自ら帰す…

と称えられており、この詩を巻頭に掲げて為政の理想を提示する『新楽府』の構想は、巻末の「鑑二前王乱亡之所一由也」と題序する「采詩官」と対照させれば自ずと明白である。

しかも、これをもとの「秦王破陣楽」（「七徳舞」）にまで遡らせてみると、この舞曲は、例えば狛近真の『教訓抄』巻三が、直前に「玉樹後庭花」を配して、

隋書礼楽志曰、清楽ノ中ニ、造二『黄鸝留』及『玉樹後庭花』『金釵両臂垂』等一、必与二幸臣一出二製其歌詞一。倚艶相高極於軽薄。男女唱和。其音甚哀。
此楽ノ内ニ亡国ノ音アリ。古老申サレシハ、平調音ニ成所ヲ云也。然而、経信卿ノ説ニハ、イヅレノ楽トキカズ。楽ノアハレナルヲバ亡国ノ音ト云。楽ノオモシロキヲバ、国治音ト云ベシ。

という解説を付し、対する「七徳舞」を、

其後、命二魏徴、虞世、南褚亮、李百薬一、改二製歌詞一、更名二『七徳之舞』一。（貞観元年七月）十五日、奏二之庭一。観者上寿云、此舞皆有二百戦百勝之容一。群臣咸称二万歳一。

と「百戦百勝」の姿を象ったものと説明するように、亡国に対する治国の舞曲として認識されてきたことが知られるのである。

因みに、平調は哀韻を含んだ亡国の音であるとする右の解釈は、既に旧稿で述べたとおり、(7)『詩経』序や『礼記』楽記などに見える中国古代以来の伝統的な音曲論に淵源するもので、(8)わが楽書類にも広く散見する考え方であるが、(9)ここで注意すべきは、この考え方が『新楽府』の作詩意図の解釈にまで及んでいることである。すなわち、『新楽府』の、「而言之、為君為臣為民為物為事而作、不為文而作也」（序）という主旨は、

五声といふ、宮・商・角・徴・羽のいつゝのこゑ、…宮は壱越調、君にかたどる。商は平調、臣にかたどる。角は双調、民にかたどる。徴は黄鐘調、事にかたどる。羽は盤渉調、物にかたどれるなり。文集の巻第三にいへる、君のため臣のため民のため事のため物のため、これなるべし。(『文机談』第一冊)

というように理解されていたのである[10](『新楽府略意』にも同様の説が見える)。

そして、勿論音曲に造詣の深い兼好(第一六段、七〇段、一九九段、二一九段など)にもこのような理解はあったはずであり、そうだとすれば「理世安楽之音」(『文集』「序洛詩」)とも称すべき「七徳舞」の、その七徳の二つを失念したということの真の意味は、行長という一人物の失態というより、院自身の問題に立ち返って、諷諫者の言に耳遠く「七徳舞」の精神が十分に理解されなかったこと、換言すれば、太宗の理想である徳治主義の政治から離れて「亡国」の道を突き進んでいった後鳥羽院の失政を想起させるところにあるのではなかろうか。

三　伏在する承久の乱の記憶

このことは前後の諸段を徴すると一層明確になってくるように思われる。まず第二二三段から見てみよう。

田鶴の大臣殿は、童名たづ君なり。鶴をかひ給ひけるゆゑにと申すは僻事なり。

この段は九条基家の通称の由来についてその俗説を正したものであるが、従来これを記した兼好の真意については「不審」とされてきた[11]。そこで基家の生涯、とりわけ青少年時代についてみると、『愚管抄』巻六に、

(忠綱は)此関東ノ御使ノ間ニモ、ヤウ〳〵ノヒガコト奇謀ドモ聞ヘキ。故後京極殿ノ子左府ノヲト丶ハ、松殿ノムスメ北政所ノ腹ナリ。ソレヲ院ノ子ニセントテ、メシトリテ忠綱ニヤシナハセラル丶、有。ソレヲ、オトナシクモアリ、将軍ニクダシ申サンナンドカマヘテ、ソラ事ノミ京イナカト申ケルモ聞ヘケリ。

とあるのが注意される[12]。これによれば、基家は幼くして父の良経に先立たれた後、後鳥羽院の寵愛を得て、将来猶

子たるべく忠綱のもとで養育されていたといい、ここはその忠綱が幕府との交渉のなかで密かに基家の将軍擁立を謀っていたというものである。忠綱は院近習の策士で、承久の乱の遠因になった長江・倉橋両荘の地頭改易の要求を仲介した人物でもある。[13] このように基家は青少年時代を後鳥羽院並びに院近臣の世界で過ごしてきたわけで、従って、「たづ君」という童名はまさに後鳥羽院と承久の乱の記憶を呼び覚ますものであったといってよい。なお、基家は後々まで後鳥羽院を深く敬慕していたようであり、また壮年期には承久の乱の首謀者として断罪された按察使光親の子の光俊（真観）と手を結んで反御子左派の立場から『続古今集』の撰者にもなっている。

　続く第二二四段は鎌倉から上洛して兼好の許を訪れた陰陽師有宗が、庭を無駄に広く空けずに有用な植物を植えるよう諫めたという話。これは一応「田鶴の大臣殿」から「鶴岡八幡宮」を連想して「鎌倉よりのぼ」ってきた有宗の話に及んだとも考えられるが、内容的には前後の繋がりが掴みにくい。しかし、彼の家系を調べてみると、祖父の親職と父の晴宗は、それぞれ幕府に仕えて将軍の信任が厚かったようであり、中でも祖父の親職は『吾妻鏡』承久三年五月十九日条に

　其後招ニ陰陽道親職・泰貞・宣賢・晴吉等一、以ニ午刻一〈初飛脚到来時也〉有ニ卜筮一。関東可レ属ニ太平一之由、一同占レ之。

とあって、承久の乱の勃発に際して卜筮を行うという重要な役割を果たしている。また後年、この時一世一代の大演説を行って御家人の結束を促した政子の葬儀までも沙汰している。[14] とすれば、この段にも有宗という一人の人物を媒介にして承久の乱という歴史の記憶が語られていることになる。なお、その場合『徒然草』の視野が鎌倉にまで及んでいることは注意されてよい。

　次の第二二五段は多久資の言説を引いて白拍子の起源を述べたもの。原文を引く。

　多久助が申しけるは、通憲入道、舞の手の中に興ある事どもをえらびて、いその禅師といひける女に教へて

まはせけり。白き水干に、鞘巻を差させ、烏帽子をひき入れたりければ、男舞とぞいひける。禅師がむすめ、静と云ひける、この芸をつげり。これ白拍子の根元なり。仏神の本縁をうたふ。その後、源光行、多くの事をつくれり。後鳥羽院の御作もあり。亀菊にをしへさせ給ひけるとぞ。

恐らくこれは如上、『平家物語』批評の一つとして、巻一「祇王」に、

抑我朝に、白拍子のはじまりける事は、むかし鳥羽院の御宇に、しまのせんざい・わかのまひとて、これら二人が舞ひ出したりけるなり。はじめは水干に立烏帽子、白ざやまきをさいて舞ひければ、男舞とぞ申ける。しかるを中比より、烏帽子・刀をのけられて、水干ばかりをもちいたり。扨こそ白拍子とは名付けれ。

とあるのを名高い楽家の説を以て否定したものと考えられる。しかし、それは表向きのことであり、その背面にはやはり承久の乱に収斂していく「武者の世」の歴史を叙述しようとする意図が伏在しているように思われる。それは庭山積氏が、

右の三段（第二二五・二二六・二二七段）はその前の「陰陽師有宗入道、鎌倉よりのぼりて」という二二四段の「鎌倉」というところから連想して、「平家物語」の登場人物、通憲や磯禅師や白拍子静ご前を思い出したものであろうが、仏神の本縁をうたう今様を源光行が多くつくり、後鳥羽院の御作もあることをつげている。それを院が亀菊に教えたということは、保元・平治・治承・寿永・元暦のころから、承久の乱後の隠岐遷幸のあたりまでを「徒然草」の作者は脳裏に描いているのである。この三段に見える、後鳥羽院・源光行・慈円・僧安楽はそれぞれに密接な関係にあり、それをたどることはまことに興味ある問題である。源光行と後鳥羽院の関係は承久の乱と切りはなせない重要な関係にあり、「徒然草」がこの二人を連ねたこと自体、すでに承久の乱を暗示していると思って差し支えないほどのものなのである。

と述べておられるとおりであろう。(15) 事実の詳細はここでは省略するが、光行について義時追討宣旨の「副状」並び

に「東士交名註進状」を書いて乱に大きく関わったこと[16]を指摘しておけば十分であろう。

ただ、ここでの問題はそれが白拍子との関わりで語られている点にある。後鳥羽院が白拍子に耽溺していた様子は慈光寺本『承久記』に、

御遊ノ余ニハ、四方ノ白拍子ヲ召集、結番、寵愛ノ族ヲバ、十二殿ノ上、錦ノ茵ニ召上セテ、踏汚サセラレケルコソ、王法・王威モ傾キマシマス覧ト覚テ浅猿ケレ。月卿雲客相伝ノ所領ヲバ優ゼラレテ、神田・講田十所ヲ五所ニ倒シ合テ、白拍子ニコソ下シタベ。古老・神官・寺僧等、神田・講田倒サレテ、歎ク思ヤ積ケン、十善君忽ニ兵乱ヲ起給ヒ、終ニ流罪セラレ玉ヒケルコソ浅増ケレ。

と語られており、その白拍子のひとり「亀菊ト云舞女」に「寵愛双ナキ余」に長江庄を与えたことが乱の原因になったと語るのが『承久記』の立場である。それは『六代勝事記』が承久の乱を安禄山の乱になぞらえ、亀菊を楊貴妃に見立てて「内には胡旋女国をかたぶけ、朝錯いきほひをきはめて、海内の財力つきぬれば、天下泰平ならず」と批判するところと軌を一にする。すなわち、玄宗皇帝がうつつを抜かした楊貴妃の胡旋舞は後鳥羽院が愛した亀菊の白拍子舞に他ならないわけで、これを音曲的に説明すると、

・楽ハ昔ノ『玉樹後庭花』、舞ハ『天上月宮曲』也。〈所謂『霓裳羽衣曲』是ナリ。〉
・或書云、『霓裳羽衣ノ曲』ハ、一越調ノ曲ナリ。本名ヲバ、『一越波羅門』ト云ケリ。玄宗皇帝之代、天宝年中ニ、『霓裳羽衣』ニ改タリ。異名、『金釵両臂垂』云。件舞ノ手ハ、今ノ『玉樹』ノ中ニアリ。（『教訓抄』巻三）

とあるとおり、亡国の音を含むとされる「玉樹後庭楽」の舞を指すことになって、次の第二二六段の「秦王破陣楽」（「七徳舞」）と対照をなすことになる。その白拍子舞については、既に乱の前から、

妙音院大相国禅門いはく、「舞を見、歌をきゝて、国の治乱を知は、漢家の常のならひなり。しかるを、世間に『白拍子』といふ舞あり。其曲をきけば、五音の中には、これ商の音なり。此音は亡国の音なり。舞のすが

たをみれば、たちまはりてそらをあふぎてたてり。その姿はなはだ物おもふすがたなり。詠曲・身体共に不快の舞也」とぞの給ける。（『続古事談』巻二「臣節」）

と、亡国説が言い立てられていたわけで、『文机談』第五冊（が孝道の才を讃えた中）に、

承久第二の春は天下に亡国のこゑあり、世、如何があらんとあまた朝臣に申給へりけれども、御くちをひらきて奏給人もなし。はたして兵乱いできて洛陽うゑをしたにかへす。…たゞ人にはあらず。

とあるのもこれと無縁ではあるまい。こうして、第二二五段は白拍子に亡国の音を聴く音曲論に支えられて承久の乱批評として機能しているのである。

そして、勿論音曲の乱れに治世の乱れを聴き取ろうとするこの伝統的な音曲論は、如上、問題の「七徳舞」記事にも通い、更に次の第二二七段の前半にも及んでいく。

六時礼讃は、法然上人の弟子、安楽と云ける僧、経文を集めて造て勤めにしけり。…

既に旧稿で論じたところであるが(17)、法然の新しい教義に基づく称名念仏、とりわけ六時礼讃の盛行に対しては、白拍子舞と同様、

以音哀楽知国盛衰、詩序曰、治世之音安以楽、其政和、乱世之音怨以忿、其政乖、亡国之音哀以思、其民困云々、而聞近来念仏之音、背理世撫民之音、已成哀慟之響、是可亡国之音矣、

（貞応三年五月十七日付「延暦寺奏状」）

といった厳しい批判が巻き起こり、それは次第に日蓮の論評や浄土宗側の反批判を通して、

かの念仏は後鳥羽院の御代の末つかたに、住蓮安楽などいひし、その長としてひろめ侍けり。これ亡国の声たるがゆへに、承久の御乱いできて王法をとろへたりとは、古老の人は申し侍し。（『野守鏡』下）

というように、承久の乱と結びつけられていくのである(18)。

このようにみてくると、このあたりの一連の叙述は表向きは白拍子舞・平曲・六時礼讃（更に法事讃・千本釈迦念仏）と仏教的な新音曲の起源を語るものであるものの、同時に背面では伝統的な政音一体の音曲観を拠り所にして、承久の乱という大きな「歴史の記憶」が語られていることが知られるのである。(19)

四　『平家物語』生成の思想

以上、第二二六段の叙述には承久の乱の記憶が内在することが確かめられたと思うのであるが、ここではそれが『平家物語』の成立事情と関連づけて語られている点に注意したい。勿論このことは『平家物語』の成立が承久の乱後であることを意味するが、それにもまして重要な点は物語を形成する思想の問題である。その糸口として先に触れた真観の父の光親に注意を払ってみよう。

按察卿〈光親。去月出家。法名西親〉者、為二武田五郎信光之預一下向。而鎌倉使相二逢于駿河国車返辺一。依レ触二可レ誅之由一、於二加古坂一梟首訖。時年四十六云々。此卿為二無双寵臣一。又家門貫首、宏才優長也。今度次第、殊成二競々戦々思一、頻奉レ匡二君於正慮一之処、諫議之趣、頗背二叡慮一之間、雖二進退惟谷一、書二下追討宣旨一。忠臣法、諫而随之謂歟。其諷諫申状数十通、残二留仙洞一。後日披露之時、武州後悔悩二丹府一云々。

（『吾妻鏡』承久三年七月十二日条）

これによれば、光親は院の倒幕の企てを察知して頻りに諷諫に努めたが、それがかえって院の機嫌を損ねたといい、結局光親は忠臣の道を貫いて梟首されることになるのであるが(20)、院を諷諫するこの光親の姿は、反転させて説話化すれば正義を示し得ずに院のもとを退いた行長の像と重なってこないであろうか。光親の場合は最後まで院に従ったものの諷諫の思いが聞き届けられることはなかったし、行長の場合は「七徳舞」の回答に失敗して院のもとを去ったため、同じく院の理解は阻害されたままで終わっている（院から離れた行長を慈円が扶持し、その慈円が

（行長の代わりででもあるかのように）『愚管抄』をものして院を諭したというのは、兼好の意識の中では繋がっているのかも知れない）。こう考えれば、「奉レ匡二君於正慮一」った拠り所と「七徳舞」の思想とは同質のものであったということになるはずである。

その思想とは端的にいえば儒教的徳治主義に他ならないが、これは承久の乱後に後鳥羽院の失政を厳しく批判した『六代勝事記』にも、はじめに序を掲げて太宗の為政を称える『平治物語』にも共通する。『勝事記』の主張は、つまるところ

帝範に二の徳あり。知人と撫民と也。知人とは、太平の功は一人の略にあらず。君ありて臣なきは、春秋にそしれるいひなり。撫民とは、民は君の体也。体のいたむときに、その御身またい事えたまはむや。

という言に極まり、ここから「宝祚長短はかならず政の善悪によれり」という考え方が導き出されてくる。また、『平治物語』の場合は君臣論の立場から文武二道の必要性を説いて、

しかれば、唐の太宗文皇帝は、鬚をきりて薬にやきて功臣に給ひ、血をふくみ傷をすいて戦士をなでしかば、心は恩のためにつかへ、命は義によつてかろかりければ、兵、身をころさんことをいたまず、たゞ死を至んことをのみ願へりけるとぞうけたまはる。みづから手をくださざれ共、こゝろざしをあたふれば、人みな帰しけりといへり。

と主張することになる。『平家物語』が殊更最後に文覚の失脚と結びつける形で承久の乱に触れるのも、これらと思想的基盤を同じくするからであろう。

もっとも、厳密には『徒然草』第二二六の叙述は、物語の内容を批評した後半部が「原平家」や「治承物語」を対象としたものでないのと同様に、あくまで『徒然草』執筆時点における兼好の認識に基づく説話に過ぎないわけである。しかし、それでもなお『平家物語』の生成の場を考える時、そのような認識が存立すること自体が重要な

意味を持ってくるのである。(21)

注

(1) はじめに本稿に引用したテキストを挙げると、次のとおりである。
『徒然草』『愚管抄』『太平記』…日本古典文学大系本。『平治物語』『平家物語』『承久記』…新日本古典文学大系本。『新楽府』…『金沢文庫本白氏文集』(私に訓読を添えた)。『教訓抄』…日本思想大系本。『文机談』…岩佐美代子著『校注文机談』。『続古事談』…播磨光寿著『続古事談』。『野守鏡』…群書類従本。『六代勝事記』…拙著、中世の文学『六代勝事記・五代帝王物語』。

(2) 山下宏明氏によれば、『平家』諸本中、菖蒲説話を有するのは『源平盛衰記』と竹柏園本だけであり、三者の関係は『盛衰記』→(改作)『太平記』→(書承)竹柏園本と推定されるといい(天理図書館善本叢書『平家物語竹柏園本』解題、昭和五十三年十一月)、この『太平記』から竹柏園本への流れは鈴木孝庸氏によって支持されている(「『太平記』の「つれ平家」から」新潟大学教養部紀要、昭和五十八年十二月)。

(3) 『太平記』には、兼好の「言ヲ尽シ」た艶書が読んでももらえず「庭ニ捨ラレ」たことを聞いた師直が、「イヤ〱、物ノ用ニ立ヌ物ハ手書也ケリ。今日ヨリ其兼好法師、是へヨスベカラズ」と怒ったと記されている。これによれば兼好は日常的に師直の許に出入りしていたことになる。
事実、『園太暦』貞和四年十二月二十六日条に「兼好法師入来、武蔵守師直狩衣以下事談ㇾ之也」とあって、兼好は師直の使者として洞院公賢の許を訪れており、師直に奉仕していた様子が窺われる。

(4) 因に、楽府の論議は順徳天皇の御所でも行われている。「於二禁裏一有二白氏文集論議一。六番云々」(『百錬抄』建保六年六月三日条)。

(5) 渥美かをる氏『平家物語の基礎的研究』昭和五十三年七月は、山田孝雄氏『平家物語考』明治四十四年十二月の指摘を承け、『一代要記』承安四年三月十五日条と『百錬抄』建保六年六月三日条のいずれかの事実を踏まえたものとみておられる。なお、番論議の実態は『明月記』建暦元年九月二十五日条の大嘗会論議の記事によってそのおおよそを推測することが出来る。
（6）鎌倉時代における『白氏文集』の受容については、太田次男氏「真福寺蔵新楽府注と鎌倉時代の文集受容について―付・新楽府注翻印―」斯道文庫論集、昭和四十四年十月、に詳しい。
（7）拙著『六代勝事記の成立と展開』第三章第一節。平成十五年三月。
（8）礼楽思想は五行説と習合して、「声者、宮、商、角、徴、羽也。…商之為言章也、物成熟可章度也。角、触也、物触地而出、戴芒角也。宮、中也、居中央、暢四方、唱始施生、為四声綱也。徴、祉也、物盛大而繁祉也。羽、宇也、物聚蔵宇覆之也。夫声者、中於宮、触於角、祉於徴、章於商、宇於羽、故四声為宮紀也。協之五行、則角為木、五常為仁、五事為貌。商為金為義為言、徴為火為礼為視、羽為水為智為聴、宮為土為信為思。以君臣民事物言之、則宮為君、商為臣、角為民、徴為事、羽為物。唱和有象、故言君臣位事之体也。」（『漢書』律暦志）というような思想になる。
（9）『夜鶴庭訓抄』『愚聞記』『教訓抄』『続教訓抄』『舞曲口伝』『體源抄』など。
（10）もっとも『新楽府』自体、「声音の道、政と通ず」（『礼記』楽記）という思想が根底にある。「苟能審音与政通」（「法曲」）、「始知楽与時政通、豈唯聴鏗鏘而已矣」（「華原磬」）。
（11）友久武文氏『徒然草講座』第三巻「徒然草の鑑賞」昭和四十九年三月、三木紀人氏『徒然草全訳注』昭和五十七年六月、など。
（12）基家の伝記については安田徳子氏の研究に詳しい。『中世和歌研究』第二章第三節、平成十年三月。
（13）『吾妻鏡』承久元年三月九日条。
（14）『吾妻鏡』嘉禄元年七月十二日条。
（15）庭山積氏「源光行と五徳の冠者」文学語学、昭和三十九年十二月。のち、『平家物語と源光行（第一巻）』所収。なお、友久氏、注（11）の論、山極圭司氏「徒然草における後鳥羽院の影」国文白百合、平成四年三月、にも同様の指摘がある。
（16）『吾妻鏡』承久三年八月二日条。
（17）注（7）に同。承久の乱に関する仏教界の論争の詳細については、玉懸博之氏「日蓮の歴史観」『日本中世思想史研究』平成十年十月、及び拙著参照。

(18) 六時礼讃批判と承久の乱とが結びつく背景には、安楽の女犯事件が「院ノ小御所ノ女房」を相手とするものであり(『愚管抄』巻六)、亀菊(伊賀局)もその院小御所女房の一人であった(『仁和寺日次記』承久元年八月十一日条)という事情が考えられようか。そうだとすれば、『徒然草』のコンテキストは一層鮮明になる。

(19) なお、第二二〇段には天王寺の舞楽のみ草創以来不変であることが述べられているが、この段は新音曲の起源を語る一連の諸段に対して、「押さえ」の機能を果たしているものと思われる。

(20) 第四八段には、供御の分け前を食した際の光親の「有職の振舞」に、後鳥羽院が感嘆したという話が見える。これは院と光親とのよき時代の影像として後の悲劇と響き合う。

(21) 終わりに、五味文彦氏『徒然草』の歴史学』平成九年五月は「記憶」をキーワードにして『徒然草』を読み解かれているが、兼好の意識の中で後鳥羽院時代、後嵯峨院時代、後醍醐天皇時代(当代)の「記憶」がどのように秩序づけられているか—山極氏(注15の論)のご指摘のように後醍醐帝への意識(当代への危機感)が後鳥羽院時代を想起させた(とすれば、それは逆の意味で『増鏡』の構想に関わる可能性もある)か否かは『徒然草』研究にとって重要な問題である。その点、本文は第二二七段の後半から後嵯峨院時代の話に移行して行くが、管見によれば兼好の歴史批評に、倒幕に走った後鳥羽院、親幕の姿勢を貫いた後嵯峨院、更に倒幕の動きを見せる後醍醐帝というように、昔と今、京と鎌倉(公と武)という、時間と空間の二つの座標軸が併存することだけは確かだと思われる。

付記　本稿は平成十七年度科学研究費補助金による研究成果の一部です。

『平家物語』の成立
——巻九「義経院参」から「河原合戦」をめぐって——

早川厚一

一　「義経院参」から「河原合戦」

平家が間もなく入洛するとの噂がさかんに流れる中、先に入ったのは、その平家ではなく、前年の寿永二年末に六万余騎の軍兵を率いて鎌倉を発った源氏軍であった。当日の合戦（宇治勢多合戦から、河原合戦）の模様を伝える『玉葉』寿永三年一月二十日条によれば、迎え撃つ側の義仲の勢は元より少なかった上、その勢を勢多と田原に二分した上に、日頃から反りの合わなかった叔父行家追討のために勢を分けたこともあって、義仲は、「独身在京之間遭二此殃一」と言う状況であった。

その源氏軍の内、義仲の首級を目指して先に入京したのが、搦手である宇治から攻めた義経軍であった。『玉葉』によれば、次のとおりである。

・先参レ院申下可レ有二御幸一之由上、已欲レ寄二御輿一之間、敵軍已襲来、仍義仲奉レ棄レ院、周章対戦之間、所二相従一之軍僅卅四十騎、依レ不レ及二敵対一、不レ射二一矢一落了、欲レ懸二長坂方一、更帰為レ加二勢多手一、赴レ東之間、於二阿波津野辺一被二伐取一了云々、東軍一番手、九郎軍兵カチ波羅平三云々（『玉葉』寿永三年一月二十日条）

院参した義仲が、御幸を迫って御輿を寄せようとした時に、東国軍が攻め寄せてきたため、義仲は後白河院を連れ去ることなく、御所を後にしたという。その時、義仲に従う兵はわずか三、四十騎であった。小勢のため敵対も出来ず、矢を射ることもなく、義仲は、初め長坂の方に向かおうとしたという。長坂は、現京都市北区杉坂方面。京都の北西に位置する。義仲は、周山街道を北上しようとしたのだろう。ところが、思い返して勢多の手に加わるため、東に向かったところ、粟津の辺りで討たれたとする。東軍の先陣は、義経麾下の梶原平三景時であった。

『玉葉』の同日条によれば、義経勢は、卯の刻以前に、六条の末に到達していた。

・卯刻人告云…義仲方軍兵、自二昨日一在二宇治一、大将軍美乃守義広云々、而件手為二敵軍一被二打敗一了、東西南北散了、即東軍等追来、自二大和大路一入レ京〈於二九条川原辺一者、一切無二狼藉一、尤冥加也〉、不レ廻レ踵到二六条末一了（『玉葉』寿永三年一月二十日条）

昨日から宇治を守護していた美濃守義広は、義経勢に敗れ、四散したという。それを追い掛けるようにして、義経勢は、大和大路から入京し、六条末に至ったという。院御所法住寺殿を目指したのだろう。

一方、平家物語諸本が記す「義経院参」から「河原合戦」にかけての記事も、搦手の義経勢がいち早く都に進攻したと描く点は変わらない。

・義仲ガ郎等一人馳来テ申ケルハ、「敵已ニ最勝光院、柳原マデ近付」ト申ケレバ、指テ申旨モ無キ臨幸ノ事ヲ抛テ、門下ニシテ騎馬ス。東ヲ差テ馳行テ、河原ニ出ヅ。（延慶本巻九―二二オ）

院御所に押しかけ、後白河院に御幸を迫る義仲に、郎等の一人が駆けつけて、敵は既に、最勝光院や柳原まで近づいていることを告げると、義仲は御幸をあきらめるや、騎馬すると、東に走らせ河原に出たという。最勝光院や柳原が、法住寺や法性寺近辺の地名であることから明らかなように、これらの敵兵は、宇治を破って近づく搦手の兵ということになる。現に、この後、六条河原で、義仲勢と戦った畠山次郎重忠五百余騎、佐々木四郎高綱二百余騎、梶原平三景時三百余騎等は、宇治勢多の名寄記事によれば、総て搦手義経配下の兵である。この後、義仲を追い払い、義経と共に院参した畠山重忠を初めとする五人の者達は、総て義経麾下の兵であり、大手範頼麾下の兵ではない。

一方の、大手範頼は、搦手の義経に、一歩遅れを取ったことは明らかである。

・大膳大夫業忠仰ヲ承テ、軍ノ次第ヲ召問ハル。義経申ケルハ、「義仲謀反之由、頼朝承候テ、大ニ驚テ、舎弟蒲冠者範頼、幷義経ヲ始トシテ、宗トノ侍三十人ヲ差上セ候。其勢六万余騎、二手ニ分テ宇治勢多両方ヨリ罷入候。範頼ハ勢多ヨリ参候ガ、未見候。義経ハ宇治ノ手ヲ追落シテ急ギ馳参テ候。義仲ハ河原ヲ上リニ落候ツルヲ、郎等共アマタ追セ候ツレバ、今ハ定テ討候ヌラム」ト、事モナゲニゾ申ケル。

（延慶本巻九―二五オ〜二五ウ）

院参した義経が、軍の次第を召し問われた際の答弁にも見るように、大手勢多からの範頼勢は、義経勢が入京した折にはまだ姿をみせていなかったのである。

・卯刻、人告云、「東軍已付二勢多一、未レ渡二西地一」云々。相次人云、「田原手已着二宇治一」云々。詞未レ訖、「六条川原武士等馳走」云々。仍遣レ人令レ見之処、事已実。（『玉葉』寿永三年一月二十日条）

『玉葉』に見るように、義経勢の宇治到着の報とほぼ同時に、六条河原に義経勢の進攻が報告されていることから明らかなように、宇治での義仲勢の抵抗はさしてなく、その上に義経勢の迅速な動きも加わって、予想を越えた速さで、義経勢は入京し、六条河原で義仲勢との戦闘の後、義仲の追跡を郎等に託した義経は、院の御所法住寺殿へと突き進んだのである。

『平家物語』の諸本もほぼこのように描いていると見て良いが、詳細に見ていくと、いくつかの問題が浮かび上がってくる。

二　南都本的本文から四部本へ

『平家物語』の錯綜した諸本関係が、比較的明確に辿りうる箇所が、本稿で扱う巻九「義経院参」から「河原合戦」までの諸本記事である。次に、関係諸本記事を概観するために、諸本記事を対照させる。なお、屋代本は、巻九が欠巻である。

四部本	闘諍録	延慶本	長門本	盛衰記	南都本	覚一本
1義経院参	4	4	a	a	a	a
2塩谷等東国の大勢入洛	a義仲院参	a	4	4	1	4
3義仲勢の手分け	5	5	5（簡）	5（前半）	2	2
4家光諫死	1	1	1	1	3	1
5義仲、河原で東国勢と戦う	2（略）	2	2	5（後半）	4	5
6義仲、兼平と再会	3	6	5（詳）	6	5	6
	6		6		6	

先ず諸本記事対照表を見て気付くのは、①四部本・南都本が、4・5を後出させるのに対して、闘諍録・延慶本・長門本・盛衰記が前出させている点、覚一本は、そのどちらでもない形を取っている点、②四部本と南都本は、記事構成が極めて近いが、四部本が、a義仲院参記事を欠く点である。

先ず、②の問題を扱う中で、①の問題を考えてゆくことにしよう。諸本に見るa義仲院参記事とは、次のようなもの。

・義仲先使者ヲ院御所ヘ奉テ申ケルハ、「東国ノ凶徒已ニ責来ル。急醍醐ノ辺ヘ可有御幸ニ」ト申タリケレバ、「更ニ此御所ヲバ不可有御出ニ」ト被仰遣ケリ。爰ニ義仲、赤地錦ノ直垂ニ紅ノ衣ヲ重ネテ、石打ノ胡籙《ヤナクイ》ニ紫威冑ヲ着テ、随兵六十余騎ヲ卒テ、院ノ御所ヘ馳参ル。剣ヲヌキカケ目ヲ瞋テ、砌ノ下ニ立リ。御輿ヲ寄ス。可有臨幸ニ之由ヲ申ス。上下色ヲ失ヒ、貴賤魂ヲケス。公卿ニハ、花山院大納言兼雅、民部卿成範、修理大夫親信、宰相中将定能、殿上人ニハ、実教、成経、家俊、家長、祗候シタリケルガ、各皆藁沓ヲ着シテ御共ニ参ゼムトテ、庭上ニ被下立タリ。人々涙ニ咽テ東西ヲ失給ヘリ。叡慮只ヲシハカリ奉ルベシ。義仲ガ郎等一人馳来テ申ケルハ、「敵已ニ最勝光院、柳原マデ近付」ト申ケレバ、指テ申旨モ無キ臨幸ノ事ヲ抛テ、門下ニシテ騎馬ス。（延慶本巻九―二一ウ～二二オ）

・木曽ハ京ニ有ケルガ、其朝宇治勢多ヤブラレヌト聞テ、十四五騎ニテ院ノ御所ヘ参リ、乗ナガラ南庭ニ打立タリ。イカナル事ヲカシ出サンズラントテ御所中騒動ス。暫ク候ヘ共仰下サル、事モナシ。又申出シタル方モナシ。東国ノ勢共既ニ乱入ト聞シカバ、イソギ御所ヲバ罷出ヌ。上下手ヲニギリ、立ヌ願モナク祈リシ注ニヤト悦アヘリ。聽門ヲサ、レニケリ。（南都本下―五七二～五七三頁）

鬼気迫る形相で御幸を迫る義仲に、なすすべもなく従わざるをえない公卿達の姿を、延慶本が活写してはいるものの、両本共に、そうした危機が、東国勢（搦手の義経勢）の来襲により、回避されるに至る経緯を劇的に描いている点は同じである。先に引用した『玉葉』二十日条によっても、法皇御幸の危機が、東国勢の接近により回避されたことは間違いない。

その点、次のように記す四部本は、やや特異である。訓読文をあわせて記す。

・宇治モ勢多モ破ケレ九郎義経六騎烈レ打入ル都ヘ差シ二六条西洞院御所馳参ル義仲今朝モ参リ無クニ申シ延ヘ事モ一罷出後大キ恐レセサ
御在シ被ケレ差遣レ門々大膳大夫業忠上築垣見レ四方武者六騎差シ御所一馳参ル

（宇治も勢多も破れければ、九郎義経六騎烈《つ》れて都へ打ち入る。六条西洞院の御所を差して馳せ参る。義仲は今朝も参りて、申し延べたる事も無く罷り出でて後は、大きに恐れさせ御在して、門々をこそ差し遶《めぐ》らされけれ。大膳大夫業忠、築垣に上りて四方を見れば、武者六騎、御所を差して馳せ参る。四部本巻九―七右）

先ず、「義仲は今朝も参りて、申し延べたる事も無く罷り出でて後は、大きに恐れさせ御在して、門々をこそ差し遶らされけれ」と記す点を検討しよう。義経が院参した際、門が閉められてあったのは、実は今朝も義仲が院参したからという。しかし、その時、義仲は、特に後白河院に申し入れるようなこともなく出て行ったという。以上の四部本の記事は、義仲の院参記事そのものは欠くものの、先に引いた南都本と、合致する点が多いことに気付く。例えば、「其朝宇治勢多ヤブラレヌト聞テ」とする点、「暫ク候へ共仰下サル、事モナシ。又申出シタル方モナシ」とする点、「廳門ヲサ、レニケリ」とする点等。つまり、四部本は、南都本に見るような義仲院参記事をもとにして、義経院参記事中に、義仲の院参を回想する形で書き込んでいるのである。そのため、四部本では、「今朝」とはあるものの、義仲の院参が、宇治勢多の敗戦の報以前のことなのか、後のことなのか判然としなくなっている。

今一つ、四部本に見出される問題は、「宇治も勢多も破れければ、九郎義経六騎烈れて都へ打ち入る」とする点である。義経入京の時点では、当然義仲勢も洛中に残っているはずであり、にもかかわらず、義経を先頭に主要な武士が六騎だけで入洛したとするのは、現実的にはありえない。さらに、四部本は、先に見た諸本記事対照表の2の記事の冒頭でも、「大将軍六人打入後チ軍兵三十騎計出来ル二六条河原一（大将軍六人打ち入りて後、軍兵三十騎ばかり、六条河原に出で来たる）」と記すように、大将軍六人が、後から来た軍兵三十騎に先立って、都に乗り込んだと解する。しかし、ここは、先の諸本記事対照表に見る闘諍録・延慶本・長門本・盛衰記のように、5→1へと続けるか、覚一本のように、2→1へと続け、義経は、追い詰めた義仲を郎等に託した後、院参したとするのがもとの形と考えられる。

では、四部本に見る、この不可解な記事は一体どのようにしてできたのだろうか。ここも、この前後の記事構成を近似させる南都本的本文からの改変と考えて良いと考える。南都本は、四部本と記事構成を近似させてはいるものの、四部本のように、義経等六人の大将軍が、先ず入洛したとは記さない。義仲の院参記事に続けて義経の院参記事を続けるが、その冒頭記事は次のようである。

・大膳大夫信業、東ノ築垣ノ上ニ登テ四方ヲ見居タル程ニ、シバラク、「アレハ西洞院ヲ上リニ武者五六騎ガ程馳参ル。アハヤ又木曽ガ余党ノ参ルニコソ。今度ハ世ノ失ハテ」トサハグ程ニ近付ヲ見レバ

（南都本下―五七三頁）

義経の院参が、義仲の院参からどれ程後のことなのかははっきりと読み取れないが、南都本の記事は、院の御所に武者の五六騎が近づくのを、義仲の残党が再びやって来たのかと、院中が大騒ぎする場面から始まる。そしてこの後の記事を読むと、義経等は、義仲等の討伐を郎等に託して院参したことが明らかとなる。

・義経申サレケルハ、「木曽義仲ガ謀叛ノ由承候テ、兵衛佐、舎弟蒲冠者範頼幷義経ヲ始トシテ宗トノ郎等卅人ヲマヒラセ、宇治勢多ヨリ二手ニ分テ参リ候。範頼ハ勢多ヘカヽリ候ツルガ未ダ見ヘズ候。義経ハ宇治ヲ渡テ馳参テ候。両方ノ勢六万騎ニハ過ズ候。木曽ハ河原ヲ上リニ落候ツルヲ、郎等共追懸サセ候ヒツレバ、定テ今ハ討取候ヒヌラン」トイト事モナゲニゾ申サレタル。（南都本下―五七五〜五七六頁）

実はこれと同様の記事は四部本にもある。しかし、四部本は、「義経院参」記事の冒頭を、「九郎義経六騎烈れて都へ打ち入る」とし、さらにこの後にも、先に指摘したように、「大将軍六人打ち入りて後、軍兵三十騎ばかり、六条河原に出で来たる」とする。

四部本編者は、南都本的本文を享受するのに際し、義経等は、河原辺りまで追い詰めた義仲勢の討伐を郎等に任せて院参したとの記事が後にあるにもかかわらず、義経を初めとする六騎の院参場面を、「九郎義経六騎烈れて都

へ打ち入る」と解したために、六条河原に現れた軍兵三十騎に関する記事においても、「大将軍六人打ち入りて後、軍兵三十騎ばかり、六条河原に出で来たる」としたと考えられる。

三　延慶本的本文からの諸本記事の生成

前章の終わりに見た、義経の院参記事に続く、軍兵三十騎ほどが、六条河原に現れ出た記事について検討してみよう。

初めに、四部本を検討することにする。訓読文をあわせて記す。

・大将軍六人打入後《チ》軍兵三十騎計出来ニル六条河原一児玉《コタマ》党云下塩谷五郎是広勅使河原後三郎有直上云者引ヘ六条河原塩谷五郎申可レキ待ッ尻続勢上聞之勅使河原申一陣破ヌレ残党不コソ全タ聞ケ只懸一ヨソ申其後二万余騎軍兵都ヘ乱レ入ヌ

（大将軍六人打ち入りて後《チ》、軍兵三十騎ばかり、六条河原に出で来たる。児玉《コダマ》党に塩谷五郎是広・勅使河原後三郎有直と云ふ者、六条河原に引かへたり。塩谷五郎申しけるは、「尻続の勢をや待つべき」。之を聞きて勅使河原申しけるは、「一陣破れぬれば、残党全《まつた》からずとこそ聞け。只懸けよや」とぞ申しける。其の後二万余騎の軍兵、都へ乱れ入りぬ。

四部本巻九―九右～左）

四部本の場合、義経以下大将軍六人が入洛した後、六条河原に現れ出た三十騎ほどの軍兵とは、大手範頼麾下の兵なのか、搦手義経麾下の兵なのだろうか。四部本では、先に検証したように、義経等六騎は、先に入洛し、そのまま院参したと記していることからすれば、ここに記される「軍兵三十騎」とは、義経等に遅れて六条河原に到着した義経麾下の兵と言うことになる。

ただし、この時、三十騎の兵の中で名前が明記される塩谷五郎是広と勅使河原後三郎有直が、範頼と義経のいずれの配下の兵であるかが判明すれば、問題は簡単である。しかし、宇治・勢多合戦記事の前に記される勢揃え記事の中で、彼等の配属を明記するのは、勅使河原有直を搦手とする盛衰記のみで、四部本・闘諍録・延慶本・長門本・南都本・覚一本は、両者の配属を記さない。そこで、宇治勢多合戦の後に起きた三草合戦の勢揃記事を参照すると、塩谷是弘は、四部本・闘諍録・延慶本・盛衰記・南都本が、勅使河原有直は、四部本・闘諍録・延慶本・長門本・盛衰記・南都本が、共に大手範頼配下の兵としている。表にしてまとめれば、次のようになる。

	四部本	闘諍録	延慶本	長門本	盛衰記	南都本	覚一本	吾妻鏡
是広	大手	大手	大手	×	大手	大手	×	大手
有直	大手	大手	大手	大手	大手	大手	×	×

（名前の表記の違いはここでは問わない。なお、延慶本は、有直を有則とする。「大手」とあるのは、大手範頼麾下の兵として記されていることを示す。×は、大手・搦手の名寄せ記事に、該当人物名がないことを示す。また、『吾妻鏡』寿永三年二月五日条に見える名寄記事を参照した）

宇治・勢多合戦の際、その後に起きた三草合戦と同様の陣容であった保証は無いが、両者共に大手範頼麾下の兵として認識されていた可能性は高いと言えよう。搦手とする諸本はないことに注意したい。にもかかわらず、四部本が、彼等を、搦手義経配下の兵とみなそうとしているのは確かなようである。

明確に義経の勢と明記するのが、次に引く長門本である。

・その後よしつねが勢三十きばかり六条河原にうち立たり。三十きが中に大将二人ありけり。一人はしほのや五郎通成、一人は勅使河原後三郎有直なり。しほの屋が申けるは、「後陣勢をまつべきか」。勅使河原申けるは、「一陣やぶれぬれば、残党不全。たゞかけよや」とぞ申ける。去ほどにをつゝき〱三万よきはせきたり。

（長門本4—一九四頁）

四部本や長門本と同様に、六条河原の三十騎を義経勢とみなしているのが、次に引く覚一本である。

・六条河原にうち出でてみれば、東国の勢とおぼしくて、まづ卅騎ばかり出できたり。その中に武者二騎すゝんだり。一騎は塩屋五郎維広、一騎は勅使河原の五三郎有直なり。塩屋が申けるは、「後陣の勢をや待べき」。勅使河原が申けるは、「一陣やぶれぬれば、残党まッたからず。たゞかけよ」とておめいてかく。木曽はけふをかぎりとたゝかへば、東国の勢はわれうッとらんとぞすゝみける。大将軍九郎義経、軍兵どもにいくさをばせさせ、院の御所のおぼつかなきに、守護し奉らんとて、まづ我身ともにひた甲五六騎、六条殿へはせ参る。

（覚一本下―一二六頁）

六条高倉の女房のもとに入り込み出てこようとしない義仲に対して、越後中太家光は腹を切る。その家光の死を、「われをすゝむる自害」と悟った義仲は、那波太郎広純を先として、百騎ばかりで、六条河原に出たという。引用した記事は、それに続くものだが、六条河原に出た義仲を迎え撃ったのが、「卅騎ばかり」の「東国の勢」であった。その東国勢と木曽勢との戦闘記事の後に、「大将軍九郎義経、軍兵どもにいくさをばせさせ…六条殿へはせ参る」と記すわけだから、その東国勢とは、搦手義経の兵と見なして良いだろう。

では次に引く南都本の場合はどうであろうか。

・…木曽ガ余党ナンド参テ狼籍モヤ仕ル。近ク候へ」ト仰ラレケレバ、畏テ祇候ス。其後塩谷ノ五郎惟広、勅使河原ノ権三郎有直、其勢卅騎計リ先立テ京へ入ケルガ、塩谷申ケルハ、「我等僅ニ小勢ナリ。此勢ニテ京入スベキカ、又大勢ヲ待ベキカ」ト云処ニ、勅使河原申ケルハ、「コハイカニ。弓矢トル習ヒ、合戦ノ道ニハ親ニモ子ニモ勝レテ先ヲ蒐《カケ》ントコソ思フ事ニテアレ。然ルベウテコソ先陣ニ望フタルラメ。小勢ト云テ入ラザルベキ様ヤアル。一陣ヤブレヌレバ残党マタカラズト云コトノアンナル物ヲ。ヒカウルハ所ニコソヨレ。入レヤ者共」トテ、塩谷・勅使河原打ツレテ河原ヲ西へ打渡リ、同ク京へゾ入ニケル。是ヲ始トシテ、東国ノ兵共雲霞

ノ如ク乱入ル。（南都本下―五七六～五七七頁）

「…畏テ祇候ス」までが、「義経院参」記事に該当する。この引用した記事の後、南都本は、2「是広等に続き多勢都へ」記事から、3「義仲勢の手分け」記事へと続くが、3の記事に、義仲は、後白河法皇と共に西国へ下向しようとして力者を二十四、五人用意して今朝御所へ参った所、既に義経が御所を厳しく守護していたため断念した旨の記事がある。とすれば、3以下の記事は、2の記事から時間を遡らせて、義仲関連話（3～6と）を続けようとしたと考えられる。四部本も、同様の記事構成を示す。とすれば、南都本も、入洛した三十騎余りの兵を、四部本と同様に、搦手義経配下の兵とみなしているとも考えられる。が、その場合、先に義経の院参記事を記しているにもかかわらず、ここで、塩谷等が、大将軍義経に遅れて登場し、「我等僅ニ小勢ナリ。此勢ニテ京入スベキカ、又大勢ヲ待ベキカ」と言うのもいささか間が抜けている（同様なことは、四部本にも言える）。一方、大手範頼配下の兵と解しても問題がある。「東国ノ兵雲霞ノ如ク乱入ル」とあるにもかかわらず、この直後に、義仲勢と大手の兵との合戦が記されない点。この後の大手の兵との合戦は、今井兼平と出会った義仲勢三百余騎と、大手の兵一条次郎忠頼率いる六千余騎の兵とが戦った打出の浜辺りでの合戦であって、京近辺での合戦ではないこと。

以上からすれば、そうした問題を抱え込みながらも、義経配下の兵と読みうる形で記すのが、四部本、その点、どちらとも明確には読みがたい形で書き留めているのが、南都本と言えようか。

最後に検討するのが延慶本。

・其後三十騎計馳来リテ、六条河原ノ東ノ河バタニ引ヘタリ。其中ニ武者二騎ス丶ミケリ。一人ハ塩屋五郎是弘、勅旨河原権三郎有則也。塩屋申ケルハ、「後陣ノ勢ヲヤ待ベキ」。勅旨河原申ケルハ、「一陳破ヌレバ、残党不全。只係ヨ」トゾ申ケル。サルホドニ、ヲツキ〴〵ノ勢、三万騎ノ大勢、都へ乱レ入リヌ。

（延慶本巻九―二五ウ～二六オ）

延慶本は、諸本記事対照表に明らかなように、ａ「義仲院参」に続く５「河原合戦」で、義経配下の畠山重忠・河越重房・佐々木高綱・梶原景時・渋屋重国と義仲勢との戦闘を記した後、義経勢の攻撃を受けた義仲は総崩れとなったとする。その後、義仲は一旦院の御所へ戻ろうとしたが、義経の追撃を受けて退散した。義経はそのまま院の御所に駆けつけ、郎等等は義仲を追い続けたとして、１「義経院参」に接続する。

・爰ニ源九郎義経此ヲ見テ、三百余騎馬ノ足ヲツメナラベカサナリ入レバ、敵両方ヘアヒワレケルヲ、四方ニ懸乱リ駈立テ、矢前ヲト丶ノヘテ射取ケレバ、義仲ガ軍忽ニ敗テ、六条ヨリ西ヲ指テ馳行ク。…義仲左右ノ眉ノ上ヲ共ニ鉢付ノ板ニ被射付ニテ、矢二筋相係テ、院御所ヘ帰参セムトシケルヲ、少将成経門ヲ閉テ鏁ヲ指シタリケレバ、再ビ三ビ門ヲ押ケルヲ、源九郎義経、梶原平三景時、渋屋ノ庄司重国已下十一騎、鞭ヲ打テ轡ヲナラベ、矢前ヲソロヘテ射ケレバ、義仲不堪シテ落ニケリ。義経ハ木曽ト見テケレバ、「義仲モラスナ、若党。木曽ニガスナ、者共」ト下知シテ、院ノ御所ヘ馳参ル。義経ガ郎等馳ツヾキテ義仲ヲ追ケリ。

（延慶本巻九―一三オ〜一三ウ）

その「義経院参」記事に続くのが、２「是広等に続き多勢都へ」記事である。とすれば、これらの兵が義経配下の兵とは読み取れないであろう。つまり、義経麾下の兵が遅れて六条河原に到着したのではなく、「後陣ノ勢ヲヤ待ベキ」との塩谷の言葉からも明らかなように、塩谷・勅使河原等三十騎ほどの兵は、大手の勢多を破り入洛した者達と考えられる。現に、先にも確認したように、塩谷・勅使河原等は、三草合戦では、多くの諸本において大手所属の兵とみなされていた。さらにこの推測を助けるもう一つの徴証がある。波線で示した部分である。三十騎に続いて乱入した兵の数なのだが、該当記事を持つ主要諸本を整理すると次のようになる（闘諍録については、次章で説明する）。

二万余騎　……四部本・闘諍録　　雲霞ノ如ク……南都本

三万（余）騎……延慶本・長門本　　数を欠く　……覚一本

搦手義経軍は、宇治・勢多の勢揃記事で、諸本共に二万五千余騎とされているわけだから、延慶本の「三万騎ノ大勢」は、やはり、範頼配下の三万五千余騎の大半がこの時入洛したと解することになる。一方、義経軍としながら、「三万よき」とも記す長門本の場合は、延慶本的本文を受け継ぎながら、義経軍と理解したために生じた齟齬と解することができよう。また、「二万余騎」とする四部本は、辻褄を合わせていて齟齬はないが、やはり、大手範頼勢の先陣記事を改変したものと考えられる。

終わりに

以上検討したように、巻九「義経院参」から「河原合戦」にかけての記事は、現存諸本に関して言えば、延慶本に最も古態が留められていることが分かる。しかし、その延慶本にも、次のようないくつかの不整合が見られる。

・其後三十騎計馳来リテ、六条河原ノ東ノ河バタニ引ヘタリ（延慶本巻九—二五ウ）

現れ出た三十騎余りは、延慶本の場合、先に考証したように、範頼配下の兵であったのだが、六条河原に控えたとする。しかし、その六条河原は、先に義経勢と義仲勢との間で激戦が繰り広げられた場所であった。

・義仲ガ軍忽ニ敗テ、六条ヨリ西ヲ指テ馳行ク。（延慶本巻九—二三オ）

さらに、その合戦後、院参した義経の弁によれば、義経勢に敗退した義仲は、河原を上りに落ちていったという。

・義仲ハ河原ヲ上リニ落候ツルヲ、郎等共アマタ追セ候ツレバ、今ハ定テ討候ヌラム（延慶本巻九—二五ウ）

とすれば、六条河原で敗退し、北を目指して落ちていった義仲勢と、勢多を破った大手の先陣とが遭遇する場所は、もっと北に設定されるべきだろう。そうした延慶本に見る不整合記事が引き金となって、四部本・長門本・覚一本が、六条河原に現れ出た軍兵を、義経配下の兵と見なすことになったとも考えられる。

今一つの不整合記事は、前章の南都本の考察において触れたことだが、延慶本において、大手の三万騎が都へ乱入したにもかかわらず、義仲勢との合戦は、打出の浜辺りでの六千余騎を率いる一条忠頼との合戦でしか描かれていない点である。それは、六条河原に現れ出た兵を義経配下の兵と解した場合でも、「義経院参」記事に接続させる以上、義経等が既に院参しているにもかかわらず、その後、義経配下の後陣が六条河原に登場するという間が抜けた記事構成になってしまうことについては、先に指摘したとおりである。

いずれにしても、四部本・延慶本・長門本・南都本には、何らかの不整合記事が見られることは確かである(1)。最後に、闘諍録の記事について一考したい。1「義経院参」に続く2「塩谷等東国の大勢入洛」記事は、次に引く短い一文である。

・然程ニ二万余騎ノ大勢乱ニ入六条河原一ニ（然る程に、二万余騎の大勢六条河原に乱れ入る。闘諍録八上―二六オ）

塩谷や勅使河原等は登場せず、二万余騎の軍勢が六条河原に乱入したことのみを記す。ただ、この後の闘諍録の記事を辿ると、無勢の義仲は、その後、今井兼平との出会いを期し、勢多の方に落ちたとする。その後、打出の浜で、兼平に出会った義仲は、旗を揚げた所、三百余騎になるが、そこに、六、七千騎余りの兵を率いて現れ出たのが、大手の兵の甲斐の一条や武田、小笠原の勢であったという。このように読むと、先の「二万余騎の大勢」とは、義経配下の兵かのように読めるが、闘諍録は、これより先に河原合戦に相当する記事5「義仲、河原で東国勢と戦う」を記していて、そこでは義経勢との激戦が記されている。結局、闘諍録の記す「二万余騎の大勢」とは、義経配下とも範頼配下の兵とも決めがたい形で書き込まれていると言えよう。ただし、闘諍録に、「二万余騎」とある点に注目すれば、四部本的本文との関係が想定できるのではないか。それを相当数刈り込んで略述したのが闘諍録であろう。

今一つ、今回の論で確認できたのが、四部本本文の生成に、南都本的本文（恐らくは、南都本の読み本系近似の巻に多く影響を与え取り込まれた、南都本の祖本段階の本文）が関わっているだろうということである。かつて、闘諍録の生成に、やはり南都本的本文が関わっていることを論じた。[2] 略本である四部本や闘諍録の生成に関わった南都本的本文の追求が今後肝要となろう。

注

（1） 以上見た諸本に見る不整合を全く見せていないのが覚一本。覚一本では、六条河原で義仲勢と戦った三十騎余りの兵を、義経配下の兵とする。諸本では、「三草勢揃」で、名前の明記される塩谷や勅使河原を大手の兵とするが、覚一本では、大手とも搦手とも記さないため、義経配下の兵とすることに特に問題はない。また、1「義経院参」記事を2「是広等に続き多勢都へ」の後に記すため、1→2へと接続させる四部本・長門本・南都本に見るような問題も生じない。

（2） 拙稿。「源平闘諍録に見える南都本的本文について」（『日本文学史論―島津忠夫先生古稀記念論集』一九九七・9）

使用テキスト

本稿で使用した『平家物語』諸本は次のとおりである。

四部合戦状本　『四部合戦状本平家物語』（汲古書院一九六七）

源平闘諍録　『内閣文庫蔵・源平闘諍録』（和泉書院一九八〇）

延慶本　『延慶本平家物語（一～六）』（汲古書院一九八二～三）

長門本　『岡山大学本平家物語二十巻（一～五）』（福武書店一九七五～七七）

源平盛衰記　『源平盛衰記慶長古活字版（一～六）』（勉誠社一九七七～七八）

南都本　『南都本・南都異本平家物語（上・下）』（汲古書院一九七二）

覚一本　『平家物語（上・下）（新日本古典文学大系）』（岩波書店一九九一～九三）

平家物語の古態性をめぐる試論

――「大庭早馬」を例として――

櫻井陽子

はじめに

延慶本平家物語が平家物語諸本の中で相対的に古態性を保持しているとする考え方はほぼ定着していると思われるが、これを延慶本の本文や構造の全てに敷衍できるわけではない。(1) 一方で、現存の延慶本がある時点で大幅な増補や改変がなされていることも夙に指摘されているが、それを含んでも、延慶本は古い形態の平家物語を示す点で重要視されてきた。それは、現存延慶本は応永年間書写とはいうものの、基本的には、その底本となっている延慶年間書写本の再生産であると考えられてきたからである。(2) 従って、延慶本の大幅な増補は延慶書写以前の営為と見なされ、増補以前の延慶本の成立は更に溯ることも考えられてきた。多くの論争と試行錯誤を経て、現存延慶本は現存平家物語諸本の中で最も古い形を示すものとして論じられることとなった。しかし、あくまでも延慶本に固有の物語性として理解されるべきであるにも関わらず、時に、平家物語という作品の古態性を混在させて論じられることもあった。また、他本と共通する内容を持つ部分については、書写上の誤脱や編集錯誤(3)などを除けば、延慶本の古態性を前提として立論されることも多いように思う。

しかし、もう一度、延慶本の「古態性」について再考し、「古態」本文の客観的な認定の方法を探り、部分の検証を積み上げることが、これからの議論の前提として必要なのではあるまいか。それは、部分的にせよ、延慶本を遡る平家物語の姿を現前させることになる。また、一方で、語り本本文の発生についても考える手段を与えてくれそうである。

本稿では、以上の見通しのもとに、巻四の後半から巻五にかけて記される一連の頼朝挙兵をめぐる話群を対象とし、延慶本、ひいては平家物語の本文の流動を考える際のモデルケースの一例を提示したいと思う。

一　読み本系三本

延慶本を中心として、長門本・源平盛衰記・覚一本における頼朝挙兵譚の進行を次に記す。

	延慶本	長門本	源平盛衰記	覚一本
A	早馬（巻四―卅五）	○	△	□
B	頼朝の雌伏期（卅八）	×	◎	×
C	頼朝謀叛の由来（巻五―一）	○	△	□
	文覚発心由来（二）			×
				文覚の熊野荒行□
	文覚、伊豆配流（四・五）	○	△	□
		文覚発心由来○		
	文覚の熊野荒行（六）	◎	△	
			文覚発心由来△	
	文覚、頼朝と対面（七）	◎	△	□
	文覚の上洛、福原院宣（八）	◎	△	□

D	東国合戦譚（九〜二十）	◎	△	×
	平家、頼朝追討を決定（二十）	◎	△	□
	頼朝追討宣旨（廿二）	◎	△	×

［◎＝ほぼ同文　○△□＝同文とは言い難いが、同内容　×＝該当記事無し］

　BとDは覚一本に全く存在しない部分で（但し、Dの「平家、頼朝追討を決定」を除く）、特にDの有無は読み本系と語り本系を大別する大きな指標とされている。Dは表からも明らかなように、延慶本と長門本の本文の共通性が著しく高く、同文の保有率が高い[4]。こうした延慶本・長門本共通部分は延慶本の全巻に亙りかなり多く見出される。両本の拠った本文が存在することを容易に推測させる。そうした本文はしばしば「旧延慶本」と称されてきた。

　まず、延慶本の本文の中で、長門本と同文性の高い箇所は、延慶本を溯る平家物語に存在したと考えられることを確認事項としておきたい。なお、ここでは長門本との共通部分はDだけではなく、Cの「文覚の熊野荒行」から始まっている。

　次に、延慶本・長門本共通部分を盛衰記ではどのように記しているかについて確認する。左に一例を掲出する。

延慶本：十七日ノ子刻計《に》、北条四郎時政、子息三郎宗時、同《×》小四郎義時、佐々木太郎定綱、同《×》二郎経高、三郎盛綱、同《×》四郎高綱已下、彼是馬上歩人《行》トモナク三十余人四十人計モヤ有《ら》ケム、屋牧館ヘソ押寄ケル。（十「屋牧判官兼隆ヲ夜討ニスル事」　右傍書は長門本）

盛衰記：十七日ノ夜ハ忍々ニ兵共集ケリ。時政ハ夜討ノ大将給テ、嫡子宗時ニ先係サセ、弟ノ小四郎義時、佐々木太郎兄弟四人、土肥・土屋・岡崎、佐奈田与一・懐島平権頭等ヲ始トシテ、家子モ郎等モ濯汰タル者ノ、手ニ立ベキ兵八十五騎ニテ、八牧ガ館ヘゾ寄ケル。（巻二十　網かけ部分は延慶本・長門本と共有する部分）

　盛衰記は独自に展開しているように見えるが、随所に延慶本・長門本と共通の表現が見出される。延慶本、或いは長門本というよりも、延慶本・長門本と共通する本文を持つ、両本を溯る平家物語に拠っていると推測されよう。但し、本文をまるごと用いるのではなく、独自の改変を全面的に施している。これが第二の確認事項である。

さて、延慶本（応永書写本）に覚一本の本文が混態している場合、当然、延慶本の本文は長門本・盛衰記とは異なる。盛衰記と長門本は、同文とは言えないものの、依拠本文は同じものと推測できる程度の類似性は有している。これは前稿において指摘したことである。(5) すると、延慶本本文と長門本本文に共通性があまり見られない場合、盛衰記を用いて祖本の様態を推測できる場合があることが理解される。つまり、延慶本もしくは長門本のどちらかが盛衰記と類似の本文を持っている場合、類似性の高い方が、依拠本文を踏襲している可能性が高いと考えられる。以下にその点を中心に考えていく。

二　長門本・盛衰記本文の古態性

分析の対象は、A早馬である。まず、延慶本と長門本の本文を左に引用する。傍線部分が両本に共通する本文である。（網かけ部分、記号は後述）

延慶本　巻四―卅五「右兵衛佐謀叛発ス事」

九月二日、東国ヨリ早馬着テ申ケルハ、「伊豆国流人、前兵衛佐源頼朝、一院ノ々宣幷高倉宮令旨アリトテ忽ニ謀叛ヲ企テ、去八月十七日夜、同国住人、和泉判官兼隆カ屋牧ノ館ヘ押寄テ兼隆ヲ討、館ニ火ヲ懸テ焼払フ。[a]伊豆国住人北条四郎時政、土肥次郎実平ヲ先トシ、一類、伊豆・相模両国ノ住人等同心与力シテ、[b]三百余騎ノ兵ヲ卒シテ石橋ト云所ニ立籠ル。①依之相模国住人大庭三郎景親ヲ大将軍トシテ、大山田三郎重成、糟尾権守盛久、渋谷庄司重国、足利大郎景行、山内三郎経俊、海老名源八季宗等、惣テ平家ニ志アル者三千余人、同廿三日石橋ト云所ニテ数刻合戦シテ頼朝散々ニ被打落テ、②纔ニ六七騎ニ成テ、兵衛佐ハ大童ニ成テ、杉山ヘ入リヌ。

③三浦介義澄、和田小大郎義盛等、三百余騎ニテ頼朝ノ方へ参リケルカ、兵衛佐落ヌト聞テ、丸子河ト云所ヨリ引退ケルヲ、畠山次郎重忠、五百余騎ニテ追懸ル程ニ、同廿四日相模国鎌倉湯井ノ小壺ト云所ニテ合戦シテ、重忠散々ニ被打落ヌ」④ト申ケリ。後日ニ聞エケルハ、「[c]同廿六日河越太郎重頼、中山次郎重実、江戸太郎重長等、数千騎ヲ卒シテ三浦へ寄タリケリ。⑤上総権守広常ハ兵衛佐ニ与シテ、且舎弟金田小大夫頼常ヲ先立タリケルカ、渡海ニ遅々シテ、石橋ニハ行アハス、義澄等籠タル三浦衣笠ノ柵ニ加リケリ。⑥重頼等押寄、矢合計ハシタリケレトモ、義澄等ツヨク合戦ヲセスシテ落ニケリ」ト申ケレハ

長門本　巻九（適宜漢字を宛てた）

治承四年九月二日、大場三郎景親、東国より早馬をたて、新都に着き太政入道殿に申けるは、「伊豆国流人前右兵衛佐頼朝、一院の院宣、高倉宮令旨有と申て、伊豆国住人、北条四郎時政を先として、たちまちに謀叛を企てゝ、去る八月十七日の夜、同国住人、和泉判官兼隆か屋牧の館へ押寄て、兼隆を討ち、館に火懸て焼払ひぬ。[a]同廿日、北条四郎時政か一類を卒し、相模の土肥へ打越て、土肥・土屋・岡崎ら与力して、[b]三百余騎の兵を率ゐつつ、石橋と云所に立籠て候を、同国住人大庭三郎景親、武蔵・相模に平家に心さし思まいらする者共を招きて三千余騎にて、同廿三日石橋へ寄て責候しかは、兵衛佐、無勢なるによて、散々に討散されて、椙山と云所に引籠る。同廿四日相模国由井の小坪と云所にて、畠山庄司重能か子庄司次郎重忠、五百余騎にて、兵衛佐の方人、三浦大介義明か子とも三百余騎と合戦して、畠山庄司次郎かけ散されて、武蔵国へ引退く。[c]同廿六日に、武蔵国住人江戸太郎重長・河越小太郎重頼等を大将として、党者共には金子・村山・丹党・横山・篠党・児玉党・野与・綴喜党等を始として二千余騎にて相模国へ越て、三浦を責む。三浦の者共、絹笠の城に籠て、一日一夜戦ひて、矢種射尽して、舟に乗、安房国へ渡候ぬ」とそ申たりける。

一読して、同文とは言い難いことが理解される。人名など、それぞれに詳述する部分が異なり、どちらか一方が

略述したとは言えない。次に盛衰記を引用する。網かけ部分は盛衰記と長門本とが共通する部分である。傍線部分は延慶本・長門本と共通する部分である。

盛衰記　巻十七

治承四年九月二日、相模国住人大場三郎景親、東国ヨリ早馬ヲタツ。福原ノ新都ニ着テ、上下ヒシメキケリ。何事ゾト聞バ、「伊豆国流人前右兵衛権佐源頼朝、一院ノ院宣、高倉宮ノ令旨在ト称シテ、同国目代、平家ノ侍和泉判官平兼隆ガ八牧ノ館ニ押寄テ、兼隆幷家人等夜討ニシテ館ニ火懸テ焼払フ。[a]同廿日、北条四郎時政ガ一類ヲ引卒シテ、相模ノ土肥ヘ打越テ、土肥・土屋・岡崎ヲ招キ、[b]三百余騎ノ兵ヲ相具シテ、石橋ト云所ニ引籠。景親、武蔵・相模ニ平家ニ志アル輩ヲ催集テ、三千余騎ニテ、同廿三日ニ石橋城ニ押寄。源氏禦戦トイヘ共、大勢ニ打落サレテ、兵衛佐、杉山ニ逃籠テ不レ知二行方一。同廿四日ニ相模国由井小坪ニテ、平家ノ御方ニ、武蔵国住人畠山庄司重能ガ子息次郎重忠、五百余騎ニテ、兵衛佐ノ方人、相模国住人三浦大介義明ガ子共三百余騎、責戦トイヘドモ、重忠、三浦ニ戦負テ、武蔵国ヘ引退。[c]同廿六日ニ、武蔵国住人江戸太郎重長・河越小太郎重頼ヲ大将トシテ、党ニハ金子・村山・々口・篠党、児玉・横山・野与党、綴喜等ヲ始トシテ二千余騎、相模ノ三浦城ヲ責。三浦ノ一族、絹笠ノ城ニ籠テ、一日一夜戦テ、矢種尽テ、舟ニ乗、安房国ヘ渡畢ヌ。又国々ノ兵共、内々ハ源氏ニ心ヲ通スト承ル。御用心アルベシ」トゾ申タル。

先述したように、盛衰記独自と思われる文飾もあるが、長門本との共通部分（網かけ部分）がかなりの部分を占めていることがわかる。延慶本と盛衰記との共通本文は、長門本との共通部分を示す傍線部分に吸収されている。

早馬記事については、長門本・盛衰記から想定される共通本文と延慶本とが異なることがわかる。前節で指摘した可能性[6]——盛衰記と類似性の高い本文（ここでは長門本）が、依拠本文を踏襲している可能性が高い——を考える好材料である。

三　長門本・盛衰記の古態性と延慶本の独自性

早馬記事における長門本・盛衰記と延慶本の問題を考えるにあたって、その内容を詳述するDの「東国合戦譚」との関係が参考となると思われる。実は、延慶本の早馬記事よりも、長門本・盛衰記の早馬記事の人名・人の動向・合戦規模などの方が、東国合戦譚との共通性が高い。代表的な三例を左に掲げる。引用部分の傍線と網かけは先の引用と同じである。

長門本「《a》同廿日、北条四郎時政か一類を卒し、相模の土肥へ打越て、土肥・土屋・岡崎ら与力して《ヲ招キ　b》、三百余騎の兵を卒ゐ《相具シテ》つつ、石橋と云所に立籠て候を、同国住人大庭三郎景親、武蔵・相模に平家に心さし思まいらする者共を招き《催集》て三千余騎にて、同廿三日石橋《城》へ寄《押》て責候しかは」（傍書は盛衰記）では、屋牧→土肥→石橋の順で移動する。これは、

是ヲ始トシテ伊豆国ヨリ兵衛佐ニ相従輩ハ、北条四郎時政、子息三郎宗時、〈中略〉土肥次郎実平、〈中略〉土屋三郎宗遠、〈中略〉、岡崎四郎義実、〈中略〉等ヲ相具《召》テ、八月廿日、相模国土肥ヘ越テ、時政、宗遠、実平如キノヲトナ共ヲ召テ、「サテ此上ハイカヽ有ヘキ」ト評定アリ。（延慶本十一「兵衛佐ニ勢ノ付事」　傍書は長門本）

猿程ニ、《兵衛佐殿は》北条《時政》、佐々木カ一類ヲ初トシテ、伊豆、相模両国住人同意与力スル輩、三百余騎ニハ過サリケリ。八月廿三日《ニ》ノ夕ニ土肥ノ郷ヲ出テ、早川尻ト云所ニ陣ヲ取ル。〈中略〉土肥ノ方ヘ引退テ、コメカミ石橋ト云所ニ陣ヲ取テ、上ノ山ノ腰ニハカイ楯ヲカキ、下ノ大道ヲハ切塞キテ立籠ル。平家ノ方人当国住人大庭三郎景親、武蔵・相模《州》両国ノ勢ヲ招テ、同廿三日ノ寅卯ノ時ニ襲来テ、相従輩ニハ、〈中略〉等ヲ始トシテ、棟トノ者三百余騎《人》、家子郎等惣テ《つかう》三千余騎ニテ石橋城ヘ押寄ス。（十三「石橋山合戦事」　傍書は長門本）

をそのまま踏襲している。□で囲んだ部分が延慶本・長門本・盛衰記に共通する部分だが、太線で囲んだ部分は延慶本にはなく、長門本・盛衰記に共通する部分である。細かく言えば、早馬記事の「土肥・土屋」は合戦譚では「宗遠、実平」と記されるが、直前の名寄せの部分に「土屋三郎宗遠」、「土肥次郎実平」とあり、「岡崎」も同様に名寄せに登場している。これらは頼朝の安房落ちに同行した人々でもある。

一方、延慶本「[a]伊豆国住人北条四郎時政、土肥次郎実平ヲ先トシ、一類、伊豆・相模両国ノ住人等同心与力シテ」は波線部分に共通する。延慶本と長門本・盛衰記とでは引用箇所が異なることになる。が、「佐々木」の代わりに「土肥次郎実平ヲ先トシ」を挿入したために、次の「一類」がわかりづらい表現となっている。また、延慶本の早馬記事では屋牧から直接石橋に向かったことになり、土肥への移動は省略されている。

長門本「[c]同廿六日に、武蔵国住人江戸太郎重長・河越小太郎重頼等を大将として、党者共には金子・村山・（盛）山口・丹党・横山・篠党・児玉党・野与・綴喜党等を始として二千余騎にて相模国へ越て、三浦を責む。」は、十五「衣笠城合戦之事」の、

カク云程ニ、廿六日辰刻ニ、武蔵国住人江戸大郎、河越太郎、党者ニハ、金子、村山、俣野、与、山口、児玉党ヲ初トシテ、凡ノ勢二千《八百》余騎ニテ押寄タリ。（傍書は長門本）

に相当する。「与」は「野与」と思われる。延慶本cには党の者たちの記事はない。

a〜c以外の長門本・盛衰記も、東国合戦譚を内容的に宿約した形となっている。

一方、延慶本の早馬記事のうち、長門本・盛衰記と共通していない部分は次の①〜⑥である。これらには東国合戦譚記事には記されていない叙述がある。

①「依之相模国住人大庭三郎景親ヲ大将軍トシテ、大山田三郎重成、糟尾権守盛久、渋谷庄司重国、足利大郎景行、山内三郎経俊、海老名源八季宗等」とある中で、十三「石橋山合戦事」の景親方の名寄せに名前が載る武士は、

稲毛三郎重成、渋谷庄司重国、山内瀧口三郎、海老名源八権守秀貞である。糟尾権守盛久、足利大郎景行の名はない。また、「大山田」は合戦譚では「稲毛」と記され、「山内三郎経俊」は合戦譚では「山内瀧口三郎」とあるが、「経俊」とは記されていない。海老名「季宗」も合戦譚では「秀貞」で、どこかで何らかの誤写がなされている。また、『吾妻鏡』治承四年八月二十三日条によれば、「糟尾」は「糟屋」、「足利」は「毛利」の誤写である。(7)総じて東国合戦譚には多くの人名が記されているが、そこにもない名前が延慶本の早馬には記され、共通する人名も異なる記述方法で記されている。しかも、延慶本にのみ記された人名には誤写が見出される。

②「纔ニ六七騎ニ成テ、兵衛佐ハ大童ニ成テ」で、頼朝を含めて七騎になったことは十三「石橋山合戦事」に記されているが、「大童」になったことは、十六「兵衛佐安房国へ落給事」の「兵衛佐已下七人ナカラ、皆大童ニテ、烏帽子キタル人モナカリケリ」で初めて確認される。但し、大童になったのは頼朝一人ではなく、全員である。

③「三浦介義澄、和田小太郎義盛等、三百余騎ニテ頼朝ノ方へ参リケルカ、兵衛佐落ヌト聞テ、丸子河ト云所ヨリ引退ケルヲ」は、十四「小坪合戦之事」では「相模川」から引き退いたと記されていて、場所が異なる。ただし、長門本・盛衰記では十四に相当する箇所に「相模川」ではなく「丸子河」と記している。これは延慶本の早馬記事よりも、延慶本の東国合戦譚の記述に問題があると思われるので、ここでは考察の対象とはしない。

④「ト申ケリ。後日ニ聞エケルハ」は東国合戦譚との関係はないが、長門本・盛衰記は景親の一度の報告ですませている。(8)しかも、延慶本では後半が「同」と始まり、前半との連続性が強い。

⑤「上総権守広常ハ兵衛佐ニ与シテ、且舎弟金田小大夫頼常ヲ先立タリケルカ、渡海ニ遅々シテ、石橋ニハ行アハス、義澄等籠タル三浦衣笠ノ柵ニ加リケリ」は、十五「衣笠城合戦之事」には、「上総介弘経カ舎弟金田大夫頼経ハ、義明カ婿ナリケレハ、七十余騎ニテ馳来テ、同城ニソ籠ニケル」とある。従って⑤は、頼常（頼経）が渡海に遅れて石橋に間に合わなかったが、衣笠の戦には加わったと解釈される。が、広常が弟を先行させたことも、頼

常が石橋の合戦に参加できなかったことも、東国合戦譚には記されていない。

⑥「重頼等押寄、矢合計ハシタリケレトモ、義澄等ツヨク合戦ヲセスシテ落ニケリ」は、合戦譚には「軍各シツカレテ」と記されている。また大介義明の死も描かれているが、必ずしも、「ツヨク合戦ヲセスシテ」という様子は読み取れない。

以上から、長門本・盛衰記の早馬記事は、東国合戦譚を基にして、それを縮約する形で作られたことが理解されるが、延慶本にはそれだけでは書けない情報が載せられている。延慶本が独自に、何らかの資料を用いて改変をしたとは考えられないだろうか。

四　覚一本と読み本系祖本

勿論、早馬記事で延慶本が独自の表現を持つことについて、延慶本が改変したのではなく、延慶本の本文が先行したと考えることもできよう。その場合には、東国合戦譚との整合性をとるために、延慶本本文の早馬記事を書き変えた平家物語本文が派生し、長門本・盛衰記はそれに依拠したと考えることとなる。その場合、長門本・盛衰記の共通祖本と延慶本との関係は、かなり複雑な様相を呈してくる。

この長門本・盛衰記の共通祖本と延慶本の関係を考えるにあたり、覚一本の記事が参考となる。覚一本や屋代本の本文の源に「延慶本に近い形態をもった本文の存在」を想定することができると、千明守氏は指摘している。(9) 確かに、延慶本と覚一本や屋代本を校合していけば、部分的にではあってもそのような傾向がしばしば見られる。(10) 従って、覚一本から延慶本の本文が透視できる場合もあろう。しかし、延慶本的本文といった曖昧な概念をもう少し立体的に考える必要もある。その点も含めて見ていくこととする。

左に、覚一本の早馬記事を引用する。（網かけ＝読み本系三本共通。傍線＝長門本・盛衰記と一致。太傍線＝長門本と一致。二重傍線＝盛衰記と一致。波線＝延慶本のみと一致。）

同九月二日、相模国の住人大庭三郎景親、福原へ早馬をもて申けるは、「去八月十七日、伊豆国流人前右兵衛佐頼朝、しうと北条四郎時政をつかはして、伊豆の目代、和泉判官兼隆をやまきの館で夜うちにうち候ぬ。其後土肥・土屋・岡崎をはじめとして三百余騎、石橋山に立籠て候ところに、景親御方に心ざしを存ずるものども一千余騎を引率して、おしよせせめ候程に、兵衛佐七八騎にうちなされ、おほ童にたゝかいなて、土肥の椙山へにげこもり候ぬ。其後畠山五百余騎で御方をつかまつり、三浦大介義明が子共、三百余騎で源氏方をして、由井・小坪の浦でたゝかふに、畠山いくさまけて武蔵国へひきしりぞく。その後畠山が一族、河越・稲毛・小山田・江戸・葛西、其外七党の兵ども三千余騎をあひぐして、三浦衣笠の城におしよせてせめたゝかふ。大介義明うたれ候ぬ。子共は、くり浜の浦より船にのり、安房・上総へわたり候ぬ」とこそ申たれ。

延慶本のみとの一致を示すのは「兵衛佐七八騎にうちなされ、おほ童にたゝかいなて」の一箇所であり、傍線部分（太傍線・二重傍線を含む）に示されるように、長門本・盛衰記との一致部分の方が多いことが理解される。なお、覚一本の「その後畠山が一族、河越・稲毛・小山田・江戸・葛西」のうち、河越と江戸以外の名前は読み本系諸本の早馬cにはない。稲毛（重成）は石橋山の戦（十三「石橋山合戦事」）には登場するが、三浦衣笠の戦（十五「衣笠城合戦之事」）に名前はない。また、「大介義明うたれ候ぬ」は東国合戦譚には書かれているが、やはり読み本系の早馬記事には書かれていない。

この記事から推測できることは、覚一本は延慶本ではなく、長門本・盛衰記共通祖本に依拠し、随所に増補・改変を加えているということである。延慶本の早馬記事に改作の跡を見るか、長門本・盛衰記共通祖本の早馬記事を派生形と見るかと考える時、こうした覚一本のありようは、自ずと延慶本の改作を示すことになるのではあるまいか。延慶本の先行と考える場合、覚一本が延慶本に類似した本文を多く用いている中で、延慶本から改作されたことになる長門本・盛衰記共通祖本に拠る部分が交じることは説明し難い。逆に、長門本・盛衰記共通祖本が延慶本の祖本にあたると考え、それを覚一本が利用したと考えれば、覚一本の早馬記事の形も納得できよう。

つまり、「延慶本的本文」と言っても、限りなく現存延慶本に近づけた本を措定するのではない。延慶本・長門本・盛衰記を溯る「読み本系祖本」を想定すれば、長門本・盛衰記と覚一本に共通性が高いことも何ら不思議ではなくなる。先述の「旧延慶本」は「読み本系祖本」に吸収されることになる。

覚一本を補助的に用いることによって、時には延慶本に改作の跡がある場合が浮かび上がる。なお、早馬記事については、屋代本は覚一本とほぼ同文であり、八坂系諸本も共通性が高い。従って、これは覚一本というよりも語り本系の問題と置き換えてよいかもしれない。

以上の諸点より、第一節で指摘した可能性——延慶本と長門本で本文が異なる場合、盛衰記と類似性の高い本文の方が依拠本文を踏襲している可能性が高い——は、早馬記事においても追認できたことになる。加えて、平家物語の古態本文における早馬記事は、延慶本・長門本の共通本文から想定される「読み本系祖本」にあった東国合戦譚部分を纏め、或いは縮約する形で成り立っていること、現存延慶本はそれに手を加えて早馬記事を再構成していることも指摘できよう。

また、語り本系の本文が「読み本系祖本」から派生していることも推測される。勿論、三本をどの程度溯るところから派生したのかは不明だが、少なくともその本には、既に東国合戦譚が備わっていた。しかも、その合戦譚から早馬記事も生まれていた。語り本はその本から東国合戦譚を全て削ぎ落とし、早馬記事にも手を加え、新たな平家物語を再構築したのである。

五　延慶本と四部合戦状本

延慶本の改変のための資料についても触れるべきであろうが、その用意は無い。ただ、気にかかることとして、四部合戦状本が近接する表現を有していることを指摘しておきたい。

四部本の早馬記事は独自の構成がなされている。まず、厳島の託宣で東国蜂起を知った清盛は上総介広常を召そうとする。次に地の文で蜂起の内容を簡単に記し、次に早馬による報告を二度載せる。二度の報告の間には福原での対応が記されている。二度めの報告は、地の文の記述と重複しながら、より詳しく記して合戦譚の代わりとしている。そして、数章段をおいて、頼朝の安房落ち以降を詳細に語る。これが独自の再編であることは佐伯真一氏が指摘している。(11) 四部本が報告を二度語らせる形式は延慶本と共通している（④）。延慶本は内容を重複させずに記しているものの、四部本のように、わざわざ二回に分ける必然性はあまり見受けられない。

また第三節で紹介した延慶本の早馬記事にしかない表現にも、四部本と重なる部分が一箇所ある。①は四部本では、「勢の付かぬ先に一門の者共を相催して、糟屋権守盛久、渋谷庄司重国、海老名源八季貞、秦野馬允能経以下三千余騎にて」と記されている。このうち、延慶本に記されていた「糟尾権守盛久」が四部本にも共通している。

これらは四部本が延慶本を参考にした結果とも考えられようが、次の⑤はどうだろう。⑤は四部本でも、「広常は見え候はず。舎弟に金田小大夫頼常は三浦の陣に候ふ由、承り候ふ。」と、やはり広常の行動に言及する。これは延慶本の方が些か詳しいが、四部本では、この前には広常が三浦に参陣すると聞いて、源氏が加勢する風聞が記されている。延慶本では挙兵時の合戦には参加していない広常の動向を記す必然性があまりないのに対し、四部本は頼朝挙兵譚の冒頭でも清盛が広常を召そうとする、と広常の存在を示し、広常を重視する傾向が窺える。また、早馬記事については、真字本『曾我物語』にも四部本と同文性の高い内容の叙述があるが、(12)『曾我物語』に⑤はない。この点からも、四部本において広常が特筆されていることを指摘できよう。

⑤からは寧ろ、延慶本が用いた外部資料として、四部本の如き構成を持つ平家物語、或いは資料が存在した可能性が考えられるようにも思われる。四部本との問題は更に慎重に調査を重ねる必要がある。当節では事実の指摘に留める。(13)

おわりに

以上、頼朝挙兵譚における諸本の異同から、次の諸点を確認し得た。

一、延慶本・長門本共通の本文や記事のある箇所については、両本が依拠した本文が存在したことが推測される。

二、一について、盛衰記も同じ内容を持つ時には、延慶本・長門本と共通する読み本系の本文に拠っていると推測されるが、盛衰記は同じ内容であっても、表現にかなり独自の工夫を凝らし、改変を行なっている。

三、延慶本と長門本で本文が異なる場合、盛衰記と類似性の高い方が、依拠本文(「読み本系祖本」)を踏襲している可能性が強い。延慶本が独自で、長門本・盛衰記本文に共通性が見られる場合は、延慶本の方に改変を施した可能性が考えられる。

四、覚一本は「読み本系祖本」に再構成を施しつつ立ち上がってきた本と考えられる。

五、覚一本という補助線を用いることにより、「読み本系祖本」の具体相がある程度明らかになる場合がある。

勿論、これは一つのモデルケースの提示であり、すべてに通用するわけではない。個別に部分毎に再検討し、新たな問題点を洗い出していかなくてはならない。また、いつの時点での改変となるのかも、「読み本系祖本」の内容も、現時点では明らかにし得ていない。しかし、延慶本を相対化し、「読み本系祖本」と現存延慶本との距離を考えるための指標が必要である。そのためのたたき台として、このような諸点を提示した。

なお、頼朝挙兵に関する展開のうちでやはり重要な位置にあるBCについては全く触れ得なかった。Bは長門本にはなく、延慶本と盛衰記がほぼ同文である。前述の第三点を衍用すれば、これも「読み本系祖本」に存在したものと考えることになるのだが、一考を要する。また、Cは読み本系三本に共通する箇所もあるが三本三様であり、更に伊豆配流譚を含めて、配置も様々である。このようなケースも、これ一箇所ではなく、平家物語本文中にはかなり多く見出される。こうした時には、延慶本が古態性を保つという大枠を無批判に敷衍する場合もしばしば見られる。文覚発心由来譚の前半部分に関して、長門本においてこそ古い形が見出されるという谷口耕一氏の指摘(14)は看過しがたい。これらの諸点については、後稿にて改めて論じることとしたい。

注

（1）例えば佐伯真一氏は、「部分的な古態の証明はその部分の古態の証明にすぎない」と指摘する（『平家物語遡源』若草書房　一九九六年。引用は第一部第一章二八頁。初出は一九八六年二月）。
（2）水原一氏『延慶本平家物語論考』（加藤中道館　一九七九年）
（3）水原氏前掲注（2）著書、佐伯氏前掲注（1）著書第一部第四章など。
（4）勿論、延慶本と長門本のすべてが同文というわけではない。共通しない部分については改めて考えたい。
（5）「延慶本平家物語（応永書写本）本文再考―「咸陽宮」描写記事より―」（「国文」九五号　二〇〇一年八月）、「延慶本平家物語（応永書写本）の本文改編についての一考察―願立説話より―」（「国語と国文学」七八―二号　二〇〇二年二月）など。
（6）長門本・盛衰記は冒頭に早馬を立てた人物として大場景親を記すが、これは報告の内容にある「同国住人大庭三郎景親……」と重複することになる。このことについて、報告者の景親を前提としない延慶本的本文の形に古態を見るべきであるとの指摘がある（『四部合戦状本平家物語評釈（八）』早川厚一氏執筆　一九九一年九月）。しかし、矛盾を抱えた形を延慶本が整理したとも考えられるわけで、これを以て延慶本を古態とする根拠とはならない。

（7）延慶本では、「足利」の「足」は擦り消した上に記されている（下の字は不明）。「糟尾」には「ナカヲ」とルビが付されている（別筆か）。東国合戦譚には、「長尾新五、新六」が登場している。

（8）盛衰記は東国合戦譚のうち、頼朝の安房落ちまで語ったところで、九月一日の事として、景親からの二度目の報告を載せている（巻二十二）。二度の報告という形式においては同じだが、構成や機能はかなり異なる。

（9）「屋代本平家物語の成立―屋代本の古態性の検証・巻三「小督局事」を中心として―」（栃木孝惟氏編『平家物語の成立　あなたが読む平家物語1』有精堂出版　一九九三年十一月）

（10）櫻井陽子『平家物語の形成と受容』（汲古書院　二〇〇一年）第二部第一篇第四章（初出は一九九九年三月）

（11）「延慶本・長門本・盛衰記のような詳細な東国合戦譚を備えた本文からの抄出的改作」（前掲注（1）第二部第八章二二九頁。初出は一九九〇年二月）とする。

（12）佐伯氏は「四部本→『曾我』」を（前掲注（1）第二部第八章二三一頁）、高山利弘氏は共通の資料に基づいて四部本・真字本『曾我物語』がそれぞれ作られたと指摘する（「四部本平家物語における略述性の問題」栃木孝惟氏編『平家物語の成立』千葉大学社会文化科学研究科研究プロジェクト報告書　一九九七年）。

（13）なお、延慶本巻五―八「文覚京上シテ院宣申賜事」に載る福原院宣の二通目にも注意される。これは覚一本を始めとする語り本系や四部本と共通している。覚一本からの引用とするならば、応永書写時の一連の覚一本の取り入れの一環と考えられるが、二つの院宣を並立させる点は、他の混態の方法とは異なる。一方、四部本からの引用と考えると、早馬記事における四部本との近さとの関連を見ることになる。

（14）「延慶本平家物語における文覚発心譚をめぐる諸問題」（「千葉大学日本文化論叢」2　二〇〇一年三月）

引用本文

『延慶本平家物語』（汲古書院）、『岡山大学本平家物語』（長門本　福武書店）、『源平盛衰記』（三弥井書店）、『平家物語』（覚一本　岩波書店）、『訓読四部合戦状本平家物語』（有精堂）　句読点は適宜改めた。

延慶本『平家物語』における歴史物語の構築
――寺院が発信する歴史認識との比較を通して――

牧野淳司

はじめに

『平家物語』の多くの伝本のうち、最も古い年代の識語を持つのが延慶本で、本奥書に延慶二〜三年（一三〇九〜一〇）に、根来寺で書写されたことが記されている。現存本は、応永二十六〜二十七年（一四一九〜二〇）にそれをもう一度書写したものであるが、その作業が行われたのも同じ根来寺であった。延慶本は、寺院に伝来した『平家物語』と言える。

延慶年間までに根来寺に『平家物語』が伝わっていた。では、それ以前の『平家物語』の姿はどのようなものであったのか。いくつかの説話や伝承が発生、生成する中で物語が成立し、さらに書写、享受される過程で様々な改編の手が加えられていく。その様相を解きほぐすためには多様な方法・立場がある。その中で、寺院に伝来した延慶本の場合、十三世紀における寺院文化圏との関係を考えることは、最も重要な課題の一つである。

このことは、近年の研究成果に照らし合わせた時、今まで以上に強調されるべき事柄である。従来、応永年間の作業は延慶書写本を忠実に写したものと考えられてきたが、そうではないことが明らかになってきたからである。例えば巻一・四について、応永書写段階で延慶書写本に改編の手が加わっていることが指摘された(1)。また巻六については、延慶以後、応永書写までの間に記事の増補がなされた可能性を考慮に入れる必要がある。(2)つまり、延慶から応永の間にも、延慶本は姿を変え続けていたのである。その改編は書写の場である根来寺（を中心とする文化圏）でなされたと考えるべきであろう。したがって、現存（応永書写）延慶本を読み解くに当っては、根来寺を含む十四世紀の寺院社会をも視野に入れることが必要になってきているのである。時代の幅を広げての読解と考察には、より多くの労力が必要である。しかし、寺院文化圏との関わりにおいて延慶本を読むことの意義と必要性はますます増大してきていると言えるのである。

さて、寺院文化圏との関係性という課題を考える場合、様々な観点を用意することができる。(3)歴史叙述・歴史認識という視点はその一つである。十三世紀から十四世紀にかけて、いくつかの寺院で作成された寺誌や縁起には、自らの歴史――いかにして存亡の危機を乗り越え、人々の帰依を集めてきたか――を、源平の盛衰と関連付けて認識しようとする叙述が見える。それらはどのような歴史認識を提示しているか。それらとの比較によって、延慶本『平家物語』という歴史物語がいかなる論理のもとに組み立てられているか、という課題に迫ることができそうである。

もちろん、延慶本について論じる場合には、その全体像を丹念に読み解くことが必要である。物語に即して、歴史物語がいかに構築されているか、考察されなければならない。外部資料との比較だけでは片手落ちである。しかし幸いなことに、私たちは延慶本という歴史物語について、（細部については、議論を深めるべき点もあろうが）その全体像を見事に読み解いた、示唆に富む先行研究を参照することができる。武久堅「平家物語の全体像――滅亡物語の構築」(4)が、それである。延慶本がいかにして壮大な歴史物語を構築しているかについて、魅力的な読みが提示されている。今後はその読みをより精緻なものへと更新していくことが、重要であると稿者は考える。そのためには、様々な試みがなされなければならないと思うが、『平家物語』以外の資料との比較も、その一つとして位置付けることができるであろう。

ここで、武久氏によって示された読みについて、本稿に関連する範囲でまとめておきたい。それは本稿の考察の導きとなるはずである。(5) 武久氏によれば、延慶本の作者――これを氏は「延慶本の唱導家」と呼んでいる――は、何より「法皇」体制主義者である。理想の「法皇」が体現する「王法」の安穏を、第一に考える立場である。これを立脚点として「延慶本の唱導家」は、二つの滅亡物語を構築した。一つは「平家滅亡の物語」であり、もう一つは「仏法衰微の物語」である。「仏法衰微の物語」（法滅の物語）は、延慶本がこの時代を「末代」（仏法が衰える時代）と認識するところから構築される。具体的には、後白河法皇と山門延暦寺との対立、山門内部における学生と堂衆との間の騒乱として描かれる。この法滅が〈原因〉と〈先表〉となって「平家滅亡の物語」が展開する。仏法が衰微する末代に、王法・仏法を犯す存在として登場させられたのが平清盛なのである。延慶本は、平家が王法を侵犯し（後白河法皇幽閉に至る）、仏法を侵犯する（三井寺焼討・南都焼討に至る）様を、平家滅亡の序曲をなす物語として周到に構築している。

以上は、主に延慶本の前半部（南都滅亡まで）に関連する範囲で、武久氏が提示された読みを簡略にまとめたものである。(6) 延慶本前半部の歴史物語が王法（法皇）を第一に考える立場から、王法・仏法と平家の衰亡とを連関させる形で構築されていることが鮮やかに示されたと言えよう。さてそれでは、このような物語構築のあり方は、どのようにして獲得されたものなのか。あるいは同時代の文献と比較してどのような特質を持つのか。十三世紀から十四世紀にかけての寺院文化圏における歴史認識のあり方を考えることは、それらの問題に対する解答の一つをもたらしてくれるであろう。

本稿は、延慶本『平家物語』の主に前半部における歴史物語がいかに構築されているかという課題に迫るための試論である。特に、延慶本の方法の拠り所について、またその同時代における位置について、寺院から発信された歴史認識のあり方との比較を通して考察してみようと思う。

一　四ヶ大寺の滅亡

考察の手掛かりとすべき箇所は多くあるが、本稿で注目したいのは、第二末（巻五）の最後に位置する「南都ヲ焼払事」という章段である。平家と権門寺院との対立は、三井寺焼討から南都焼討に至って最大の局面を迎える。治承四年（一一八〇）十二月二十八日、平重衡を大将軍とする軍兵が南都へ発向した。奈良の大衆の防衛線はあっけなく突破され、重衡は南都に火をかける。折節、風が激しくて、所々にかけられた火は多くの堂舎に燃え移っていった。その結果、興福寺・東大寺をはじめとする南都の大伽藍の多くは瞬く間に灰燼と帰してしまった。延慶本は焼けた堂舎を長々と列挙している。この南都炎上という事件が、同時代の人にとってどれほどの衝撃であったか、『玉葉』に記された慨歎などから推し量られる。まさしく前代未聞の法滅であった。それでは、延慶本はこの出来事を、その歴史物語の中にどのように位置付けているであろうか。

焼討があった翌二十九日、重衡は南都から京へ帰還する。心ある人々は、「悪僧を滅ぼすのはよいとしても、あれほどの大伽藍を焼討にしてよいことがあろうか。残念なことだ」と悲しんだという。ここで延慶本は、[7]「聖武天皇ノ書置セ給ケル東大寺ノ碑文」を持ち出している。

①吾寺興複、天下興複。吾寺衰微、天下衰微ト云々

というもので、「吾寺」とは東大寺を指し、「天下」とは具体的には国を統治する王法の力を指すと言えよう。これは東大寺が興隆すれば国も栄え、東大寺が衰退すれば国も衰える、という一種の予言である。この「碑文」とほぼ同内容の文言は、『平家物語』諸本に見えるので、（少なくとも現存する）『平家物語』にとっては、その物語の骨格を形づくる重要な一節であると言える。これに続けて、延慶本は「今灰燼トナリヌル上ハ、国土之滅亡無疑」と

して、東大寺が焼けてしまった以上、国土の滅亡は必然であると言う。長門本・四部本・覚一本なども共通する言葉で、「碑文」が今後の成り行きを見定める際の根拠として機能している。歴史を認識する際の、一つの規範となるものが「碑文」であった。

さて先に述べたように、この「碑文」は『平家物語』諸本に共通のものであるが、延慶本はこれに独自の記事を続けている。

②其上去十一月十七日ニ、四教五時之蕚《サ》独リ盛ナル薗城之梢《ヘ》三井モ尽ヌ。此ノ十二月廿八日ニ、三性八識之風専ラ扇ク興福之牖南都モ滅ヌ。（以下、対句を駆使して、園城寺・興福寺が灰燼に帰したことを歎いている）遠ク尋レ先蹤《ヲ》於異域一《ニ》者、過《タリ》会昌天子之犯罪一《ニ》。近ク考レ悪例《ヲ》於本朝一《ニ》者、超《タリ》守屋大臣之逆悪一《ニ》。極悪之分限難《シ》量一《リ》。逆臣之将来其レ奈カム。

以上は、園城寺・興福寺に焦点を当てた叙述であり、悲歎の表現に続けて、破仏の先例を挙げている。その罪科が重いことを強調し、末尾を「逆臣」平家の将来を疑問視する言葉で結んでいる。延慶本では、さらに独自記事が続く。

③抑モ我朝ニ鎮護国家之道場ト号シテ、朝夕星ヲ戴イテ、百王無為ノ御願ヲ奉祈一《リ》四ヶノ大寺是アリ。三ヶ寺既ニ跡ナシ。適《マ》残ル叡岳モ、行学闘乱ノ事ニヨテ（以下、叡山の荒廃の様を言う）彼寺又如无一《キカ》。サスカニ法滅ノ今日此比トハ思ワサリシヲ、コハイカナリケル事ヤラムト、歎カヌ人モナカリケリ。

灰燼に帰した東大寺・興福寺・園城寺に加えて、（未だ焼けてはいないが）叡山もすでに荒れ果てた様であり、滅亡したに等しいと言っている。

このように延慶本は①の「碑文」に殊更に②・③の文言を続けている。東大寺に他の三ヶ寺を加えて、「四ヶ大寺」の滅亡を強調しているのである。南都炎上によって仏法は最大の危機に瀕した。しかしそれは単に南都が滅亡したからではない。これによって「四ヶ大寺」が滅びたことこそが由々しき事態なのである。

延慶本のような形から、②③を削除したところに他の諸本があるのであろうか。それとも、もともと①しか無かったところに、ある段階で延慶本が②③を付加したのであろうか。諸本の先後関係を見極めるには慎重な検討が必要である。ここでは、性急に判定を下すことは避けて、延慶本の形が意味するところを考えてみたい。その際、延慶本が①に対して②③を続ける形にしていることを重視したい。これにより、南都滅亡という事件は四ヶ大寺の滅亡として認識されることになっている。これは延慶本独自の認識と言えよう。②③は①に対する、延慶本の注釈であり、読みとなっているのである。「延慶本の唱導家」は①をどのように受け止めたのか。①の「碑文」がもともと担っていた意味や機能と合わせて考察する必要があろう。

右の課題を踏まえた上でさらに考察すべきは、四ヶ大寺の滅亡としての南都炎上という出来事が、延慶本という歴史物語の中でどのように位置付けられているか、という問題である。その際重視すべきは、①に加えて「今灰燼トナリヌル上ハ、国土之滅亡無疑ニ」、②に「逆臣之将来其レ奈カム」とあることである。延慶本では、法滅と国土の滅亡・平家の運命とが結びつけられている。このような四ヶ大寺の盛衰と天下・平家の興廃とを結びつけるあり方は、延慶本における歴史物語構築のための一方法であると捉えることができよう。このような方法はどのようにして獲得されたか。また同時代の歴史認識と比べて、どう位置付けられるか。四ヶ大寺における歴史認識のあり方との比較を通して考えてみることができそうである。

二　聖武天皇の「碑文」

本節では、①の「碑文」について、検討を加えてみたい。延慶本の言う「聖武天皇ノ書置セ給ケル東大寺ノ碑文」とは、「聖武天皇勅書銅板」のことである。明治初年に東大寺から皇室に献じられて現在は正倉院に納められているもので、表裏とも十四行にわたって長文の銘が刻まれている。『平家物語』が引用するのは、その裏銘の一部である。裏銘は、天平感宝元年（七四九）閏五月二十日付の勅書（静岡平田寺所蔵）を原型として、そこに新たな文言を追加して、十世紀はじめ頃には作成されていた。平家諸本が引用する一節は裏銘作成の際、新たに追加された部分にあるもので、寺領を保持・拡大し、その支配を正当化する必要のあった寺によって盛んに利用された文句である。(8)

裏銘の文言は『東大寺要録』、『朝野群載』に収録されているが、その他に、『山槐記』治承四年十二月二十八日条の記事が注目される。そこには、「後日或僧侶書与此起請」として裏銘の文言が載せてある。南都炎上という事態を受けて、おそらくは南都の僧侶が裏銘を書き写して京まで持ってきたのである。また九条兼実は、再建された東大寺の大仏に仏舎利を納める際の願文に、『平家物語』と同じ一節を引用している。(9)これらの事例から推測されることは、ちょうど南都炎上の頃、おそらくは東大寺が情報の発信源となって、聖武天皇の「碑文」が盛んに喧伝されたであろうことである。中山忠親はその文言を書き止め、九条兼実は願文中に利用したのである。

この他、『讃佛乗鈔』大佛供養本帖「大佛供養」(10)にも、「抑聖武天皇記而有曰、吾寺衰蔽者、天下亦衰蔽、我寺興複者、天下亦興複」（大佛供養末帖、「大佛供養」の表白にも見える）とある。あるいは東大寺の学僧である弁暁の説草にも引用されている。弁暁草について小峯和明氏は、(11)おそらく南都焼討にからむものであるとして、「すでに聖武の御記文が一人歩きして、東大寺や南都の危急存亡を訴え、荒廃を悲嘆し、危機感をおおいに扇動する役割を担ったはずである。それがあらたな復興への契機ともなったであろう。南都焼失という事態が聖武の御記文を蘇生させた」と論じておられる。南都炎上を契機として再発見された「碑文」は、大仏再建に関わる唱導世界で盛んに用いられたのである。

『平家物語』諸本が引用する「碑文」の一節が、大仏再建をめぐって南都側から盛んに発信されたものであったということは、『平家物語』が院政期の唱導世界と関わりを持つことを示す一事例と言えよう。(12) ただし、「碑文」の一節があるからと言って、『平家物語』が全面的に南都寄りの立場に立つと言うことはできない。これ以外の部分との連関において、『平家物語』が特に東大寺の立場を強調しているとは言えないからである。むしろ、仏法の破滅が国土の滅亡を到来させることを言うために、南都から発信された文句が利用されたと言うべきであろう。従来、この一節は法滅を歎く詠嘆的表現の一部として読まれることが多く、(13) 東大寺の立場を強く打ち出したものであることにはあまり注意が払われなかった。だが、それは妥当なことであったと言うべきであろう。ここに東大寺の立場の強調を読み込むことは難しいと言わなければならない。

しかし、十三世紀から十四世紀の寺院社会においては、事情が違った可能性がある。すなわち、「碑文」は、東大寺の立場を強く打ち出したものである、と読まれた可能性がある。『平家物語』諸本に引かれる一節に表現された認識を、久野修義氏は、(14)「〈寺―天下〉同調史観」と呼んだのであるが、このような論理は、権門寺院が国家と関係を取り結ぶために盛んに主張したものであった。特に、十三世紀後半から十四世紀前半にかけて、寺院間の相論が頻繁になる中で、この論理（を主張した文句）が果たした意味は大きい。例えば、『東大寺具書』や『東大寺記録』は、十四世紀初頭に起った東大寺と醍醐寺との間の本末相論に関係するものであるが、(15)『平家物語』諸本と同じ一節を用いて、〈寺―天下〉同調史観を強く主張し、国家は東大寺をこそ崇重すべきであると訴えている。あるいは園城寺は、『薗城寺縁起』(16) の「予之法門付属国王大臣、於此法門王臣若忽諸者、此寺破壊灌頂断絶、寺破法滅、国土衰弊、王法減少」という文言を拠り所にして、同様の主張を繰り返した。『高野山秘記』には、「大師御記文（中略）天下可有大乱者、東寺先可荒廃云々」とあり、(17) 同様の論理が展開されている。最も興味深いのは東寺の事例である。(18) 永仁四年（一二九六）十月の「東寺現住供僧等連署申状案」に、「本願聖主御起文云、我寺興複者天下興複、吾寺衰弊者天下衰弊文」とある。これは、東大寺の「聖武天皇勅書銅板」の裏銘の一節と全く同文である。それを東寺は、自らの寺のこととして――すなわち桓武天皇の御起文として――転用したのである。十四世紀になると、東寺は、「弘仁官符云」として、「以代々国王為我寺壇越、若伽藍興複天下興複、伽藍衰弊天下衰弊」という文言を用いるようになるが、この「弘仁官符」は十一世紀後半頃に作られたもので、長い間埋れていたのを、十四世紀初頭に東寺僧が再発見し、引用し始めるようになったものであると考えられている。いずれにせよ、東寺が、東大寺が用いたものとごく近似する文言を用いて、〈寺―天下〉同調史観を主張していることが確認される。

このように、大寺院は競って〈寺―天下〉同調史観を主張した。それは他寺院に対する自寺の優越を主張し、国王の帰依を勝ち取るために用いられた。このような状況を考え合わせるならば、十三世紀から十四世紀の寺院社会では、東大寺の「碑文」は、まさしく東大寺の立場を強力に主張するものと受け止められたはずである。『平家物語』を読む限り、聖武天皇の「碑文」に東大寺の立場の強調を認めることは難しいが、『平家物語』が成立し、さまざまな改編を蒙りながら成長を遂げてきた時代の寺院文化圏においては、この文言は東大寺の立場を強烈に主張したものとして読まれたに違いないのである。

ここで、あらためて延慶本の形について考えてみたい。延慶本は①の「碑文」に、②③の文を付加するという構成をとっていた。これは何を意味するのであろうか。延慶本が寺院文化圏に伝来したことを考えると、「延慶本の唱導家」が①に東大寺の立場を読み取った可能性は高い。これに殊更に園城寺・興福寺・延暦寺に関する記述を付加して「四ヶ大寺」の滅亡を強調したことは、東大寺の立場を相対化したともとれよう。ただし、それによって東大寺以外の寺院の立場が強く出されることになっているとは言えない。むしろ、東大寺が主張した〈寺―天下〉同調史観を、四ヶ大寺と天下の興廃とを連動させる論理へと拡大したと言えよう。

『平家物語』は、院政期唱導世界を背景として、〈寺―天下〉同調史観を主張する文言を物語の構築のために用いた。これにより、仏法の衰滅と国家の衰滅とを重ね合わせる論理が獲得された。南都炎上という出来事は、このような論理のもとに歴史物語の一齣として組み込まれている。さらに延慶本の場合、「碑文」そのものが持っていた東大寺の立場を相対化し、南都炎上を「四ヶ大寺」の滅亡として捉えている。ここに、一寺院から主張された〈寺―天下〉同調史観を、より普遍化して立ち上げようとする意志を認めることもできよう。延慶本は、四ヶ大寺の盛衰と天下の興廃とを連動させる論理を、歴史物語を構築するための方法として、意識的に立ち上げているのである。このような「延慶本の唱導家」の視座はどのような時代状況を背景として獲得されたのか。それを考察するためには、もう少しこの時代の寺院社会のあり方に目を向けてみる必要があろう。

三　寺院における歴史認識の諸相

前節に見たような延慶本の方法は同時代の寺院文化圏の中で、どのように位置付けられるであろうか。いくつかの権門寺院における歴史認識のあり方と比較してみる。

最初に取り上げるのは『東大寺続要録』[19]で、その冒頭に源平の争乱を叙述した記事がある。その叙述に当っての歴史認識の方法を端的に示すのが、書き出しの一文である。

右倩思当寺盛衰、偏由源平興廃。

東大寺が最初に高らかに掲げたのは、東大寺の盛衰は源平の興廃に連動しているという認識である。以下、「尋其濫觴者」として、保元の乱、平治の乱、平家繁昌から南都焼討に至る経過、その後の清盛死去と平家滅亡までを叙述している。ごく簡略なものではあるが、源平の争乱のおおよそを叙述した記事となっている。これについては、弓削繁氏が『六代勝事記』の享受についての研究の一環として、分析を加えておられる。[20]それによれば、『東大寺続要録』の冒頭記事は、『六代勝事記』に拠りつつ、(現存諸本のどれかは特定できないが、『続要録』以前に成立していた)『平家物語』も参照して作成されたものである。これは東大寺における『平家物語』享受を示す一事例であり、享受行為によって『平家物語』自体が新たな変質を蒙った可能性も想定されて興味深い。ただし、ここでより重視したいのは、源平の興廃を歴史の中に位置付ける際の論理（枠組み）である。平家滅亡を語った後、『続要録』はそれが大仏の霊験によるものであることを強調する。そこで引用されるのが、

後代有不道之主邪賊之臣、若犯若破障而不行者、〈中略〉共起太禍永滅子孫

という「本願記文」で、まさしく「聖武天皇勅書銅板」裏銘の一節である。『平家物語』諸本が引用する一節とは異なるが、「記文」こそが、東大寺の歴史認識を支える論理であった。平家は「邪賊之臣」であり、東大寺の仏法を破滅させたが故に子孫まで滅びた、という認識が、この「記文」から導き出されている。『東大寺続要録』における歴史認識は、寺の盛衰と源平の興廃とを連動させる論理と、東大寺に障礙を為す者の滅亡を断言する「記文」を枠組みとしているのである。

次に園城寺の場合として、三点の文書を取り上げてみたい。一つ目は、『吾妻鏡』元暦元年（一一八四）十一月二十三日条に載せられている「園城寺牒」で、頼朝に対して平家領没官地を寄進するよう求めたものである。その冒頭で、「右当伽藍者」として園城寺の由緒を簡略に記した後、園城寺を崇めるべきことを次のように述べている。

誡知。崇我佛法之聖主、宝祚延長、蔑我佛法之人臣、門族滅亡。事見縁起。誰貽疑滞者乎。

園城寺を崇める聖主は無事に国を治めることができ、園城寺を蔑ろにする人臣は一族滅亡に至るであろう、と言うのである。ここでは、その根拠として「縁起」が持ち出されていることに注意しておきたい。以下、その具体例として、源平の争乱が叙述されていく。清盛が後白河法皇を幽閉したこと、それに対して以仁王が決起したこと、それに与した結果、園城寺が焼失の憂き目に会ったこと、しかし義仲の入洛により平家は西国に落ちたこと、横暴を働いた義仲を頼朝が討ったことまでが順に述べられている。その後、頼朝のおかげで天下は安堵したが園城寺の衰弊は目を覆うばかりであると言って、平家没官領の寄進を願い出ている。その際に、源氏が祖先頼義以来、園城寺

に帰依してきたことを持ち出し、源家と園城寺との強い因縁を強調、源氏の子孫たるもの、園城寺を崇めるべきであると訴える。それを補強するものとして最後に引かれるのが「大師記文」である。これは『薗城寺縁起』のことで、第二節で引用したのと同じ箇所が引かれている。これこそが、国土安穏のためには園城寺をこそ崇めるべきだという主張の根拠となるものであった。冒頭の「縁起」もこれを指すと見てよい。「縁起」に記されたような文言に基づいて、園城寺を焼いた平家の没落が必然であり、逆に園城寺を恭敬する源家が栄花を招くであろうことを断言するのである。ここにあるのは、東大寺と同じく寺の盛衰と源平の興廃とを連動させる論理で、寺に対する敵対者としての平家と、保護者としての源家という図式が提示されている。

二つ目に取り上げるのは、弘長二年（一二六二）八月「園城寺解案」（鎌倉遺文八八六九号）である。この中には「去元暦元年十月　日当寺牒送鎌倉右大将家状」として、一つ目に取り上げた文書が引用されている。続けてそれに対する返事である「大将家同年十二月一日返牒」も引用されている。これは二箇所の寺領を寄進することを約束した内容となっている。これらを踏まえた上で、朝敵滅亡は専ら園城寺の祈請によるものであり、[21]武家（源家）は常に園城寺に帰依してきたと主張している。さらに、以仁王挙兵の時、延暦寺が平家に与したことを持ち出して、平家と延暦寺という連合に対して、源家と園城寺との結びつきを強調する。これは至極単純な図式（歴史認識）であるが、延暦寺に対抗して鎌倉幕府と強い関係を取り結ぶ為には、それなりの有効性を発揮したものと考えられる。

最後に、文保三年（一三一九）四月の「近江園城寺学頭宿老等申状」（鎌倉遺文二七〇一二号）[22]を見てみる。そこには「四海之安危、専依三井之浮沈、百王之理乱、可随吾寺之興廃」というように、国家（王法）と三井寺の運命とは一体であるとする〈寺―天下〉同調史観がある。あるいは「大相国之属山門也、其類已没西海、源右幕下之帰依寺門也、其栄専盛東関」というように、山門延暦寺に帰依して一族を滅ぼした平家と、寺門園城寺に帰依して栄花を開いた源家とを対比する構図が踏襲されている。十三世紀から十四世紀にかけて、園城寺は寺の盛衰を平家の滅亡・源家の繁昌に重ね合わせる歴史認識を繰り返し発信し（これは『東大寺続要録』の主張に通じる）、寺門が常に武家（源氏）の帰依を受けてきたことを強調した。そしてその反面として、山門は平家に結びつけられたのである。

園城寺によって平家と結びつけられた延暦寺からは、どのような認識が発信されたのであろうか。ここでは、『比叡山護国縁起』(23)を参照してみる。源平の合戦に関する認識が見えるのは、上巻の「代々明王日吉山王超過餘社被崇重事」の一部である。崇徳院の代、保安四年（一一二三）に日吉神輿が入洛した時、武士に防がれた衆徒は神輿を河原に捨て置いて祇園社に籠った。そこに平忠盛と、源為義がそれぞれ源平両家の大将として発向、衆徒と合戦に及んだ。その結果、社頭は穢れを蒙った。延暦寺はこの事件こそが世の乱れの根本だと主張する。

依之、主上上皇御位諍忽萌、終保元之大乱競起、花洛之逆乱以之為元。源家平氏会稽憤速含、漸及于元暦之闘乱、両家宿意以之為初。所以、忠盛之末内大臣宗盛、至元暦元年終滅亡畢。為義之末右大臣実朝、至建保七年失継胤畢。

保元の乱が起り、源平の合戦が起って世が乱れたのは、全て比叡山の神輿を蔑ろにしたことに起因すると言うのである。保元元年から建保七年までの間、源平は興廃を繰り返したが、ついに両家の子孫は断絶した。故に「天下之闘諍、世間之逆乱、以山門之騒動可怪之。驚神輿之動座可慎之」ということになる。ここには、歴代聖主は山門をこそ第一に崇めるべきで、その訴訟は決して粗末に扱ってはいけないという主張がある。

山門延暦寺では、その盛衰と源平の興廃とを、東大寺や園城寺のように、直接連動させる方法はとられていない。しかし、天下の動向と山門の盛衰とが密接に連関していると主張している点は、同じ〈寺―天下〉同調史観であると言えよう。それを山門の訴訟の重要性という形に先鋭化して主張しているのである。

以上、東大寺・園城寺・延暦寺が発信した歴史認識のあり方を見てみた。どの寺院においても〈寺―天下〉同調史観を枠組みにして、源平の争乱を把握していることが確認される。東大寺・園城寺の場合、源平の興廃と寺の盛衰とは直接連動するものとして叙述されている。延暦寺の場合、そのような形はとられないが、山門の訴訟の重要性を説く形で、天下の安否と比叡山の興廃とが密接に関わると主張されている。

これらは、いずれも特定の寺院の立場を強く押し出した認識である。このような主張が繰り返された背景には、国王（あるいは武家）の尊崇と帰依をめぐって各寺院が相論を繰り返し、各々が自寺の優越性と正統性を盛んに主張していた状況があると考えられる。延慶本はこのような時代に、寺院社会に伝来した本である。そこに見られた、南都炎上を四ヶ大寺の滅亡として位置付けようとする意志は、仏法とは何より四ヶ大寺によって体現されるものであるという認識から生まれたものであると見なすことができよう。この点で、延慶本はまさしく権門寺院が林立する時代——そのような状況を関心を持って見つめる立場——の産物であると言える。しかしより重要な点は、その歴史物語が決して特定の寺院の立場に立って構築されているわけではない、ということである。王法とのより強固な結びつきを求めて大寺院が争っている状況を、距離を置いて見ることのできる視座が確保されていると言わなければならない。

四　「延慶本の唱導家」の視線

南都炎上を四ヶ大寺の滅亡として、天下の興廃と連動させる形で歴史物語を構築する延慶本は、寺院文化圏に伝来した本であるにも関わらず、特定の寺院の立場を強調することはしていない。しかし、これ以外の箇所では、一見そうでないように見える箇所がいくつかある。その顕著な例が第一本（巻二）の山門関係の物語である。例えば、第一本「後二条関白殿滅給事」では、地の文に、

惣シテ代々ノ帝、北嶺ヲ被崇重一セ事、越于他山一、仏法王法互ニ護レハ之一ヲ、一乗万乗共ニ盛也。サレハ山門ノ訴訟ハ只衆徒ノ歎、山王独リノ御憤リニモ不可限一ル。別テハ国家ノ御大事、惣シテハ天下ノ愁ナリ

とある。代々の帝王が、比叡山を第一に崇めてきたこと、山門の訴訟は国家の一大事であり、山門と天下とは運命共同体であると述べている。これは、まさしく『比叡山護国縁起』上巻「代々明王日吉山王超過餘社被崇重事」が主張していたことである。そこでは、東寺や南都の訴訟を捨て置いても、比叡山延暦寺の訴訟を重視すべきであるということが、いくつかの先例を挙げて訴えられているのである。延慶本はさらに、この引用箇所を含む段落に続けて、「抑延暦寺ト申ハ…」と語り出される長大な延暦寺日吉山王縁起を導入している。これは明らかに延暦寺・日吉山王の立場を押し出した縁起である。(24) この他にも、山門延暦寺の立場に立つ叙述をいくつか確認することができる。

果たしてこれらをどのように考えたらよいか。『平家物語』諸本での異同状況を踏まえつつ、山門延暦寺がどの段階でどのような主張をしてきたかを確認した上で、延慶本の位置を慎重に測っていくことが必要であるが、その際に一つの手掛かりとなるのが延慶本に長々と導入される延暦寺日吉山王縁起である。これについて、以前『天狗草紙』(『七天狗絵』)延暦寺巻の縁起と同じ構造を持っているということ、また山門の訴訟文書とも関係を持つことを指摘したことがある。(25) 延慶本の延暦寺縁起は、十三世紀後半から十四世紀前半にかけて、寺院間の相論が多発する状況の中で整備されてきたものである可能性が高いのである。(26) 延慶本は寺院間の相論と密接な関係を持つ。(27) それでは、延慶本の歴史物語(の一部)は、相論を背景として、延暦寺の立場から構築されていると結論してよいであろうか。そうすると、特定の寺院に肩入れしない立場と、山門寄りの立場という、二つの立場からの叙述が並立していると認めることになる。これは、延慶本における記事の増補段階の問題として解決することができるかもしれない。しかし、この山門関係物語において、本当に山門の立場が全面的に強調されていると言えるか、より慎重に見定める必要もあろう。延慶本全体を貫く視座(「延慶本の唱導家」の視座)を見出す立場から、山門関係記事を読むことができないか、考えてみなければならない。

そのように考えた時、注目すべき言葉の一つが「憍慢」である。延暦寺日吉山王縁起が導入される直前部分を引用してみる。

世移テ末法ニ既ニ二百余歳、闘諍堅固ノ時ニ当レリ。人魔天魔ノ力強クシテ、人ノ心不摂ラ。凡ソ叡山ノ地形ノ体ヲ見ルニ、師子ノ臥ルニ似リトソ承ハル。人ノ住所ニ似タル事、如シ随フカ水之器ニト云ヘリ。ト居於高嶺ニ、鎮ニケハシキ坂ヲ上リ下レハ、衆徒ノ心武クシテ、憍慢ヲ為先ト。（以下、平将門が叡山に登って京中を見下ろした時に、謀叛の心が起ったことを述べ、ちょっとした登山でもこのようであるから、長年にわたって山上で暮らす衆徒が憍慢心を持つのも当然のことだと述べる。）

これによれば、比叡山の衆徒は「憍慢」の心が甚だしいという。その原因は、末法の時代が到来して人魔天魔の力が強いこと、叡山の地形が獅子に似ていること（人の心はその住むところに左右されるから）である。これは、将門の謀叛という例が引き出されていることからも明らかなように、王法の権威をものともしない衆徒のあり様を、批判的に見たものと言えよう。つまり、延慶本には山門衆徒の立場を相対化する視座も見られるのである。そして実は、「憍慢」批判は、物語において「延慶本の唱導家」が繰り返し説くところであった。

第一本の得長寿院供養説話では、「吾コソ天下一ノ名僧ヨ、吾コソ日本無双ノ唱導ヨト、各々憍慢ノ幡幢」を立てた十二人の僧は、いずれも供養導師に選ばれることが無かった。代わりに導師を勤めたのは貧僧に姿を変えた叡山中堂の薬師如来で、これにより見事に堂供養が果たされた。それは、「世已ニ末代タリト云ヘトモ、願主ノ信心清浄ナレハ、仏神威光猶以厳重也」とあるように、施主――ここでは鳥羽「法皇」――の信心が清浄であったからである。「憍慢」心に「清浄」心が対置されている。また、第二本の天狗物語は、後白河法皇が山門の反発により三井寺での伝法灌頂の中止を余儀なくされたことを受けて語り出される物語であるが、その中で、このような事態を招いた根本の原因は後白河法皇の「憍慢」心にあったことが明かされる。住吉明神に教えられて「憍慢」心を懺悔することによって、後白河法皇は「金剛仏子ノ法皇」となる。あるいは、第二末の南都炎上の直前には、「凡南都ノ大衆ニモ天魔ノ付ニケルトソミヘシ」とある。これは南都の大衆が、公家の制止を無視して、（忝くも当今の外祖父に当る）平清盛へ罵詈雑言を浴びせかけたことを批判する言葉である。「憍慢」という言葉は出ていないが、そもそも「天魔」とは「憍慢」心に引き寄せられるものであり（第二本の天狗物語に説かれている）、南都の大衆の無法ぶりが批判されていることは明らかである。

これらは、一貫して「憍慢」批判ということで共通している。そしてこの裏には、「憍慢」心を引き起こす「人魔天魔」という存在が見据えられている。ここには、本来ならば互いに支え合うべき関係にある王法と仏法とが対立する様を「憍慢」を問題化することで、批判的にとらえようとする視座があると言える。

このような批判は主に仏法の側に向けられていると言えよう。権門寺院が国王の庇護を求めて互いに対立し、自らの優越を主張するあまり、ややもすれば王法を敬う心を忘れて自己の権益を主張する様子が、「憍慢」として批判されているのである。ただし、王法も批判を免れているわけではない。例えば、山門の訴訟を蔑ろにする後白河法皇に対しては、「山王ニカタサリ御シテモ、ナトカ無御裁許」という批判が向けられている。しかし、延慶本は、第二本の天狗物語を準備して、「憍慢」を懺悔した理想の「法皇」像を描くことを忘れなかった。「人魔天魔」が荒れ狂う末法の時代を真に統治することができる王が求められたのである。そして、その場合に必要とされるのは、「憍慢」から解き放たれた清浄な心であった。

延慶本は、寺院から発信された〈寺―天下〉同一史観という歴史認識をもとに、四ヶ大寺の滅亡と国土の衰退とを重ね合わせる形の歴史物語を構築した。そのような方法は、権益をめぐって権門寺院が対立している状況を背景にして獲得されたと考えられる。また、一見すると、山門の主張をそのまま取り入れたかのように見える箇所は、寺院間の相論を背景として物語に組み込まれたと理解できる。しかし、「延慶本の唱導家」は、単に特定の寺院の立場や論理を受け売りしたわけではないし、寺院社会の成り行きを漫然と叙述したわけでもない。権門寺院が互いに対立し、ややもすれば王法を蔑ろにする状況を前にして、心の内に潜む「憍慢」と、その背後に見え隠れする「人魔天魔」の存在を見つめ直しているのである。

注

（1）櫻井陽子「延慶本平家物語（応永書写本）本文再考——「咸陽宮」描写記事より——」『国文』九十五、二〇〇一・八。同「延慶本平家物語（応永書写本）の本文改編についての一考察——願立説話より——」『国語と国文学』二〇〇二・二。同「延慶本平家物語（応永書写本）巻一、巻四における書写の問題」『駒澤国文』四十、二〇〇三・二。他に、最後の論文の注（1）（2）に挙げられた論文も参照。

（2）櫻井陽子「延慶本平家物語巻六における高野山関係記事をめぐって」『駒澤大学　佛教文学研究』七、二〇〇四・三。拙稿「延慶本『平家物語』高野御幸説話の背景」『巡礼記研究』二、二〇〇五・九。

（3）『平家物語』と仏教（仏法）との関係について、ここで先行研究を整理する余裕はないが、『仏教文学』二十八号（二〇〇四・三）に掲載された源健一郎・牧野和夫・武久堅各氏の論考（仏教文学会平成十五年度大会シンポジウム「軍記と仏教——『平家物語』を中心に——」の成果としてまとめられたもの）が、現在の研究水準と課題をよく示している。本稿の問題意識も、これらに導かれるところが大きい。

（4）武久堅「平家物語の全体像——滅亡物語の構築」『平家物語の全体像』和泉書院、一九九六（初出は一九八八）。

（5）本稿では、大枠において武久氏の読みから大きく外れることのない結論を述べることとなるであろう。その意味では、目新しい読みを提示できてはいない。ただ、氏の言う「延慶本の唱導家」の輪郭を少しばかり具体的に浮かび上がらせることはできると思う。

（6）物語の後半では、自ら構築した「滅亡物語」を、延慶本がいかに超脱しようとしたかが大きな問題となる。「延慶本の唱導家」にとって、己の企図の通りに死滅した人々への、己の畏怖の処理をすること、それを超克することは、重大な課題であったと、武久氏は考えておられる。この「超克」がどのように達成されているか、また、延慶本が理想とする体制がどのような形で提示されているか、といった問題についても、氏の読解に導かれて考察すべき点は多いが、本稿で踏み込むことはできない。

（7）引用は、汲古書院の影印版による。

（8）以上、「聖武天皇勅書銅板」についての基礎的な研究として、鈴木景二「聖武天皇勅書銅板と東大寺」『奈良史学』五、一九八七・十二を参照した。

（9）平安遺文四〇八九号。この願文については、谷知子「「九条兼実仏舎利奉納願文」をめぐって」『中世和歌とその時代』笠間書院、二〇〇四（初出は一九九六）参照。

（10）引用は、永井義憲・清水宥聖編『安居院唱導集　上巻』角川書店、一九七二による。

（11）小峯和明「御記文という名の未来記」錦仁・小川豊生・伊藤聡編『「偽書」の生成』森話社、二〇〇三。

（12）拙稿「中世東大寺縁起の諸相――寺院間の相論あるいは唱導と『平家物語』――」『文学』二〇〇三年十一、十二月号。

（13）例えば、古く時枝誠記（「「平家物語はいかに読むべきか」に対する一試論」『国語と国文学』一九五八・七、有精堂『日本文学研究資料叢書　平家物語』に収録）は、『平家物語』の聖武天皇御記文とそれに続く天下の衰微を歎く文言を引用して、「作者はひたすら末法の世の争乱を歎いてゐる」と述べ、これを仏法の衰微即ち天下の衰微を歎く詠嘆的表現ととらえた。御記文そのものの意味（寺院の盛衰と国家の興廃とを重ね合わせる認識）よりも、御記文に続く「平家」作者の末代観的詠嘆を重視したのである。また武久氏（注（4）論文）は、南都炎上を受けて語られる「法滅」表現を、自らの存立基盤である「ロゴス法皇体制」（王法仏法体制）が崩壊の危機に瀕するのを目前にした「延慶本の唱導家」がうたいあげる痛恨の調べであると読んでおられる。

（14）久野修義「中世東大寺と聖武天皇」『日本中世の寺院と社会』塙書房、一九九九（初出は一九九一）。

（15）永村眞「「真言宗」と東大寺――鎌倉後期の本末相論を通して――」『中世寺院史の研究』下、法蔵館、一九八八。稲葉伸道・鳥居和之「『東大寺記録』解題」真福寺善本叢刊　第一期第八巻『古文書集　一』臨川書店、二〇〇〇。

拙稿（注（12）論文）参照。

(16) 図書寮叢刊『伏見宮家 九条家旧蔵 諸寺縁起集』明治書院、一九七〇所収。また、中前正志「『薗城寺縁起』の享受」『大谷学報』八二、二〇〇三・二を参照。

(17) 小峯和明氏（注（11）論文）に指摘がある。

(18) 以下の記述については、真木隆行「鎌倉末期における東寺最頂の論理――『東宝記』成立の原風景――」『東寺文書にみる中世社会』東京堂出版、一九九九を参照。

(19) 続々群書類従所収。稲葉伸道氏（「中世東大寺における記録と歴史の編纂　『東大寺続要録』について」名古屋大学大学院文学研究科『統合テクスト科学研究』一―二、二〇〇三・十二）によれば、『東大寺続要録』は、聖守編で弘安四年（一二八一）から正応二年（一二八九）の間の成立と考えられる。

(20) 弓削繁「東大寺続要録の勝事記受容」『六代勝事記の成立と展開』風間書房、二〇〇三。

(21) 以仁王の挙兵の時、園城寺から南都・北嶺に牒状を送り、北嶺は一旦それに同意したが、後に平家の語らいにより、忽ち改変したと述べている。『平家物語』は山門牒状を収載しているが、実在を証明する資料はなく、その存在を疑う論者もいる。園城寺の資料である『寺門高僧記』は南都牒状を収めているが、山門牒状は載せていない。『寺門伝記補録』は、「通俗軍記」が山門牒状を載せることに触れて、もとより山門とは不和でこのような重大なことで山門に軽々しく同意を求めるはずがないと、軍記の説を偽説とし、山門牒状の実在を否定している（以上、早川厚一・佐伯真一・生形貴重「四部合戦状本平家物語評釈（七）　巻四」一九八七の考察を参照）。弘長二年「園城寺解案」は山門へ牒状を送ったとする点で『平家物語』の叙述と一致する。ただし、寿永年中の平氏の誓状を山門が許諾したとするなど、一致しない点もある。

(22) 若林晴子「『天狗草紙』に見る園城寺の正統性」『説話文学研究』三十八、二〇〇三・六がこれを取り上げている。

(23) 佐藤眞人「『延暦寺護国縁起』の考察――成立事情および記家との関係を中心に――」『季刊　日本思想史』六十四、二〇〇三・九が、『延暦寺護国縁起』（『比叡山護国縁起』）は、延慶年間に勃発した山門と東寺との間の諡号相論を契機として、延慶三年（一三一〇）に山門で撰述されたものであると論じておられる。続群書類従の他に、三千院円融蔵本も参照した。

(24) 渥美かをる「延慶本平家物語に見る山王神道の押し出し」『軍記物語と説話』笠間書院、一九七九（初出は一九七六）など。

(25) 拙稿「『天狗草紙』延暦寺巻の諸問題——延慶本『平家物語』延暦寺縁起の考察に及ぶ——」『金沢文庫研究』三〇四、二〇〇〇・三。

(26) 延慶本の延暦寺日吉山王縁起が相論と関係を持つことが予測されるのに対し、他寺院の縁起にそのような側面は見出し難い。『比叡山護国縁起』中巻「比叡山明王尊崇超過餘寺縁起第十」は、四ヶ大寺の中では延暦寺こそが他寺に優越しており、明王の尊崇にふさわしいことを主張しているが、その際に問題としているのは、その寺が勅願であるか、さらに本願が継体繁昌の君であるか、ということである。延暦寺の主張では、興福寺は天皇の御願でないので格が劣り、東大寺・園城寺は継体断絶の君（聖武天皇・天武天皇）の御願なので、聖主の崇めを受けるにふさわしくないということになる（延暦寺は現在の天皇に繋がる天智系の皇統に連なる桓武天皇の御願である）。寺院間の相論においては、本願の皇統は大きな問題とされたらしく、この時代の園城寺は本願が天智天皇であることを強く主張したようである（『七天狗絵』の園城寺縁起や、文保三年「近江園城寺学頭宿老等申状」など）。それに対して延慶本では、第二中「三井寺ヨリ六波羅ヘ寄トスル事」に園城寺僧の言葉として「我寺ノ本願天武天皇…」、また第二末「平家三井寺ヲ焼払事」に「此寺ト申ハ、元ハ近江ノキ大領ト申者ノ私ノ寺タリシヲ、天武天皇ニ奉寄進之以降、御願ト号ス」とあり、天武天皇の御願としている。また、東大寺の場合、延慶本には第二末「南都ヲ焼払事」に、「東大寺ハ…天平年中ニ聖武天皇思食立テ、高野天皇、大炊天皇三代ノ聖主自ラ精舎ヲ建立シ、仏像ヲ冶鋳シ奉リ給フ」とあり、わざわざ廃帝である大炊天皇（淳仁天皇＝淡路廃帝）を挙げているが、東大寺が淳仁の名を挙げる事例は、相論に関係する資料には見出し難い。延慶本の延暦寺縁起が鎌倉時代末期の相論と密接に関係していると思われるのに対して、園城寺や東大寺の縁起にはそのような面は見られないのである。

(27) 第三本（巻六）にある、白河院高野御幸説話や宗論説話は東寺真言宗の立場が鮮明な物語であるが、これらも十四世紀初頭の寺院間相論と密接に関わって成立してきたものであると考えられる。拙稿（注（2）論文）を参照。

付記　本稿は、関西軍記物語研究会第50回例会（二〇〇四年四月十八日、於京都府立大学）での研究発表をもととしている。武久先生をはじめとして御意見を賜りました方々に感謝申し上げます。なお、本研究は、平成十七年度文部科学省科学研究費補助金（特別研究員奨励費）による研究成果の一部でもある。

延慶本平家物語第一本「十一　土佐房昌春事」の脈絡

――「土佐房伝」に添加された昌俊の存在意義と、物語構想とのつながり――

中　村　理　絵

はじめに

土佐房昌俊は巻六末「九　土佐房昌俊判官許へ寄事」（以下「堀河夜討」と称する）で、頼朝に放たれた義経への刺客として著名であり、それに対応して四部合戦状本・源平盛衰記では、土佐房昌俊の伝記（以下「土佐房伝」と称する）が巻第十二、物語終末に置かれている。しかし延慶本・長門本は、物語初期、第一本「十　延暦寺与興福寺額立論事」と関連して配置されている。「額立論」に登場する悪僧として土佐房昌俊を登場させることに由来するものであろうが、「土佐房伝」が読み本系諸本でその配置に揺らぎが生じるのは何故だろうか。

「土佐房伝」はその内部に「堀河夜討」の記述を含み、物語の編年体的順序からいえば異質な、遡及的叙述法をとっている。水原一氏は延慶本の本文作成に対し、「編年体的順序を一応の基準としつつ、蒐集資料をそこへ排列」するとし、「章段接続上生じた本文のいわば欠陥」をその現れとみなしており[1]、今井正之助氏は延慶本にみられる「重層」[2]に対して、諸資料を蒐積しただけの未整理が原因ではなく、延慶本編著者も承知の上で作り出されたものとする。

この配置や先行叙述、及び土佐房昌俊の伝記に延慶本の独自性を認め、延慶本編著者の構想が包括されていると考え、延慶本の「堀河夜討」から「土佐房伝」に回帰する、二章段の連関の意味を、土佐房昌俊という人物を基軸として解明することが、この論文の狙いである。

一　延慶本「土佐房伝」の「読み」の問題から派生する諸本の解釈の差

延慶本第一本「十一　土佐房昌春事」は、その章段配置が問題とされるのみでなく、記述そのものが難解であることも問題とされている。佐伯真一氏は延慶本の「土佐房伝」には誤脱があるとする。(3)また高山利弘氏は、読み本系諸本の「土佐房伝」に、編著者による〈読み〉の問題を提示し、諸本での「土佐房伝」を詳細に比較検討する中で、延慶本に文章の難解さを平易にする動きを読み、四部合戦状本古態論を展開する。(4)

「土佐房伝」の大筋の内容は、興福寺の西金堂衆であった土佐房昌俊と、上網、侍従、そして西金堂油代官小河四郎遠忠―これらの間に起こった紛争「針庄騒動」。次に騒動の処分を受けた土佐房昌俊が関東へ下る記述。そして治承四年四月に義経夜討を試み、失敗に終わった「堀河夜討」の記述。以上三部に分けられ、この構成は諸本に差がない。

しかし記述を細かく考察すると、前半「針庄騒動」が諸本間ではっきりしない。特に延慶本と四部合戦状本に誤脱があるのか、騒動を起こした当事者の人物関係の描写が不可解な為に、記述から推察できる騒動の描写にかなりの差が生じる。二本に比べると長門本・源平盛衰記は理解しやすい表現となっており、人物関係や騒動が起きた原因など、難解な要素をほぐした形であると考えられる。

ここで四本を表で比較し、延慶本「土佐房伝」の特質を明確にしたいと思う。

【表1】

延慶本（巻一本）	四部合戦状本（巻十二）	長門本（巻一）	源平盛衰記（巻四六）
			此昌俊と云は本大和国住人
			なるうへ奈良法師也。
		抑昌春南都をうかれける事	
		は、	
A 大和国ニ針庄ト云所アリ。	大和国有リ下云針リ庄之処上。	興福寺領針庄と云所有。	当国に針庄とて西金堂の御
			油料所あり。
此庄ノ沙汰ニ依テ、	彼昌尊、依ニ此庄沙汰一、	去る仁安の頃、衆徒代官を	不慮の沙汰出来て、
		入たりけるを、	
西金堂ノ御油、	西金堂御燈シヒ、	西金堂の御油、	
代官	代官	衆の代官として	当庄代官
小河四郎遠忠ガ	小河四郎遠忠	小河四郎遠忠と云者	小河四郎遠忠と云者が
打留間、	打ニ‐留彼御燈ニ之間、	是非なく庄務をうち止る間、	西金堂衆に敵して、
興福寺上綱、	興福寺上綱、語ニテソ	衆徒の中より、	興福寺の上綱に、
侍従ノ五師快尊ヲ率シテ、	侍従法師快尊一	侍従五郎快尊を遣して、	侍従律師快尊を相語て、
	押シ留ケル。	遠忠が乱妨を押へさす。	年貢所当を打止間、
	彼西金堂衆、	其時西金堂衆	堂衆
	語土佐坊昌尊、	土佐坊昌春、	又昌俊を語ひて
	率数多輩打ニ‐入、	数輩の悪徒と結て、	大勢を引率し、
件針庄ヘ打入テ、			針庄に推寄て
小河四郎ヲ夜討ニス。	件庄、夜討メ遠忠。	遠忠を夜打にして、則彼庄	遠忠を夜討にす。

B

土佐房昌春
元ヨリ大和国住人也。
侍従五師、
大衆ヲ語テ、
「昌春ヲ追籠テ、
御榊ノ飾奉テ
洛中へ入奉テ、
奏聞ヲ経ベシ」トテ、
衆徒等発向スル処ニ、
昌春数多ノ凶徒ヲ卒シテ、
彼榊ヲ散々ニ
伐捨ケリ。

昌尊
自本居住大和国。
侍従五郎、
亦語大衆、
「
奉リ餝御榊奉
入㆓洛中㆒
可奏聞」
衆徒等発向処、
昌尊率シ数多凶徒、
彼榊散々
切捨。

を横領せんとけつこうする
間、
衆徒、昌春を追入て、
仔細を奏聞の為に、
御榊を先に立奉りて
上洛する由聞えければ、
昌春多勢を率して、
彼御榊をさんざんに
切すて奉りてけり、

快尊、
又大衆を語ひて、
土佐房を追籠て、
春日神木をかざり
洛中へ奉㆓振入㆒、
昌俊を可㆑被㆓禁獄㆒之由、
為㆓奏聞㆒。
大衆発向之処に、
昌俊数多凶徒等を卒して、
衆徒会合を追払、
春日神木を
奉㆓伐捨㆒。

前掲高山氏や、『延慶本平家物語全注釈』(注3参照)でも指摘されているように、油料をめぐる騒動は、『平安遺文』『鎌倉遺文』所収の諸史料に探ることが出来るが、長門本が記す「仁安の頃」や大和国「針庄」に起こった騒動を記した史料は管見の限り見あたらない。(5) それ故、実際の史料を手掛かりに「土佐房伝」の読解、とくに人物の相関に関し

て詳細な解釈を試みることは出来ない。

難解さが際だつ「針庄騒動」は表中A、

大和国ニ針庄ト云所アリ。此庄ノ沙汰ニ依テ、西金堂ノ御油、代官小河四郎遠忠ガ打留間、興福寺上綱、侍従ノ五師快尊ヲ率シテ、件針庄ヘ打入テ、小河四郎ヲ夜討ニス。

と始まる。ここで登場するのが興福寺の油料の代官である「小河四郎遠忠」と、興福寺の別当ら「上綱」、そしてその下にあって寺務を司る役僧・五師の一「快尊」であり、記述の内容は、何らかの沙汰によって油の納入を留めた「小河四郎遠忠」に対して、興福寺の上層部が夜討の手段をとったことである。延慶本で人物の相関をめぐる難解さはない。しかし、他本でこの部分を見ると、四部合戦状本では、

彼昌尊依ニ此庄沙汰一、西金堂御燈シヒ、代官小河四郎遠忠打ヨ留彼御燈一之間、興福寺上綱、語ニテツ侍従法師快尊一押シ留ケレ。

となっている。「昌尊」の名前を登場させる点で延慶本とは異なるが、他の登場人物は同じである。

ここで問題となってくるのが、四部合戦状本に見られる「昌尊」がどこに係っていくのかが不明瞭であることであり、その為、誰によって何を「打留」「押留」かが不可解となっている。高山氏(4)はこの点に関して、「小河四郎遠忠が御燈を打留め」「昌尊を（上綱によって）押留」という係り方を提示する。というのも、四部合戦状本はこの後に

彼西金堂衆、語土佐坊昌尊、率数多輩打ヨ入、件庄夜討メ遠忠。

と、「小河四郎遠忠」を夜討にしたのは西金堂衆と結託した土佐房昌俊であることが分かり、上綱と西金堂衆との対立関係から「押留」たのは「昌尊」であると結論付けた。

延慶本が「小河四郎遠忠」を上綱が夜討した、と記述するのとは大きく異なっている。

四部合戦状本の「押留」に対応して、長門本が「遠忠が乱妨を押へさす」となっていることを鑑みると、延慶本に「燈」「庄務」にあたる記述の誤脱があるとの見方もできるが、源平盛衰記は「押留」を「小河四郎遠忠……年貢所当ヲ打止」と、四部合戦状本に見える「打留」「押留」の表現を「打止」に集約させた形になっており、その編集過程を推察すると、延慶本に誤脱があると結論づけることはできない。

各本の「針庄騒動」をまとめると、延慶本は、西金堂衆土佐房昌俊と西金堂の油代官とが結託し、油の納入を止めた為、興福寺の上網達が小河四郎を夜討にし、土佐房昌俊の処分を強訴したが、土佐房昌俊が反撃した、と解釈できる。

四部合戦状本・源平盛衰記は、西金堂衆の油料の代官であった小河四郎遠忠は、興福寺上網と結託して西金堂の油を止めたが、それに対して西金堂衆と土佐房昌俊は小河四郎遠忠を夜討にし、興福寺の上網は強訴の手段に出た、という解釈になる。興福寺上網と西金堂衆との内部抗争表出の騒動と言え、延慶本に比べると分かりやすい流れになっている。

長門本は興福寺西金堂の油料の代官小河四郎が、油の納入を止める横暴に出た為、興福寺の上網が制止したところ、油を横領しようと西金堂衆土佐房昌俊が小河四郎遠忠を夜討にし、その行為に対して上網は強訴の手段をとった、という解釈である。

これらの解釈を照らし合わせると、土佐房昌俊と小河四郎遠忠との関係が問題になってくることが分かる。当然、延慶本では「額立論」に記されるように、土佐房昌俊は興福寺西金堂衆であり、小河四郎遠忠は西金堂の油料の代官である。これだけでは両者の関係は分からないが、その関係を探るきっかけが、表1傍線部B「土佐房昌春元ヨリ大和国住人也」に認められると考える。

延慶本では後に続く「昌春ヲ追籠」る理由と解釈できる記述であるが、全体に沿わず、唐突な印象を受ける記述である。この文に対して『平家物語全注釈』では「つながりがわかりにくい。或いは誤脱があるか」としている。この文章は何を示しているのだろうか。

そもそも土佐房昌俊は「元ヨリ大和国住人」と確認できるのだろうか。「堀河夜討」を記した『玉葉』文治元年十月十七日には土佐房昌俊の名はなく、義経を討ったのは「小玉党武蔵国住人」とされている。

『吾妻鏡』では彼の伝記が確認することができ、文治元年十月九日には下野国に老母と嬰児が居ることが記され、土佐房が下野に経済基盤があること、三上氏と関係が深いことがわかる。また、「秩父系図」[6]にも渋谷重国の弟、三上弥六家季の兄として系図に記され、同時に渋谷金王丸として義朝に仕え、義朝を弔う為遁世し、土佐房昌俊と号したと記されている。他史料では『百練抄』文治元年十月十七日に「土佐房」と、又『愚管抄』にも義経を夜討した者として「頼朝郎従ノ中ニ土佐房ト云フ法師アリケリ」と名前が見えるが、素性は記されていない。『義経記』巻第四「土佐坊義経の討手に上る事」には「相模国二階堂の土佐殿」「かく申は鈴木党に土佐坊昌俊なり」と描かれている。[7]

これらを見ても、東国に縁を見出すものが多く、土佐房昌俊が元来は大和国住人であったことを記しているものはない。

延慶本の「土佐房伝」の「土佐房昌春元ヨリ大和国住人也」は、将来東国に基盤を置く人物であることを念頭に、「もともとは大和国住人である」という狙いなのだろうか。

それでは文章の配置場所が不適切であり、源平盛衰記のように、冒頭に「此昌俊と云は本大和国住人なるうへ奈良法師也」とされるべきであろうが、延慶本は「針庄騒動」の処分の原因と考えられる配置である。独自に昌俊を大和国住人としたのは、延慶本にどのような意図があったのだろうか。[8]

源平盛衰記で土佐房昌俊は「本大和国住人」であり、また「奈良法師」であると二重に記されている。奈良法師であれば大和国住人であることは十分に伝わる。しかし源平盛衰記「土佐房伝」で二重に記されているということは、「大和国住人」と記すことに何らかの意味が付随しているのではないだろうか。

源平盛衰記は「大和国住人＝奈良法師」という構図を作ろうとした。その現れとして、源平盛衰記の「堀河夜討」では「本奈良の者にて候が、宿願事侍れ共、近年源平の合戦にて打紛て、不レ遂二其願一」と土佐房昌俊が過去に奈良の者であったことを積極的に打ち出し、「大和国」を「奈良」と同じと見なし、転換している。

延慶本は「大和国住人」に土佐房昌俊の素性を集約しているが、源平盛衰記のように「大和国＝奈良」と見なして良いのだろうか。

延慶本第三末「二十　肥後守貞能西国鎮メテ京上スル事」に「大和国　奈良法師共ニイヅノ（ママ）木津ニ着ヌト聞ユ」と、大和国と奈良法師が併用されている。また「奈良」単独の使用例は、第二本「十八　有王丸油黄嶋へ尋行事」で「奈良ノヲバ御前」「奈良ノ里」として使われ、第六本「三十　大臣殿父子関東へ下給事」には「奈良ノ法花寺ト云処ニテ」と使われている。第二中「三十　都遷事」に「同国（大和国）奈良ノ京、平城宮ニ住給フ」「奈良京春日ノ里」と見えるように、「奈良」は現在の奈良市、旧都平城京のあった地域を指す。

「奈良」を「大和国」で代用している例はなく、「大和国奈良法師」のように、「奈良」の住民であれば「奈良ノ」と明記される。

「大和国」の使用例としては、前掲「都遷事」で歴代の都が記される中に、「大和国へ遷テ、岡本ノ宮ニ坐ス」と書かれ、第二末「四十　南都ヲ焼払事付左少弁行隆事」では「大和国ノ検非違使所ニ成」とある。

敢えて「大和国」とのみ記される場合は、「奈良以外」の地域、もしくは「大和国」全域を示していることが分かる。

延慶本の「奈良」「大和国」の使用区分を考慮に入れると、延慶本が「土佐房伝」の中に「土佐房昌春元ヨリ大和国住人也」と記すのは、「奈良の住民」「奈良法師」であるからではなく、在地の「大和国」に何らかの縁を持つ人物、元々大和に拠点を持つ人物として明示されていると考えられるのである。となれば、延慶本は、土佐房昌俊が興福寺上網によって追籠られる原因を「大和国住人」であることに求めているが、それは在地、針庄の油料代官、小河四郎遠忠との結び付きを示唆し、その結び付き故に「追籠」られることになったと推察できるのである。

延慶本で見られる「土佐房昌春元ヨリ大和国住人也」は、前出諸本比較表で明らかなように、四本で扱いが異なっている。

源平盛衰記は「土佐房伝」の冒頭に置かれ、土佐房の素性を提示するに留まる。

長門本は記述を持たず、土佐房が追い籠められる原因を独自に「横領」に求めている。

四部合戦状本と延慶本は同位置に置かれ、「追籠」の原因を指している記述と定義できるが、四部合戦状本は「針庄騒動」の記述と、現存する土佐房伝、特に元来東国縁の者とする伝との狭間で解釈に困惑したのか、「土佐房伝」末尾に「実児玉党云」と伝記的記述を加えている。

土佐房昌俊と代官小河四郎遠忠の結び付きを示したとしても、「針庄騒動」の詳細が分かりにくい描写であることは変わりがないが、延慶本を除く四部合戦状本・長門本・源平盛衰記の三本が、土佐房昌俊が遠忠を夜討にする記述であることは共通である。

この人物関係の解釈の差は、「土佐房伝」変遷過程で、ある程度固定された「読み」をより理解しやすい形にすべく、難解な「土佐房昌春元ヨリ大和国住人也」の配置を変えられたり、削除されたり、不自然な注釈的記述を加えられるなど、様々な解釈の「工夫」を施された表れであろう。

諸本の編集作業に及ぼした影響を考えると、難解なこの一文が「針庄騒動」記述が依拠する本文にも存在していたと仮定できると思われ、「土佐房伝」の初期の形として、延慶本のような、独自かつ簡略な本文の想定が可能であると考えられる。

延慶本は土佐房昌俊伝の諸説に呑み込まれることなく、独自に「大和国住人」という独自の伝説を展開し、第一という物語初期の段階で組み込んだ。

それは彼に物語初期でしか為し得ない存在価値を見出した為であろう。

以降は「土佐房伝」後半、先行叙述部分から導かれる延慶本巻六末「九　土佐房昌俊判官許へ寄事」の章段に視点を移し、彼に課された役目と想起される構想を考えていきたい。

二　「堀河夜討」への波及
――延慶本の構想を考える――

延慶本は「堀河夜討」の先行叙述の前に、土佐房昌俊が関東へ下る決意を

「南都ニハ敵人コハクシテ、還住セム事難カリケレバ、重テ南都ノスマヰモ今ハ叶マジ。流人兵衛佐殿コソ末ヱタノモシケレ」ト思テ、

と記している。(9)

延慶本は土佐房昌俊のこの言葉に、どんな意味を添加させているのだろうか。

「土佐房昌春事」で用いられる「末ヱタノモシケレ」のように、「末」と「タノモシ」が対になって使用される例は六例あり、頼朝に対しては二例使用されている。

第二本「廿八　師長尾張国へ被流給事付師長熱田ニ参給事」には「彼ノ人ハ末タノモシキ人ナリ」と記され、第

二末「七　文学兵衛佐ニ相奉ル事」は頼朝に謀叛を勧める文覚の言として「殿ハサスガ末タノモシキ人ニテオワスル上、幸運ノ相モオワス」と記される。

土佐房昌俊はこの二例よりも物語上前段階で頼朝を「末ヱタノモシケレ」と評しており、真っ先に頼朝の末の予言した者として位置付けることができる。(10)

延慶本全体を覆う「頼朝賛嘆」の構想を、土佐房昌俊も「予言者」として一端を担っていると規定できるが、しかしそれだけで「堀河夜討」と関連が深い土佐房昌俊を、巻一という段階で独自の伝記を展開させてまで配置する意味があるだろうか。

「堀河夜討」の記述を延慶本と長門本を比較すると、全体的に長門本の方が記述が多く、詳細であると言えるが、ほとんど二本に変わりはない。しかし、「堀河夜討」前半―昌俊、義経と対面し、起請文を書く―に見える昌俊、義経、弁慶の描き方に差がうかがえる。例えば、判官の命を受けて土佐房昌俊を招集に来た弁慶の描写の点で、延慶本は、

弁慶ト打ツレテ判官ノ許ヘ行ヌ。

と、昌俊を主体とするのに対して、長門本は、

弁慶はなほ刀をさし当ながら、直垂着て馬にのせて、我身は尻馬に乗て、少しもはたらかば、しや首かゝんと、刀を打あてゝぞ参りたる。

と、弁慶の側から判官の元へ同行する様子が詳細に書かれ、弁慶の荒々しさ、強力さを際だたせる記述である。

ここで注目したいのは、昌俊・義経の言葉伝承である。

【表2】

延慶本（第六末）

判官、昌俊ヲミ給テ宣ケルハ、
A「イカニ、二位殿ヨリハ御文ハナキカ」。

B「指タル事モ候ハネバ御文ハ候ハズ。御詞ニテ申セト候シハ、『当時マデ都ニ別ノ子細候ハヌ事ハ、サテオハシマス故ト存候。猶モ能く守護セラレ候ベシト申セ』トコソ仰事候シカ」。

判官、「ヨモサアラジ。和僧ハ義経打ニ上タル御使ナリ。『可然大名ヲモ差上セバ、義経用心ヲモシ、逃隠レモゾセムズル。蜜ニ和僧上テ夜打ニセヨ』トテゾ、上セラレタルラムナ。

C日本国ヲ打鎮ル事ハ木曾ト義経トガ謀也。夫ニ景時メガ讒訴ニ付給テ、鎌倉ヘモ不被入、対面ヲダニモシ給ハデ、追帰サレシ事ハイカニ」。

長門本（巻第十九）

判官宣ひけるは、

「和僧は義経を討に上りしな。

『大名をも然るべき人をも、討手にのぼすべけれども、中々用心をし、落隠るゝ事もあり。和僧のぼりて夜討にせよ』とて、鎌倉殿の仰せられたるな」と宣へば、

前掲表2中、傍線A・Cの義経、Bの土佐房昌俊の言葉は延慶本の独自表現であり、源平盛衰記と比較しても、延慶本独自の言葉伝承ということができる。語り本系と比べると、覚一本にBの昌俊の言葉は存在しているが、Cの言葉はなく、昌俊と義経との言葉の応酬が、延慶本の特色と位置付けられる。

ここに延慶本が昌俊に課した役割を見出すことが出来るのではないだろうか。

傍線Aは、義経が頼朝からの文を気にする言葉を載せ、義経の緊迫感を示している。長門本が真っ向から昌俊の

本来の目的を的確に、即座に指摘するのに対し、延慶本は義経があくまでも頼朝を気に懸けていることを示している。延慶本は義経の問いかけに対して、昌俊は自らの本来の目的を悟られないよう、頼朝の言葉を即興に作り出す。

『当時マデ都ニ別ノ子細候ハヌ事ハ、サテオハシマス故ト存候』

波線の「サテオハシマス故」という表現は、次のCの義経の言葉「日本国ヲ打鎮ル事ハ木曽ト義経トガ謀也」と同質であり、義経の自尊心を、昌俊の口を介して鎌倉側からも指摘していると見なすことが出来、互いに反響していると考えられる。

昌俊の言葉を受けて返したCの義経の言葉は、「義経の存在故に日本国が統治された」という、過剰な自信家として描かれる延慶本の義経像を露呈させている。源平盛衰記では「いかに何事に上洛ぞ。など又音信無ぞ」と、Aの義経の言葉は類似しているものの、それに答える昌俊に頼朝の代弁者的役割は課さない。

延慶本のCの言葉は、「鎌倉ヘモ不被入、対面ヲダニモシ給ハデ、追帰サレシ事ハイカニ」と、昌俊に頼朝のことを尋ねており、Aに窺えた頼朝を気に懸ける義経像を強固にしている。A・Cの言葉により、延慶本は義経を、「過剰な自信家であると、義経自身も、また頼朝も認めている」が、「常に頼朝を気にする弱さも持ち合わす人物」として造型していると理解できる。

では対峙している昌俊をどのようにとらえたら良いのだろうか。

延慶本において土佐房昌俊は頼朝の代弁者である。

Bの言葉を置くことによって、直接ではないが、頼朝と義経との直接対決という構図を「堀河夜討」に認めることができる。史実として、頼朝と義経は直接戦うことはないが、土佐房昌俊に頼朝の色彩を強く印象づけることにより、物語上に頼朝と義経の直接対峙の構想を根付かせることができよう。

源平盛衰記には「堀河夜討」の末部に「昌俊が顔我つらにあらず。是は源二位家の御頬也」という記述があり、昌俊に頼朝の影が強く投射されていく証明といえる。

延慶本には他本に見られない、弁慶の言葉が昌俊との対面場面で存在している。

「昌俊ハ鎌倉殿ノ侍也。我ハ判官殿ノ侍也」。

と、弁慶との立場の対比を明確にする言葉であるが、同時に昌俊が鎌倉殿・頼朝の侍であることを知らしめる。「堀河夜討」を、事実上、頼朝と義経との直接対決であると結論づけると、頼朝への弱さも見られた義経が、自信家としての様相を一層強く、ついには頼朝追討院宣を得るに至る、人物造型の転換点として「堀河夜討」を規定できるといえる。[11]

土佐房昌俊が物語に担ったものは、自身の言葉の裏に頼朝の影を強く感じさせる手法で、頼朝・義経、兄弟相克の構想を「堀河夜討」に根付かせることであり、波及して物語初期の段階に独自の伝記や先述法という形で、構想を潜在させることであった。

彼そのものが物語の行く末を顕示する存在であり、物語上も史実としても頼朝の「末」を「タノモシ」くする役目を負っているといえる。

おわりに

「堀河夜討」は義経の人物造型という観点からは、弱さを捨て、自信家としての色を濃くしていく転換点として据えることができ、また、土佐房昌俊が担った役割としては、頼朝の代弁者として義経と対峙することにより、源氏の正統をめぐる「頼朝・義経対立構図」を物語の重要な構想として赤裸々に表出させることである。

土佐房昌俊を関わりの深い「堀河夜討」と切り離し、編年体順序にも逆らって独自に配置された延慶本「土佐房伝」の構想とは、頼朝の「末」が「堀河夜討」を発端とする兄弟間の抗争によって成し遂げられるという、物語の構想を知らしめることにあったと考えられる。

その意味でも、延慶本平家物語は「平家滅亡を描く物語」の先に、源氏内部抗争の果てに遂げられる「唯一人の源氏の正統・頼朝の物語」へと視点を向けていると考えられるのである。

注

（1）水原一氏「延慶本の文体と構造」『延慶本平家物語論究』（加藤中道館、一九七九年六月）。

（2）今井正之助氏「延慶本平家物語の叙述姿勢―異質な構想の抱え込みをめぐって―」（『日本文学』一九八七年二月）。

（3）佐伯真一氏「四部合戦状本平家物語評釈」（名古屋大学論集二一巻、一九八五年五月）。誤脱に関しては『延慶本平家物語全注釈』（延慶本注釈の会、二〇〇五年五月十日）にも指摘されている。

（4）高山利弘氏「「土佐房伝」の諸相―読み本系平家物語における―」（群馬大学教養部紀要、一九九三年九月）。

（5）針庄に関しては『中臣祐定記』嘉禎二年九月十七日条として、嘉禎二年興福寺衆徒に対して夜討をかけた武士の所領とされ、「万代不朽之神領」として春日社に寄進される記述が見える。針庄をめぐる武士と興福寺衆徒らとの騒動を垣間見ることが出来る。

また承安元年興福寺と延暦寺間で起きた、いわゆる「多武峰騒動」では、後白河院が荘園を没官し、油料を国司に管理させる措置を行うなど、騒動と寺院の経済基盤である油料との関係は深く、その収拾に院が努めていたことが理解でき、「針庄騒動」に見られる強訴や「聖断」といった言葉の現実味も増す（田中文英氏「後白河院政期の政治権力と権門寺院」。『平氏政権の研究』所収。思文閣出版、一九九四年六月）。

（6）東大史料編纂所所蔵『佐野本系図』所収。

（7）他にも東京都渋谷区金王八幡神社に、土佐房昌俊が『平治物語』に見える金王丸の後身という伝承がある。

（8）土佐房昌俊と大和国が結びつく原因として考えられるのは『愚管抄』や『百練抄』に伝えられる「土佐房」という名前が、『鎌倉遺文』所収「春日社回廊造石壇石支配注文」貞応二年七月十日の文書に「土佐房奉」とあることから、奈良法師という素性の推察が可能であろう。

(9)　この点に関して、前掲注3『平家物語全評釈』では「後世の頼朝像の投影である可能性が強いだろう」と述べている。後世の頼朝像の投影という点では、山下宏明氏が「延慶本の物語を語る物語的構想において、すでに後日、天下を平定した段階の頼朝像が先行してしまっている」と指摘している（『平家物語の生成』一九八四年一月）。

(10)　物語上「予言者」としての性質を認められるが、実状として、敵人の存在故、本国に戻れず、頼朝しか自らの受け入れ先を見いだせなかった者達が参集したと思われ、土佐房昌春以外にも加藤氏などの存在がある。（野口実氏『中世東国武士団の研究』一九九四年一二月）。

(11)　延慶本で「堀河夜討」は他本と異なり、物語の時間の上では文治元年十月十一日に据えられ、頼朝追討院宣より前である。注2・今井氏論文によると、「昌俊夜討が義経謀反の噂にも先行することにより、頼朝側の一方的な挑発・攻撃という構想は、日付上のことではあるが、それまでみられた、頼朝との緊張関係の中で義経も対抗策を進めていったという構想をも抱え込むようになった」とする。

引用テキスト

延慶本　『延慶本平家物語　本文篇』（北原保雄・小川栄一編、勉誠出版、一九九〇年）
長門本　『長門本平家物語の総合研究　第一巻　校注篇』（麻原美子・名波弘彰編、勉誠社、一九九八年）
源平盛衰記　『源平盛衰記』（国民文庫、一九一〇年）
四部合戦状本　『四部合戦状本平家物語』（汲古書院、一九六七年）
覚一本　『日本古典文学大系　平家物語』（岩波書店、一九五九年）
義経記　『日本古典文学大系　義経記』（岩波書店、一九五九年）

平家物語「観賢僧正説話」考

――『高野物語』と長門本・南都異本の関係――

浜畑圭吾

はじめに

平家物語の維盛高野詣に位置する観賢僧正説話については、早くに麻原美子氏[1]が弘法大師伝及び『高野物語』との関係を指摘し、四部合戦状本に挿入されたものであるとされた。また渡邊昭五氏[2]は、延慶本成立以前に既に形が整えられていたとされており、山崎一昭氏[3]は延慶本を中心とした考察の中で、観賢僧正説話は『大師御行状集記』から成長、発展して平家物語に採用されたと論じられた。稿者も、平家物語の観賢僧正説話は何らかの大師伝から成立したと考えているが、麻原氏の指摘された『高野物語』との関係は、長門本と南都異本の祖本の段階で関わりをもったと考えている。また平家物語と『高野物語』については、麻原氏の他、阿部泰郎氏[4]も、何らかの平家物語、或は合戦譚、いくさ語りに基く知識を前提とはしているが、『高野物語』の文脈は、平家物語に拠るものではないとされ、山崎氏[5]は延慶本と『高野物語』が共通の基盤から成立したと指摘しておられる。本稿では、長門本と南都異本の観賢僧正説話の分析から、両本の祖本[6]の段階で『高野物語』を参照して、再編集されたであろうということを明らかにしたい。

一　延慶本、長門本、南都異本と『高野物語』本文の関係

長門本、南都異本の観賢僧正説話を考えるにあたり、先ずはその位置関係を把握したい。「観賢僧正説話」の位置は諸本で異同はないが、延慶本が清盛死去の後に第三本十五「白河院祈親持経ノ再誕ノ事」として配している「白河院渡天談義」「流沙葱嶺」「即身成仏の現証」「高野御幸」という一連の高野関係説話を、長門本、南都異本では、観賢僧正説話の後に移動させ、「老僧と維盛の問答」を観賢僧正説話の前に設けて老僧の語りという枠組みを構え、屋嶋を脱出した維盛に老僧が観賢僧正説話以下の高野関係説話を語って聞かせるという構成になっている。

先ず延慶本の観賢僧正説話の本文を挙げる。(7)

延慶本

抑延喜御門ノ御時、御夢想ノ告有テ、檜皮色ノ御装束ヲ当山エ送ラセ給シニ、般若寺僧正観賢、勅使ヲ賜テ、詣テ(二)奥院一、押(二)開テ御帳一、御装束ヲ進替ムトシ給ケルニ、霧深ク立渡テ、大師ノ御姿見ヘサセ給ハズ。御弟子ニテ石山ノ内供淳祐ト云人オハシキ。則其故ト省クテ、深ク涙ヲ流ツヽ、「我生テヨリ以来、未ダ(レ)犯(二)禁戒一。依テ何一カ大師ノ御躰見サセ給ハザルラン」ト、五躰ヲ投地テ、発露涕泣シ給シカバ、忽ニ霧晴レテ、秋月ノ出ルガ(二)山ノ端一如シテ、御形顕レ御シケリ。各随喜ノ涙ニ香染ノ御衣ヲ絞リアエサセ給ハズ。即御装束進セ替奉テ、御髪《グシ》ノ五尺二寸ニ生ヒ展《ノビ》サセ御シタリケルヲ、奉レ剃テケリ。内供ハ御膝ヲ探リ進セサセ給タリケリ。其御移香不失一シテ、石山ノ聖教ノ箱ニ未残リタリトカヤ。

次に長門本と南都異本を挙げる。(8)

長門本

「延喜の比にて侍けるにや、はん若寺のくはんけん僧正と申ける人、御へう堂にまいりて、石室をひらきて、

[a]生身をおかみ奉らんときせい申けるに、霧ふかくたちこもりて、見えさせ給はさりけれは、僧正、かなしひの涙をなかして、『我、しやうをうけしよりこのかた、いまたきんかいをおかさす。[b]なにの故に、大聖にへたてられ奉へき』とて、五たいを地になけて、はつろさむけし給ひけれは、[c]ねんくはんやいたりけむ、たちまち霧はれて、月の[d]雲間を出たるかことくして、生身の御たい、すこしもくもりなく、おかまれさせ給ひにけり。御くしの、なかくおひて、御ひさにあまりけり。僧正、すいきの涙をさへて、御くしをそり奉りけれは、風そゝろ吹て、もとの御衣をは、吹やられにけり。扨、ひはた色の御衣を、きせまいらせて、まかり出んとし給ひける時、僧正の御弟子に、いし山の内くう、しゆんいふと申人は、その時、いまたわかくておはしけるに、『大師の御たいを、はいし奉るか』ととひ給ひけれは、『見えさせ給はす』と申給ひけれは、『さらは』とて、御弟子の手を取て、御ひさを、さくらせ給ひけるに、御ひさ[e]あたゝかにて、さくられ給ひにけり。其後、一生のうち、[f]右の手のかうはしくおはしけりと。[g]五分法身の香に、ふれ給ひける故にこそ侍りけめ。その後、たいこの天皇の、御夢想のつけによりて、かうそめの御衣をとゝのへて、をくり奉り給ひける、ちよくしにあひくして、又僧正、さきのことくまいり給ひて、きせまいらせ侍けるに、今度は、御出定ありて、御ちよくたうは、申させ給ひける。其御ことはとそ、申つたへ侍める。『我昔遇二薩埵一、親悉伝二印明一。発二無比誓願一、莅二辺地異域一、昼夜愍二万民一、住二普賢悲願一。肉身証二三昧一、待二慈尊下生一。』とそ申させ給ひける。『そうして、生身の御たいをおかみ奉る事、たやすからす。末代に、人これをおかみ奉らすは、うたかふ心をなすへし』とて、その後は、石室をとちて、なかく出入をやめられけり。その後、公家よりもちよくしもまいらす、御たいをおかみ奉人侍らす。

南都異本

「延喜之比の事にて侍けるにや。般若寺の僧正観賢と申ける人、御廟堂に参たまひて石室を開て、[a]生身を拝み奉んと祈請申されけるに、霧深く立籠て見させたまはざりければ、僧正悲の涙を流して、『我生より以降未だ禁戒を犯さず。所持の聖教は天台釈尊の遺経にあらざることはなし。[b]何故にや大聖に隔てられ奉べし』とて、五躰を地に投げ、発露涕泣して無始より以来の罪障を懺悔したまひければ、[c]念願や至にけん忽ちに霧晴て秋月の[d]雲間より出か如く、少も陰り無く拝させたまひけり。御髪長く生て御膝に余けり。僧正随喜の涙押て御髪を剃たまひければ、風の曾呂々々と吹て本の御衣をは吹消にけり。将て檜皮色の御衣を着せ奉て罷り出んとしけるの時、僧正御弟子石山内供淳祐と申ける人は未だ幼て坐けるに、『大師の御躰は拝み奉ぬるか』と問たまひければ、『見へたまはず』と申ければ、『然は』とて、彼御弟子の手を取て御膝を探たまひけるに、[e]煖にて探られたまひにけり。生中[f]右の手の香く坐けり。[g]五分法身の香に触たまひける故にこそ侍けめ。其後醍醐天皇御夢想の告によりて、香染御衣を調て送り奉たまひけるに、勅使相具して僧正又先の如く持ち参たまひて着せ奉たまひけるか、此度は御出定有て、御勅答申たまひけり。其時の御詞とそ申伝へて侍へる。『我昔薩埵に遇ひ、親に悉く印明を伝て、無比誓願を発し、辺地異城に陪て、昼夜に万民を愍て、普賢悲願に住し、肉身に三昧を証し、慈尊の下生を待つ』と申させたまひける。『惣じて生身を拝奉る事輙からず。末代に是を拝み奉らずば、疑心を成すべし』とて、其後は石室を閉て、永く出入を止められけり。其後は公家の勅使も参らず。御躰を拝み奉る人も侍らず。

延慶本に較べて長門本・南都異本の記事の量が多くなっていることは明らかであるが、表現においても延慶本とは相違を見せている。本文中にa～gの符号を付し網掛けを施している箇所は、長門本と南都異本に共通した表現で、延慶本にはないものである。しかも、この表現が『高野物語』にほぼ同じ形で見られるという点に注目したい。『高野物語』本文を次に挙げる。[9]

高野物語

御入定ノ後。延喜ノ比ニテ侍ルニヤ。般若寺僧正観賢、御廟堂ニ参詣シ給テ。[a]生身ヲ拝ミ奉ラント祈請シ申サレシニ。霧立コメテ見エサセ給ハザリケレバ。泣々懺悔シ給テ。『我受生ヨリ以来更ニ所犯ナシ。[b]何ノ故ニカ大聖ニヘダテラレ奉ルベキ』ト。ネンゴロニ心ヲ至シテ祈請シ申給ケレバ。[c]願念ヤ至リ給ヒケン。忽ニ霧晴レノキテ月ノ[d]雲間ヨリ出ルガ如クシテ。生身ヲ拝見シ奉リ給ヒケリ。御髪長クシテ御膝ニアマレリ。泣々悦テ御髪ヲ剃奉テ。御衣ナドモ風ニ随テ散ジケレバ。着カヘサセ奉リナドシ給ヒケリ。此時御弟子ニ石山ノ内供淳祐ト申人。幼クシテ童形ニテヲハシケルニ。『見奉給ヤ』ト問給ヒケレバ。ミエサセ給ハヌ由申給ヒケルニ。『サラバ』トテ手ヲ取リ、御膝ヲ探サセ給ヒケルニ。御膝[e]アタヽカニシテ探ラレサセ給ヒケリ。其後。生中[f]右ノ手ハ馥シクヲハシケリ。[g]五分法身ノ香ニフレ給ヒケル故ニコソ。此ノ後チ醍醐天皇ニ奏シテ。香染ノ御衣ヲ調シテ送リ奉給ヒケレバ。僧正持チ参リ給テ。キセマヒラセラレケリ。今度ハ御出定アリテ。御勅答申サレケリトゾ。此時ノ御詞トゾ申メル『我昔遇テ二薩埵一ニ。親リ悉ク伝フ二印明一ヲ乃至。肉身ニ證シテ二三昧一ヲ。待二慈尊ノ下生一ヲ』ナド人ノ口ニアル事也。『輙ク拝ミ奉ルコトカタシ。末代ノ人是ヲ拝ミ奉ラバ疑ヲ貽ス者アルベシ』トテ。石ヲカタメテ出入ノ人ヲ止メラレニケリ。

観賢僧正説話が、弘法大師伝などの高野関係の資料に多く採録されていることは、周知のことであり、これまで平家物語諸本との比較も行われてきたが、本稿では『高野物語』との近似性を考えるために、長門本、南都異本の本文を基準に比較する。(10) 先ずａ「生身をおかみ奉らんときせい申けるに」(長門本。以下の本文は長門本である。)は、弘法大師伝の多くは「これを拝見せんと欲す」(『高野大師御広伝』)としており、「これ」を「大師の慈顔」(『弘法大師御伝』)、「大師」(『平家高野巻』)とするものがあるが、最も近いと考えられるものでも「生身をおがみたてまつらんとせられけるに」(地蔵院本・大蔵寺本『行状図画』)である。ｂの、弘法大師を「大聖」とするものは、『高野物語』、地蔵院本・大蔵寺本『行状図画』であり、他のものは殆どが「これ」であるが、「御体」(延慶本、『弘法大師御伝』『弘法大師行化記』『大師伝記』）とするものもある。cの「ねんくはんやいたりけむ」という表現は殆どの文献に見られない。地蔵院本・大蔵寺本『行状図画』では「祈請やいたりけん」とする。月がd「雲間」から出てきたとするのは『高野物語』、地蔵院本・大蔵寺本『行状図画』のみであり、延慶本のように「山ノ端」や「霧」から出てきたとするものが多い。大師の膝が暖かかったとするe「御ひさあたゝかにて」という記述は、屋代本、鎌倉本、百二十句本に見られるが、他文献では『高野物語』と地蔵院本・大蔵寺本『行状図画』のみである。f「右の手のかうはしくおはしけり」という表現であるが、殆どの文献はどちらの手とは記していない。そのなかで『高野物語』のみが「右ノ手」という具体的な設定を施している。g「五分法身の香に、ふれ給ひける故にこそ侍りけめ」は、地蔵院本・大蔵寺本『行状図画』が、「五分法身のはだへにふれ。五智金剛の体にちかづき給たりけるこそ。」とし、『三国伝記』が「五分法身ノ異香芬々タリ」とするが、『高野物語』よりも近いとは言えない。

以上、長門本、南都異本と『高野物語』の近似性を指摘した。両本は『高野物語』を参考にして再編集されたと考えられるが、長門本と南都異本がそれぞれ別々に『高野物語』を参照したというよりも、長門本と南都異本から一つ遡った両本の共通祖本（以下「共通祖本」）の段階で参照、再編集されたと考える方が自然であろう。両本が本文だけではなく、前後の構成においても似通っており、そしてそれが、『高野物語』の構成からヒントを得たものであると考えられるからである。そこで次に、『高野物語』において、観賢僧正説話がどのような構成の中で語られているのかということを確認したい。

二　『高野物語』における観賢僧正説話の構成

『高野物語』は巻一から巻五までの全五巻で、巻一から巻三までは老僧と複数の人物との問答、巻四から巻五は老僧と小童の問答という形式になっている。観賢僧正説話は巻五にあり、小童の、「サテモ大師ノ御入定ト云事。

誠ニ小国末代ニトリテ類ナキ不思議ニ侍ルベシ」という問いから始まる。そして、小童は具体的に、

官ノ外記日記ト云物ニハサナラヌ程ノ事ヲダニモ残ナク注シ置ケルニ。承和二年三月廿一日大師ノ御入定ト云事更ニ見ヘヌ事也。只世ノ常ノ人ノ入滅ノヤウトコソ見テ侍レ。公家殊ニ御悲歎有テ葬料ヲ送ラルナド侍リ。又御廟堂ノ前ニ炭灰《タンクワイ》《スミ》ナド久ク残テ侍リケルナド申セバ。火葬シ奉リタリケルトコソ見エタレト申侍シカ。何ナル事ニカ。オボツカナクコソト申ニ。

という、弘法大師の入定に対する疑いを示している。これに対して老僧は、公の記録に記されていないのは秘密にしていたからで、炭や灰は火葬した跡ではなく、入定後廟堂を守っていた弟子達の焚火の跡であると反論し、証拠として嵯峨天皇葬儀の際に出定があったことに併わせ、観賢僧正説話を挙げている。小童への反論の締めくくりとして、「此等ハ皆上古ノ口伝記録ニモ侍ル事ナレバ。御入定ニヲキテハ疑ヲ成ン事。冥顕ニツケテ怖モ有ベキ事ニコソ。」と語って、入定を疑うことを堅く戒めている。が、こうした弘法大師入定への疑惑は、『高野物語』独自の記事ではない。大師が入定しているのか、それとも入滅したのか、ということは相当古くから問題とされていたらしく、斎暹の『弘法大師御入定勘決記』(11)には、

問、大師南山高野の峯において、入定し給ふと。其事云何。答、之を言ふに二説有り。一には入滅説。二には入定説也。彼の入滅説の如きは謬説也。入定説は善説也。（中略）但し、続日本後記第四に云く、丙寅、大僧都空海、紀伊の国の禅居にて終る。庚午、勅して内舎人を遣し、法師の喪を弔ひ、並に喪料を施すと。

とある。『高野物語』の葬料の問題を、ここでは「喪料」と記している。この段階ではまだ観賢僧正説話を、疑惑を晴らす証拠としては用いていない。観賢僧正説話を疑惑の文言と共に記すのは、次に挙げる兼意の『弘法大師御伝』(12)が初出文献と考えられる。

僧正、思惟すらく、吾宿報至て拙くして、大師の在世に値ひ奉らず。但し機縁有て、今聖顔を拝す。是れ幸

也。吾れ猶以て見奉り難し。況や末代の弟子に於てをや。仍て堅く禅窟を閉て、永く開くべからずと云々。A

『弘法大師御伝』は、観賢僧正説話を記す弘法大師伝の中では、初出の『大師御行状集記』に次で古いものだが、観賢僧正説話のあとに傍線部分のような観賢の言葉が記されている。後世の入定に対する疑いを意識した一文である。『弘法大師御広伝』(13)になると、次の一文が加わる。

僧都曰く、我猶ほ以て見奉り難し。況や末葉の弟子をや。石を重ね、墓を作んにはしかず。B若し後代の人、見ることを得ずんば、決定して疑を生せん。是の故に隠し奉るのみ。則墓を作て戸を封じ畢ぬ。

二重傍線の箇所で後代に疑う者があるとわざわざ記している。更に発展した形を示すのが、藤原敦光の『弘法大師行化記』(14)である。

僧都曰く、我猶以て見奉り難し。況や末葉弟子をや。石を重ね墓を作んにはしかず。若し後代の人見ることを得ざれば、決定疑ひを生ず。是故に隠し奉るのみと。則墓を作り戸を封じ畢ぬ。C或人云く。凡人滅するが如く、火葬の事、有るに似たり。所以御墓所辺に炭灰有り。加之、太政官喪料を置く。会云く。炭灰は、昔守護を為し、恋慕を為す人宿居所焼木余残のみ。喪料は只喪家の弔ひの言なり。

網掛けの部分が加わり、火葬の事、葬料の事など、『弘法大師御入定勘決記』に記されていた具体的な疑問が「或人云く」として語られ、『高野物語』に近いものとなってくる。弘法大師の入定に対する疑いの文言は、概ねABCの三パターンに分類することが出来る。そこで『弘法大師御伝』以降の大師伝で、観賢僧正説話を記すものにこうした文言が記されているかどうかを見てみると、次表のようになる。

文献名	A	B	C
弘法大師御伝	○	×	×
弘法大師御広伝	○	○	×
東要記	×	×	×
弘法大師行化記	○	○	○
第八大師事	○	○	○
弘法大師行化記（勝賢本）	○	○	○
高野物語	×	○	○
平家高野巻（猿投本）	×	×	×
行状図画（十巻本）	×	×	×
奥院興廃記	○	×	×
南山秘記	×	×	×
弘法大師略頌鈔	○	○	×
弘法大師伝要文抄	○	○	×
高野口決	×	×	×
高野山勧発信心集	○	○	×
元亨釈書	○	○	×
真言伝	×	×	×
高野山秘記	×	×	×
弘法大師行状要集	○	○	×
行状図画（地蔵院本）	○	×	×
行状図画（大蔵寺本）	○	×	×
類聚八祖伝	○	○	×
大師伝記	○	○	○
三宝院伝法血脈	○	○	×

伝来する観賢僧正説話はほとんどこれらの文言と共に記されているということがわかる。つまり、『高野物語』は、弘法大師伝の伝統に則り、先ず小童が「C」を述べて疑いを示し、それに対して老僧が観賢僧正説話と「B」を示すという構成になっているのである。長門本、南都異本はこの文言「B」を説話の最後に記しているが、他の平家諸本には、疑いの文言は記されていない。加えて、疑いの文言と観賢僧正説話が対話形式で語られているものも、管見の限りでは、『高野物語』のみである。つまり、仏道については初学者の小童が入定を疑う文言を示し、これに対して老僧が観賢僧正説話を挙げて、大師の入定が確かなものであるとする『高野物語』の構成が、「共通祖本」で再編集される際に、受け継がれたのではないかと考えられる。そこで次に、これが平家物語にどのように受け継がれ、再編集されたのかという点を考えてみたい。

三　長門本・南都異本「共通祖本」再編集の方法と意図

長門本と南都異本が観賢僧正説話を「老僧と維盛の問答」の一部として語っているということは前章で指摘したが、他の平家諸本は独立した説話としている。先ず観賢僧正説話直前の導入部分を確認したい。滝口入道を先達として、簡単な道行が述べられた後の記事である。長門本では、

中将は、御へうの御前に、すこしさしのひて、念しゆしておはしけるに、かたはらに、しらぬ老僧の、よはひ七十有余なる、まいりて、くはん念をしてあり。中将、さしよりて、「大師御入ちやうは、いくら程へてわたらせおはすらん」と、とはれけれは、老僧申けるは、「御入ちやうは、仁明天皇御宇、六十二年と申、承和二年三月廿一日、とらの一てんの事なれは、すてに三百余歳になり侍り。釈尊御入めつの後、五十六おく七千万歳をへて、とそつた天より、みろくしそん、下生しおはしまさむする、三ゑの暁を、待給ふ御ちかひあり」と申けれは、「御入ちやうの後、御たいをおかみまいらせたる人や候らん」と、中将のたまひけれは、老僧、又申けるは、

とあり、南都異本もほぼ同文である。老僧は、奥院の廟堂の前に現れたということになっているが、平家物語において高野山に老僧が現れたという場面はもう一箇所ある。清盛が高野山の大塔を修理した、いわゆる「大塔建立」である。ここでは「八十有余」の老僧が現れ、清盛に礼を述べるということになっており、長門本は「弘法の御つけとおほえて、身のけよたちておほえけり。」[(15)]として老僧は弘法大師の化身となっている。これは延慶本も「大師ノ老僧ニ現ジテ」と共通している。つまり、「共通祖本」が再編集した際、こうした「老僧＝弘法大師の化身」という設定を引き継いだ可能性が高く、弘法大師の化身である老僧が、維盛の前に現れ、その質問に答えるという形で高野関係説話を語るということになる。そこで注目したいのは、観賢僧正説話直前の維盛の質問である。維盛の、

大師が入定してどれくらいたつのかという問いに答えた後、更に「御入ちやう後、御たいをおかみまいらせたる人や候らん」としている。大師が確かに入定していることの証拠として「御たい」を見たという例を求めている。その答えとして、観賢僧正説話が挙げられるのだが、これまで確認してきた通り、観賢僧正説話は奥院廟堂に入定している弘法大師の姿、体を観賢が拝見したということが最も重要な主張である。「共通祖本」はここで、維盛の問いにある「御たい」に合わせて、観賢僧正説話の本文に「御たい」を補っている。『高野物語』にはここでは一回も出ていないが、長門本には四回、南都異本には二回補われているのである。「共通祖本」は、再編集する際に、『高野物語』にはない、弘法大師の「体」を示す「御たい」という語を加えることで、観賢僧正説話の主張を補強したと考えられる。

更にもう一点、これはすでに先行の研究で指摘されていることであるが、[16]『高野物語』には一ヶ所しかない「侍り」という語が、長門本には五ヶ所、南都異本には三ヶ所補われているという編集上の特徴が挙げられる。『高野物語』も老僧と小童の会話という形をとっているが、「共通祖本」は老僧と維盛の問答という設定を意識して「侍り」を加えたのだと考えられる。つまり共通祖本は、『高野物語』の仏道の初学者であり、入定を疑う小童に、観賢僧正説話を以って説いて聞かせる老僧という設定を、維盛と、弘法大師の化身である老僧の問答という形に置き換えたのだと考えられる。『高野物語』は巻一から巻三は老僧と複数の人物との問答という設定であるから、「共通祖本」から『高野物語』が成立したとは考え難い。入定に対する疑いの文言と観賢僧正説話の併記も弘法大師伝に伝統的なものであるから、『高野物語』から共通祖本が成立したとする方が自然である。[17]

「共通祖本」は、編集操作に不備があるものの、[18]『高野物語』を参照して再編集したと考えられる。その際、清盛死去の後にあった「白河院渡天談義」「流沙葱嶺」「即身成仏の現証」「高野御幸」をも移しているが、これらは宗祖弘法大師の即身成仏、高野山の霊場としての重要性という、高野山が最も主張しなければならない事柄である。[19]

これらを一まとめにして語った後、滝口入道の様子が語られるのだが、その際、長門本と南都異本には「入我々入のくはんのまへには、心性の月あらはるらんと、おもひやるこそたつとけれ」（南都異本もほぼ同じ）という一文が加えられている。(20)「入我我入の観」は、『守護國界主陀羅尼経』(21)に「三千塵数仏　悉来入我身　我身等虚空　扇底迦供養　想菩薩歓喜　是増長護摩　忿怒入我身」とあるもので、「仏」が行者である「我」に入り、「我」もまた「仏」に入るという「仏」と「我」の一体化を示すものである。高野山に庵を結ぶ滝口入道が、そうした仏と一体となる即身成仏の姿を見せるということは、これまで述べてきた再編集の指向と合致しており、一連の作業にともなう編集であると考えられる。

おわりに

長門本・南都異本の一段階前、即ち「共通祖本」の段階でのこのような再編集は、仏道の初学者に大師入定をわかり易く説いて聞かせるという指向が強い。『高野物語』の「中世日本の真言宗の、教義と歴史とを併せたひとつの世界像を認識し、教化のために示す(22)」という性格に照らし、「共通祖本」もまた『高野物語』を参照して、庶民教化の指向に合致する改編を行ったものと考えられる。

注

（1）麻原美子氏「平家物語における弘法大師説話をめぐる一考察」（『日本女子大学国語国文学論究』第一集　昭和四十二年）、同氏「『平家物語』と『高野物語』―唱導性を問題として―」（『日本女子大学紀要』文学部十六号　昭和四十二年）

（2）渡邊昭五氏「平家物語観賢説話と大師伝記」（『國學院雑誌』九十八巻一号　平成九年）

（3）山崎一昭氏「延慶本『平家物語』と唱導―『平家高野巻』の編纂意図―」（『國學院大學大学院紀要』文学研究科第三十一輯　平成十二年）

（4）阿部泰郎氏「『高野物語』の再発見―醍醐寺本巻三の復原―」（『中世文学』第三十三号　昭和六十三年）

（5）山崎一昭氏「唱導と『平家物語』―『高野物語』巻三を中心として―」（『國學院大學大学院文学研究科論集』第二十六号　平成十一年）

（6）長門本と南都異本の共通祖本は既に武久堅氏（「平家物語「旧延慶本」の輪郭と性格―南都異本との関連」『広島女学院大学論集』三十　昭和五十五年。後『平家物語成立過程考』所収）が「旧南都異本」として想定されており、松尾葦江氏（『平家物語論究』二百九十頁　明治書院　昭和六十年）も同様に共通祖本を想定されている。

（7）延慶本は、北原保雄・小川栄一編『延慶本平家物語』本文篇上下（勉誠出版　平成十一年）を使用した。

（8）長門本は麻原美子・名波弘彰編『長門本平家物語の総合研究』校注篇上下（勉誠社　平成十年）、南都異本は、山内潤三翻刻「彰考館蔵南都異本平家物語」（『高野山大学論叢』二号　昭和四十年）を私に読み下した。

（9）『高野物語』は『弘法大師伝全集』第九所収の親王院本を使用した。

（10）比較したものは、平家諸本が、延慶本、長門本、源平盛衰記、四部合戦状本、南都異本、南都本、屋代本、平松家本、鎌倉本、百二十句本、覚一本であり、その他、『大師御行状集記』『弘法大師御伝』『高野大師御広伝』（以上『弘法大師伝全集』第一巻　昭和五十二年）、『東要記』『弘法大師行化記』『弘法大師行化記（勝賢本）』『大師伝記』『第八大師事』（以上『弘法大師伝全集』第二巻）、『南山秘記』『弘法大師略頌鈔』『弘法大師伝要文抄』『弘法大師行状要集』（以上『弘法大師伝全集』第三巻）、『行状図画（十巻本）』（『弘法大師伝全集』第八巻）、『高野物語』『行状図画（大蔵寺本）』『行状図画（地蔵院本）』（以上『弘法大師伝全集』第九巻）、『高野山秘記』『高野口決』（以上『中世高野山縁起集』所収　平成十一年）『高野山勧発信心集』（阿部泰郎『中世高野山縁起の研究』昭和五十七年）、『元亨釈書』（国史大系）、『真言伝』（『大日本仏教全書』百六）、『類聚八祖伝』（『続真言宗全書』第三十三　昭和五十九年）、『三国伝記』（池上洵一校注『三国伝記』昭和四十六年）、『三宝院伝法血脈』（『続群書類従』第二十八輯下）『古事談』（国史大系）である。

(11)『弘法大師伝全集』第一巻　長谷宝秀編　ピタカ　昭和五十二年
(12)『弘法大師伝全集』第一巻　長谷宝秀編　ピタカ　昭和五十二年
(13)『弘法大師伝全集』第一巻　長谷宝秀編　ピタカ　昭和五十二年
(14)『弘法大師伝全集』第二巻　長谷宝秀編　ピタカ　昭和五十二年
(15)巻第五「厳島次第事」
(16)武久堅著『平家物語成立過程考』四十三頁（おうふう　昭和六十一年）
(17)麻原氏は前掲注（1）論文（『平家物語』と『高野物語』―唱導性を問題として―）で、平家物語の「即身成仏の現証」は、『高野物語』の構成に依っているとされている。
(18)延慶本が観賢僧正説話の後に記す「御入定ハ仁明天皇ノ御宇、承和二年ノ事ナレバ、過ニシ方モ三百歳、星霜年久クナレリ。猶行末モ五十六億七千万才ノ後、慈尊ノ出世、三会ノ暁ヲ待給ランコソ遥ナレ。」を長門本・南都異本もほぼ同文で一連の高野関係説話の後に記しているが、両本は同じものを観賢僧正説話の直前で、老僧に語らせており、重複した形となっている。
(19)南都異本が「流沙葱嶺」と「即身成仏の現証」を欠いているのは、共通祖本にあったものを省略したと考えている。
(20)延慶本も観賢僧正説話の直前の独自章段「惟盛高野巡礼之事」で「入我々入之観ニ」と記しているが、延慶本は共通祖本とは違い、高野山の名所、出来事をまとめた総合的な記事となっている。
(21)『大正新脩大蔵経』密教部二
(22)前掲注（4）論文

付記　本稿は関西軍記物語研究会第五十四回例会（平成十七年七月十七日・於「大原の里」）における口頭発表を基に加筆修正したものです。席上御教示を賜った先生方に厚く御礼申し上げます。

『源平盛衰記』と中世源氏物語注釈

――実定厳島道行記事の検討を通して――

岡田三津子

はじめに

『源平盛衰記』巻三後半には、平氏一門の繁栄の陰で不遇をかこつ人物として藤原実定の動静を描いている。実定は、家柄、才能ともに近衛左大将候補の第一人者と目されていたが、治承元年(一一七七)の除目に、大将の選から漏れた。失意のうちに籠居の日々を送る実定に、家司佐藤近守が厳島参詣によって清盛の歓心を買うことで大将への望みを繋ぐべきだ、と進言する。実定はその進言を受け入れ、厳島参詣を遂げ、ついには左大将任官を果たす。

この実定厳島参詣関連記事は、屋代本を除くほとんどの『平家物語』諸本に見え、多少の異同はあるものの、侍の進言、厳島参詣、左大将任官という枠組みは一致している。[1] 盛衰記の実定厳島参詣関連記事は、『平家物語』諸本の中で最も記事量が多く、独自の成長を遂げたと評されている。[2] 盛衰記巻第三「実定厳島詣」「同人成大将」「有子入水」の梗概を以下に示す(以下『源平盛衰記』を「盛衰記」と略称する)。

1 実定、顕長と和歌の贈答をする。

2 佐藤近守、厳島参詣によって清盛の歓心を得るべきことを実定に助言する。

3厳島への道行（須磨・明石で『源氏物語』の昔を偲ぶ）
4実定、厳島参詣。厳島内侍たちと管弦。
5実定、有子内侍に「山の端に」の和歌を賜る。
6実定、厳島の内侍を伴って上洛する。
7実定、左大将任官。
8有子、住吉の澪の沖で入水。

1と3が盛衰記の独自本文であり、5と8の有子関連話（入水譚）は南都本に類話が存する。本稿では、盛衰記独自本文のうち、3の実定厳島道行記事について検討する。盛衰記編者がどのような意図のもとに実定厳島詣関連記事を構成したのか、その手がかりがこの道行記事に示されている、と考えるためである。さらには、独自本文を作り上げる際に利用した資料の性質を明らかにすることは、盛衰記成立時期を推定する手がかりにも繋がる可能性がある。

一　須磨・明石への傾倒

盛衰記の実定道行文を以下に示す（静嘉堂本の本文を掲げ、古本系盛衰記伝本間(3)における主要な校異を示す。ただし、漢字と仮名の使い分けなど、用字の違いは除外する。漢字は通行字体に改め、私に句読点を付す）。

やかて御精進《シャウシン》在て厳島《イックシマ》へそまいり給ふ。比は三月《ヤヨヒ》の中の三日の事なれは、明《アケ》行空のあさほらけ四方の山々霞こめ、こきゆく舟の波間より雲井はるかに立へたて、とをさかりゆく悲《カナ》しさに、かゝらましかは中〳〵にと思食けん理也。蒼波路遠《シ》雲千里と詠しつゝ、須磨の浦をそ過給ふ。[a]「行平中納言の旅人のたもとすゝしく成ぬらん

せき吹こゆるすまのうらなみ（風歟）ト

詠しけん折しも」A思出られけり。「b抑源氏の中将の此うらにかよひ給しとき、源氏琴《ケンシコト》をひき良清に歌うたはせ、惟光《コレミツ》笛《ニフエ》ふかせてあそひ給しに、心とゝめて哀なる手なと弾《ヒキ》給ひける折しも、①五節君とて源氏の御思人あり。父の大弐あひくして筑紫へ下りたりけるかのほるとて、かの浦風琴の音をさそひけるを聞て

琴のねにひきとめらるるつなてなは

たゆたふこゝろ君しるらめや

と聞えたりしかは、御返に源氏

心ありてひく手のつなのたゆたはゝ

うちすてましやすまの浦風

とありけん」もB今更思ひ出されけり。明石の浦を過給ふにも、「cかれならん源氏大将のすまの浦にしつみ給ひし比、②夢の告によつて播磨入道の女《ムスメ》明石上をむかへ奉りけん、③すまよりあかしの浦つたひにも、みちの程遥にありけん」と、C思食のこす方そなき。かくて日数ふる程に、春もすてに暮つゝ夏の木立に成にけり。四月二日には厳島《イツクシマ》にもつき給ふ。

校異　うらなみ　静嘉堂本　「なみ」の右横下に「風歟」と傍書(4)

蓬左本　浦風

早大書入本　書き入れナシ

慶長古活字本　ウラナミ

通常の道行文においては、歌枕を中心とする道中の地名をあげ、その地にまつわる歌語や詩語を点綴する。右の実定道行文の場合は、地名として取り上げているのが須磨・明石だけであるという点に特徴がある。さらに傍線部

A「思出られけり」・B「今更思ひ出されけり」・C「思食のこす方そなき」で統括される記事は、『源氏物語』須磨・明石の巻の内容と深く関わっている。(5) 以下、A～Cそれぞれの場合について具体的に検討する（以下の論では煩雑を避けるために『源氏物語』須磨の巻・明石の巻をそれぞれ『須磨の巻』『明石の巻』と称する）。

まず、傍線部Aは「行平」から「折しも」まで（引用文中にa「　」で示した）を承け、須磨沖を通った実定が、須磨にちなんだ和歌として行平の詠歌を思い起こす様を描いている。盛衰記は、『須磨の巻』の「ゆきひらの中納言のせきふきこゆるといひけむうらなみ」に拠りながら、注釈的に一首全体を示したものと考えられる。『須磨の巻』では、和歌の第四句「せきふきこゆる」によって引歌を暗示している。(6) これに対して盛衰記では、『須磨の巻』で引歌となった行平詠をすべて引用している。盛衰記の他の箇所においても、先行資料で部分的に引用された和歌を、完全なかたちで引用しなおすことは多い。(7) 行平歌の引用は、盛衰記における注釈的叙述方法のひとつと位置付けられる。(8)

次に傍線部B「今更思出られけり」は、「抑」から「ありけん」まで（引用文中にb「　」で示した）を承けている。実定は『須磨の巻』における光源氏と五節君の交流に思いを馳せている。盛衰記は、『須磨の巻』の本文を利用しながら記事の順序を入れ替えて再構成したものと考えられる。盛衰記と『須磨の巻』の対応を以下に示す（本文が一致している箇所に傍線を付し、完全に一致はしないが対応している箇所に波線を付す）。

盛衰記

抑源氏の中将の此うらにかよひ給しとき
源氏《ケンシ》琴《コト》をひき、良清に歌うたはせ、

『須磨の巻』

II 冬になりてゆきふりあれたるころ・そらのけしき
もことにすこくなかめ給て・
きんをひきすさひ給てよしきよにうた〳〵はせ

惟光《コレミツ》笛《フエ》ふかせてあそひ給しに、
心とゝめて哀なる手なと弾《ヒキ》給ひける
折しも、
五節君とて源氏の御思人あり。
父の大弐あひくして筑紫へ下りたりけるかのほると
て、かの浦風琴の音をさそひけるを聞て
琴のねにひきとめらるるつなてなは
たゆたふこゝろ君しるらめや
と聞えたりしかは、御返に源氏
心ありてひく手のつなのたゆたはゝ
うちすてましやすまの浦風

たいふにふえふかせて・あそひ給、
心とゝめてあはれなるてなとひき給へるに
[I]そのころそ・かの大貳はのほりける。（中略）まし
て五節のきみはつなてひきすくるもくちをしきに・
きむのこゑ・風につきてほのかにきこえたり。（中
略）・五節はとかくして・きこえたり。
ことのねにひきとめらるゝつなてなは
たゆたふ心きみしるらめや
すきくしさも・人なとかめそときこえたり・ほを
ゑみて見給もいとはつかしけなり
こゝろありて引てのつなのたゆたはゝ
うちすきましやすまのうらなみ・

（注―源氏物語の本文引用は『尾州家河内本源氏物語』武蔵野書院、一九九七年による。以下同じ。また、引用文中の空白は本文を対応させるために生じたものであり、省略によるものではない。）

『須磨の巻』において、IIはある雪の日の出来事であり、Iはそれ以前の秋の頃の話として描かれている。また『須磨の巻』I・IIいずれの場面でも琴が重要な役割を果たしている。しかし、Iにおいては「きんのこゑ」の主が光源氏であることは明記されていない。盛衰記は、『須磨の巻』の記事の順序をII→Iと入れ替え「弾《ヒキ》給ひける

折しも」とつなぐことで、異なる二つの場面を光源氏が琴を奏でる同一の場面としている。その結果、盛衰記では、五節君の耳に届いた琴の音の主が光源氏であることがはっきり示されている。この場合も、琴の弾き手を明確に示すという、盛衰記編者の注釈的姿勢を読み取ることができる。さらに、五節君の扱いにも相違がある。『須磨の巻』では和歌の贈答によって五節君と光源氏の恋の気配がほのめかされるに留まっている。それに対して盛衰記では、五節君を「源氏の御思人」と明記している（「御思人」については後述）。

次に、傍線部C「思食のこす方そなき」について検討する。「かれならん」から「ありけん」まで（道行引用文中にc「　」で示した）を承け、明石の浦を通り過ぎた実定が、光源氏の明石移住や明石上との出会いなどに思いを馳せる様を描いている。

しかし、「夢の告によりて播磨入道の女明石上をむかへ奉りけんすまより明石の浦つたひ」という盛衰記の記述は、『明石の巻』の内容からは逸脱する要素を含んでいる。先の五節君を「源氏の御思人」とする理解も含めて、中世における源氏物語注釈の世界との関わりが想定できる。(9) 次節では「源氏の御思人」「夢の告」「須磨より明石の浦づたひ」という表現（引用文二重傍線部①・②・③）について具体的に検討する。

二　源氏物語注釈との関連

①【源氏の御思人】

五節君は、『花散里の巻』で以下のように描かれる女性である。

例1　かやうのきはには・つくしの・こせちこそ・らうたけなりしかと・まつおほしいつれは・いかなる事につけても・御心のいとまなからむかしと・くるしけなり

ここでも光源氏との恋の気配が暗示されてはいるが、「御思人」という盛衰記の表現には直接は結びつかない。管見の範囲では、源氏物語注釈のうち五節君に言及する最も早い例は『花鳥余情』である。『花鳥余情』では、例1に挙げた「つくしのこせち」という本文に対して「大弐のむすめなり。これも源氏のあひし人也」と注している。[10]源氏物語注釈のなかで、五節君を「御思人」とする早い例が、以下に示す『光源氏一部謌』である。

例2　この大にのむすめ一とせ五節のまひひめにいてたりしを、源氏御おもひ人にて忍〳〵わすれかたき物におもほしたり。ちゝの大にくしてつくしへ下てこの時つれてのほる、おり〳〵つくしの五節とほんにあるは是也

（『源氏物語古注集成3』おうふう）

二重傍線部「ちゝの大にくしてつくしへ下てこの時つれてのほる」は、盛衰記の「父の大弐あひくして筑紫へ下りたりけるかのほる」とほぼ一致している。五節君は、例1に示したとおり『花散里の巻』においても名前が記されるだけの女性である。その五節君が、『須磨の巻』において光源氏と和歌の贈答をする背景を説明する必要があったために、このような人物注をつけたものであろう。

『源氏大鏡』・『源氏物語抜書抄』にも同様の記述がある。これらは一五世紀後半以降に成立した『源氏物語』梗概書として位置づけられている。[11]『源氏物語』梗概書としては、他に『源氏小鏡』の類が知られるが、光源氏と五節君の和歌の贈答には言及していない。

盛衰記編者が『光源氏一部謌』や『源氏大鏡』の類を参照して「五節君とて源氏の御思人」と記した、と結論づけるつもりはない。「思人」という理解が、盛衰記編者特有のものではなく源氏物語注釈の世界と関わることを指摘しておきたい。

②【夢の告】

光源氏が「夢の告」によって明石上を迎えたという盛衰記の記述は、『明石の巻』の次の場面と関連していると

考えられる。

例3　たゝよりゐ給へるに・こ院のたゝおはしましゝさなからたちたまひて、なとかくあやしきところにはものするそとて・御てをとりてひきたてたまふ（中略）・御ともにまいりなんとなきいり給て・見あけたまへれとひともなし・月のかほのみきらくとして・ゆめのこゝちもせす

例3は、光源氏が須磨に移り住んだ翌年の三月十三日、故桐壺帝が源氏の夢に現れ、早くこの地を去るようにと諭す場面である。夢から覚めた光源氏を「ゆめのこゝちもせす」と描写してはいるが、「夢の告」とはしていない。『明石の巻』全巻を見わたしても「夢の告」という表現はみあたらない。

ところが、源氏物語注釈のなかに、光源氏が夢中で聞いた桐壺帝のことばを「夢の告」と理解しているものがある。「夢の告」に言及する早い例として、以下に示す『光源氏一部謌』がある。

例4　すまの夢のつけ是也。源氏須磨にすみうくおほしめすおりからこの御夢ありけれは、あかしよりの夢のつけの御むかへをもちゐ給し也。ゆめのなこりたのもしいおほさる。

これは例3に示した場面に付された勘注である。また「あかしよりの夢のつけの御むかへ」とは、明石入道が三月一日に住吉明神の夢の告げを得ていたことを指している。光源氏の明石移住に重要な役割を果たしたものとして、ふたつの「夢の告」があったことがわかる。

また、連歌においても源氏寄合として「夢の告」の例が見出せる。二条良基の『光源氏一部連歌寄合之事』には以下のようにある。

例5　あめは三月一日より十三日までおやみもなくふりぬ、十三日のあかつきおはしますろうの上になるかみおちて、あさましきなといふはかりなし、その時御ぐわんともたて給ひけるやらん、雨かせすこししづまりくもきえそらもみとりの色になりしかは、すこしまとろみたまへる御ゆめにつげあり、こいん御てをとりてこのう

らをさり給へとのたまいし也、されはゆめのつげとも付べし
（『良基連歌論集三』古典文庫第九二冊、一九五五年）

例6　すま　ゆめのつげ　みてぐら　おふやしま　ふな出して　うみにますかみ　ふるさと　あやしきかせ　い
上あかしのまきのことばなりといへどもすまの事なり
（『良基連歌論集三』古典文庫第九二冊、一九五五年）

例5は須磨の巻の注文であり、『明石の巻』の本文を引用しながら、故桐壺院のことばを「つげ」と称し、須磨の付合として「夢の告」を挙げている。また例6は明石の巻の注文であり、光源氏の明石移住に関わる源氏寄合を列挙した箇所である。ここでも「夢の告」が付合として挙がっている。

連歌の世界において「夢の告」が須磨の付合として理解されていたことと関わって、謡曲《忠度》にも「夢の告」が用いられている。

例7　お僧に弔はれ申さんとて　これまで来たれりと　ゆうべの花の蔭に寝て　夢の告げをも待ち給へ　都へ言伝て申さんとて　花の蔭にやどりきの　行く方知らずなりにけり行く方知らずなりにけり
（新潮古典集成『謡曲集』中）

《忠度》は須磨を舞台とする曲であり、随所で源氏寄合が用いられている。[12]例7は中入り直前の場面にあたり、「夢の告」は前シテが自らの正体を暗示する表現として重要な働きをしている。[13]

一方、『源氏物語』本文から離れて、歌語としての「夢の告」、詩語としての「夢告」の用例は見いだし得ていない。以下に示す早歌の二例が指摘できるのみである。

例8　されば或は海中に　楼閣玲瓏の奇瑞をなし　或は夢の告有て　本地医王の誓約　十二大願をあらはす
（宴曲抄中「三島詣」『早歌全詞集』三弥井書店、一九九三年）

例9　かたじけなくも聖廟の宝前にしてや　祈念夜をかさねし夢の告　貞かに覚て　現を案ずるに　菅原の末葉

の露の数にもあらぬ身にしあれど　漏らさぬ恵をやすすぐらむ

（玉林苑上「竹園山誉讃」『早歌全詞集』三弥井書店、一九九三年）

例8・例9における「夢の告」は、たんに神仏の霊夢の意で用いられていると考えてよい。早歌には『源氏物語』須磨・明石の両巻に由来する表現が多いことで知られる。(14) ただし、「夢の告」に関してはこの両巻との関わりはない。

以上の検討から、盛衰記の「夢の告」という表現も、先の「御思人」の場合と同様、源氏物語注釈の世界と通じるものであると言うことができる。

③【須磨より明石のうらつたひ】

「浦つたひ」は、以下に示す『明石の巻』の源氏詠に由来する歌語である。

例10　はるかにもおもひやるかなしらさりしうらよりをちにうらつたひして

「浦つたひ」は、『源氏物語』の世界を踏まえた中世歌語として多くの用例を見出せる。しかし、「須磨より明石の浦つたひ」とひとまとまりの表現として記すものは少ない。(15) この場合も「夢の告」と同様、源氏物語注釈のなかに用例を見いだすことができる。たとえば『光源氏一部連歌寄合之事』には、『明石の巻』の巻名由来を以下のごとく記している。

例11　これも此まきにけんしすまよりあかしへうらづたひし給へばあかしのまきといふへし。かの十三日のあかつきにおきのかたをゆめさめてのちごらんじやりけれはちいさき舟にのりてはりまのこくしこれをあかしの入道といふ也（略）そのことばに　むかひ舟　ふなで　おいかぜ　うらつたひ　うらよりおち　これらはすまよりあかしへわたり給へるときのことば也また『花鳥余情』の巻名由来にも以下のように記す。

例12　源氏廿六歳の三月十三日に須磨よりあかしにうらつたひし給ふ廿七歳の七月帰京までの二年の事見えたり

例11・例12いずれの場合も、巻名の由来を述べている点に注目したい。盛衰記実定道行文における「夢の告によつて播磨入道の女明石上をむかへ奉りけん、すまよりあかしの浦つたひにもみちの程遥にありけん」が、『明石の巻』の梗概であるかのような印象を与えていることと通じる点があるからである。(16)

以上の検討から、実定道行文のなかで『源氏物語』本文では説明のつかない記述が、源氏物語注釈の世界と関わると考えてよい。改めて述べておくが、盛衰記編者が編集資料の一つとして源氏物語注釈を利用していた、という検証を示唆するわけではない。連歌や謡曲の世界における『源氏物語』の理解と、盛衰記における理解とに共通する側面があるということを指摘するにとどめておく。

本節で述べたことは、盛衰記が実定旅立ちの日付を三月十三日に設定していることとも関わる可能性が高い。次節では盛衰記における実定旅立ちの日付「三月中の三日（三月十三日）」について検討する。

三　三月中の三日

『平家物語』諸本のうち、実定旅立ちの日付を具体的に記すのは、盛衰記と南都本だけである。南都本では、「三月半ノ末」に出立し、春日社に参詣した後、三月二十三日に厳島に向かい、四月二日に厳島に到着したとしている。実定厳島参詣を記す資料としては、他に『玉葉』と『古今著聞集』が知られる。いずれの場合も、治承三年三月晦日の出来事として記しており、(17)盛衰記の日付とは直接関わらない。ここで注目したいのは、「三月中の三日」という盛衰記の日付表記の方法である。盛衰記における日付表記の具体例として、後白河法皇の厳島参詣記事を以下に示す。

例13　承安四年三月に、法皇並建春門院、安芸国厳島明神へ御幸あるべき由聞えし程に、十六日〈癸卯〉、法住寺殿を御門出ありて、十九日に室泊まで御船に奉る。同二十六日癸丑、社頭に参著せ給へり。（中略）同二十七日には女院の御奉幣、御正体御経供養あり。

（巻第三「一院女院厳島御幸」）

盛衰記の他の巻においても、右と同様の日付表記法をとる。盛衰記全巻を通じて、「三月中の三日」のごとき日付表記をする例は見出せない。

一方、盛衰記の実定道行文が、盛衰記の独自本文であることは先に指摘したとおりである。この「三月中の三日」という特異な日付表記は、当該箇所が『須磨の巻』『明石の巻』両巻をふまえていることと関わっていると考えられる。そこで須磨・明石の両巻で明示される日付を以下に抽出する。

須磨の巻の日付表記

三月二十日あまり　光源氏、都を離れる（須磨下向）。
八月十五夜　宮中の月の宴に思いを馳せ、「三五夜中」の詩を吟ずる。
（須磨で越年）
二月二十日あまり　光源氏、宮中の花の宴に思いを馳せ、南殿の桜を想う。
三月一日　光源氏、海辺で巳の日の祓え。激しい風雨雷雨が続く。

明石の巻の日付表記

三月十三日　光源氏、須磨から明石に移る。
四月のある夜　光源氏、明石の入道と管弦。明石の姫君の存在を知る。
八月十三日　光源氏、明石姫君の元を訪う。
（明石で越年）

七月二十日あまり　光源氏に帰洛の宣旨がくだる。

このうち、実定旅立ちの日と一致するのは、『明石の巻』の三月十三日である。三月十三日は、光源氏の須磨下向から約一年後にあたる。源氏が須磨から明石に移った日であるだけでなく、『明石の巻』において、特別の意味を持つ日として設定されている。三月十三日は、故桐壺帝が光源氏の夢枕に立って須磨を去ることを諭した日である。また明石入道が三月一日に見た夢のなかで、不思議な兆しを起こすので船を準備せよ、と龍神から予告された日も三月十三日であった。源氏は、自分の夢と明石入道の夢とが符合したことを知り、明石に移ることを決意し、その日のうちに明石に移住する。さらに『明石の巻』では、都において帝が夢中で故桐壺院から叱責を受けた日も三月十三日であった、と明記している。それ以来、帝は眼病に悩まされ、外祖父が亡くなり弘徽殿の大后も病気がちになるという不幸が続く。光源氏に帰洛の宣旨が下るのは、翌年の七月のことではあるが、その契機となるのは三月十三日に夢中で故桐壺帝から叱責されたことであった。『源氏物語』では、日付が明示されることは少ない。しかし、三月十三日だけは『明石の巻』で三度繰り返されている。

このように『明石の巻』で繰り返し記される三月十三日は、光源氏の運命の転換点となった日であり、それを契機として帰洛後の栄華がもたらされた日でもある。盛衰記における実定は、厳島参詣によって清盛の歓心を買い、やがて左大将任官を果たす。厳島への旅立ちは、失意の日々を過ごしていた実定にとって運命の転換点となった日であった。その意味で、三月十三日はいかにも相応しい日であったと言ってよい。

一方、源氏物語注釈においても、光源氏が「夢の告」を得た重要な意味を持つ日として、三月十三日に繰り返し言及している。(18) 盛衰記が「夢の告」という表現を用いていることを考え合わせると、実定旅立ちの日付を三月十三日に設定する際、その発想を助けたものとして源氏物語注釈があったと想定してよいだろう。

このように見てくると、実定道行文のうち、都を出立した直後の「かゝらましかは中〳〵にと思食けん理也」という表現（道行引用文波線部）も、『須磨の巻』をふまえたものである可能性が高い。第一の理由は「けん」という回想の助動詞が用いられている点である。道行文にa「　」〜c「　」で示した箇所においても「けん」が四度用いられており、そのうち三度（ありけん・迎え奉りけん・ありけん）は光源氏の行動を受けている。言い換えれば、須磨・明石の地で、実定が回想したのは光源氏の行動であった。第二の理由として「中〳〵に様変わる」が、『須磨の巻』において光源氏が須磨の景物に感興を覚える様を描いた表現として理解されていた点があげられる。[19] 以上の点から、「かゝらましかは中〳〵にと思食けん」の主体は、光源氏であったと考えてよい。

つまり、盛衰記においては三月十三日に都を発った直後から、実定が光源氏の須磨流謫に思いを馳せていた様が描かれている。

おわりに

盛衰記における実定厳島道行記事は、旅立ちの日付をはじめとして、その記事全体が『源氏物語』須磨・明石の両巻と関わっている。

道中の歌枕の中から須磨・明石だけを取り上げた盛衰記編者は、『源氏物語』須磨・明石の両巻の枠組みを借りて、実定厳島参詣関連記事を構成しようと意図した痕跡がある。独自本文の道行文に留まらず、厳島における実定と内侍たちの管弦の遊び、さらには有子と実定の恋物語までを、『明石の巻』における光源氏と明石の上の物語を投影させて構成したと考え得る。[20]

また、独自本文として実定厳島道行記事を記す際に、盛衰記編者の『源氏物語』理解を助けたものとして源氏物語注釈の世界が背景にあった。ここに指摘した、梗概書・付合類との近さは、先行本文に基づく増補の時期を推定する一つの手がかりともなりうるのではないだろうか。

注

（1）実定厳島参詣記事は、延慶本・長門本・四部本では巻一の成親謀叛の前に位置し、覚一本では巻二の成親死去のあとに位置している。春田宣氏『中世説話文学論序説』（桜楓社、一九七五年）、赤松俊秀氏『平家物語の研究』（法藏館、一九八〇年）。

（2）『平家物語研究事典』（明治書院）藤原実定の項目（久保田淳氏執筆）。

（3）盛衰記古本系伝本とは、成簣堂文庫蔵写本・静嘉堂文庫蔵写本・蓬左文庫蔵写本・早大書入本（無刊記整版本への黒川本の書き入れ）・慶長古活字本の五本を指す。詳細については、拙著『源平盛衰記の基礎的研究』（和泉書院、二〇〇五年二月）参照。なお、成簣堂本が巻三を欠いているため、本稿では静嘉堂本を底本として用いる。

（4）前掲（注3）拙著『源平盛衰記の基礎的研究』147頁・148頁参照。

（5）この箇所については、「『源氏物語』に描かれた生活をただのつくり物語の世界のこととせず、この世に実在したかもしれない故事として考えていたことを示している」との評がある（岡一男氏『源氏物語辞典』「戦記物語への影響」春秋社、一九六四年）。また、久保田淳氏は「『源氏物語』須磨・明石両巻の叙述を史実のごとく見なして記す」と述べている（中世の文学『源平盛衰記』（一）三弥井書店、86頁頭注五）。

（6）『続古今和歌集』羈旅部・八六六番

つのくにすまといふ所に侍りけるときによみはべる　在原行平

たび人はたもとすずしくなりにけりせきふきこゆるすまのうらかぜ

（7）具体例をあげる。盛衰記巻九「山門堂塔」に以下の記事がある。

伝教大師草創ノ昔シ、阿耨多羅三藐三菩提ノ仏達我立杣ニ冥加アラセ給ヘト祈申サセ給ケル事ヲ思出テ読タリケルニヤ、最哀ニ情《ヤサシ》クソ聞エシ。（成簣堂文庫本）

この箇所は、延慶本巻三「山門ノ学生ト堂衆ト合戦事付山門滅亡事」に「伝教大師草創ノ昔、阿耨多羅三藐三菩提ノ仏達ト、祈申サセ給ケル事ヲ思出シ」とある記事に拠りながら、延慶本が上の句だけを示した和歌の下の句を補って一首全体を示したものと考えられる。

（8）『源氏大鏡』では、「せきふきこゆるといひけんうらなみ」に関して次のように記しており、盛衰記の姿勢と通じる点がある。

海はすこし遠けれど、行平中納言の、せき吹きこゆるといひけんうら波、引哥、旅人の袂すゞしく成ぬらし関ふき越る須磨の浦波と云心、よる〳〵はいとちかく聞て又なく哀なる物は、かかる所の秋也。

（古典文庫第五〇八冊、一九九〇年）

（9）本稿では中世に広く流布した『源氏物語』の梗概書・注釈・連歌付合なども含めたものを「源氏物語注釈」と称する。

稲賀敬二氏『源氏物語の研究―成立と伝流―補訂版』（笠間書院、一九八三年）、伊井春樹氏『源氏物語注釈史の研究』（桜楓社、一九八〇年）、安達敬子氏『源氏世界の文学』（清文堂、二〇〇五年）など。

また、特に断らない限り源氏物語注釈の引用は、『源氏物語古注集成』（おうふう）による。

（10）五節君は、『明石の巻』の末尾において、帰洛を果たした光源氏に和歌を贈って源氏を困惑させている。この箇所に『花鳥余情』は次のような注をつけている。

いはんや五節の君はなさけある人なれは、なをさりにの給ふはかりの事ものちまておちとまり侍るへくおほえ給ふとなり。

（11）前掲（注9）参照。辻本裕成氏『光源氏一部歌』の基礎的考察―源氏読比丘尼祐倫の教養―」（『国文学研究資料館紀要』第24号、一九八八年三月）・「『源氏大鏡』成立試論―源氏読比丘尼祐倫に求められたもの―」（『調査研究報告』第18号、一九九七年六月）

（12）和田エイ子氏「『敦盛』のクセと源氏寄合」（『能　研究と評論』6、一九七六年七月）および「須磨を舞台とした能」（『能楽タイムズ』第292号、一九七六年七月）、岩城健太郎氏「修羅能と『源氏物語』のことば」（『筑波大学平家物語論集』第十一集、二〇〇五年一二月）

（13）《忠度》の後シテは、読み人しらずとなったことに対して「今の定家君に申し　しかるべくは作者をつけてたび給へと　夢物語申すに須磨の浦風も心せよ」と述懐する。この述懐における「夢物語」は、「夢の告」と呼応していると考えられる。

(14) 乾克己氏「宴曲における源氏物語享受の諸相」(『宴曲の研究』桜楓社、一九七二年)、外村奈都子氏「中世における源氏物語の歌謡化」・「早歌に現れた源氏物語の世界」(『早歌の創造と展開』明治書院、一九八八年)

(15) 中世の文学『源平盛衰記』(一)三弥井書店、87頁頭注一四では、「須磨より明石の浦つたひ」の用例として金比羅本『保元物語』を挙げている。

(16) もっとも盛衰記の「明石の上をむかへ奉りけん」は、光源氏の明石移住からはるかに後の出来事までを含んだ表現であり、「夢の告」「須磨より明石の浦つたひ」の一致だけで説明がついたわけではない。道行文全体を見わたしてみても、未解決の問題は多い。第一に行平・源氏の和歌本文に崩れがある。第二には「源氏中将」・「源氏大将」という位階の揺れである。盛衰記編者が誤ったものか、盛衰記が参照した資料の段階で誤解が生じていたのか、確かめることはできない。

(17) 『玉葉』治承三年三月二十九日

　此日、左大臣、左大将〈実定〉、大納言〈実房、実国〉、中納言〈実家〉、等、参詣安芸国伊都伎嶋社、中納言資賢、追参向云々、(名著刊行会)

『古今著聞集』巻第一・二〇「徳大寺実定春日社に詣でて昇任祈誓の事並びに厳島参詣の事」

　こののぞみ成就せば、厳島にまうづべきよしなど、心の中に願を立られける程に、十二月廿七日、つゐに左大将になられにけり。若宮の御託宣も思あはせられ、厳島の宿願も憑ありてぞ思給ける。同三年三月晦日、厳島にまいるとて出られにけり。大納言実国卿・中納言実家卿など伴侍けるとぞ。(古典文学大系)

(18) 例5・例11・例12参照。また、『河海抄』『紫明抄』では、帝が故桐壺院から夢中の叱責を受けた三月十三日に注をつけている。

(19) 『光源氏一部連歌寄合之事』に、「まつのはしらにたけあめるかきいしのくさなとなかなかにやうかはりておもしろく」とある。

(20) 盛衰記と『明石の巻』の対応関係を表として示しておく。

明石の巻	盛衰記
三月十三日、光源氏須磨から明石へ	三月十三日、実定都を出立
四月のある夜	四月二日厳島着
光源氏、明石入道と管弦	実定、厳島の内侍と管弦
琵琶の名手明石の上。十八歳か	琵琶の名手有子。十六、七歳
光源氏帰洛、明石の上嘆き	実定帰洛、有子嘆き
光源氏、帰洛後の栄華（大納言）	実定、帰洛後の栄華（左大将）
明石の上、住吉詣での際、源氏の一行と再会	有子、住吉澪標の沖で入水
「みをつくし」の和歌を詠む	「はかなしや」の和歌を詠む
琵琶行の受容（注）	琵琶行本文の引用

（注）新間一美氏「平安朝文学における中国文学の受容—源氏物語明石の巻と「琵琶行」—」（『私学研修』第153号、二〇〇〇年七月、再録『源氏物語と白居易の文学』二〇〇三年、和泉書院）参照。

善知識と提婆達多
――『源平盛衰記』の重衡――

池田敬子

一

『源平盛衰記』が巻四十五に記す重衡の最期は、『平家物語』他諸本に見られない独自の話であり、そのことで多くの研究者の注意をひきながらも、これまでまとまって論じられることの少なかったものであった。それ程に独特であり、難解な話であるからである。それを明快に「重衡の非救済の論理」として『盛衰記』本文解釈を示されたのは、源健一郎氏である。氏は、『盛衰記』における「南都的視点」を指摘する一連の論考の中で重衡の最期を取上げ、見事に『盛衰記』の「非救済の論理」を抽出された。それは次の二篇の論文にまとめられている。

源平盛衰記の重衡――「非救済」の論理――　『軍記物語の窓』第二集　和泉書院　二〇〇二年

〈提婆〉と〈後戸〉――源平盛衰記の重衡・続――　『日本語日本文化論叢　埴生野』第2号　四天王寺国際仏教大学　二〇〇三年

『盛衰記』編者は、重衡の南都焼討ちを、仏法の根本である南都に対する「法滅」ととらえ、天台の「善悪不二」の提婆達多ではなく、救済不可能な悪としての提婆と重衡を重ね合わせることで、その南都的視点を明確にしているものと、解釈された。その論証は十分な説得力を有し、今後『盛衰記』の重衡を論ずる際には、これら二論から出発することを余儀なくされるであろうと思われる。本稿も、源氏の論を契機として、『盛衰記』の本文構成が意図するところを読み解き、重衡と提婆達多が重ね合わせられることが何を意味するかを、筆者なりに今一度考えて見たいというのが目的である。

維盛・宗盛・重衡の三人は、『平家物語』すべての諸本において、比較・対照されながら造型されてゆく。三人とも死に先立って滝口入道・湛豪（覚一本・盛衰記、延慶本は湛敬）・法然を善知識として説法を受けるが、『盛衰記』では維盛は法然、重衡は「歳六十余の僧」からも説法を受けるという二重仕掛けになっている。また、語り物系諸本では、重衡自身が斬首の前に語る「つたへ聞く。調達が三逆をつくり…」の言葉のなかで自ら提婆達多に比するのに対し、『盛衰記』は山門・南都の僧に重衡を「提婆」「調達」と言わしめており、提婆達多は、比喩以上の力を以て重衡を考えるに重大であろう。これら、『盛衰記』特有の本文叙述・構成に即して善知識と提婆達多の問題を、具体的に検討してゆく。

二

死後浄土に往生するために善知識が重要である事は、既に『往生要集』が大文第十の第二項に論じ、『宝物集』もそれに準じて一項を設け、種々の例話を書き記すとともに、「月を見れば涼しく、日にあたればあたたか也。……それがやうに、善知識にあへば善を修し、悪人にあへば、悪をなすなり」（巻七第十）という。また『発心集』にも次のように見える。

物の心あらん人は、つねに終りを心にかけつつ、苦しみ少なくして、善知識にあはん事を仏菩薩に祈り奉るべし。もし、あしき病をうけつれば、その苦痛に責められて、臨終思ふやうならず。終り正念ならねば、又一期の行ひもよしなく、善知識のすすめも叶はず。たとひもし、臨終正念なれども、善知識の教ふるなければ、又かひなし。
（巻四第八話　或る人、臨終に言はざる遺恨の事　臨終を隠す事）

この話の前には、よき善知識に導かれた女房が、魔のたぶらかしにだまされることなく往生した話を記し、第八話は死期を悟らなかった家族と本人が、善知識を招く事もなく不本意な最期を遂げた事を語る。(1)

このように浄土思想・往生思想において善知識は重視され、『平家物語』にあってもそれは同様である。それは維盛と宗盛の最期を比較することでよくわかるはずである。

入水、斬首の直前にあって維盛と宗盛はそれぞれ都に残した妻子、あるいは共に処刑される息子の事が心を乱す。維盛は「罪深き」ことと懺悔するが、宗盛にはその自覚もない。滝口の説法・湛豪の説法は、延慶本・覚一本・『盛衰記』とも異同が小さいので、『盛衰記』の叙述によって、その内容を確認していこう。

維盛に対して滝口は、「尊も卑も恩愛の道は繋げるくさりの如とて、力及ざる事に侍り」（巻四十　中将入道入水）と、いったんその思いを受け入れた上で、いずれ「後れ先立つ御別」があること、第六天の魔王が衆生の生死を離るるのを惜しみ子や妻となって愛執の世界にとどめようとするので、仏は妻子を持つ事を戒めるのだと諭す。そして源頼義の例を引き、罪深くとも菩提心を起せば往生出来ること、維盛には「積る御罪業あるべし共覚えず」、かつ出家の功徳は莫大であるという。そして阿弥陀の悲願を示し、

成仏得脱して神通身に備給ひなば、娑婆の故郷に還て、恋しき人をも御覧じ、悲しき人をも導給はん事、いと安るべし

と結んで、維盛の妄念を見事に翻させ、「正念に住し」ての入水を成功させたのであった。この滝口の説法は、この時点での維盛に必要なことをすべて充足しているといえ、優れた善知識であった。逆に宗盛の場合は、彼が息子と引き離されたことを嘆き、処刑も息子と共にという思いに囚われ、それが臨終に際しての妄念であることにすら思い至っていない状態であるのに対して、湛豪は、

今に於ては其事思召すべからず。最期の御有様を見奉らんも見え給はんも互の御心中悲かるべし
（巻四十五　内大臣京上被害斬）

と宗盛の気持ちを受け入れること無く拒否する。そして、これまでの宗盛の栄華と権勢を述べ、前世の業報に任せて悲しみ・衰え・死・滅びがやって来ると語り、法華経の「三界無安、猶如火宅」を引き、さらに「未得真覚、恒処夢中、故仏説為、生死長夜」だが阿弥陀の悲願により一念・十念の輩も浄土に導かれるゆえ、

一筋に余念を止て一心に念仏申て、衆苦永く隔たり、十楽身に荘り浄土へ生んと思召べきなり

と教訓する。宗盛に対しても維盛の場合同様、子への妄念という点に徹しての説法が必要であった筈で、一般的な盛者必衰・生者必滅の論では彼の心を覚醒させることは出来なかったであろう。それゆえに最期に「右衛門督も既にか」ともとの妄念に立ちかえらざるを得なかったといえる。湛豪は、滝口と違ってその時点の宗盛への良き善知識ではなかったのである。

維盛・宗盛は、このようにその善知識の違いが彼等の死の有様を分けることになったのであるが、『盛衰記』は延慶本・語り物系諸本と異なり、維盛に粉河寺で法然とも対面させている。『盛衰記』では維盛の善知識は二人いるのである。では法然は維盛にいかなる説法を行ったのか。

維盛は「出離の法門一句承らばや」といって法然の粉河寺の庵室を訪れ、その夜は留まって「泣くどき物語し」、「四半の小双紙に金泥に書たる小字の法華経」を「後世弔給へ」と渡し、法然は「円頓無作の大戒、梵網の十重禁」を説いた。ここでは法然なればこその浄土思想に基く説法は記されず、むしろ「法華一実の妙戒」「即身成仏の要路」といった言葉が見られ、「其後念仏の法門、弥陀の本願、こまごまと説給ひ、様々教化せられければ」（巻三十九　維盛於粉河寺謁法然房）とあるのみで、維盛の状況に即した具体的な説法は一切記されない。なぜ『盛衰記』が、わざわざここで法然を登場させたのか、理解に苦しむ程である。重衡が法然と対面したことと対応させるべく、た

だ二人の対面場面を置いたというに過ぎない。粉河寺と法然、そして『盛衰記』編者の南都的立場というものに視点を移せば意味が出てくることかもしれないが、[2] 筆者には現在その観点からの考察の準備はない。維盛の善知識という点からは、法然は抽象的な役割は果せても現実的・実効的な役割は滝口しか担えなかったということをむしろ示す為でもあろうかと思われる。法然との対面以後に、維盛は妻子への愛執に苦しむのであるから、法然が滝口入道によって否定されるという読みも可能かもしれない。

次に重衡の場合である。重衡にとって法然は非常に重要な良き善知識であった。語り物系諸本巻十「戒文」で有名であるが、延慶本においても重衡・法然の問答はほとんど同文であり、さらに『盛衰記』でも同文とまではいえずとも類似の文章でほとんど同一内容が語られる。『盛衰記』が付け加える処刑前の善知識への言葉と併せて比較検討する。

重衡が身の身にて侍し時は、栄花に誇り、楽しみに驕り、憍慢の心は在しか共、当来の昇沈かへり見事侍らず。運尽き世乱て後は、此にて軍、彼にて戦と申て、人を失ひ身を助んと励す悪念は無間に遮て、一分の善心且て起らず。就中、南都炎上の事公に仕り世に随ふ習にて、王命と申し、父命と申し、衆徒の悪行を鎮ん為に罷向ふ処に、測らざるに伽藍の滅亡に及びし事、力及ばざる次第也といへ共、大将軍を勤めし上は、重衡が罪業と罷成り候ぬらん。其報にや、多き一門の中に我身一人虜れて、京・田舎恥を曝すに付ても、一生の所行はかなく拙き事、今思合するに、罪業は須弥よりも高く、善業は微塵計もたくはへ侍らず。さても空しく終りなば、火穴刀の苦果、且て疑なし。出家の暇を申侍れ共、責ての罪の深さに御免なければ、頂に髪剃を宛て出家に准へ、戒を受け奉り候ばや。又懸る罪人の、一業をもまぬかるべき事侍らば一句示し給へ。年来の見参、其詮今にあり。　（巻三十九　重衡請法然房）

抑、重衡世に在し程は、出仕にまぎれ世務にほだされて、憍慢の心のみ起て、後世のたくはへ微塵ばかりもなし。況や世乱れ、軍起て後、此三四年の間は、彼を禦ぎ、我を助けんとの営の外は又他事なし。就中南都炎上の事、王命と云ひ武命といひ、君に使へ、世に随ふ習、力及ばず罷向ひ侍りぬ。其に思はずに火出来て、風烈くして伽藍の滅亡に及ぶ。其を重衡が所為と皆人の申し事の、今思合すれば実に侍けり。さればにや、人もこそ多けれ、一門の中に我一人虜れて、京・鎌倉恥を曝し、此まで《マヽ》骸をさらさん事只今に極れり。さればかかる罪人の、何なる善を修し、何なる仏を憑み奉りてか、一劫助かる事候べき。示し給へ。

（巻四十五　重衡向南都被斬）

右の二ヵ所の引用のうち傍線を施した部分は、延慶本・覚一本の同文部分をやや強調しつつ改変しているところであり、波線部は延慶本の使用語を踏襲している部分である。このように『盛衰記』は、延慶本・覚一本などの本文を二ヵ所ともに利用しつつ、同じ趣旨になるようにこれらの本文を作っていることになる。とするならばこれらに対する善知識の説法も延慶本・覚一本に見られる法然のことばと同文同趣旨のものが期待されるところである。巻三十九の方は、かなり文章は長く（饒舌に）なっているが、受け難い人間の生を受け悪道に堕ちるべきでなく、悪心を翻し善心を起すことは仏も喜ぶことであろうこと、罪深き者には阿弥陀の本願、念仏の行がふさわしく、称名により懺悔滅罪ができ、十悪五逆も往生できる、という趣旨は延慶本・覚一本などと一致しているといえる。「罪悪不善の凡夫」「末代末世の重罪の輩」などと、延慶本・覚一本には見えない重衡を悪人と強調する語を使用しているが、法然の説法がそれによって曲げられてはいない。法然は、『盛衰記』でも重衡のことばにきちんと対応する良き善知識となっているのである。この点で維盛に対する法然とは別人の観がある。

しかし巻四十五で重衡の前に現れた「歳六十余の僧」は何を語ったか。「阿弥陀経一巻・懺法一巻読て後法華経一部と志し、早らかに転読」したのち戒を授け、

若し浄土に生んと思召さば、西方極楽を欣ひ御座しませ。『極重悪人、無他方便、唯称弥陀、得生極楽』と説

れたり。弥陀の名号を口に唱へ、心に念じ給べし。若し悪道に赴き御座しますべくは、地蔵の悲願仰給へ。抜苦与楽の慈悲深く、大悲抜苦の誓約あり。これに依て忉利雲上にしては、正く釈尊慇懃の付属をうけ、奈落炎中にしては必ず衆生忍び難きの受苦を助け給ふ。彼と云ひ、此と云ひ、深く憑み奉らば争か利勝なからん

と説いたのである。

源氏はこの場面を「後戸」という場に注目して、摩多羅神を祀る多武峰常行堂修正会における芸能と阿弥陀悔過法要儀礼次第を踏まえるとされ、天台の常行三昧修行守護の摩多羅神をもってしても救済されない重衡を造型することをめざすものとされた。氏の論の通り「阿弥陀経・懺法」が、阿弥陀悔過法要における次第と一致し、多武峰常行堂修正会が阿弥陀悔過法要であるからには、それに付け加えられる法華経は、この老僧が天台思想による重衡救済を目論んでいることをより分りやすく提示すること以外、意味は考えられないであろう。

しかし、この老僧の善知識としてのことば自体を検討する必要がある。先に見た通り、重衡のことばは法然に対すると同様に悪人の往生する道を問うものであった。それに対しては当然臨終に際して正念に住して阿弥陀仏の極楽浄土往生を願う念仏を勧める説法以外有り得ないはずである。悪人往生を可能とする道は浄土教・浄土宗系の「十悪五逆廻心すれば往生をとぐ」という思想に依るほかはない。したがって、この「歳六十余の僧」の説法の初めの部分だけでよかったのである。第二段落「若し悪道に赴き御座しますべくは」といってしまっては、善知識僧自身が重衡の救済の不可能をいうようなものである。この老僧は善知識としては不適格であった。地蔵の抜苦説話は多くあるが、「悪道に赴くべくは、地蔵の悲願をたのめ」という言葉が臨終説法で語られる例は恐らく非常にまれであろう。閻魔の庁へ向う時、あるいはそこから「悪道に赴く」時に、地蔵は小僧や僧侶姿で現れ衆生の苦を救うという型が通例であろう[3]。このような異例の臨終説法は、巻三十九の法然の言葉を否定することを意図して、編者が語らせていると考えるべきであろう。つまり、維盛の場合も重衡の場合も法然は、後に登場する別の善知識僧

によって、その説法が否定あるいは無駄にされてしまうのであり、これも『盛衰記』編者の意図の一つだったのではないかと推測される。

維盛は後に出てくる滝口によって救われ、重衡は後の「歳六十余の僧」によって「悪道に赴きおはします」ことが示されることになった。この対照も編者の意識的な作為であったと判断すべきであろう。

三

さて『盛衰記』が、重衡を南都焼打ちの罪によって無間地獄に堕ちるべきものとしようと意図したことは、前述の善知識の扱いによっても明らかである。かつ重衡の首を北の方大納言佐が重源を介して受け取り供養したことを記した後、つまり所謂「重衡被斬」の結びとして、

重衡卿、月支東漸の仏教を滅亡し、日域南北の霊場を焼失ふ。故に冥衆其人に祐せず、神祇其身に祟りをなす。生ては恥を東国に奮ひ、死しては骸を南城に曝す。まして奈落の薪の底、想像こそ無慙なれ

と記すことからも認めねばならないであろう。だが問題はもう一つある。重衡が斬られる直前に「紫の雲一筋出来たり。折しも郭公《ほととぎす》の鳴て、西をさして行ける」という情景叙述をいかに解釈するかである。紫の雲はいうまでもなく阿弥陀の来迎の奇瑞の一つであり、郭公は「しでの田長」の別名から「死」を象徴する鳥であり、それが西に向うのは往生極楽を示唆する以外ありえない。往生の瑞相は「紫雲・音楽・異香」であるが、往生伝などでも必ずしもこの三種がそろわずとも二あるいは紫雲のみで往生が示されることがある。(4)単なる文飾でこれらが持ち出されるとは中世にあってはいささか考えにくく、わざわざこの二つが記される意味はやはり軽視されるべきではなかろう。そのためにも、重衡が提婆達多と重ねられることについて考える必要がある。

『盛衰記』には、先にも記した通り重衡を提婆達多とする表現が南都にも山門にも見られる。

本三位中将重衡、三千余騎を相具して、法皇の御迎にとて、日吉社へ参向しけるを又何者か云たりけん、「山門の大衆、源氏に与力して、頼朝・義仲に心を通して、平家を背く間、衆徒をせめん為に重衡卿、大将軍として既によする」と訇けれぱ、山上・坂本騒動して、大衆・下僧走り迷へり。大講堂の大鐘ならし、生源寺の推鐘扣てをめき叫ければ、すはや提婆がよするなるは。南都・三井の仏法亡し果て、今又我山の仏法亡さんとや。

（巻二十八　顕真一万部法華経の事）

我大日本国は神国也。其神慮は仏法を守護せんが為にして、欽明天皇の御宇、仏法初めて百済国より渡る。守屋大臣、国神を崇めんが為に仏教を滅さんと欲す。然れども救世の垂迹上宮太子、守屋を討ちしより以来、君王専ら正法に帰し臣公同じく三宝を崇む。爰に故静海入道、悪逆の催す所、重衡を以て軍将と為て、園城三井の法水を尽し、南京二寺の恵燈を消す。……守屋之違逆に過ぎ、調達之謗法に超たり。

（巻四十五　重衡向南都被斬）

巻二十八は、延暦寺の僧が明らかに重衡を提婆達多と語り、その根拠は南都・三井寺炎上である。巻四十五は文脈上は清盛と重衡を提婆達多にも越えるという。これを語っているのは南都の衆徒である。また巻二十四にも提婆達多の名が見えるが、ここは「仏法破滅の人を尋ぬるに、天竺には提婆達多…」（「仏法破滅の事」）と列挙する冒頭であり、文脈上清盛と重衡が「仏法破滅の人」にあたるのは確かだが、直接重衡を提婆と呼んでいるわけではない。明確に重衡のみが提婆達多と重ねられるのは巻二十八の山門衆徒の発言である。

提婆達多がよく知られているのは、当然ながら『法華経』提婆達多品によってであろうが、彼についてその出自（釈迦の従兄弟であり、阿難の兄または弟という）や悪行（三逆あるいは五逆）を詳細に記すのは、『起世経』や『五分律』『仏本行集経』あるいは『阿含経』（増一・中・長・雑）『本生経』などの諸経典である。『増一阿含経』第四十七には長い説話が記され、爪に毒を塗って釈迦を殺そうとした時、

爾時提婆達兜適下足在地。爾時地中有大火風起生。遶提婆達兜身。爾時提婆達兜。為火所焼。便発悔心於如来所。正欲称南無仏。然不究竟這得称南無。便入地獄。

と地獄に堕ちる。そして阿難の問いに釈迦は、提婆は六十劫の生死を経た後、「辟支仏」となる、と答える。そのことを目蓮が無間地獄まで行って伝えるのである。

一方、『法華経』は悪人提婆については何も語らず、釈迦が過去生において給仕した阿私仙が今の提婆であり、釈迦自身の善知識である（爾時王者。則我身是。時仙人者。今提婆達多是。由提婆達多。善知識故）と語って、無量劫の後「天王如来」となると述べる。この『法華経』の叙述は、既に提婆達多の三逆あるいは五逆に関する説話を有する経典を踏まえてのものと考えるのが「時仙人者。今提婆達多是」との叙述の自然な解釈であろう。そしてさらに

未来世中、若有善男子善女人、聞妙法華経提婆達多品、浄心信敬、不生疑惑者、不堕地獄、餓鬼、畜生、生十方仏前、所生之処、常聞此経

と加えるのである。

かかる諸経典の提婆達多記事を踏まえ、それを統一もしくは総合しようとしたのが、法華経注釈書類である。その一『法華経直談抄』は、名前の由来、三逆・五逆の詳細な説を列挙し「大地破裂して無間に堕す」とする。提婆達多が過去生の釈迦の善知識であったことについては、「三世諸仏は地獄を以て師範とする」という牽強付会とも思える解釈を示し、その授記については阿難を使者として無間地獄に遣わし、記別を与えたとの説を載せる。いづれにしろ、『法華経』も『増一阿含経』も提婆達多は「如来になる」とするのである。しかも提婆達多が釈迦の善知識であり、「提婆達多品」を聞く者は悪道に堕ちずというのは、「善男子善女人」という限定はあるにしろ、重衡を考えるに示唆的であろう。

天台は無論のこと、南都であっても、複数の経典が記す提婆達多への「授記」を知らない、あるいは無視するということは有り得たであろうか。東大寺は八宗兼学をうたい、興福寺は法華会を行っていた。中世は南都北嶺を網の目のように繋ぐ僧侶達のネットワークがあって、一宗派の枠に納まりきらぬ活動が展開されているのではなかったか。そのような状況にあっては、「提婆達多」の名を持ち出すことは、堕地獄も「如来授記」も前提として「提婆」のなかに含まれていたのではないか。

『平家物語』の他諸本は、法然の浄土思想による阿弥陀を頼んでの「悪人往生」を重衡造型のポイントとした。『盛衰記』はそれを廃したが、提婆達多を持ち出すことは堕地獄の後、釈迦の「授記」を得る、あるいは「無量劫の後如来となる」という、『増一阿含経』なり『法華経』の本文に基くことが暗黙の了解となっていたのではないだろうか。救済の無い絶対悪としての提婆達多は、仏教においては成り立たないのである。法滅をもたらしたものはいったんは地獄に堕ちねばならない。しかし提婆達多になぞらえることで将来の救済が暗示される、その予兆が「紫雲」と「西へ向う郭公」であったと言えるだろう。

南都にとっての「奈良炎上」は「法滅」というべき大事であり、それに直接関わった重衡も、命令者であった清盛も地獄に堕さねばならなかった。清盛については、『盛衰記』を俟つまでもなく、『平家物語』諸本がこぞって彼を王法破滅・仏法破滅の悪行人として、無間地獄に堕ちるという造型を行っている。しかし、重衡については、延慶本も語り物系諸本も、善知識法然の説法を得て処刑の際には見事なことばを残して即救済されるとする。

つたへ聞く、調達が三逆を作り、八万蔵の聖教をほろぼしたりしも、遂には天王如来の記別にあづかり、所作の罪業まことにふかしといへども、聖教に値遇せし逆縁くちずして、かへつて得道の因となる。いま重衡が逆罪をおかす事……唯縁楽意。逆即是順、此文肝に銘ず。一念弥陀仏。即滅無量罪、願はくは逆縁をもつて順縁とし、只今の最後の念仏によつて九品託生をとぐべし。

（覚一本　巻十一　重衡被斬）

この言葉に既に『法華経』の所説のみでは知られない他の経典にみられる提婆達多の悪行に関する叙述があることは、早く『法華経』提婆達多品と『増一阿含経』などの経典の叙述双方によって、中世（恐らく平安朝以来）の人々が提婆像を作り上げていたことを示すだろう。このような提婆像の流布を完全に無視しさることは、『盛衰記』編者にも不可能であったろうと想像される。

また処刑の場面で全く異なる状況設定をし、法然とは異なる善知識僧をあえて登場させて、重衡の次生での救済を否定してもなお、

法相・三論の学地の辺、華厳・法華修行の砌、仏法流布の境、奈良の都に廻り来て、切れて、其後首を東大・興福の両寺に渡されん事、大乗値遇の過去の縁浅からずと思へば、罪深かるべし共覚えず

という、南都への追従と思われかねない言葉で、「逆即是順」を言わしめねばならぬ程、天台・浄土思想のこの考え方は世に染み透っていたともいえるのである。山門の衆徒の言葉で重衡を提婆と呼ばせたことも含め、『盛衰記』は重衡には未来「授記」の可能性を残さざるをえなかったのである。刧を隔ての提婆達多の天王如来あるいは辟支仏受記実現は、同時に順次生以降の重衡の救済を示すものと読むことが許されるのではないだろうか。

注

（1）『往生要集』には、「彼の一生に悪業を作れるもの臨終に善友に遇ひ纔に仏を十念すれば即ち往生を得。……十疑に云、臨終に善知識に遇て十念成就する者は、並《みな》これ宿善強く善知識を得て十念成就するなり」記す。『発心集』巻二第一話と第二話は、慶安四年板の本文ではわからないが、第二話を神宮文庫本の本文で配列すると、善知識の良否の比較が本来の配列の意図だったことが読み取れる。

（2）源健一郎氏「『平家物語』と天台系観音信仰寺院—粉河寺・勝尾寺をめぐって—」（『日本文藝研究』第51巻4号）参照

（3）　説話集には多くの地蔵霊験譚が見られるが、受苦の身代り説話あるいは閻魔庁付近に姿を見せて救う型が多い。『三国伝記』巻五第二話などが後者の典型的な型であろうと思われる。

（4）　紫雲あるいは綵雲のみが往生の瑞相として記される例には、『今昔物語集』巻十五第五十三、『拾遺往生伝』巻上三話・巻下第二十四話などが挙げられる。ほととぎすが西へ向うことで往生の瑞相とする例は、いまだ検出出来ていないが、たとえば、最勝光院を「浄土もかくこそ」と拝した後、

西ざまに赴きて京のかたへ歩み行くに、都のうちなれど、こなたざまはむげに山里めきていとをかし。五月十日余日のほど、日頃降りつる五月雨の晴れ間待ち出で、夕日きはやかにさし出で給ふもめづらしきに、時鳥さへともなひ顔に語らふも、死出の山路の友と思へば耳とまりて、「遠帰り語らふならば時鳥死出の山路のしるべともなれ」と、うち思ひ続けられて

と記す『無名草子』冒頭部分などが参考になるであろう。

使用テキスト　私に句読点、表記を改めた場合がある。

『源平盛衰記』　『源平盛衰記慶長古活字版』　勉誠社
覚一本『平家物語』　日本古典文学大系
延慶本『平家物語』　『延慶本平家物語』本文篇　勉誠社
経典類　大正新修大蔵経
『往生要集』『往生伝』類　日本思想大系
『宝物集』『今昔物語集』　新日本古典文学大系
『発心集』『無名草子』　新潮日本古典集成
『三国伝記』　中世の文学　三弥井書店

平家物語の「熊野別当湛増」

――〈熊野新宮合戦〉考――

源　健一郎

はじめに

治承四年（一一八〇）四月、平氏打倒を画策する源頼政は以仁王を奉じて挙兵、平氏追討の令旨が、源行家の手によって、諸国に雌伏する源氏へと届けられた。平治の乱後、行家が熊野新宮に身を潜めていたこともあり、逸早くこの情報は熊野に伝わったらしい。頼政の挙兵に呼応するかたちで熊野三山（本宮・新宮・那智）は平氏方と源氏方との二つに割れ、合戦が勃発する。その後、平氏方は敗退し、その報が都に伝えられることで、以仁王の謀反は露見することとなった。

以上が、平家物語諸本が語るところの〈熊野新宮合戦〉の次第である。ただし、その詳細は諸本によって異なり、先述の梗概は、諸本に共通する要素をまとめたに過ぎない。諸本間の差異について、重要な点が二つある。一つは、「熊野別当湛増」参加の有無、もう一つは那智を平氏方とするか、源氏方とするか、である。紙幅の関係上、後者については別稿に譲り、本稿では湛増の問題を検討したい。地方における複雑な在地状況を、中央でも名の通った人物の所行として語り換え、〈源平合戦〉という歴史叙述の枠に組み込んでゆこうとする平家物語の文学的趣向を明らかにし、また、そうした物語的言説による規制力が、現代の日本史研究に対してもなお、働き続けている面が見受けられることを指摘したい。

一　平家物語諸本の異同と研究史における評価

語り本系平家物語を代表して、覚一本（巻第四「源氏揃」）の本文を挙げておく。

其比の熊野の別当湛増は、平家に心ざしふかゝりけるが、なにとしてかもれきいたりけん、「新宮十郎義盛こそ高倉宮の令旨給はて、美濃尾張の源氏どもふれもよほし、既に謀反をこすなれ。那智新宮の物共は、さだめて源氏の方うどをぞせんずらん。湛増は平家の御恩を天《あめ》やまとかうむたれば、いかでか背たてまつるべき。那智新宮の物共に矢一いかけて、平家へ子細を申さん」とて、ひた甲一千人、新宮の湊へ発向す。新宮には鳥井の法眼・高坊の法眼、侍には宇ゐ・すずき・水屋・かめのこう、那智には執行法眼以下、都合其勢二千余人なり。時つくり、矢合して、源氏の方にはとこそいれ、平家の方にはかうこそいれとて、矢さけびの声の退転もなく、かぶらのなりやむひまもなく、三日がほどこそたゝかふたれ。熊野別当湛増、家子郎等おほくうたせ、我身手おひ、からき命をいきつゝ、本宮へこそにげのぼりけれ。

「平家に心ざし」が深く、平氏から莫大な「御恩」を被る「熊野の別当湛増」が、源氏方（那智・新宮）の先手を打って挙兵するが、敢えなく敗退したという内容である。[1] 二重傍線部の呼称を、葉子十行本・京師本・米沢本・流布本等の語り本系後出伝本が「おぼえ（覚）の法眼湛増」とする他には、同話所収の語り本系本文に大きな異同はない。ただし、平松家本や八坂系諸本に同話は載らない。

諸注釈によって周知のことであるが、当時、湛増は権別当であり、別当ではなかった。湛増の別当就任は元暦元年（一一八四）、あるいは文治三年（一一八七）とされる。[2] 当時の別当は、承安四年（一一七四）に補任され、治承五年（養和元年・一一八一）まで別当職を務めた[3]湛増の従兄、範智であった。

このような錯誤が生じた理由について、文学研究の立場から論文化された考察は管見に入っていないが、注釈書、および事典項目に関連する記述がある。

湛増なるものが後に巻六と巻十一に登場するので、ここも便宜上湛増の名を借りたまでにすぎない　『平家物語全注釈』上巻　五五二頁(4)

湛増は諸本巻六・十一で初出だが、底本（筆者注、覚一本）はあれこれと符節を合わせるために小細工を弄したのであろう。　『平家物語研究事典』「湛増」(5)

壇浦合戦直前、義経方への劇的な湛増参陣（巻第十一「鶏合」）等に関連づけるために、物語は事前に「熊野の別当湛増」の名を持ち出しておいたという見解である。延慶本・源平盛衰記等の同話中に湛増の名が見えないことから、『全注釈』は、「熊野の別当湛増」の参加を覚一本段階での改変と想定している。

確かに、延慶本（第二中・十「平家ノ使宮ノ御所ニ押寄事」）では、「衆徒等一味同心」して源氏方に付いた新宮に対し、平氏方の那智衆徒・熊野上綱・本宮衆徒等が攻撃を仕掛けるが敗退し、その次第を「熊野別当覚応法眼」（別名「オホエノ法眼」）が清盛に通報したとする。湛増が出ないだけでなく、語り本系とは内容も大きく異なる。長門本（巻七「宮御謀反露顕事」）は、源氏方（那智・新宮・大将軍行家）と平氏方（本宮）との合戦を簡略に記し、やはり湛増は出ない。また、盛衰記（巻第十三「熊野新宮軍」）は、延慶本とも別内容の詳細な記事を持ち、源氏方の那智・新宮と、平氏方で「大江法眼」を大将軍とする本宮とが合戦し、平氏方が敗退したとする。清盛に通報したのも「大江法眼」の甥の「佐野法橋」であり、湛増ではない。このように、湛増の関与を描かない読み本系諸本のかたちが、覚一本等の語り本系の記事に先行するというのが、文学研究における一般的見解であろう。このような立場からは、語り本系の〈熊野新宮合戦〉を通じて、当時の湛増の立場を分析しようという発想は生じにくい。

一方、日本史研究では、治承・寿永の内乱における熊野の政治的状況を説明するなかで、平家物語の〈熊野新宮合戦〉にしばしば言及される。その扱いは文学研究の場合とは異なり、語り本系平家物語の内容について、これを在地における何らかの政治的動向が反映したものとして、あるいは、積極的に歴史的事実として捉え、その中心人物としての湛増の働きを認めるものが少なくない。

例えば、永島福太郎氏は、〈熊野新宮合戦〉が「行われたか否かは明らかでない」としつつ、親平氏の立場にあった湛増が当時窮地に陥ったことは認め、盛衰記に見られるような「大江法眼」による新宮攻めが、同時期に湛増が実弟湛覚と抗争した事実と絡められ、語り本系では大江法眼が湛増に置き換えられた可能性を指摘している。(6) 宮家準氏は、語り本系〈熊野新宮合戦〉を基本的には史実として認めつつ、時期的には、翌年の養和元年（一一八一）、親平氏であった新宮別当家出身の行命が他の熊野山衆徒に襲撃された頃のことと考えている。(7)

また、小山靖憲氏は〈熊野新宮合戦〉の内容には懐疑的で、語り本系平家物語における一連の湛増関連記事の「支離滅裂」さを指摘するが、語り本系の〈熊野新宮合戦〉が伝えるように、当時の湛増が平氏方として活動したこと自体は認めている。(8) 高橋修氏も、〈熊野新宮合戦〉に関する平家物語諸本の差異について、「確たる事実に立脚しているわけではなく、後の情勢の推移からそれぞれ予定調和的にこの内紛を説明しようとした結果」(9) として捉える一方で、熊野の内紛において親平氏の湛増が果たした主導的な働きは、積極的に評価している。

以上のように、平家物語が語る〈熊野新宮合戦〉からどのような「事実」を抽出するかについて、諸氏の見解は様々である。ただし、湛増と湛覚の抗争を、大宰府をめぐる菊池・原田の抗争、富士川合戦後の頼朝による常陸国佐竹氏への攻撃等とともに、全国的な内乱を展開させた在地領主間の競合関係の現れとして捉えるべきとする指摘(10)があるように、〈熊野新宮合戦〉の実態はどうあれ、この時期の湛増について、「内乱を積極的に地域に持ち込み、軍事力を自己のもとに集中し、三山における政治的主導権を、一気に獲得せんとする企てに出た(11)」と評価することについてはほぼ一致している。当時の熊野の情勢は、反平氏の内乱の勃発を背景としつつ、熊野別当家内部の権力抗争が活発化したものであり、その鍵を握る人物が湛増であったのである。〈熊野新宮合戦〉を、あくまで〈源平合戦〉の緒戦としてのみ位置づける平家物語の虚構性は、これらの日本史研究の成果によって明らかであろう。[12]

しかし、先に指摘した〈熊野新宮合戦〉に関する文学研究との相違点、すなわち、語り本系平家物語のみが強調し、読み本系のいずれもが語らない湛増の動向――《治承四年段階の熊野において、親平氏の立場として、湛増が主導的な役割を果たした》ということをどう捉えるかについては、これをほぼ「事実」として踏まえることが日本史研究における暗黙の了解になっているかに思われる。こうした見方の問題点を摘出するために、語り本系の〈熊野新宮合戦〉を歴史的事実として積極的に評価する見解について、次に取り上げてみたい。

熊野の地方史・政治史研究において、多くの成果を挙げる阪本敏行氏は、治承四年段階での湛増の動向を論じる中で、語り本系平家物語の〈熊野新宮合戦〉をそのまま史実として採用し、[13]その根拠を、湛増が「当時、「平家の祈の師」（御師）であり、平氏と親密な関係にあった（『平家物語』）」ことに求めている。[14]また、平家物語諸本を通観した上で、〈熊野新宮合戦〉について、「大筋において覚一本の方が事実をより正確に伝えている」[15]との評価を示している。なお、所謂〈鶏合〉について、覚一本と比較しつつ「脚色性の強い延慶本」の内容を紹介し、別稿では延慶本や盛衰記を「広本系」という用語概念で把握していることから、[16]阪本氏は、読み本系『平家物語』をおしなべて、増補された後次的テクストとして扱うようである。平家物語諸本の二大別系統については、誤解を招く要素もあるものの、文学研究の現状では読み本系・語り本系という呼称が一般的となっている。広本系・略本系という用語使用の減少には、延慶本が相対的な古態を諸処に留めるテクストとして評価されるようになったことが関わろう。延慶本を「増広」された本文（「広本」）としては捉えられないという認識が共有されたからである。[17]現在の平家物語諸本研究に照らせば、阪本氏による語り本系本文の位置づけは再考されるべきであろう。また、そもそも、語り本系諸本を「略本」と称することには、前提とされた本文からの省略のありえることが含意されている。よって、略本系である覚一本の記事内容について、「脚色」が施される以前の平家物語原本に類するもの、あるいは歴史的事実を伝存するものとみなすためには、別途十分な検証が必要であろう。[18]詳しくは後述するが、私見では、語り本系の〈熊野新宮合戦〉は、読み本系の記事に対して省筆や単純化が施された後出的な内容であると考える。覚一本の〈熊野新宮合戦〉を、歴史的「事実」に還元することは容易ではないだろう。

平家物語諸本研究の立場から、語り本系〈熊野新宮合戦〉本文の古態性・史実性に対して根本的な疑問がある以上、語り本系本文のみが伝える「事実」については、平家物語を前提にしない検証が必要なのではないだろうか。以下、先述した《治承四年段階の熊野において、親平氏の立場として、湛増が主導的な役割を果たした》という「事実」について、湛増の経歴を追いつつ考えてみたい。[19]

二　湛増は「平家重恩の身」か

果たして湛増は、親平氏の立場にあったのだろうか。日本史研究において、その論拠とされる点が二つある。一つには、平家物語にそう書かれていること。もう一つは、親平氏派であった父湛快の立場を、湛増が継承したと考えられることである。[20]

論拠の一つめ、平家物語の記述を見ておこう。確かに、覚一本では、〈熊野新宮合戦〉に「平家の御恩を天やまとかうむたれば」とある他、清盛の死の直前、諸国で反平氏の挙兵が相継ぐなかにも、「平家重恩の身」であった湛増の挙兵が伝えられる（巻第六「飛脚到来」）。ただし、〈熊野新宮合戦〉や〈飛脚到来〉において湛増を「平家重恩の身」とするのは語り本系のみであり、しかも、〈飛脚到来〉については、語り本系諸本中、比較的古態を残存させる屋代本にこの説明が付されていない。「平家重恩の身」としての湛増を〈熊野新宮合戦〉から〈飛脚到来〉へと一貫させる趣向は、平家物語諸本の展開においては、覚一本の段階でなされたものだろう。

また、湛増＝親平氏を示す表現として、「平家重恩の身」に準じるものが「平家ノ祈ノ師」であろう。しかし、〈熊野新宮合戦〉では、これは「覚応」（延慶本）や「大江法眼」（盛衰記）に対する説明であり、湛増を指すものではない。一方、壇浦合戦前の〈鶏合〉では、延慶本は湛増に「今日マデモ平家ノ祈ヲスル者」（第六本・十一「源氏ニ勢付事付平家八嶋被追落事」）と自称させており、盛衰記にも「年来平家安穏ノ祈禱ヲ致ケル」、屋代本には「日比平家ニ随タリケル」とある。ただし、湛増は前年に別当に就任しており、この発言は湛増個人の立場の表明ではなく、平氏全盛期における熊野という体制の、親平氏の立場を代弁したものと解することもできよう。

全盛期の平氏と熊野三山とが、熊野詣を通じて、密接な関係を持ったことは事実である。湛増の父、湛快の別当在任中（久安二年〔一一四六〕～承安二年〔一一七二〕）、少なくとも永暦元年（一一六〇）・承安元年の二度[21]、平清盛は後白河院に随伴して熊野に詣でている。清盛は一族とも度々熊野参詣に通ったようで、そのうちの一度が都で平治の乱が勃発した平治元年（一一五九）であった。都からの一報を受けた清盛は対処に迷うが、紀伊の有力武士、湯浅宗重による進言と軍勢の提供、「熊野ノ湛快」による武具一式の提供によって、帰洛、参戦を決断したという（『愚管抄』巻第五「二條」）。また、清盛の弟、忠度は「熊野ヨリ生立テ心猛キ仁」（延慶本第二末廿「畠山兵衛佐殿へ参ル事」）とされ、その妻は湛快の娘であったという（『吾妻鏡』元暦二年〔一一八五〕二月十九日条）。湛快の別当在任期間は、平氏による権力奪取の時期と重なっており、清盛と交流の深かった湛快は、まさしく「平家ノ祈ノ師」であり、「平家重恩の身」であったと考えてもよいだろう。

問題は、湛快の親平氏の立場が、田辺別当家を嗣いだ湛増に継承されたか、である。

承安二年七月、湛快は別当を辞した。同三年、新宮別当家の行範が別当となったが、翌年、在任一年余りで死去、その弟範智に別当の座が引き継がれ、そのもとで湛増は権別当に就任している。なお、この年には湛快も死去している。その後、行範嫡男行命を経て、湛増は先述のように元暦元年（一一八四）、あるいは文治三年（一一八七）に別当に就任した。湛増は建久九年（一一九八）に死去するまで別当を続け、その死後、行範三男行快が別当に就任した。平氏からの推挙によって熊野在地の支持がないままに就任した行命を除けば[22]、田辺別当家（湛快）→新宮別当家（行範、死去により範智）→田辺別当家（湛増）→新宮別当家（行快）と、対抗関係にあった二大別当家が交互に別当を務めたことになる。

このように、一見スムーズに見える別当職の継承であるが、その内実には、田辺・新宮各別当家内部における主導権をめぐる複雑な対抗関係があった。まず、湛増の別当就任が、予め約束されたものではなかったことに注意すべきであろう。仁平三年（一一五三）、鳥羽院熊野参詣の功労として、熊野の僧が法橋等に叙されたが、田辺別当家からは別当湛快が湛実を法橋に推し、新宮別当家からは行範が範智を法橋に推している（『本朝世紀』同年三月五日条）。湛快の本来の後継者は嫡男湛実であり、湛増ではなかったのである。嘉応元年（一一六九）には、「熊野本宮別当法印湛快」が「弟子法橋範智」を法眼に叙すべく推挙している（『兵範記』同年十月十三日条）。田辺別当家の湛快は何故湛実ではなく、新宮別当家の範智を推したのであろうか。しかも両者の間には師弟関係が結ばれてもいる。承安四年（一一七四）、範智が別当になった際、権別当を務めたのは湛実の弟、湛増であった[23]。阪本氏はこの事実から、本来の後継者湛実の早逝を想定しているが[24]、その死は嘉応元年以前であったのではなかろうか。範智は、新宮別当家出身といえども傍流（長範三男）であった。当時、新宮別当家では、家長の行範と源為義女（たつたはら女房／鳥居禅尼）との間に生まれた子息たちが頭角を現しつつあり[25]、新宮別当家における範智の立場には難しいものがあっただろう。そうした状況の下、範智はむしろ湛快との関係を深めていき、湛快もまた、湛実早逝後の後継者として範智を認め、「弟子」にしたものと考えられる[26]。湛快の親平氏としての立場も、恐らくは範智に継承されたことであろう。

一方、湛快と湛増との関係はどうだろう。湛快が別当を辞任した翌月、「熊野別当湛快子、法眼湛宗之従者」が山僧と祇陀林寺辺で乱闘事件を起こしている（『玉葉』承安二年八月十三日条）。「湛宗」は湛増のことと考えられ、彼は「京でも自身の周辺に武力を養い、「武家」「武門」として力を蓄え」ていたのである。しかしながら、次代の別当を定めるべき重要な時期に、湛増がこのような事件を都で起こしたことの意味は何であろうか。湛増は当時、既に「法眼」の位を得てはいるが、権別当にはまだ就いていない。在地における湛増の発言力は、従来考えられているよりも低かったのではないか。この事件の勃発は、湛増が、別当選任に関する在地の議論に深く関わる立場になかったことを示しているように思われる。湛増の権別当就任が確認されるのは、先述の通り承安四年であり、この年は湛快の没年でもある。現存の史料による限り、湛快の別当在任中、および在世中に、湛増が重用された形跡はない。湛増の権別当就任も、湛快没後のことであったのではないか。以上のような湛快・湛増父子の関係を見る限り、親平氏としての湛快の立場が、そのまま湛増に継承されたとは考えにくい。(27)

権別当就任後の湛増には、熊野参詣における田辺本宮一円での世話を吉田経房から任されるなど、在地における勢力範囲が拡大したことが確認される（『吉記』承安四年九月二十七・二十八・三十日条）。しかしながら、田辺別当家における家長としての立場は、未だ万全なものではなかったようである。湛快没後、日高郡南部荘の下司職、およびその遺領をめぐって、湛増は弟湛政と相論している。結局は年貢を加増することで湛増が請け負うことになったものの、その相論は十三世紀初まで後を引いた。(28) また、治承四年（一一八〇）九月三日以降、十一月に至るまで、湛増は鹿背にあった弟湛覚の居城を攻め、鹿瀬以南の掠領を図る争乱を起こしている。(29) 鹿瀬は在田郡と日高郡の境界にある熊野参詣道の難所であり、紀伊国南北（紀北・紀南）の大きな境界でもあった。鹿背以南の掠領によって、熊野別当家の本来の支配地域である牟婁郡を越えて日高郡に勢力を拡大し、紀南地域全体を支配することになるのである。(30) しかし、逆に言えば、湛増は、田辺別当家による熊野支配拡大の要衝である鹿瀬を、まだこの時点では弟の湛覚に抑えられていたことにもなろう。この湛覚との抗争を「諸国源氏に先駆け」た「独自性の強い反平家の挙兵」と評価する見解もあるが、[31] 親平氏派の行命や別当範智が湛増に協力したとの風聞が都に届いたことを勘案すれば、湛増に明確な反平氏の意図があったとは考えにくい。[32] 行命は新宮別当家の出身であり、行範の嫡男ではあるが、為義女腹ではないことから、一族内での立場に困難があったことが想定される。新宮別当家傍流であった別当範智と協同する可能性も十分に考えられよう。湛増と湛覚との抗争は、湛増からすれば田辺別当家の家長としての実権を確立するために、別当範智や行命からすれば、新宮別当家主流派（為義女腹の子息たち）に対する優位を確保するために必要な軍事行動であったのであろう。ただし、このような別当家内部の主導権争いが、都からは「或焼払権門勢家領、或掠取諸国往反船」（「北院御室日次記抜粋」同年十月十二日条）といった反国家的行動と捉えられることも当然であって、湛増には追討宣旨が出されることになる。これを受けて、翌十一月、湛増は息僧を京都に進めて宥免を乞うている。湛増はこの段階では、反平氏の立場を取ることは避けたのである。[33]

さて、平家物語の〈熊野新宮合戦〉であるが、時期的には、頼政・以仁王の密約が交わされた治承四年四月上旬～中旬（平家物語諸本・『吾妻鏡』）以降、事態の発覚を受けて清盛が福原から上洛し、洛中に武士があふれた五月上旬（『玉葉』同年五月十日条）までの間ということになる。この時期に、別当範智や行命といった親平氏勢力を中心に、反平氏の態度を取った新宮別当家を攻撃したという事態も、実際にはあり得たであろう。しかしながら、湛増には消極的親平氏派というべき態度が一貫していた。湛増の当面の課題は、田辺別当家家長としての地位の確立と、その勢力範囲の拡大にあったのであり、彼が〈熊野新宮合戦〉において主導的な役割を果たすとは思えない。湛増の関与を描かない読み本系の記事の方が、当時の熊野の政治的状況からすると、より「事実」に近いと判断すべきであろう。[34] 一方、語り本系が「熊野の別当湛増」を「平家重恩の身」とすることは、総じて親平氏の立場を取った湛快、範智、行命という歴代の熊野別当のイメージを、別当として最も著名であった「湛増」の名のもとに集約させて語った結果であろう。その上で、読み本系に伝えられるような複雑な情勢を単純化して構成し直したものが、語り本系の〈熊野新宮合戦〉であった。そして、この語り本系の記事が、ある意味わかりやすいが故に、従来の日本史研究においてもその言説の規制力から自由ではあり得ず、湛増を親平氏派の代表に据えて熊野在地の政治史的状況を読み解くことに終始してしまったという面があるのではないだろうか。

三　湛増の反平氏行動

湛増が平氏に対して明確な立場を示すようになるのは、いつからであろうか。『玉葉』には、治承五年（一一八一）正月、「熊野辺武勇之者」が伊勢国に攻め入り、「官兵」を討ったとの伝聞が記されている（同年正月十一日条）。『吾妻鏡』によれば、その争乱は伊勢志摩両国に及び、平氏の家人は要害の地を捨てて逃亡したという（同年正月五日・二十一日条）。後に、これら熊野の「悪僧」「衆徒」等は、「熊野山湛増の従類」であることが判明した（『吾妻鏡』同年三月六日条）。このような湛増の軍事行動と照応する平家物語の記事が〈飛脚到来〉である。覚一本の本文を示そう。

熊野別当湛増も、平家重恩の身なりしが、其もそむひて、源氏に同心のよし聞えけり。

覚一本巻第六「飛脚到来」

物語上の時系列としては、治承五年二月中旬以降、閏二月四日の清盛死去以前に、この情報が都にもたらされたことになっている。「源氏に同心」した反平氏の挙兵のひとつとして位置づけられているのであるが、これは『吾妻鏡』の「彼山依奉祈関東繁栄、為亡平氏方人、有此企云々」（同年正月二十一日条）という言説にも通ずるレトリックであろう。(35) 紀南地域の北端の要衝、鹿瀬を抑えた湛増は、次に伊勢方面への勢力拡大を図ったものと思われる。伊勢は、今様にも「広大慈恩の道なれば、紀路も伊勢路も遠からず」（『梁塵秘抄』二五六）と謡われるように、紀南地域の東端、新宮別当家の拠点に通ずる熊野参詣の要衝である。この軍事行動を通じて、範智＝湛増体制は、熊野三山の主導権を掌握したことになろう。(36) しかしながら、「南海道者、当時平相国禅門虜掠之地」（『吾妻鏡』同年正月二十一日条）であり、しかも伊勢が平氏発祥の地である以上、平氏家人との衝突は不可避であった。この点を捉えた平家物語は、『吾妻鏡』と同様に、伊勢での湛増の軍事行動を〈源平合戦〉の枠組みにのみあてはめて語るのである。

〈飛脚到来〉における、このような歴史叙述のあり方は、〈熊野新宮合戦〉と同様に、平家物語諸本に共通するものである。そのことを確認した上で改めて注意されるのは、語り本系平家物語の〈飛脚到来〉において、湛増の呼称が「熊野別当湛増」に統一されていることである。読み本系諸本の当該箇所には「熊野別当、田部法印湛増以下」(37) とある。範智・湛増の主導を伝える読み本系の記事を、「熊野別当湛増」という熊野を代表する統合的人格による所行として語りかえることは、先述の通り、〈熊野新宮合戦〉以来語り本系に一貫した趣向なのである。

「熊野別当湛増」という呼称のこのような記号性は、平家物語にのみ有効なものではない。平治の乱の際、熊野で別当湛快が清盛に助力したこと（『愚管抄』）は先述したが、この一件は『平治物語』に、「熊野の別当湛増」の所行として描かれるのである。古態本（一類本）系の該当場面には湛快も湛増も登場しておらず、金刀比羅本・流布本等における後次的な増補であると考えられる。語り本系平家物語と歩調を合わせるように、『平治物語』諸本の改訂過程においても、熊野における出来事が「熊野別当湛増」という名のもとに語られることになったのである。

湛増ではないが、類似した例が『承久記』にも見られる。上巻に掲げられる京方の廻文に「紀伊国ニハ田辺法印」とあり、これは当時の権別当法印湛憲の子息で、小松法印とも号した快実のこと（『吾妻鏡』承久三年六月二十五日条）である。その快実について、下巻、乱後断罪の輩が列挙されるなかでは「熊野別当・吉野執行ニ至マデ、一人モ芳心ナク切終リヌ」と記されるのである。「熊野別当」という記号の雄弁さを物語る事例と考えたい。

さて、湛増の動向に話を戻そう。治承五年中に、範智は別当を辞し、親平氏派の行命が別当職を継ぐ（時期は不明）が、同年九月に入ると、湛増ははっきりと反平氏の立場を表すようになる。平氏側でも、熊野法師一同が鹿背山を固めて蜂起した事態を受けて、頼盛を追討使として派遣することを決める（『玉葉』同年九月二十八日）が、翌月には、上洛途中の行命一行が熊野の衆徒に襲撃され、熊野は反平氏で統一されることとなった（『玉葉』養和元年十月十一日条）。その後、寿永三年（一一八四）には、前年に都落ちした平氏を追うように別当行命は西国下向し、一方で同年十月に湛増が別当に補任されている。[38] 平家物語は、その翌年の元暦二年（一一八五）二月、平氏方か源氏方か、熊野の神の意志を鶏合で占った結果、源氏方に付くことを決断し、翌三月の壇浦合戦に湛増が参じたと語る。しかし、当時の湛増は既に反平氏の挙兵を迷う段階にはなく、〈鶏合〉によって平家物語内の筋の展開にも矛盾を来していることは、先学諸氏の指摘にあるとおりである。ただ、平家物語諸本を見渡してみると、若干気にかかることがある。屋代本と四部合戦状本の本文を次に挙げよう。

熊野別当湛増、此日比平家ニ随タリケルカ、源氏既ニツヨルト聞テ、五十余艘ノ舟ニ乗テ、紀伊国田部浦ヨリ推出シ、四国ノ地ニ渡テ源氏ニ付ク。　屋代本巻第十一

熊野別当湛増、五十艘にて漕ぎ来たりて、亦源氏に加はる。　四部本巻第十一「田内左衛門を生捕る事」

両本のように、〈鶏合〉をまったく伝えないテクストがあるのである。屋代本にはどちらに参陣するか迷う湛増の姿が描かれるが、四部本にはそれすらもない。省筆の結果とも考えられ、必ずしも根拠のある推定とはいえまいが、このような〈鶏合〉を載せないテクストの方がより古態を示している可能性もあるだろう。〈熊野新宮合戦〉では湛増の関与を描かず、〈飛脚到来〉では範智・湛増の反平氏挙兵の報を記し、壇浦合戦直前には湛増の参陣の事実のみを語る、といった具合に、当初、物語のもとに持ち込まれた湛増の情報や伝承は限定的なものだったのではなかろうか。それは、治承・寿永の内乱を背景に、微妙なバランスを取りながら熊野別当家の勢力範囲を拡大し、内乱後にも、紀北の有力武士、湯浅宗重の軍勢を攻めつつ、最終的には鎌倉の源頼朝とも交渉して帰参を許されると

いった湛増の一連の行動が、熊野の外側から容易には理解しがたいものであったことに由来するように思われる。しかしながら、在地において湛増は、中世熊野の隆盛を語る上で不可欠な人物という評価を得たはずである。徐々にその情報は整理され、時に様々な湛増伝承が生成されていったことも想像に難くない。熊野を代表する統合的人格としての「熊野別当湛増」という呼称が有効に機能するようになり、平家物語諸本の上に様々な影響があらわれてくるのも、在地における湛増顕彰の動向と関わるものであっただろう。このような中世熊野のアイデンティティーについて、熊野別当家と源氏との血縁関係の伝承化の問題に触れて、本稿を締めくくりたい。

おわりに

平家物語巻第一「我身栄花」に象徴的なように、新興政治勢力であった平氏は、天皇家や摂関家等の貴族層との婚姻関係を最大限に活用した。これまでにも触れたが、熊野三山を統括する熊野別当家の人々もまた、院政期に入って急激に盛んとなった熊野詣を背景に、婚姻関係を通じて中央との関係を深めている。

新宮家出身の別当行範は、「熊野別当系図」に「妻ハ為義女也」と注記されるように、源為義の娘を妻としていた。「故右大将家の姨母」（『吾妻鏡』承久四年四月二十七日条）にあたり、「鳥居禅尼」とも、それ以前には「たつたはら女房」とも称された女性である。「行範が一男、六条廷尉禅門〈為義〉の外孫たり」（『吾妻鏡』元暦二年二月十九日条）と伝えられる行快をはじめ、行範との間に多くの子を儲け、新宮別当家の主流を形成した。一方、田辺家出身の別当湛快は、娘を平忠度に嫁がせている。この婚姻関係は、親平氏派としての湛快の立場を支えるものでもあっただろう。

ただし、注意すべきは、この湛快女が、もとは新宮別当家の行快の妻であったことである。『吾妻鏡』には、平氏没官領の参河国竹谷荘・蒲形荘が行快に還付されたことが伝えられている（元暦二年二月十九日条）。両荘は本来、湛快が領掌していたが、行快に嫁した娘に譲ったのであった。ところが、その所有権を保ったまま、娘が忠度に再嫁したため、一谷で忠度が戦死した後には没官領となった。湛快女は、両荘を将来、自分と行快との間の子息に譲ることを約して行快に交渉を依頼し、再び安堵されたというのである。「熊野別当系図」における尋快・淋快（行快息）の傍注には「母湛快女」とあり、両者は後に別当職を継いでいる。熊野別当家の人々は、新興武士団である源氏や平氏と婚姻関係を結んで連携を図る一方で、対抗関係にあった田辺・新宮両別当家の協調のためにも婚姻関係を活用したと考えられよう。確実な資料の裏付けを欠くが、両家間の婚姻関係は他にもあったのではなかろうか。

このような婚姻関係は、内乱後の中世熊野にとっても意味のあるものであった。内乱を乗り切る上での最大の功労者、湛増と血のつながる新宮家出身者の別当就任には、結果的には不調に終始したものの、田辺・新宮両別当家の融和への期待があっただろう。また、為義女との婚姻関係は、熊野と鎌倉幕府の関係を改善する上で有効であった。湛増が義経と連携したこともあり、内乱直後、頼朝の湛増に対する扱いは冷淡であった。それでなくとも、内乱に乗じて各々が自己の所領の拡大に走った熊野別当家の存在は、幕府にとって歓迎されるものではなかった。そのような情勢を打開し、幕府に接近するために新宮家が取った手段が、鳥居禅尼（為義女）との血縁を強調することであった。承久の乱の際、ほとんどが京方に付いた田辺家は大きな打撃を受け、熊野三山の主導権は新宮家が握ることになる。(39) 承久の乱後も、熊野は幕府から神領の寄進を受け、その維持にあたっており、(40) 源氏との血縁を語ることは、中世熊野のアイデンティティーのひとつであり続けたことであろう。

そして、熊野別当家における源氏との血縁意識は、いつしか「熊野別当湛増」という存在と結びつけられて伝承化した。「剣巻」（屋代本平家物語）には、熊野初代別当「教真」が、為義女「タツタワラノ女房」を妻としたと伝わる。「教真」の五人の子息のうち、遺言によって湛増が別当を継いだという。「剣巻」における「湛増別当」は「源氏ハ我等カ母方也」と自称しており、為義の孫ということになるのである。「教真」は、湛増の父としては湛快、為義女の夫としては行範に比定されるが、語り本系平家物語の「熊野別当湛増」と同様、両者のイメージを統合した架空の人物と捉えるべきであろう。湛増を源氏の血縁とする伝承は、「剣巻」だけではない。熊野別当家系図の異本「目良系図」には、湛増の傍注に「行範之嫡男、続湛快家」とある。「剣巻」の伝承を系図の上で合理化したものであろう。また、『尊卑分脈』の熊野別当（田辺別当家）系図に、湛増を「実源為義子」とすることにも、熊野の在地から発信された同様の伝承が影を落としているのであろう。

しかしながら、このような湛増伝承も、まったくの荒唐無稽とは言えないかもしれない。延慶本・盛衰記は、湛増を「鎌倉兵衛佐ノ外戚ノ姨母聟」（延慶本第六本・十一「源氏ニ勢付事付平家八嶋被追落事」）とするのである。先述したような熊野別当家をめぐる婚姻関係のあり方を勘案すれば、湛増が鳥居禅尼（為義女）の娘婿であった可能性もないとはいえまい[41]。無論、延慶本・盛衰記のこの記述自体、既に「熊野別当湛増」として、伝承化の一歩を踏み出しているとも考えられる。平家物語諸本の諸処には、中央の記録に残されない在地の「事実」が書き留められていることだろう。しかし、それを見極めることはやはり簡単なことではないようである。

注

（1）平氏への湛増の報告は次章段の「飀之沙汰」。

（2）元暦元年の補任は『僧綱補任』宮内庁書陵部本に、文治三年の補任は『熊野別当代々次第』に載せられる。二度の別当補任の事情について、高橋修氏は、元暦の件を義経に対する後白河院の人事と一体とみなす阪本敏行氏の見解（「寿永二年・三年における熊野別当家関係者と周辺の人々」『熊野三山と熊野別当』清文堂　二〇〇五　初出一九九四　＝以下、阪本A）を前提に、文治の別当補任について、義経との深い縁故を精算するため、朝廷に再び補任してもらい、改めて頼朝の承認を取り付けようとしたものと解している。同氏「別当湛増と熊野水軍―その政治史的考察―」（『ヒストリア』一四六　一九九五―三）参照。

（3）以下、熊野別当に関する情報は、注記しない限り、『熊野別当代々次第』、「熊野別当系図」（那智山実報院道昭法印家蔵本）、「熊野別当代々記」に依る。
（4）冨倉徳次郎氏　角川書店　一九六六
（5）和田英道氏執筆　明治書院　一九七八
（6）永島福太郎氏「中世の熊野」（『和歌山の研究』第二巻　古代・中世・近世篇　清文堂　一九七八）
（7）宮家準氏「熊野三山の成立と展開」（『熊野修験』吉川弘文館　一九九二）
（8）小山靖憲氏「源平内乱および承久の乱と熊野別当家」（『中世寺社と荘園制』塙書房　一九九八　初出一九九三）
（9）高橋氏前掲注（2）論文
（10）川合康氏「治承・寿永の内乱と地域社会」（『鎌倉幕府成立史の研究』校倉書房　初出一九九九）
（11）高橋氏前掲注（2）論文。同様の見解は他に、永島氏前掲注（6）論文、阪本敏行氏「治承・寿永の内乱と熊野別当家の人たち」（『歴史読本』一九八九—一〇　＝以下、阪本B）、小山氏前掲注（8）論文。
（12）〈熊野新宮合戦〉におけるこのような平家物語の虚構性は、川合康氏の説く「平家物語史観」の問題とも関わろう。同氏「治承・寿永の内乱と伊勢・伊賀平氏—平氏軍制の特徴と鎌倉幕府権力の形成—」（前掲注（10）著書　二〇〇四）参照。
（13）同様の立場は他に、宮地直一氏『熊野三山の史的研究』（國民信仰研究所　一九五四）、五来重氏『熊野詣—三山信仰と文化—』（淡交社　一九六七）、『国史大辞典』「湛増」（阪本正仁氏執筆　吉川弘文館　一九八八）等。
（14）阪本敏行氏「熊野別当湛増の生涯とその時代」（前掲注（2）著書　二〇〇五　＝以下、阪本C）、および同論文註（12）。ただし、「平家の祈の師」という表現は覚一本にはない。
（15）阪本D。語り本系平家物語の同記事を「事実」と見なす同氏の立場は、阪本B以来一貫している。
（16）阪本敏行氏「熊野別当湛顕をめぐる政治的状況」註（1）（前掲注（2）著書　初出一九九〇）
（17）無論、延慶本に示される古態性は、あくまで検証された部分について論じられるべきであり、近年の櫻井陽子氏による一連の論考（「延慶本平家物語（応永書写本）本文再考—「咸陽宮」描写記事より」〔『国文』九五　二〇〇一—

八〉他）が指摘する、延慶書写以降の増補・改訂の可能性についても留意しなければならない。
（18）語り本系の本文が延慶本に先行する可能性については、筆者も、〈康頼熊野詣〉における屋代本の記事配列が、延慶本の前段階のものと見なされることを指摘したことがある。拙稿「語り本系『平家物語』〈康頼熊野詣〉の位相―寺門派修験の動向から―」（『日本文藝研究』五〇―一　一九九八―六）参照。
（19）湛増の経歴については、高橋氏前掲注（2）論文、阪本Cに詳しい。
（20）宮家氏前掲注（7）著書、高橋氏前掲注（2）論文、阪本敏行氏「熊野別当湛快の生涯とその時代」（前掲注（2）著書　二〇〇五　＝以下、阪本E）等。
（21）『梁塵秘抄口伝集』巻第十、『山伏帳』巻下「晦山伏被入次第」。阪本E参照。
（22）『熊野別当代々次第』に「南法眼行命、平家御時、雖〔被〕補別当、御山不用之間、不詣御山、遂付平家」とある。
（23）吉田経房は承安四年（一一七四）九月、本宮師である「権別当湛増」に神馬、甲冑等を送っている（『吉記』承安四年九月十五日条）。
（24）阪本敏行氏「熊野別当家嫡子・庶子家分立による在地支配の確立」（前掲注（2）著書　初出一九八九）他
（25）行快・範命とその子孫も代々、別当を務めており、範誉とその子孫も代々、那智執行を務めるなど、両者の子息系のその後の繁栄はめざましい。
（26）範智の子孫は代々、田辺別当家の本拠である田辺のすぐ東南側、富田に住しており、両者の関係の密接さが窺われる。「熊野別当系図」参照。
（27）高橋氏前掲注（2）論文
（28）小山氏前掲注（8）論文
（29）『玉葉』治承四年九月三日・十一日・十九日、十月二日・三日、十一月一日各条、『百練抄』同年十月六日条、「北院御室日次記抜粋」同年十月十二日条
（30）小山氏前掲注（8）論文
（31）高橋氏前掲注（2）論文

（32）承安元年（一一七一）五月、平清盛が随伴した後白河院熊野参詣において、行命が常住の船渡を勤めており（『山伏帳』巻下「晦山伏被入次第」）、阪本敏行氏はこの頃から行命の親平氏の立場が明確になったと推測している。同氏「院政と熊野三山」（前掲注（14）著書）・阪本A参照。

（33）小山氏前掲注（8）論文参照。

（34）だからといって、読み本系の記事内容を史実そのものと見なすことはできない。延慶本・盛衰記には、他の諸史料に確認できない人物名が多く記載されており、三山それぞれの動向についても差異がある。「実在した何人かの別当（増皇・長快・長範・湛快など）に関係した逸話を寄せ集めて作り上げた」（阪本E）可能性にも十分留意しつつ、別途その記事内容を精査する必要があろう。

（35）高橋氏前掲注（2）論文

（36）高橋氏前掲注（2）論文

（37）引用は延慶本第三本・十二「沼賀入道与河野合戦事」。ただし、読み本系諸本が湛増を法印とすることには錯誤がある。文治三年（一一八七）九月、湛増は法印への叙位を報告する使者を鎌倉に遣わしている（『吾妻鏡』同年九月二十日条）。盛衰記の〈鶏合〉に「熊野別当湛増法眼」とあるように、当時は湛増はまだ法眼であった。

（38）『僧綱補任』宮内庁書陵部本。阪本A所引の本文による。

（39）治承・寿永の内乱から承久の乱にかけての熊野の情勢については、高橋氏前掲注（2）論文、小山氏前掲注（8）論文参照。

（40）宮家準氏「熊野の荘園」（前掲注（7）著書）

（41）阪本氏も、延慶本のこの記述については史実と判断している（同氏「熊野別当家による支配圏の拡大と確立」〔『本宮町史』通史編　二〇〇四〕・阪本E）。なお、平家物語諸本中、延慶本のみが、「熊野別当行明」（行命）の生け捕りを正しく伝えてもいる（第六本・十六「平家男女多被生虜事」）。延慶本が根来寺で書写されたこと、湯浅氏周辺の情報を子細に伝えていることも考え合わせるならば、延慶本における紀州在地の情報の史実性は、他の諸本よりも信頼に足る面があるように思われる。延慶本における湯浅氏については、谷口耕一氏「延慶本平家物語における湯浅権守宗重とその周辺」（『語文論叢』二六　一九九八―一二）、「湯浅権守宗重と文覚・渡辺党―湯浅権守宗重とその周辺（二）―」（『続・『平家物語』の成立』千葉大学大学院社会文化科学研究科　一九九九―三）、「延慶本平家物語における維盛粉河詣をめぐる諸問題―湯浅権守宗重とその周辺（三）―」（『続々・『平家物語』の成立』千葉大学大学院社会文化科学研究科　二〇〇四―二）参照。

使用テキスト

覚一本（日本古典文学大系）、延慶本（『延慶本平家物語』本文篇　勉誠社）、源平盛衰記（『源平盛衰記　慶長古活字版』勉誠社）、屋代本（『屋代本高野本対照平家物語』）、四部合戦状本（『訓読四部合戦状本平家物語』有精堂）、『平治物語』（日本古典文学大系）、『承久記』（新日本古典文学大系）、『梁塵秘抄』（日本古典文学大系）、『本朝世紀』（新訂増補国史大系）、『兵範記』（増補史料大成）、『吉記』（増補史料大成）、『吾妻鏡』（『全譯吾妻鏡』新人物往来社）、「北院御室日次記抜粋」（『仁和寺諸記抄』所収・続群書類従三一下）、『熊野別当代々次第』（『熊野速玉大社古文書古記録』「熊野山別当次第記」滝川政次郎編　清文堂）、「熊野別当系図」（続群書類従六上）、「熊野別当代々記」（続群書類従四上）、「目良系図」（史料編纂所蔵影写本）、『山伏帳』巻下「晦山伏被入次第」（『修験道章疏』三）

軍記において「和平」ということ

――平家物語を中心に――

武久　堅

はじめに

「戦争と平和」という二項対立は、トルストイの同名小説によってもよく知られ、今日でも一般に通用する明確な概念として普遍的であるが、一度始まってしまった「戦争」は、どうすれば「終結」して、あるいは「終結」させ得て「平和」と呼べる状態を回復しうるのか。多くのスポーツのように「勝敗」を決するまで続行して、すくなくとも「戦争」状態でない状況に到達するしかないのだろうか。そうではなく、つまり「戦争と平和」ではなく、また「勝敗」を決するという、一方が敗れるという「敗北終戦」ではなくて、戦争を途中で終わらせるための「戦争と和平」という発想は、日本中世の軍記という作品群の中ではどのように意識されていたのだろうか。この問いかけは、一度始まってしまった「戦争」の前では、あたかもこれに相対する設定は「平和」ではなく、用意されねばならないのは「和平への道」をいかに切り開くか、この問いかけであることを意味している。中世の軍記は、どのようにそうした「和平」という発想を内在させて「いくさ」や「合戦」を把握し、その物語の中のいくさを語り初めていたのだろうか。

軍記愛好の一翼に「武具好き」「武家好き」「合戦好き」の傾向が混在し、この側面は軍記研究にも反映して好事に直結する要素を抱え、多分に「いくさ」礼讃型の軍記論への傾斜を孕むが、その反対に「いくさ」忌避、回避型の軍記観も用意されていてよいように思われる。一見、「いくさ」の前での「無力」の肯定は、軍記論そのものに無用にみえるが、多く「戦闘状態」の記録のゆえに、逆にその中での「無力」の「力」の探求は逆説的な意義をもつとともに、積極的には今日的意義を秘める。本稿にいう「和平」とは、一面では中世の軍記にときどき顔をのぞかせる「無力化」の「力」の発掘に通ずる。そういう人間の存在の仕方や思想の発掘、位置づけ方の問題である。

ここで対象とする作品は、当然一つ一つが固有の思想世界を内蔵する軍記であるが、今回はやや大局的に軍記総体の中に、あるいは軍記作者の観念として、こうした「和平への道筋」と呼べるような具体的指向がどのように表現されているかを探索することにしたい。主として扱うのは『保元物語』『平治物語』『平家物語』と、やや発想を異にする『承久記』である。

なお、いわゆる現代の戦争論には多くの「和平問題」への論評の積み重ねのあることは心得ているが、ここでは対象を日本中世の軍記に限定するので、そうした近現代的発想と直結して論ずる以前に、作品に内在する素朴な発想とその表現に論点を絞ることにしたい。その意味で本稿は、わたくしが軍記研究にかかわってきて抱き続けた疑問の答を、作品の内側にたずねた結果の報告書といえる。作者たちは、世を治めるのは誰の役目と考えているか、あるいは朝家の枠組みと武家の位置づけをどう認識していたか、最終的には「戦に拠らない解決」という発想はあったか否か、こうしたいくつかの疑問を背景に控える問題提起である。

一　「平穏尊重」と「兵乱者批判」の思想

『保元』『平家』ではいずれも物語の前提として、「四海」の平穏を尊重する理念を盛り込んでいる。『保元』は巻頭で、鳥羽院在位の一六年を、

海内シヅカニシテ天下ヲダヤカナリキ。風雨時ニシタガヒ、寒暑ヲリヲアヤマタズ

（半井本・上「後白河院御即位」）

と評価し、その鳥羽院崩御に際して、

雲上ニハ星ノ位シズカニ、海中ニ浪ノ音和也ツル御世ノ、角切テ次ダル様ニ、サハギ乱ルル事ノ悲シサヨ。

（同前「新院御謀叛思シ召シ立ツ事」）

と「世の乱れ」を嘆いている。鳥羽院崩御の後に兵乱は発生したと見る認識は、『平家物語』も同然で、

鳥羽院御晏駕ノ後ハ、兵革打チツヅキ、死罪、流人、解官、停止、常ニ行ハレテ、海内モ静カナラズ、世間モ落居セズ。

（延慶本第一本八「主上上皇御中不快之事、付ケタリ二代ノ后ニ立チ給フ事」）

という見解を盛り込んでいる。漢語による定形表現であるが「海内静か」は、海に囲まれた日本列島の地勢認識を含むであろう。また、「風雨時ニシタガヒ、寒暑ヲリヲアヤマタズ」は自然界の「平穏無事」を重要な要素とし、これと同様の発想は「雲上ニハ星ノ位シズカニ、海中ニ浪ノ音和也」に認識できる。いずれも物語の冒頭近くにおかれるこういう叙述は本来は典拠のある表現であるが、そういう表現を借りてでも、物語作者は「平穏尊重の思想」を持ち込んでおきたかったものと把握して間違いではなかろう。

これらの「乱世の始まり」と「武者の世の到来」の認識は、『愚管抄』（巻四）の有名な

保元元年七月二日、鳥羽院ウセサセ給ヒテ後、日本国ノ乱逆ト云フコトハヲコリテ後、ムサノ世ニナリニケルナリ。

也ケリ。

と見解を同じくしている。慈円はこの事態を「日本国の乱逆」と把握している。

物語では、こうした「平穏」の崩壊を嗟嘆し、「平穏の破壊者」への批判の言説を盛り込むことになる。兵乱者

の野心の意図はどこにあれ、「世の乱れ」を惹起したものは批判の対象として語り継がれる。事新しく引くまでもないが、『平家物語』序章の、

遠ク異朝ヲ訪ヘバ、秦ノ趙高、漢ノ王莽、梁ノ周異、唐ノ祿山、是等ハ皆旧主先皇ノ務ニモ従ハズ、民間ノ愁ヒ、世ノ乱レヲ知ラザリシカバ、久シカラズシテ滅ビニキ。（延慶本第一本一「平家先祖之事」）

でも「世の乱れ」を強調しており、特にここでは前述の「自然界」ではなく、「民間の愁い」即ち「民の生活」に着目しているところが『保元』と異なる。これに続いて本朝の四人が紹介され、最後に清盛の登場となることはよく知られている。

特定人物のあげつらいが、次にくる『承久記』では後鳥羽院に向けられ、

（後鳥羽院）凡ソ、御心操コソ世間ニ傾キ申シケレ。伏シ物、越内、水練、早態、相撲、笠懸ノミナラズ、朝夕武芸ヲ事トシテ、昼夜ニ兵具ヲ整ヘテ、兵乱ヲ巧ミマシマシケリ。御腹悪クテ、少シモ御気色ニ違フ者ヲバ、親（マノアタ）リ乱罪ニ行ハル。（慈光寺本・上）

（後鳥羽院）古老神官、寺僧等、神田、講田倒サレテ、歎ク思ヒヤ積モリケム、十善ノ君忽チニ兵乱ヲ起コシ給ヒ、終ニ流罪セラレ玉ヒケルコソ浅増シケレ。（同前）

と、批判の表現がかなり痛烈になる。「兵具を整え」「兵乱を巧み」「兵乱を起こし」た後鳥羽院の行動を叙述し、最終的に「流罪」に至るその治世の全体を、「浅ましい」と酷評している。その焦点は「十善の君」が「兵乱を起こ」すという異例の事態にあり、「天皇」や「上皇」は自らが武芸を身につけてはならないとする見解が明確に示されている。況んや自らがいくさの発起人になってはいけない。「兵乱」が「悪」であることと、天皇や上皇はいくさの発起人となってはいけないという基本的思想が作品の前提となっており、彼らがそういう立場に立ったときには、「流罪」という「浅ましい」事態が待ち受けるという見解が容赦なく示されているものと判断される。「天

皇」といえども「断罪」は免れない。

二　「文武二道」の思想と、「武の力」の均衡と

兵乱の発生は武家の成立と無関係ではない。源平以前の騒乱にも言及すべきであるが、紙幅の都合でこれを略すとして、例えば『平家物語』の次のような認識は、しかし武家の存在と乱世の発生を常に一つのものとして把握している訳ではなかったということを表明している。

昔ヨリ源平両氏朝家ニ召シ仕ハレテ、皇化ニ随ハズ、朝憲ヲ軽ンズル者ニハ、互ヒニ誡ヲ加ヘシカバ代ノ乱レモ無カリシニ、保元ニ為義切ラレ、平治ニ義朝誅レテ後ハ、末々ノ源氏少々アリシカドモ、或イハ流サレ或イハ誅レテ、今ハ平家ノ一類ノミ繁昌シテ、頭ラヲサシ出ス者ナシ。（延慶本第一本六「八人ノ娘達之事」）

源平の力のバランスが「世の乱れ」を未然に防止していたと見る。しかし「互いに誡を加える」という加え方は、存在の牽制のみではなく、武家相互間の「武力の行使」もその範囲にはいるであろう。武家の働きは互いの牽制のみではなく、『平治物語』の序に、

いにしへより今にいたるまで、王者の人臣を賞ずるは、和漢両朝をとぶらふに、文武二道を先とせり。文をもつては万機のまつりごとをおぎのひ、武をもつては四夷のみだれをしづむ。しかれば、天下をたもち国土をおさむること、文を左にし、武を右にすとぞ見えたる。（古活字本・上「信頼、信西不快の事」）

とあるように、「武」は「四夷の乱」を鎮圧する働き、即ち「武力」による「辺境民の平定」を役目とし、その上に成り立つ国土不安定期の朝廷政治を肯定的に認識している。今日的に言えば外敵防衛のための自衛の認識である。

『平家物語』で頼政が、

「時ヲ量リテ制ヲ立ツルハ、文ノ道也。間（ヒマ）ニ乗リテ敵ヲ討ツハ兵ノ術也。頼政其ノ器ニアラザルニヨ

ツテ、其ノ術ニ迷ヘリトイヘドモ、武略家ニ稟ケ、兵法身ニ伝フ。（以下略）」

（延慶本第二中八「頼政入道宮ニ謀叛申シ勧ムル事、付ケタリ令旨ノ事」）

と述べて高倉宮に決起を促すとき、「時を量りて」は情勢を察知することで、「制を立つるは」とは「文」による「制度」の確立を意味する。今日の法律や条例の制定を意味するであろう。「間に乗りて」はこれも情勢判断優先で、相手方の弱点を突く兵法を指し、「敵を討つは兵の術也」には、「兵」による「敵の討伐」がその任務と考えられていて、この二つが治政の両翼と考えていることが分かる。いずれにしても「兵」の存在による戦闘状態の発生は避けられない。（1）

三　「同族争い」と「人質策」の発案

武家の誕生は、武家間の敵対関係をも発生させたが、『将門記』に既に明らかなように、敵対関係は武家の内部、即ち同族の闘争をも招来した。同族内の争いをいくさによって解決するか、なるべくいくさは回避するかは見識に因るところが大きい。敵対相手が同族の場合は、いわゆる同士討ちで、朝廷は意図的にこの発生を誘発する政策を採用して、武家の乱暴を抑制してきたが、源平時代になって源氏内部で特にこの状況が多発している。その内特に顕著な対立は、義朝と頼賢、頼朝と行家、頼朝と義仲で、あるいは義経と景時のような場合もある。頼朝から仕掛けられた敵対関係を義仲、義経はそれぞれにどのように切り抜けたか。いくさ回避の発想の一端をここに取り上げておく。

『平家物語』で頼朝と義仲の敵対を最も詳しく語るのは「延慶本」であるが、最初に兵を動かした頼朝に対して義仲は、

（義仲）「但シ当時、兵衛佐ト義仲ト中ヲタガハバ、平家ノ悦ニテアルベシ。イトドシク都ノ人ノ云フナルハ、

『平家皆一門ノ人々ヲモヒアヒテアリシカバコソ、ヲダシウテ廿ヨネン持チツレ。源氏ハ親ヲ打チ、子ヲ殺シ、同士打チセムホドニ、又平家ノ世ニゾ成ラムズラム』ト云フナレバ、当時ハ兵衛佐ト敵対スルニ及バズ」トテ、引キ帰シテ信濃へ越ケルガ、又イカガ思ヒケム、ナヲ関山ニヒカヘタリ。

（延慶本第三末七「兵衛佐、木曽ト不和ニ成ル事」）

と述べて、同士討ちの愚を避け、衝突の回避を選択している。その代償として、頼朝の要求に基づき、行家の放出か人質清水冠者義基の派遣か、二者択一に迫られ、止む無く人質派遣に至る。

（頼朝）「『十郎蔵人ノ云ハム事ニ付キテ頼朝ヲ敵とし給フカ。サモアルベクハ蔵人ヲ是へ帰シ給へ』ト申サルベシ。帰ラジト申サバ、『御辺（＝義仲）ハ公達アマタオワス也。成人シタラム子息一人頼朝ニタベ。一方ノ大将軍ニモシ候ワム。頼朝ハ成人ノ子モ持チ候ハネバ、加様ニ申シ候フ也。カレヲモコレヲモ子細ヲ宣ハバ、ヤガテ押シ寄セテ勝負ヲ決スベシ』」

（延慶本第三末七「兵衛佐、木曽ト不和ニ成ル事」）

頼朝方からは戦闘状態突入も有り得るという条件の提示があり、義仲はその回避を選択している。義仲がその戦闘回避の道を選択したのは、同士討ちの愚を避けたためだけでは無い。かれは一件落着の後に信濃に戻って次のように述懐する。

（義仲）木曽信濃へ帰リテ、キリ者三十人ガ妻共ヲヨビアツメテ申シケルハ、「各ガ夫共ノ命ヲ、清水ノ冠者一人ガ命ニカヘツルハ、イカニ」。妻共手ヲ合ハセテ、ヨロコビテ申シケルハ、「アラカタジケナヤ。カヤウニオワシマス主ヲ、京ツクシノ方ヨリモ見捨テ奉リテ、妻ヲミム、子ヲミムトテ帰リタラム夫ニ名躰合ハセバ、モル日月ノシタニスマジ。社々ノ前ワタラジ」ナムドゾ、口々ニ申シテ、起請ヲ書キテノキニケル。夫共モ是ヲ聞キテハ、面々ニ手合ハセテ悦ビケリ。

（延慶本第三末七「兵衛佐、木曽ト不和ニ成ル事」）

義仲は、頼朝との衝突に因って信濃の「きり者三十人」の命の失われることを案じたと発言している。妻たちはこの発言に「手を合わせ」て喜び感謝したと、この特殊な伝承は報ずる。合戦を忌避して「人質」を提供し、義仲が「清水の冠者一人が命に替えた」と言うとき、義仲には、予想される戦死者の代価を実子の命で代償するという覚悟が用意されていることになる。「延慶本」にはいまだ「人質」という用語は発生していない。「命に替えた」という表現は「人質」というよりもより直接的代価の提供である。「身代わり」が近いかもしれない。平家物語がこの「人質」となった義基の命運を語らない理由は、このテクストの頼朝造形の問題と関連するであろう。義仲の敗死の後「人質」の生命が奪われるのは、支配構造の不安定な時代の悲劇である。[2]

同士いくさの忌避は、局面的事態であるが義経の場合にも発生する。これもよく知られる『逆櫓』の口論である。

殿原各々申シケルハ、「御方（ドシ）軍セサセ給ヒテ平家ニ聞ヘ候ハム事、詮無キ御事ナリ。又鎌倉殿ノ聞コシ食サレ候ハム事、其恐レ少ナカラズ。設ヒ日来ノ御意趣候フトモ、此ノ御大事ヲ前ニアテテ、返ス返スシカラズ。何ニ況ンヤ、当座ノ言失聞コシ召シトガムルニ与ハズ」ト、面々ニ制シ申シケレバ、判官モ由ナシトヤ思ヒ給ヒケム、シヅマリ給ニケリ。　（延慶本第六本三「判官、梶原ト逆櫓立論ノ事」）

衝突回避の理由付けは、ここでは当面の対戦相手である平家に聞かれては「詮無し」即ち「無意味な争い」となるという反省と、いま一つは頼朝の耳に入った際の咎め立ての厳しさにある。この場合、頼朝の存在は戦闘忌避に機能している。

四　「源平二氏」の発想に基づく頼朝の「和平提案」

頼朝が同族義仲からの「人質」を確保して、次に矛先を「平氏」に向けるとき、平家物語はこの経緯に言及しないが、一旦は平氏との「和平」の提案に及んだという記録がある。

『玉葉』の養和元年八月一日条は先ず、

伝へ聞く。前幕下（宗盛）、その勢、日を逐ひて減少、諸国の武士等、敢へて参洛せず、近日貴賤の領を奪ひ、勇武の輩に賜ひ先々に万倍す。然れどもその郎従等、忿怨に従ひ、或ひは違背の者あり。凡そその心を得ず。恐らく運報傾くかと云々。

という平家の統制力の減退を記し、続けて、鎌倉から法皇に届いた源平両氏による日本列島の東西の分割的支配の提案である。

又聞く。去る比、頼朝密々院に奏して云はく。「全く謀叛の心無し。偏に君の御敵を伐たんためなり。而れども、若し猶、平家を滅亡せらるべからずは、古昔の如く、源氏平氏相並び、召し仕ふべきなり。関東源氏の進止となし、海西平氏の任意となし、共に国宰に於ては、上より補せらるべし。只東西の乱を鎮めんため、両氏に仰せ付けられて、暫く御試みあるべきなり。且つ両氏孰れか、王化を守り、誰か君命を恐るるや。尤も両氏の翔ひをご覧ずべきなり」と云々。

この提案によるなら、都の平家との戦闘回避の姿勢は顕著である。背後の奥州藤原氏の威圧の問題を抱えて、戦闘無く、先ずは東国支配権を確保しようという魂胆であるが、その魂胆は魂胆として、ここで問題とする戦闘回避という至上命題は達成される貴重な「和平案」である。平家物語は、こうした水面下の政治折衝を物語の題材とはしない。

この状を以て、内々前幕下に仰せらる。幕下申して云はく。「この儀尤も然るべし。但し故禅門閉眼の刻、遺言して云はく。『我が子孫、一人と雖も生き残らば、骸を頼朝の前に曝すべし』と云々。然れば、亡父の誡、用いざるべからず。仍つてこの条に於ひては、勅命たりと雖も、請け申し難きものなり」と云々。

宗盛は清盛の遺言を戒めとして持ち出し、頼朝の「和平提案」を拒否した。兼実のこの情報の信憑性については、『玉葉』の外に証明する材料を欠くが、後日いかなる展開が待ち受けるとしても、ここに法皇を介在させた「和平案」を、平家側に受け止める姿勢があれば、平家の壇ノ浦の悲劇はもちろん、現在の内容の平家物語という作品も確実に存在しなかったであろう。

清盛の遺言は他に『吾妻鏡』と『平家物語』に記述がある。『吾妻鏡』は編纂時に資料としたであろう京都方の記録があったはずであるが現存しない。『玉葉』は没後半年を経ているが、宗盛の口から出た清盛の遺言伝承であるから、平家一門の伝承をかなり正確に伝えていると判断してよいであろう。

　この事、最も秘事なり。人以て知らずと云々。已上の事等、兵部少輔尹明、蜜語する所なり。件の男、前幕下の辺に祗候する人なり

兼実はこの情報を尹明から聞いており、尹明は壇ノ浦まで平家と命運を共にしている平家の昵懇者であるから、この際の宗盛の言動はかなり忠実に伝えられているものと見なされる。本稿で狙いとする、源平合戦はどこでなら阻止し得たかというという課題にとって、この頼朝提案は重視してよい。しかし、この時点の平家一門にとっては、清盛の遺言の如何にかかわらず、頼朝からの和平提案を飲める状況ではなかったことも確実であろう。(3)

五　交渉による「衝突回避」の発想

義仲が戦闘回避の策を選択する場面がもう一つある。入洛直前にその前に立ちはだかる山門との和親交渉である。

(義仲)「抑山門ノ大衆ハ未ダ平家ト一ツナリ。其ノ上、故ラニ頃年ハ弓箭ヲ松扉ノ月ニ耀カシ、戈鋋(クワエム)ヲ蘿洞(ラトウ)ノ雲ニ蓄フ。勇敢ノ凶徒道路ニ遮リ、往還ノ諸人怖畏ヲ抱ク。然レバ則チ学窓ノ冬ノ雪、永ク邪見ノ焔ヲ消シ、利剣ノ秋ノ霜、頻ニ不善ノ叢ニ深シ。各々西近江ヲ打チ上ラムズルニ、東坂本ノ前、小事、ナレ、辛崎、三津、川尻ナムドヨリコソ、京へ通リ候ワムズレ。定メテ防キ戦ヒ候ワムズラム。縦ヒ打チ破ラシメテ登リテ候ハバ、平家コソ仏法トモ云ハズ、寺ヲモ亡シ僧ヲ失へ、カヤウノ悪行ヲ致スニ依リテ、是

ヲ守護ノ為ニ上ル我等ガ、平家ト一ツナレバトテ、山門ノ大衆ヲ亡サム事少シモ違ワズ、二ノ舞タルベシ。サレバトテ、又此ノ事ヲタメラヒテ、登ルベカラム道ヲ逗留スルニ及バズ。是コソ安大事ナレ。イカガアルベキ」

（延慶本第三末十七「木曾都へ責上ル事、付ケタリ覚明ガ由来ノ事」）

ここでは戦闘と宗教の問題が顔を覗かせ、清盛の仏法敵対という悪行を反面教師として、宗教集団との戦闘を回避しようとする義仲の姿勢が把握される。宗教集団の存在が戦争回避に機能する事例として評価される。この交渉を誘導したのは恐らく覚明であったろう。入洛と共にその存在が影を消すのは、義仲の政治手腕を真に必要とすることの時点以降の不可解である。

六　「同盟関係の組み変え」による戦況打開

合戦における同盟関係の組み替えが戦況を大きく動かす場合がある。入洛後の義仲が法皇、鎌倉に追い詰められたとき、西の平家と手を組んで、鎌倉の頼朝と対戦しようと考えるのは、事の成否は別として、少なくとも義仲と平家の武力衝突の回避が選択されている。なりふり構わぬ同盟関係の構築は、不利な戦況を無理やりに打開しようとする最後の足掻きとして着想されることが多い。義仲のこの着想の経緯を確認してみよう。

平家ハ又西国ヨリ責メ上ル。木曾東西ニツメラレテ、為ム方無クゾ思ヒケル。セメテノ事ニヤ、平家ト一ツニ成リテ、関東ヲ責メルベキ由思ヒ立チニケリ。

（第四・卅四「木曾、八島へ内書ヲ送ル事」）

「東西」に追い詰められて、「東西」の一つ、西の平家と、「やむなく」結託しようとする発想は、「和平」案の一つの選択である。

様々ノ案ヲ廻シテ、人ニ知ラスベキ事ニ非ラネバ、ヲトナシキ郎等ナムドニ云ヒ合ハスルニモ及バズ、「世ニモナキ人ノ手ノ、能書ヤアル」ト尋ネケレバ、東山ヨリ或ル僧ヲ一人、郎等請ジテ来タレリ。木曾先ズ此ノ僧ヲ一間ナル所ニ呼ビ入レテ、引出物ニ小袖二領渡シテ、酒ナムド勧メテ、隔テ無ク憑ミ申スベキ由云ヒテ、文ヲカカス。木曾ガ云フニタガワズ、此ノ僧文ヲカク。

わざわざ能書の僧侶を捜し出す設定は手が込んでいる。恐らくこの段階で既に手書き覚明はもう義仲を見限っていたのであろう。文面は次のとおりである。

二位殿ヘハ、「ミメヨキ娘ヤオワスル。聟ニ成リ奉ラム。今ヨリ後ハ少シモ後ロメタナク思ヒ給フベカラズ。若シ空事ヲ申サバ、諏訪明神ノ罰アタルベシ」ナムドカカセケリ。惣ジテ文二通カカセテ、一通ハ「平家ノ大臣殿ヘ」トカカス。一通ハ「其ノ母ノ二位殿ヘ」ト書カセテ、雑色男ヲ使ニテ西国ヘ遣シケリ。

『玉葉』『吉記』にも義仲の平家との和平交渉は記されているから、文書の遣わされたことは事実と考えられるが、その文面として引く延慶本の内容はあまりにもお粗末である。この場面の作者の作り出した文書であろう。

此ノ文ヲ見テ、大臣殿ハ殊ニ悦ビ給ヒケリ。二位殿モサモヤト思ハレタリケルヲ、新中納言ノ宣ヒケルハ、「縦ヒ故郷ヘ帰リ上リタリトモ、『木曾ト一ツニ成リテコソ』トゾ人ハ申シ候ワンズレ。頼朝ガ思ワン所モハズカシク候。弓矢取ル家ハ名コソ惜シク候ヘ。君カクテ渡セ御ワシマセバ、甲ヲ抜キ弓ヲハヅシテ、降人ニ参ルベシト返答有ルベシ」トゾ宣ヒケル。

宗盛と時子の反応と、これらに対する知盛の反対意見はいずれも物語の役割分担を忠実に反映している。「頼朝」を判断の基準に据える発想も延慶本の常道である。『玉葉』『吉記』に依ってこの間の経緯を追うと、

○寿永二年一二月二日。伝へ聞く。義仲使ヲ平氏の許に差し送り（播磨の国室の泊りにありと云々）、和親を乞ふと云々。（『玉葉』）

三日。平氏一定入洛すべし云々。（『吉記』）

一二月七日。平氏一定入洛すべき由、能円法眼告送ると云々。義仲と和平するや否や、未だ事切らず

と云々。（『玉葉』）

廿日。ある者来たりて云ふ。平氏入洛、廿二、五、八日の間必然なり。門々戸々営々。或る説に義仲と和親、或るひはしからず云々。（『吉記』）

寿永三年　一月九日。伝へ聞く。義仲平氏と和平の事已に一定。この事去年の秋の比より連々謳歌、様々の異説あり。忽ちに以て一定し了んぬ。去年月迫る比、義仲一尺の鏡面を鋳て、八幡（或る説熊野）の御正体を顕し奉り、裏に起請文（仮名云々）を鋳付けこれを遣はす。これにより和親すと云々。（『玉葉』）

となり、「義仲、和親を乞う」「義仲と和平するや否や」「義仲と和親」「和平の事一定」「和親す」等の用語が両者の日記に頻出する。義仲と平氏の結託は、関東の頼朝との共同戦線であり、真の平和の到来を意味しないが、戦闘状態の解除としての意味は無いとは言えない。

七　「捕虜」による取引、「和平」交渉

「生命担保」という意味で、結果的には「人質」と同類の役割を担うことになるが、出発点が根本的に異なる道筋に「捕虜」がある。「人質」と類似した役割とは、「捕虜」を「人質」として、則ち敵方の「生命」を取引条件にして戦闘状態を有利に終結しようと図る戦略の共通性にある。「生命」の側からみると穏やかならざる構図を示すが、戦闘状態の早期終結という構図からみると極めて穏便な成果を達成しうる場合が考えられる。軍記では「生け捕り」と表記されることが多い。その代表が一谷合戦に始まる「重衡生け捕り」とこれに続く取引の顛末である。「捕虜重衡」を交渉材料に据える院の庁と源氏に対する平家方の対応ぶりについて、『平家物語』と『吾妻鏡』では相当に開きのある宗盛文書が残る。

『平家』では事の経緯を次のように叙述している。

（定長）院宣ノ趣条々仰セ含ム。「所詮、内侍所ヲ都ヘ返シ入レ奉ラバ、西国ヘ帰シ遣ハサン」トゾ有リケル。重衡卿ノ申サレケルハ、「今ハカカル身ニ罷リ成リテ候ヘバ、親シキ者共ニ面ヲ合ハスベシトモ覚エ候ワズ。又今一度見ント思フ者モ候フマジ。若シ母ノ二位ナンドヤ無慚トモ思ヒ候ワム。其ノ外ノ者ハ情ヲ係クベキ者有ルベシトモ覚エ候ワズ。三種ノ宝物ハ神代ヨリ伝ハリテ、人皇ノ今ニ至ルマデモ、シバラクモ帝王ノ御身ヲハナタルル事候ワズ。先帝ト共ニ入ラセ給ハバ尤モ然ルベク候べシ。サ候ワザラムニハ内侍所計ヲ入レ奉ル事ハ有ルベシトモ覚エ候ワズ。サリナガラモ仰セ下サルル旨カタジケナケレバ、私ノ使ニテ申シ試ミ候フベシ」

（延慶本第五末一「重衡卿大路ヲ渡サル事」）

院の庁の眼目は三種の神器にあった。重衡の返答は、平家の擁する主上（安徳）を「先帝」と呼んでいるから、後世の改作あるいは創作の要素が強い。私の使いとして下された使者への宗盛の応答は、主として二位の尼を説得するための発言である。

内大臣宣ヒケルハ「誠ニ宗盛モサコソ存ジ候ヘドモ、サスガ世ノキキモ云フ甲斐ナク、且ハ頼朝ガ思ワム事モハヅカシク候ヘバ、左右無ク内侍所ヲ返シ入レ進セム事叶フマジ。帝王ノ世ヲタモタセ給フ事ハ内侍所ノ御故也。子ノ悲シキモ様ニコソ候ヘ。中将一人ニ、余タノ子共、親シキ人々ヲバ、サテ思シ食シ替ヘサセ給フカ」

（同二「重衡卿院宣ヲ賜リ西国ヘ使ヲ下サルル事」）

こうした状況の中で執筆されたとされるのが「延慶本」の宗盛からの返事である。長文に及ぶが、読み下し文に改め、かつ段落に区切って、番号を付して引く。

「今月十四日の院宣、同じき廿四日、讃岐国屋嶋の浦に到来。謹んで以て請くる所件の如し。

①是に就き、彼を案ずるに、通盛以下当家の数輩、摂津国一谷に於いて、已に誅せられおはんぬ。何ぞ重衡一人

寛宥の院宣を悦ぶべきや。

②我君は故高倉院の御譲りを受けましまして、御在位既に四ケ年、其の御失ち無しと雖も、東夷北狄、党を結び群を成して入洛の間、且は幼帝母后の御情殊に深きに依つて、且は外舅外家の志浅からざるに依つて、暫く西国に遷幸有りと雖も、旧都に還幸無からんに於いては、三種の神器、争か玉躰を放ちたてまつるべけんや。

③夫臣は君を以て忠を為し、君は臣を以て躰と為す。君安ければ則ち臣安し。君上に愁ふれば臣下に労はしくす。臣内に楽しまざれば、躰外に悦ぶこと無し。

④爰に平将軍貞盛、相馬の小次郎将門を追討せしめ、東八ケ国を鎮めしより以降、子々孫々に続きて朝敵謀臣を追討し、代々世々に伝へて、禁闕朝家を守り奉る。

⑤然る間、亡父故入道相国、保元平治両度の合戦の時、勅命を重くして愚命を軽くす。偏に君の為にして身の為にあらず。世の為にして命を顧みず。

⑥就中、彼頼朝は、父義朝が謀叛の時、頻りに誅罰すべきの由、相国に仰せ下さると雖も、禅門慈悲憐愍の余りを以て、流罪を申し宥る所也。しかるを昔の高恩を忘れ、今の芳志を顧みず、忽ちに流人の身を以て、凶党の列に連なる。愚意の至り思慮の誤り也。尤神兵天罪を招き、これ廃跡沈滅を好むの者か。

⑦日月未だ地に堕ちず、天下を照らしてそれ明らかなり。明王は一人としてその法を枉らず。一旦の情を以てその徳を蔽さず。君、亡父数度の奉公を思し食したまはずは、早く西国に御幸あるべし。

⑧しからずは、四国九国を始めとして都西の国々の輩を、雲の如く集まり雨の如く遍して、異賊を靡かさむ事、疑ひあるべからず。その時、主上相具し奉り、三種の神器を帯して行幸の還御を成し奉るのみ。

⑨若し会稽の恥を雪めずは、人王八十一代の御宇、浪に牽かれ風に随ひて、新羅高麗百済鶏旦に零ち行きましますべし。終に異国の財と成るべきか。

⑩此れらの趣を以て、然るべきの様に洩し奏聞せしめ給ふべし。宗盛頓首謹みて言上す。元暦元年二月廿八日、
前内大臣平宗盛が請け文」とぞ書かれたる。（第五末三「宗盛、院宣ノ請文申ス事」）

要旨は、①重衡の処遇、②主上（安徳）西遷の原因と、三種神器の返還拒否、③君臣論、④貞盛以降の平家の働き、⑤清盛の功績、⑥頼朝助命に至る憐愍の情、⑦法皇の西下要請、⑧西国の平家、やがては都の賊を征伐、⑨万一の場合主上の国外零落と三種の神器海外流出、⑩書簡の宛て先（法皇へ）、である。⑨に既に八十一代の主上（安徳）が「浪に牽かれ風に随ひて」とその流浪を予言し、「新羅高麗百済鶏旦に零ち行きましますべし」という亡命をも予測し、神器が「終に異国の財と成るべきか」と、行く末を悲観的に予告している。宗盛の姿勢は、「源平雌雄を決して後、三種神器を帯しての入洛」で一貫している。しかし、この文書は随所に執筆段階の後日性を推察させるとともに、文書そのものの真性を疑わせる文言がある。

重衡を囮とする三種の神器返還交渉の経緯は、『玉葉』と『吾妻鏡』にそれぞれの立場からする記録がある。『玉葉』には、寿永三年二月一〇日条に、

定長又語りて云はく。重衡申して云はく。書札に使者を副へ（重衡郎従と云々）前内府の許に遣はし、剣璽を乞ひ取り進上すべしと云々。この事叶はずと雖も、試みに申請に任せ御覧ずべしと云々。

とあり、重衡の「私の使い」として院宣の趣を西国に遣わしたという進行は『平家』と合致している。しかしこの使者の返答について、『玉葉』は二月二九日条に、

九郎平氏を追討のため、来月一日西国に向かふべき由議あり。而るに忽ちに延引すと云々。何の故かを知らず。或る人云はく。重衡前内大臣の許に遣はす所の使者、この両三日帰参す。大臣申して云はく。畏まり承り了んぬ。三ケ宝物並びに主上女院、八条殿に於いては、仰せの如く入洛せしむべし。宗盛に於いては参入する能はず。讃岐国を賜はり安堵すべし。御共等帰参清宗を上洛せしむべしと云々。此れ事実、若しこれに因り追討猶

予有るか。

とあり、これは「ある人」からの情報であるが、宗盛の返答は、①「三ケ宝物・主上・女院・八条殿（二位尼時子）」の上洛の受諾、②宗盛への讃岐国安堵の要請、③子息清宗の上洛、④上記三項と引き換えに平家追討の猶予、であり、その内容は物語に引く文書の宗盛の姿勢とは全く異なる。『玉葉』の記述によるなら、戦闘回避、和平の実現はあり得たであろう。『玉葉』はなお、翌三〇日条にここでは院の側近定能卿からの情報として、

世上の事を談ず。平氏和親すべき由を申すと云々。

と記し、ここに「平氏、和親すべき由」との文言を連ねている。兼実が、これらの院の庁からの情報を、自己の都合で歪曲して日記に記すという必然性は希薄に思えるから、概ね事態を忠実に記したものであろう。宗盛の、すなわち平家一門にとって「和親」成立の可能性の最も濃厚な時点がここにあった。兼実は翌三月一日条に再び定長からの情報として、

重衡遣はす所の使者（左衛門尉重国）帰り参り、また消息の返事あり。申し状大略和親を庶幾ふ趣也。所詮源平相並び召し仕はるべき由か。この条頼朝承諾すべからず。然れば治まり難き事なり。但しこの上は別の御使来たる時に於いて子細を奉り、重ねて所存を申すべしと云々。

と記し、平氏が「和親を庶幾」する意の返答を寄越したこと、この平氏の意を、院の庁は「所詮源平相並び召し仕はるべき由か」と解釈していること、しかし「頼朝承諾すべからず。然れば治まり難き事なり」と、院の庁は「頼朝の判断」を忖度していることを記録している。やがて三月十日に、重衡は頼朝の申請に基づき東国に下向した、と記して、一連の出来事を締めくくっている。頼朝の判断はどのような経緯でもたらされたのか。

次に『吾妻鏡』の寿永三年二月二十日条の記録をみる。長文に及ぶが、ここには、『平家物語』の宗盛の返答とは全く異なる文書が掲載されているので全文を、前者と同様に内容に区分けして番号を付して引く。

去ぬる一五日、本三位中将（重衡）、前左衛門尉重国を四国に遣し、勅定の旨を前内府（宗盛）に告ぐ。これ旧主ならびに三種の宝物を帰洛し奉るべきの趣なり。件の返状、今日京都に到来す。叡覧に備ふと云々。その状に云はく。

以上は送付した院宣の趣意を編者が纏めて記したものである。平氏からの返信の書状は、

去ぬる十五日の御札、今日廿一日。到来、委に承り候ひをはんぬ。蔵人右衛門佐の書状、同じく見給ひ候ひをはんぬ。主上、国母還御あるべきの由、又もつて承り候ひをはんぬ。

との前文があり、

①昨年七月、西海に行幸の時、途中より還御すべきの由、院宣到来す。備中国下津井に御解纜し終はるの上、洛中穏やかならざるによつて、不日に立ち帰ること能はず、なまじひに前途を遂げられ候ひをはんぬ。

②その後、頗る洛中静謐に属せしむるの由、風聞あるによつて、去年十月、鎮西を出御し、漸く還御の間、閏十月一日、院宣を帯すと称して、源義仲、備中国水嶋に於いて、千艘の軍兵を相率して、万乗の還御を禦き奉る。しかれども官兵をして、皆凶賊等を誅伐せしめをはんぬ。

③その後、讃岐国屋嶋に著御して、今に御経廻、去月廿六日、又解纜して、摂州に遷幸し、事の由を奏聞す。院宣に随つて近境に行幸す。かつは去ぬる四日は、亡父入道相国の遠忌に相当たり、仏事を修せんがために、船を下ること能はず、輪田の海辺を経廻するの間、

④去ぬる六日、修理権大夫（坊門親信・七条院殖子叔父）、書状を送りて云はく。

「和平の儀あるべきによつて、来る八日に出京し、（院の）御使として下向すべし。勅答を奉（うけたまは）りて帰参せざるの以前に、狼藉あるべからざるの由、関東の武士等に仰せられをはんぬ。又この旨をもつて、早く官軍等に仰せ含めしむべし」てへれば、この仰せを相守り、官軍等もとより和平の事は朝家の至要たり。公

私の大功たり。この条すべからく達奏せらるべきのところ、遮つて仰せ下さるるの条、両方の公平、天下の攘災に候ふなり。しかれども今に未断、未だ分明の院宣を蒙らず。よつて慥かなる御定を相待ち候ふなり。

⑦凡そ仙洞に夙夜するの後、官途といひ世路といひ、わが后の御恩、何事をもつて報謝し奉るべけんや。涓塵といへども疎略を存ぜず、況んや不忠の疑ひをや。況んや反逆の儀をや。

⑧西国に行幸する事、全く賊徒の入洛を驚くにあらず。ただ法皇の御登山を恐るるによつてなり。朝家の事、誰か君の御進止をなすべけんや。主上、女院の御事はまた法皇の御扶持にあらずてへれば、誰の君を仰ぎ奉るべけんや。事の体奇異なりといへども、御登山の一事を恐るるによつて、周章楚忽にして西国に遷幸しをはんぬ。

⑨その後又、院宣と称して、源氏等西海に下向し、度々合戦を企つ。この条すでに賊徒の襲来によつて、上下の身命を存へんがために、一旦相禦き候ふばかりなり。全く公家の発心にあらざるは、敢へてその隠れなし。

⑩平家といひ、源氏といひ、相互の意趣なし。平治に信頼卿反逆の時、院宣によつて追討するの間、義朝朝臣、その縁坐たるによつて、自然の事あり。これ私の宿意にあらず、沙汰に及ばざる事なり。宣旨、院宣においてはこの限りにあらず。然らざるの他は、凡そ相互の宿意なし。されば頼朝と平氏と合戦の条、一切思ひ寄らざる事なり。公家、仙洞和親の儀候はば、平氏も源氏もまたいよいよ何の意趣あるべけんや。ただ賢察を垂れしめ給ふべきなり。

⑪この五六年以来、洛中城中各々安穏ならず、五畿七道皆もつて滅亡す。偏に弓箭甲冑の事を営み、然し乍ら農作乃貢の勤を抛つ。これによつて都鄙の損亡、上下の飢饉、一天四海眼前に煙滅し、無双の愁悶、無二の悲嘆に候ふなり。和平の儀候ふべくは、天下安穏、国土静謐にして、諸人快楽し、上下歓娯す。就中、合戦の間、両方相互に命を殞す者、幾千万なるを知らず。疵を被るの輩、楚筆に記し難し。罪業の至り、喩を取るに物なし。尤も善政を行はれ、攘災を施さるべし。この条定めて神慮仏意に相叶はんか。

⑫還御の事、毎度武士を差し遣はして行路を禦かるるの間、前途を遂げられず、既に両年に及び候ひをはんぬ。今に於いては、早く合戦の儀を停め、攘災の誠を守るべく候ふなり。

⑬和平といひ、還御といひ、両条早く分明の院宣を蒙り、存知すべく候ふなり。これらの趣をもつて、然るべきのように披露せしめ給ふべし。よつてもつて執啓件のごとし。二月廿三日（廿一日カ）

の十三項に分けることのできる委曲を尽くした文面である。要点を記すと、①で昨年七月の西海遷幸直後の事情から始まり、②で十月に洛中の静謐化に安心して主上の還幸を意図していた矢先に、院宣と称して義仲軍勢の襲来に遭遇したこと、③で屋島を経て漸く摂津に到着し、二月四日の清盛の命日を迎えて停泊していたこと、④で二月六日に七城坊門親信から和平の院使到来の予告があり、よって合戦の意志を全くもたずに院からの使者を待ち受けていたところへ、⑤翌七日に突然、関東武士の襲来があったこと。これは何かの計略ではなかったのか。⑥和平は主上を擁して流浪する朝廷（平家）最大の課題で、⑦平氏には法皇への不忠、反逆の意志は毛頭もなく、⑧主上の西海遷幸は、法皇の突如とした都脱出、登山を恐れての行為であったこと、⑨源氏は度々院宣を帯して襲来したこと、⑩源氏平氏の間には本来は何の意趣もなく、平治の乱における義朝の誅罰は、信頼の縁座として不可避の結末であったこと、⑪合戦による諸国の疲弊と和平の必要性、⑫院の庁は武士を派遣して主上の還幸を阻止している、⑬和平こそが主上の還御の道である、という論旨文脈となる。

この返信によると、一谷合戦直前直後の平家一門が「和平」を渇望して、ひたすら帰洛の道を模索していた状況が手に取るように分かる。「和平の事は朝家の至要たり。公私の大功たり」の「朝家」とは、主上を擁する平家の立場であり、「和平の儀候ふべくは、天下安穏、国土静謐にして、諸人快楽し、上下歓娯す」には、この一年半の「天下」の大混乱に対する悲願の凝縮が伺える。「就中、合戦の間、両方相互に命を殞す者、幾千万なるを知らず。疵を被るの輩、楚筆に記し難し」には、度重なる源平の争乱が平家一門に与えた生命の損失を、この一門が如何に痛みとして受け止めてきたかを如実に語る。

一方、源氏方が父義朝の雪辱を掲げて平氏打倒に燃える心情とは裏腹に、平氏にとって義朝は過去の不幸な出来事として片付けられているきらいがある。「平治に信頼卿反逆の時、院宣によつて追討するの間、義朝朝臣、その縁坐たるによつて、自然の事あり。これ私の宿意にあらず、沙汰に及ばざる事なり。宣旨、院宣においてはこの限りにあらず」には、経緯を「縁坐」と「院宣」になすり付けようとする当事者逃れの物言いが露骨である。頼朝にとっても、宗盛にとっても、義朝と清盛の対立は、共に親の代の出来事であるが、相手方の父親の生命を奪った側が、今は先帝でしかない主上を擁して、その無事の帰洛を切望する心情から、「頼朝と平氏と合戦の条、一切思ひ寄らざる事なり」と述べて、「和平」を手繰り寄せんとする。この認識は源氏方に対して説得力があるのであろうか。ここには、「報復」という動機を前提とする「敵対関係」「戦闘状態」にとって、「和平への道」の模索が如何に困難であり、その「不可能性」のようなものが浮き彫りにされているように思われる。

延慶本に収まる宗盛の返信と『吾妻鏡』のそれとは、なぜこのように大きな差異があるのか。『吾妻鏡』の文書がその編集者によって虚構執筆されたと考えるよりは、『平家物語』の宗盛の強弁が、作者の創作であろうとみる方が、ここでは妥当ではないかと思える。『吾妻鏡』の返信が、平家にとっての一谷前後の事態の推移を委曲を尽くして披瀝しているからである。この経緯を鎌倉で創作するのはかなり困難である。しかし、如何に委曲を尽くそうとて、鎌倉の頼朝の前には、宗盛のこの「和平」提案を受諾する道はなかったであろう。主上を擁する宗盛の返信に「降伏」の文字は片鱗だにみられない。「降伏」であれば、状況は少しは動いたであろう。瀬戸内漂流の平家にとって「降伏」なき「和平への道」は皆無であった。「降伏」のもたらす平家の生命的犠牲もかなりに上るが、「壇ノ浦」の敗戦を上回ることはなかった筈である。主上を擁する平家に「降伏」の概念は微塵もなく、片や「報復」という心情を動機とする戦闘行為にとって、その際限設定の困難がここに如実に浮かび上がることになる。

おわりに

――「武芸の徳」と「帝徳の欠如」――

概して「文」の「武」は評価されず、「武」の「文」は讃えられる。中でも「武力平定者」は、基本的には「頼朝」に限って評価が高い。これは『六代勝事記』からの借用であるが「延慶本」掉尾の、

抑、征夷将軍前右大将、惣テ目出タカリケル人也。西海ノ白波ヲ平ゲ、奥州ノ緑林ヲナビカシテ後、錦ノ袴ヲ着テ入洛シ、羽林大将軍ニ任ジ、拝賀ノ儀式、希代ノ壮観也キ。

（延慶本第六末卅九「右大将頼朝果報目出タキ事」）

に、「西海」の平家、「奥州」の藤原氏の武力平定を褒め、その「将軍職」任職式を「拝賀」と位置づけその「壮観」を絶賛している。しかし、これまで把握されてきた役割分担としての「文武二道」を、頼朝において大きくは み出すことになる歴史認識には及んでいない。この頼朝評価と『承久記』（慈光寺本）冒頭の頼朝評価ポイントは、儀式への関心を除いて比較的に類似している。

頼朝卿、度々都ニ上リ、武芸ノ徳ヲ施シ、勲功比ヒ無クシテ、位正二位ニ進ミ、右近衛ノ大将ヲ経タリ。西ニハ九国二島、東ニハアクロ、ツガル、夷ガ島マデ打チ靡カシテ、威勢一天下ニ蒙ラシメ、栄耀四海ニ施シ玉フ。

平定の地域は、西を「九国二島」、東は「アクロ、津軽、夷ガ島」という奥州の辺境地と解される地域を指定している。実態把握に即した定形表現である。その業績を「勲功」と捉え、この「威勢」と「栄耀」の全体を統べる観点に「武芸の徳」という見解がある。「武芸」という概念は「延慶本」の場合にも、頼政、藤原広嗣、梶原源太景季に用例があるが、これを「徳」とみる見方は、未だ潜在しない評価基準である。『六代勝事記』に加筆した「延慶本」の評価用語は、そのような生涯をたどり得た「頼朝の果報のめでたさ」を讃える言葉であった。「慈光寺本」

はこれを「武芸の徳」とみて、「勲功」として評価する。この「武芸の徳」こそが本稿が追究してきた「戦争状態」を終結して「和平への道」を切り拓く、称賛されるべき評価基準であるといえる。逆に表現するなら「徳」なき「武芸」は戦闘状態を永続させて「和」の道を閉ざす。

同じ評価基準は、頼朝と北条義時を対比する、

（後鳥羽院）「源氏ハ日本国ヲ乱リシ平家ヲ打チ平ラゲシカバ、勲功ニ地頭職ヲモ下サレシナリ。義時ガ仕出シタル事モ無クテ、日本国ヲ心ノ儘ニ執行シテ、動スレバ、勅定ヲ違背スルコソ奇怪ナレ」ト、思シ食サルル叡慮積モリニケリ。

にも「地頭職」が「勲功」への代償であるといい、「平家を打ち平らげた」いわばご褒美であるとの見解を示している。義時はむしろ平穏に治世を遂行した実際上の立役者であるが、後鳥羽院の立場、つまり朝廷の論理は、「功績」なく「日本国を心の儘に執行」する朝廷への反逆者と見なされている。「仕出したる事も無くて」獲得された権力に対する批判は、前提となる権威としての「勅定」とこれへの「違背」いう、既に拮抗する関係の壊れた後鳥羽院の側の権力基準の無力を告知している。

本稿の冒頭近くに紹介した『承久記』の、後鳥羽院の「武芸邁進」の姿勢批判は、頼朝の達成した「武芸の徳」の成果を、後鳥羽院の立場からすれば「仕出したる事も無くて」、すなわち平和裡に継承した義時を、自らは「徳」なきままに「武芸」において覆そうと図った、本来は「武具」を身につけてはならない為政者の愚行を、ものの見事に浮かび上がらせる言説として評価されよう。これも『六代勝事記』からの借用であるが、延慶本がその巻末で後鳥羽院を評する、

此君、芸能二ツヲ並ブルニ、文章ニ疎カニシテ、弓馬ニ長ジ給ヘリ。国ノ老父、ヒソカニ文ヲ左ニシ武ヲ右ニスル、帝徳ノ闕ケタルヲ憂フル事ハ、彼ノ呉王剣客ヲ好ミシカバ、天下キズヲ蒙ル者多シ。楚王細腰ヲ好ミシ

カバ、宮中ニ飢テ死スル人多カリキ。疵ト飢トハ世ノ厭フ所ナレドモ、上ノ好ニ下ノ随フ故ニ、国々ノアヤフカラム事ヲ悲シムナリケリ。（第六末卅六「文学流罪セラル、事、付ケタリ文学死去ノ事、隠岐院事」）

には、まさにこの「武芸の徳」に対置される「帝徳の欠如」の憂いの指摘がある。「弓馬に長じ」た「帝王」への批判の言説は鋭く、「剣客」を好んだ帝王の齎した「天下」に「傷病者」の溢れた状態を嗟嘆し、いくさが如何に「疵と飢」を世にもたらしているかを指摘し、これらこそが「世の厭ふ所」とする治世観を説く。ここでは「国の老父」と言えども、己の権力奪還を目指して世の平和を乱す戦闘行為は容認されていはない。『延慶本平家物語』の編者はこれらの平和観を『六代勝事記』作者から学び、この思想を継承することによって自らの平家物語を締めくくろうとしたのであろう。

注

（1）「文」のスケールは小さくなるが、大夫房覚明を評する「アワレ、文武二道ノ達者ヤトゾ見ヘタリケル」（延慶本第三末十「義仲、白山ヘ願書ヲ進ル事、付ケタリ兼平ト盛俊合戦事」）、また、壇の浦での源氏方「斎院ノ次官親能」の「詞戦い」にも「文武ノ二道」（延慶本第六本十五「檀浦合戦ノ事、付ケタリ平家滅ブ事」）という言葉は使用され「鳥ノ二ツノ翅」に譬えられている。個人評に転化すれば、頼政が元来は「武」に属し、覚明と親能は「文」に属するはずであるが、覚明の評価は必ずしも「文民」主体の扱いではない。

（2）「人質」という計略―その担保・監禁・取引・救出・奪還については『平治物語』の例が参考になる。

①信頼、義朝、光保、光基、重成、季実、御車ノ前後左右をうちかこみて大内へ入れまいらせ、一品御書所におしこめたてまつる。（九条家本上「三条殿へ発向」）

②同廿六日の夜ふけて、蔵人右少弁成頼、一品御書所にまいりて、「君はいかにおぼしめされ候。世の中は今夜の明けぬさきに、乱るべきにて候。経宗、惟方等は、申し入るるむねは候はざりけるにや。他所へ行幸もならせ

給ひ候べきにて候なり。いそぎいそぎ何かたへも、御幸ならせおはしまし候へ」と奏しければ、上皇、おどろかせ給ひて、「仁和寺のかたへこそ思しめしたちめ」とて、殿上人ていに御すがたをやつさせ給ひてまぎれ出でさせ給ひけり。

（上「院の御所仁和寺に御幸の事」）

③常葉が母の老尼ばかりぞありける。（六波羅の兵）「姫、孫の行方知らぬ事はよもあらじ」とて、六波羅へ召し出して尋ねらる。常葉が母、申しけるは、「左馬頭、討たれぬと聞こえし朝より、いとけなき子共聴引き具して、行方も知らず成りさぶらひぬ」と申しければ、「いかで知らざるべき」とて、さまざまの拷問に及び、（以下略）

（下「常葉六波羅に参る事」）

（3）平家物語において、頼朝が和平を提案していた前後の記事をみると、

四月廿日、兵衛佐頼朝ヲ誅シ奉ルベキノ由、常陸国住人佐竹太郎隆義ガ許へ、院ノ庁御下文ヲゾ申シ下シタル。其故ハ隆義ガ父、佐竹三郎昌義、去年ノ冬、頼朝ガ為ニ誅戮ノ間、定メテ宿意深カルラム由来ヲ尋ネテ、平家彼ノ国ノ守ニ隆義ヲ以テ申シ任ズ。コレニ依リテ、隆義、頼朝ト合戦ヲ致シケレドモ、物ノマネト散々ニ打チ落トサレテ、隆義奥州へ逃ゲ籠モリニケリ。

（第三本廿五「頼朝、隆義ト合戦ノ事」）

六月三日、法皇園城寺御幸。廿日、山階寺の金堂再建開始。

（廿六「城四郎、木曾ト合戦ノ事」、年月日記載なし。この章の末尾に）

七月十四日ニ改元アリ。養和元年トゾ申シケル。八月三日、肥後守貞能鎮西へ下向。太宰小弐大蔵種直、謀叛ノ聞コヘアルニ依リテ、追討ノ為也。九日、官庁ニテ大仁王会行ハル。

（廿七「城四郎ヲ越後ノ国司ニ任ズル事」）

（八月）廿五日、除目ニ、城四郎長茂、彼国ノ守ニナサル。同ジク兄城太郎資長、去ヌル二月廿五日他界ノ間、長茂ヲ国守ニ任ズ。奥州住人藤原秀衡、彼国ノ守ニ補セラル。両国共ニ頼朝、義仲追討ノ為也トゾ、聞キ書キニハ載セラレタリケル。越後国ハ木曾押領シテ、長茂ヲ追討シテ、国務ニモ及バザリケリ。

（八月）廿六日、平家北国下向。兵革祈禱、降三世ノ大阿闍梨覚算法印、彼岸所で死亡。

十月八日、太元法。

十日、興福寺、園城寺僧の赦免審議。十三日、頼朝、信義追討宣下。

と、四月から十月まで月日が慌ただしく過ぎて、関東と京の院の庁や平家との政治の流れは全く叙述されていないことがわかる。治承五年（養和元年）、養和二年の物語上の空白は、この作品の成立及び構想上の一つの謎である。

付記　本稿は、二〇〇五年四月一七日に京都府立大学で開催された関西軍記物語研究会第五三回例会での口頭発表を基にしています。当日会場で示唆深いご意見ご教示をいただきありがとうございました。

第五部　影印・翻刻

新出『〈七天狗絵詞抜書〉』一巻
（「延暦園城東寺三箇寺由来」外題）

――影印・翻刻――

牧野和夫

ここに紹介する一点の書物は、東寺観智院が所蔵（146箱・12号）する仮称『七天狗絵詞抜書（「延暦園城東寺三箇寺由来」外題）』である。近時、その全貌が紹介され多くの新知見を学界に齎した神奈川県立金沢文庫蔵『七天狗絵詞』十帖（高橋秀栄氏「『七天狗絵』の詞書発見」〈『文学』〉）に直結する極めて興味深い資料である。何よりも金沢文庫蔵本が片仮名交じり文の表記であるのに対して、東寺本は絵巻に普通一般的な平仮名交じり文の表記をとり、延暦園城東寺三箇寺の各寺院の詞書の末に「延暦寺之絵在之」「園城寺之絵在之」「東寺等之絵在之」と確実に「詞書」の後に「絵」の存在したことを示している。しかも、詞書本文は、ほぼ金沢文庫蔵本の本文に同じであり、金沢文庫蔵本系の詞書本文をもった平仮名交じり文表記の絵巻が南北朝期に存在していたことを証拠立てる貴重な抜書きであることが判明した。よってその全文を翻字紹介するものである。なお、この資料のもつ意味についての若干の考察は、既に延慶本平家物語の研究会などで口頭発表を終え、『実践国文学』六十九号（「新出東寺蔵『〈七天狗絵詞抜書（外題「延暦園城東寺三箇寺由来」）〉』一巻をめぐる二、三の問題」）などに掲載したので参照願いたい。

簡単な書誌事項を記す。

東寺観智院蔵　146箱・12号
　七天狗絵詞抜書（「延暦園城東寺三箇寺由来」外題）
　　〔南北朝末〕写（紙背　永徳二・三年、具注暦）　　一巻

①楮素紙後補表紙（高さ28・6㎝）、端裏に打付に「延暦園城東寺三箇寺由来〔俊雄／筆〕宝菩提院」と後筆墨書。
②見返し幅31・7㎝
③内題等なし
④序・目録等なし
⑤無辺無界、字面高さ約26・1㎝、紙高約28・6㎝、
紙幅　第一紙41・4㎝　21行　　第二紙41・8㎝　22・5行
　第三紙41・8㎝　21・5行　　第四紙41・3㎝　22行
　　以下略。
本文末に十行分程空白をおいて、下方「傅領／俊雄」と別筆（後筆か）墨署名がある。
紙背、具注暦：「永徳二年十一月一日」と永徳三年具注暦製作の年次を示す墨書あり。
　永徳二年（一三八二）・三年の具注暦を翻して書写、至徳元（一三八四）・二年頃の賢宝及びその周辺の書写か。

＊　　＊

東寺観智院蔵（146箱・12号）『七天狗絵詞抜書（「延暦園城東寺三箇寺由来」外題）』一巻・翻字

翻字にあたって次の方針を採用した。

一、原本の行取りに従った。紙継ぎ箇所は」を以って示した。

一、□＝判読不能、︹　︺はミセケチ箇所や字画による判断、（　）は翻字者の推定を示す。

一、漢字は、概ね原本のとおりに表記したが、通行の字体に改めた場合もある。

なお、貴重な典籍の閲覧調査並びに影印翻字の御許可を賜りました東寺当局に対しまして深謝申し上げます。

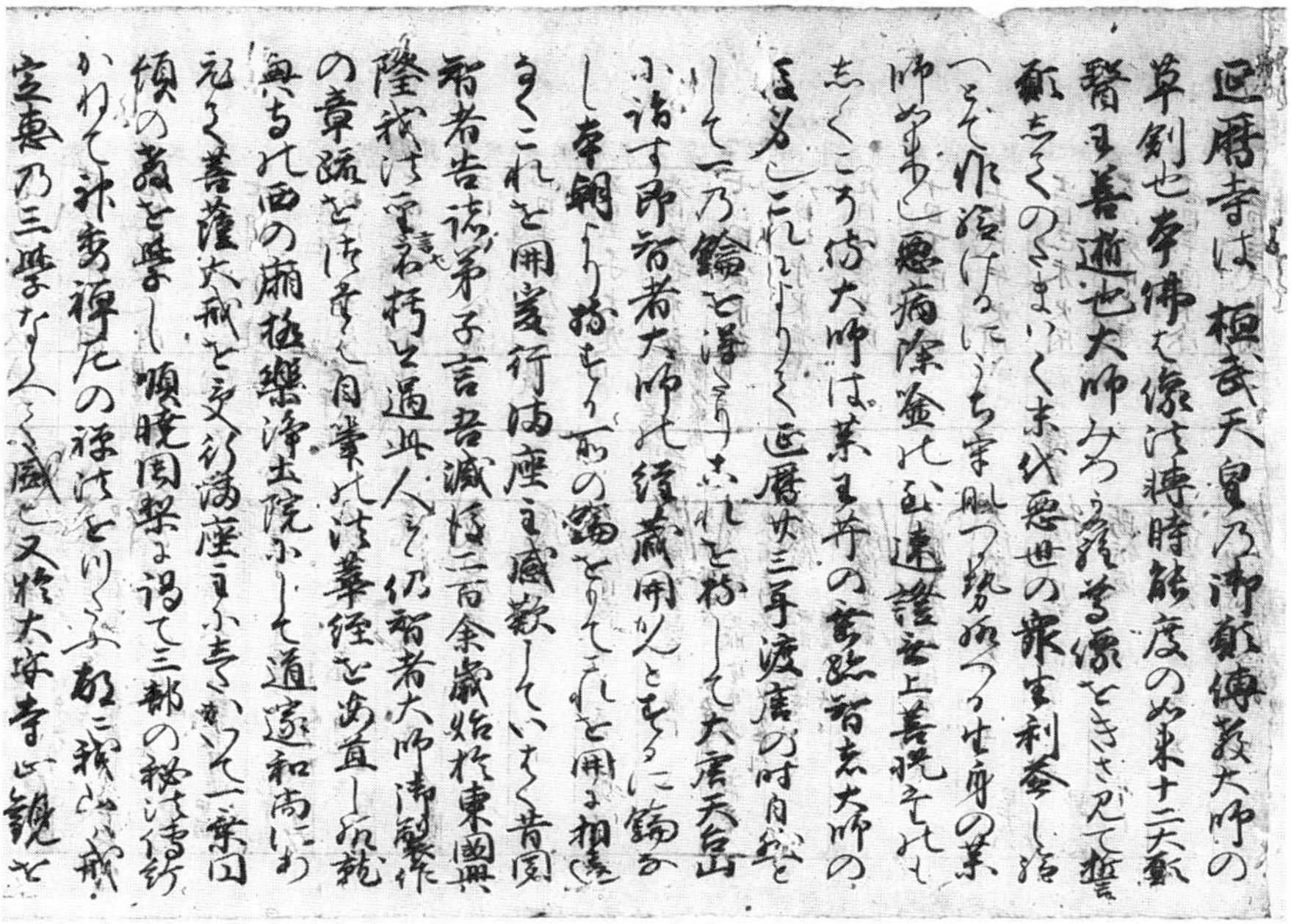

延暦寺は桓武天皇乃御願傳教大師の
草創也本佛は像法轉時能度の如来十二大願
醫王善逝也大師みつから尊像をきさみて誓
願してのたまハく末代悪世の衆生利益し給
へとて作給けるにうちうなつかせ給へる生身の薬
師如来也悪病除癒の至速證無上菩提たのも
しくこそ侍大師は薬王菩薩の垂跡智者大師の
後身也これによりて延暦廿三年渡唐の時自然と
して一の鑰を得たりこれを持して大唐天台山
に詣す即智者大師の経蔵開かんとするに鑰な
し本朝より持する所の鑰をもてこれを開に相違
なくこれを開爰行満座主感歎していはく昔聞
智者告諸弟子言吾滅後二百余歳始於東國興
隆我法聖◦〔言也〕不朽今遇此人云々仍智者大師御製作
の章疏をつたえ自筆の法華経を安置し給就（龍か）
興寺の西の廂極楽浄土院にして道邃和尚にあ
ひて菩薩大戒を受行満座主にしたかいて一乗円
頓の教を學し順暁闍梨に謁て三部の秘法傳給
かねて神秀禅尼の禅法をつたふ故ニ我山ハ戒

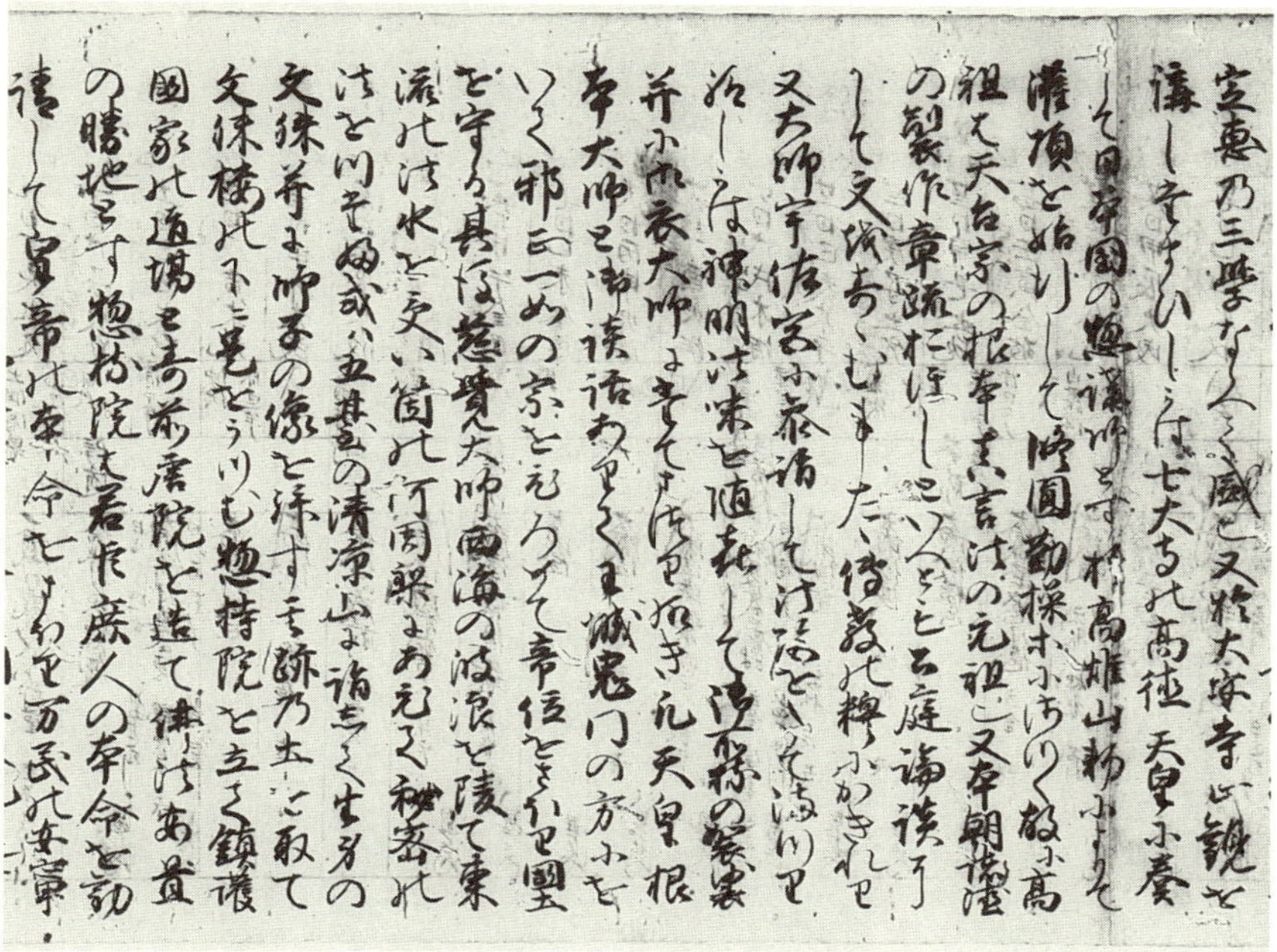

定恵の三學ならへて盛也又於大安寺止観を講したまひしかは七大寺の高徳天皇に奏」（第1紙）して日本国の惣講師とす於高雄山勅によりて灌頂を始行して修圓勤操等にさつく故に高祖は天台宗の根本真言法の元祖也又本朝諸徳の製作章疏おほしといへとも公庭論談にかして文をすゝむ事たゝ傳教の釋にかきれり又大師宇佐宮に参詣して法施をたてまつり給しかは神明法味を随喜して御所持の袈裟幷に御衣大師にたてまつり給き凡天皇根本大師と御談話ありて王城鬼門の方にをいて邪正一如の宗をひろめて帝位をまほり國土を守る其後慈覺大師西海の波浪を陵（ママ）て東流の法水を受八箇の阿闍梨にあひて秘密の法をつたふ或は五臺の清涼山に詣して生身の文殊幷に師子の像を拝す其跡の土を取て文殊楼の下ニ是をうつむ惣持院を立て鎮護國家の道場とす前唐院を造て佛法安置の勝地とす惣持院は君臣庶人の本命を勧

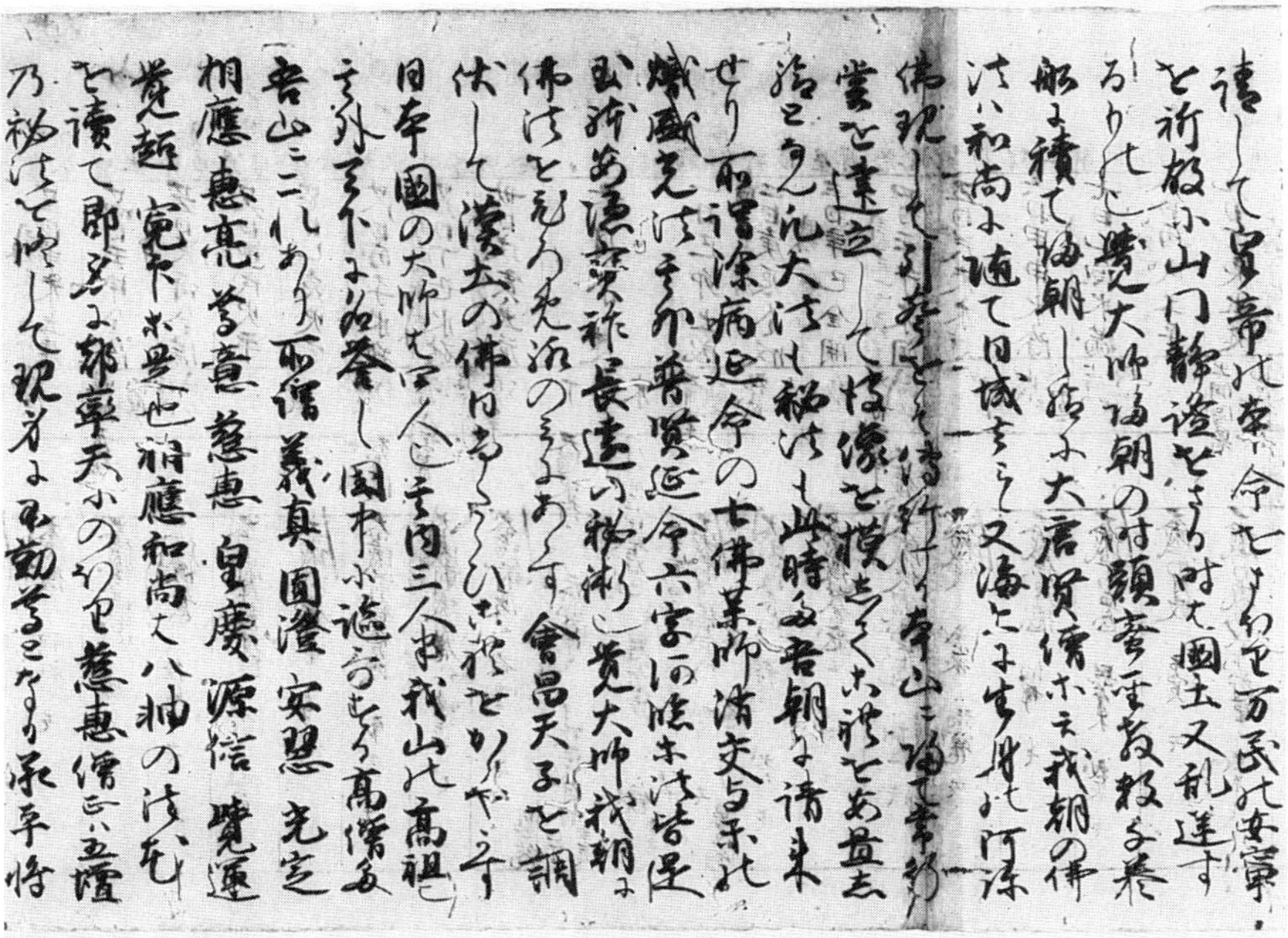

請して皇帝の本命をまほり万民の安寧を祈故に山門静謐せさる時は國土又乱逆するもの也覺大師帰朝の時顕蜜聖教数千巻船に積て帰朝し給に大唐賢僧等云我朝の佛法ハ和尚に随て日域去云々又海上に生身の阿弥」（第2紙）佛現して引聲をそ傳給ける本山ニ帰て常行堂を建立して彼像を模してこれを安置し給となん凡大法も秘法も此時多吾朝に請来せり所謂除病延命の七佛薬師消災与楽の熾盛光法其外普賢延命六字河臨等法皆是玉躰安穏寶祚長遠の秘術也覺大師我朝に佛法をひろめ給のみにあらす會昌天子を調伏して漢土の佛日ふたゝひこれをかゝやかす日本國の大師は四人也其内三人は我山の高祖也其外天下に名誉し國中に謳哥する高僧多吾山ニこれあり所謂義真圓澄安慧光定相應恵亮尊意慈恵皇慶源信覺運覺超寛印等是也相應和尚は八軸の法花を讀て即身に都率天にのほり慈恵僧正ハ五壇

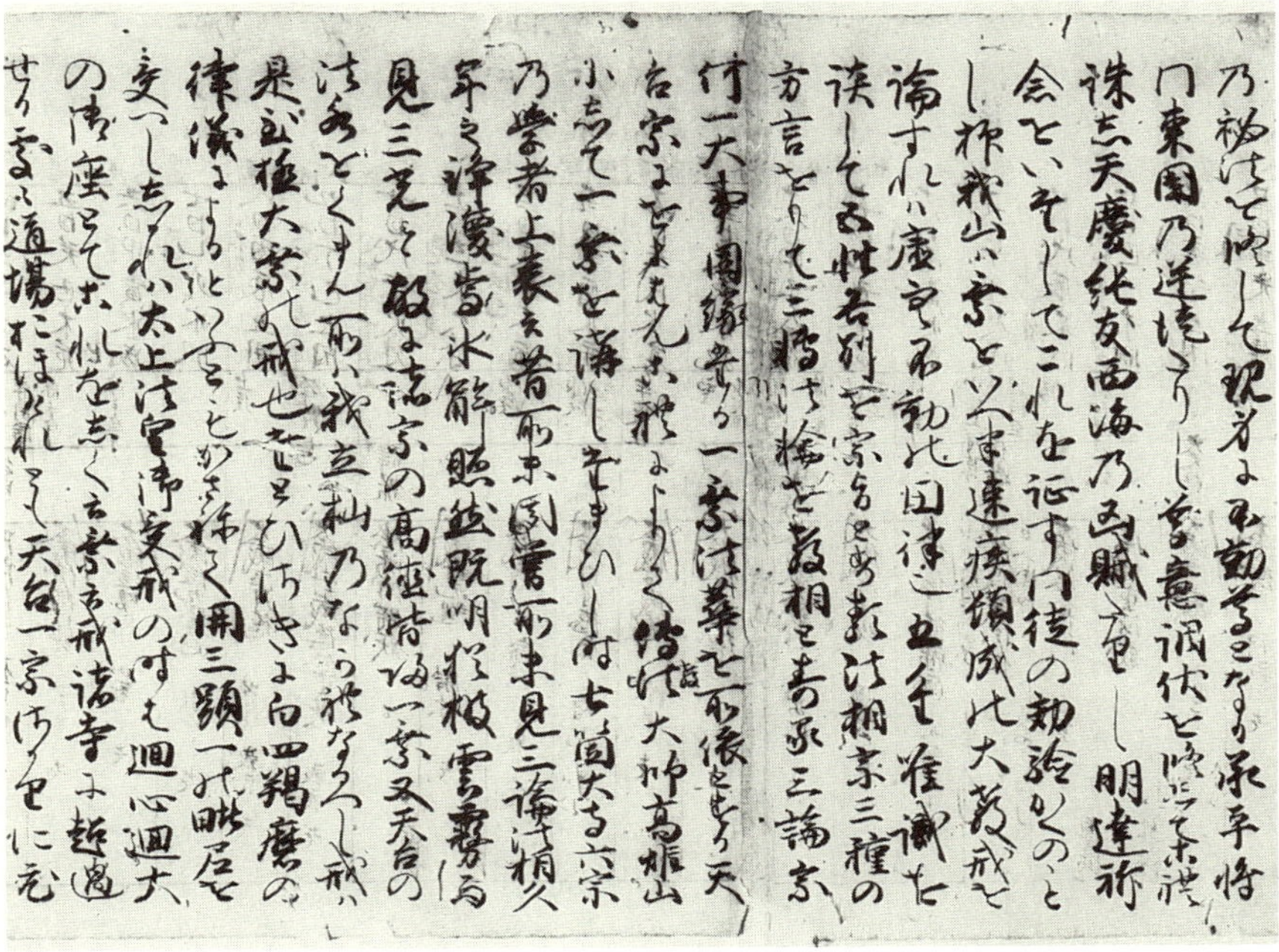

58の秘法を修して現身に不動尊となる承平将
59門東國の逆徒たりし尊意調伏を修してこれ
60誅（ママ）し天慶純友西海の凶賊たりし明達祈
61念をいたしてこれを征す門徒の効験かくのこと
62し抑我山ハ乗をいへは速疾頓成の大教戒を
63論すれは虚空不動の円律也五重唯識を
64談して五性各別を宗旨とする法相宗三種の
65方言をもて三轉法輪を教相とする三論宗」（第3紙）
66何一大事因縁たる一乗法華を所依とする天
67台宗にをよはんこれによりて傳〔教〕法大師高雄山
68にして一乗を講したまひし時七箇大寺六宗
69の學者上表云昔所未聞曾所未見三論法相久
70年之諍渙焉氷解照然既明猶披雲霧而
71見三光云々故に諸宗の高徳皆帰一乗又天台の
72法水をくまん所ハ我立杣のなかれなるへし戒ハ
73是至極大乗の戒也たとひさきに白四羯磨の
74律儀によるといふともかさねて開三顕一の毘尼を
75受へししかれは太上法皇御受戒の時は廻心廻大
76の御座とてこれをしく云乗云戒諸寺に超過

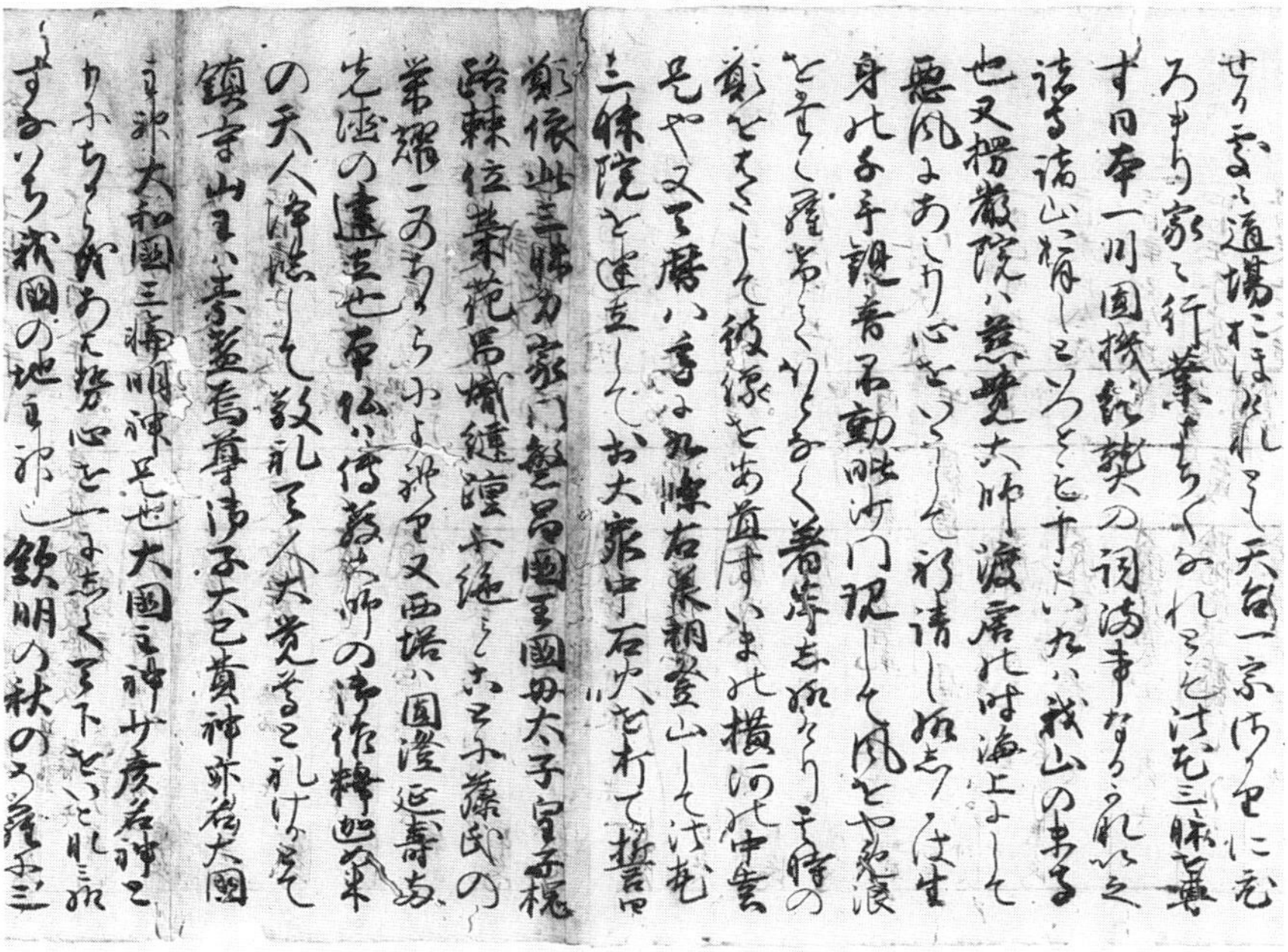

せる處々道場おほけれとも天台一宗さかりにひ
ろまり家々行業まち〳〵なれとも法花三昧を専
す日本一州圓機純熟の詞ま事なるかな以之
諸寺諸山おほしといへとも十之八九は我山の末寺
也又楞厳院ハ慈覺大師渡唐の時海上にして
悪風にあえり心をいたして祈請し給しかは生
身の千手観音不動毘沙門現して風をやめ浪
をたえらけてほとなく着岸し給けり其時の
願をはたして彼像を安置すいまの横河の中堂
是也又天暦八年に九條右丞相登山して法花
三昧院を建立して於大衆中石火を打て誓曰」（第4紙）
願依此三昧力家門繁昌國王國母太子皇子槐
路棘位榮花昌熾継踵不絶云々ことに藤氏の
栄耀このちからによれり又西塔ハ圓澄延壽両
先徳の建立也本仏は傳教大師の御作釈迦如来
の天人降臨して敬礼天人大覺尊と礼けるとそ
鎮守山王ハ素盞烏尊御子大己貴神亦名大國」（第5紙）
主神大和國三輪明神是也大國主神少彦名神と
もにちからをあはせ心を一にして天下をいとなみ給

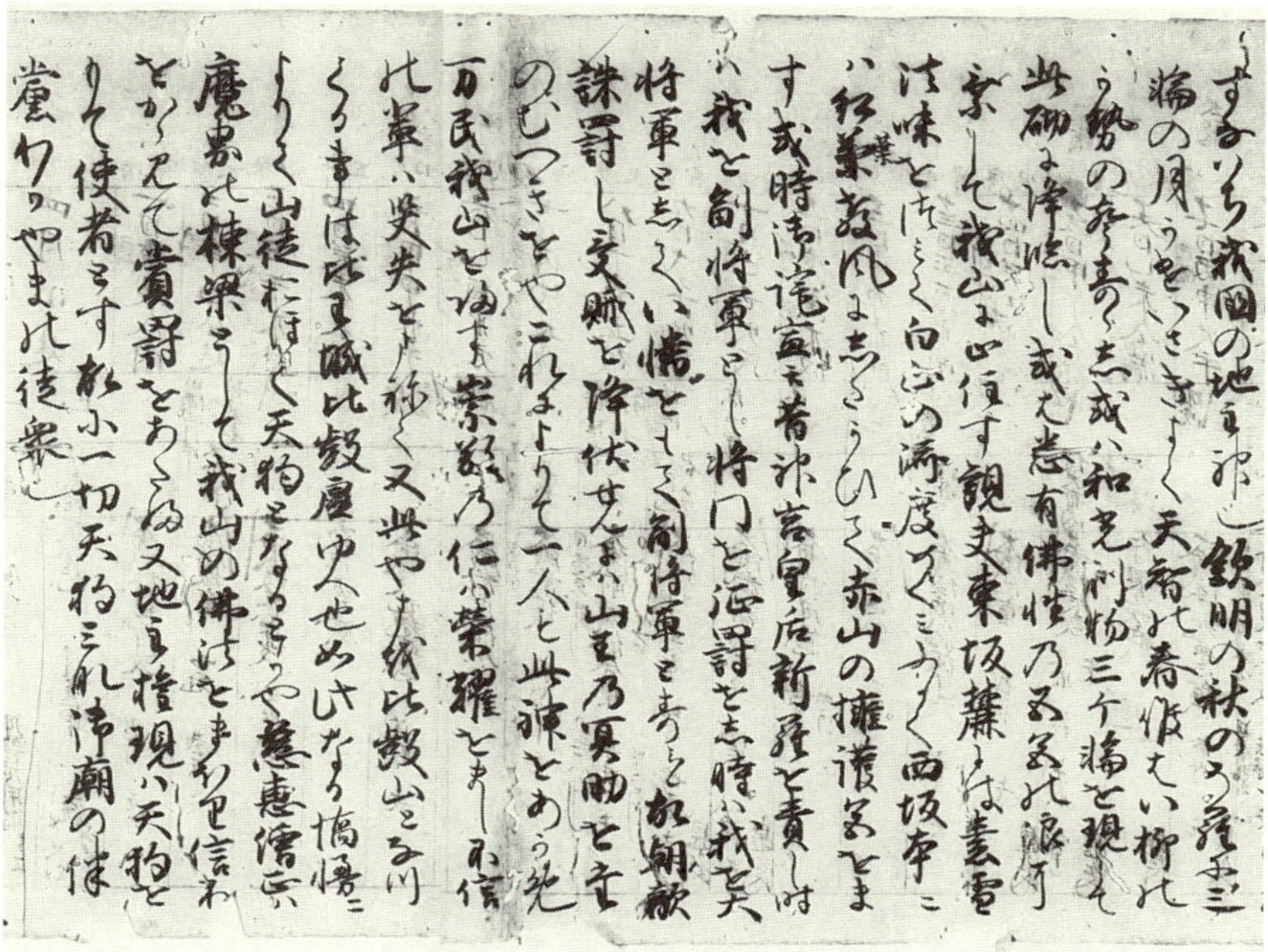

96すなハち我國の地主神也欽明の秋のそらに三
97輪の月かけいさきよく天智の春候は八柳の
98かせの聲すゝし或ハ和光利物三ヶ輪を現して
99此砌に降臨し或は悉有佛性の五色の浪に
100乗して我山に止住す観夫東坂麓には素雪
101法味をつみて白山の済度めくみふかく西坂本ニ
102は紅葉教風にしたかひて赤山の擁護色をま
103す或時御託宣云昔神宮皇后新羅を責し時
104は我を副将軍とし将門を征罰せし時は我を大
105将軍として八幡をもて副将軍とす云々故朝敵
106誅罰し災(異か)賊を降伏せんには山王の冥助をた
107のむへきをやこれによりて一人も此神をあかめ」（第6紙）
108万民我山を帰す崇敬の仁は榮耀をまし不信
109の輩ハ災失をまねく又此やまを比叡山となつ
110くる事は比王城比叡慮ゆへ也如此なる惰(驕)慢ニ
111よりて山徒おほく天狗となるとかや慈恵僧正は
112魔界の棟梁として我山の佛法をまほり信不
113をかゝみて賞罰をあたふ又地主権現は天狗を
114もて使者とす故に一切天狗みな御廟の伴
115黨わかやまの徒衆也

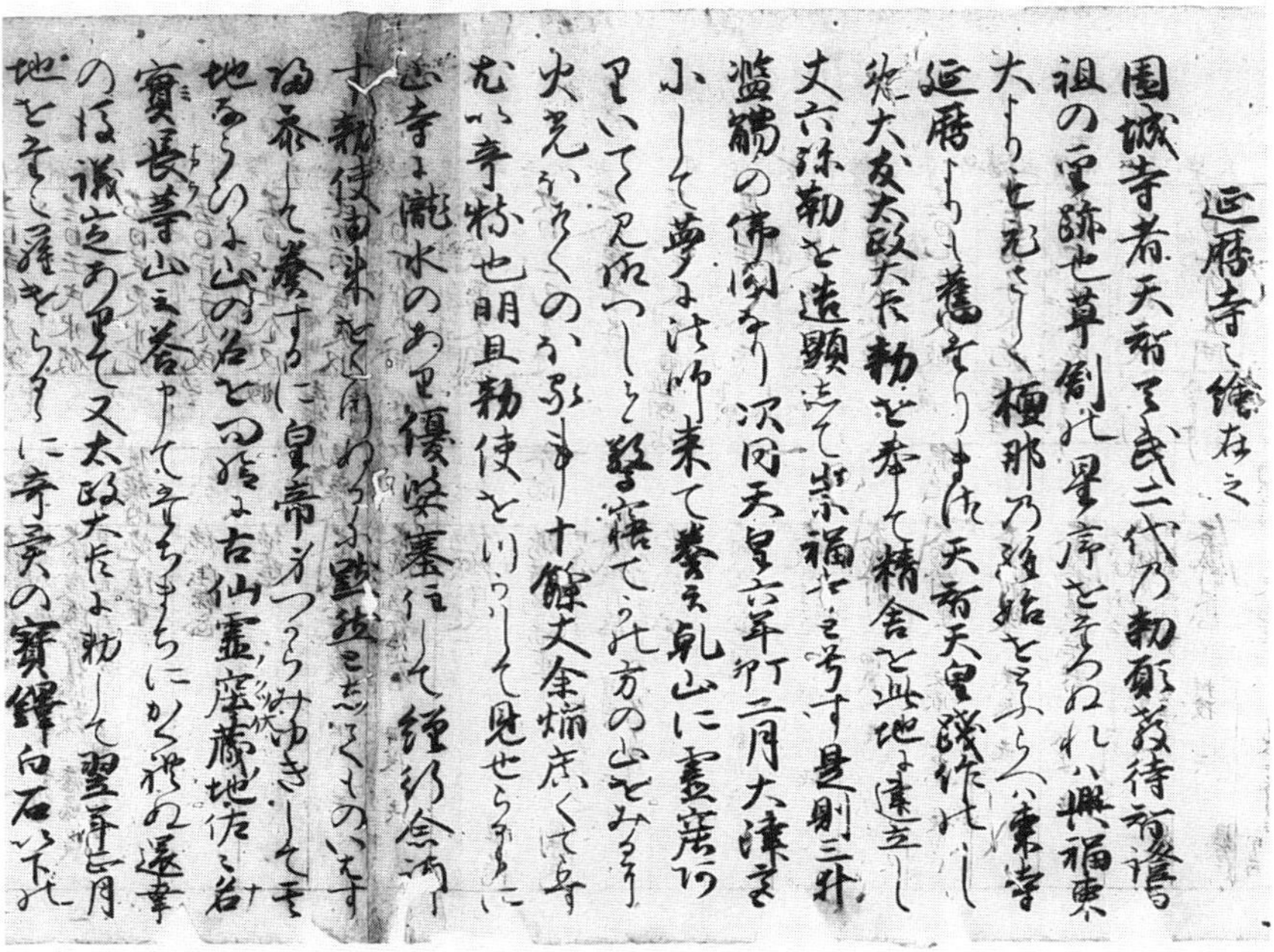

延暦寺之繪在之

1 園城寺者天智天武二代の勅願教待智證両
2 祖の聖跡也草創の星序をたつぬれは興福東
3 大よりもひさしく檀那の維始をとふらへは東寺
4 延暦よりも舊たりまつ天智天皇踐作(ママ)のはし
5 め大友太政大臣勅を奉て精舎を此地に建立し
6 丈六弥勒を造顕して崇福寺と号す是則三井
7 濫觴の佛閣なり次同天皇六年丁卯二月大津宮
8 にして夢に法師来て奏云乾山に霊窟あ
9 りいてゝ見給へし云々驚寤てかの方の山をみるに
10 火光ほそくのほる事十餘丈余焰廣くてらす
11 尤以奇特也明旦勅使をつかはして見せらるゝに
12 山寺に瀧水のあり優婆塞住して經行念誦」(第7紙)
13 す勅使由来をたつぬるに黙然としてものいはす
14 帰参して奏するに皇帝みつからみゆきして其
15 地ならひに山の名を問給に古仙霊ノ窟《クツ》(伏)○蔵ノ地○佐々名《ナ》
16 實《ミ》長《ナカラ》等山云答申てたちまちにかくれぬ還幸
17 の後議定ありて又太政大臣に勅して翌年正月

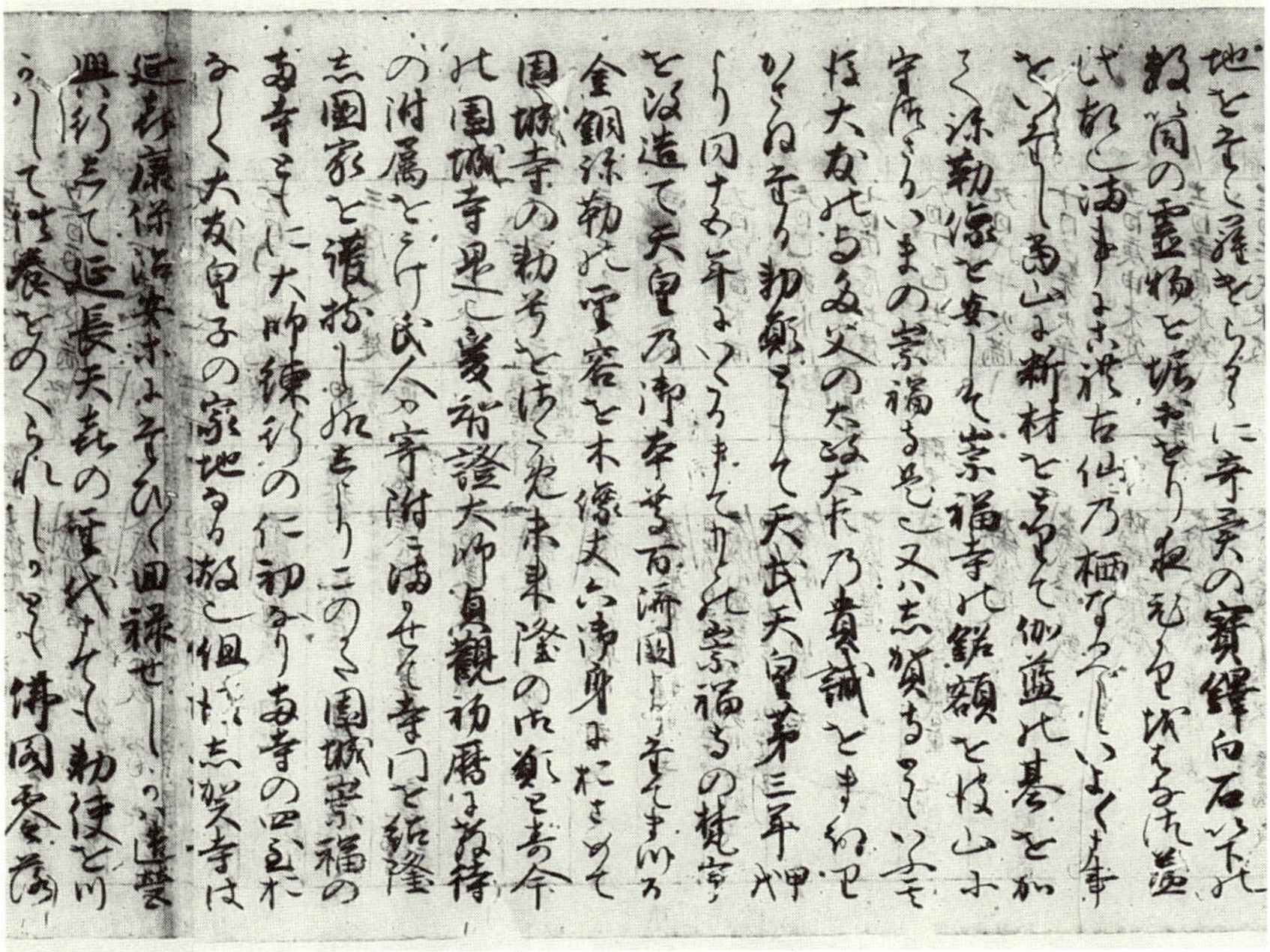

地をたえらけらるゝに奇異の寶鐸白石以下の数箇の霊物を堀出せり夜ひかりをはなつ盖此故也ま事にこれ古仙の栖なるへしいよ〳〵ま事をいたし當山に料材をとりて伽藍の基を加て弥勒像を安して崇福寺の銘額を彼山にうつさるいまの崇福寺是也又ハ志賀寺ともいふ其後大友の与多父の太政大臣の貴(遺か)誡をまほりかさねたる勅願として天武天皇第三年甲戌より同十五年にいたるまてもとの崇福寺の梵宇を改造て天皇の御本尊百済國よりたてまつる金銅弥勒の聖容を木像丈六御身におさめて園城寺の勅号をさため未来際の御願とす今の園城寺是也爰智證大師貞観初暦に教待の附属をうけ氏人か寄附にまかせて寺門を紹隆し國家を護持し給しよりこのかた園城崇福両寺ともに大師練行の仁初なり両寺の四至おなしく大友皇子の家地なる故也但彼志賀寺は」(第8紙)延喜康保治安等にたひ〳〵回禄せしかハ造営興行して延長天喜の聖代までも勅使をつ

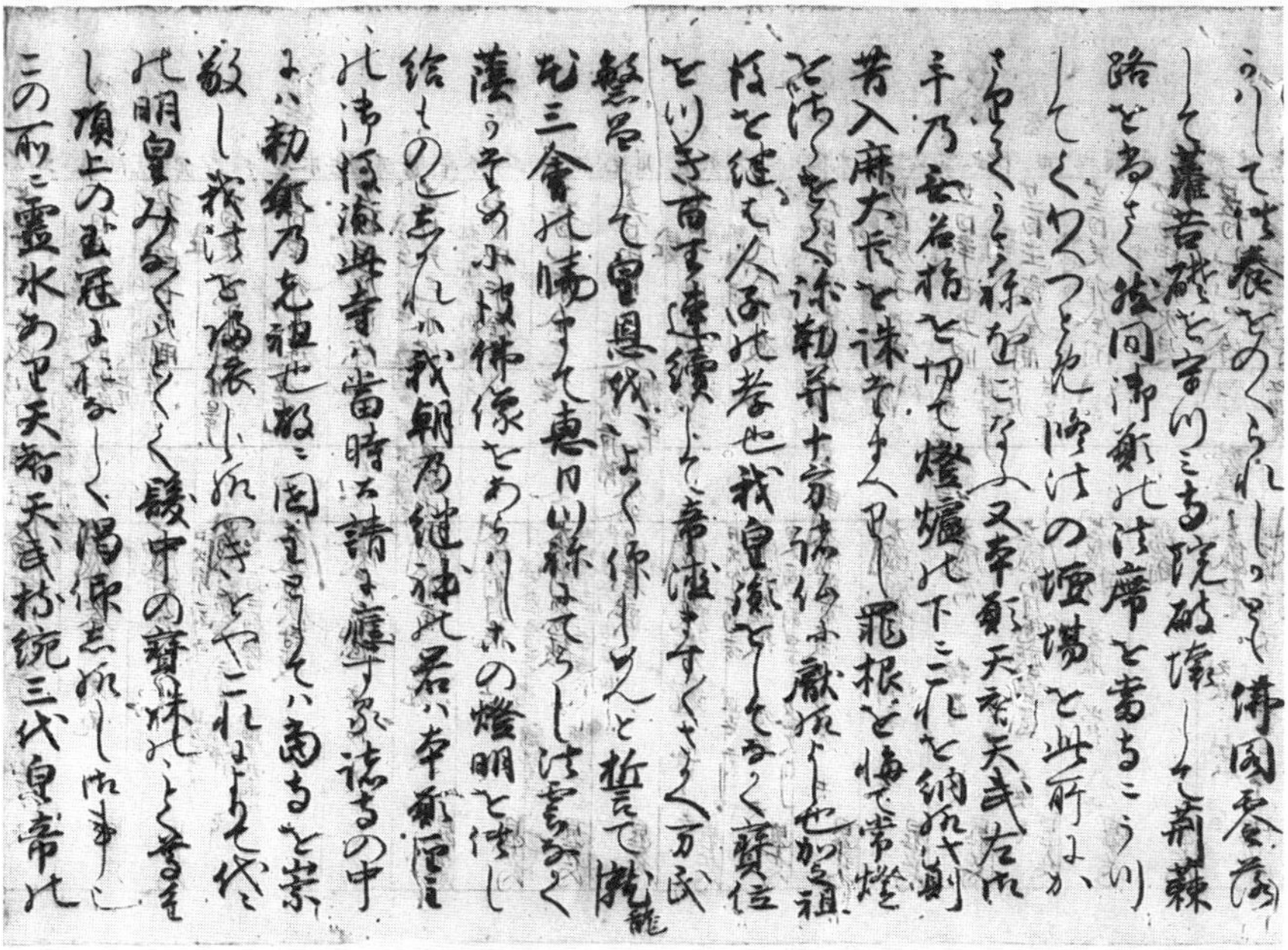

かハして供養をのへられしかとも佛閣零落して蘿苔礎をうつみ寺院破壊して荊棘路をふさく然間御願の法席を當寺ニうつしてくわへつとめ修法の壇場を此所にかさりてかさねをこなふ又本願天智天武左御手乃無名指を切て燈爐の下ニこれを納給此則昔入鹿大臣を誅たまへりし罪根を悔て常燈をさゝけて弥勒菩薩十方諸仏に献給よし也加之祖後を継は人子の孝也我皇胤をしてなかく寶位をつき百王連續して帝徳ます〳〵さかへ万民繁昌して皇恩をいよ〳〵仰しめんと誓て就(龍か)花三會の暁まて恵日つねにてらし法雲なかく蔭かために彼佛像をあらはしこの燈明を供し給もの也しかれは我朝の継躰の君ハ本願聖主の御後胤此寺は當時公請に應する諸寺の中には勅願の先祖也故ニ國主としては当寺を崇敬し我法を帰依し給へきをやこれによりて代々の明皇みな〳〵こと〳〵く髪中の寶珠のことく尊重し頂上の玉冠におなしく渇仰し給し御事也

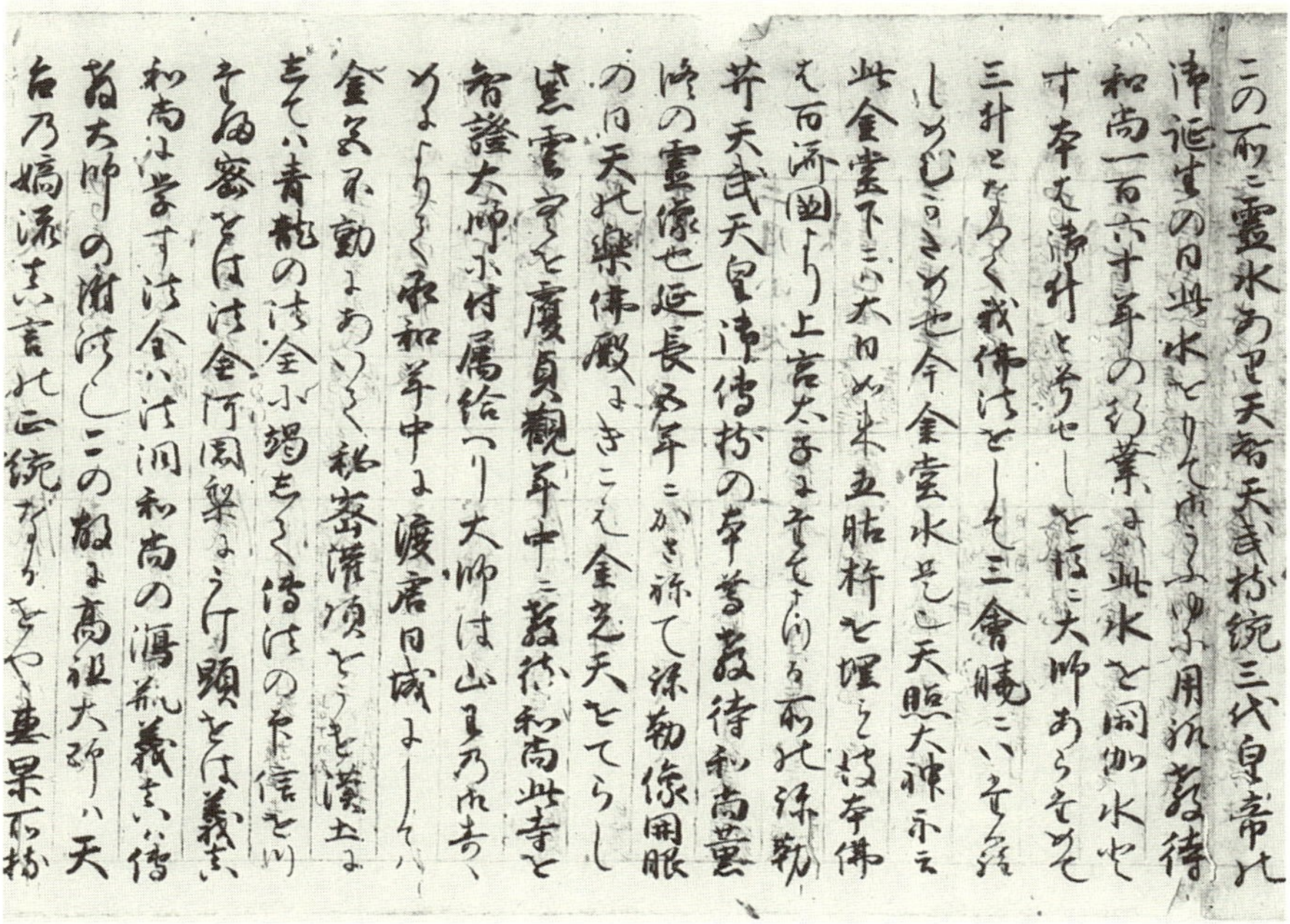

この所に霊水あり天智天武持統三代皇帝の」（第9紙）御誕生の日此水をもて御うふゆに用給教待和尚一百六十年の行業には此水を閼伽水とす本は御井と号せしを後に大師あらためて三井となつく我佛法をして三會暁にいたらしめむかため也今金堂水是也天照大神示云此金堂下には大日如来五胋杵を埋云々彼本佛は百済國より上宮太子にたてまつる所の弥勒菩薩天武天皇御傳持の本尊教待和尚薫修の霊像也延長五年にかさねて弥勒像開眼の日天の楽佛殿にきこえ金光天をてらし紫雲空を覆貞観年中に教待和尚此寺を智證大師に付属給へり大師は山王の御すゝめによりて承和年中に渡唐日域にしては金色不動にあいて秘密灌頂をうけ漢土にしてハ青龍の法全に竭《ママ》して傳法の印信をつたふ密をは法全阿闍梨にうけ顕をは義真和尚に学す法全は法潤和尚の瀉瓶義真ハ傳教大師の附法也この故に高祖大師ハ天

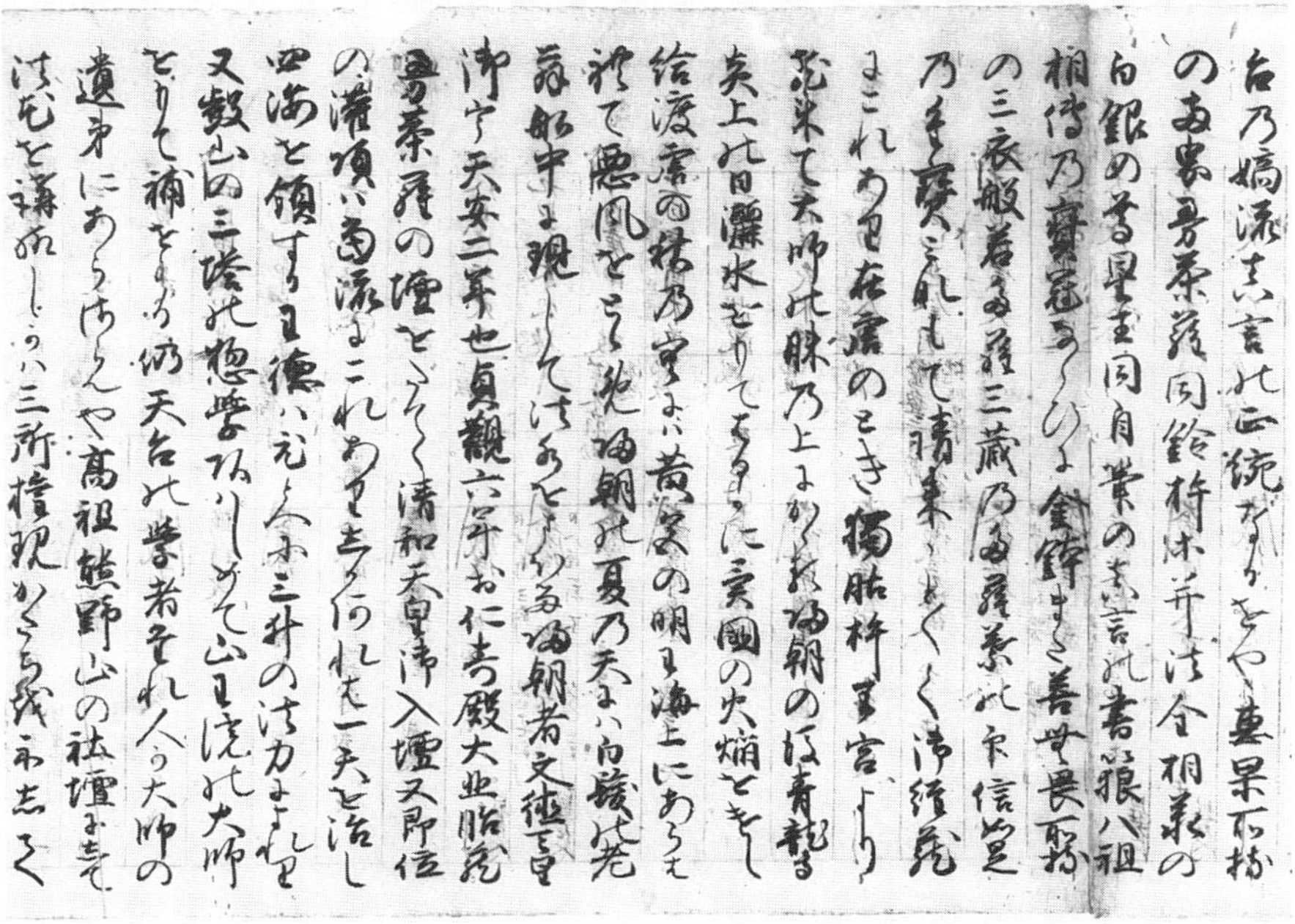

75台の嫡流真言の正統なるをや恵果所持
76の両界曼荼羅同鈴杵等幷法全相承の
77白銀の尊星王同自筆の真言の書篋八祖」（第10紙）
78相傳の寶冠ならひに金鉢また善無畏所持
79の三衣般若多羅三蔵の多羅葉の印信如是
80乃重寶みなもて請来こと〳〵く御経蔵
81にこれあり在唐のとき獨肪杵王宮より
82飛来て大師の膝の上にかゝる帰朝の後青龍寺
83炎上の日灑水をもてはるかに異國の火焔をけし
84給渡唐の秋乃空にハ黄色の明王海上にあらは
85れて悪風をとゞめ帰朝の夏乃天には白髪の老
86翁船中に現して法水をまほる帰朝者文徳天皇
87御宇天安二年也貞観六年於仁寿殿大悲胎蔵
88曼荼羅の壇をたてゝ清和天皇御入壇又即位
89の灌頂ハ當流にこれありしかあれは一天を治し
90四海を領する王徳はひとへに三井の法力によれり
91又叡山の三塔の惣學頭はしめて山王院の大師
92をもて補せらる仍天台の學者たれ人か大師の
93遺弟にあらさらんや高祖熊野山の社壇にして

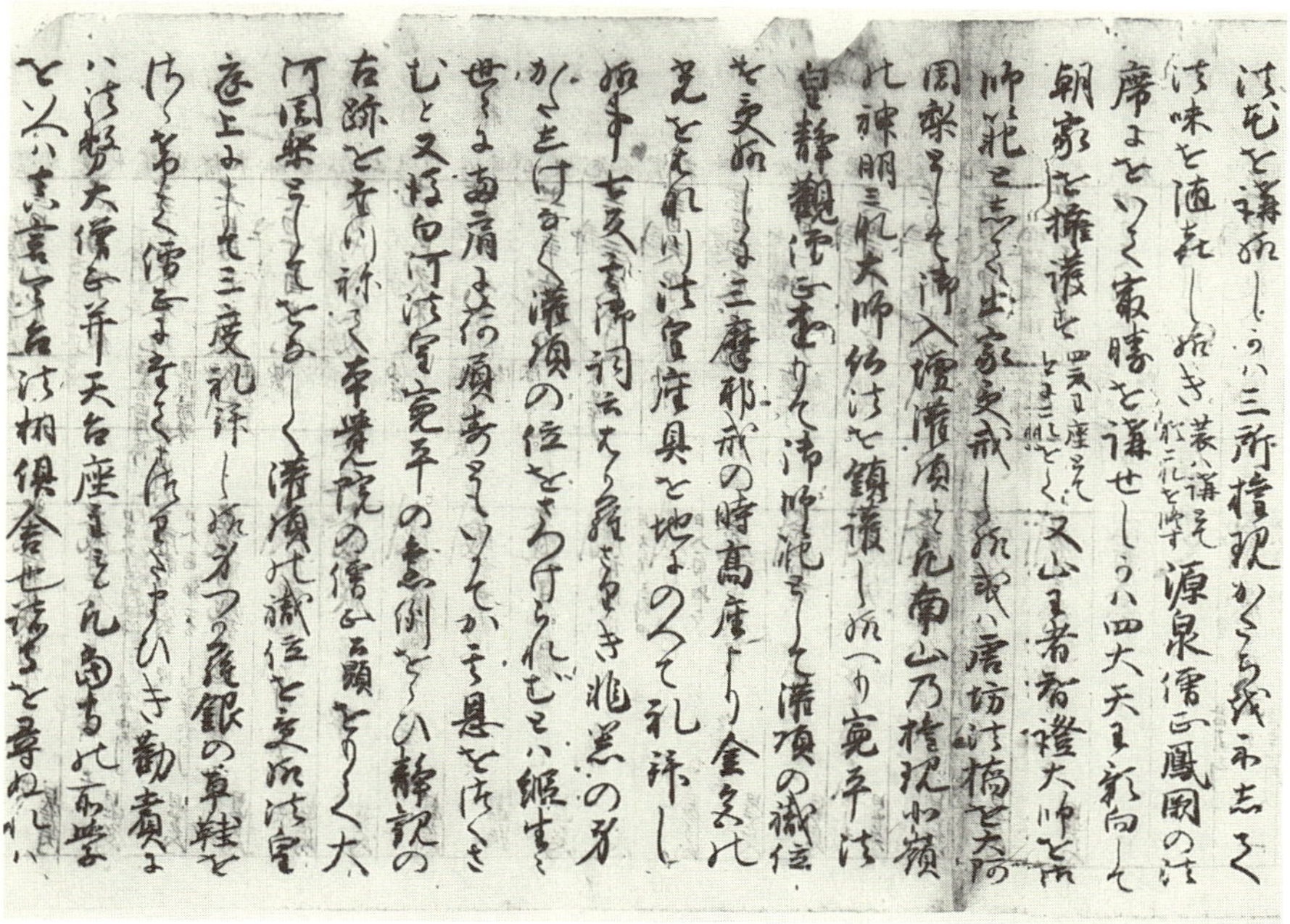

94法花を講給しかは三所権現かたちを示して
95法味を随喜し給き表八講とて猶これを修す源泉僧正鳳闕の法
96席にをいて最勝を講せしかは四大天王影向して
97朝家を擁護す四天王座とて今にこれをしく又山王者智證大師を御
98師範として出家受戒し給或は唐坊法橋を大阿（第11紙）
99闍梨として御入壇灌頂云々凡南山の権現北嶺
100の神明みな大師仏法を鎮護し給へり寛平法
101皇静観僧正をもて御師範として灌頂の職位
102を受給しに三摩耶戒の時高座より金色の
103光をはなつ法皇座具を地にのへて礼拝し
104給事七反其御詞云はからさりき非器の身
105かたしけなく灌頂の位をさつけられむとハ縦生々
106世々に両肩に荷負すともいかてか其恩をつくさ
107むと又後白河法皇寛平の舊例をゝひ静観の
108古跡をたつねて本覺院の僧正公顕をもて大
109阿闍梨としてをなしく灌頂の職位を受給法皇
110庭上にして三度礼拝し給みつから銀の草鞋を
111さゝけて僧正にたてまつりたまひき勧賞に
112は法務大僧正幷天台座主云々凡當寺の所學

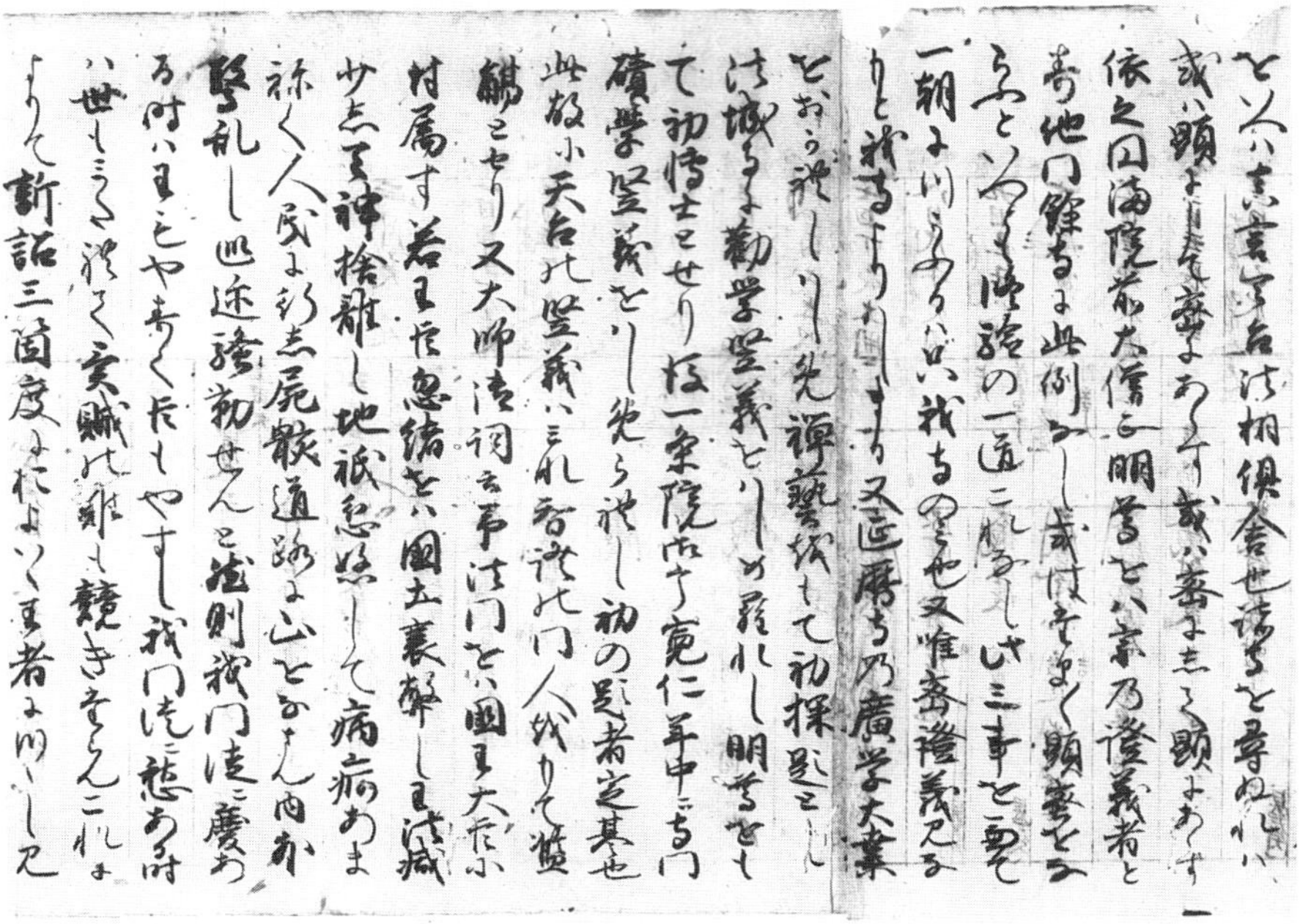

をいへは真言天台法相倶舎也諸寺を尋ぬれは或は顕にして密にあらす或は密にして顕にあらす依之円満院前大僧正明尊を八宗乃證義者とす他門餘寺に此例なし或はたま〳〵顕密をならふといへとも修験の一道これなし此三事を兼て一朝につかふるは只我寺のミ也又唯密證義みなもと我寺よりはしまる又延暦寺乃廣學大業」(第12紙)をおかれしはしめ禅藝をもて初探題とし法城寺に勧學竪義をはしめられし明尊をもて初博士とせり後一条院御宇寛仁年中ニ寺門磧學竪義をはしめられし初の題者定基也此故に天台の竪義はミな智證の門人をもて濫觴とせり又大師御詞云予法門をは國王大臣に付属す若王臣忽緒せハ國土衰弊し王法滅少し天神捨離し地祇忿怒して病痾あまねく人民に行し屍骸道路に山をなさん内外驚乱し巡迩騒動せんと然則我門徒に慶ある時は王もやすく臣もやすし我門徒に愁ある時は世もみたれて異賊の難も競きたらんこれに

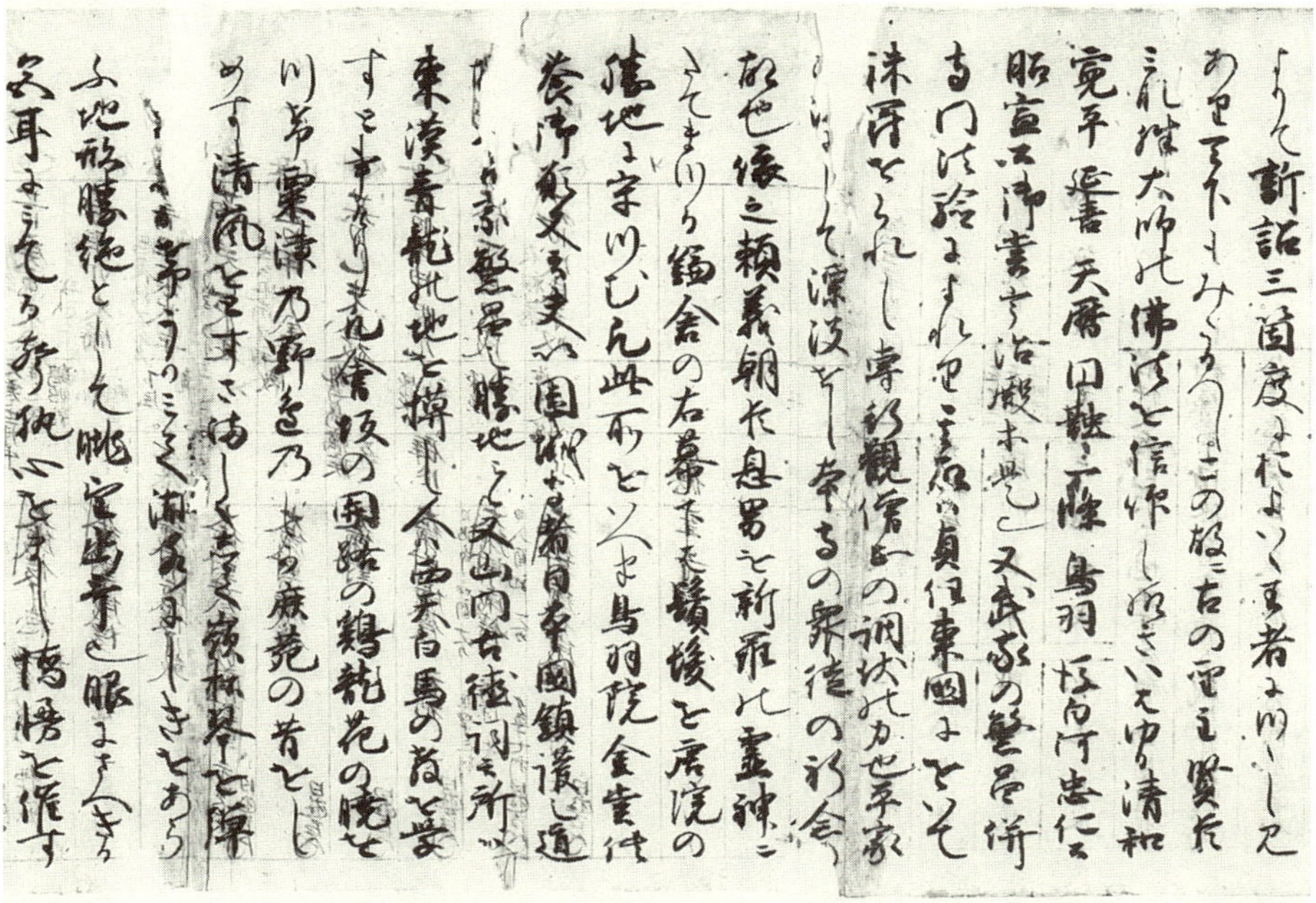

よりて訴訟三箇度におよはゝ王者につゝしみあり天下もみたるへしこの故に古の聖主賢臣みな殊大師の佛法を信仰し給きいはゆる清和寛平延喜天暦円融一條鳥羽後白河忠仁公昭宣公御堂宇治殿等是也又武家の繁昌併寺門法験によれり其故は貞任東國にをいて誅罸せられし専行観僧正の調伏の力也平家」（第13紙）□□にして漂没せし本寺の衆徒の祈念□〔の〕故也依之頼義朝臣息男を新羅の霊神にたてまつる鎌倉の右幕下は鬢髪を唐院の勝地にうつむ凡此所をいへは鳥羽院金堂供養御願文云夫以園城寺者日本國鎮護之道場□〔天〕台宗繁昌之勝地云々又山門古徳詞云所は東漢青龍の地を模し人ハ西天白馬の教を學すと書けり凡曾坂の関路の鶏龍花の暁をつけ粟津の野邊乃しか鹿苑の昔をしめす清嵐をとすさましくして嶺松琴を弾」（第14紙）□□□かけうかみて湖水にしきをあらふ地形勝絶として眺望幽奇也眼にさへきる

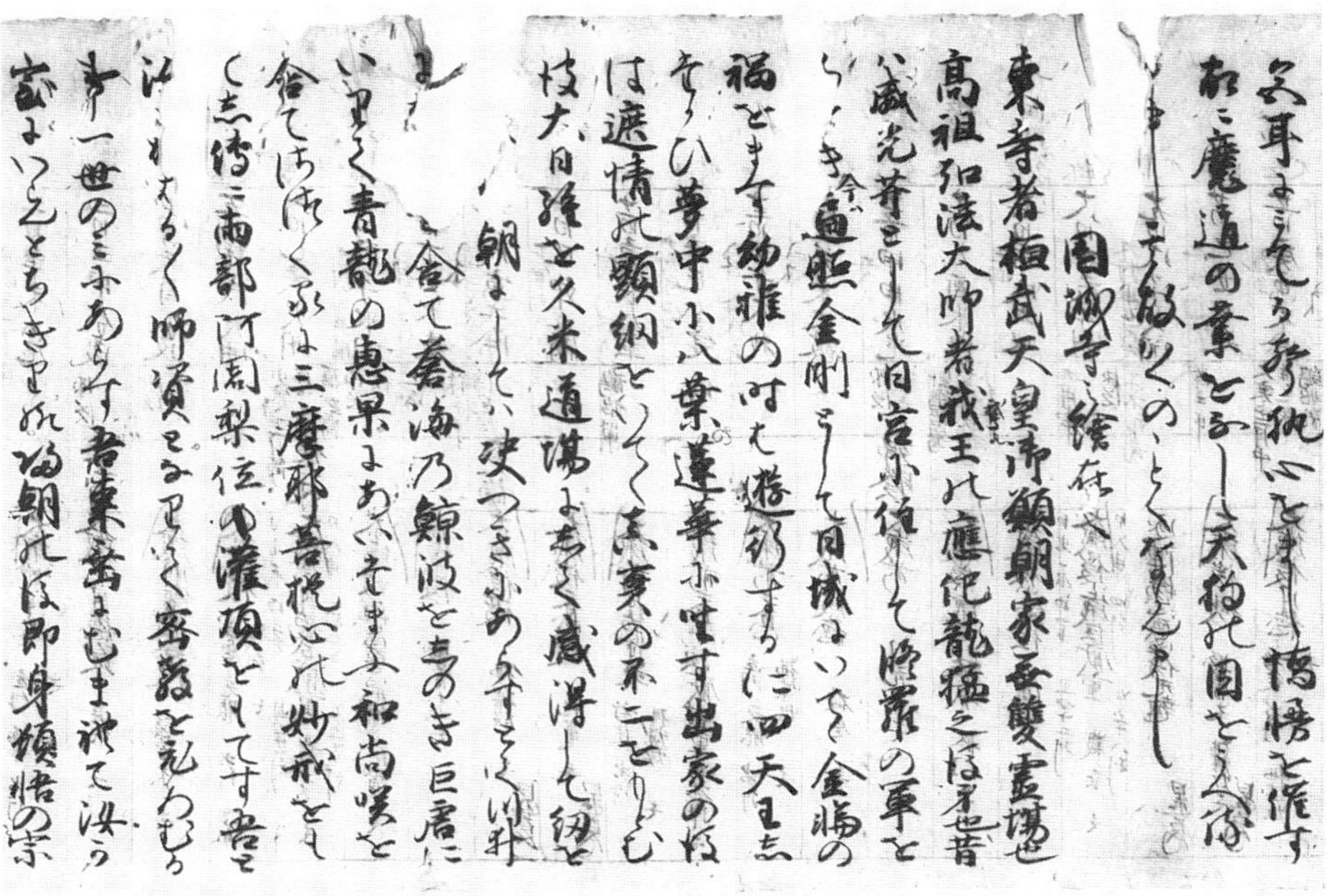

色耳にみてる聲執心をまし憍慢を催す
故に魔道の業をなし天狗の因をうへ侍
□事其故かくのことくならんまし

園城寺之繪在之

東寺者桓武天皇御願朝家無雙霊場也
高祖弘法大師者我《鷲賦》王の應化龍猛之後身也昔
は威光菩薩として日宮に住して修羅の軍を
□□き今は遍照金剛として日域にいてゝ金輪の
福をます幼稚の時は遊行するに四天王し
たかひ夢中に八葉蓮華に坐す出家の後
は遮情の顕網をいてゝ真實の不二をもとむ
彼大日経を久米道場にして感得して鈫を
□□□朝にして八決へきにあらすとてつゐ
に□□□含て蒼海の鯨波をしのき巨唐に
いりて青龍の恵果にあいたまふ和尚咲を
含てさつくるに三摩耶菩提心の妙戒をも
てし傳に両部阿闍梨位の〔「の」を消す〕灌頂をもてす吾と
汝とかはる〳〵師資となりて密教をひろむる
事一世のみにあらす吾東垂にむまれて汝か

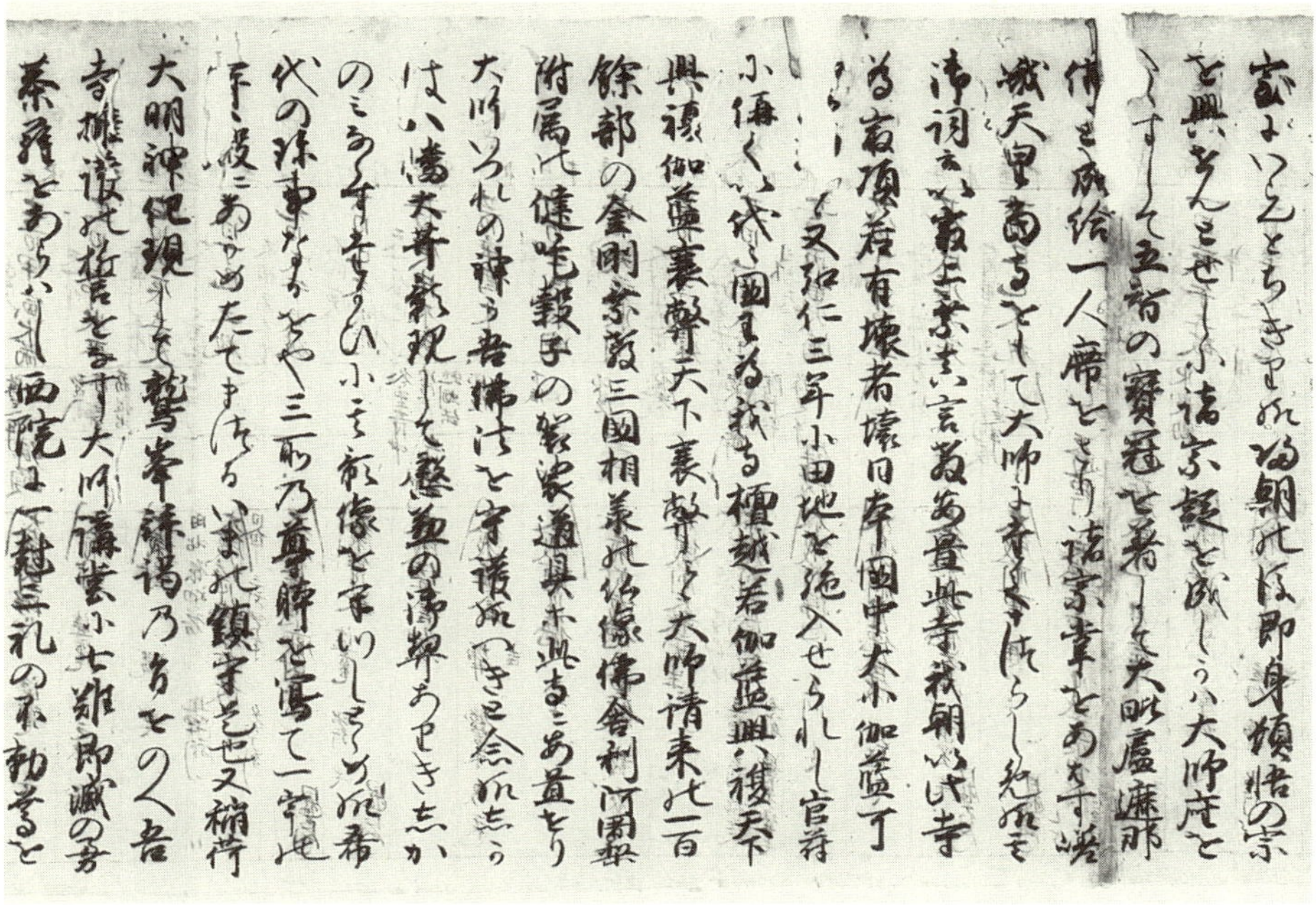

16室にいらんとちきり給帰朝の後即身頓悟の宗
17を興せんとせしに諸宗疑を成しかは大師座を
18たゝすして五智の寶冠を着して大毘盧遮那」（第15紙）
19佛と成給一人席をさり諸宗掌をあはす嵯
20峨天皇當寺をもて大師にたてまつらしめ給其
21御詞云以最上乗真言教安置此寺我朝以此寺
22為最頂若有壊者壊日本國中大小伽藍可
23□□□云々又弘仁三年に田地を施入せられし官符
24に偁く以代々國王為我寺壇越若伽藍興複天下
25興複伽藍衰弊天下衰弊云々大師請来の一百
26餘部の金剛乗教三國相承の仏像佛舎利阿闍梨
27附属の健吒穀子の袈裟道具等此寺に安置せり
28大師いつれの神か吾佛法を守護給へきと念給しか
29は八幡大菩薩影現して慇懃の御契ありきしか
30のみならすたかひに其影像をうつしとゝめ給希
31代の珍事なるをや三所の尊躰を寫て一宇の
32寶殿にあかめたてまつるいまの鎮守是也又稲荷
33大明神化現して鷲峯拝謁の旨をのへ吾
34寺擁護の誓をなす大師講堂に七難即滅の曼

茶羅をあらはし西院に一尅三礼の不動尊を安すこの寺を教王護國寺と号して真言の三蔵弘通の官符を被下しにはひとへに密教を崇て□〔他か〕宗をして雑住せしむる事なかれとのせられたり長者ニおひては必僧綱をもて補任す他寺の執務には異也大師高野山にして両界五部の灌頂壇をひらき給しかは諸宗の碩徳智水を浴しき是即本朝両部の最初なり平城天皇嵯峨」（第16紙）天皇かたしけなくも十善の玉體を屈して五智の寶瓶を受ましします百官黎庶膝歩竭仰しき依之大内に真言院をたてゝ大師をするたてまつり給て朝暮に恭敬し給是則大唐玄宗不空三蔵を禁中におきたてまつりて晝夜に御帰依ありし例也彼真言院の後七日秘法者國土豊饒万民安穏の御願也長者を大阿闍梨とし定額伴僧たり名籍を朝廷に養《奏賕》し勅使を道場にのそましむ長者は健吒穀子の袈裟を着し道具の五牯念珠をもて八宗を引率して御殿の加持香水を奉仕す八宗僧名は真言宗

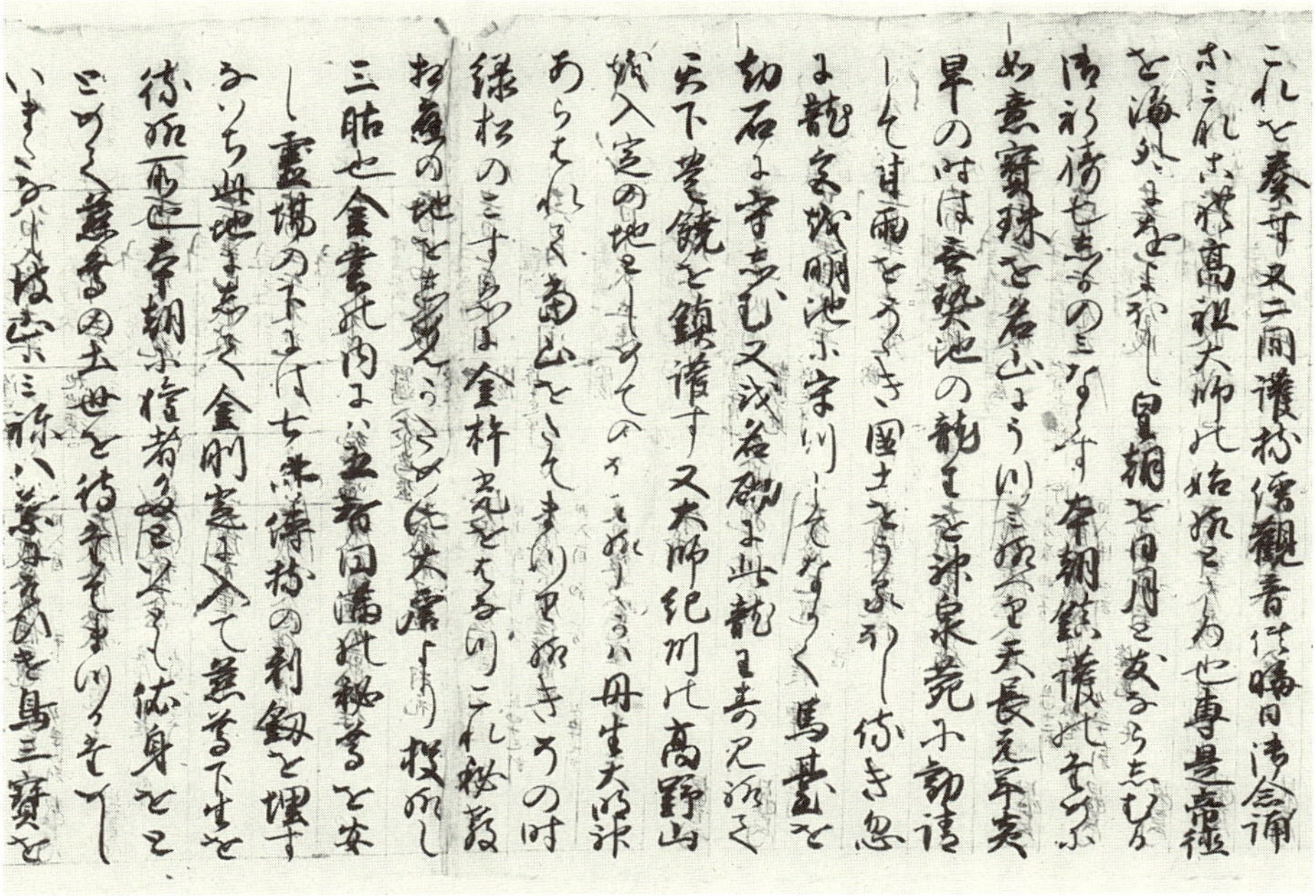

これを奏す又二間護持僧観音供晦日御念誦
等みなこれ高祖大師の始給ところ也専是帝徳
を海外にをよほし皇朝を日月と友ならしむる
御祈禱也しかのみならす本朝鎮護のために
如意寶珠を名山にうつみ給へり天長元年炎
旱の時は無熱池の龍王を神泉苑に勧請
して甘雨をそゝき國土をうるほし侍き忽
に龍宮を明池にうつしてなかく馬臺を
劫石に守しむ又或名砌に此龍王すみ給て
天下豊饒を鎮護す又大師紀州の高野山
を入定の地としめてのほり給しかは丹生大明神
あらはれて當山をたてまつり給きその時
緑松のこする゛に金杵光をはなつこれ秘教」（第17紙）
相應の地をしめんかために大唐より投給し
三貼也金堂の内には五智円満の秘尊を安
し霊場の下には七佛傳持の利劔を埋す
なはち此地にして金剛定に入て慈尊下生を
待給所也本朝に権者多といへとも依身をと
とめて慈尊の出世を待たてまつるためし

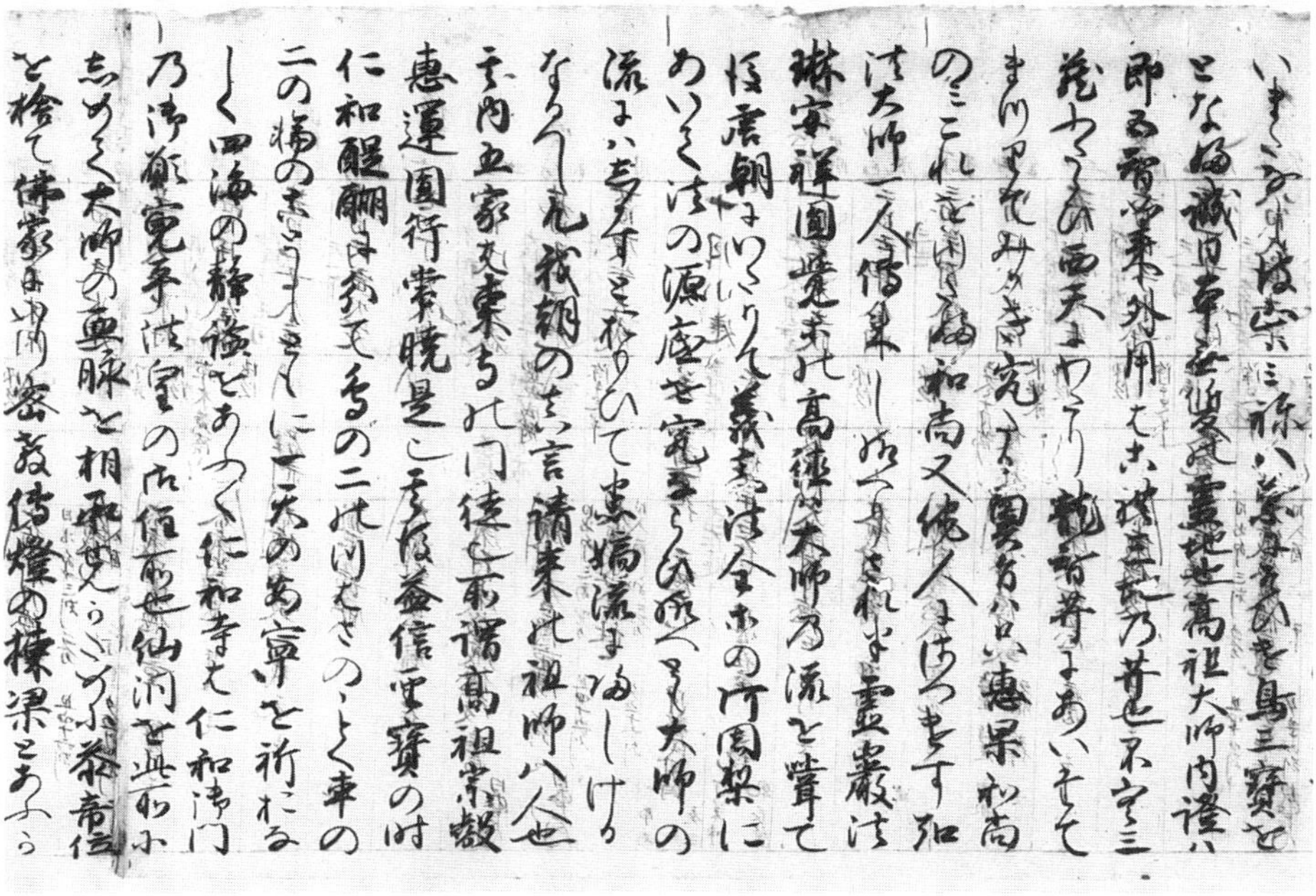

いまたなし彼山はみね八葉にそひけ鳥三寶をとなふ誠日本無雙の霊地也高祖大師内證は即五智如来外用はこれ三地の菩薩也不空三蔵ふたゝひ西天にわたり龍智菩薩にあいたてまつりてみかき究たる奥旨ハ只恵果和尚のみこれをつたふ和尚又他人にさつけす弘法大師一人傳来し給へりされは霊巌法琳安祥圓覺等の高徳は大師の流を背て後唐朝にいたりて義真法全等の阿闍梨にあいて法の源底を究ならひ給へとも大師の流にはしかすとおもひて悉嫡流に帰しけるなるへし凡我朝の真言請来の祖師八人也其内五家は東寺の門徒也所謂高祖宗叡恵運圓行常暁是也其後益信聖寶の時仁和醍醐に分て鳥の二のつはさのことく車の二の輪のことしともに一天の安寧を祈おなしく四海の静謐をあふく仁和寺は仁和御門の御願寛平法皇の御住所也仙洞を此所に」(第18紙)しめて大師の血脈を相承せんかために恭帝位

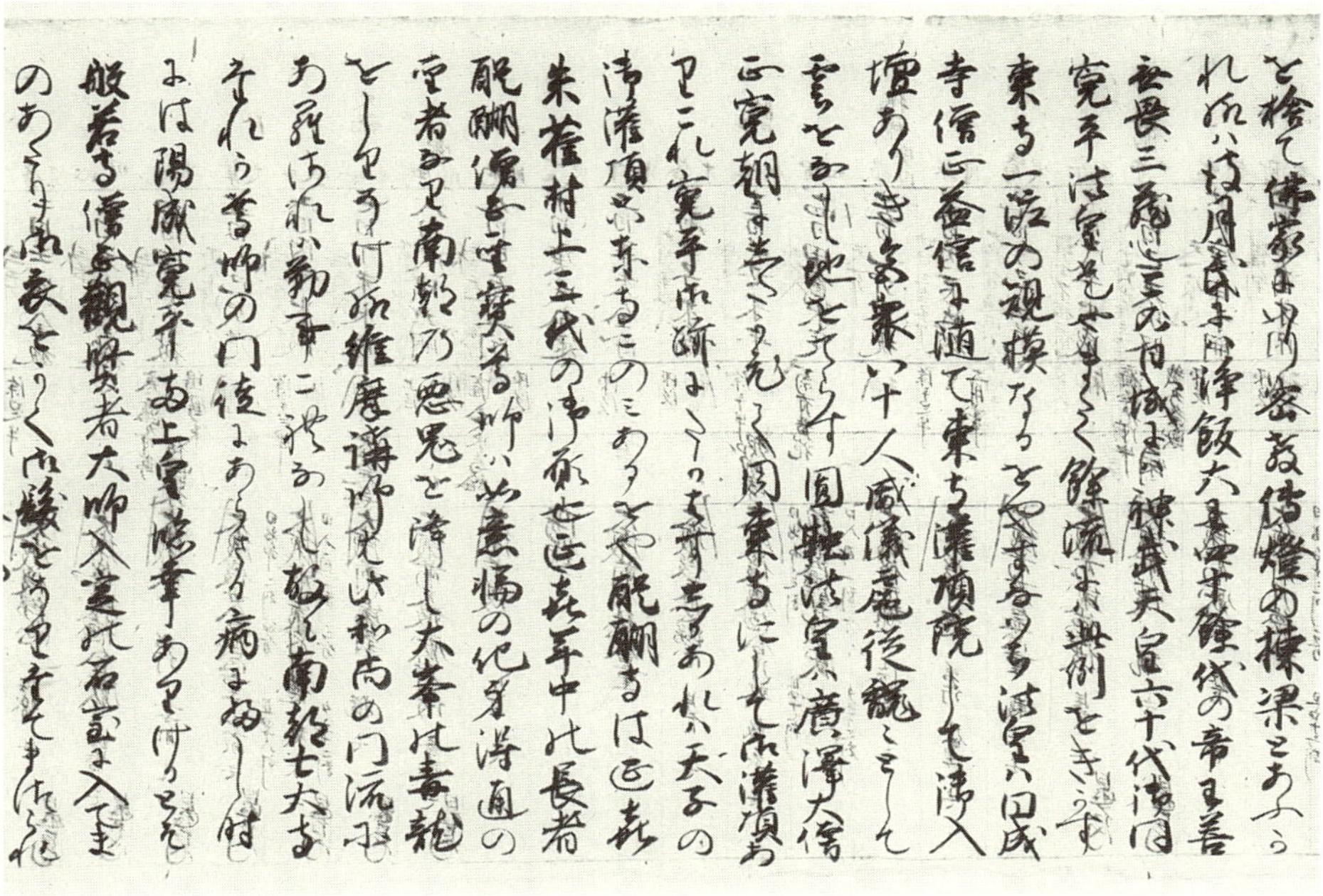

を捨て佛家にいり密教傳燈の棟梁とあふかれ給は彼月氏には浄飯大王四十餘代の帝王善無畏三蔵也この日域には神武天皇六十代御門寛平法皇是也またく餘流には此例をきかす東寺一沍の規模なるをやすなはち法皇ハ円成寺僧正益信に随て東寺灌頂院して御入壇ありき色衆八十人威儀扈従魏々として雲をなし地をてらす圓融法皇は廣澤大僧正寛朝にしたかひて同東寺にして御灌頂ありこれ寛平御跡にたかはすしかあれは天子の御灌頂只東寺にのみあるをや醍醐寺は延喜朱雀村上三代の御願也延喜年中の長者醍醐僧正聖寶尊師は如意輪の化身得通の聖者なり南都の悪鬼を降し大峯の毒龍をしりそけ給維摩講師は此和尚の門流にあらされは勤事これなし故に南都七大寺たれか尊師の門徒にあらさる病にふしゝ時には陽成寛平両上皇臨幸ありけるとそ般若寺僧正観賢者大師入定の石室に入てま

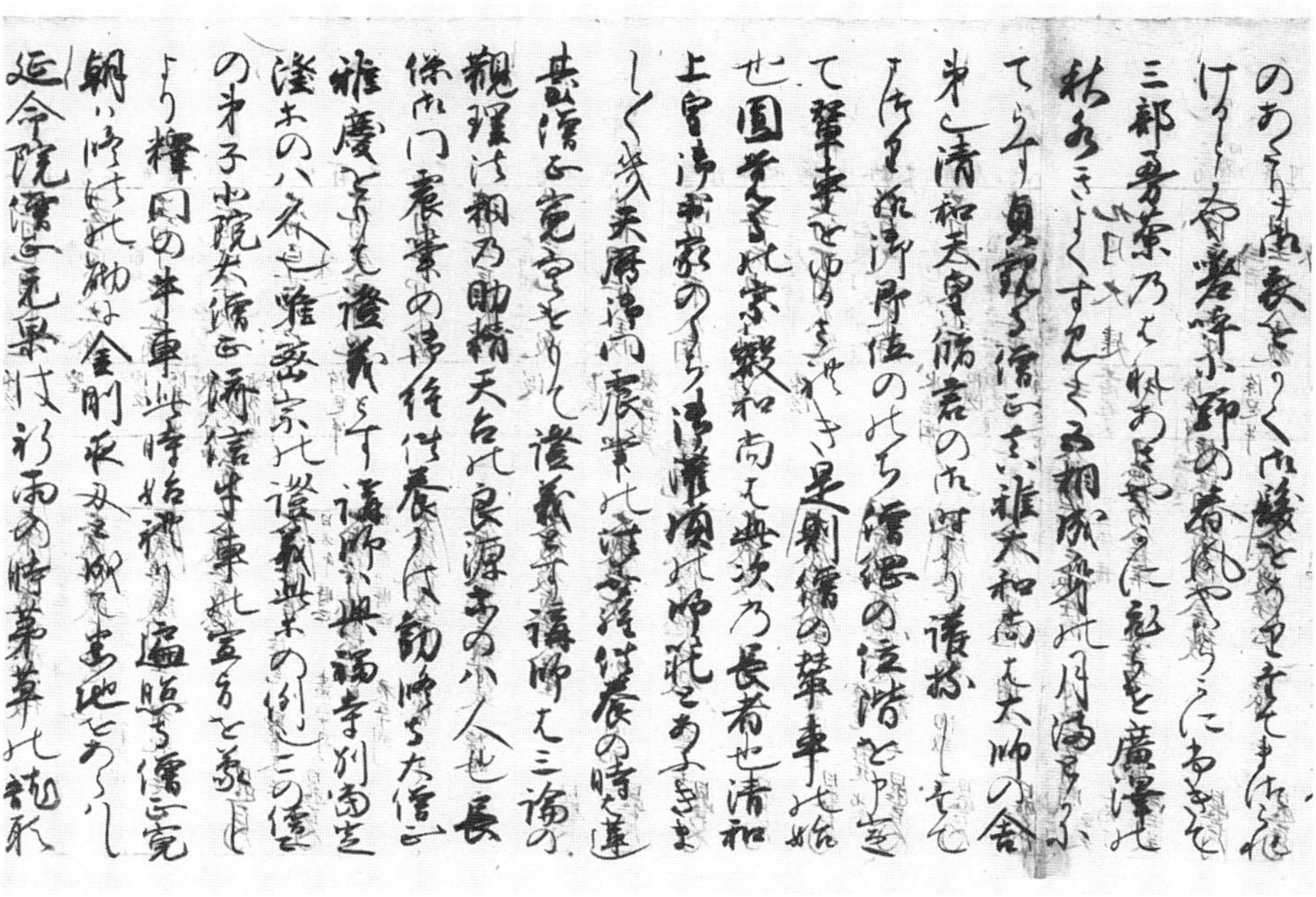

111 のあたり御衣をかく御髪をそりたてまつられ
112 けるとかや嗟呼小野の春風やはらかにふきて
113 三部曼荼のはなあさやかにひらけ廣澤の
114 秋水きよくすみて五相成身の月まとかに」（第19紙）
115 てらす貞観寺僧正真雅大和尚は大師の舎
116 弟也清和天皇儲君の御時より護持したて
117 まつり給御即位ののち僧綱の位階を申定
118 て輦車をゆるされき是則僧の輦車の始
119 也圓覚寺の宗叡和尚は此次の長者也清和
120 上皇御出家のゝち御灌頂の師範とあふきま
121 しく〳〵き天暦御門宸筆の法花経供養の時は蓮
122 臺僧正寛空をもて證義とす講師は三輪の
123 観理法相の助精天台の良源等の八人也長
124 保御門宸筆の御経供養には勧修寺大僧正
125 雅慶をもて證義とす講師は興福寺別当定
126 澄等の八人也唯密宗の證義此等の例也この僧正
127 の弟子北院大僧正済信牛車の宣旨を蒙し
128 より釋門の牛車此時始れり遍照寺僧正寛
129 朝は修法の砌に金剛夜叉と成て悉地をあらはし

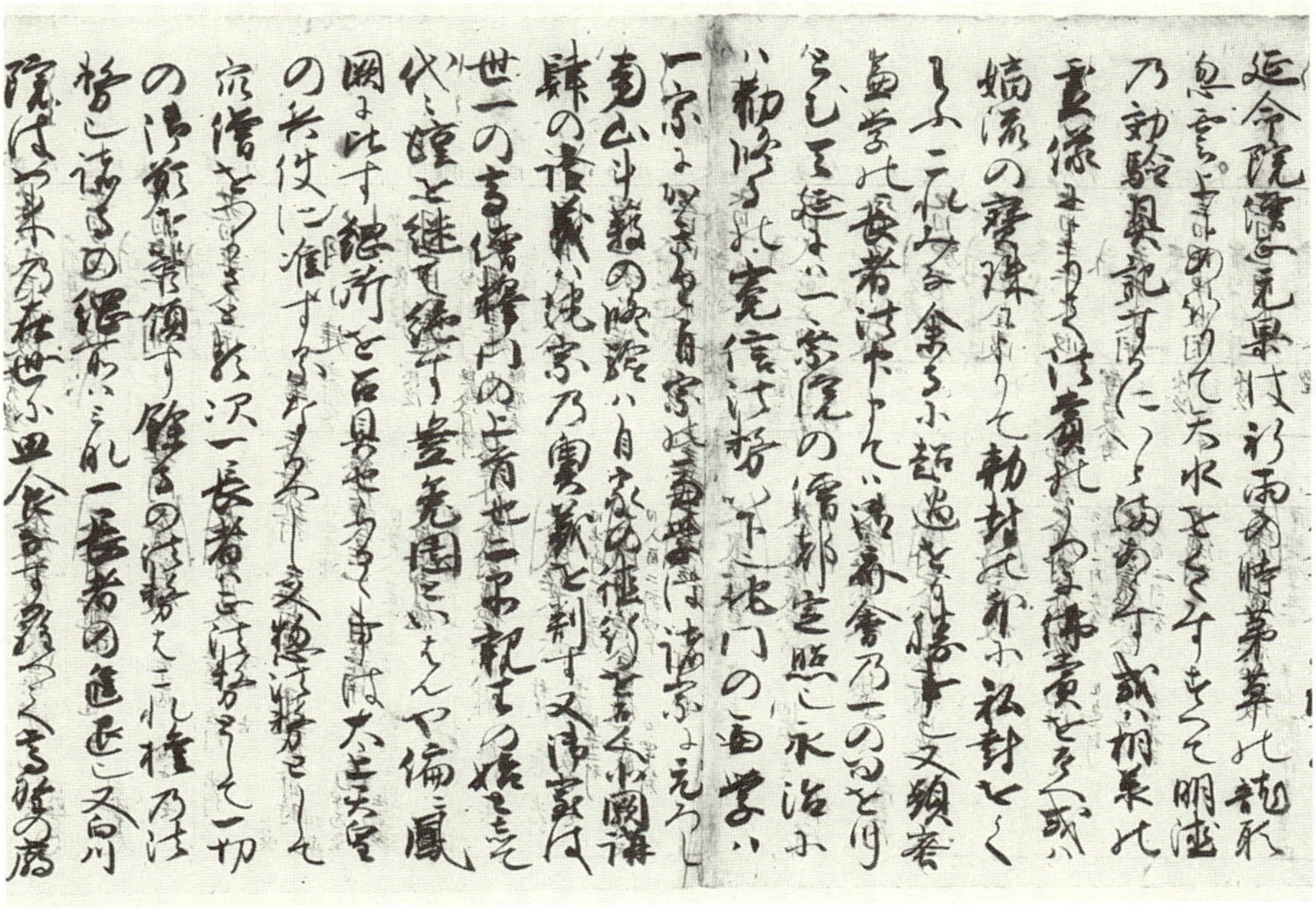

130 延命院僧正元杲は祈雨の時茅草の龍形
131 忽雲上にのほりて天水をくたすすへて明徳
132 の効験具記するにいとまあらす或ハ相承の
133 霊像によりて法賞のうへに佛賞をそへ或ハ
134 嫡流の寶珠によりて勅封の外に私封をく
135 わふこれみな余寺に超過せる勝事也又顕蜜
136 兼學の長者法印まては御齋會の一の問をつ
137 とむ天延には一乗院の僧都定照也永治に
138 は勧修寺の寛信法務以下也他門の兼學は」（第20紙）
139 一宗にかきり自宗の兼學は諸宗にひろし
140 南山斗藪の修験ハ自家の徳行をそへ北闕講
141 肆の證義ハ他宗の奥義を判す又御室は
142 世一の高僧釋門の上首也二品親王の始として
143 代々踵を継て絶す豈兎園といはんや偏ニ鳳
144 闕に比す綱所を召具せらるゝ事は太上天皇
145 の兵仗に准するなるへし又惣法務として
146 衆僧をつかさとる次一長者ハ正法務として一切
147 の御願を管領す餘寺の法務はこれ権の法
148 務也諸寺の綱所はみな一長者の進退也又白川

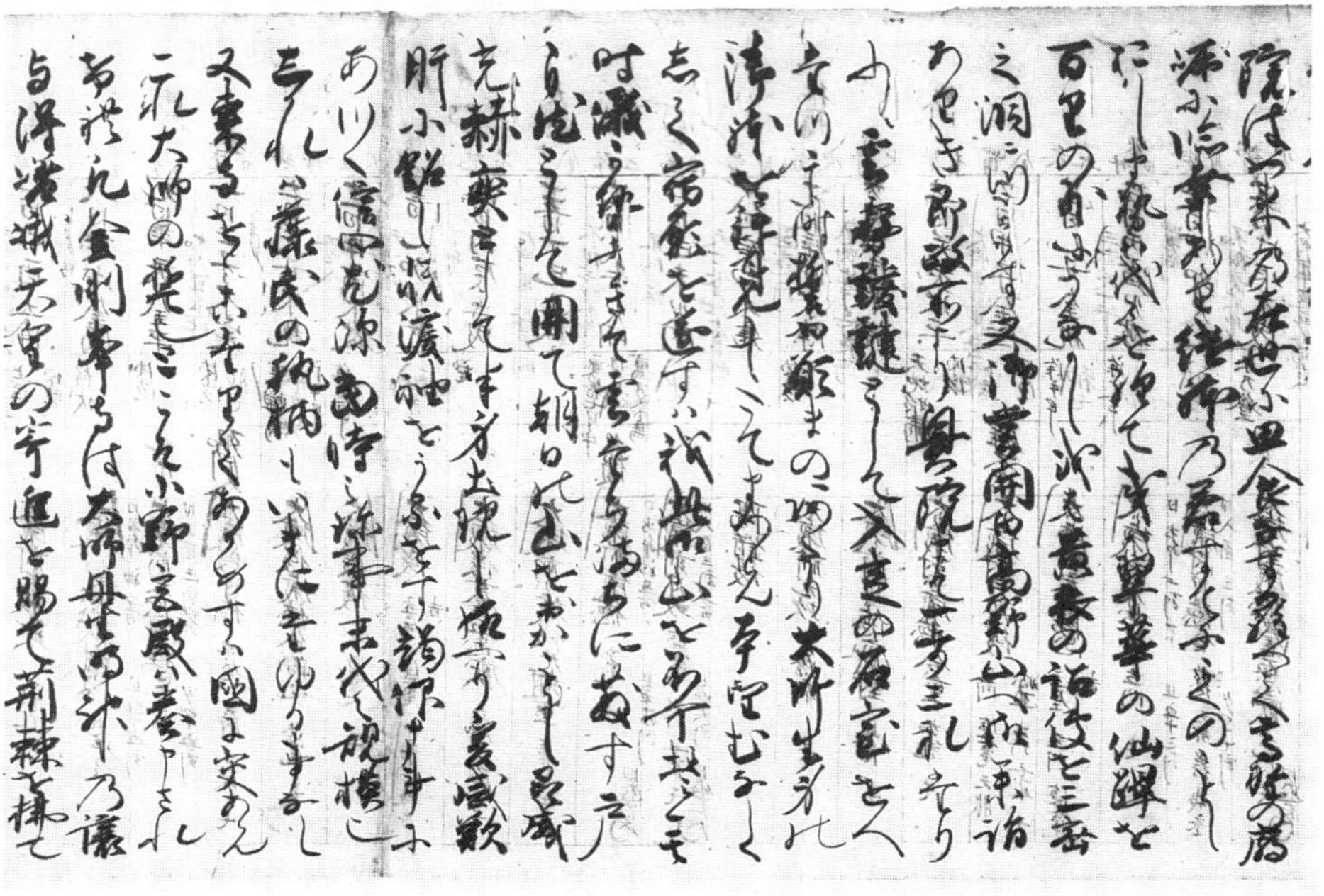

149 院は如来の在世に思食なすらへて高野の廟
150 崛に臨幸あり継躰の君すてにかくのことし
151 おはしませは代々を経て或ハ翠華の仙蹕を
152 百里の外にうなかし或は黄衣の詔使を三密
153 之洞につかハす又御堂関白高野山へ御参詣
154 ありき即政所より奥院まて一歩三礼たり
155 に《（ふ）》し雲霧靉靆として入定の石室をへ
156 たつ其時誓曰願まのあたり大師生身の
157 御躰を拝見したてまつらん本望むなしく
158 して宿願を遂すは我此御山を不可出云々其
159 時俄かせふきて雲たちまちに散す戸
160 自然として開て朝日の山を出かことし即威
161 光赫奕として半身出現し給へり爰感歎
162 肝に銘し悦涙袖をうるをす竭仰ま事に」（第21紙）
163 あつく信心尤深当時之珍事末代之規模也
164 しかれは藤氏の執柄もいまにたゆる事なし
165 又東寺をゝこたりてあかめすは國に災あらん
166 これ大師の誓也とこそ小野宮殿は奏申され
167 けれ凡金剛峯寺は大師丹生明神の譲

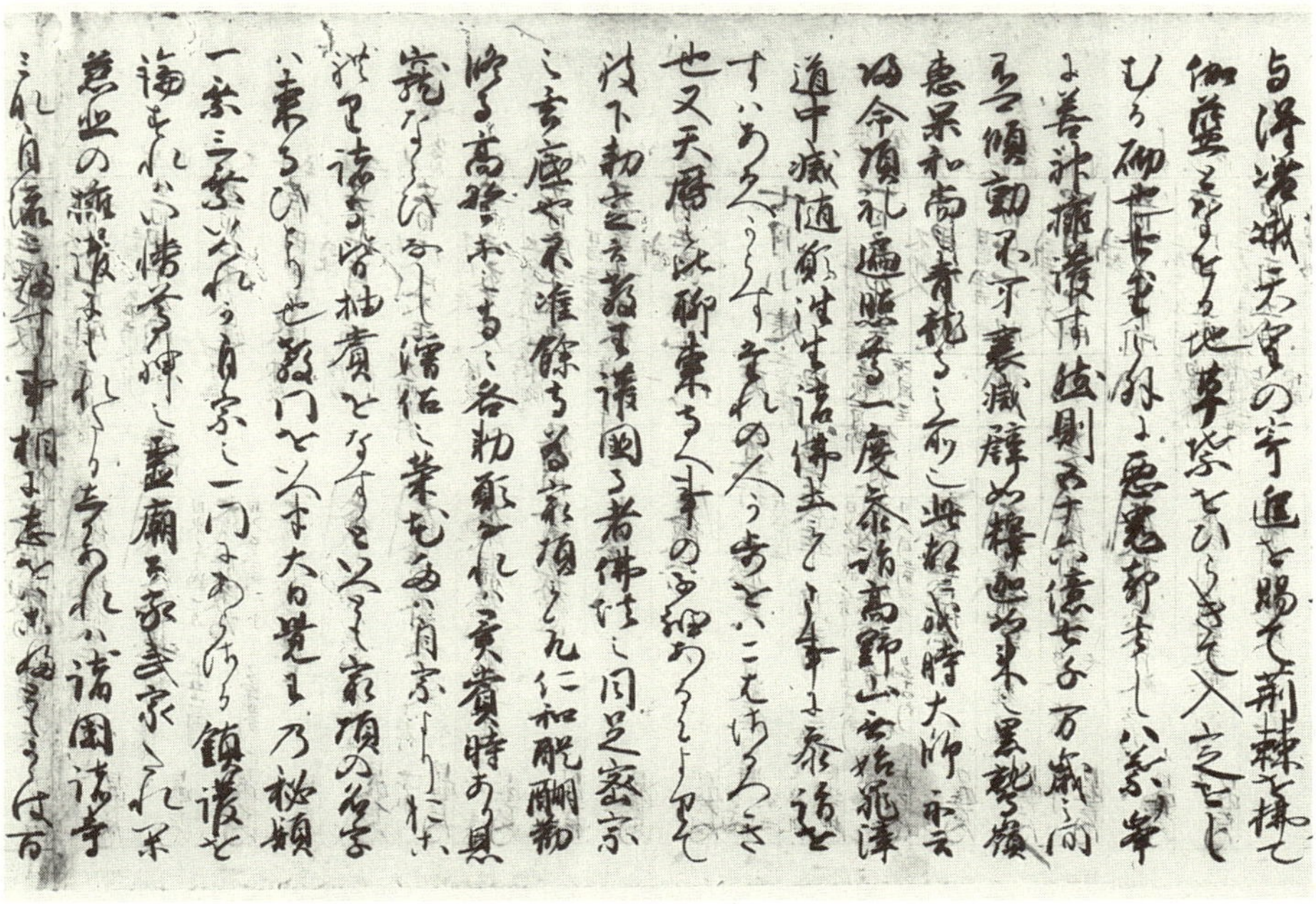

168 与得嵯峨天皇の寄進を賜て荊棘を拂て
169 伽藍となせる地草葉をひらきて入定せし
170 むる砌也七里之外に悪鬼却去し八葉ノ峯
171 に善神擁護す然則五十六億七千万歳之間
172 不可傾動不可衰滅譬如釋迦如来之霊鷲嶺
173 恵果和尚之青龍寺之所也此故に或時大師示云
174 帰命頂礼遍照尊一度参詣高野山無始罪障
175 道中滅随願往生諸佛土云々ま事に参詣せ
176 すはあるへからすたれの人か歩をはこはさるへき
177 也又天暦之比聊東寺へ事の子細あるによりて
178 被下勅定云教王護國寺者佛法之目足密宗
180 之玄底也不准餘寺為最頂云々凡仁和醍醐勧
181 修寺高野等之寺々各勅願なれは異賞時あり恩
182 寵ならひなし僧侶之榮花多は自宗よりおこ
183 れり諸寺皆抽賞をなすといへとも最頂の名字
184 は東寺ひとり也教門をいへは大日覺王の秘頓
185 一乗三乗いつれか自宗之一門にあらさる鎮護を
186 論すれは八幡尊神之霊廟公家武家たれか
187 慈悲の擁護にもれたるしかあれは諸國諸寺」（第22紙）

188みな自流に帰す事相に志をはこふともからは百
189千万里を凌て正流を花洛の法水にたつね
190教相に眼をさらすやからは九種住心を越て内
191庫を密蔵の門室にたゝく依之正統の慢心　　眉上「統」
192もたかく秘教の執心もふかし故に中古より
193このかたの長者座主等もおほくみな此界の
194主領となると申つたえ侍こそ利益衆生の
195まち〳〵なる方便にやとまておく侍れ
東寺等之繪在之

（10行分白紙）

傳領

俊雄（本文別筆）」

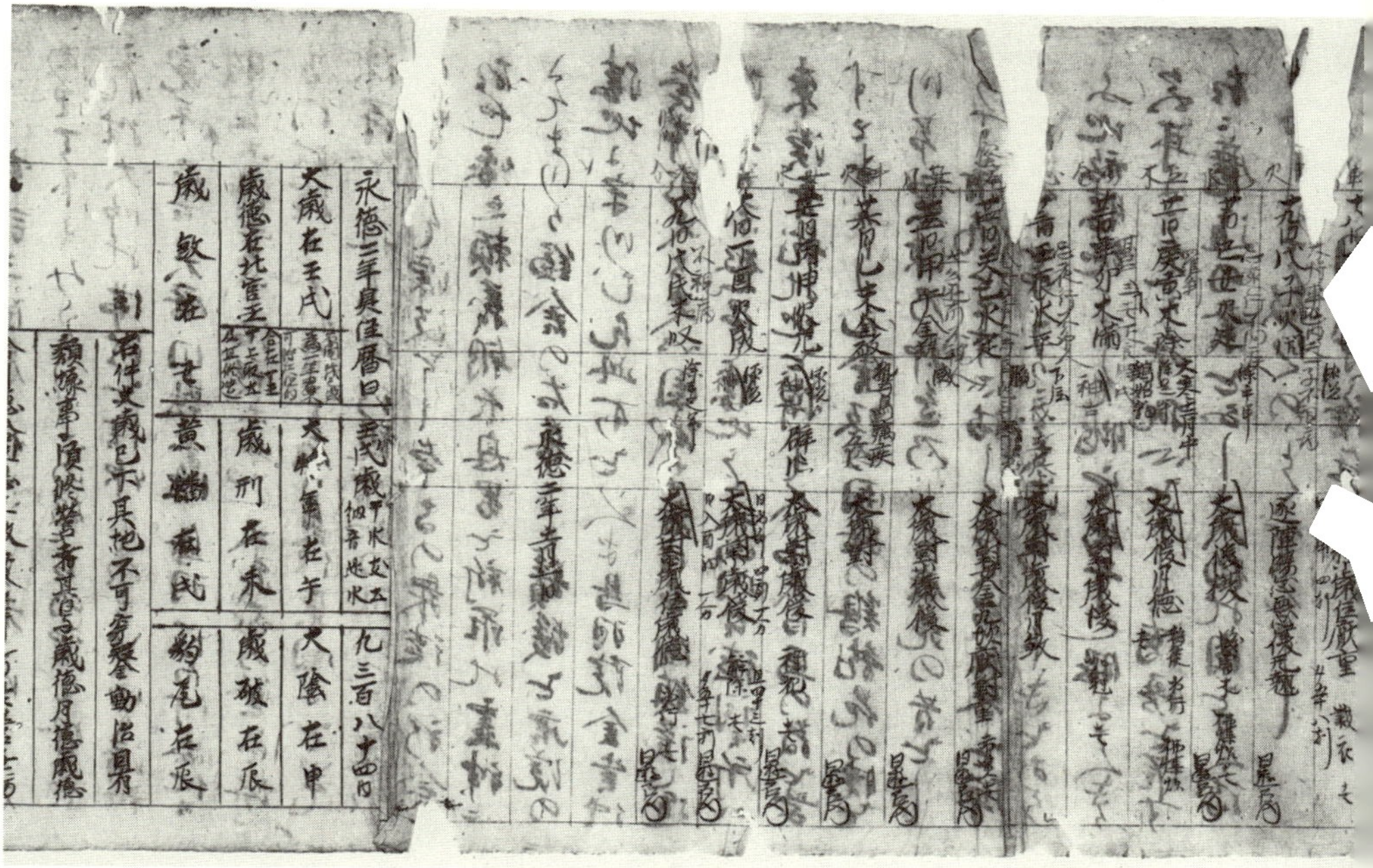

紙背・具注暦

翻刻『南都大秘録』

辻本恭子

【書誌】

底本　武久堅蔵本『南都大秘録』

形状　写本　一冊　半紙本　縦23・3cm・横16・8cm

表紙　緑色地雨龍紋表紙　外題なし　題箋なし

内題　南都大秘録

尾題　水谷闘諍大秘録

丁数　目録二丁・本文五十八丁半・空白半丁・奥書一丁

行数　毎半丁七行

伝本には、次のような諸本がある。

『水谷闘諍記』　京都大学附属図書館蔵本

『南都水谷闘諍記』内閣文庫蔵本（和学講談所旧蔵）

『水谷闘戦実録』　内閣文庫蔵本（昌平坂学問所旧蔵）

『水谷社頭闘諍日記』東大寺蔵本
また、未調査ながら以下の諸本も本作と関係があるものと考える。
『水谷戦闘書抜』　薬師寺蔵本
『南都闘乱根元事』　陽明文庫蔵本

【概要】

南都奉行中坊氏、郡山藩主松平氏の系譜から書き起こし、元和九年四月、水谷神社社頭における南都奉行方と郡山藩士らの闘諍の経緯と展開、収束を描く。
元和九年四月四日、春日水谷社で、郡山藩士村瀬金弥が編笠のまま立って神事能を見物していたところを、南都奉行中坊氏方の同心井上五郎左衛門に咎められる。これを聞き入れなかった村瀬と中坊方の武士の間で乱闘となり、村瀬金弥はその場で殺害された。このことを知った郡山藩から、報復のために、村瀬の父兄をはじめとする武士らが南都に押し寄せ、ついには南都奉行方郡山藩方双方に多数の死傷者を出す闘諍となった。その後、興福寺両院門主の仲介によって両者は和睦した。
戦場における武士らの振舞、生々しい戦の様子、主人への諫言など緊迫した筆致の描写の一方で、村瀬金弥と遊女段助の逢瀬の場面では、かなを多用した七五調の表現も見られる。

【凡例】

（1）漢字の旧字体は、現行の字体に改めた。
（2）漢数字「壹、壱」は「一」に、「拾」は「十」に改めた。

（3）漢字に振り仮名のあるものは、原文のまま翻刻した。
（4）割注は、丸カッコを付して一行に改めた。
（5）原文に付された濁点以外に、適宜濁点を補った。
（6）句読点、括弧等の符号を適宜補った。
（7）本文は適宜改行し、段落に分けた。
（8）丁の変わり目は、該当する行の下段に、算用数字とカタカナを用いて（1オ）のように示した。

【翻刻】

南都大秘録　（1オ）

一　中坊飛騨守家系之事
一　松平下総守家系之事
一　春日水谷神楽　幷　能狂言之事
一　村瀬金弥木辻遊興之事　幷　水谷能見物、最期之事　（1ウ）
一　村瀬新右衛門南都へ早馳、武勇　幷　最期之事　附り　飯田六兵衛働之事
一　郡山勢南都へ発向、両山田諫言　幷　中坊方働之事　（2オ）
一　水谷橋の上働、辻柴田等武勇事
一　柴田五郎左衛門討死之事

一　半田屋舗防戦の用意　幷　青貝鎗長刀之事　附り　柴田覚兵衛武勇之事（2ウ）
一　両御門主御扱之事　附り　春日大明神擁護之事

中坊飛驒守家系之事（3オ）

人皇百九代後水尾帝、慶長十八年癸丑年夏五月十一日に、従五位下中坊飛驒守藤原秀政、公命をば承つて、和州南都の奉行職となれり。与力六騎、同心三十人、幷に和州御代官五万石を支配し、自分三千五十（3ウ）石、吉野郡にあり。住職二十六ケ年なり。

先中坊氏は、大職冠後胤奈良備前守秀武の一子讃岐守盛祐、其子奈良左近藤原秀国といへり。興福寺内中坊龍雲院等の家元にて、始て南都奉行職となり、松永弾正少弼藤原久秀が妹聟、海老名兵衛尉平清友が（4オ）婿なり。故に、松永家の麾下と成、永禄十二己巳正月五日、京都六條本国寺合戦の時、一方の寄手として二百余人の大将たり。三好方敗北の砌、左近みづから敵三人を切て落し、和田伊賀守惟政と引組しが、互に牛角の大力なりしに、左近つゐに組勝て和田を取ておさへ、首を搔んとせし所に、郎等木村小太郎重長（4ウ）馳来り、上なる左近が首打落し、主を助て引ける処に、左近が家従辻七右衛門国武馳付、木村小太郎を討取、其身も終には討死せり。此時生年二十歳、国武四十一歳なり。

其子奈良忠左衛門秀行家督として、左近と号して、智勇人に超へ、文武に秀たり。南都の町司となり、（5オ）後松永が佞悪を厭ふて一家の好をはなれ、筒井家の麾下に属せり。数度の勇功かたをならぶるものなく、伊賀守定次の四大老の第一として伊賀上野に住して後、従五位下に任じ、中坊飛驒守と改め、三千五百石（5ウ）を領ず。再び南都奉行となれり。其後慶長十四己酉六月廿日の夜、伏見の旅籠屋にてとん死せり。年六十三歳なり。

秀行に一男一女あり。女子は駿府に候し、よく勤仕せり。男子は飛騨守秀政なり。秀政があね駿府にあ（6オ）りしが、和州添下郡超昇寺与八郎藤原時次が後室也。飛騨守秀政、寛永十五年戊寅八月南都にて病死せり。生質寛康にして大勇なり。

秀政の子息長兵衛尉時祐家督となり、寛永十六年己酉年十一月五日南都の奉行となり、従五位美作守と（6ウ）号し、与力六騎同心三十人、御代官十万石、領地三千五百石、且天下老中河越侍従松平伊賀守源信綱の姪聟となり、在任二十六ケ年なり。寛文四年甲辰春免職なり。

其子中坊長兵衛秀祐、知行四千石にて、御使番役たり。其子長左衛門清之、美作守となり、正徳二年壬（7オ）辰五月朔日南都奉行となり、従五位に任ス。美作守秀広なり。実は藤堂家の侍大将井上十左衛門子也。美作守の子兵部、実は内藤越前守武信の末子なり。

松平下総守家系之事

元和五己未年夏、従五位下少将松平下総守源朝臣清匡、領地十二万石にて和州郡山に入城せり。在城十（7ウ）一年なり。郡山城主筒井家の麾下、大職冠の末裔、小田切宮内少輔藤原春次、領地一万七千石にて、人皇百六代後奈良帝天文元壬辰年正月、始て御築城成て、総州清匡後に忠明と改。天下の御外孫にて、従五位（8オ）下奥平美作守平信昌が二男なり。
人皇五十代桓武天皇帝の苗裔、武蔵八平氏の内に、児玉監物平久国、三河に来り奥平郷に住し、祝髪して始て奥平入道鎮卜と号せり。奥平美作守平貞昌、その子監物貞勝、其子九八郎美作守貞能、入道道文。（8ウ）
其子美作守信昌の二男は、長沢の松平源七郎上野助康忠が養子となり、慶長十五庚戌七月廿七日、勢州亀山の城主として五万石を賜り、松平下総守清匡といへり。其後、大坂寅卯両年の合戦に勇功あつて、落（9オ）居の後御代官幷町司となり、今十二万石にて播州姫路の城主となれり。

其子従四位侍従下総守忠弘、家督として十五万石を領し、弟八郎左衛門三万石を領ず。忠弘が子従五位下松平主税頭忠清、其子下総守忠雅也。内室は、松平長門守大江吉就の娘にして、同大膳太夫吉広の妹な（9ウ）り。忠雅、領地十万石にて備後国福山の城主、其後勢州桑名へ国替なり。

春日水谷神楽　幷能狂言之事

元和九癸亥年夏四月三日四日五日、春日水谷の社に於て神楽あり。この社は、東第一の御殿素盞烏の尊、（10オ）中之御殿大己貴命、西第三の御殿櫛稲田姫を祝奉り、春日大明神の末社也。此神楽は恒例にて、俗に水谷神楽といへり。疫病神なれば、春日の禰宜等、国家泰平の祈のため神楽あとにて能狂言をつとめ、神を（10ウ）すゞしめ奉るなり。

村瀬金弥木辻遊興　幷水谷能見物、最期之事

爰に、下総守清匡の家士、村瀬甚右衛門吉次（五十一歳）云者あり。三百石を領し、勤仕せり。嫡子新右衛門吉武（二十六歳）、二男金弥吉之といへり。（11オ）

此金弥、容顔美麗にして周の茲童にもはぢず、幼より君主に仕へて総州の寵を蒙り、恩顧他にこへ、かたわらに人なきがごとし。日夜近侍して、当年二十歳になれり。嫡子新右衛門は部屋住二十人扶持、金弥格別に三十人扶持、金百匁宛の給恩を蒙り。（11ウ）

郡山諸士、常に南都へ到る事、総州かたく禁法せり。是春日の神所且御公地なればなり。然るに金弥、

四月三日の夜、主人の愛に乗じ虚病を構へ、ひそかに郡山をしのび出、草履取森蔵一人召つれ、傾国町木辻にいたり、越前屋といふ青楼に入。（12オ）

池田屋の段助とて十八歳になる遊女に馴染、酒宴興を催し、錦帳のうちに鴛鴦のかたらひをなし、唐の離山宮のさゝめごとも今身のうへにとり、「天にあらば比翼となり、地にすめば連理の枝」とかわさん事（12ウ）もいとはやに、ほとゝぎすなくや五月のみじか夜は夢ばかりなる手まくらや、ちとせを一夜と契りしに、けひめひあかつきをとなへて離筵に腸を断がごとく、時をかんじて花もなみだもそゝぎ、別れをおしみては鳥も心を驚すとかや。「今のおもひにくらぶれば、逢みぬこそはましならめ」と、又盃を鳥あけで「一（13オ）河の流も他生の縁ときくなれば、きら〳〵と裏なき心、あら礒の浪のうね〳〵おもひしげる、おもひをぞみてしれかし」と段助にさしければ、女もさすが、金弥が容色、冬ごもりせし梅枝の春をむかへて咲かゝ（13ウ）る花のさかりの香もめでて「深き心の思ひ、草はずへに結ぶ白露の、落てはもとの水くさき浮河たけの流にも、心はおなじこゝろ、などかまことのなかるべき、あだな浮世のあだまくら、夜な〳〵かわるねやのうち、いづれ実とはあらねども、さすが岩木にあらざれば、情の道もなからめや、数々契る客のうち、言をたつるはひとりぞや、年月なれし人だにも、すくせのゐにしあらざれば、互にかわす言の葉も、みない（14オ）つわりとなるものを、いかなれば今宵かわせし新まくら、一夜の情ちとせの命をかけておもへども、おも（14ウ）わぬ君が心根は、玉の盃そこなきを、見てはしれとの事成か、せめては近きあふ瀬をば、まつにしぐれのそめかねて、まくずがはらに風はふく、浮身をあわれとたび給へ」と涙にくれて別をおしみければ、金弥（15オ）も

窓外三更細雨時
深情未捨天将曙

両人心地両人知
更抱羅袗向後期

といふ詩を吟じ、きぬ〴〵に立わかれければ、女も袖をひかへて、金弥が扇子をとつて、又あふまでのし（15ウ）
るしとて

けふわかれあすはあふきとおもへどもしばしなごりのそでのつゆけき

と書て「いやしき言の葉も、心の実のみとりて打詠め給へや」と深き情を手裏にしらせ、梨花の雨を帯た（16オ）
る風情。金弥も名残は尽せじと、心の駒に鞭をあげて、表のかたへ立出しが、帰りみかさの山の端日影を、
さすが人しのぶ身にはあらねど、編笠のひもをとり〴〵しめ合し、中に隔の森かげや、森の下ゆく水谷川、（16ウ）
みづせきとめてうつりくる袖の香や花の影、見へぬまで見送りて「おなじながれをつとむるにも、かゝる
人に身をまかせてこそ、浮世わするゝ事もあれ」と心ひとつに悦びて、又もやいつかあふ坂の関吹こゆる（17オ）
恋風に、みだれみだるゝ青柳のいとはかなかりし契りなり。

斯て、金弥は猿沢の池の辺より春日の社に詣ふで武運祈り、ねんごろに、甲斐なき身のうへと知らぬ心
ぞぜひもなき。夫より「『水谷の明神はいもせの中の守り神ぞ』と聞からに、段助とわりなき契りをいの（17ウ）
らん」と、水谷の社にまふでける。

折節、恒例の能狂言有ければ、編がさまぶかに引かぶり、立ながら見物す。南都にて薪の能は十一月祭
礼、後日能等は奉行職の守護役なり。水谷の能は其役にあらざれども、時の奉行中坊飛騨守秀政は元来諸（18オ）
神尊敬深く、殊に芸能たしなみ有ければ、桟敷をうたせ、与力同心家士等を引率し、見物に出られたり。

金弥はゆめ〳〵是をしらず立塞りければ、中坊が同心井上五郎左衛門（二十五歳）といふもの、金弥が（18ウ）
無礼を咎め、「ぬげよ〳〵」と再三言けれども、金弥あへて是を聞入ず。井上いかつて、棒を持て金弥が

あみがさを打落す。金弥大にいかり「汝、武士の法を知らず。両腰に帯するものに、棒をもつてするこそ（19オ）無礼なり。法外とやいわん」といふもあへず、抜打に井上が棒を丁と切折ければ、井上も抜合せ「汝、何ものなれば公地にして我意をなすぞ」とてさん〴〵に打合切結。

是をみて、有合ふ同心五六人ぬきつれ、金弥を中に追取込「我打とらん」とすゝみける。金弥も「今は（19ウ）是迄なり。われ斗らずも死地に入、君恩にほうずる一命を爰にて失わん事、返す〴〵も不忠口惜しけれども、天命将に尽たり」と、命かぎりに討死せんと、獅子猛虎のあれたるごとく、多勢を相手に事ともせず（20オ）さん〴〵に戦ひしが、井上が切込太刀受はづし、肩先を八寸斗り切下られたまふ所を、多勢下り重り、終に首をかき落す。

扨「盗賊なれば首を獄門にさらすべし」と死骸を実検するに、上には渋ひとへ衣を着し、下に紺りんずに紅裏を付たる袷を着し、金作りの大小、印籠、巾着、珊瑚の両緒〆等に至迄、美を尽さずといふ事なし。（20ウ）中坊の諸士甚だいぶかりおもひしが、薦を以て彼が死骸を覆ひ置けり。

村瀬新右衛門南都え早馳武勇弁最期　飯田六兵衛働き之事

此騒によつて能の拍子も打乱れ、見物のきせん男女東西に奔走し、南北に散乱す。中坊の諸士、下知を（21オ）なして是をしづむれども、漸くにして再び春栄の能始り。

爰に、金弥が下人森蔵、下部なれども才智あつて「爰にて討死せんより、一先郡山へ馳帰り、父兄に注（21ウ）進せん」とおもひ、奈良より郡山へ、本道を行ば一里半ばかりなるに、森蔵は田溝のいとひなく真一文字に馳かへり、新右衛門吉武に具に告ければ、吉武大におどろき、父甚右衛門吉次は登城して居たりしかば、短紙一封を以てつげしらせ、彼森蔵を案内にて、はだか馬にのり南都へ駈来り、所々下人追々かけ付十余（22オ）

人になり、水谷の辺に着しとき、春栄の能すでに終らんとす。

　吉武、無二に切かゝればたやすく飛騨守を討取べかりけれども、流石兄弟は天綸の骨肉なれば、馬より飛下り、金弥が死骸に取付、涙をはら〳〵とながし「しなしたり〳〵、追付かたきを討て得させん」とて、（22ウ）上下十四人一同にぬき連て、中坊を目がけて切てかゝれば、飛騨守上下二百余人、是を見て少しもさわがず、むら〳〵と座を立、あるひは袴のもゝ立をとり、或は羽織をぬぎ棄、吉武が小勢を中に取込、微塵に（23オ）なれとぞ戦ひける。

　村瀬主従は、元来覚悟の事なれば「わずかの人数と押へ立られてはあしかりなん」と十四人四方になつて背をあわせ、ちつともひるまず縦横無尽に振まひければ、中坊方此勢にへきへきして居たる所に、飛騨（23ウ）守の道具持鉄平といふもの、二間余の鎗を以て、吉武が後より胸板を突抜ける。吉武是をも事ともせず引返し、鉄平を一刀に切倒ス処を、飛騨守近習の小童森屋長次郎茂則「得たりや」といふて打てかゝれば、（24オ）吉武莞爾と打笑らひ「やさしやものゝ振舞かな。松平下総守清まさ御内に、村瀬新右衛門吉武が冥道の供せよ。いざこひ」と、一往一来稲妻蟷螂みづの月虚々実々と、秘術を尽し戦ひしが、吉武深手に此方は荒武者なれば、さすがの吉武も鉄石にあらず、次第〳〵に弱りひるむ処を、茂則すかさずかけ入、つゐに首（24ウ）を打落。

　村瀬が郎等是を見て、今は何をか期すべきや、爰に打合ひかしこに駈付命限りとたゝかひしが、深手を負て引もあり、多勢が中に取込られ討るゝもあり、修羅闘諍の有様もかくやとばかり知られたり。禰宜は、（25オ）面をかぶり能装ぞくにつまづきたほれて逃もあり、あるひは烏帽子を打落され、或は狩衣を梢に引かけ途方を失ひ、見物之諸人、親は子を棄子は親をしらず、兄は弟にわかれ弟は兄を見うしなひ、下人は主人を（25ウ）うしなひ、誠に上を下へと動揺し、此騒動に盗賊ども、諸人を切立、衣類幷かみのかざりものを剝取、乱妨らうぜきの有さま、恰も大軍落城山河一同に崩るゝばかり。

爰に、飯田出羽守頼直の四代孫、飯田六兵衛尉幸能、一族の児女廿余人連て見物に出たりしが「中坊の（26オ）難儀、此時なり」と、児女を引退げ、飛州の方へはせかへらんとする処に、件の盗賊二十余人、衣裳道具に目をかけ、抜つれて切てかゝる。幸能元来釼術の達人なればちつともさわがず「につくきおのれらが振（26ウ）舞かな。飯田幸能をしらずや」と言もあへず打てかゝる。盗賊ども案に相違し、右往左往に逃ちりける。幸能、児女を引具し、己が宅へぞ帰ける。

郡山勢南都へ発向両山田諫言　幷　中坊方働之事

村瀬甚右衛門吉次は、直に下総守清匡の御前にいたり「愚息金弥、禁法破り南都にいたり、不意に喧嘩（27オ）を仕出し、其身も討死の由、承り候。禁法を犯《おか》せし罪科遁れがたしといへども、且は無念のいたり也。某、願は当城にて切腹仕るか、又は御暇を賜り南都に趣、新右衛門と死をともに仕るか、いづれの道にも愚、君命を願ひ奉る」といふければ、清匡大に驚きいかつて「金弥は吾が恩顧の若もの也。犯せる法は吾が法（27ウ）にして、天下の法にあらず。飛州吾に告げ訴ふべきに、何ぞや纔の町司として予が近士を殺害するの条、奇怪のいたりなり。汝先をかけよ、吾も南都に馳むかひ、中坊を討亡し、金弥がかたきをとるべき」とて、（28オ）近習をして城内の太鼓をうたせ、家中の諸士を催さる。吉次は、君命の有がたきを礼謝せり。

彼太鼓を打、十二万石の家中大身小身の分ちなく弓鉄砲鎗長刀を持、城内に相詰けれは、軍勢雲霞のごとく城にみち、尺地の間もなく「君命如何」とうかゞへば、清まさ大に怒り「斯々の事にて吾南都に趣、（28ウ）中坊秀政と雌雄を決し、一時打みぢかんと欲する也。汝らも相随べくありければ、諸士一同に、兎も角も君恩に報ずる一命なれば、御下知にしたがひ申さん」と一同に領掌す。

時に清まさの家士山田主水（知行五千石）、同舎弟久弥（知行三千石）兄弟すゝみ出て申けるは「中坊（29オ）を打果さん事、我等兄弟の手勢を以ていと安かるべし。然れども、元来金弥禁法を犯し、公地へ入て無礼をなせしより事をこり、忍びて出し事なれば、如何んぞ君の近士たる事を知らや。台命を承りて裁行を成（29ウ）すもの、威厳かならずんばいかでか群賊を制せん。其所の司たるものゝ表に立ふさがり、編笠を取ざる事、非礼とやいわん、法外とやいわん。然らば彼にも道理あり。殊更此大勢を以て、彼が小勢に向わん事、武（30オ）門の本意にあらず。彼は小身たり、君は大身たり。一條に打滅さんに、なんぞ敵する事あらん。しかれ共、公裁をもつてせば、両家の滅亡は只此時なり。『少しきを忍びざる時は、大に災ひを得る』の先言、少身の金弥が為に君家を亡さば、君先祖へ対し不忠不孝にあらず、千金のどはけいその為にきを発せず、中野（30ウ）が義貞を諌めし事、能々思召わけ給べし」と理を尽して諌めしかば、さしもすゝみし清まさも道理に伏し給ひける。

されども諸士「をい〳〵南都に馳向ひ、村瀬に力そへんものよ」とありければ、山田久弥清まさを守護（31オ）し、主水は家僕二百余人を郡山の北口大橋へ打出て「南都に向ふ諸士あらば、不残討て捨てん」とて、刄をそろへ待かけたり。依之半は打留といへども、血気勇盛の若武者、又は村瀬父子懇情の強士らは、辰の（31ウ）市西の京九條の脇道より抜出かけ出せしが、南都興福寺東大寺春日水谷にみち〳〵て、騎馬二百余、惣勢二千五百余人に及べり。

中坊秀政は郡山勢追々来るを見て「扨は難儀なり。吾小身たりといふとも、爰をしりぞきては武門の瑕瑾成。いさぎよく討死して、名を後代に留ん」とあれば、半田屋敷に残りし諸士、我も〳〵とかけ来り、（32オ）四百余人に成しかば、秀政いよ〳〵勇みをなし「郡山勢に手並のほどを見せん」と、まつ先にすゝませしかば、中坊老臣辻七左衛門行純、与力の士に柴田五郎左衛門武満、嫡子角兵衛、次男源兵衛進み出て申け（32ウ）

るは「君の勇勢尤けつぜんたり。しかれども是は公事の争ひ抔にあらず。不意の公命を辱めんしるし、義の向処は今度此場を退き給ふべし。我々捕とし落て郡山勢を引受、いさぎよく討死すべし」と云ければ、秀政のいわく「汝らのいふ処しかりといへども、我いやしくも君命を蒙り、此度の町司と成。不側の難（33オ）にせん」といよ〳〵進まれければ、辻行純、袂にすがり「君の仰ありがたき事なれども、郡山の太守自ら（33ウ）望み、なんじらが義死を見棄て奉るが、一命をおしみて虎口の難をまぬがれの儀あらんや。只生死をとも打出なば、先前、角も御はからひに任すべし。然る時にて、公命をかろんずるに似たり。只理をまげて、爰は我〳〵任せたまへ」と、言葉尽し諫めしかば、秀政もせん方なく「しからばおの〳〵の心に任すべ（34オ）し」とありければ、みな〳〵大によろこび、秀政には禰宜の烏帽子狩衣等を着せ、森屋長次郎、花柴左兵衛を始として、主従四十五人禰宜数十人打囲ふて、高畑町にて、中坊の御師梅田惣左衛門が宅へ退去あり。

秀政及び諸士の妻子とも、おもひに〳〵町屋にしのばせ「今は心にかゝる事なし。打出て郡山勢を追散（34ウ）せ」と云まゝに、数年あんないは知つたり、爰に追詰彼処に切伏せ、多勢の敵を事共せず火花をちらし、命は塵芥よりもかろくし、儀を金石の重きになし、爰をせんどゝ戦ひしかば、郡山の諸士案内はしらず、（35オ）多勢かへつて害となり、暫時のうちに手負死人数十人に及びしかば、進とするに術なし。歯がみをなして居たりける。

水谷橋のうへ働辻柴田等武勇　附り柴田源兵衛深手に負事

彼やしろのうしろ西の方に、水谷川とてながれあり。（35ウ）

水谷川みづせきとめて脇母子が野田の早苗を今や取らん

と読も此川なり。其橋を隔て北には中坊方、辻、柴田、中村、十楚、村田等の兵五十余人、鎗長刀を抜連（36オ）

て「よらば切らん」と待かけたり。橋の南、社の前の杉の辺には、郡山強士、奥平、山田、川北、岡屋、上田、菅沼等、あるひは馬、或は歩行立にて、鈎のひかりはすゝきのごとし。立ならんだる兵士は、そのかみ源平の戦に宇治川を隔てしもかくやらんと知られたり。（36ウ）

かゝる処に、柴田源兵衛、橋の中半に進出「そも〳〵是は中坊飛騨守が与力柴田五郎左衛門が次男、同苗源兵衛十八歳といふものなり。今日の有様、あたかも宇治川の合戦に似て候へ。筒井浄明、一来法師にあらねども、我とおもわん人は、よつて手並を見給へ」と、あたりをにらんでひかへたり。郡山勢是を見て「にくき広言かな。そこ引な」と云儘に、五人ぬき連て切て掛る。源兵衛ちつともをくせず（37オ）「物々しの振舞や、いでもの見せん」と呼りて、五人が中へ分入て、竪様横廻蜘蛛手輪違十文字、うへをはらへばしづんでうけ、丁々と必死と相戦ふたる有様、ま事に目覚しき振舞なり。（37ウ）

かゝるはたらきに、五人のものは或はうたれ、あるひは手負、みなさん〴〵に逃ちつたり。源兵衛なをも勇気りん〳〵としてすゝみしが、菅沼七之助（知行六百石二十一歳）是を見て「せんなき殿原や。源兵衛いかなれば」とて、鬼神たるもよもあらじと馬より飛下り、打てかゝれば、太刀の目計のつゞかんだけ（38オ）と、しのぎをけづりて戦ひしが、源兵衛切込太刀、菅沼しづんで丁とうけ、引を付入、てだれの早業、柴田が首を丁とうてば、のどぶへ半ば残りて居たりしが、さしも強気の柴田なれども、其場にたまり得ず、（38ウ）橋のうへに倒れば、首をとらんとかけよる処を、伏ながら菅沼が眉けんに切付れば、血しほ両眼に入り、まなこくらみしかば、力なくして引退。（39オ）

柴田が草履取り宋半蔵かけ来、手ぬぐひを以てくびをまき、水谷川橋下へ抱へ行たれば、柴田いきつぎに水をのまんとす。半蔵がいわく「我聞、手負の水をのむ事、大にあし」と。柴田がいわく「我、のどの切ざる間は、みづを呑とも死に及はじ」とて、みづから手をきくして大にのみけれども死せず。夫よりか（39ウ）

たにかゝり、町屋にかゝり、療養を加へしかば、遂に平癒したれども、猪首のごとく成けれども、さまで見にくき事もなし。

かくて源兵衛手負ければ、柴田五郎左衛門、同苗覚兵衛、大に怒り、辻、中村、関、村田、十楚等さん（40オ）〴〵に切て廻れば、郡山勢右往左往にみだれ立、橋の辺を引退けば、追詰〳〵討程に、辻行ずみは五人に手を負せ、柴田五郎左衛門は七人、角兵衛、其外村田、十楚、中村、関等面々に、みな名に価さま〴〵なり。郡山勢二十四人を討取ければ「今は是迄、逃る敵を追べからず」とて、おもひ〳〵に引にける。郡山（40ウ）より追々にかけ来る勢共、中坊方一人も見へざればせんかたなく、爰彼処にぞひかへ居る。

柴田五郎左衛門討死之事

爰に、南都強勇士に柴田五郎左衛門武満は、おもふ儘に郡山勢を追乱し、其身もともに疲れければ、長（41オ）刀を杖につきて、四恩院十三重の塔浮雲の宮の辺にいたれば、浮雲の宮は春日の末社也。古記に

　鹿嶋より鹿の背木にのりて春日なる三笠の山に浮雲の宮

　浮雲の宮めぐりする時雨かな　法橋紹巴

夫より、野田村東口に趣きて門を叩けれども、野田の禰宜百姓ども、今日の騒動におどろき恐れて門をさ（41ウ）しかため、ふるひをのゝきて声もせず。

かゝる処に、郡山方の川北源之烝（知行六百石）馬上にて菅鎗を以、若党戸村平太郎、草履取頓蔵召連来りしが、柴田を見て能き相手とおもひ、引返して「勝負あれ」と呼われば、柴田完爾と打わらひ「事々（42オ）しや」とて、長刀取直し待懸たり。暫くいどみ相戦といへども、勝敗さらに見へざりしが、柴田の長刀にはやのせられて、追進み又退ひて結合ひ、千変万化に秘術を尽し、かけつ流しつ渡り合、互に得たる武士（42ウ）

の道、陰に内とき陽にとじ、透をうかゞひ切結ぶ。

源之烝は荒手の若もの、柴田は今日のたゝかひに勢力疲れ、いちの木につまずきたる所を、川北透さず菅やりにて突倒せば「我は、中坊飛騨守が与力に、柴田五郎左衛門（四十九歳）といふものぞ。首取て名（43オ）誉にせよ」と云ければ、「某は、下総守清まさが内に、川北源之烝」と名乗もあへず差添ぬき、終に首を取り、其後小川に下り水をのみ、鑓脇差をあらひ、馬に打のり、郡山へぞ帰りける。（43ウ）

野田村より、五郎左衛門討死のよし注進しければ、嫡子角兵衛大にいかり「源兵衛は手負ひ、半死半生の身となり、今又父をうたせ、生残りて何かせん。彼所にむかひ、川北を討て父が供養とし、郡山勢を打手に刃のつゞかん内までは戦討死せん」とかけいづるを、朋友ども押留て曰「今日の闘諍に、汝ら父子三（44オ）人、勇猛にして中坊の名をあげたり。今にも郡山勢寄来らば、親父は討死舎弟は手をひ、今又足下討死せば、たれ有て防戦せんや。凡武士は義心を第一とし孝心を次とする事、御辺でも知る事也。ねがわくは初（44ウ）の無念を淩ぎ、君の為に義を守、名を末代にとゞめよや。尤、生はかたし死は易し、迚も死するものならば、大軍を引受、我々も共に討死すべきぞ」と言葉を尽し諫めければ、角兵衛も、無念ながら道理に伏し（45オ）て止りながら、忿怒こぶしを握り、牙をかみ、鏡のごとくの両眼に無念の涙を流しける。

下人を遣し、死骸を取よせ、騒動の砌なれば密々に葬送して、後毎月五日ごとに「野田の東口は父の討（45ウ）死場所なれば」とて、兄弟ともに彼のむくの木の下え廟参の心にて詣せしは、哀にもまた神妙也。

半田屋敷防戦用意幷青貝鎗長刀之事　附リ柴田角兵衛武勇事

中坊方は半田屋敷に帰り、いきをつぎ、兵粮のつかひ「郡山勢、定而寄来べし。快よく討死し、名を後（46オ）代に留よ」と、勇兵強士三百余人、弓鉄砲鎗長刀のさやをはづし、今や〱と待居たり。

爰に、中坊の秘蔵に青貝の長刀、久継とらふ下夫が持たりしが、水谷明神のみづがきによせかけて、其（46ウ）儘わすれたり。「郡山勢に取られては末代までの瑕瑾たり。いかゞせん」と議定する処に、角兵衛進み出ていわく「某、孝道之事は各々に留められぬ。依て是は義道なり。急水谷に行、取来らん。縦敵に取まぎ（47オ）れ、からだは原上にさらすとも、長刀は再び取返し、後のあざけりをふせがん」と云。敵にも三十三人駈出たり。朋友ども「爰をあけてはあしかりなん。しかれども、此ものを討せてはなを〳〵恥辱なるべし」と、忍び〳〵に、十五人あとをしとふて行にけり。（47ウ）

角兵衛は、着込くさりかたびら、はちまきしめ、東大寺より手向山若草山の麓を通り、水谷明神にいたりてみれば、件の長刀其儘あり。「是ひとへに明神の加護なり」と三拝して、長刀打かつぎて、此度は道をかへ、南方春日明神の社道に至る所に、郡山勢六十人九人並居て「あれこそ敵に討とらん」とこえ〳〵（48オ）に呼われば、柴田大声上て「戦ばにては名乗もすべし、かゝる小事の喧嘩などに名乗法はなけれ共、遠からんものは音にもきけ、近きものは目に見よ。中坊秀政が与力柴田五郎左衛門武満が嫡子に、息角兵衛と（48ウ）て、生年十九年に相成。今日水谷の闘諍に、弟源兵衛は手を負、父武満は討死す。相手のほしき処ぞや。我と思わん人々は、よれや。いざ、父が冥度のともにせん。よつて手並のほどを見よや」と思ふ儘に広言し、長刀を水車のごとく打ふつて、多勢の中へわつて入ば、郡山勢如何かおもひけん、中をひらひて通し（49オ）ける。

柴田なんなく其場をかけぬき、静にあゆみて通りけるに、敵十余人つと引揖て追来る。柴田尻目にきつと見て「一人の相手に何ををそろて、向ふ時は通しながらも又しとふは、臆病武士の是をくらへ」と尻打（49ウ）たゝき、施之悪言し、其道の案内は知たり、木影木の間をくゞり、溝をこへ、半田屋敷へ帰りける。見る人きく人毎に「あつはれ、中房の極名」と感ぜぬものはなかりける。誠に、此度柴田父子三人が振舞は、（50オ）

古へ名を得し勇士の切にも勝たり。角兵衛幷角之烝共、後に赤穂の城わ浅野内匠頭長尚に仕へて、三百石を領ぜり。舎弟源兵衛は南都を退去し、後に又立帰り、与力いたし、病死せり。

此騒動の砌、中坊のやり持半内が持たる秀政が秘蔵の青貝の鎗を、郡山とられしが、毎年十一月若宮祭礼（50ウ）松の下わたりに、清匡の諸士、押へに彼の鎗を持せてわたりしは、此時の遺恨なり。然れども、其後は止にけるとなり。

両御門主御扱之事　附り　春日大明神擁護之事（51オ）

斯て半田の闘諍に、郡山勢討死三十人、手負百余人に及べり。中坊方討死、柴田五郎左衛門、其外下郎二人、手負百余人に及べり。

其後、郡山方に一千余人、東大寺大仏殿の前に陣を取「半田屋敷を焼立、中坊を討取て、百人のいかり（51ウ）を休め、今度の恥辱をすゝがん」と評議まちくなり。山田兄弟より使半田の士を以て「村瀬父子が非法に依て君情をいからしめ、公領を犯し無礼をなし、主人の御名を出し、家司の制司を不用、非儀に組して後（52オ）難をまねく事不忠の至りなり。其地へむかひし諸士、前非を悔ひて早速に帰り来らば其通、長居にをゐては亟にいづかたへも退散すべし」と追々にはせける故、諸士「是迄せめよせ仕立たる事もなく、引取も無念なり。いかゞはせん」と心を傷ましむ処へ、興福寺両院御門主より坊官等数人をいだされ「今日、不意（52ウ）の事遂全止事行ざるの條は、武士の本意歟。然若真主の領る所にありければ、速に和睦せしむとも、御門主より御扱ひある処なり。城主へは是より使者をもつて申さしめん。諸士、理をまげて引取べし」と頻り（53オ）に仰出されければ、渡りに舟とよろこんで、御扱の旨斯言よく諸面領掌し、みなことぐ〵く引退。半田屋敷へも「防せんのそなへをゆるむべし」、秀政へは「亟に御諭し有べき」旨、仰出されしかば、いづれも（53ウ）

奉畏り「郡山勢引退うへは気遣ひなし」と南北の両門をひらきけり。

明れば卯月六日、一乗院殿の坊官、寺天式部法印、二條法眼、大乗院殿の坊官、福知院因幡法印、多聞（54オ）院法眼、且中坊の名代として、家士辻七右衛門行純、上下三十人、郡山へ趣けり。先清まさへ秀政より進物あり。此名代には、知勇兼備の郎士なくて叶がたく「辻柴田、昨日郡山勢と戦ひ武勇を顕せしものなれば、今日彼地へ至りなば、城主幷家中の諸士意趣を含、君命を恥しむるの義も有べし」と皆々思唯してい（54ウ）たりしが、城主へ対し威儀を正し、山田兄弟に出合、遣川《ケンカ》の弁を振ひしかば「天晴武伎の行純也。小身の中坊には惜しきものなり」と山田兄弟も感賞せり。

両御門主の坊官御扱ひの趣具に演説す。辻七右衛門は名残の数人にむかひ諸面申けるは「同心井上五郎（55オ）衛門が卒忽によつて、大守のいかりを発し、諸士を騒しむるの條、飛騨守甚以当惑せり。しかれども、井上も大守寵臣たる事をしらず、村瀬も公地を弁へざる非儀は、若気の致す処なり。供にねがわざる災ひな（55ウ）り。其償に井上が首を打て進すべし。是を以て大守のいかりを休め給ふ処に、冥度永成仰上られ給わるべし」と言葉を正し述ければ、山田兄弟は両御門主の坊官にむかひ「此度の御扱は、城主を始め我々迄、い（56オ）かばかりか斯は礼謝するに処なし。村瀬兄弟が非法ゆへに神領寺村へ踏込、不法犯しゝ事、武道の非儀、是に及ず、すでに両家の大事に所及。法あつかひを以て、穏便に相治る事、ひとへに両御門主の思召によ（56ウ）れり」と挨拶して、両御門主の御使ひ幷辻氏を誘引し、清まさの前にいでゝ委細に申達す。清まさも打とけて酒盃を催し、時服等をあたへ、逐一に礼謝しておの〳〵南都へ帰ける。

明日七日、山田主水、同久弥、清まさの名代として上下百余人にて南都へ来り、両御門主へ御扱ひの礼（57オ）謝ていねひに申あげ、献上しな〴〵奉り、夫より半田屋敷へいたり秀政に対面し、下総守よりしん物等しな〴〵有。扨、辻柴田が武勇を感じ、閑佳時をうつしけり。秀政よりも美酒佳肴を出し、時服をあたへら（57ウ）

れ、辻七右衛門挨拶に出て、誠に斗らざるの争違、両家の災難たるの処、両御所の深智に依て無事相調ひ、
大慶何れ歟是にしかん。ともに万歳をとなへて、山田は郡山へ帰り、其後智謀をもつて、村瀬甚右衛門に
は態と外の難題を云かけ、切服致させけるとかや。（58オ）

此山田兄弟は、元和元年乙卯大坂合戦に、下総守の魁首にして、河内国片山道明寺表にて、後藤基次が
兵と戦ひ、兄弟ともに粉骨を尽し、かぶと首を取たり。此度の智謀、誠に古今の忠臣なり。

此時、中坊が舅藤堂和泉守高虎の勇臣、伊賀上野の侍多羅尾久左衛門（知行三千石）、同じく秀政が聟（58ウ）
同所の侍に湯浅右近正寿《カズ》（知行三千石）、此家は大坂籠城の時の勇士なり、彼等、此由を聞「中坊が難儀
を救ん」と、一族朋友の義士を催し、騎馬五十騎忽勢千五百余人、和泉守領知城州加茂村（奈良より二里（59オ）
東北）まで勇みすゝんで来りしが「両御門主の御扱ひにて、南都郡山和談」の報を聞、夫より亟に伊賀へ
引返す。多羅尾湯浅は猶も安堵を聞んため、上下二十余人にてひそかに半田家敷へ入り、四五日滞留せり。
伊賀勢今二時ばかり早かりせば、稀代の騒事にいたるべきに、誠に武運にかなひけるぞ目出度けれ。（59ウ）

誠なるかな、君は船臣はみづ、水よく船をうかべみづ又舟をくつかへす。村瀬金弥が寵臣に内こりて禁
法を犯し故、主人をいからしめ、意恨なきに闘諍にをよび、咎なきに人を殺害す、是みづの舟をくつがへ（60オ）
すにあらずや。山田兄弟金言をもつて主君を安し、諸士をしづむる事、水を舩を浮べり。井上が一推にて
神祭をみだし、神地をけがす、辻柴田が武勇にて義道を犯せし多勢をふせぎ、両御門主の御扱なかりせば、（60ウ）
両家ほとんどめつぼうすに及ぶべきに、誠に春日大明神の御加護によつて、ともにまくらを泰山の安きに
いたること、三笠の山にうつりくる、和光のかげはあきらかに、藤の枝葉のすえまでも、限りなき代ぞあ（61オ）
りがたき。

水谷闘諍大秘録終

そも〳〵水谷一件は、小門権万堂所持の貸本たるの処、三日の中かりうけ、是を盗み写すものなり。慰の（62オ）
ため見る人毎に、かな違ひあて字多く雖有之、かならず〳〵笑ふ事をとゞむ。

書写岩井舎左右吉

于時文政十一戊子卯月のすへ　八王南の駅西尾義祐秘ス（62ウ）

編集後記

武久堅先生の古稀を記念し、ここに『中世軍記の展望台』と題した論集を世に出すことができました。先生とのご縁に導かれて集った編集委員一同、感慨一入であると同時に、編集の当初より綿密に監修の労を執って下さった武久先生に、改めて感謝申し上げたいと思います。その姿は、先生のお仕事が最初に結実した『平家物語成立過程考』（一九八六年・桜楓社）に示された研究態度から一貫するものでありました。

武久先生は、一九三六年七月二七日、兵庫県芦屋市に生を享けられました。幼少の頃は、少年雑誌『譚海』に掲載された山中峯太郎「清水冠者義高」に心惹かれ、高校生の頃には、文芸部で詩や小説の創作を楽しまれたとのことです。近年、先生が取り組まれている一連の義仲論は、研究の集大成として、ご自身の文芸体験の原点へと回帰されているように思われます。また、ご論文の随所に表された流麗かつ豊饒な文体は、早くから身につけられた素養によるものといえましょう。

関西学院大学に入学された先生は、病床に伏された時期に、岩波文庫版『平家物語』に出逢われ、これを卒業論文のテーマとして取り上げられます。大学院に進まれた頃、大阪駅地下街の古書店で改造社版『延慶本平家物語』をお求めになり、今日までご研究の基軸に延慶本平家物語を据えてこられました。平家物語研究の現在に照らせば、ご研究の初発において延慶本研究に取り組まれたことは、まさしく炯眼と言うべきでありましょう。

先生は、一九六八年、広島女学院大学に着任され、一九八六年、関西学院大学にお戻りになり、二〇〇五年、定年により退職、名誉教授となられました。周知の通り、その間のご研究の進展は目覚ましく、先述の『平家物語成立過程考』に続いて、一九九六年に『平家物語の全体像』（和泉書院）、一九九九年に『平家物語発生考』（おうふう）、退職の前年（二〇〇四年）には、門下の大学院生・研究員を中心に、先生のご監修によって『保元物語六本対観表』（和泉書院）を上梓されました。軍記物語諸本の地道な対校・分析の作業を基礎としつつ、平家物語成立の過程については、その発生の時点にまで遡って追究の手を及ぼし、その一方では、平家物語の諸本を包括する全体像の把握を試みられたのです。平家物語を見つめる先生の、視座の確かさと視線の鋭さ、視野の広さは、軍記物語研究に大きな影響を与え続けています。

そして、武久先生の周りには輪ができました。同学の志を抱く人々と、先生は様々な機会に交流を重ねていかれたのです。特に、先生が関西学院大学に戻られてから発足した関西軍記物語研究会には、京阪神のみならず、時には九州や名古屋・東京からも発表者・参加者が集います。先生が古稀を迎えられるにあたり、先生と机を並べた方々や、先生の学恩に与る者がそれぞれに、日頃の研究の成果を寄せ合おうという動きは、ごく自然に生まれました。

このような経緯を経て、今、この一書が編まれました。「軍記展望」「軍記遠望」「軍記の景観」「平家物語の眺望」「影印・翻刻」という五部に分かたれた構成の下、三十四篇の論文・翻刻が収められました。これら、それぞれの成果は、武久先生のこれまでのお仕事に、何らかのかたちで繋がっています。半世紀に近い先生の学問の歩みが、ここにひとつのネットワークとなって現れたと言えましょう。

最後になりましたが、ご多用のところ、本論集へご論考を寄せて頂いた皆様に、編集委員一同、心より御礼申し上げます。なお、本論集所収の論文・翻刻は、編集委員による厳正なる査読を経たものであることを付記いたします。

二〇〇六年七月二七日

武久堅先生古稀のお誕生日に寄せて

『中世軍記の展望台』編集委員

池田　敬子

岡田三津子

佐伯　真一

源　健一郎

執筆者紹介（論文掲載順）

笹川《ささかわ》　祥生《さちお》　元京都女子大学教授
日下《くさか》　力《つとむ》　早稲田大学教授
佐伯《さえき》　真一《しんいち》　青山学院大学教授
田中《たなか》　正人《まさと》
今井《いまい》正之助《しょうのすけ》　愛知教育大学教授
橋本《はしもと》　正俊《まさとし》　名古屋学院大学任期制講師
阿部《あべ》　泰郎《やすろう》　名古屋大学大学院教授
小林加代子《こばやしかよこ》　同志社大学大学院博士後期課程
山中《やまなか》　美佳《みか》　松蔭中学校・高等学校非常勤講師
松村洋二郎《まつむらようじろう》　追手門学院中高等学校非常勤講師

犬井《いぬい》　善壽《よしひさ》　元筑波大学教授
清水《しみず》　眞澄《ますみ》　学習院大学非常勤講師
小林《こばやし》　健二《けんじ》　大阪大谷大学教授
柴田《しばた》　芳成《よしなり》　京都大学非常勤講師
原水《はらみず》　民樹《たみき》　徳島大学教授
小秋元《こあきもと》　段《だん》　法政大学助教授
北村《きたむら》　昌幸《まさゆき》　関西学院大学専任講師
村上美登志《むらかみみとし》　国立舞鶴高専人文科学科教授
鈴木《すずき》　彰《あきら》　神奈川大学助教授
西村《にしむら》　知子《さとこ》　同志社大学大学院博士後期課程修了

小林《こばやし》　美和《よしかず》　帝塚山大学教授
瀬戸《せと》　祐規《ゆうき》　帝塚山学院高等学校常勤講師
弓削《ゆげ》　繁《しげる》　岐阜大学教授
早川《はやかわ》　厚一《こういち》　名古屋学院大学教授
櫻井《さくらい》　陽子《ようこ》　駒澤大学教授
牧野《まきの》　淳司《あつし》　愛知学院大学非常勤講師
中村《なかむら》　理絵《りえ》　関西学院大学大学院研究員
浜畑《はまはた》　圭吾《けいご》　龍谷大学大学院博士後期課程
岡田三津子《おかだみつこ》　大阪工業大学教授
池田《いけだ》　敬子《けいこ》　京都府立大学教授
源　健一郎《みなもとけんいちろう》　四天王寺国際仏教大学助教授
武久《たけひさ》　堅《つよし》　関西学院大学名誉教授

牧野《まきの》　和夫《かずお》　実践女子大学教授
辻本《つじもと》　恭子《きょうこ》　大阪工業大学非常勤講師

研究叢書354

中世軍記の展望台

二〇〇六年七月二七日初版第一刷発行

（検印省略）

監修者　武久　堅

発行者　廣橋研三

印刷所／製本所　大村印刷

発行所　有限会社　和泉書院

大阪市天王寺区上汐五―三―八
〒五四三-〇〇〇二

電話　〇六-六七七一-一四六七
振替　〇〇九七〇-八-一五〇四三

ISBN4-7576-0378-9　C3395